d

Anthony McCarten

Englischer Harem

Roman

Aus dem Englischen
von Manfred Allié
und Gabriele Kempf-Allié

Diogenes

60 Jahre Diogenes Verlag
Einmalige Jubiläumsausgabe 2012

Titel der 2001
als Vintage Book bei
Random House, Neuseeland, und 2005 bei
Alma Books Limited, Richmond/Surrey, England,
erschienenen Originalausgabe:
›The English Harem‹

Die deutsche Erstausgabe erschien 2008
im Diogenes Verlag
Die vorliegende Übersetzung basiert
auf einer revidierten Fassung des Romans
Umschlagfoto von Patrik Engquist

Diogenes Verlag AG Zürich
www.diogenes.ch
120/12/8/1
ISBN 978 3 257 05723 2

Inhalt

Noch eh es Priester gab, vor langer Zeit,
Die Männer hatten oft mehr als ein Weib.
Die Saat empfing nicht nur ein Schoß allein,
Kein Mann verdammt, nur einer treu zu sein…

John Dryden (1631–1700)

Ach könnten wir dem Schicksal uns verbünden,
Mein Herz, den Lauf der Dinge zu ergründen,
Wir würden ihn zerschlagen – und alsdann
Neu formen, doch wie wir es wünschen!

Omar Khayyam (1050–1123)

Ich danke Firouzeh Afsharnia und Sassan Saatchi,
dass ich mir ihre Namen für zwei Figuren in diesem Buch
ausborgen durfte, und dafür, dass sie ihre Geistesblitze
und unverwechselbar persischen Geschichten mit mir teilten.
Und wie immer gilt mein Dank Petra, ohne die.

Der Lauf der Dinge

Um sich die öde Arbeit angenehmer zu machen, ließ Tracy sich vom Rhythmus ihrer Scannerkasse gern in Tagträume wiegen.

Sie schob Artikel um Artikel über das Lesegerät – *blip… blipblip… blip… blipblip* – und ließ ihrer Phantasie freien Lauf, und dabei verlor sie sich immer mehr in ihrem Spiel.

Sie vertrieb sich gern die Zeit damit, dass sie in Gedanken die mürrische, missmutige Vorstadtkundschaft im Sainsbury-Supermarkt von Tooting durch Berühmtheiten aus Geschichte, Film, Fernsehen und Literatur ersetzte. An diesem Morgen hatte sie bereits Johanna von Orléans, Lawrence von Arabien, Prinzessin Leia und Omar Sharif bedient. Diese Phantome tauchten ganz unvermittelt in ihren Kostümen zwischen den gewöhnlichen Kunden auf; sie zogen ihre antiken Brieftaschen, Geldkatzen und Portemonnaies aus Spitzenkleid, Pantalons und Burnus und bezahlten mit Sovereigns, Dukaten, Dublonen und Dinaren, bis es einfach irgendwann zuviel für Tracy wurde. Sie musste ihre Kasse schließen, um am Trinkbrunnen aus der hohlen Hand hastig ein paar Schluck Wasser zu trinken – nachdem sie sich zuvor noch bei einer Scheherazade aus Tausendundeiner Nacht entschuldigt hatte. Doch kaum war sie zurück, ging das verrückte Spiel weiter. Genau genommen musste sie diese Gespenster gar nicht mehr heraufbeschwören. Mittlerweile kamen sie von ganz allein: Lord Byron in albanischer Tracht, Julia Roberts in Kostümen aus diversen Rollen, Cat Stevens – ihr Lieblingssänger –, so wie er 1966 auf dem Cover von *Matthew and Son* ausgesehen hatte, Laurence Olivier als Heathcliff und Johnny Weissmüller als Tarzan – die letzteren beiden natürlich in Schwarzweiß.

Mitten in einer solchen Prozession, genauer gesagt als sie die Einkäufe von Königin Elisabeth I. einscannte, *blip… blipblip*, geschah das Unvermeidliche: Die Grenze zwischen Phantasie und Wirklichkeit verschwamm, und als Ihre Königliche Hoheit eine Packung Mandeltörtchen in die Handtasche gleiten ließ, ohne dafür zu bezahlen, wandte Tracy diskret den Blick ab. Beim Hinausgehen griffen Ladendetektive die alte Frau auf und brachten sie in den Supermarkt zurück, wo sie dann die Handtasche ausleerte, ihre Adresse angab und weinte.

Bei Tracys Entlassungsgespräch wurde das Beweismaterial vorgespielt. Deutlich sah man, wie eine gebeugte Rentnerin die Törtchen unbeholfen in eine Stofftasche mit Bambusgriffen stopfte, und wie Tracy keinerlei Versuch unternahm, sie daran zu hindern. Aber wie hätte sie auch erklären sollen, dass sie geglaubt hatte, es sei ihre Untertanenpflicht, dass sie bei der Herrscherin ein Auge zudrückte?

»Sie haben mal wieder geträumt, geben Sie es doch zu«, sagte ihr Chef, der auf der Schreibtischkante thronte, auf sie herabsah und den Betroffenen mimte. »Ich kann Ihnen nicht helfen, wenn Sie sich nicht selbst bemühen, Trace. Wo um Himmels willen waren Sie mit Ihren Gedanken?«

Unter seinem herausfordernden Blick sackte sie wie jedes Mal in sich zusammen. Sie hatte nichts zu ihrer Verteidigung vorzubringen. Er seufzte tief. Sie sei ein nettes Mädchen, sagte er, aber was könne er tun? Ihm seien die Hände gebunden. »Sie wissen, wie sehr ich Sie schätze.« Sein Fuß streifte ihre nackte Wade. Ein Zufall? Sie musste wegsehen.

Sie sei fleißig und zuverlässig, fuhr er fort, und habe die Preise der Waren gut im Kopf, besser als jede andere. Doch wenn sie den Vorfall nicht erklären könne, müsse man sich leider von ihr trennen.

Aber Tracy bekam den Mund nicht auf, sie hing weiter ihren Gedanken nach.

»Tracy? Ich warte. Trace? Hören Sie mir überhaupt zu?«

Doch es war zu spät: Sie war längst außer Reichweite für ihn.

»Tracy!«

Sie erinnerte sich nicht einmal, wie sie aus dem Supermarkt gekommen war. Sie nahm den Bus nach Hause. Und auf dem Weg in den Osten der Stadt, zum vierten Mal arbeitslos binnen zwei Jahren, berührte ein Sonnenstrahl ihre Schulter. Sie reckte den Hals und drehte das Gesicht in die Sonne. Wärme durchströmte sie. Als sie aus dem langen Tagtraum, in dem sie selbst die Rolle der Heldin spielte, erwachte und in die Wirklichkeit zurückkehrte, spürte sie eine ganz und gar grundlose Zuversicht.

Die Waschmaschine schaltete mit einem Klick in den Schleudergang und ließ die gesamte Wohnung erzittern, Teetassen und Aschenbecher und draußen auf dem Balkon Erics Kisten mit verrosteten Motorradteilen. Nur der Himmel kannte die Zahl der Wohnungen unter ihnen, die von dieser klapprigen Maschine in Schwingungen versetzt wurden. Als inoffizieller Hausmeister wusste Eric nur zu genau, dass das Gebäude mit seinen dreiundzwanzig Stockwerken vibrierte wie eine Stimmgabel.

Eigentlich hatte er sich vorgenommen, der Waschmaschine an diesem Nachmittag endlich die Launen auszutreiben, aber dann hatte er sich doch wieder verzettelt.

Die Bedienungsanleitung einer anderen Waschmaschine, die er schon vor drei Jahren ausrangiert hatte, hielt ihn völlig gefangen, und er war immer noch ganz in die vergilbten Seiten vertieft, als die Wohnungstür aufging.

»Die haben mich rausgeschmissen, die Scheißkerle«, verkündete seine Tochter theatralisch und schleuderte ihren Rucksack in die Ecke, als koche sie vor Wut. »Unüberbrückbare Differenzen.«

Aber Eric hob nicht einmal den Kopf. »Ach je«, murmelte er.

Tracy war klar, dass er nicht zugehört hatte. Sonst hätte ein so überängstlicher Vater wie er anders reagiert.

»Nicht zu *fassen* ist das. Dad? Hörst du mir überhaupt zu? Dad? Ich bin rausgeflogen. Die haben mich vor die Tür gesetzt.«

»Wer?« Eric hob den Kopf.

»Wegen charakterlicher Unvereinbarkeit. Aber ist schon in Ordnung. Ich hatte sowieso die Nase voll.«

Jetzt endlich zeigten sich erste Anzeichen von Besorgnis auf seinem Motorradfahrergesicht, gerötet vom jahrzehntelangen schnellen Fahren bei geöffnetem Visier, Jahren, in denen er es, vom Gegenwind gepeitscht, mit riesigen Lastwagen aufgenommen hatte. »Die *haben* doch gar keinen Charakter. Wie kann er da unvereinbar sein?«

»Ist ja auch egal. Jedenfalls bin ich gefeuert.«

Zwei Dinge gab es, die wirklich wichtig waren in Eric Pringles Leben: sein Wohlergehen und das seiner Tochter, allerdings in umgekehrter Reihenfolge.

Tracy kam für Eric immer zuerst, sein eigenes Wohl hing unmittelbar von ihrem ab. In den letzten Jahren hatte er sich wegen dieser allzu großen Nähe – einer Folge seiner Arbeitslosigkeit vielleicht, von zu viel Freizeit – allerhand Kritik eingehandelt. Freunde hatten ihm gesagt, diese Affenliebe sei dic Ausrede dafür, dass er selbst nichts unternehme. Er könne nicht von anderen erwarten, dass sie sein Leben stellvertretend lebten, schon gar nicht von einem Kind. Er habe sein eigenes Leben vernachlässigt, habe es verrosten lassen wie seine Motorräder.

»Was ist denn passiert?«

»Keine Ahnung. Die haben mich rausgeschmissen. Zack. Einfach so.«

»Wieso? Was hast du denn gemacht?«

Ihre Antwort war wohlüberlegt. »*Nichts* habe ich gemacht.« Das war die reine Wahrheit, und sie wollte ihren Vater nicht noch mehr aufregen. Sie wusste, wie leicht ihn etwas umwarf. »Halb so schlimm. Ist sogar besser so. Ich finde schon was anderes, mach dir keine Sorgen. Gleich heute Nachmittag ziehe ich los und suche mir einen neuen Job.«

Sie musste ihrem Vater sagen, dass er sich keine Sorgen zu machen brauchte. Immerhin war er ein Vater, der sämtliche Milchzähne seiner Tochter wie Trophäen in einem

Döschen aufbewahrte; ein Vater, der die winzigen Kratzer und Narben, die sie ihm als Kind versehentlich beigebracht hatte, mit dem Stolz eines Kriegsveteranen vorzeigte; ein Vater, der nachts erst einschlafen konnte, wenn er das beruhigende Klicken ihrer Zimmertür gehört hatte. »Wie können die dich rausschmeißen, wenn du nichts gemacht hast?«

Sie machte eine resignierte Handbewegung, dann warf sie einen Blick über seine Schulter. »Kriegen wir jetzt eine neue Waschmaschine?«

»Lass doch die Waschmaschine. Da kümmere ich mich schon drum. Wie zum Teufel willst du einen Job finden?«

»Ich schaff das, Dad. Ich such mir eine andere Arbeit. Ich habe sogar schon eine Idee.«

»Und was?«

»Sag ich dir, wenn's geklappt hat. Einverstanden?«

Mit dieser knappen Auskunft ließ sie ihn stehen und verschwand in ihrem Zimmer.

Er starrte auf die vertraute Zimmertür und überlegte, was seine Tochter jetzt wohl im Schilde führte. Zwei Versager im Haus – das waren wirklich zuviele.

Er legte die Bedienungsanleitung beiseite und wandte sich wieder der Waschmaschine zu.

Als er sie neu anschloss, spürte er doch eine gewisse Genugtuung bei dem Gedanken, dass er etwas an ihr in Ordnung gebracht hatte, wenn auch nicht das, was er sich eigentlich vorgenommen hatte – das Wasser, das heraussickerte.

Als seine Frau Monica von der Arbeit zurückkehrte und keuchend in der Tür auftauchte, stand Eric noch immer neben der Maschine und verfolgte die Abläufe eines Waschgangs. Insgeheim hoffte er, die Erschütterungen hätten vielleicht das Leck abgedichtet. Ein solcher Erfolg würde ihn in ihrer Achtung steigen lassen.

»Donnerwetter«, staunte sie, als sie sah, dass er die immer wieder verschobene Arbeit endlich in Angriff genommen hatte. »Zeichen und Wunder.«

»Bis jetzt läuft nichts raus.«

»Der Aufzugsmonteur ist auch endlich da. Scheint ein Glückstag zu sein.« Ihre Wohnung lag im dreiundzwanzigsten Stock. Da freute man sich, wenn der Aufzug ging.

»Sie ist rausgeflogen«, berichtete Eric, den Blick starr auf den Boden geheftet, als rechne er jeden Augenblick mit einer Überschwemmung.

»Das ist nicht wahr!«

»Wegen unüberbrückbarer Differenzen, sagt sie.« Die Pfütze, die sich jetzt bildete, war unglaublich zähflüssig.

»O nein. Und wo ist sie jetzt?«

»Fort Knox.« Er nickte in Richtung Flur zu Tracys verschlossener Zimmertür.

Vor sieben Jahren hatten sie beide zugestimmt, als Tracy ein Schloss an ihrer Tür anbringen wollte. Schließlich konnten sie nicht ahnen, welche Konsequenzen das haben würde. Seither durften sie das Zimmer ihrer Tochter nicht mehr betreten. *Kein einziges Mal in sieben Jahren!* Weder zum Staubsaugen – das machte Tracy selbst – noch um mit ihr zu reden – bei solchen Gelegenheiten war sie jedes Mal herausgekommen und hatte die Tür rasch hinter sich zugezogen –, noch um ihr eine Tasse Tee zu bringen – die mussten sie wie ein heidnisches Trankopfer auf dem Teppich abstellen, und wenig später wurde sie von einer Hand mit schlangenförmiger Bewegung nach drinnen gezogen. Mittlerweile wussten sie aus leidvoller Erfahrung, wie entschlossen und beharrlich ihr einziges Kind sein konnte, und sie kannten die geopolitischen Machtkämpfe in einem Haushalt mit Teenagern: die bewachten Grenzen, die Annexionen, die mühsam ausgehandelten Waffenstillstände, Entspannungspolitik und Wiederannäherung. Eric hatte, auch wenn er wusste, wie lächerlich es klang, ein Bild dafür, das er wie ein Mantra wiederholte: »Der Ballon stieg in die Höhe, und wir hielten ihn fest. Eigentlich hatten wir ihn immer loslassen wollen.«

»Hu-hu!« Das war Emily Powell, Emily die Nachbarin, Emily, die ›Huhu‹ rief und mit den Fingern winkte, die frisch verwitwete Emily, deren Leben in Auflösung war und die wie immer herüberkam, um sich auszuweinen.

Sie war um die Fünfzig, genau wie die Pringles, und hatte eine Tochter, Christina, die früher mit Tracy in eine Klasse gegangen war. Diese eine Gemeinsamkeit hatte die Powells und die Pringles zusammengeschweißt: Erfolgsmeldungen über die eine Familie klangen automatisch wie eine Herabsetzung der anderen. Christina hatte ein Stipendium bekommen und studierte allen Erwartungen zum Trotz in Oxford, Tracy hatte die Schule abgebrochen und war »in Lord Sainsburys Dienste getreten«, wie Eric sich ausdrückte. Andererseits war Graeme Powell tot, und Eric lebte noch. Damit waren sie irgendwie quitt, fand Monica.

»Sie haben sie entlassen«, verkündete Monica, noch ehe sie es selbst ganz verdaut hatte.

»Nein! Wen? Tracy? Nein!« Emily wusste genau, wer

»sie« war. »Das lässt sich bestimmt wieder einrenken. Sie ist so klug. Das wird schon wieder. Ganz bestimmt. Ist das nicht schrecklich? Die Ärmste.«

Monica wandte sich wieder ihrem Mann zu. »*Wes*wegen?«

Eric wiederholte die Antwort, die Tracy ihm gegeben hatte. »Unüberbrückbare Differenzen.«

Emily nickte. »Ja, das kommt vor. Aber sie findet bestimmt etwas Neues.« Allzu viel Mitgefühl hatte sie nicht. Dazu war sie zu sehr mit ihren eigenen Sorgen beschäftigt. Als ihr ein Platz angeboten wurde, setzte sie sich sofort.

In der langen Zeit, in der sie darauf warteten, dass Tracy aus ihrem Zimmer kam und ihnen Genaueres berichtete, nutzte Emily die Gelegenheit und erzählte mit leiser Stimme die nächste Folge des traurigen Fortsetzungsromans vom Tod ihres Mannes, der vor zwei Monaten am Non-Hodgkin-Lymphom gestorben war – ein langsamer, qualvoller Abschied. Heute nahm sie allen Mut zusammen und ließ eine Bombe platzen: Er hatte sie betrogen.

Die erschütternde Nachricht lockte Monica an die Küchentür und riss Eric aus seinem Studium der Bedienungsanleitung.

Wie aus einem Munde riefen sie: »Nein! Emily! Nie im Leben!«

Emily brach in Tränen aus und erzählte, aschgrau und unter schwerem Schluchzen, dass Graeme ihr auf dem Sterbebett alles gebeichtet hatte. Es waren praktisch die letzten Worte ihres Mannes gewesen. Trotzdem hatte sie seine schwache Hand nicht losgelassen, denn er lag schließlich im Sterben – bis, fuhr Emily fort, er ihr entglitten sei und ihr damit zum zweiten Mal binnen nur fünf Minuten alles genommen habe. Ganze Arbeit.

»Ach, Emily. Das… das ist doch einfach…« Aber es gab keine Worte für solch schmerzliche Erfahrungen. Monica konnte sich nicht einmal ausmalen, wie man sich in so einem Falle fühlen musste.

»Unglaublich!«, schnaubte Eric, denn als Mann reagierte man auf so etwas mit Wut – Wut und *Habe ich mir doch gleich gedacht, dass da was war.*

Emily hatte ihre eigene Schachtel Papiertücher dabei.

Es folgten eher unwichtige Details. Die Frau arbeitete als Floristin bei Harrods, »spricht ja nichts gegen«, eine einfache und gutmütige Person – so hatte Graeme sie beschrieben. Und er hatte nicht einmal Schluss mit ihr gemacht. Der Tod musste übernehmen, wozu Willenskraft nicht ausgereicht hatte.

Jetzt, wo die grässliche Wahrheit heraus war, verstanden Monica und Eric, warum Emily seit der Beerdigung immer so bleich ausgesehen und sich kaum noch vor die Tür gewagt hatte.

Mitten in Emilys leidvoller Erzählung trat Tracy aus ihrem Zimmer, die Hände trotzig in die Hüften gestemmt, hochzufrieden mit ihrer Aufmachung – aufgedonnert wie eine Prostituierte, ihr Look für die glanzvolle Zukunft.

»Na, wie seh ich aus? Ich gehe jetzt und suche mir einen neuen Job.«

Tracy nahm natürlich an, dass alle ihretwegen so betroffen dreinschauten.

Hinter verschlossener Tür hatte sie in der letzten halben Stunde den Inhalt ihres Kleiderschranks aufs Bett geworfen und jedes Stück gemustert. Was dabei herausgekommen war, war kein Versehen, sondern das Ergebnis sorgfältiger Überlegungen. Für das, was sie am heutigen Abend vorhatte, musste sie sexy sein. Diesmal wollte sie die wirkliche Welt betreten, nicht einen armseligen Supermarkt, und sie wusste, wie es da zuging. Busen, Beine, ein aufreizendes Lächeln, das Rezept für Nutten; wie beim Safeknacken kam es nur auf die richtige Kombination an: *klick*, *klack*, und schon war man drin.

Eine spannende Sache, aber Tracy war auch sehr nervös. Ihre Hand zitterte, als sie Augen und Lippen vor dem Spiegel schminkte. Vielleicht würde sie schon in wenigen Stunden die Einnahmen der ersten Nacht hier auf der Bettdecke zählen. Nun wo sie letzte Hand an ihr Make-up legte und die Augenbrauen mit einem Stift kräftiger nachzog, wurde ihr allmählich klar, was es bedeutete, seinen Job zu verlieren. Kassiererin zu sein hatte schon Vorteile gehabt. Diese Arbeit hatte nie etwas von ihr verlangt, was sie nicht bereitwillig gegeben hatte. Zeit spielte für Tracy keine Rolle, das war kein großes Opfer. Ihr Gehirn störte sich nicht daran, wenn es unterfordert war; sie machte sich keine Illusionen über sich selbst: Sie konnte gut mit Zahlen umgehen, aber eine große Denkerin war sie nicht. Sie war dazu bestimmt, ihr Leben im Dienste anderer zu verbringen. Und schließlich leistete der Job das, wozu ein Job nun einmal da war: Er fraß die Stunden, die man sonst damit zubringen müsste, dass man sich einredet, wie glücklich man ist, wie beliebt, faszinierend, wertvoll, attraktiv, talentiert, gefragt, gefällig, witzig, liebenswürdig, tiefgründig. In einem Buch, das sie gelesen hatte, war einmal eine Figur als »tiefgründig« beschrieben worden. Das schien ihr der Gipfel des Erstrebenswerten.

Sie legte den Augenbrauenstift beiseite und befeuchtete mit der Zunge ihren Finger, bis sie den Ring mit dem goldenen Herzen abstreifen konnte. Dann hielt sie ihn zwischen Daumen und Zeigefinger und fuhr sich damit über den unteren Lidrand, wo sich ein pochendes Gerstenkorn zu bilden begann. Dieses alte Hausmittel hatte noch nie versagt. Selbst wenn ihre Beziehung zu dem treuherzigen Ricky Innes, Lehrling im morbiden Familienbetrieb seines Vaters drüben in Tooting, nicht lange hielt oder keine Probleme löste, würde der Ring, den er ihr geschenkt hatte, der einzige Gegenstand aus Gold, den sie besaß, ihr immer dabei helfen, Gerstenkörner im Keim zu ersticken.

»Hi«, hatte er gesagt, als sie sich zum ersten Mal in einer dröhnenden Disco begegnet waren.

»Hi.«

»Was machst 'n du so?«

»Kassiererin bei Sainsbury. Und du?«

»Ich arbeite mit Steinen.«

»Äh... so 'ne Art Maurer?«

»Nee. Ich mache Inschriften.«

»Verstehe. Du bemalst die.«

»Nee. Bildhauer sozusagen.«

»Oh... das heißt Kunst?«

»Nee. Grabsteine.«

»Grabsteine.«

»Sag ich doch.«

»Du willst mich verarschen! Grabsteine – nie im Leben.«

»Kannst du Gift drauf nehmen. War ’n Witz. Das ist ’n guter Job. Ehrlich.«

Der Bildhauer, ihr ganz persönlicher Meisterschüler in der Kunst der Grabsteingestaltung, hatte ihr als Beweis für seine Absichten – wenn schon nicht seine Liebe – einen Ring geschenkt, den sie jetzt blinzelnd und mit ein paar Tränen in den Augen wieder über den Finger streifte, wobei sie sich zugleich die Haare hinter die Ohren strich.

Sie war bereit.

»Wie eine Schlampe«, sagte ihr Vater schließlich und brachte damit die Gefühle sämtlicher anwesender Erwachsenen auf den Punkt.

Ihre Mienen zeigten allerdings weniger Missbilligung als Nachdenklichkeit, ein Nachdenken darüber, ob alle späteren Katastrophen im Leben, Katastrophen wie die, über die sie gerade gesprochen hatten, so ihren Anfang nahmen; in Tracys Alter, damit, wie sich ein junger Mensch zum Ausgehen anzog.

Tracys Aufmachung war einfach unmöglich. Der Rock reichte kaum über den Po, die Stöckelschuhe und hoch aufgetürmten Haare waren mehr als aufreizend, und das Gleiche galt für das Make-up. Das rückenfreie Lycra-Top, das ein vorher eher unauffälliges Dekolleté ins rechte Licht rückte, präsentierte einen Körper, den keiner im Raum als den von Tracy erkannt hätte.

»Ich bin dann mal weg. Ich such mir Arbeit«, verkündete sie.

»Arbeit?«, brüllte Eric. »Um diese Zeit?«

»Bin spät dran. Bis dann.«

Monica warf ihrem Mann einen fragenden Blick zu: *Wer geht um diese Zeit auf Stellensuche?*

Eric griff die Frage auf: »In diesem Aufzug? Es ist schon nach … es ist fünf Uhr, halb sechs!«, sagte er mit einem Blick auf seine Armbanduhr.

»Ich weiß. Aber ich suche nach einem Job im Restaurant.«

»Red keinen Quatsch. Jetzt setz dich hin und schlag dir das aus dem Kopf. Erzähl deiner Mutter erst mal, was heute passiert ist.«

»Ehrlich. Ich meine das ernst. Die Geschäftsführer sind nur um diese Zeit da. Bye!«

Bevor jemand sie aufhalten konnte, war sie weg. Eric rief ihr von der Wohnungstür aus etwas nach, aber ihre immer schnelleren Schritte verhallten im Flur, und schon war sie auf dem Weg nach unten. Sie nahm nicht den Lift, und er hörte ihre Absätze auf der Treppe, den Anblick des wippenden Hinterteils und ihrer Oberschenkel noch genau vor Augen.

»Ehrlich. Vielleicht geht sie auf den Strich.«

Emily war wieder fort. Eric und Monica saßen nebeneinander auf den neuen hohen Barhockern an der Theke zwischen Kochnische und Wohnbereich. Monica lachte, sie war in ein kniffliges Kreuzworträtsel vertieft. »Du bist ja verrückt.« Sie grübelte über der Definition: *H 100 - 98 O. Sechs Buchstaben.*

Eric sah ihr über die Schulter. »Es ist mein voller Ernst.«

»Nie im Leben.«

»Die stammen oft aus ganz normalen Familien.«

»Nicht so normal wie unsere.«

Er knuffte sie. »Jetzt bleib mal ernst.«

»Sie ist nicht der Typ.« Monica kaute auf ihrem Bleistift. »Sechs Buchstaben.«

»Das ist es ja gerade. Es *gibt* keinen bestimmten Typ, verstehst du? Die kommen aus allen Schichten, und die Eltern sind immer ahnungslos. Die meisten Prostituierten…«

»Ach, halt endlich die Klappe.«

»…die meisten sind ganz normale Mädchen, so wie Tracy. Ich meine nicht die, die auf Drogen sind, nicht die kaputten. Die ganz Normalen sind die, die wirklich Geld machen, die sind richtig gut im Geschäft.«

»Du scheinst dich ja auszukennen.«

»Die sind genau das, was die Kerle wollen. Ganz normale Mädchen. Die Töchter von Leuten wie uns, die von nichts eine Ahnung haben. Wir geben ihnen einen Kuss beim Auszug, sie machen Karriere, kaufen ein Auto, ein Haus – braves Mädchen –, dann das zweite Haus, das zweite Auto – Moment mal, da stimmt doch was nicht, ein Boot!… Herr im Himmel, zehn Jahre später schreiben sie ein Buch: ›Mein Leben als Hure‹. Verstehst du, was ich meine?« Eric rieb sich hektisch die Stirn. Er hatte sich buchstäblich in Rage geredet.

»Sie ist nicht sexy, Eric. So was kommt ihr nicht in den Sinn. Daran denkt sie nicht mal im Traum. Kein Sex-Appeal.«

»Dann hat sie sich aber ziemlich gut verstellt. Und wenn sie es mit diesem Richard treiben kann, dann kann sie es auch mit jedem anderen tun.«

»Sie käme nie auf die Idee.«

Eric sagte nichts, aber der Grund für seine Besorgnis war ein Artikel in der Zeitung, die Monica gerade in der Hand hielt.

»Wasser«, sagte sie.

»Wie kommst du denn da drauf?«

»Hier, siehst du?« Sie füllte die Kästchen.

»Was?«

»Ganz schön raffiniert, was? H... zwei... O.«

Das sieht doch schon besser aus, dachte Tracy. *Persischer Garten? Klingt verlockend. Jetzt bin ich auf dem richtigen Weg.*

Die chinesischen, thailändischen und italienischen Restaurants, bei denen sie gerade vergeblich ihr Glück versucht hatte, hatten weder Atmosphäre noch den nötigen Glamour gehabt. Aber das hier war anders. An einem solchen Ort konnte man sich all die geheimnisvollen Dinge, die sie vom Leben erwartete, mühelos vorstellen. Genau was sie gesucht hatte: mehr als ein Job – eine Wendung ihres Schicksals, ein Neubeginn.

Die Einrichtung des schummrigen Lokals war orientalisch: Wandteppiche zeigten alte Schlachtendarstellungen oder idyllische Waldszenen; kleine, niedrige Tische waren zu behaglichen Grüppchen arrangiert und in bernsteinfarbenes Licht getaucht, das aus kampferduftenden Lampions fiel.

Der Mann, der hinter einem durchbrochenen Wandschirm hervortrat, war etwa fünfzig, untersetzt und mit schütterem Haar. Er wirkte wehmütig, wie jemand, der sein ganzes Leben dem Studium der menschlichen Natur gewidmet hat. Er fasste sich hinter den Rücken und versuchte, eine mehlbestäubte Schürze abzunehmen, die ihm bis zu den Knöcheln reichte. Sein Gesicht war voller Lachfältchen. Seine Haut schimmerte wie poliert. Sie blickten sich in dem schummrigen Licht an, mit der Gemessenheit von Menschen, die auf Anhieb erkennen, dass sie aus vollkommen verschiedenen Welten stammen. »Ja bitte?«

Er trat vor. Im Licht konnte er sie besser sehen. Sie sah den erschrockenen Blick, als seine Augen über ihren Ausschnitt und die nackten Schenkel glitten. Zum Glück bemerkte sie auch, wie dieser Blick wieder verschwand, als seine Augen nüchtern und kühl wieder nach oben wanderten. Er schien verblüfft. *Klick, klack,* dachte sie.

»Was kann ich für Sie tun?«

»Ich komme wegen dem Job im Fenster.«

»Job? Ach so, verstehe.« Er lachte und schien zugleich erleichtert.

»Was ist?«

»Nichts.«

»Was?« Nun war sie wieder verwirrt.

»Das hier ist ein *persisches* Restaurant.«

»Ist mir klar. Ich kann schließlich lesen.«

»Gut. Immerhin etwas.«

Mistkerl, dachte sie.

»Ich will sagen, hier gibt es keine Jobs. Tut mir leid.«

»Sie haben keinen Job?«

»Nein. Vielen Dank für Ihr Interesse.« Er musterte die spärlich bekleidete junge Dame, die da vor ihm stand: So lange war er noch nicht fort aus dem Iran, dass ihn solcher

Exhibitionismus nicht immer noch verwirrte. Für ihn war sie der Inbegriff der jugendlichen englischen Straftäterin, aufgetakelt für weiß Gott was – fehlte nur der Ring in der Nase – sicher hörte sie entsetzliche Popmusik – alles, was er verabscheute. Er schüttelte den Kopf. »Tut mir leid.«

»Wozu haben Sie dann das Schild im Fenster?«

Er drehte sich um und blickte zur Tür. »Wir haben ein Schild im Fenster? Keine Ahnung, was das da zu suchen hat. Sie haben vollkommen recht. Ich nehme es sofort herein.« Tracy rührte sich nicht. Sie sah ihm nach, als er zur Tür ging, den Klebestreifen abzog und die Pappe entfernte. »Bitte entschuldigen Sie. Vielen Dank für Ihren Besuch.«

»Oder liegt es einfach an mir?«

»Nein.« Er seufzte. Allmählich wurde es ihm zu viel. »Nein, es liegt nicht an Ihnen. Jemand muss geglaubt haben, wir bräuchten eine Kellnerin, obwohl das nicht stimmt.«

»Na gut«, sagte sie. »Aber ein bisschen irreführend ist es schon.«

»Tut mir leid.« Er hielt ihr die Tür auf.

»Hübsch hier.«

»Oh. Danke.«

Sie schlüpfte unter seinem Arm hindurch, und er folgte ihr hinaus auf die Straße und sah ihr kopfschüttelnd nach, bis der Anflug eines Lächelns auf seinem Gesicht erschien.

Fleisch

Auf die eine oder andere Weise war Fleisch von jeher der bestimmende Faktor im Leben von Saaman Sahar gewesen, dem Besitzer des Persischen Gartens.

Saaman, der redselige Sohn eines gewissen Mostafa Sahar, eines bekannten Schlachters in Teheran, war im Schatten des Hackbeils aufgewachsen. Das dumpfe Geräusch, wenn der Stahl auf den massigen hölzernen Hackklotz traf, war seine früheste und stärkste Erinnerung. In den späten fünfziger Jahren war der Junge auf dem sengend heißen Markt des Meidan-e-tareh-bar seinem Vater nicht von der Seite gewichen.

Da er als Kind immer klein war – selbst jetzt als Erwachsener brachte er es nur auf eins fünfundsechzig –, hatte er von dem eigentlichen Schlachten nie viel sehen können, doch das erbarmungslose Geräusch des Hackbeils hinterließ tiefe Spuren in seiner Seele und besiegelte sein Schicksal.

Um die Mitte der siebziger Jahre – sein Vater hatte es zu Wohlstand gebracht, besaß eine ganze Kette von Läden, und der Marktstand existierte nur noch in nostalgischer Erinnerung – wurde Saaman wie viele seiner Generation unter beträchtlichen Unkosten auf eine westliche Universität geschickt, um sich die heiligen Lehrsätze der Keynesianischen Ökonomie anzueignen. Alle gingen davon aus, dass er nach dem Examen in die Heimat zurückkehren würde, um dort in die Fußstapfen seines Vaters zu treten, den Familienbetrieb weiter auszubauen und zu modernisieren und so als Speerspitze des Fortschritts Zugang zur gesellschaftlichen Elite des modernen Teheran zu finden.

Aber in England geschahen zwei Dinge.

Als Erstes entwickelte er eine Vorliebe für alles Englische. Geistig erfrischt von der kühlen Luft in Oxford, fand er dieses Land den besten Ort für seine Tatkraft und sein Kapital. England, die Heimat aller höflichen Umgangsformen, der Inbegriff des gesunden Menschenverstands, die fortschrittlichste und charismatischste Kultur, die der Westen vorzuweisen hatte.

Mit der unbeirrbaren Zielstrebigkeit der Jugend ließ er sein ästhetisches Empfinden vom Anblick eines Sonnenuntergangs über den sanften Hügeln der Cotswolds prägen, der Duft des englischen Waldes nach einem Regenschauer setzte die Maßstäbe für seinen Geruchssinn, und ein warmes englisches Bier nach einem langen Spaziergang war für ihn der Gipfel des Wohlgeschmacks. Er idealisierte England über alle Maßen. Mit dem sentimentalen Blick eines John Constable machte er es zur Heimat seiner Seele.

Als er seiner Mutter dieses Märchenland schilderte, schrieb sie zurück: »Wenn du so denkst, kannst du gleich ganz dableiben.«

Dabei war sie stolz auf ihren Sohn, prahlte bei jeder Gelegenheit damit, dass die Sahars es sich jetzt leisten konnten, ihren Ältesten an der »bedeutendsten Universität der Welt« studieren zu lassen; ja sie glaubte selbst an die kulturelle Überlegenheit des Westens, aber sie wollte doch nicht ihren Sohn an ein degeneriertes, sittenloses Leben verlieren. Der Westen hatte keinen Sinn für die Seele. In diesen Dingen konnte man nichts von ihm lernen. Was sie verehrte, fürchtete sie zugleich. Mochte ihr Sohn England ruhig vergöttern, aber bald würde er wieder zu Hause sein, und das ohne Bedauern.

Der zweite Vorfall, der sein Leben erschütterte, ereignete sich nach einer Kricketpartie am Christ Church College in Oxford.

Als er nach einem trägen Eintagesmatch, bei dem er und seine Kommilitonen ein gepflegtes Unentschieden erreicht hatten, an seinem Earl-Grey-Tee nippte, geschah das Unvorstellbare.

An dem fraglichen Nachmittag – die Anzeigetafel zeigte fünfundzwanzig Runs hinter dem Namen SAHAR S. – entschied das Los, dass er für alle das Mittagessen spendieren sollte: Fleischpastete. Woher hätte er wissen sollen, was ihm bevorstand, als er hungrig die Füllung aus Rindfleisch und Nieren hinunterschlang, die in der Teighülle vor sich hinmoderte? Und wie hätte er ahnen können, was für eine Kettenreaktion dieses sommerliche Picknick in seinem Leben auslösen würde?

Die Wirkung ließ nicht lange auf sich warten. Eine Salmonelleninfektion setzte ihn drei Wochen lang außer Gefecht. Der Flüssigkeitsverlust durch Erbrechen und explosionsartigen Durchfall war so hoch, dass er ins Krankenhaus kam und unter intensive Beobachtung gestellt wurde. Man benachrichtigte sogar seine Eltern. Er verlor zwölf Kilo, als seien sie Ballast, den man einfach über Bord werfen konnte.

Er rang mit dem Fieber. Und irgendwann im Delirium wurde ihm die Vorstellung von Fleisch unerträglich. Danach konnte er nicht einmal mehr an Fleisch denken, ohne dass aus seinem Zwölffingerdarm eine Gasblase aufstieg. Allein die Vorstellung, er könne an die Seite seines Vaters zurückkehren, in die dampfenden Läden mit dem unablässigen dumpfen Wumm-Wumm-Wumm, den aufgerissenen Mäulern und Kadavern aus Fleisch und Knochen, reichte aus, um ihm jede Mahlzeit aus schonend gedämpftem Gemüse und frischen Salaten wieder hochkommen zu lassen. Nur mit größter Anstrengung konnte er das Würgen unterdrücken.

In den Augen der Daheimgebliebenen war er natürlich ein Versager. Seine Postkarten wurden verbrannt. Ein Sahar, der kein Fleisch aß? Eine unverzeihliche Schande.

Bei der Rückkehr nach Teheran erklärte Saaman (der sich inzwischen lieber mit Sam anreden ließ, weil das englischer klang, und der zu allem Überfluss einen Abschluss in Englischer Literatur in der Tasche hatte) seinem Vater, er wolle lieber ein vegetarisches Restaurant aufmachen.

Messer, Hackklötze und Wetzsteine landeten unter Getöse auf der Straße vor dem neuesten Laden der Saharschen Metzgereikette. Erst nach Stunden ließ das Gebrüll nach. Dass Saaman an diesem Tag nicht Bekanntschaft mit der Klinge eines Hackbeils machte, verdankte er weniger der Beherrschung des alten Mannes als dessen nachlassenden Kräften. Sein Vater kehrte ihm den Rücken und ging in seinem weiten Nadelstreifenanzug gebeugt von dannen. Dabei hinterließ er eine blutige Fußspur auf dem grauen Zementboden. Sam betrachtete die Abdrücke: Sie wurden mit jedem Schritt schwächer, der Stempel musste zurück aufs Stempelkissen, ein Abbild des allmählichen Niedergangs seiner Familie, ein Vorbote für das Ende des alten Mannes.

Von diesem Tag an ging es mit Mostafa bergab. Kaum einen Monat später erlitt er einen leichten Schlaganfall, und bis an sein Ende würde er nicht begreifen, wie sein Sohn eine so abartige Vorliebe für Gemüse entwickeln konnte. Als es Zeit war, sich zur Ruhe zu setzen, kam eine weitere, noch größere Sorge dazu: Er hatte keinen Erben. Sams jüngere Brüder waren beide noch nicht alt genug, um das Familienimperium zu übernehmen. Er hatte keine Wahl.

»Da gehen sie hin, tausend Jahre Patriarchat, und nur wegen einer englischen Pastete«, verkündete er.

Die Läden wurden einzeln zum Verkauf angeboten und rasch versteigert, zu Preisen, die weit über den Mindestgeboten lagen, denn nichts galt in Teheran als so sicher wie ein weiteres Jahrtausend Fleischtöpfe und Bratpfannen. Aber der plötzliche Überfluss an Bargeld war nur ein schwacher Trost für Mostafa, für den Fleisch gleichbedeutend mit Leben war und umgekehrt. Das konnte man nicht einfach so wegwerfen. In ihrem letzten Streit darüber versuchte der alte Mann, seinen Sohn vor der göttlichen Vergeltung zu warnen.

»Ohne einen Bissen Fleisch im Bauch bist du schon so gut wie tot. Hör auf die Stimme deiner Vorfahren. Du bist nicht dazu geschaffen, dich von Gemüse zu ernähren. Ein solcher Mann ist eine Null!«

Sein Vater rollte sanft aufs Abstellgleis, und seine Mutter verbrachte ihre Tage in verdunkelten Zimmern. Doch inzwischen wuchs und gedieh Sams Restaurant, weit besser als er je geglaubt hatte. Er gewann Geldgeber für einen Markt mit Zukunft. Mit der Eröffnung eines zweiten und dritten Lokals profitierte er von der Begeisterung für alles Westliche in der Regierungszeit des letzten Schahs. Seine Gemüseburger zum Mitnehmen waren bald der letzte Schrei in Tausenden trendbewussten Haushalten Teherans. Er bescherte seiner Generation Pommes frites und Ketchup. Der Höhepunkt seiner Karriere war der Kauf eines legendären Restaurants im Herzen von Teheran, wo Stalin, Churchill und Roosevelt 1943 beim Lunch die Rückeroberung Europas geplant hatten. Er war so erfolgreich, dass man ihn – zu Unrecht – für einen Playboy hielt.

Aber als er den Ayatollah Khomeini in seinem Exil zum ersten Mal im Fernsehen sah, wusste er, dass die Party zu Ende war. Er hörte den flammenden Aufruf zur Erneuerung der religiösen Werte, zum Kampf gegen die Korruption durch die Eliten und erkannte die Zeichen der Zeit. Das Antlitz des Irans würde sich über Nacht verändern, und für jemanden, der, wie er, gefangen war zwischen zwei unvereinbaren Welten – vor einer wichtigen Entscheidung las er bisweilen im Koran, aber in England hatte er Madrigale in einer anglikanischen Kirche gesungen –, war es nicht mehr der richtige Ort. Er beschloss, zu gehen, wenn er sein Vermögen irgendwie mitnehmen konnte.

Wie vorher die väterlichen Läden kamen seine Restaurants schnell unter den Hammer und erzielten einen guten Preis. Für kurze Zeit war er reich. Die neuen Besitzer, junge Unternehmer, die das schnelle Geld witterten und kein Gespür für den gesellschaftlichen Wandel hatten, hielten die Anzeichen eines Aufstands für das übliche Gejammer der

Unterschicht. Jahre später hörte Sam, dass sie bei dem Umsturz alles verloren hatten.

Auch seine besten Freunde kümmerten sich nicht um die Zeichen der Zeit und fuhren mit ihren italienischen Autos weiterhin viel zu schnell, ohne Rücksicht auf Gesetze und Vorschriften. Sie flogen häufiger denn je zum Einkaufen nach Paris und ließen sich die Nase operieren. Obwohl seine beiden jüngeren Brüder ihn inständig baten zu bleiben, schaffte er sein Geld heimlich auf Schweizer Konten. An dem Tag, an dem der Schah gestürzt wurde und der neue Imam offiziell die Macht übernahm, verließ Saaman mit der ersten Maschine das Land. Er saß neben einer Nichte des Schahs in der ersten Klasse und nippte an einer Weinschorle.

Tags darauf stand er auf englischem Boden, spielte, noch unter Jetlag und den Nachwirkungen eines mittäglichen Aperitifs, Tennis im eleganten Club von Wimbledon und rief »guter Schlag«, ein echter Bonvivant in seinen weißen Shorts.

So begannen die Jahre in London, das ihm zwei Jahrzehnte lang als ruhige, sichere Basis diente. Er hatte ein gutes Auskommen nach englischen Maßstäben, spekulierte ein wenig an der Börse und eröffnete ein Restaurant, anfangs nicht viel mehr als ein Zeitvertreib. Doch wie andere Chamäleons geriet auch er bald in emotionale Nöte. Der Widerspruch zu seiner Vergangenheit beunruhigte ihn zutiefst. Er wahrte bestimmte Traditionen, pflegte die Verbindung zu seiner Familie und ein paar Freunden, aber die unterschwellige Anspannung nagte an ihm und weckte seinen Zorn über den rückwärtsgewandten Kurs seiner Heimat. Er schlug einen Bogen zwischen Ost und West, doch er war in keiner der beiden Welten wirklich zu Hause. Die Folge war, dass er seine Energien noch mehr auf die neue Wahlheimat konzentrierte. Er entwickelte einen übertriebenen Patriotismus und ließ die Verbindungen zu seiner alten Heimat schleifen. Die weinerliche Sentimentalität eines Emigranten, das war nichts für ihn.

Sein englisches Restaurant war bescheiden. Als er sein Geld in Pfund umtauschte, reichte es nicht allzu weit. Und seine Unternehmungslust hatte ihn verlassen. Aber mit seiner vegetarischen Speisekarte und den phantasievollen Gerichten war der Persische Garten originell genug für eine Stadt, in der man bis in die Mitte der neunziger Jahre kaum wusste, wie ein Salat aussieht. Er erzielte ohne große Anstrengungen einen hübschen Gewinn und besaß auch nach dem Erwerb eines schönen frei stehenden Hauses – ein Luxus für Londoner Verhältnisse – immer noch ein paar Aktien als eiserne Reserve. Sein Schisch Kebab aus Tofu und Zuckerschoten galt als Geheimtipp. Und das köstliche Kaschk Bademjan aus Auberginen hatte er direkt von seiner alten Speisekarte in Teheran übernommen. Seine Köche vollbrachten wahre Wunder mit Dolmeh, scharf gewürzten roten Rüben und gefülltem Kohl. Saaman redete unablässig davon, dass er in London ein zweites Restaurant aufmachen wollte, hatte auch schon erste Pläne, aber er sagte – immer noch der Intellektuelle aus Oxford –, er warte auf den richtigen Markt.

Mit seinen zweiundfünfzig Jahren war er vor der Zeit müde geworden, melancholisch, übergewichtig, fremd, ein Schatten an den Rändern einer Kultur, die er verehrte.

Am nächsten Morgen um zehn war Tracy wieder da.

Als Sam Sahar aus seinem Mercedes stieg und die Straße überquerte, wartete sie schon auf ihn. Ihre Aufmachung war nicht mehr so auffällig wie am Vorabend, und so erkannte er sie erst auf den zweiten Blick.

»Hi«, sagte sie in triumphierendem Ton.

»Sie schon wieder?«

»Das Schild im Fenster«, sagte sie und zeigte auf das Pappschild, das über Nacht wieder an seinem alten Platz aufgetaucht war.

Er rieb sich das Kinn, errötete und wandte den Blick ab. »O ja, ja... offenbar hat es sich jemand anders überlegt.«

»Wirklich? Haben Sie immer noch keinen Job für mich?«

»Na ja, vielleicht... dann kommen Sie erst mal mit rein ... und lassen Sie wenigstens ... Ihre Telefonnummer da.« Er machte sich an der Tür zu schaffen. »Treten Sie bitte ein ... lassen Sie uns drinnen weiterreden.« Er wollte nicht mit ihr auf der Straße gesehen werden.

Sam musste sich nicht viel aufschreiben. Tracy hatte sich die Mühe gemacht und über Nacht einen handgeschriebenen Lebenslauf aufgesetzt. An einem Tisch, von dem er zwei Stühle herabnahm, zwang sie ihn mit ihrem eindringlich hoffnungsvollen Blick, die halbe Seite mit der Liste ihrer Triumphe zu studieren. »Schön. Kassiererin? Gut. Schulbildung. Hm-hm. Das ist in Ordnung. Aber keine Erfahrung als Kellnerin.« Das Telefon in der Küche klingelte. »Oh, einen Moment bitte.«

Die Stimmung in dem leeren Restaurant mit den Stühlen auf den Tischen, der Ruhe wie in einer Höhle, den Bildern an den Wänden mit ihren Szenen aus kaiserlicher Zeit, von

Mord und Schandtat unter den Moguln, von ländlicher Muße und Lust, dem Geruch nach Wachs und dem Holzkohlenrauch des gemauerten Ofens, all das gab Tracy das aufregende Gefühl, dass sie in einen ihrer eigenen Tagträume eingetaucht war.

Hier zu arbeiten, das wäre bezahlter Urlaub, dachte sie.

Sie sah sich das Schlachtgetümmel auf dem Bild neben sich genauer an: Krieger mit gezückten Krummschwertern, eine halb im Sand vergrabene, zerbrochene Laute, gefallene Helden, die sich ihre durchbohrten Seiten hielten und ihren letzten Seufzer im Schoß weinender, verzweifelter Jungfrauen taten.

Fast unbemerkt betrat eine Frau das Restaurant und kam quer durch den Raum. Sie war groß und schlank, ihr Haar war zu einem Knoten gebunden. Als Tracy sich zu ihr umdrehte, wurde sie mit einem Lächeln bedacht. Die Frau bückte sich, hantierte mit etwas und richtete sich mit einem Bündel Geldscheine, das sie sich in die Handtasche steckte, wieder auf. Dann verschwand sie, als wäre der ganze Auftritt nichts weiter gewesen als die Erscheinung eines Geistes.

»Das Lokal find ich wirklich toll«, sagte Tracy, als Sam wieder auftauchte.

Für Komplimente war er nicht unempfänglich. »Danke.« Er hielt am Tresen inne, stutzte und brummte dann etwas vor sich hin.

»Oh, eine Frau war hier und hat es mitgenommen.«

»Ich weiß. Ich weiß. Danke. Das ist in Ordnung. Sie plündert mich immer aus.« Zum ersten Mal grinste er. »Meine Frau. Sie ist es auch, die hinter meinem Rücken

Schilder mit ›Kellnerin gesucht‹ ins Fenster stellt. Was mich in die peinliche Lage bringt, dass ich mit erwartungsvollen jungen Damen sprechen muss, obwohl ich… keinerlei Absicht habe, sie anzustellen.«

»Überhaupt keine?«, fragte Tracy enttäuscht.

»Tut mir leid. Wir sind in vielerlei Hinsicht ein sehr traditionelles Lokal, mit Ausnahme der Speisekarte. Ja, wir brauchen Kellnerinnen, deshalb macht Yvette so etwas hinter meinem Rücken.« Er murmelte etwas in seiner eigenen Sprache. »Aber wir haben eine große persische Klientel, die kaum oder gar kein Englisch spricht. Und auch die Speisekarten sind auf Farsi.«

»Salaam, esman Tracy Pringle *e«*, sagte sie. *»Khosh amedeem* Persischer Garten. Hallo, mein Name ist Tracy Pringle. Willkommen im Persischen Garten.«

Er hob die Augenbrauen. »Wo haben Sie das gelernt?«

»Eine Stunde im Internet. Ich lerne schnell.«

»Und Sie sind hartnäckig.«

»Sie werden es nicht bereuen. Ich arbeite gut.«

»Habe ich vielleicht ein Schild umhängen, auf dem ›leicht rumzukriegen‹ steht?«

»Ihre Frau findet, Sie brauchen jemanden. Die Speisekarte kann ich auswendig lernen. Im Supermarkt konnte ich mir von allen im Laden die Preise am besten merken.«

Er stieß einen Seufzer aus, überschlug im Geiste, wie viel Schaden sie maximal anrichten konnte, und sagte dann: »Schon gut. Schon gut. Eine Woche.«

»Ehrlich?« Sie sagte es mit einem kleinen Lachen.

»Eine Woche. Zur Probe. Aber ich will keine Diskussionen, wenn wir beide merken, dass es ein Fehler war.«

Tracy drückte den Halteknopf und stieg an der Rycroft Street aus, und beinahe hätte sie ihre Flasche Tesco-Champagner auf dem Sitz neben sich vergessen. Sie tauchte so unvermittelt in der Wohnung ihres Freundes auf, dass sie den Burschen kalt erwischte.

Sie wollte ihn mit der Nachricht überraschen, wollte im Wohnzimmer die ganze Flasche mit ihm austrinken, und dann wollte sie offen für Neues sein. Spontaneität war nicht gerade die starke Seite ihrer Beziehung, doch an diesem Abend war sie einfach bei allem optimistisch.

Er lebte in einer Zweizimmerwohnung im Erdgeschoss eines modernen Apartmenthauses, so hässlich und kahl, dass der abblätternde Putz schon als Verschönerung durchging. Er hatte einen Goldfisch, der in einem Bowletopf auf dem Fensterbrett sein Leben fristete, sah gern Satellitenfernsehen – die Schüssel vor dem Fenster schirmte sämtliches Sonnenlicht ab – und verabscheute Hausarbeit. Sein rotes Auto hingegen, das am Rinnstein stand, war makellos. Unter dem Scheibenwischer steckte ein Kärtchen: »Frisch lackiert.« Jetzt, gerade zurück aus der Werkstatt, sah der Wagen nagelneu aus.

Sie musste einfach probieren, ob die Farbe schon trocken war. Ein leichter Abdruck ihrer Fingerspitze blieb auf der klebrigen Substanz zurück; wahrscheinlich würde er ihn entdecken – er war furchtbar pingelig mit seinem Auto – und die Täterin anhand der forensischen Beweise ermitteln. Aber am heutigen Abend hatte es etwas sehr Romantisches, dass sie ihren Abdruck hinterließ. Wie ein geschnitztes Herz in einem Baumstamm, wie eine Widmung in einem Buch würde diese kleine Rosette die Jahre überdauern.

Was hatte sie zusammengeführt? Einmal hatten sie sich gesehen, aber sie hatte ihn längst wieder vergessen gehabt, als der Tod ihrer Großmutter für ein Wiedersehen sorgte. Schon damals bei der ersten Begegnung war ihr klar gewesen, dass er ein Frauenheld war. Er hatte den rauhen Charme eines Mannes, der fest davon überzeugt ist, dass die Frauen ihm zu Füßen liegen – was sie abstieß, aber auch faszinierte. Und sie hatte nicht begriffen, dass sie ihn, als sie ihn damals in der Disco einfach stehenließ, erst recht angestachelt hatte, sie zu erobern – dass sie ein verliebtes Monstrum aus ihm gemacht hatte.

Bei der zweiten Begegnung, ein paar Monate später, fand der Steinmetz sie noch schöner und elfenhafter als in seiner Erinnerung, ihre Augen leuchtender und ihre ganze Art lieblicher als bei jeder anderen Frau, die er seit Jahren begehrt hatte.

Tracy stimmte ihm zu, dass die Welt in der Tat klein sei, als sie neben ihrer Mutter Monica stand, die Rickys Vater den Text für die Inschrift auf der noch spiegelglatten Fläche des Grabsteins diktierte. Liebe. Immer und ewig. Die großen Worte.

Beider Blicke begegneten sich über die Schultern ihrer Eltern hinweg, und der Lehrjunge lächelte ihr die ganze Zeit zu. Die Trauer tat das Ihre: Sie machte sie empfänglicher für die Augen, die Gesten, und sorgte auch dafür, dass sie eine vollkommen überzogene Vorstellung vom Stellenwert seiner Arbeit bekam. Das Gewerbe des Grabsteingestalters kam ihr in ihrem Kummer um vieles größer vor, als es in Wirklichkeit war. Es kam ihr vor wie etwas, was im Mittelpunkt des Lebens stand. Mit einem Mal schien es ihr der wichtigste, wertvollste, romantischste Beruf, den es auf Erden gab.

Richard hatte seine Entscheidung getroffen. Dieses Mädchen musste er haben, und nicht weil er sie mehr liebte als seine anderen Eroberungen, sondern weil er nun in ihrer Eroberung die Chance zum schönsten Sieg seines Lebens sah.

Als der Stein neu gemacht werden musste – durch einen Fehler im Geburtsdatum wäre die Großmutter mit 180 Jahren gestorben –, sah er seine Chance.

Beim zweiten Besuch kam der Lehrjunge allein.

Der junge Mann fand, ein solcher Geschäftstermin war eine erstklassige Gelegenheit, sich der trauernden Enkelin zu nähern. Um sie zu beeindrucken, entwarf er den Stein vollkommen neu. Er breitete seine aberwitzigen Pläne auf dem Wohnzimmertisch aus, wies hierhin und dorthin, ein Napoleon über seinen Landkarten.

Der neue Grabstein sollte nun fast doppelt so groß sein, er schlug Schnörkel und Seraphim vor, einen Amor, Rankenwerk im Basrelief, Falken im manirierten Stil eines Grinling Gibbons, alles so weit hergeholt, dass die Pringles überhaupt nicht begriffen, wie abstrus es war. Er versicherte ihnen, dass es sie keinen Penny mehr kosten werde – das sei doch das mindeste, was er tun könne, um seinen Fehler wiedergutzumachen. Am Ende des Besuches war niemand überrascht, als er Tracy fragte, ob sie nicht Lust habe, sich irgendwann mal auf ein Glas Bier mit ihm zu treffen.

Überzeugt, dass der junge Mann ein Künstler war, ein Poet der Friedhöfe, gestattete Tracy sich den Tagtraum, dass sie im Begriff sei, sich in ihn zu verlieben. Sie konnte zwischen einem Dutzend romantischer Szenen wählen.

Aber um tatsächlich ans Ziel seiner amourösen Wünsche zu kommen, brauchte der junge Mann mehr als ein Basrelief oder einen Amor mit gut gefülltem Köcher.

Drei volle Wochen lang gelang es ihr, wenn sie gemeinsam aus gewesen waren und er sie wieder zu Hause absetzte, ihm zu entschlüpfen, bevor er den Motor abstellen konnte. Als der Akt dann schließlich vollzogen wurde, hinten in dem schmutzigen Lieferwagen, wo es glitzerte vor Schiefersplittern, Obsidianstaub, Quarzkrümeln, Feldspat und Glimmer, gab sie keinen einzigen Laut von sich. Sie schien in Gedanken anderswo, und er fühlte sich kritisiert durch ihren Mangel an Kooperation. »Alles in Ordnung?«, fragte er mitten bei der Arbeit. Was sollte sie darauf antworten? Er machte Stöße wie ein Metronom, und sofort war sie in Gedanken wieder bei Sainsbury, beim rhythmischen Blipblipblip, mit dem die Waren über den Laserstrahl hüpften.

Außerdem hatte sie ihn nicht nur gezwungen, ein nachtleuchtendes Präservativ überzuziehen – mit dem er sich, jetzt, wo es beim Rein und Raus blitzte, vorkam wie in einem Nachtclub –, sondern er hatte auch noch eine Unmenge spermizide Creme auftragen müssen.

»Die hatten keine anderen im Laden«, erklärte sie ihm gleichmütig zum Thema Kondom. Das waren die einzigen Worte, die sie an diesem Abend mit ihm sprach.

Er setzte sie an ihrem Hochhaus ab. Sie ging ohne Abschiedskuss. Er fand, es war ein guter Abend gewesen.

Überzeugt, dass dies der Anfang einer ernsthaften Beziehung war, verwarf Richard schon bald seine letzten Skrupel und betrat den Laden von Finkelstein, dem Juwelier des Viertels. Der kurzsichtige alte Mann breitete seine Schätze vor ihm aus, und Richard dirigierte seinen Blick zu einem Goldring mit einem Herzen darauf. »Was kostet der?« Zwei Stunden später trug Tracy ihn am Finger: So war die Liebe in Tooting.

Sie nahm den Ring, weil sie Ricky nicht enttäuschen wollte, und am Abend ging wieder ein phosphoreszierendes Lämpchen an und aus, an-aus, an-aus, hinten in seinem Lieferwagen im Schatten der Albert Bridge.

»Freundschaftsringe nennt man die«, erklärte er ihr im Dunkeln, betrachtete das Herz, wie es an ihrem Finger schimmerte, und machte sich dann an den Versuch, sie mit einem neuen Repertoire an Küssen zu beeindrucken.

Es war Tracys erster Ring.

Die Wohnungstür stand offen, und sie ging hinein. Als er die Tür hörte, rief er: »Ich bin hier drüben.« Sie fand Richard im Wohnzimmer. Er saß vor dem Fernseher und aß kalte Fish and Chips.

»Hübsche Farbe«, sagte sie und wies mit dem Daumen in Richtung Straße.

»Tracy!« Er wurde bleich.

»Dein Auto«, sagte sie.

»Oh. Natürlich. Mann, hast du mich erschreckt! Himmel! Was machst du denn hier? Du hättest anrufen sollen. Wieso hast du nicht geklingelt?«

»Ich dachte, ist doch 'ne schöne Überraschung.«

»Oh, toll. Das ist toll.«

Als sie zum Sofa ging, sah sie, dass er sich ein Pornovideo ansah – für eine Woche ausgeliehen, erklärte er hastig, für sie beide. Er sehe nur mal rein, ob es gut sei. »Also, was gibt's?«

Sie antwortete ihm, dass sie nicht im Traum dran denke, ihm das zu sagen, solange sich auf dem Bildschirm zwei nackte Frauen küssten, knallte die Champagnerflasche auf den Couchtisch und machte keinerlei Anstalten, sie zu öffnen.

»Champagner? Was ist passiert?«

»Nichts. Absolut nichts.«

»Und wozu dann der Schampus?«

»Hab 'ne neue Arbeit, das ist alles.«

Endlich sah er sie an: »Toll. Mann, das ist toll, Tracy. Würd ich furchtbar gerne mit dir feiern, Pech aber auch, ich... ich muss jetzt gleich weg. Scheiße. Dumm gelaufen. Bin zum Snooker verabredet, um zehn. Mist aber auch, dass das ausgerechnet heute ist. Scheißpech das.« Er drückte auf den schnellen Rücklauf, und die Videobilder hüpften zurück. »Aber morgen Abend, versprochen. Da gehn wir aus. Mist, ich muss jetzt los.«

Er ging auf den Flur und zog die Jacke an, und als er Tracy fassen und umarmen wollte, schlüpfte sie unter seinem Arm durch, und aus seinem Kuss wurde nur ein Hauch auf die Wange. »Schon gut. Wir sehen uns irgendwann, okay? Und leih nicht noch mal eine von den Kassetten da aus.«

»He ... sei doch nicht so.« Aber ihre Absätze klackten schon draußen vor der Tür. »Trace?« Er sah ihrem Hüftschwung nach, bis sie um die Ecke bog und verschwand.

Man hätte eine enttäuschte Miene erwartet, aber er sah ganz und gar nicht so aus. Er warf einen Blick auf die Uhr, schloss die Tür, hängte seine Jacke wieder an den Haken und ging ins Wohnzimmer, und dann wurde er aktiv.

Er holte zwei Gläser aus dem Schrank, wischte sie mit

dem Hemdsärmel ab und stellte sie neben den Champagner, entfernte die Folie von der Flasche und klatschte in die Hände, begeistert über diese glückliche Fügung. »Fertig.« Sein Blick wanderte zum Fernseher, wo die Action noch immer in hohem Tempo rückwärts lief: hyperaktive Lesben halfen sich gegenseitig in magische Kleider, die ihnen aus allen Ecken des Zimmers in die Hände geflogen kamen. Aus Leidenschaft wurde Verlegenheit, bis sie am Ende vollkommen Fremde waren. Morgen würde er es bei Tracy wiedergutmachen, mit Blumen, echten Blumen aus dem Laden, aber jetzt gerade hatte er keine Zeit. Er trat vor die Haustür und sah die Straße hinauf und hinab.

Und als gehorche die Welt nun seiner Fernbedienung, hörte man aus der Ferne, wie eine Autotür zugeschlagen wurde, und gleich darauf kam das Klick-klick-klick eines anderen Paars Absätze, unterwegs zu ihm. Tracys Ablösung, mit einer Figur, die sich sehen lassen konnte. Sie kam mit schnellen Schritten auf ihn zu stolziert, warf sich in seine Arme und ließ sich eine Neuauflage des Kusses gefallen, der beim ersten Versuch danebengegangen war.

»Komm rein, du«, sagte er zu der forschen Zweitbesetzung und stieß die Mattglastür mit dem Fuß zu. Dann warf sich das schwer atmende Paar dagegen.

Benebelt von ihrem billigen Parfüm machte er sich gleich an Ort und Stelle daran, sie auszuziehen.

In ihrem Samstagabendvergnügen kamen sie nicht weiter als bis zum Flur. Wie eine entfesselte Venus ließ sie ihre Lustschreie los, als ihr der Mantel vom Leib gerissen wurde, das Kleid hochgeschoben, das Höschen heruntergezogen, der nackte Hintern gegen das kalte Glas gepresst. Jeder auf der Straße hätte zusehen können, wie die Monde dieses Frauenhinterns mit jedem Stoß ihres unersättlichen Liebhabers zu- und wieder abnahmen.

Tracy wartete auf den Bus, das Fahrgeld abgezählt in der Hand. Sie fuhr gern mit den Bussen, wenn die Rushhour vorüber war. Sie waren menschenleer, und sie hielten nicht mehr überall. Sie sah sie als riesige Limousinen, die sie brachten, wohin sie wollte. Sie kamen mit quietschenden Reifen um die Ecke wie auf Verabredung, fuhren sie flink nach Hause, bevor das Badewasser, das ihr Dienstmädchen schon eingelassen hatte, kalt wurde. Sie hätte sogar bei Cartier halten können, um sich noch zu später Stunde und in aller Verschwiegenheit ihren Ring richten zu lassen.

Sie spielte mit dem Schmuckstück an ihrem Finger. Sie hatte ihn, allerdings bei einem anderen Juwelier, enger machen lassen, und nun war er zu eng. Er ließ sich nur schwer abziehen, und er drückte, gerade wenn ihr so zumute war wie jetzt im Augenblick. Je mehr sie daran zerrte, desto mehr schwoll der Finger an, und jetzt saß der Ring fest.

Trotzdem zerrte sie weiter. Es war ihre Schuld. Sie war mit jemandem zusammen, den sie überhaupt nicht mochte. Wie konnte das sein? Jedenfalls war er nicht der Künstler, für den sie ihn gehalten hatte. Der Grabstein war ein echter Reinfall gewesen. Wenn sie nicht aufpasste, würde sie den Kerl noch heiraten. Eins stand fest: Man musste sich sehr gut überlegen, zu wem man in diesem Leben ja sagte, besonders wenn man den Verdacht nicht loswurde, dass man es nur tat, um den einen grandiosen Augenblick zu genießen, nicht um dessentwegen, was dann folgte.

Das Studium der Frauen

Fest entschlossen herauszufinden, ob seine Tochter tatsächlich, wie er es befürchtete, zur Prostituierten geworden war, riss Eric Pringle sich von den Sechsuhrnachrichten los und folgte ihr. »Überlass das mir«, sagte er zu seiner Frau. »Ich kümmere mich drum.«

»Nicht, Eric…«

»Überlass das mir.«

Als seine einzige Tochter den Bus bestieg, um zur »Arbeit« zu fahren, drehte er den Zündschlüssel seines Autos. Er hatte unauffällig gegenüber der Bushaltestelle geparkt und aus dem Schatten heraus beobachtet, wie sie gekommen war, wie sie zwei Zigaretten geraucht – dagegen konnte er nichts sagen – und ungeduldig Kieselsteine auf die Straße gekickt hatte. Er kam sich wie ein Polizist vor, doch was er beobachtete, war sein eigenes Kind.

Als der Bus anfuhr, legte er den ersten Gang ein. Er wollte unauffällig Distanz halten – zwanzig Meter etwa.

Er sah das so: Sie als Eltern hatten versucht, eine Tochter großzuziehen, die optimistisch in die Welt blicken sollte. Sie hatten ihr bestimmte Werte und Überzeugungen mitgegeben und konnten nur hoffen, dass ihr Leben sich um diese Werte und Überzeugungen drehen würde wie ein Planet um die Sonne. Eric und Monica hatten nur dieses eine Kind, und vielleicht erwarteten sie zu viel von ihm. Konnte gut sein, doch das ließ sich nicht mehr rückgängig machen. Ihre schönsten Träume, ihre Hoffnungen, Einstellungen, Ideale, Vorlieben, ihre Ressourcen, ihre Zeit, ihre Gedanken, ihren Rat und ihre Ängste – allem voran ihre Ängste –, all das hatten sie über die Jahre in sie investiert. In ihrer Vorstellung war sie ganz und gar das Produkt ihrer Eltern, ein wandelndes Reklameschild ihrer Werte und ihrer Gene in der Welt von heute und ihre einzige Vertreterin in der von morgen.

Aber was half das? Es gab nie die Gewissheit, dass sie oder sonst ein Kind in den vorbestimmten Bahnen blieb. Da gab es nichts Absolutes, und keine zwei Umlaufbahnen waren gleich. Und so konnte Eric Pringle, wie er sich nun hinter das Lenkrad seines Autos duckte, nicht ausschließen, dass er längst, ohne es zu wissen, der Vater einer billigen Hure war. Ein so jähes Scheitern seiner Hoffnungen konnte er nicht verkraften. Das, sagte er sich, konnte einfach nicht sein, und er ließ die Ereignisse der Woche Revue passieren und überlegte, ob sie sich anders deuten ließen.

Als sein Verdacht erst einmal geweckt war, hatte er sie mit Adleraugen beobachtet. Ihre Garderobe war wieder dezenter geworden, doch das hatte ihm die Ängste nicht genommen. Vielleicht war sie in einem der besseren Bordelle untergekommen. Er hatte überlegt, ob er in ihr Zimmer einbrechen sollte, ihre Sachen durchsuchen, aber er war noch rechtzeitig zur Vernunft gekommen. Ihr Zimmer war ihr Allerheiligstes, und mit einem Einbruch hätte er einen Schaden angerichtet, der nicht wiedergutzumachen gewesen wäre. Besser abwarten und die Augen offen halten.

Eric hatte vor dem Fernseher zu Abend gegessen und sich dabei ausgemalt, wie er die Handtasche seiner Tochter packen und auf dem Couchtisch ausleeren und wie er »Du Nutte!« brüllen würde, wenn er Beweise für ihr neues Gewerbe fand. Wusste der Himmel, was es da an Ausrüstung, Cremes oder dergleichen gab. Aber der Gedanke, dass er solches Beweismaterial tatsächlich finden könnte, setzte ihm zu sehr zu. Stattdessen löcherte er sie mit der Frage nach einer Kellnerinnenuniform – während Tracy nur an einer Scheibe Toast knabberte und erklärte, sie werde sicher im Restaurant essen. Eric wollte wissen, was das für eine Kellnerin war, die keine Uniform trug.

»Wahrscheinlich bekomme ich heute Abend eine.«

Als sie dann auch noch sein Angebot, sie zur Arbeit zu fahren, ablehnte und zum Mantel griff, war er wirklich misstrauisch geworden.

»Glaubst du es jetzt?«, sagte er bereits im Mantel zu Monica. »Wann hat sie jemals eine Fahrgelegenheit ausgeschlagen?«

»Komm ja nicht auf den Gedanken und fahr ihr nach. Du machst dich lächerlich.«

»Misch du dich da nicht ein. Keine Uniform? Wenn ich mich irre, bin ich froh. Wenn nicht, wirst du mir dankbar sein.«

»Eric!«, rief sie, als er schon die Hand nach der Tür ausstreckte.

»Pssst!« Er zeigte nach unten. »Mrs Wilson.«

»Sie ist zwanzig! Lass sie in Ruhe!«

Die Tür schloss sich.

Mrs Wilson war die Rentnerin in der Wohnung unter ihnen. Sie war ans Bett gefesselt und trug ein Hörgerät von so phänomenaler Leistung, dass sie der reinste Horchposten war. Für den Rest des Abends sollte sie allerdings nichts mehr zu hören bekommen.

An der Haltestelle in der Larchmont Street stieg Tracy aus und ging mit schnellen Schritten weiter in Richtung Osten. Eric behielt seine Tochter im Auge, bis er das Auto auf einem Parkplatz abstellen und die Verfolgung zu Fuß fortsetzen konnte. Seine neue Rolle war ihm schon jetzt zuwider. Vor ein paar Jahren war er seiner Tochter manchmal mit dem Auto nachgefahren und hatte sie beobachtet, wenn sie nicht genau sagen wollte, was sie vorhatte, und er ein Rendezvous mit einem schmuddeligen Knaben vermutete, der nichts als Pornographie im Kopf hatte; aber zu Fuß war er ihr noch nie gefolgt.

Als sie ein unbeleuchtetes Restaurant betrat, blieb er stehen und zündete sich eine Zigarette an. Persischer Garten – so, so. Mit den arabischen Schriftzeichen auf der Fensterscheibe konnte das gut eine Deckadresse für einen Puff sein. Sein Herzschlag beschleunigte sich wieder. Was hatte er gelesen? Ein Pornonetz oder etwas in der Art? Mädchenhandel? Ja, jetzt fiel es ihm wieder ein: Sie hielten sie als Geiseln fest, so war es. Schafften sie per Schiff nach Korfu und von dort weiter in die Türkei, nach Istanbul. Es hatte in der *Sun* gestanden: »Sexsklavinnen!«, in großen Lettern.

Eric stellte sich auf die Zehenspitzen und versuchte, ins Innere des Restaurants zu spähen, aber da die alte Verletzung an seinem linken Fuß noch immer schmerzte, konnte er sich nicht so hoch recken, dass er über die Gardinenstange blicken konnte. Seine Tochter war irgendwo da drin und trieb Gott weiß was, und er war zehn Zentimeter zu klein, um etwas dagegen zu unternehmen! Er hörte sogar schwülstige Musik. Wenn das kein schlechtes Zeichen war! Um diese Tageszeit war Musik fast schon gleichbedeutend mit Ausschweifungen. Er wich zurück, sah sich um, entdeckte einen Absperrkegel und zerrte ihn ans Fenster. Mit einem Fuß balancierte er auf der Spitze, vollführte dabei eine unbeholfene Pirouette und legte die Hände seitlich vors Gesicht, weil die Fensterscheibe spiegelte. In dieser Haltung, heftig blinzelnd bei dem Versuch, seine Tochter in dem dunklen Innenraum zu erspähen, bemerkte er nicht, dass Sam Sahar, der mittlerweile eingetroffen war, neben ihm stand und ihn fasziniert beobachtete.

»Kann ich Ihnen irgendwie behilflich sein?«, fragte der Restaurantbesitzer schließlich.

Eric sah nach unten. »Oh. Ähm, ja. Hallo. Guten Tag. Ich wollte mich nur, ähm… mal ein bisschen umsehen.«

»Suchen Sie etwas Bestimmtes?«

Eric sprang so lässig wie möglich von dem Absperrkegel herunter. »'tschuldigung. Nein. Nichts Besonderes. Nettes Lokal. Wollte einfach nur, na Sie wissen schon… Sieht echt gut aus.« Er wies mit dem Daumen auf das Restaurant, während er den gutgekleideten, gepflegten Herrn mit einem gewinnenden Lächeln musterte: offensichtlich wohlhabend, irgendwie arabisch, sicher, aber wie ein Sklavenhändler sah er nicht aus.

»Vielen Dank. Freut mich, dass es Ihnen gefällt.« Ein amüsiertes Lächeln huschte über Sams Gesicht. Er musterte den seltsamen, schmuddeligen Fremden mit den buschigen Koteletten mit einer Mischung aus Belustigung und Erstaunen. Er war schließlich in London, und das war voll von Verrückten. Das wusste er mittlerweile nur zu gut. Es war nicht das erste Mal, dass so ein Lustmolch es auf eine seiner Kellnerinnen abgesehen hatte, aber dies hier war sein erster Spanner.

Eric ging in die Offensive. »Ich habe überlegt, ob ich mit ein paar Freunden hierherkommen soll. Deswegen. Wollte nur mal sehen. Das ist … arabisch hier, oder was?«, fragte Eric.

»Nein. Hier ist alles persisch.«

»Ach so, persisch? Leckeres Essen, was? Persisch meine ich.«

»Für Perser schon«, erwiderte Sam mit der Geduld eines Hiob.

»Gut. Klingt jedenfalls gut. Wunderbar.«

Sam ging davon aus, dass das Gespräch damit beendet war, aber der Fremde rührte sich nicht vom Fleck und grinste ihn weiter an wie ein Schwachsinniger.

»Ja … also … hm … in Ihrem Lokal hier … gibt es da, na ja, ich frag mich … gibt es da Tänzerinnen und so?«

Sam starrte den Mann an.

»Na, Sie wissen schon.« Eric wedelte mit den Fingern, wippte mit den Schultern und zwinkerte vertraulich.

»Wie bitte?«

»Na ja, so persische … Sie wissen schon … Tänzerinnen und so?«

»Tänzerinnen?«

Er zwinkerte erneut. »Na diese …« Eric hob die Brauen, ließ die Hüften kreisen und deutete dabei mit den Händen einen üppigen Busen an. »Sie wissen schon«, sagte er, reckte die Arme in die Höhe und bewegte sie schwankend hin und her wie Schilf im Wind. »Bauchtänzerinnen?«

Sam beobachtete ihn noch eine Sekunde lang, dann kam er zu dem Schluss, dass der Fremde irgendwelche schmutzigen Phantasien im Kopf hatte. Er klatschte in die Hände. »Okay. Das reicht. Hier gibt es nichts dergleichen, aber wenn Sie wollen, können Sie den Job haben. Und jetzt ab mit Ihnen. Verschwinden Sie.«

Eric lachte. »Ich? Nein, nein. Ich hab mich nur gefragt...«

»Das ist ein ganz normales Restaurant. Also bitte. Sie vergraulen mir die Gäste.«

»Ja, verstehe. Nichts für ungut. Nochmals vielen Dank.« Eric lachte erneut. »Tut mir wirklich leid.« Und mit diesen Worten schüttelte er Sam die Hand, stellte den Baustellenkegel zurück an den Straßenrand und verschwand in der Dunkelheit.

Sam murmelte kopfschüttelnd etwas in seiner Muttersprache und schaute dem davonhinkenden Fremden nach.

Im Restaurant sagte er zu seiner neuen Kellnerin: »Irgend so ein Irrer da draußen. Wird immer schlimmer hier in der Gegend. Aber jetzt kommen Sie, ich will Ihnen jemanden vorstellen.«

Yvettes Händedruck war so zart, dass Tracy hinuntersehen und sich vergewissern musste, ob ihre Hände sich tatsächlich berührten. Es war weniger ein Händedruck als eine Liebkosung, ein sanftes Streicheln.

»Meine Frau Yvette.«

Tracy bekam eine Gänsehaut. Das war die Frau, die sie schon beim letzten Mal gesehen hatte, eine geheimnisvolle

Schönheit: Das streng nach hinten gekämmte Haar betonte die feinen, ebenmäßigen Gesichtszüge; sie hatte dunkle, weit auseinanderstehende Augen, volle, rosafarbene Lippen, leicht gebräunte Haut und ein Lächeln, bei dem es einem warm ums Herz wurde.

Tracy konnte kaum glauben, dass ihr Chef mit diesem Wunderwesen verheiratet war.

»'allo«, sagte Yvette mit einem Lächeln.

»Yvette«, antwortete Tracy.

»'alt dich an mich«, sagte sie mit ihrem französischen Akzent, »ich zeige dir alles. Ein Glück, dass er endlich jemanden einstellt.« Yvette lächelte verschmitzt. Das Lächeln passte perfekt zum Auf und Ab der Vokale in dem fremdländischen Ton.

Ihr bodenlanges zinnoberrotes Kleid, ein Potpourri verschiedenster Kulturen, war hochgeschlossen und endete am Saum in einer Borte aus Goldbrokat. Die kimonoartigen Ärmel verliehen ihren Bewegungen etwas Dramatisches, obwohl sie solche Untermalung nicht nötig hatte.

»Tolles Kleid«, sagte Tracy.

»Das ist unsere Arbeitskleidung. Schön, dass es dir gefällt.«

»Ehrlich?«, fragte Tracy, viel zu laut. Ihre Begeisterung brachte Sam und seine Frau zum Lachen.

»Ich denke, wir 'aben noch eins, das dir passt. Ich 'offe es jedenfalls«, kicherte Yvette und wandte sich an Sam. »Keine Sorge. Das kriegen wir 'in.«

»Es bleibt noch sehr viel zu tun«, erwiderte Sam.

Ob sich dieser Kommentar auf die vielen Reservierungen für den Abend oder auf Tracy bezog, war nicht klar, aber sie gingen jedenfalls an die Arbeit. *»C'est bon«*, flötete Yvette und führte Tracy in die Küche.

Als Erstes mussten die Tische gedeckt werden, und dann sollte Tracy sich so zurechtmachen, dass sie zu dem eleganten Ambiente des Lokals passte. Die langen, offenen Haare waren nicht das Richtige, und Yvette schlug einen adretten Zopf vor. Obwohl sie eigentlich Servietten und Bestecke verteilen sollte, mühte Tracy sich fünfzehn wertvolle Minuten lang damit ab, ihre Haare zu einem Zopf zu flechten, aber es gelang ihr nicht einmal annähernd. Schließlich hatte Yvette Erbarmen mit ihr und bot ihre Hilfe an. Mit geübter Hand und in Windeseile bändigte sie Tracys Haare zu einer improvisierten Zopffrisur, wobei sie noch mindestens die Hälfte der Zeit ihre Aufmerksamkeit anderswo hatte und auf Sams Fragen antwortete.

»So geht es«, sagte Yvette. »Sieht doch gleich besser aus, mit den 'aaren aus dem Gesicht, nicht wahr?«

Tracy nickte; sogar in dem kleinen Spiegel war der Unterschied nicht zu übersehen. Sie straffte die Schultern und versuchte sich so gerade zu halten wie Yvette.

Als Nächstes erhielt Tracy den Auftrag, sich mit der Speisekarte vertraut zu machen, und Yvette gab ihr einen Schnellkurs in der Aussprache der persischen Gerichte. Mittlerweile war auch der Koch eingetroffen, ein unglaublich gutgelaunter, strahlender Bursche namens Abdullah. Eingehüllt in eine Wolke aus kräftig angerösteten Gewürzen, übte Tracy die ungewohnten Laute der neuen Sprache, schwere, kehlige Wörter, die sie nur mit Mühe über die Zunge brachte. Kein Fallschirmjäger, der über einem unbekannten Land absprang, hätte schneller in die fremde Kultur eintauchen können. Und als Tracy schließlich mit zwei vollbeladenen heißen Tellern durch die Küchentür trat, fühlte sie sich so benommen wie nach einem Flug über den Atlantik.

»'at sie überhaupt schon mal als Kellnerin gearbeitet?«, fragte Yvette.

Sam schüttelte den Kopf und zuckte mit den Schultern. »Natürlich nicht«, sagte er, bevor er in seine Ecke zurückkehrte und sich an der Kasse zu schaffen machte.

Ein älteres Ehepaar aus Bradford verlangte etwas »nicht zu Scharfes«. Sie hatten »beim Inder« um die Ecke keinen Platz mehr bekommen. Tracy bediente sie im Alleingang. Trotz einiger elementarer Fehler ließen die beiden sich die Stimmung nicht verderben – sie vergaß das Brot für ihren Tisch und zündete ihre Kerze nicht an, und sie mussten dreimal nach dem Wasser fragen, bis sie ihnen endlich Wasser mit Kohlensäure brachte, obwohl sie Leitungswasser wollten. Zum Schluss gaben sie ihr sogar noch ein ansehnliches Trinkgeld. Tracy freute sich riesig über diesen Erfolg, aber zum Feiern blieb keine Zeit.

In der Küche vertiefte sie sich erneut in die Speisekarte und prägte sich die schwierigen Wörter noch besser ein. Als Yvette vorbeikam, hörte sie, wie Tracy Selbstgespräche hielt. »Entspann dich«, sagte sie. »Der erste Abend ist der schlimmste.«

Bald war das Lokal voll mit Menschen, die sich über dampfende Teller mit persischen Gemüsekreationen beugten.

Als Tracy versuchte, zwei Teller auf dem rechten Unterarm zu balancieren, kam Sam ihr zu Hilfe und sorgte dafür, dass das Ganze nicht ins Rutschen kam. »Nein, halt, nicht so, schauen Sie her, die Ränder müssen übereinander greifen, dann stabilisieren sie sich gegenseitig, sehen Sie? Eine gute Kellnerin trägt auf jedem Arm vier. Aber bleiben Sie lieber erst mal bei zweien. Geht es?«

»Klar«, sagte Tracy und schob sich vorsichtig rückwärts durch die Schwingtür, entschlossen, viel besser zu werden.

Eine Stunde später, als Sam sah, dass eine kleine Flaute eintrat, gab er ihr fünf Minuten Pause. In der schmalen Gasse hinter der Küche fand Tracy eine alte Holzkiste, auf die sie sich setzte, und steckte sich eine Zigarette an. Sie war erleichtert, dass sie an die frische Luft konnte. Die Arbeit war ungewohnt und entsprechend hart für ihre verwöhnten Füße.

Yvette streckte den Kopf zur Tür hinaus und sagte, Tracy mache ihre Sache gut – keine Sorge.

»Danke«, erwiderte Tracy mit einem Lächeln und bot ihr eine Zigarette an, aber Yvette sagte, sie rauche nicht.

»Du brauchst keine Angst vor ihm zu 'aben«, sagte sie.

»Nein. Nein, ich hab keine Angst.«

»Er ist ein alter Kater. Mit der Zeit wirst du ihn mögen. Es gibt keinen Besseren als Sam.«

Tracy nickte. Es freute sie, das zu hören, aber sie staunte auch ein bisschen. Sie fand ihn eigentlich ziemlich normal.

Der zweite Teil des Abends war weitaus schwieriger. Einige Gruppen von Gästen sprachen nur sehr wenig Englisch, und Sam kam ihr wiederholt zu Hilfe. Da ihr das ein wenig peinlich war, weigerte sie sich beim dritten Mal, ihm ihren Bestellblock zu geben. Sie komme allein zurecht. »Ich schaffe das.«

Mit einem Lächeln wandte sie sich wieder ihren Gästen zu. »*Salaam,* heute empfehlen wir das... das...« Sam lauerte mit besorgter Miene hinter ihr. Sie hatte keine Speisekarte, von der sie ablesen konnte. Die Tafel mit dem Tagesmenü war in persischer Schrift.

»... das *Masto Mussir,* das wird immer gern genommen, außerdem ein sehr leckeres fleischloses *Halim Bademjan,* natürlich nur, wenn Sie Auberginen mögen. Und zum Abschluss können Sie wählen zwischen... zwischen *Zoolbeya* und *Faludeh* oder. Danke. *Motshakkeram.* Lassen Sie sich beim Wählen ruhig Zeit.«

Sie nickte und zog sich mit einem Lächeln zurück. Sam wandte sich um und sah seiner Angestellten nach, nun mit etwas anderen Augen. Anscheinend hatte das Mädchen sich viel bei ihm abgeschaut, bis hin zu den Gesten, vor allem die Art, wie sie am Schluss mit dem Stift zweimal auf ihr Blöckchen getippt hatte – sein persönliches Markenzeichen. Sie hatte ihn nachgeäfft. Er schüttelte den Kopf über diese Unverfrorenheit und ging wieder an die Arbeit.

Tracys nächster Gast verlangte Kamelfleisch. Tracy war sicher, dass sie so etwas nicht hatten, sagte aber, sie wolle nachfragen. Mit Abdullahs Gelächter noch im Ohr kehrte sie an den Tisch zurück und überbrachte die schlechte Nachricht.

Sie staunte, wie viel Brot verzehrt wurde. Sie hatte die Aufgabe, die Brotkörbchen mit frischem Naan aufzufüllen. Ein großer Tontopf mit schwarzen Oliven war nach diesem ersten Abend halb geleert. Gegen Mitternacht, als die letzten Gäste gegangen waren, war sie zum Umfallen müde.

Sie schnappte sich ihre Zigaretten und verzog sich bei der erstbesten Gelegenheit wieder nach draußen. Im Halbdunkel tastete sie nach ihrem Feuerzeug. Als ihre Augen sich an die Dunkelheit gewöhnt hatten, merkte sie, dass sie diesmal nicht allein war. »Oh, Entschuldigung.«

Sam saß auf ihrer Gemüsekiste und rauchte. Er sah zu ihr herüber, dann wandte er den Blick wieder zum Nachthimmel empor. Tracy trat ins Freie und ließ sich verlegen auf den Treppenstufen nieder. Nach einigen Minuten unbehaglichen Schweigens stand Sam auf, seufzte, drückte seine Zigarette an der Schuhsohle aus und sagte, ohne Tracy anzusehen: »Ich gebe Ihnen eine Chance, ich gehe das Risiko ein, ich lasse Sie hier wider besseres Wissen arbeiten, und was tun *Sie*?« Er drehte sich um und sah sie an. Sie errötete. »Was tun *Sie*? Sie übertreffen alle Erwartungen.« Mit dem Anflug eines Lächelns ging er an ihr vorbei wieder nach drinnen.

Tracy fuhr mit dem Taxi nach Hause, nahm diesmal den Aufzug und fand ihren Vater, der tat, als hätte er nicht schlafen können, in der Küche. Sie stellte zwei Aluschälchen mit übriggebliebenem Essen auf den Tisch und sagte gute Nacht.

Als er wieder allein in der Küche war, bog Eric mit dem Daumen vorsichtig die gefalzten Ränder der beiden Behälter auf und lüftete die Deckel. Er warf einen Blick auf die orientalisch zubereiteten Gemüse und gestattete sich nach kurzer Bedenkzeit eine kleine Kostprobe. Gar nicht übel. Der Laden war in Ordnung. Er ging an die Schublade und holte sich eine Gabel.

Am nächsten Abend war Tracy zu früh da. Als Sam kam

und die Tür aufschließen wollte, wartete sie schon. Und als das Restaurant sich füllte, nutzte sie die Gelegenheit und lud sich noch mehr Arbeit auf. »Den Tisch kann ich noch dazunehmen«, sagte sie zu Yvette.

»Nein. Du 'ast so schon mehr als ich.«

»Na, ich habe die Bestellung schon aufgenommen, also... Es macht mir wirklich nichts aus.«

Yvette zuckte mit den Schultern. Sie wusste, wie wichtig es war, einen neuen Arbeitgeber zu beeindrucken, und wollte Tracy nicht im Weg stehen. Aber als die Gäste an einem ihrer eigenen Tische sich nach den Sektpreisen erkundigten und Tracy hinzutrat und die gesamte Weinkarte auswendig hersagte, wurde es ihr doch unheimlich. Yvette nahm sich die jüngere Kollegin bei der nächsten Gelegenheit in der Küche vor. »Jetzt übertreib mal nicht. Wenn du so weitermachst, verliere ich noch meinen Job.«

Tracy lachte. »Ehrlich? Ich meine: Geht in Ordnung. Ich wollte ja bloß helfen. Aber ich kann mich auch zurückhalten.«

»'ast du wirklich die ganze Speisekarte auswendig gelernt? Sam sagt, du weißt alles.«

»Ich hab sie gestern Abend einfach mit nach Hause genommen, mehr nicht.«

Yvette schüttelte den Kopf und staunte über so viel Eifer. »Und die Preise? Kennst du die auch?«

Tracy nickte, wenn auch ein wenig verlegen.

»Meine Güte, aber die Zutaten kennst du noch nicht. Nicht die Zutaten.«

»Na ja, nicht alle«, gab Tracy zu. »Nicht bis ins Detail.«

Wieder wurde es Mitternacht. Als sie mit Sam hinter dem

Lokal rauchte, schwieg er wieder lange. Sie nahm allen Mut zusammen und stellte ihm eine Frage.

»Also… sagen Sie… vermissen Sie eigentlich den Iran?«

Er sah sie an, ein wenig verblüfft, als hätte sie gegen eine Regel verstoßen. »Ich?«

»Mmm.«

»Den Iran?«

Sie errötete. »Ich dachte nur, Sie hätten vielleicht Heimweh.«

»Dachten Sie?«

»Ja.«

»Sie dachten, ich hätte vielleicht Heimweh.« Er nickte und wandte sich ab. Sie glaubte schon, das Gespräch wäre zu Ende, da fuhr er fort: »Manchmal habe ich das wirklich. Ja.« Ob er mit ihr redete oder mit sich selbst, war nicht ganz klar. »Sogar ziemlich oft. Manchmal fühle ich mich… schon sehr als Vertriebener, obwohl mein Exil ja … wie soll ich sagen… freiwillig ist.« Sein Blick folgte einem aufsteigenden Rauchwölkchen. Sie sah ihn an. *Wie unglücklich er ist!*, dachte sie. »Manchmal frage ich mich, was ich hier tue. Ich habe Verwandtschaft im Iran, aber … ich bin schon ein merkwürdiger Mensch. Sehr merkwürdig, das muss man sagen. Gespalten irgendwie. Voller Widersprüche. Ein richtiges Wrack.« Er seufzte. »Aber wenn ich zurückginge, würde ich mich dort genauso fühlen, und dann müsste ich wieder zurück hierher. Und so stehe ich nun mit dem einen Fuß im einen Land und mit dem anderen im anderen.« Er setzte die Füße rechts und links von einem Riss im Beton, als wäre es eine Grenzlinie.

Sie hörte ihm zu, aber sie war auch in ihre eigenen Gedanken versunken. »Ich würde gern eine Zeitlang woanders leben.«

Er sah sie freudig überrascht an. »Das sollten Sie wirklich tun. Anderswohin gehen. Tun Sie es. Unbedingt. Es hilft einem, Dinge in Frage zu stellen. Dinge, die man sonst für ganz selbstverständlich hält. Es ist eine notwendige Erfahrung. Sehr nützlich.«

Einträchtig bliesen sie den Rauch ihrer Zigaretten ins Leere und sahen zu, wie er sich langsam auflöste.

»Und? Wie war ich?«, fragte sie keck.

»Sie? Ausgezeichnet. Gut gemacht. Wirklich angenehm überrascht. Ach ja, bevor ich es vergesse, Ihre Trinkgelder.« Mit diesen Worten zog er zwanzig Pfund aus der Schürzentasche. Und dann noch einmal zwanzig. »Ein Bonus.« Er drückte ihr die Scheine in die Hand. »Aber die Probezeit ist noch nicht vorüber. Jeder Trottel kann sich anstrengen, bis er den Fuß in der Tür hat.«

Tracy strahlte, nahm das Geld und faltete die Scheine mit einer Ehrfurcht zusammen, die er nicht bemerkte.

»Danke«, sagte sie nach kurzem Überlegen.

»Keine Ursache.«

Es folgten zwei weitere Rauchwölkchen.

Am Ende des dritten Abends setzten sie das Gespräch fort, wo sie tags zuvor aufgehört hatten.

»Eigentlich sollte ich ein besserer Mensch sein«, sagte er. »Ich weiß wirklich nicht, warum ich das nicht bin.«

Sie runzelte die Stirn. Redete er mit ihr, oder hätte sie nach drinnen gehen sollen, damit er in Ruhe Selbstgespräche führen konnte?

»Haben Sie einen festen Freund?«, fragte er.

Sie hustete erschrocken und tat, als käme es von dem Rauch. »Hmm... ja. Ja, hab ich.«

»Und was macht er so, Ihr Freund?«

Nach kurzem Zögern: »Grabsteine.«

»Grabsteine? Wirklich?«

»Ich weiß. Klingt irgendwie blöd. Er macht die Inschriften.«

»Ein Steinmetz?« Er nickte wohlwollend, dann blickte er wieder hinauf in den wolkenverhangenen Nachthimmel.

Sie musterte ihren Arbeitgeber. Am heutigen Abend schätzte sie ihn auf fünfundvierzig. Sein Alter schwankte, je nach Stimmung. Wenn er wütend war, wurde er zehn Jahre älter, wenn er lächelte, war es der reinste Jungbrunnen. »Wollen Sie irgendwann nach Hause zurück?«

»Ich? Ich weiß nicht. Es gibt vieles, was ich vermisse. Manchmal würde ich es gerne tun. Letztlich fühlt man sich immer zu seinen eigenen Leuten hingezogen.«

»Dann haben Sie also eine große Familie?«

»Meine Eltern, meinen jüngsten Bruder. Aber Seyyed, der Mittlere, der Hübscheste, ist tot.«

»Oh, das tut mir leid.«

»Ja. Eine Autobombe. Er wollte nur eben die Zeitung holen. Das war während der Unruhen. Schrecklich. Ich werde nie wieder eine iranische Zeitung aufschlagen. Aus Ehrfurcht vor seinem Andenken. Unvernünftig, ich weiß. Aber manche Dinge sind wir den Toten einfach schuldig.«

Ihre Phantasie vollführte einen Schwenk von Basaren über muslimische Minarette, Silhouetten wie Spargelfelder, zu explodierenden Autos und einem sehr gutaussehenden jungen Mann, der dabei umgekommen war. »Ich weiß nicht viel über diese ganze Geschichte mit den Arabern. Aber das ist wirklich schrecklich.«

»Eigentlich leben im Iran Perser, keine Araber.«

»Oh.«

»Andere Sprache, andere Geschichte, anderes Volk, kein bisschen arabisch.«

»Oh, verstehe. Ehrlich?« Persien klang viel exotischer. »Zu welcher Religion gehören Sie denn dann?«

»Ich bin Muslim. Ursprünglich. Aber ich übe meine Religion schon lange nicht mehr aus. Oh, und ich singe im Chor einer anglikanischen Kathedrale, aber die Anglikaner wollen mich nicht offiziell aufnehmen, weil ich nicht in allem mit ihnen einer Meinung bin. – Jetzt machen Sie sich vermutlich Sorgen«, sagte er. »Weil ich den Islam erwähnt habe.«

»Eigentlich nicht.«

»Die meisten Briten macht das heutzutage nervös.«

»Na ja, es ist schon irgendwie beunruhigend und so.«

»Beunruhigend? Sehen Sie? Woran denken Sie? Wenn ich Islam sage? Seien Sie ehrlich.«

»Gewehre. Verschleierte Frauen.«

»Gewehre?«, fragte er mit finsterer Miene. »Wirklich? Und woran noch?«

»Junge Männer. Mit Bärten und so. Die mit Gewehren drohen, so was eben.«

Er zuckte mit den Schultern. »Tja, das ist verständlich, wenn Sie nichts anderes sehen als Ihre Fernsehnachrichten. In Wirklichkeit ist es eine sehr barmherzige Religion. Anspruchsvoll, ja, aber auch großzügig, wohlwollend, wenn man sie nicht mit den Vorurteilen des Westens sieht.«

»Und wie ist er?«

»Der Islam? Das ist nicht leicht zu beschreiben.«

»Wieso?«

Er sah sie nachdenklich an. »Für jemanden, der an einen alleinigen Gott glaubt, gibt es keinen klareren Glauben. Warum soll man sich an den Sekretär wenden, wenn man den Chef sprechen will, so wie die Christen das tun?« Er sah seinen Zigarettenstummel an. »Sie denken nur an bestimmte politische Ereignisse, aber urteilen Sie nicht danach. Viele islamische Völker waren ursprünglich Nomaden. Jetzt kämpfen sie für nationale Grenzen, das Recht auf Selbstbestimmung und so weiter, aber eine Armee ist nicht das Aushängeschild einer Religion. Wenn Sie zu mir ›Jesus Christus‹ sagen, werde ich hoffentlich nicht mit ›US Marines‹ antworten.« Er drückte die Zigarette aus. »Aber, wie gesagt, ich habe gut reden. Was Religion angeht, da bin ich wie die Vereinten Nationen. Bei mir bekommen fast alle einen Platz am Tisch.«

Im nächsten Augenblick kam ein kleiner Junge nach draußen gestürmt. Mit einem strahlenden Lächeln hopste er schnurstracks auf Sams Schoß.

»Mostafa? Nein, nicht. Du bist ungezogen! Warum bist du noch nicht im Bett?«, rief er. »Was hat die Mama mit dir angestellt?«

Nun kam auch Yvette aus der Küche, gefolgt von einer zweiten, etwas älteren Frau: Sie war dunkelhaarig, trug reichlich Schmuck und war in einen weichen Pashmina-Schal gehüllt.

»Was ist los?«, fragte Sam, an beide gerichtet.

»Er ’at mal wieder Ohrenschmerzen«, berichtete Yvette.

»Ohrenschmerzen«, wiederholte die neue Frau. Sie sah Sam irgendwie ähnlich, wahrscheinlich gehörte sie zur Familie, zu der hübscheren Hälfte.

»Oh, Tracy, das ist Firouzeh«, erklärte Sam.

Tracy fühlte sich eingeschüchtert von so viel weiblicher Schönheit. Einerseits war da Yvette: grazil, elegant, gut gelaunt; andererseits ihre Freundin: üppig, parfümiert, mit schweren schwarzen Locken und einem warmen Lächeln, irgendwie ernsthafter. Ihre leise, orientalisch klingende Stimme ließ noch mehr an die Wüste denken als die Stimme von Sam. »Yvette hat mir erzählt, wie gut Sie sich heute geschlagen haben.«

Tracy errötete bei dem Kompliment.

»Und das da«, sagte Sam und rang mit dem zappelnden Kind in seinen Armen, »das ist mein Äffchen… Nein, ein kleiner Hund. Nein, ein Ferkel. Das ist Mostafa.« Das Kind trommelte mit seinen kleinen, kraftlosen Fäusten gegen die Brust seines Vaters.

»Haben Sie nur den einen?«, fragte Tracy, und ihr Blick wanderte von Sam zu Yvette.

»Nur den einen? Nein, nein. Das ist Nummer vier. Er ist fünf Jahre alt.«

»Wow.« Tracy hob die Brauen und sah Yvette an. »Er ist süß.«

»Oh, das ist nicht meiner«, erwiderte Yvette mit einem Kopfschütteln und wandte sich lachend an ihre Freundin. »Alle vier sind von Firouzeh.«

Firouzeh strahlte. »Oh«, sagte Tracy und wandte sich zu der dunklen Schönheit. Sie konnte ihre Verwirrung nicht mehr verbergen, und ihr Verstand versuchte verzweifelt, die notwendigen Verbindungen herzustellen. »Oh. Tut mir leid. Ich dachte... ich dachte, Sie und Sam... Sie sind... na, Sie wissen schon.« Tracy verstummte, entsetzt bei dem Gedanken, dass sie womöglich gerade ein gutgehütetes Geheimnis gelüftet hatte. Das hatte ihr gerade noch gefehlt: Es war erst ihr dritter Arbeitstag, und schon hatte sie ein geheimes ehebrecherisches Verhältnis verraten. Die gelassenen Mienen sämtlicher Beteiligten sagten jedoch etwas ganz anderes. Hier gab es keine Geheimnisse, nur Lächeln.

»Sie dachten, wir sind verheiratet?«, führte Sam ihren Satz zu Ende. »Ja. Das sind wir auch.«

»Allerdings«, bestätigte Yvette und streichelte Sam die Schulter.

»Wir sind alle verheiratet«, fügte Firouzeh hinzu. »Alle miteinander. Hat Ihnen das noch keiner gesagt, dass Sam zwei Frauen hat?«

Tracy war sprachlos.

»Ich wollte erst abwarten«, erklärte Sam. »So etwas erzählt man doch nicht gleich am ersten Abend.«

Tracy starrte die heiteren, zufriedenen Gesichter ungläubig an: Ehefrau, Ehemann und *Zweitfrau*? Dafür gab es ein Wort, aber es fiel ihr nicht ein; sie wusste nur, dass es verboten war. »Toll«, sagte sie. Aber nicht einmal sie mit ihrem Hang zur Phantasie konnte sich dieses Arrangement vorstellen.

Sam nahm beide Frauen bei der Hand. »Nicht gerade üblich in Battersea und, um ehrlich zu sein, auch in Teheran nicht mehr, aber es stimmt. Ich bin verheiratet.« Er lächelte spitzbübisch. »Und das gleich zweimal.«

Polygamie, die: 1. Mehrehe, Vielehe, bes. Vielweiberei; 2. das Auftreten von zwittrigen u. eingeschlechtigen Blüten auf einer Pflanze (Bot.) (von griech. polys = viel + gamos = Ehe)

Persien: alte und (seit 1949) offizielle alternative Bezeichnung für den Iran. Im iranischen Hochland entstand um 4000 v. Chr. das Reich von Elam. Die Perser, ein arisches Volk, siedelten im südl. P. (2. Jt. v. Chr.), während die ebenfalls arischen Meder sich im nordwestl. P. niederließen (1. Jt. v. Chr.). In der Zeit seiner Hochblüte unter den Achämeniden (spätes 6. Jh. v. Chr.) erstreckte sich das riesige Reich von Ägypten bis zum Pandschab und von den Dardanellen bis nach Samarkand.

Arier, der: 1. Angehöriger frühgeschichtlicher Völker mit indogermanischer Sprache in Indien u. im Iran; 2. Angehöriger der sog. nordischen Rasse in Nordeuropa, insb. Skandinavien, charakterisiert durch hohe Statur, blonde Haare u. blaue Augen.

Steinmetz, der: spaltet, behaut, schleift u. poliert Steine u. versieht sie mit Inschriften.

Tracy saß auf ihrem Bett und blätterte im Wörterbuch, das in ihrer Familie nur gelegentlich bei Kreuzworträtseln oder beim Scrabble zum Einsatz kam. Sie kniff im Licht der Nachttischlampe die Augen zusammen und schlug ein Wort nach dem anderen nach.

Eine Stunde später schwirrte ihr der Kopf von der Fülle

der Informationen, aber wenn sie sich das neu erworbene Wissen nicht ganz schnell einprägte, hatte sie bis zum Morgen alles vergessen.

Bei dem Versuch, die Informationen in ihrem Kopf irgendwie zu ordnen, griff sie zurück auf ein System, das sie aus ihrer Zeit im Supermarkt kannte: Sie platzierte jedes Wort in einem Gang, wie eine Dose Bohnen, ja sogar auf einem Regal, wenn es genauer sein musste, so dass sie es bei Bedarf wiederfinden konnte. Erst als sie zufrieden war, gestattete sie sich einzuschlafen. Sie nahm die Fakten mit in den Schlaf: Die Hauptstadt des Iran ist… ist Teheran. Gegründet im Jahr 17…88? Sie würde es am Morgen überprüfen. Teheran und der Iran waren in der Abteilung Persien untergebracht, in einem Gang mit der Bezeichnung »Arische Völker«. Die Araber befanden sich im nächsten Gang, dem mit der Überschrift »Südsemitische Völker«. Die Juden waren im dritten: »Nordsemitische Völker«. Die Arier im Gang Nummer eins kamen aus derselben Gegend wie die Norweger und Schweden. Das war verblüffend. Was gab es sonst noch? Sam hatte zwei Ehefrauen: Firouzeh und Yvette. Das war auch verblüffend. Yvette kam aus Paris; Firouzeh aus Teheran. Sie standen beide in einer anderen Abteilung, etwas abseits, in einem Gang mit der Aufschrift Polygamie.

Auf der anderen Seite der dünnen Schlafzimmerwand fragte Monica leise ihren Mann nach den neuesten Nachrichten über die gemeinsame Tochter.

»Sie hat das Wörterbuch mit ins Zimmer genommen.«

In der Dunkelheit grübelten die beiden darüber nach, was das wohl zu bedeuten hatte.

Auf Treu und Glauben

Drei Jahre zuvor war ein Mann von einem Auto überfahren worden. Er und seine Frau waren Hand in Hand eine hell erleuchtete Straße entlanggegangen, als er ihr im wahrsten Sinne des Wortes entrissen wurde. Dieser Mann, der eine Sekunde zuvor noch neben ihr gelacht hatte, der sanft an ihrer Hand gezupft und vorgeschlagen hatte, dass sie doch hier über die Straße gehen sollten, lag nun ein Dutzend Meter von ihr entfernt auf dem Asphalt, reglos, tot.

Sie konnte nicht glauben, dass dieser verrenkte Leichnam ihr Mann war; er schien ihr so unwirklich. Ihre Hand hielt sie noch so, dass die seine hineinpasste; sie hielt den letzten Augenblick fest.

Die Veränderungen im Leben konnten rasch, leicht, flüchtig sein, kaum spürbar, oder sie konnten Katastrophen sein, alles niederwalzende Lawinen. So wie in diesem Falle, wo mit einem einzigen Blitzschlag ein ganzes Leben ausgelöscht worden war, ein Leben voller Hoffnungen und Pläne, ein Leben aus Versprechen, Versuchen, Erinnerung und Liebe.

Der Tote lag dort auf der Straße, doch ihren Mann behielt sie neben sich. Vor ihren Augen hatte sich gerade ein schrecklicher Unfall ereignet; später beim Essen würden sie darüber reden, ein wenig beklommen und voller Mitgefühl, und dann würden sie zu einem weniger düsteren Thema übergehen.

Sie hielt die Vergangenheit fest und damit die Lawine zurück; so stand diese Frau dort am Rinnstein, mit all ihren Erwartungen – die sich, anders als ein Leben, nicht einfach auslöschen ließen. Sie hatten einen Tisch im Restaurant reserviert, und gleich würden sie weitergehen; und sie waren verliebt, sie wollten Kinder, hatten schon in einem Katalog die Möbel dafür ausgesucht; und im Urlaub würden sie wohl doch nach Teneriffa fliegen. Er hatte sich Sorgen wegen des Geldes gemacht, gerade hier in einem fremden Land, wo Arbeit immer nur versprochen wurde und nie kam, aber ihr Optimismus würde für sie beide reichen.

Auf der Straße herrschte viel Bewegung, immer mehr Lichter kamen heran. Menschen tauchten vor ihr auf und sahen sie an. Aber sie blickte durch sie hindurch, beachtete sie gar nicht, nahm sie einfach als Geräusche aus dem Off wahr. Eins sagte sie allerdings doch: *»Non, non.«* Sie hob beide Hände und wedelte leicht damit, eine Geste, mit der sie oft etwas ablehnte, ein Dessert oder einen Likör etwa, wenn sie mit Guillaume ausging.

»Non, non, non, non«, murmelte die fremde Frau, die da am Straßenrand stand, zu niemandem.

Yvette legte auf der Damentoilette letzte Hand an ihr Makeup, als Tracy hereinkam.

Im Spiegel fiel Tracy der Unterschied zwischen ihnen beiden mehr denn je auf. Ihr Haar war in der Mitte gescheitelt, und von da hing es einfach herab. Dieser Graue-Maus-Stil hatte bis auf den gelegentlichen Einsatz eines

Haartrockners keinerlei Pflege gesehen, seit sie zwölf war. Davor hatte sie das Haar kurz getragen wie ein Junge.

Ihre ansehnlichen Brüste und langen Beine blieben vor der Welt verborgen. Selbst Ricky hatte noch nie etwas über diese Seite an ihr gesagt, aber er hatte auch selten genug Abstand, um solche Vorzüge würdigen zu können. Was sollte sie sich Mühe geben, wenn sie im Dunkeln lag, den Hintern in Gipskrümeln, und doch keiner hinsah?

Es war seltsam, aber Sam war einer der ganz wenigen gewesen, der sie je von oben bis unten angesehen hatte, mit dem Blick eines Mannes, anerkennend und lustvoll. Sie erinnerte sich noch genau, wie es gewesen war, als sie zum ersten Mal in ihrem Minirock vor ihm gestanden hatte und sein Blick an ihr hinauf- und hinabgefahren war wie ein Lift, der bei zwei oder drei Etagen einen Moment lang stehengeblieben war.

»Ich habe mit meinen Haaren geübt«, gestand Tracy, »aber ich kriege es nicht hin. Könnten Sie mir noch mal zeigen, wie man sie hochsteckt?«

»Aber ja.« Yvette stellte sich hinter sie und experimentierte, den Blick auf den Spiegel gerichtet, mit Tracys Haar. »Wie willst du es 'aben? So? Es gibt viele Möglichkeiten. Oder vielleicht so?... Sieht ganz anders aus, *non*? Ganz anderer Typ. Das musst du entscheiden. Sexy? Dezent? Oder so... *très dramatique!*« Sie hob Tracys Haar zu einer Turmfrisur. Tracy lachte.

»Am liebsten hätte ich es so wie Sie.«

»Wie ich? *Non.* Du willst es... wie ich? Okay?«

Yvette drehte Tracys Haar zu einem angedeuteten Knoten. Tracy bewunderte sich im Spiegel. »Das sieht gut aus.«

»Es ist nur improvisiert, aber für ’eute reicht es.« Yvette studierte Tracys blassen Teint und gab ihr einen von ihren Lippenstiften. »Diese Farbe müsste dir stehen. Und ein wenig Rouge betont die Wangen vielleicht.«

»Ich hab kein Geschick für Make-up. Entweder habe ich gar keins, oder ich übertreib’s.«

»Weißt du, was? Früher bin ich Kosmetikerin gewesen. Ich kann dir ein paar Tricks zeigen, wenn du willst.«

»Würden Sie das tun?« Yvette in einem Schönheitssalon, das konnte sich Tracy gut vorstellen.

»Aber nicht jetzt. Vielleicht kannst du uns besuchen, und dann machen wir dich ganz neu.«

»Ehrlich? Wann?«

»Oh. Weiß nicht. Ich werde Firouzeh fragen.«

Yvette steckte Tracys Haar mit Nadeln fest, und jetzt, wo sie die gleiche Frisur hatten, sahen die beiden Frauen sich beinahe ähnlich.

»Tolle Ringe haben Sie«, bemerkte Tracy.

»Danke. Aber deiner ist auch schön. Bist du verlobt?«

»Ähm. Nein. Überhaupt nicht.«

»Non?«

»Nein. Der ist von meiner Großmutter. Ich trag ihn nur zum Spaß.«

»Oh.«

Tracy steckte den Ringfinger unter ihr Bein, wo er nicht zu sehen war. Wenn sie einen Augenblick für sich allein hatte, würde sie versuchen, das Ding abzuziehen, ein für alle Mal.

Sam kam aus der Küche und ließ den Blick über seine Gäste schweifen. Die Krawatte hatte er über die Schulter gelegt, damit sie nicht in die *Bamieh*-Soße geriet, bei deren Zubereitung er gerade half. Unter großem Klappern von Geschirr und Besteck machten sich im ganzen Raum Leute über seine Ost-West-Gerichte her, und eine Woge der Zufriedenheit lief durch seinen ganzen Körper.

Zwei Kuwaitis hatten das *Ya mahi* aus dicken Bohnen, das neu auf der Karte war, bestellt. Von der Warmhalteplatte stieg eine solche Dampfwolke auf, dass er nicht recht sehen konnte, ob sie auch angenehm überrascht waren.

»Yvette, kommst du mal«, flüsterte er seiner Frau zu, die gerade an einem Tisch in der Nähe Geschirr abräumte. Sie drehte sich um und sah ihn an, und Sam war fassungslos, als er merkte, dass er sich vertan hatte. »Oh! Tracy, das tut mir leid. Ich dachte … Sie sehen … ich habe Sie … Es liegt am Haar. Verzeihung.« Rasch machte er kehrt und verschwand wieder in der Küche.

Tracy lächelte, denn sie fand, das war ein großes Kompliment gewesen; sie warf einen Blick in den Spiegel, um zu prüfen, wie ähnlich sie ihrer hinreißenden Kollegin inzwischen geworden war. Dann kehrte sie an die Arbeit zurück, und das Lächeln hielt sich noch eine ganze Weile.

An einem kleinen Tisch in der Küche, seinem zweiten Büro, das er weit lieber hatte als das eigentliche, gerade außerhalb von Abdullahs Schußfeld und doch nahe genug, um bei allem dabei zu sein, führte Sam seine Bücher, entwarf die Speisekarten. Hier hatte er seine Rechnungen, seine liebsten kubanischen Panatellas, den Aschenbecher, die Zuckerdose mit *Zoolbeya bamieh,* verboten, weil sie nicht gut für sein Herz waren, und ein Feuerzeug mit dem Wappen des schwedischen Königshauses, das ein betrunkener Diplomat einmal im Restaurant vergessen und nie zurückgefordert hatte. Er steckte sich eine Zigarre an, ließ den Rauch seine therapeutische Wirkung tun und blies dann eine Wolke über die tanzenden Kochtopfdeckel. Guter Zigarrenrauch, fand er immer, von einer anständigen Sorte, konnte dem Essen nur guttun, und so paffte er in der Küche, als wäre nichts dabei.

Wenn die Geschäfte gut gingen, so wie jetzt, rauchte er mit Muße. Sein Blick wanderte von den neuesten Gewinnprognosen zu einer Urkunde, die ihm den Kauf eines neuen Ladengeschäfts im vornehmen Fulham bestätigte. Das sollte sein Vermächtnis an die Kinder sein. Seiner Gesundheit konnte er schon seit Jahren nicht mehr trauen: Herzrhythmusstörungen und hohe Blutfettwerte hatten ihren Tribut gefordert, und mit einem Blutdruck wie dem seinen konnte man jeden Moment an der Reihe sein. Wenn sein Herz aufgab – und der Stress fraß daran, als tummelten sich in seinem Blut Piranhas –, dann sollten die Kinder gut versorgt sein. »Für seine Kinder«, hatte sein Vater ihm im Iran immer gepredigt, mit jenem flammenden Eifer, den er für die großen Wahrheiten reservierte. »Dafür ist ein Mann da. Dafür und nur dafür.« Bei diesen Worten hatte der Vater die Hände zu Fäusten geballt, bis die Knöchel weiß hervortraten. Und die Botschaft war nicht nur für Sam bestimmt, sondern auch für all die Generationen, die noch folgen sollten; mit der gleichen Entschlossenheit sollte Sam es seinen Kindern weitergeben. Er selbst sei nichts; Sam sei nichts; der Einzelne sei nichts.

Aber Sam hatte es noch nicht weitergereicht – seine Kinder waren zu jung für solche Weisheiten der Wüste. Wenn es ihn morgen erwischte, würde die Philosophie eben mit ihm sterben.

Die alten Schuldgefühle kamen wieder in ihm hoch, wie immer, wenn er an seinen Vater dachte. Dankbar widmete er sich der teuren Zigarre. Was für eine unerträgliche Schande – seinen eigenen Vater hatte er so schwer enttäuscht, dass dieser vor der Zeit alt geworden war; eine beinahe tödliche Dosis Enttäuschung. Bei ihm als ältestem Kind, als hehrem Bewahrer der Tradition, würde die Flucht aus dem Iran, die Art, wie er das Geschäft der Familie verschmäht hatte, noch in tausend Jahren Folgen zeitigen. Denn zeugten Vegetarier nicht weitere Vegetarier? Wer hätte das besser gewusst als sein Vater? Eine direkte Linie, die über unzählige Generationen bis in stumme Vorzeit zurückreichte, hatte er durchtrennt. Und in stillen Augenblicken wie diesem – wie unerbittlich hielten Sams Vorfahren ihm da sein Versagen vor, packten ihn bei seinem Gewissen und schüttelten ihn mit solcher Macht, dass er oft sogar husten musste. Sein Herz rasselte in seinem Käfig aus Kalk, sein dünnes Blut roch nach Angst, ein willkommener Köder für die Piranhas, wieder ein Beweis – *du hast unrecht, Vater* –, dass alle Feinde des Lebens Fleischfresser sind.

Tracy kam in die Küche, um die nächste Bestellung abzuholen. Sam studierte seine Umsätze, tat, als wäre er beschäftigt, kritzelte noch etwas dazu. *So eine Blamage, dass ich sie für Yvette gehalten habe.* Wenn sie ihn anlächelte, dann wollte er es nicht merken. Als er aufblickte, sah er, dass sie versuchte, drei Teller auf einem Unterarm zu balancieren, und mit einem vierten in der anderen Hand bewegte sie sich vorsichtig auf die Schwingtür zu. Sie wollte beweisen, was sie konnte. Den Schaden würde er ihr vom Lohn abziehen. Tief über sein Buch gebeugt, wartete er auf das Getöse und legte sich im Geiste schon seine Tirade zurecht. Er hielt den Atem an, und als es schepperte, sprang er auf. »Was denken Sie sich eigentlich« – die ersten Worte waren ihm schon entschlüpft, da sah er, dass niemand in der Küche war außer Abdullah, und der Kochtopfdeckel, der ihm heruntergefallen war, kullerte noch über den Boden.

Der Abend verlief ohne weiteren Zwischenfall. An solchen Tagen war alles im Restaurant perfekt wie auf einem Schiff, und Abdullah führte das Ruder.

Sam stand an der Kasse und tippte die Rechnungsbeträge ein. Eine unglaubliche Summe! Die Menge an Wein, die seine westlichen Gäste, von denen es von Jahr zu Jahr mehr gab, in sich hineinschütteten – und das bei einem mehr als satten Preisaufschlag –, machte ihn noch ein zweites Mal zum reichen Mann. Seine Gemüse waren nur das Lockmittel, der Köder: Den eigentlichen Gewinn bescherte ihm der unlöschbare Durst der Menschen nach Trunkenheit – das war der Schlüssel zu seinem Erfolg. Er war der Bankier der Niedergeschlagenheit, ein Kriegsgewinnler wie Alfred Krupp, der Kanonenkönig. Und auch wenn er einem Gläschen oder zweien nicht abgeneigt war – in Oxford war manches Tabu über Bord gegangen –, sorgte sein schwaches Herz, wenn schon nicht seine alte Religion, dafür, dass Alkohol als einfacher Ausweg aus den Mühen des Lebens für ihn nicht in Frage kam.

»Möge Allah mir vergeben«, sagte er zu sich, als er die

letzten Beträge eingab. Aber er spürte doch auch, wie gut es ihm tat. Es gab so viel, wofür er dankbar sein sollte. Seine Freunde beneideten ihn um sein Glück in allen Bereichen. Er hatte allen Grund, Allah, den gnädigsten und mitleidigsten Gott, zu preisen: zwei Frauen, vier schöne, gesunde Kinder, die sich gut in dem neuen Land zurechtfanden – es war beinahe zu viel. Er lächelte; manchmal war er schon ein alter Griesgram.

Am Ende des Abends holte er seine Zigaretten aus der Schublade und ging hinaus, um nach den Sternen zu sehen. Als er Tracy dort draußen sah, wollte er einen Schritt zurück machen, aber sie hatte ihn schon erspäht.

»Hi«, sagte sie.

»Oh. Hallo.« Wieder wurde er rot. Er kam nach draußen, blieb aber gleich auf der Türschwelle sitzen. Hinter ihm in der Küche aßen Yvette und Abdullah übriggebliebene Desserts – für ihn jetzt verboten. »Das ist die schlimmste Zeit für mich«, sagte er zu Tracy. »Nachtischzeit. Meine Speicheldrüsen sind der reinste Wasserhahn. Selbst das Klirren der Löffelchen ist die Hölle für mich.« Er holte ein Taschentuch hervor. Sie erwartete, dass er sich die Mundwinkel betupfen würde, aber er wischte sich nur die Stirn, auf der plötzlich Schweißperlen standen.

»Das ist doch interessant, finden Sie nicht auch«, sagte sie, »wie die Norweger … diese nordische Rasse, meine ich… wie die im Iran gelandet sind und da Perser wurden.«

Sam sah sie an. »Wer?«

Sie wiederholte, was sie gesagt hatte.

»Wer hat Ihnen das erzählt?«

»Stimmt es nicht?«

»Ich habe keine Ahnung, was Sie da reden.«

»Oh«, sagte Tracy, die Wörterbücher für unfehlbar gehalten hatte. »Ich hab's nachgeschlagen.«

»Also«, sagte Sam, »das Volk der Perser... eigentlich weiß es keiner so genau, aber auf alle Fälle sind wir Indoeuropäer, eine Mischung, entstanden vor wer weiß wie langer Zeit.«

»Sage ich doch.«

»Was sagen Sie doch?«

»Indo, das waren die, die schon da waren, und dann kamen die Europäer, und das waren die Arier, und die Arier kamen aus Norwegen. Und die haben sich dann vermischt. Oder?«

»Norwegen?«

»Ja.«

»Sie meinen blond und blauäugig und mit Schneeschuhen an den Füßen?«

»Na ja, die nordischen Rassen, und die sind dann weitergewandert.« Tracy war überzeugt, dass sie auf ein interessantes Gesprächsthema gestoßen war, denn eine Zeitlang sagte ihr Arbeitgeber kein Wort. Sie fügte hinzu: »Aber das war in prähistorischer Zeit. Wahrscheinlich hatten die damals noch keine Schneeschuhe.«

Er murmelte etwas, dann nickte er. »Sie könnten recht haben. Ich werde mich informieren... ja, und morgen sage ich Ihnen dann Bescheid.«

»So steht es in Longmans Wörterbuch«, beharrte Tracy.

»Tatsächlich?« Er sah sie an. »Ich glaube, wir haben eine Gelehrte unter uns, Abdullah.«

»Dann sind wir schon zwei«, sagte Abdullah, der in der Tür erschien. »Und ich bin nicht mehr allein.«

Als alles fertig war und das Restaurant für die Nacht geschlossen wurde, erschien Firouzeh, um Mann und Mitfrau abzuholen, strahlend wie immer. Sie wollten noch in einen Club zum Abendessen. Tracy löste ihren improvisierten Haarknoten, kämmte das Haar wieder zur alten glatten Frisur, zog ihre Vliesjacke über, mit einem verstohlenen Blick auf Yvette, die in ihren Kaschmirmantel schlüpfte und sich in eine Diva verwandelte.

»Ich muss sie bei Laune halten«, meinte Sam zu Tracy und legte beiden Frauen den Arm um die Schultern. »Ganz schön anstrengende Arbeit, aber irgendjemand muss es ja tun.« Umgeben von den beiden sah er ein gutes Stück größer aus. Tracy konnte sehen, wie die Brust sich weitete und den ganzen Mann aufrichtete, so dass er nun wirklich aussah wie jemand, der die emotionale Last von zweien tragen konnte. Gemeinsam gingen sie hinaus auf die Straße.

»Können wir dich mitnehmen?«, fragte Yvette.

»Nein danke, nicht nötig. Der Bus hält direkt bei mir vor der Tür.« Zu dieser nächtlichen Stunde war das gelogen. Sie musste zweimal umsteigen und dann noch eine Viertelstunde zu Fuß gehen.

Es war eine kalte Nacht. Sie blies sich in die Hände, sah neidisch dem davonfahrenden Mercedes nach, dann machte sie sich in die andere Richtung auf zu Ricky Innes. Sie wollte ihm sagen, dass sie sich entschieden hatte.

Es war schon spät, aber sie musste es ihm sagen. Sie hatte sich in einen Bildhauer verliebt gehabt und nicht in einen Steinmetzen – *spaltet, behaut, schleift u. poliert Steine*. Was war er?

Ein Steineklopfer.

Ihr ging auf, dass sie schon seit Ewigkeiten keinen einzigen Tagtraum mehr gehabt hatte.

»Komm, wir gehen in mein Zimmer«, schlug Ricky Innes vor.

»Nein. Ich will hier oder überhaupt nicht.«

Suzy Ballantine ließ sich auf den neuen türkischen Teppich fallen und räkelte sich. Den Teppich hatte Tracy gekauft, um Rickys Wohnung ein bisschen freundlicher zu machen. Er hatte keine Ahnung gehabt, dass es ein Aphrodisiakum war. »Der ist so exotisch«, sagte Suzy.

»Was ist denn da exotisch dran?«

»Na, orientalisch und so. Jetzt komm schon. Ich bin grad in Stimmung.« Suzy winkte Ricky mit dem Arm heran, eine Cleopatra auf ihrem Lager, eine Salome im Wüstenzelt, lag sie verführerisch auf dem Teppich. Die verdreckte Wohnung, die ihr immer die Lust verdorben und aus dem Sex etwas Banales gemacht hatte, war völlig verwandelt durch so viel Exotik.

»Na gut.« Er gab mit einem Lächeln nach. Er ließ sich auf alle viere fallen und näherte sich ihr wie ein Hund. »Da bin ich.«

Tracy hatte ihren eigenen Schlüssel. Als sie die Wohnzimmertür öffnete, fand sie Ricky schon halb ausgezogen, und, was sie noch unverschämter fand, er benutzte ihren türkischen Kunstfaserteppich als Mittel zu seiner Untreue.

Unter ihm lag Suzy Ballantine, die Beine breit über den Teppich gespreizt, und kommandierte ihren Sklaven mit dem Tonfall einer Königin.

Wie vom Donner gerührt prallte Tracy zurück. Nur die

Wand verhinderte, dass sie zusammensackte und auf die Knie fiel. Sie schlug sich die Hand vor den Mund, entsetzt von der Drastik dieser Begegnung in flagranti – eine der schwersten, die das Leben bereithält.

Ricky drehte den Kopf, sah sie über die Schulter an. Er versuchte zu sprechen, aber sein Hals war wie zugeschnürt, sein Gesicht hässlich verzerrt. »Trace?« Sein Hintern war nackt, und hinein krallten sich Suzy Ballantines Fingernägel. Tracy wandte den Blick ab. Sie starrte die Wand an, um wieder zur Besinnung zu kommen.

»Gott«, sagte sie mehrere Male, bevor sie dann hinzufügte: »Du Arschloch.«

Die Luft war feucht von all dem Stöhnen. Ricky rappelte sich auf, drehte sich wie eine eingerollte Angelschnur und versuchte sich mit einem Ruck die Hose hochzuziehen.

Tracy starrte das Bambusmuster auf der Tapete an und mühte sich zugleich, den Ring vom Finger zu zerren. »Suzy Ballantine«, sagte sie immer wieder, als ob die Sache damit eindeutiger würde, »Suzy Ballantine, Suzy Ballantine, scheiß Suzy Ballantine …« Die Tatsache, dass sie gekommen war, um mit Ricky Schluss zu machen, machte diesen doppelten Verrat nicht einfacher.

Jetzt versuchte Ricky es mit Wut. »Was willst'n du hier? Konnt ich doch nicht wissen, dass du hier aufkreuzt! Scheiße, kannst du nicht anrufen? Da bist du selber schuld!« Er war wütend, dass Tracy ihnen beiden den Spaß versaut hatte. »Wieso schleichst du dich hier rein? Da siehst du, was du davon hast.«

Tracy machte einen Schritt auf ihn zu und versuchte immer noch, den Ring abzubekommen. »Und komm ja nicht wieder angekrochen«, sagte sie. »Versuch das ja nicht, hörst du? Na« – sie betrachtete Suzys wenig elegante Versuche, mit dem Höschen um den Knöchel aufzustehen –, »hat sich ja wohl sowieso erledigt.« Sie zeigte mit dem Finger, der sich immer noch weigerte, sich von dem Ring zu trennen, auf Ricky, dann steckte sie ihn in ihrer Verzweiflung in die Überreste einer indischen Mahlzeit auf dem Tisch, und mit Hilfe der fettigen Currysauce konnte sie sich endlich von dem goldenen Anhängsel befreien. In hohem Bogen segelte es in die andere Ecke des verdreckten Liebesnests, und Tracy warf die Tür hinter sich zu.

Draußen starrte sie auf die Türschlüssel. Der frisch lackierte Toyota war doch die perfekte Schreibtafel – schließlich war er eine der beiden Bühnen für so viele vorgetäuschte Orgasmen und Emotionen gewesen – *und irgendwie bin ich ja selber schuld.* In riesigen Großbuchstaben kratzte sie in die nagelneue Farbe das Wort ARSCHLOCH, quer über die Fahrertür, und jeden Buchstaben zeichnete sie mehrere Male nach, damit er auch gut zu lesen war – eine Arbeit, die ein guter Steinmetz doch einfach bewundern musste.

Dann schmiss sie die Schlüssel ins Gras. Wofür sie sonst eine Stunde gebraucht hätte, war in nur fünf Minuten erledigt. Wenn man mit jemandem Schluss machen wollte, dachte sie, konnte einem doch gar nichts Besseres passieren, als dass man ihn mit einer anderen erwischte.

Ein Haus, das sich in vier Richtungen neigt

Nichts, was ihr Vater an Frühstück anzubieten hatte, konnte Tracy locken. Als er fragte, was sie vorhabe, gab sie nur ausweichende Antworten.

Für ihren Ausflug zum Haus der Sahars in Barnes plünderte sie ihren Kleiderschrank, und bei dem Versuch, sich angemessen anzuziehen und es allen recht zu machen, kam sie auf eine katastrophale Kombination aus Minirock, kniehohen Stiefeln und Strickjacke, verschönert durch Schal und Kopftuch, so dass sie am Ende wie eine Prostituierte bei den Amischen aussah.

Aus ihrem Straßenatlas waren viele Blätter verlorengegangen, aber zu ihrer Erleichterung sah sie, dass die Seite mit der Burton Street noch da war: ein Wunder und ein gutes Vorzeichen. Je näher der Bus dieser Straße kam, desto vornehmer wurden die Häuser.

Vor dem Tor blieb sie stehen und atmete tief durch. Was sie erblickte, war ein frei stehendes zweistöckiges Stadthaus mit steilem Ziegeldach, mit einem großen französischen Vorgarten, der es ein gutes Stück von der Straße absetzte: in Tracys Augen ein Palast.

»Meine Scheiße«, murmelte sie. Sie blickte noch einmal auf den Stadtplan, aber die Adresse stimmte.

Sie wollte gerade klopfen, da sah sie die Klingel. »Ich

werd verrückt«, sagte sie, als sie das Ding-dong von drinnen hörte, volltönend wie eine Kirchenglocke. Gleich darauf öffnete Yvette die Tür. *»Bonjour.«* Sie begrüßte Tracy mit dem französischen Küßchen-Menuett, und Tracy machte linkisch mit.

»'ast du uns gefunden!«

»Hi. Bonjour.«

Tracy trat ein und war in einer anderen Welt.

Die Kinder kamen aus allen vier Himmelsrichtungen gelaufen. Reihum wurden sie vorgestellt.

Mostafa, den Jüngsten, kannte sie bereits. Er war wie ein Geschöpf aus Tausendundeiner Nacht mit riesigen Segelohren und einem Haarschopf wie ein Hahnenschwanz, der den Gesetzen der Schwerkraft ebenso trotzte wie den häufigen Versuchen der Mutter, ihn mit Spucke zu bändigen.

Als Nächster kam Ali, der in einem einzigen Satz verkündete, dass er sieben sei, sehr, sehr stark und »erfreut, Sie kennenzulernen«.

Als Dritter trat Haman vor, still, auf den ersten Blick schüchtern, doch es steckte ein neunjähriger Lausbub in ihm, deutlich zu erkennen an der Schleuder in der schmutzigen Faust: Wo war der Stein gelandet?

Und schließlich noch die Älteste, Aisha, schon jetzt eine Miniaturausgabe ihrer Mutter, eine aufblühende Schönheit von elf Jahren; doch in ihrer Anmut und ihrer Grazie spürte man auch den Einfluss von Yvette. Denn dies war ein Haus mit zwei Müttern, mit zweierlei Einflüssen, und so sehr Yvette und Firouzeh auch Hand in Hand arbeiten mochten oder wie sehr die Erstere sich der Zweiten unterordnen mochte, am Ende würden die Kinder doch von Frankreich wie vom Iran erzogen.

Aisha nahm Tracys Hand und drückte sich ihren Handrücken an die Stirn.

»Komm und trink eine Tasse Tee«, sagte Firouzeh. »Komm herein.«

Der Salon war halb Sultanszelt, halb Harrods, eine Mischung von Stilen aus aller Herren Länder: Fließende Organzavorhänge harmonierten mit Dutzenden von orientalischen Kissen; ein großer Rattansessel mit einer Lehne wie ein Tennisschläger stand neben einer Chaiselongue; auf dem Klavier eine Sammlung von antiken Wasserpfeifen. Es war ein Salon, von Düften erfüllt, der für tiefsinnige Diskussionen gemacht war oder für Entspannung. Und für die Liebe? Tracy sah Schriftrollen im Bücherregal. Waren das wirklich Schriftrollen? So bescheiden er für die Sahars auch sein mochte, für Tracy war dieser Raum der Inbegriff von sinnlichem Luxus.

Wo mochten sie alle ihren Stammplatz haben? Wer machte was? Sahen sie zusammen fern mit dem Essen auf den Knien, wie bei ihr zu Hause? Es war nirgends ein Fernseher zu sehen. Wozu brauchte so jemand schon einen Fernseher?

Nur mit Mühe hielt sie ihre Neugier im Zaum. Sie malte sich die Szenen in diesem Zimmer aus: Yvette, wie sie dekorativ auf der Chaiselongue lag und in der französischen Ausgabe der *Vogue* blätterte; Firouzeh, die, auf den Ellenbogen gestützt, auf dem Fußboden lagerte und zusah, wie ihre Kinder phantasievolle, gewaltfreie Spiele spielten, während Sam mit gekreuzten Beinen auf einem Kissen seine Liebesgedichte auf Farsi las – oder schrieb? – und alle paar Sekunden mit einer lässigen Bewegung das lange Mundstück seiner Wasserpfeife an die Lippen führte.

»Schön hier. Wirklich schön.«

»Bei so vielen Bewohnern darf die Einrichtung nicht zu üppig sein.«

»Nimm eine Tasse Tee.«

»Ja, gern.«

Sie schlürfte den siedend heißen Tee aus einem Glas mit silbernem Griff, und die Kinder drängten sich um sie und wollten ihr kleine Buntstiftzeichnungen zeigen, die sie gerade für sie gemacht hatten. *Träumte sie?* Mostafa präsentierte sein neuestes Kunstwerk und sprang ihr dann auf den Schoß; er schien damit zu rechnen, dass er dort eine Weile bleiben konnte.

»Mostafa, lass Tracy ihren Tee trinken. Runter mit dir.«

»Nein, ich hab Kinder gern. Ehrlich. Ich mag sie.« Sie drückte den Kleinen.

»Nein«, wiederholte das Kind, an seine Mutter gewandt.

»Wenn Sie irgendwann mal einen Babysitter brauchen, das würde ich gerne machen. Sie können mich immer anrufen, wenn ich nicht im Lokal bin.«

»Wirklich? Das kommt uns vielleicht noch sehr gelegen.«

»Doch, früher habe ich oft Kinder gehütet. Aber heute kenne ich nicht mehr viele Leute mit Kindern.«

»Na, jetzt schon.« Firouzeh zog Mostafas Hand zurück, die er nach dem heißen Glas ausgestreckt hatte. »Zu heiß, Mostafa! Heiß!«

»Sehr heiß«, bestätigte Tracy, die ihre Aufgabe als Erzieherin zusammen mit der Hand des Jungen ergriff.

Der Kleine blickte Tracy prüfend ins Gesicht. »Ist es nicht«, sagte er.

»Doch. Sehr, sehr heiß.«

Alle drei Frauen nickten.

Eric öffnete die Falltür im 23. Stock, ganz oben am Ende der Treppe, um zu sehen, wie viele Mäuse er an diesem Tag erlegt hatte. Es war eine Enttäuschung.

Als selbsternannter Hausmeister und inoffizieller Mechaniker von Melksham Tower hatte er ein kompliziertes System ersonnen, um dem Ungeziefer der Anlage mit elektrischem Strom gründlich den Garaus zu machen. Dazu gehörten ein Stolperdraht, eine sechsfach mit Erdnussbutter präparierte Futterstelle und eine starke Autobatterie. Aber all seine Aktivitäten als Kammerjäger waren im Sande verlaufen, jetzt wo die Ratten und Mäuse gelernt hatten, wie sie an die Erdnussbutter kamen, die Falle auslösten und damit die Batterie leerten, ohne dass sie dabei zu Tode kamen. Noch fehlte seiner Methode der letzte Schliff, und die Nager tanzten ihm auf dem Kopf herum, im wahrsten Sinne des Wortes elektrisiert durch seine Schocktherapie.

Mit leeren Händen kehrte er zu seiner Wohnung zurück, niedergeschlagen, und blieb unterwegs auf dem Treppenabsatz stehen, um seine neuesten Messungen mit der Wasserwaage vorzunehmen. Dieses Projekt verfolgte er schon seit Monaten gewissenhaft, ursprünglich nur ein Ausdruck seiner Handwerkerehre, mit der er prüfte, ob etwas gerade war – schlechte Arbeit war ihm ein Graus –, aber in letzter

Zeit wollte er auch Belege für die Überzeugung seiner Frau sammeln, dass das ganze Haus baufällig geworden und »in Bewegung« war. Es war erschreckend, wie sehr seine Messergebnisse ihren Verdacht bestätigten.

Sein Logbuch dieser Monate dokumentierte, dass das Hochhaus nicht nur in Bewegung war, sondern dass es sich in alle vier Himmelsrichtungen zugleich bewegte. Auf der Ostseite war das Bauwerk, wie die goldene Luftblase in seiner Wasserwaage zeigte, eindeutig nach Osten geneigt, doch wenn er dann auf die Südseite ging und sein Instrument auf den Boden legte, wies die Blase klar nach Süden. Der Norden war nach Norden hin geneigt, der Westen westwärts.

Er gab seine Ergebnisse regelmäßig an Monica weiter, die sie mit immer größerer Empörung sammelte. Dieses Haus war eine gefährliche Falle.

Offensichtlich, schloss Eric, ging das Hochhaus nach oben auseinander wie eine Blumenvase, eine Art schiefer Turm von Pisa, nur dass er in alle Richtungen schief war. Als er das seinen Kumpeln bei einem Glas Bier im Pub erzählte, erntete er allerlei blöde Witze. Doch insgeheim schüttelte Eric den Kopf. Allmählich teilte er die Überzeugung seiner Frau, dass der Schuppen auseinanderfiel.

Er öffnete die Schiebetür zum kleinen Nordbalkon seiner Wohnung, setzte sich und rauchte eine Zigarette. Er kümmerte sich nicht darum, dass die Asche in eine Kiste mit verrosteten Motorradteilen fiel, ein Gelegenheitskauf, den er vor zwei Jahren gemacht hatte. Ein weiteres Projekt, das nur darauf wartete, dass er es in Angriff nahm.

Damals hatte er geglaubt, er könne ein kleines Vermögen

damit verdienen, dass er Sachen billig kaufte und sie »aufmöbelte«. Jetzt, zwei Jahre später, waren all diese Spekulationsobjekte auf den Müll gewandert, und nur das Motorrad war noch übrig. Eine komplette Ducati 750 TX, in Einzelteilen (der Tank rostete auf dem Geländer vor sich hin), nahm ihnen nun den Platz für ein bescheidenes Frühstück im Freien. Monica hatte ihm gestattet, die Teile dort zu lagern, weil er ihr romantische Motorradausflüge aufs Land ausgemalt hatte, einmal im Jahr eine flotte Spritztour auf den Kontinent, nur sie beide. Eine Weile hatte Monica der Tagtraum gefallen, die Vorstellung, wie der Wind ihr durchs Haar fahren würde, wie sie nach Toulouse oder Düsseldorf brausen würden, sie mit den Armen um Erics Taille, die Schenkel fest an die Maschine gedrückt. Doch jetzt, in sechs Pappkartons zu einer Stufenpyramide getürmt, verrostet, vom Wetter zu einem einzigen *objet d'art* verschmolzen, waren diese Motorradteile für sie beide nur noch der greifbare Beleg dafür, dass sie nirgendwohin fahren würden.

Aber mit dieser Untätigkeit würde es ein Ende haben, das nahm sich Eric fest vor. Er würde den Müll wegräumen, den echten und den symbolischen. Jetzt gleich würde er damit anfangen. Als Erstes würde er die Eimer ausleeren. Er hievte sich hoch und drückte seine Zigarette aus.

Mit dem Lift fuhr er nach unten, Müllsäcke zu seinen Füßen, und dachte dabei, was für ein Glück es doch war, dass Monica mit ihrem Vorschulunterricht immer noch genug verdiente, um sie beide zu versorgen. Seit seinem Unfall – ein zertrümmerter Knöchel, den er jetzt nur noch um sechzig Grad strecken und um dreißig Grad drehen konnte –

hatte er mit seiner mickerigen Behindertenrente auskommen müssen, dazu dem wenigen, was das Hochhaus ihm an Arbeit bot. Dass der Kasten auseinanderfiel, war die beste Arbeitsplatzgarantie, die er je gehabt hatte.

Fast jeden Tag kam es vor, dass man ihn holte, wenn eine Tür aus den Angeln war, eine Fensterscheibe zerbrochen, ein Wasserfleck an der Decke erschien. Eric hatte sich schnell einen Ruf als Helfer in der Not erworben. Die meisten kleinen Aufgaben konnte er bewältigen. Mit dem Werkzeugkasten in der Hand hinkte er den Nachbarn zu Hilfe, nahm nach einem Anruf sofort den Lift zu jedem kleinen Krisenort, und als er erst einmal einen Namen hatte, verdiente er damit für sich und seine Familie ein hübsches Taschengeld dazu. Er tat alles außer Fensterputzen – schließlich war er keine Haushaltshilfe –, trank sämtliche Tassen Tee, die ihm angeboten wurden, hörte auch der langweiligsten Geschichte mit aufmerksamer Miene zu, und so wurde er zum adoptierten Familienmitglied in hundert Wohnungen, die genau wie seine eigene aussahen; in jeder hätte er sich die Teetasse selbst holen können.

Wäre das Hochhaus eine Stadt gewesen, man hätte ihn zum Bürgermeister gewählt.

Er verzog vor Schmerz das Gesicht, als er die Beutel in die Container hinter dem Haus hievte. Sein Fuß machte ihm noch immer das Leben zur Hölle und würde wohl nie wieder ganz heilen, hatte sein Physiotherapeut gesagt. Es gab Tage, da konnte er dem Mann, der ihm das angetan hatte, nicht verzeihen, auch wenn er nun unter der Erde lag. Einem Menschen die Fähigkeit nehmen, sich zu bewegen, und das in der Blüte seiner Jahre, das war ein unverzeihliches Verbrechen. Und was war das im Vergleich zu der Tatsache, dass er ihm auch die Möglichkeit genommen hatte, Geld zu verdienen, es zu etwas zu bringen, damit er mit seiner Familie aus diesem Loch herauskam! Hatte er dazu denn jetzt noch eine Chance?

Es war Monicas Idee gewesen, die jährliche gesellige Zusammenkunft der Hausbewohner im Freien zu veranstalten, auf dem Ödland hinter dem Grundstück, aber auf den Gedanken mit den Ölfässern war Graeme Powell gekommen. Eric war nur der Blödmann gewesen, der sich als Freiwilliger gemeldet hatte. Er drehte sich um und betrachtete den Ort des Geschehens. Das Fass, das ihm den Fuß zertrümmert hatte, lag immer noch da auf der Seite, zwischen dem Unkraut. Er hätte sich nie darauf einlassen dürfen.

Eine typische Monica-Idee, dass doch die Hausbewohner zusammenkommen und sich kennenlernen müssten. Ein weiterer Versuch, den Gemeinschaftsgeist zu wecken, der nach ihrer Überzeugung in der Hausbelegschaft schlummerte. Es passte zu ihren vage sozialistischen Einstellungen, dass sie ein paar Kekse und ein paar Pasteten kaufte und alle auf das unbebaute Grundstück rief.

Doch Graeme war es gewesen, der ein Barbecue wollte – der mit einem Lieferwagen mit zwei 180-Liter-Fässern auf der Ladefläche als Sockel für einen Grill gekommen war, bevor jemand die Chance hatte, einen anständigen Gasgrill zu leihen. Selbst da hätte alles noch funktionieren können, wären die Dieselfässer wirklich leer gewesen und hätte man die Deckel abgeschraubt. Doch dann – und das konnte Eric dem Toten einfach nicht verzeihen – war eins der Fässer, auf denen das große Freudenfeuer loderte, zu heiß geworden und explodiert. Es war hoch in die Luft geflogen, und in dem kurzen Augenblick der Verwirrung war Eric – der überhaupt nicht begriffen hatte, was gerade geschah – vorgelaufen, um von Bratpfannen und Würstchen zu retten, was zu retten war.

Er lief genau dorthin, wo das Fass zu Boden stürzte. Bei den Mittelfußknochen konnte keiner mehr sagen, welcher Splitter wohin gehörte, und der zerschmetterte Knöchel würde nie wieder zu gebrauchen sein. Das war vor vier Jahren gewesen, und er hoffte immer noch, dass er irgendwann wieder ohne Hinken gehen konnte.

Es war der Gipfel der Ironie gewesen, dass man Eric gebeten hatte, zusammen mit fünf anderen den Sarg zu tragen, als Graeme Powell vor zwei Monaten gestorben war. Auf dem Weg zur Kapelle, schwer hinkend, das Gesicht verzerrt vom Schmerz in seinem Knöchel, hatte er sich damit Mut gemacht, dass der arme Bursche wenigstens nicht mehr so schwer war wie früher.

Eric fuhr mit dem Lift wieder nach oben und sah den Leuchtziffern zu, wie sie die Stockwerke anzeigten. In so einem Haus zu leben war Irrsinn. Monica hatte recht. Diese Dinger waren für Mäuse gemacht, nicht für Menschen. Er würde den Widerstand aufgeben und sich mit neuen Kräften ganz der Initiative seiner Frau verschreiben und sich mit ihr für den Abriss einsetzen. Er steckte den Schlüssel ins Schloss und fuhr zusammen, als plötzlich hinter ihm eine Stimme erklang.

»Mr Pringle? Hallo. Ist Tracy da?«

Er drehte sich um. Es war Tracys Freund. Der Name fiel

ihm nicht ein, nur »der Grabsteinkerl«. Der Junge wirkte aufgeregt. Liebe Güte, als ob er je ernsthaft daran gedacht hätte, seine Tochter an jemanden zu geben, der Grabsteine meißelte! Morbide Bande. Wo kamen sie nur alle her, diese jungen Männer, die vor Begierde nach seiner Tochter sabberten? *Weg mit euch!... Weg!... Weg!* Bevor er etwas sagen konnte, war Monica an die Tür gekommen. »Hallo, Richard. Tracy ist nicht zu Hause.«

»Oh.« Das traf den jungen Mann schwer.

»Kommen Sie doch rein.«

»Äh ... nein, danke. Mist. Ich muss nur einfach ... ich muss wirklich dringend mit ihr reden. Können Sie mir nicht sagen, wo sie ist? *Bitte.*«

»Sie ist einfach nur ausgegangen, tut mir leid. Sie hat nicht gesagt, wohin.«

»Jetzt kommen Sie schon, Mrs Pringle. Mr Pringle. Sie waren doch auch mal jung.«

Dies drastische Urteil schockierte Eric und Monica sehr. »Wir waren *was?*«, fragte Eric. Der Schlag hatte gesessen.

»Sie wissen doch, was ich meine. Sie kennen das von früher.«

Eric wurde laut. »Sie ist nicht zu Hause, klar? Sie ist nicht da.«

»Können Sie ihr wenigstens sagen, dass ich hier war?«

»Das machen wir«, sagte Monica.

»Gut. Na ja dann, vielen Dank. Bis dann. Und vergessen Sie's nicht, ja?«

Die Pringles sahen Richard Innes nach, erleichtert, dass er die Einladung zum Tee ausgeschlagen hatte. Sie hatten ihre Tochter nicht behutsam durch alle Untiefen des Lebens gesteuert, um sie jetzt an den spitzen Klippen der Geilheit eines jungen Ganoven zerschellen zu sehen. Der sollte mit seinen dreckigen Pfoten einer anderen unter den Rock fassen; der sollte die Tochter eines anderen in den Morast seiner Triebe ziehen. Der Mann, den die Pringles sich für ihre Tochter vorstellten, sah anders aus. Wenn schon kein König, dann doch einer von fürstlicher Tugendhaftigkeit. Aber wo fand man so jemanden in Südwest-London? Tatsächlich war auch Eric einmal jung gewesen, und Monicas Vater hatte ihn nicht gerade mit Wohlwollen betrachtet.

»Jetzt sei doch nicht so wie mein Vater damals bei dir«, sagte Monica. »Du weißt doch, wie das war.«

»Hör mal, im Vergleich dazu, wie dein Alter mich behandelt hat, war ich *höflich*.« Eric konnte sich noch genau erinnern, wie der alte Sack auf den ersten Blick davon ausgegangen war, dass er, wenn er ihm eine Chance gab, seine Tochter in die Finger zu bekommen, Monica in den Strudel der Armut reißen würde, in ein Leben von der Fürsorge, was ja dann auch genau geschehen war. Aber dass Monicas Vater vollkommen recht gehabt hatte, änderte nichts daran, dass es unfair gewesen war, davon auszugehen. *Damals hätte er mich genauso wegjagen sollen.* Eric versuchte die Worte zum Schweigen zu bringen, die ihm immer und immer wieder durch den Kopf gingen: *Versager, Versager, Versager...*

»Komm schon«, sagte Monica. Gemeinsam gingen sie wieder in ihre Wohnung und schlossen die Tür hinter sich.

Tracy folgte Yvette durch eine Reihe von Räumen, die so prachtvoll gestaltet waren, dass sie an eine Spieldose denken musste: Spiegel, die das Schimmern von Scharlach und Gold ins Unendliche vervielfachten. Sie sog alle Einzelheiten, die ihr helfen konnten, das Leben dieser Menschen zu verstehen, in sich auf.

Sie folgte ihrer Führerin, ging eine Treppe hinauf und dann im oberen Stock einen Gang entlang, der in zahlreiche weitere Zimmer führte. Tracy reckte den Kopf, blickte nach rechts und nach links durch halb geöffnete Türen und sehnte sich danach, hinter die geschlossenen zu sehen. Ihre Phantasie lief auf Hochtouren. »Sehr schön.« Sie versuchte, sich ein wenig von der Nonchalance ihrer Gastgeberin anzueignen, ihrem Talent zum Understatement.

Bald darauf stand Tracy vor dem Spiegel eines Schlafzimmers, und Yvette unterwies sie in der komplizierten Kunst des französischen Haarknotens. Der echte Chignon stand ihr noch besser als der improvisierte, und eine Stunde später war sie kaum noch wiederzuerkennen. Dezentes Make-up unterstrich ihre natürliche Schönheit. Sie hielt sich gerader, trug den Kopf höher, konnte überhaupt nicht glauben, dass das Gesicht im Spiegel ihres war. »Ja, das gefällt mir.« Selbst die Tonlage ihrer Stimme hatte sich geändert.

»Du siehst aus wie eine andere Frau.«

»Und warum haben Sie und Firouzeh genau die gleiche Frisur? Weil Sam das so gefällt?«

»Sam? *Non, non.* Sam achtet darauf nicht. Ganz bestimmt nicht. Und wir machen uns ja auch nicht für *ihn* schön, *certainement pas! Mon dieu, non.*« Sie lachte. »Ehrlich gesagt, Firouzeh ’at mir die Frisur beigebracht. ’ier an diesem Spiegel. Ich glaube, sie ’at mir einfach gefallen.«

»Wie lange ist das her?«

»Wie lange? Seit ich 'ier ins 'aus gekommen bin. Fast drei Jahre. Drei, seit ich ge'eiratet 'abe.«

Wie, was, wo? »Verstehe. Drei?«

»Und ich denke, ich 'abe mir manches von Firouzeh abgeschaut. Mein Leben und ihres 'aben so viel gemeinsam. So viele Dinge gemeinsam.«

Weiter, hoffte Tracy.

Die Frau, von der sie gesprochen hatten, erschien mit einem Tablett und zwei Gläsern Wein. »Ich sollte Lizenzgebühren für die Frisur verlangen. Sie steht dir ebenfalls.«

Sie prosteten sich zu und stießen an, dann öffnete Firouzeh zwei Türflügel, und zum Vorschein kam ein verborgener Raum, groß wie ein kleines Schlafzimmer, ein riesiger Schrank voll mit Kleidern in allen erdenklichen Farben und für alle erdenklichen Gelegenheiten. Sie nahm eine einfache Strickjacke heraus.

»Mann, das ist der größte Wandschrank, den ich in meinem ganzen Leben gesehen hab.«

»Na ja, er ist für uns beide«, sagte Firouzeh. »Die Sachen gehören mir nicht allein.« Sie schloss die Türen wieder. »So, ich verlasse euch wieder. Sagt mir, wenn ihr fertig seid. Ich will es sehen.«

Als sie wieder gegangen war, riskierte Tracy eine Frage. »Und Firouzeh ist also von Anfang an bei Sam gewesen, oder? Seit dem Iran? Sie sind zusammen nach England gekommen?«

»Oh, nein nein nein. Viel später. Sam war schon 'ier. Vier Jahre schon. Ein eingefleischter Junggeselle – aber kein Dodi al-Fayed, *non, non,* ein Mönch, mit seinem Gemüse und seinen Büchern. Er hatte geschworen, er würde nie 'eiraten. Und Firouzeh, die war ja da noch ver'eiratet.«

»Verheiratet?«

»Aber ja. Sie war ver'eiratet mit seinem Bruder.«

»Mit *Sams* Bruder?«

»Mit Seyyed, dem jüngeren. Sehr glücklich.«

Tracy dachte an ihr Gespräch mit Sam. »Mit dem, der...«

»Umgekommen ist. Ja.« Sofort blickte Yvette traurig drein.

»Oh.«

»Im Iran ist es üblich, dass eine Witwe sich unter den Schutz ihres Schwagers stellt, gerade in so einem Fall. Es war sehr anständig von Sam.« Sie wedelte mit der Hand. »Wie er eben ist. Nicht jeder 'ätte die Frau seines Bruders bei sich aufgenommen, mit vier Kindern.«

»Die Kinder... die sind auch nicht von ihm?«

»*Non, non.* Von seinem Bruder... jetzt sind es natürlich seine.«

Tracy nickte.

»'at dein Vater einen Bruder?«, fragte Yvette. »Dann stell dir vor, wie dein Vater die Verantwortung für dessen Witwe übernimmt, für sie und ihre Kinder. Das ist viel.«

Tracy versuchte es sich vorzustellen. Unmöglich. Ihre Tante war ein Drachen, ein mieses Stück, die Kinder waren kleine Gangster, und die beiden Familien verstanden sich überhaupt nicht. Eher würde ihr Vater zum Mond fliegen. »Stimmt. Das kann ich mir nicht vorstellen.«

»Sam ist ein außergewöhnlicher Mann. Du wirst das verstehen, wenn du ihn erst besser kennst.« Und dann wechselte sie wie beiläufig das Thema. »So, jetzt lösen wir den

Knoten wieder … und dann steckst du das ’aar neu ’och. Mal sehen, was du gelernt ’ast.«

Vier Haarspangen wurden gelöst, und Tracy Pringle kehrte auf die Erde zurück.

Wie üblich musste Sam fast mit Gewalt von seiner Rechenmaschine weggeholt werden. Er hatte die Buchführung gemacht und ärgerte sich über einen Fehlbetrag. Firouzeh bestand darauf, dass er herunterkam und sich etwas ansah, was ihn aufmuntern würde.

Brav nahm er den zugewiesenen Platz auf der Couch ein, die Arme über die Rückenlehne gelegt, und fragte freundlich: »Also, was habt ihr vor? Ein neues Spiel?«

»Lass dich überraschen.« Firouzeh lachte, und die leere Sektflasche in ihrer Hand kündete von einem fröhlichen Nachmittag. Sie rief hinaus in den Flur. »So, ihr könnt kommen. Zeigt Sam unser Werk.«

Yvette trat ein, ebenfalls kichernd, und machte eine theatralische Verbeugung.

»Nun?«, fragte Sam. »Was geht hier vor? Ihr seid ja beide betrunken.«

»Komm schon«, rief Yvette nach draußen, aber sie musste selbst auf den Flur gehen und ihren Gast buchstäblich hereinzerren.

»Voilà!«, sagte Firouzeh.

Sam traute seinen Augen nicht.

Vor ihm stand Tracy Pringle, die neue Kellnerin, ausstaffiert wie eine Prinzessin aus Tausendundeiner Nacht, verschleiert und in eine Wolke von Jasminduft gehüllt – und in ihrem Bauchnabel prangte sogar ein Amethyst. »Gütiger

Himmel«, sagte Sam. »Was habt ihr mit dem armen Mädchen angestellt? Tracy, Sie sollten sich von den beiden nicht so herumkommandieren lassen.«

»War doch nur Spaß«, antwortete Firouzeh. »Sieht sie nicht gut aus?«

Tracy war sichtlich unbehaglich zumute, und sie bereute die ganze Geschichte. Bei Wein und Sekt war es ihr noch wie eine gute Idee vorgekommen, aber jetzt, wo sie vor ihm stand, ließ sein strenger Blick sie erstarren. »Ich zieh mich gleich wieder um.«

»Sieht sie nicht toll aus?«, fragte nun auch Yvette.

»Ja ... natürlich ... aber ...« Sam hustete. »Entschuldigt mich, ich glaube, ich muss an die frische Luft. Macht ruhig weiter. Lasst euch von mir nicht stören.« Er stand auf, lockerte seinen Kragen, durchquerte das Zimmer und öffnete die beiden Flügel der Glastür in den Garten, einen ummauerten Garten, bewohnt von griechischen Statuen und Glyzinien.

Die Hauptstadt von Bagdad

Bei einer Zigarettenpause vor Beginn der Montagabendschicht erfuhr Tracy, was einen Muslim in die Reihen eines christlichen Kirchenchors getrieben hatte.

Angefangen hatte es bei seinem ersten Englandaufenthalt, erzählte Sam und zog an seiner Zigarette. Als Student am Christ Church College hatte er seine Vorliebe für die liturgischen Gesänge des Abendlandes entdeckt. Freunde hatten ihn ermuntert, mit zur Chorprobe zu kommen, und als dann ein Kricketspiel wegen schlechten Wetters abgesagt werden musste, stellte sich schnell heraus, dass sein rundlicher Brustkorb einen exzellenten Resonanzkörper für einen Bariton abgab.

Der Entschluss, regelmäßig im Chor zu singen, hatte jedoch mehr mit der komplexen Natur seiner religiösen Vorstellungen zu tun: Er sah keinen Widerspruch darin, dass er in der einen Minute Aschura feierte – den muslimischen Festtag, an dem der Überlieferung nach die sieben Himmel, Land und Meer erschaffen wurden, den Tag, an dem Adam geboren wurde und Noah nach der Sintflut die Arche verließ, den Tag, an dem Allah Moses rettete und an dem Jesus zur Welt kam, den Tag auch, an dem dereinst das Jüngste Gericht stattfinden würde – und in der nächsten die Unterquint-Stimme eines englischen Weihnachtslieds sang. Die

Welt war das Werk eines einzigen Gottes, und mit seiner aufgeschlossenen Einstellung und der Verehrung, die er als Muslim für die Propheten von Abraham und Moses bis hin zu Jesus Christus empfand, betrachtete Sam die uralten Zwistigkeiten und Streitpunkte, die theologischen Haarspaltereien als oberflächliches Gerangel, verglichen mit der tiefen Wahrheit des Glaubens an einen einzigen Gott.

Er sei kein großer Denker, gab er zu, als sie dort saßen und rauchten, aber eins stand für ihn fest: Das Leben war zu kurz, um es mit Streit zu vergeuden.

Sie blickte ihn die ganze Zeit über an. Allmählich verlor sie ihre Furcht vor dem allmächtigen Chef.

Richard Innes saß mit drei betrunkenen Freunden am schlechtesten Tisch des Lokals und wartete, bis der Eigentümer sich entfernt hatte; erst dann stieß er leise einen Fluch in seine Richtung aus. Er sah sich suchend nach Tracy um, was ihn jedoch nicht daran hinderte, die Figur der Kellnerin mit dem französischen Akzent, die an einem Nachbartisch bediente, bewundernd zur Kenntnis zu nehmen. Sein eigenes Mädchen war nirgendwo zu sehen.

Aber er zweifelte nicht, dass sie irgendwann auftauchen würde. Er war ihr am Vorabend bis hierher gefolgt. Bei einem Blick durch das Fenster hatte er gesehen, wie sie den Mantel aufhängte und in der Küche verschwand, und er war erleichtert, dass sie einfach nur als Kellnerin arbeitete. Tagelang hatte ihn die Vorstellung gequält, dass sie womöglich einen anderen hatte, der Gedanke, dass sie es bewusst darauf anlegte, ihn zu verletzen, und die ganze Zeit zur Rache mit einem anderen bumste – bestens gerüstet für einen großangelegten Nervenkrieg. Er sah sie genau vor sich, die Fingernägel tief in den Rücken eines anderen gegraben, jede Geste von ihr ein unmissverständliches Ja. Keine Frage, wenn es um Rache ging, da waren die Frauen den Männern haushoch überlegen.

Bestimmt würde sie sich wegen der Sache mit Suzy Ballantine rächen, übel rächen sogar, sobald ihr etwas Passendes einfiel. Die Frage war nur, wann, wie, mit wem und wie oft.

Der Daumen seiner linken Hand pochte schmerzhaft, im gleichen Takt wie seine Gedanken. Im Laufe der vergangenen Woche hatte sein Hammer mehrfach den Meißel verfehlt. Diese Trennung machte ihn fix und fertig – beinahe hätte er sich mit einer elektrischen Kreissäge die Hand abgeschnitten. *Die will mir den Schwanz abschneiden,* dachte er. *Die gibt nicht eher Ruhe, bis sie es geschafft hat.* Erst fliegen sie auf deine Männlichkeit, dann wollen sie, dass du vor ihnen auf den Knien liegst.

Zu seiner Enttäuschung verteilte die zweite Kellnerin die Speisekarten, dann nahm sie die Getränkebestellungen auf: »Bier, Bier, Bier, Bier.«

Wo zum Teufel treibt sie sich rum?, grübelte Ricky Innes.

Durch die Küchentür schaute Tracy immer angespannter zu seinem Tisch hinüber. Schlimmer hätte es wirklich nicht kommen können. Ricky war selbst zu seinen besten Zeiten unberechenbar wie eine geladene Waffe; er konnte ihr alles verderben.

Sie hatte gehört, wie er sich mit schwerer Zunge über den Tisch beschwerte. Sie tat, als poliere sie eine Kaffeekanne, und behielt ihn im Blick, doch plötzlich wurde die Tür aufgerissen, und Sam wäre beinahe mit ihr zusammengeprallt.

»Tisch drei, Tracy. Was treiben Sie denn da? Lassen Sie das jetzt. Die Gäste wollen bestellen. Los, raus mit Ihnen.«

»Tisch drei? Aber Yvette…«

»Ich möchte, dass Sie das übernehmen.«

Tracy versuchte, sich dem Tisch so zu nähern, wie sie es bei jedem anderen getan hätte.

Rickys Freunde verstummten, als sie sie kommen sahen, und blickten Ricky an. Dieser starrte andächtig auf Tracys Arbeitskluft, während sie sich wiederum nach Kräften bemühte, seinem Blick auszuweichen.

»Hi, Tracy«, stammelte Robbie Foster, um irgendwie das Eis zu brechen. »Wow! Cooles Outfit.«

Simon Treadwell: »Tracy, verdammt, du hast dich aber ganz schön verändert!«

»Was darf ich bringen?«, murmelte sie.

»Hi, Tracy.«

»Hallo, Brian.«

Endlich machte auch Ricky den Mund auf. »Tracy?« Aber sie würdigte ihn noch immer keines Blickes und zückte ihren Bleistift. »Habt ihr schon gewählt?«

»Was ist denn das für ein Fummel?« Ricky streckte die Hand aus, um mit dem unversehrten Daumen den Stoff zu fühlen, doch sie wich zurück.

»Oh, oh«, kicherte Robbie Foster und ging hinter seiner Speisekarte in Deckung.

»Wollt ihr jetzt bestellen, oder soll ich später noch mal wiederkommen?«, fragte sie kühl, den Blick fest auf ihren Notizblock geheftet.

Drei von den vier jungen Männern kamen zu dem Schluss, dass sie lieber essen als einen Streit vom Zaun brechen wollten, vertieften sich in ihre Speisekarten und verlangten allerlei Fleischgerichte, die es nirgendwo auf der Welt gab, schon gar nicht in diesem Restaurant.

»Sehr witzig«, sagte Tracy. »Einen Versuch habt ihr noch.«

»Überhaupt kein Fleisch?!«, fragte Simon Treadwell.

»Nein. Das ist ein vegetarisches Restaurant.«

Jetzt versuchte Ricky, die Gelegenheit beim Schopf zu packen: »Ich nehme, was du vorschlägst, Schatz. Du entscheidest, Tracy. Ehrlich.« Sie sah ihn an. »Es liegt ganz bei dir. Was du willst.« Seine Zunge war schwer vom Alkohol. »Mein Leben ist sowieso im Arsch. Entscheide du.«

Diese unverblümte Botschaft ließ seine Freunde verstummen. Ricky hatte sie gerade gebeten, es noch einmal mit ihm zu versuchen, und solch ein Moment verdiente ihren Respekt.

Tracy schüttelte verblüfft den Kopf, dann lachte sie kurz auf. Tolles Angebot, dachte sie bei sich. In einem Tagtraum hatte sie sich schon vor langer Zeit ihre gemeinsame Zukunft ausgemalt: Der Fernseher lief bis zum Sendeschluss; die Ketchupflasche war so verkleistert, dass sich der Deckel nicht mehr abschrauben ließ; ein Anrufbeantworter wiederholte unermüdlich »Tracy und Rick sind momentan nicht zu erreichen«; eine Schachtel mit Papiertaschentüchern vergilbte langsam auf der Hutablage einer zerbeulten Familienkutsche; Kühlschrankmagnete hielten unbezahlte Rechnungen an ihrem Platz. Tracy blickte zu Ricky hinunter und sah, wie schmerzlich ihn ihr Lachen traf.

Was Richard Innes nicht wissen konnte: So wie er seitwärts auf seinem Stuhl saß, mit dem Rücken zur Wand, schien er von der Stelle, wo sie stand, ganz mit der blutigen Schlachtendarstellung auf dem Wandteppich hinter ihm zu verschmelzen, wurde zum aus dem Sattel gestürzten letzten Überlebenden einer dahingemetzelten Armee, niedergestreckt zwischen einem Streitross mit gebrochenem Genick, aus dessen Wunden sich Ströme von scharlachroten Blutfäden ergossen, und einer verlassenen Schatztruhe voller Juwelen, die wie wertloser Tand auf dem sandigen Boden lag. Hinter ihm blähte sich eine Staubwolke, der Vorbote des nächsten Angriffs eines rachsüchtigen, schwertschwingenden Feindes – ein Angriff, bei dem sich Rickys Schicksal vollenden musste. Als Tracy ihm schließlich antwortete – »Keine Chance« –, klangen in ihren Worten Dinge an, von denen nur sie allein wissen konnte.

Trotzdem blieb das Endgültige ihrer Antwort Rickys Freunden nicht verborgen.

»Autsch«, sagte Robbie Foster.

Nun wo sie ihn vor seinen versammelten Bundesgenossen beschämt hatte, erhob sich Ricky, um die Angelegenheit ein für alle Mal zu klären. »He!«, rief er, aber sie hatte sich bereits umgedreht und ging weg.

»Lass sie, Rick.« – »Setz dich hin, Junge.« – »Mann, ehrlich!« – »Mach dir nichts draus.« – »Setz dich wieder hin.«

»Schlampe«, murmelte Richard Innes, »blöde Schlampe.« Seine Serviette, von einem geheimnisvollen Windstoß gepackt, flatterte vom Tisch, und ein dröhnendes Donnern hallte ihm in den Ohren. Erschrocken drehte er sich um und sah, dass nur jemand die Eingangstür geöffnet hatte. Ein plötzlicher Windstoß, und draußen fuhr gerade eine riesige Straßenkehrmaschine vorbei.

In der Küche bestürmte Sam seine Kellnerin. »Wer zum Teufel ist das?«

»Ein paar Bekannte, mehr nicht«, antwortete sie.

»Ja? Und? Bekannte woher?«

»Aus der Schule. Hirntote.«

»Ja, die Sorte kenne ich«, sagte er. »Schläger, die sich in den Pubs herumtreiben. Wenn die Kneipen zumachen und sie nirgendwo mehr hinkönnen, randalieren sie für gewöhnlich unten im Taj Mahal. Nur weil wir ihnen hier weder Steak mit Pommes noch Hähnchencurry servieren, bleiben wir in der Regel verschont. Ich will solche Leute nicht in meinem Laden haben.«

Tracy ging wieder hinaus, und Sam nahm ihren Platz hinter der angelehnten Küchentür ein.

Von dort sah er, wie der junge Mann die Beherrschung verlor, wie er eine Speisekarte in die Luft warf und Tracy dann auf seinen Schoß zog. »Mistkerl!«, zischte Sam und stürmte aus der Küche.

Am Tisch hob er die Stimme. »Das reicht.« Er wandte sich an Tracy. »Überlassen Sie das mir.«

»Er ist mein Exfreund«, sagte Tracy, rot im Gesicht.

»Was? *Dieser … dieser* Kerl hier?« Sam musterte den jungen Mann: bleich und unrasiert, ein leeres, ausdrucksloses Gesicht wie ein Polizist. »Ihr Exfreund?«

»Ex?«, protestierte Ricky. »Na, herzlichen Dank.«

»Ruhig«, sagte einer seiner Freunde. »Ganz ruhig. Setz dich wieder hin, Ricky. Ich hab Hunger.«

Sam blickte zu Tracy hinüber, die sich Kleid und Haare

glattstrich, dann wieder zu den jungen Männern. »Aber das tut nichts zur Sache. Wir haben seit fünf Minuten geschlossen. Und wir führen hier nicht das, was Sie suchen. Bitte kommen Sie nicht noch einmal her. Meine Mädchen sind an Beleidigungen und Tätlichkeiten nicht gewöhnt.«

»*Ihre* Mädchen?«, schnaubte Ricky.

»Genau. Sie arbeiten für mich.«

»Nur zu deiner Information, Saddam Hussein«, erwiderte Ricky und rührte sich nicht vom Fleck. »Tracy gehört *mir,* kapiert? Nicht dir. Also warum haust du nicht einfach ab... zurück nach Bagdad?« Ricky trat auf Sam zu, bis sich ihre Nasenspitzen fast berührten, und die anderen erhoben sich zu seiner Unterstützung.

Sam sah ihn ungerührt an. »Wenn Sie glauben, Sie können mich einschüchtern, haben Sie sich getäuscht.« Er zeigte keinerlei Anzeichen von Angst, als er sich vorbeugte und das Tischtuch glattstrich. »Und Sie täuschen sich noch in einem weiteren Punkt«, fuhr er fort. »Ich stamme aus Teheran. Das ist ein anderes Land.«

»Unsere Jungs sind da unten gestorben! Und was machen deine? Sie jagen unsere Städte in die Luft!«

»Meine Jungs? Das sind nicht meine Jungs.«

»Jetzt hör mir mal gut zu: Wir haben dein verdammtes Land gerettet, damit du da in Ruhe und Frieden leben kannst, du... du...«

»Was? Stinkender Araber? Kameltreiber? Na los doch! Wüstenscheich? Raus damit. Tun Sie sich keinen Zwang an.«

An diesem Punkt überlegte Ricky, ob er zuschlagen sollte, und die Muskeln in seinem Gesicht spannten sich an:

Er trat weit genug zurück, dass er zu einem ordentlichen Fausthieb ausholen konnte.

»Komm schon, Ricky, lass gut sein«, sagte Brian.

Die anderen stimmten mit ein. »Komm, Ricky!« Sie hatten sich zum sofortigen Rückzug entschlossen und schlüpften hastig in ihre Jacken.

Als er merkte, dass seine Bundesgenossen abtrünnig wurden, griff Ricky seufzend zu seiner eigenen Jacke. Die Freunde hielten ihm die Tür auf und riefen nochmals seinen Namen. Vor dem Gehen beugte Ricky sich ein letztes Mal zu Sam vor, bis er ihn fast berührte. »Da hast du noch mal Glück gehabt, Junge.«

»Gut«, erwiderte Sam. »Und jetzt machen Sie, dass Sie wegkommen.«

Tracy fand ihre Stimme wieder und raunte: »Hau einfach ab, okay? Tu mir den Gefallen!« Sie legte Ricky die Hand auf die Brust und schob ihn in Richtung Tür. »Du bist so ein Arschloch«, zischte sie.

Bevor er das Lokal verließ, sah Ricky sie an und las seine Niederlage auf dem bleichen Oval ihres besorgten Gesichts. Er warf einen letzten Blick auf ihren nun unerreichbaren, unter dem exotischen Kleid verborgenen Körper.

»Scheißausländer«, sagte er, auch in ihre Richtung, dann drehte er sich um und ging.

»So ein Idiot«, brummte Sam, bevor er sich beschwichtigend seinen übrigen Gästen zuwandte. »Bitte lassen Sie sich nicht stören. Kein Grund zur Beunruhigung. Erlauben Sie uns, Ihnen auf Kosten des Hauses ein Glas Wein anzubieten. Wir bitten nochmals um Entschuldigung.«

Nach und nach begannen die anderen Gäste wieder mit

dem Essen, ihr Schweigen schwoll zu einem leisen Murmeln, und schließlich unterhielten sie sich so lebhaft und angeregt wie zuvor.

Sam drehte sich zu Tracy um. »Also dann. Tracy. Küche.«

Sie gehorchte, und er folgte ihr nach.

Als sie am Ende des Abends bei einem medizinischen Gläschen Portwein an einem der abgeräumten Tische saßen, gestand Sam seiner Frau und Tracy, dass er während der Auseinandersetzung gezittert habe wie Espenlaub, ihn aber Rickys Einschüchterungsversuch nicht sonderlich beeindruckt habe.

»Ich bin schon so oft beschimpft worden, und das von Experten, echten Profis und brutalen Schlägertypen, aber es gibt nichts Armseligeres als diese englischen Rüpel. Die sind überhaupt nicht in der Lage, jemanden zu beschimpfen.«

Er leerte sein Glas zur Hälfte. »Und das war also Ihr Exfreund? Dieser Kerl? Ich kann es nicht glauben. Dazu sind Sie doch viel zu intelligent.«

»Bin ich nicht.«

»Unsinn.« Sam senkte das Kinn und sah sie unter den zusammengezogenen Augenbrauen an. »Yvette, frag sie nach dem Preis von… von einer Flasche Pouilly-Fumé. Los, frag sie.«

Yvette lächelte. »Natürlich weiß sie, was der kostet. Das hat sie alles schon am ersten Tag auswendig gelernt.«

»Dann frag sie, wie die Gäste heißen, die heute Abend als Erste dort an dem Fenstertisch gesessen haben.«

Das war ein interessanterer Test. Yvette sah Tracy an. »Erinnerst du dich an die Namen?«

Tracy nickte widerstrebend. »Na und? Einer, der sich jeden Blödsinn merken kann, ist doch noch lange nicht intelligent.«

»Und wie viele Personen waren es? Frag sie das«, drängte Sam weiter. »Frag sie, was die Frau als Vorspeise hatte. Frag sie nach Vorspeise, Hauptgang und Dessert. Dieses Mädchen ist ein Phänomen. Frag sie, was die Frau, die zu Beginn des Abends am Fenster gesessen hat, zum Nachtisch haben wollte.« Sam grinste triumphierend.

»Sie wollte kein Dessert«, antwortete Tracy schließlich. »Nur einen Kaffee.«

»Cappuccino?«

»Einen doppelten Espresso.«

»Und der Mann?«

»Zulbia.«

»Da! Siehst du? Ein Einstein unter den Kellnerinnen. Sie ist ein Genie, und trotzdem geht sie mit so einem… so einem Neandertaler! Das will mir einfach nicht in den Kopf.«

Tracy stritt alles ab. »Das ist Jahre her. Es war nichts. Nichts Ernstes. Ehrlich nicht.«

»Ich hatte auch solche Freunde«, sagte Yvette mit einem Nicken und erhob sich. *»Immonde! Gueule de singe«*, fuhr sie fort, schob die Unterlippe vor und verzog das Gesicht zu einer Affengrimasse; die Erinnerung ließ sie erschaudern.

Tracy lachte, dann drehte sie sich um und sah den Restaurantbesitzer an. Ihr war ziemlich unbehaglich zumute. Im Augenblick wollte sie lieber nicht mit Sam allein bleiben, weil sie fürchtete, dass er sie bei der ersten Gelegenheit hinauswerfen würde. Und gerade jetzt schien ihr dies das einzige Restaurant auf der ganzen Welt. »Ich glaub, ich rauch erst mal eine.«

»Rauchen Sie ruhig hier. Der heutige Abend ist eine Ausnahme. In jeglicher Hinsicht.«

Sie nickte und steckte sich mit zitternden Fingern eine Zigarette an. Als sie aufblickte, sah sie ein Lächeln auf Sams Gesicht.

Yvette kam zurück, um Tracys Glas aufzufüllen, dann verschwand sie wieder mit der Flasche. »Damit du wieder zu Kräften kommst«, sagte sie und zwinkerte Tracy zu.

»Und was ist mit mir?«, protestierte Sam.

»Du nicht. Du musst noch fahren.«

Seltsam, dachte Tracy. Yvette hatte nie auch nur einen Anflug von Eifersucht erkennen lassen, wenn Sam und sie sich in ihren Zigarettenpausen unterhielten oder wenn ihr Gespräch sich länger als eine Zigarettenlänge hinzog. Immerhin war er ein ausgesprochener Frauentyp – sie sah kurz hinüber zu den auffälligen braunen Augen mit dem verträumten Blick – und allein mit einer viel jüngeren Frau, noch dazu einer Angestellten, die sicher zu allem bereit war, um ihren Job nicht zu verlieren – manche Frauen würden einen solchen Mann keine Sekunde lang aus den Augen lassen. Tracy kam zu dem Schluss, dass Yvette einfach Klasse hatte. So benahmen sich Frauen mit Klasse. Plötzlich fiel ihr etwas ein: »Ich wusste gar nicht, dass Muslime trinken dürfen?«

»Was glauben Sie, warum ich in England lebe? Prost.«

Sie lachte. Sie stießen an. »Sie waren toll. Richtig toll«, sagte sie. »Und mir tut das alles furchtbar leid. Ich fühle mich schrecklich. Glauben Sie mir. Aber ich habe sie nicht eingeladen.«

»Schwamm darüber. Reden wir nicht mehr davon. Ehrlich gesagt habe ich mich noch nie so gut gefühlt. Zehn Jahre jünger. Wir sollten Ihren Freund jeden Abend herbestellen.«

»Hören Sie bloß auf.« Sie versetzte ihm einen spielerischen Klaps auf den Arm.

»Auf einmal will alle Welt mich schlagen!«

Yvette kam mit einem Armvoll leerer Kerzenständer vorbei. »Niemand ist glücklicher als die Maus, wenn sie merkt, dass sie brüllen kann.«

Tracy verteidigte ihn sofort. »Er war phantastisch.«

Sam hob das Kinn. »Danke, Tracy. Wenigstens einer, der mich ernst nimmt. Wir machen jetzt hier alles fertig, und dann bringe ich Sie nach Hause.«

»Nein, das ist nicht nötig.«

»Trinken Sie aus, dann machen wir uns auf den Weg.«

Tracy fragte sich erstmals, ob man es schon als Flirten auslegen konnte, wenn sie so mit ihm zusammensaß und ihn über sein exotisches Leben ausfragte. Konnte ihr Interesse ihn womöglich auf falsche Gedanken bringen? Das wäre schrecklich, so verheiratet, wie er war. Aber manches an ihm weckte bei ihr ein schönes Gefühl von Geborgenheit. Sie wusste, wenn sie eine Serviette fallen ließe, würde er sich in der nächsten Sekunde danach bücken. Wenn sie ihn bäte, sie nach Hause zu fahren, würde er alles stehen- und liegenlassen. Wenn sie Sorgen hätte, wäre er die Art von Mann, die das Schlimmste abwenden konnte. Hindernisse würden verschwinden, sobald er zum Telefon griff. Sorgen würden sich in nichts auflösen. Kein Wunder, dass sie anfing, ein bisschen für diesen Mann zu schwärmen: Was immer sie tat, endete mit einem Kompliment für sie.

Und er mochte sie anscheinend auch. *Wüsste ja gern, warum*. Seine Augen blitzten, seine Stimmung hellte sich auf. Es war so leicht, ihn glücklich zu machen: Es reichte schon, wenn sie ihm bloß zuhörte. Sobald sie das tat, brachen die Gefühle nur so aus ihm heraus, wie bei einem Mann, den man gerade von einem langen Schweigegelübde entbunden hat. In diesem Punkt war er ein bisschen wie ihr Vater.

»Hier.« Mit dem Daumen schnippte er den Deckel seines Feuerzeugs zurück, in der Sekunde, in der sie eine Zigarette hervorholte.

»Danke. Aber ich sollte mich jetzt wirklich auf den Weg zur Bushaltestelle machen.«

Eine Schmeißfliege landete zwischen ihnen auf dem Tisch. Mit einer gewissen Genugtuung griff Sam zu einem leeren Weinglas und stülpte es mit einer schnellen, präzisen Bewegung über das Insekt. »Kann ich mir für einen Augenblick Ihre Zigarette ausleihen?«

Mit einem fragenden Blick reichte Tracy sie ihm. »Danke.« Er schob sich die Zigarette zwischen die Lippen und musterte seinen Gefangenen erbarmungslos. »Mein Vater war Metzger in einem heißen Land. Wir führten Krieg gegen diese Biester. Verzeihen Sie mir, wenn ich keine Gnade walten lasse.«

Er zog das Glas behutsam bis an die Tischkante und schob seine Hand darunter. Dann hielt er es auf Augenhöhe und musterte den gefangenen Übeltäter aus nächster Nähe: »Ein Prachtexemplar. Lieber Himmel. Die Hintertür muss offen stehen. Ein halbes Dutzend Larven von so einem Biest, und wir können den Laden zumachen. Entschuldigen Sie bitte.«

Tracy sah aufmerksam zu, wie er an der Zigarette zog, das Glas an die Lippen hielt und eine dicke Rauchwolke hineinblies. Er stellte das Glas zurück auf den Tisch, und für die Schmeißfliege gab es kein Entrinnen aus ihrer Todeszelle.

»Das ist ja schrecklich«, rief Tracy.

»Oh, keine Sorge. Ich vergase sie nicht. Alles Leben ist heilig. Der Rauch betäubt sie nur. Sobald sie an die frische Luft kommt, geht es ihr wieder besser. Schade, dass ich das heute Abend nicht mit Ihrem jungen Verehrer machen konnte.«

»Er ist nicht mein Verehrer.«

»Ja. Tut mir leid. Was haben Sie gesagt?«

Aber Tracy war viel zu abgelenkt, um zu antworten; ihre Augen folgten wie gebannt der wirbelnden Rauchsäule in dem Glas. Sie würde ihre Meinung über ihn revidieren müssen. Er war ganz und gar nicht berechenbar.

Yvette nahm ihnen die Entscheidung ab, indem sie einfach bestimmte, dass Sam Tracy auf der Stelle nach Hause fuhr: »Nach allem, was sie heute durchgemacht hat, ist das ja wohl das Mindeste, was wir für sie tun können. Ich nehme mir ein Taxi.« Sie küsste Sam flüchtig auf beide Wangen und sagte, sie werde daheim auf ihn warten. »Ab mit euch. Nun macht schon.«

Es war ein sehr schöner Wagen.

Tracy ließ ihre Hände verstohlen über die Polster gleiten

und träumte von anderen Zielen als Melksham Tower. Sie fühlte sich ein bisschen beschwipst.

»Ich nehme an, Yvette hat Ihnen mittlerweile alles über uns erzählt«, sagte Sam.

Sie antwortete mit einem Schulterzucken und sagte diplomatisch: »Nicht allzu viel.«

»Aber hat sie Ihnen über Firouzeh und mich erzählt?«

»Sie hat mir erzählt, dass Ihr Bruder…, ja. Ehrlich gesagt fand ich das ziemlich erstaunlich. Ziemlich… außergewöhnlich.«

»Wieso das?«

»Na, dass Sie sie so einfach aufgenommen haben. So was hört man hier nicht oft. Die Leute hier sind nicht so fürsorglich. Oder…«

»Oder?«

»…oder so nett.«

Darüber dachte er nach. »Mit Nettsein hat das nichts zu tun. Es war eine praktische Frage. Wir mussten eine Lösung finden. Wir haben sie gefunden. Und das gab uns die Möglichkeit, ein wunderbares Zuhause einzurichten. Und vier wunderbare Kinder großzuziehen. Und unsere Liebe ist beständig gewachsen. Es gibt durchaus Argumente für diese Art von Überraschungspaket.«

»Vermutlich ja.«

»Ein Freund von mir war einmal in der gleichen Situation, aber unter sehr viel schwierigeren Umständen: Es war eine arrangierte Heirat. Er hatte seine Braut nicht ein einziges Mal zu Gesicht bekommen, bevor sich die Tür des Brautgemachs hinter ihnen schloss, nicht einmal auf einem Foto. Können Sie sich seine Ängste vorstellen, als er vor ihr im Brautgemach stand und ihr zum allerersten Mal ins Gesicht blickte – von dem der Hidschab nur die Augen freiließ – und sich fragte, was sich unter dem Schleier sonst noch verbergen mochte? Schön oder hässlich? Engel oder Ungeheuer? Seligkeit oder ewige Verdammnis? Wie auch immer, er lüftete den Schleier. Enthüllte seine Frau.« Sam seufzte und blickte über die Motorhaube seines Wagens auf die Fußgänger, die über die nassen Londoner Bürgersteige hasteten. »Ich kann Ihnen gar nicht beschreiben, was das für ein Gefühl ist. Ein westlicher Mensch kann es vielleicht nicht verstehen, aber wenn man nichts hat als die Augen, dann ist es unglaublich aufregend, von ihnen auf das ganze Gesicht, die gesamte Person zu schließen.«

Doch Tracy war ungeduldig. »Und? Wie ist es ausgegangen? Als er ihren Schleier gelüftet hat?«

Sam zuckte mit den Schultern. Der Ausgang war nebensächlich für seine Geschichte. »Ein Ungeheuer. Er hatte Pech. Ein wahres Ungeheuer.«

Tracy bekam einen Lachanfall.

»Was ist daran so lustig?«, fragte Sam grimmig, entsetzt darüber, dass so ein düsteres Schicksal bei anderen Heiterkeit auslösen konnte.

»Entschuldigung... tut mir leid, es war nur die Art, wie Sie das gesagt haben...« Wieder fing sie an zu lachen. »Tut mir leid, ich hatte einfach damit gerechnet, dass Sie sagen, sie war schön.«

»Schön? Nein, sie war hässlich wie die Nacht. Aber Sie sollten nicht über das Missgeschick anderer Menschen lachen, das gehört sich nicht. Es hat ihn ins Unglück gestürzt. Mit solchen Dingen ist nicht zu spaßen.«

»Ich weiß, tut mir leid. Aber was ist mit ihm? Sah er gut aus?«

»Ehrlich gesagt, nein. Also hat er vermutlich bekommen, was er verdiente. Aber wer ist schon zufrieden mit dem, was er verdient.«

Nach einigen Augenblicken des Schweigens wiederholte Tracy mit leiser Stimme »ein Ungeheuer« und lachte erneut, diesmal jedoch verstohlener.

»Jetzt geht das schon wieder los. Was ist bloß in Sie gefahren?«

»Tut mir leid... wahrscheinlich... der Alkohol auf nüchternen Magen.«

»Haben Sie nichts gegessen?«

Sie schüttelte den Kopf, und er drehte sich zu ihr um und sah sie an.

Mit nahezu religiöser Konzentration balancierte Sam die Kaffeebecher und einen doppelten Cheeseburger mit Fritten von der Theke zu dem kleinen Resopaltisch am Fenster. Er machte sich Sorgen, die Flüssigkeit könne auf seinen fünfhundert Pfund teuren Anzug kleckern, denn er war ein sparsamer Mensch – nicht geizig: Er war überzeugt, wer Geld verschwende, müsse mehr Geld verdienen, und damit bekomme das Geld einen wichtigeren Stellenwert in seinem Leben. Sparsamkeit hingegen mache den Menschen frei für höhere Dinge.

Sie packte ihren Burger aus. »Danke. Und Sie? Wollen Sie nichts essen? Sie haben doch gesagt, Sie könnten auch was vertragen. Das ist nicht fair. Ich fühle mich doof, wenn ich so alleine esse.«

»Sie mögen diese Art von Essen wirklich?«

»Es ist okay. Na ja, eigentlich nicht. Aber wenn man Hunger hat.«

»Beachten Sie mich gar nicht. Ich brauche nur einen Kaffee.«

Er wischte sich die Hände an einer Papierserviette ab, schlug die Beine übereinander und sah ihr zu, wie sie die Hülle von dem Cheeseburger entfernte, eine Perversion der westlichen Küche. Der Hackfleischklops triefte vor Fett. Sams Magen rebellierte. »Eigentlich sollte ich... Ich könnte ja kurz nach draußen gehen und ein wenig frische Luft schnappen.«

»Sicher?«

»Ja, das mache ich. Gleich«, sagte er. Da er immer noch in Hochstimmung war, gelang es ihm, seine Nervosität darüber, dass er mit Tracy allein war, hinter einem Schwall von Worten zu verbergen. Er war besorgt, weil er sich im Umgang mit attraktiven jungen Frauen immer so unbeholfen anstellte, aber das war keineswegs neu, und er wusste auch, woher es kam: Es kam von dem alten, zaghaften Wunsch, sich gegenüber jeder neuen Bekanntschaft souverän zu zeigen, vor allem wenn es sich um Engländer handelte, die er im Verdacht hatte, sie könnten ihn seiner Herkunft wegen verachten. Die Erinnerung an die großen Reden, die er nur eine halbe Stunde zuvor über das Thema Liebe und Ehe geschwungen hatte, ließ ihn innerlich zusammenzucken. Ausgerechnet über die Liebe! *Saaman Sahar, was führst du im Schilde?* Wollte er dieses junge Mädchen beeindrucken, sie flachlegen, mit ihr in die Kiste steigen? Nur zu, aber bitte ohne das ganze Geschwätz über die Liebe.

Immer wieder hatte er sich vorgenommen, bei den Engländern nicht mehr um Anerkennung zu betteln, aber er hatte ein paar böse Wunden davongetragen. Der Gedanke an all die Lunches, zu denen er unter beträchtlichen Unkosten eingeladen hatte, nur damit der *Streatham, Clapham and Dulwich Guardian* den Bericht über seine Familie druckte – eine Bombe, derentwegen er alljährlich am 23. August einen Migräneanfall bekam –, brachte sein Blut in Wallung. Der Artikel hatte die Details über seine *ménage à trois* ans Licht der Öffentlichkeit gezerrt. Wie hatte er bloß so naiv sein können? In der Hoffnung auf einen Bericht über ihn und sein Restaurant hatte er diese eingebildete Kolumnistin zu sich nach Hause eingeladen. Das fertige Porträt hatte sich in zwanzig Absätzen über seine »Vielehe« ausgelassen, all das unter der reißerischen Überschrift »Der Sultan der Swinger«. Der Artikel hatte etwas von einer öffentlichen Hinrichtung und erregte genau die Art von Aufmerksamkeit, die er um jeden Preis hatte vermeiden wollen. Die Verfasserin sprach von »Geheimnissen« und erwähnte einen »fetten Kater« (eine Anspielung?) und einen Schrank mit Tausenden von Hüten (reine Erfindung!). Der Hinweis auf »ein Bett mit Platz für drei« war nur noch das Tüpfelchen auf dem i. Seine alten Nachbarn taten plötzlich, als wäre er O. J. Simpson persönlich. Sogar die anderen Chormitglieder zeigten ihm die kalte Schulter und gaben ihm bei den Proben am Donnerstagabend die schwierigsten Parts zu singen – aus purer Gehässigkeit.

In der Folgezeit zog er zweimal um, aber sein Vertrauen in die britische Gesellschaft war dauerhaft erschüttert. Sogar die Nachbarn an seinem neuen Wohnort in Barnes setzten eine Petition auf, in der seine ausländische Herkunft besonders hervorgehoben wurde. Nur ein alter Wüstling, ein britischer Hugh Hefner, könne solche Schönheiten in seine Netze locken. Er müsse die Frauen mit Geld geblendet oder durch Misshandlungen gefügig gemacht haben, und jetzt halte er sie mit finsteren Machenschaften gefangen. Als jemand eine Karte mit der Aufschrift »Sexmonster raus – Perser, Perverser« in seinen Briefkasten warf, wo seine Kinder sie hätten finden können, schwor er sich, keine weiteren Versuche mehr zu unternehmen, sich in diesem Land anzubiedern. Kein Engländer hätte sich so etwas gefallen lassen.

Und jetzt saß er doch wieder da und grübelte wie ein Kind über seine Beweggründe nach.

Von seinem harten Plastikstuhl aus sah er Tracy im kalten Neonlicht zu, wie sie in diesem überdimensionalen Puppenhaus ihren Hamburger aß. Sie war ein einfaches, warmherziges Mädchen mit einem scharfen Verstand. Und sie war ohne Zweifel anders als die anderen, denn sie schenkte ihm ihre ehrliche, unstillbare Neugier. Er konnte der Versuchung, mit ihr zu reden, nicht widerstehen, dazu war er nicht stark genug, und er konnte nicht leugnen, dass er ein wenig verwirrt war, wo er doch schon zwei Ehefrauen hatte. »Wie schmeckt es?«

»Gut. Wie ein Hamburger. Ich glaube, es gibt auch eine vegetarische Variante, aber das wäre schon ein Risiko.«

Er lächelte kopfschüttelnd.

Jahrelang hatte er alles darangesetzt, eine englische Frau zu verführen! Schon bald hatte er begriffen, dass er die Anerkennung der Männer niemals bekommen würde, und von da an waren Frauen seine einzige Hoffnung. Als Student, gepeinigt von der Sehnsucht nach weiblicher Zuwendung, hatte er immer wieder versucht, trotz seiner schlechten Startposition einen Treffer zu landen, und war immer als Verlierer vom Platz gegangen.

Die Einsamkeit trieb ihn nach London. In den Nachtclubs, die er zwischen zwanzig und dreißig aufsuchte, schenkten ihm oberflächliche Mädchen, die ihm durchaus mehr hätten geben können – geldgierige Raubtiere mit scharfen Haifischzähnen –, allenfalls zehn kalte Minuten lang ihre Aufmerksamkeit.

Gott, nie würde er diese Clubs vergessen, wo er Nacht für Nacht die hämmernde Musik ausgehalten und sich danach gesehnt hatte, jemanden zu finden, mit dem er einfach nur reden konnte. Nie hatte er sich so einsam gefühlt wie an den Abenden im Jahr 1975, als er in den schummrigen 25-Pfund-Kabinen seinen Whisky Sour bestellt hatte. Traktiert von dem ohrenbetäubenden Lärm, unempfänglich für die Reize der Sloane-Street-Schönheiten mit ihren blondgefärbten Strähnchen, wehrlos den gleißenden Lichtexplosionen der Discos und dem Geschützdonner des gnadenlos dröhnenden Rhythmus ausgeliefert. Niemand hörte ihm zu; er war bloß ein »Kameltreiber« in diesem Schattenreich, jemand, der wortlos Drinks spendierte, leichte Beute für jedermann, ein schmieriger Araber, und die hatten ja, wie man wusste, nichts als Sex im Kopf. In seiner Verzweiflung war er einmal ins Bordell gegangen und hatte gleich zwei Mädchen ausgesucht: Die beiden hatten Hand in Hand im Salon gesessen, und er hatte es nicht über sich gebracht, sie zu trennen. Wahrscheinlich waren sie ohnehin lesbisch, und wenn sie zu dumm zum Reden waren, konnte er ihnen wenigstens zusehen. Doch sie waren bezaubernd, und er hielt ihnen einen Vortrag. Er überrollte sie mit seinen aufgestauten Gefühlen, erzählte so viele traurige Geschichten über die Ungerechtigkeiten, die ihm Tag für Tag widerfuhren, bis auch der letzte Rest Mitgefühl aufgebraucht war, und es dauerte keine Stunde, da hämmerten sie an die Tür und flehten, dass man sie endlich herausließ.

Danach ging Sam nie wieder zu einer Prostituierten. Sein Ego konnte solche Anschläge auf sein Selbstwertgefühl nicht verkraften.

Er hatte geglaubt, diese Art von Erfahrungen würde ihn reif für die Ehe machen, aber in Wirklichkeit hatte sich, als seine Frauen sich dann tatsächlich einstellten – im wahrsten Sinne des Wortes von einem Augenblick auf den anderen, und sie waren ja eher *ihm* zu Hilfe gekommen statt umgekehrt –, gar nicht viel verändert. Im Grunde seines Herzens, im tiefsten Grunde, war er immer noch allein.

Was war er doch undankbar, wenn er so empfand, was für ein Chauvinist, ein absoluter Langweiler! Wie konnte er mit solchen Beschwerden kommen, wo er im Paradies lebte, in einem Arkadien der Sinnenfreuden, flankiert auf beiden Seiten von wahren Vestalinnen, umgeben von vier Kindern, die ihn liebten? Er lebte in einem Gemälde von Caspar David Friedrich, und trotzdem machte er eine Miene wie drei Tage Regenwetter. Wann war je ein einfacher Restaurantbesitzer so verwöhnt worden? War er ein solcher Nimmersatt? Sein Vater, ein zäher Mann, der erst spät im Leben zu Wohlstand gekommen war, der weder Geld noch Gelegenheit, noch Phantasie gehabt hatte – dieser Mann hätte ihn zu

Brei geschlagen, ihn zu den Schlachtabfällen in der Ecke der Metzgerei geworfen, wenn er solche Klagen gehört hätte. Es gab kaum eine schlimmere Sünde als die Undankbarkeit.

Aber ich weiß ja, woran es liegt, dachte er. Seine Frauen mochten große Schönheiten sein, aber sie hatten doch so gut wie überhaupt kein Interesse an dem, worüber er gern seine melancholischen Reden hielt, *und null Toleranz.* Tracy hier, die war wenigstens aufgeschlossen, doch Yvette würde mit einem pariserischen Winken ins andere Zimmer eilen, wenn sie spürte, dass eine seiner Litaneien bevorstand, und Firouzeh, aufgezogen von drei Generationen stoischer Matriarchinnen, stieg nicht einmal von ihrem Thron herab, um ihn zum Schweigen zu bringen – sie hob nur in einer vernichtenden Geste die Hand und gebot ihm Einhalt. Sie waren klüger als er, das war die ungeschminkte Wahrheit, und, noch schlimmer, alle Beteiligten wussten es. Was er erbaulich oder faszinierend fand, war für seine Frauen langweilig und selbstverständlich. Oder es war so abwegig, dass es niemanden interessierte. Bei allem, was ihm wichtig war, ließen andere ihn weit hinter sich zurück – Menschen, die ihre weit größere Begabung überhaupt nicht zu schätzen wussten.

Und dann, dachte er, im Vergleich eine einzige Unterhaltung mit Tracy: Begierig sog sie all seine Ideen auf wie ein Studienanfänger in der ersten Vorlesungswoche, unschuldig, an allem interessiert. Sie wartete, dass er weiterredete, sie hing an seinen Lippen, und eine Sekunde lang schien denkbar, dass seine Frauen unrecht hatten und dass er vielleicht doch ein interessanter Mann war. Er wusste so gut wie überhaupt nichts über dieses Mädchen, aber das brauchte er auch nicht: nichts Besonderes, nur eine Kellnerin, die sich vielleicht schon in vier Wochen eine andere Arbeit suchte. Und doch gehörte sie zu ihm, im besten Sinne des Wortes. Sollten andere entscheiden, ob das nun größere Weisheit oder höherer Schwachsinn war.

»Überraschung«, sagte Tracy.

Er tauchte wieder aus seinen Gedanken auf und sah sie an. Während er dagesessen und vor sich hin gebrütet hatte, hatte sie unbemerkt eine Papierserviette gefältelt, zwei Rauten hineingezupft und sie wieder auseinandergezogen, so dass nun eine ganze Reihe von Rauten zu sehen war. Jetzt hielt sie sich das Blatt vors Gesicht, und durch zwei Löcher sah er ihre Augen, den Blick fest auf ihn gerichtet. Sein Herz machte einen Sprung beim Anblick dieses Hidschab mitten im Klein-Amerika der Hamburgerbar.

»Ein Ungeheuer«, sagte sie und zog das Blatt zur Seite, und zwei Reißzähne aus Pommes frites schauten ihr aus den Mundwinkeln hervor.

»Ich muss wirklich an die frische Luft«, sagte er.

Von draußen sah er sie durch die Fensterscheibe an. Er machte sich Vorwürfe. Seine Gedanken waren abwegig, vollkommen weltfremd. Er warf einen Blick auf die Armbanduhr. Es war ein Fehler, dass er überhaupt hier gehalten hatte. Aber er war auch aufgeregt, sein Blut in Wallung von den Handgreiflichkeiten, denen er nur knapp entgangen war, und jetzt von seinem inneren Widerstand dagegen, dass er dieses Mädchen so anziehend fand. Er würde sie nie wieder nach Hause fahren. Ein schwerer Fehler. Wie hatte er zulassen können, dass Firouzeh und Yvette ihn dazu anstifteten? Was dachten sie sich überhaupt dabei? Was waren das für Ehefrauen, die ihren Mann zu schönen jungen Mädchen hinschubsten?

Er ging mit seinem Kaffee wieder nach drinnen.

»Aber erzählen Sie weiter«, sagte sie. »Ich find das wirklich interessant.«

Er stierte sie an und wartete, dass der Adrenalinsturm nachließ. »Erzählen?« Für sein fest verschlossenes Herz war dieses Wort das reinste Sesam-öffne-dich.

»Erzählen Sie mir, wieso Sie zwei Frauen haben. Da denk ich drüber nach. Können sie Sie dafür nicht sogar einsperren? Polygamie, meine ich.«

»Polygamie?«

»Das ist doch verboten, oder?«

»Ja, wahrscheinlich könnten sie mich dafür ins Gefängnis stecken.« Er lockerte seine Krawatte. Jetzt brach ihm sogar der Schweiß aus. »Wenn wir polygam wären. Was wir nicht sind.«

»Nicht?«

»Nicht im mindesten.«

Sie legte die Stirn in Falten. »Also nach meinem Wörterbuch hätte das gepasst – ein Mann und 'n Haufen Frauen.«

»Also wirklich. Meine Güte. Seit wann sind zwei ein Haufen? Und es ist keine standesamtliche Ehe. Nur wenn es amtlich ist, ist es nach britischem Gesetz verboten.«

Tracy nickte verständig.

Er sah sie eindringlich an. »Gut, wahrscheinlich sollten Sie das wissen. Vor dem Gesetz gelten Firouzeh und Yvette nur als meine Lebensgefährtinnen. Es ist eine Ehe nach Gewohnheitsrecht – *common law,* wie es hier in England heißt. Wir haben Ringe getauscht, wir haben Hochzeit nach persischem Ritus gefeiert, und wir sehen uns in jeder Hinsicht als Eheleute an. Aber solche Ehen sind nicht amtlich.«

»Toll, da können Sie –«

Er unterbrach sie. »Es ist ein Bund fürs Leben. Schlicht und einfach. Kein Schnickschnack. Ich werde mich nie von ihnen scheiden lassen, es sei denn, sie fordern von sich aus die Scheidung.«

»Oh, okay. Und Sie –«

»Wenn die beiden das wollen, wenn sie frei sein wollen« – er schnippte zweimal mit seinen doppelt beringten Fingern –, »wenn sie das wollen, dann können sie gehen.«

Aber Tracy war immer noch neugierig. »Und... und den beiden macht das nichts aus, dass sie Sie teilen müssen? Weil ich das nämlich nicht verstehe. Wie zwei Frauen sich einen Mann teilen können, und das Haus und das alles, ohne dass sie verrückt dabei werden. Für mich wäre das... Ich weiß auch nicht, ich glaube, ich würde schon am ersten Tag durchdrehen. Ehrlich. Ein Mann, mit dem ich verheiratet bin, dass der dann mit einer anderen zu*sammen* wäre und so weiter. Unmöglich.«

Seine buschigen Augenbrauen hoben sich. »Sie verstehen das nicht? Warum nicht?«

»Das geht einfach nicht. Ich kann nicht glauben, dass es Ihren Frauen nichts ausmacht. Ich find das verrückt. Aber ich wette, da reden Sie nicht gern drüber.«

Nun war er wieder entspannt. »Nein, nein, nein, sprechen Sie nur weiter. Sie machen sich Gedanken, das ist gut so.«

»Na ja, das ist doch irgendwie na*türlich,* dass einem solche Sachen was ausmachen. Deshalb hat man doch... na ja, Liebe und das alles, dafür, dass man dann jemanden, den man gern hat, ganz für sich hat. Wie Unterwäsche, die gehört einem doch auch allein, oder? Das ist doch der Witz dabei, oder, dass man sagt: für immer und ewig wir zwei und so weiter, und dann ab in die Kiste.«

»Gut.« Er grinste. Da hatte er sie also unterschätzt. Sie war eine weit größere Herausforderung, als er gedacht hatte.

»Also ich zum Beispiel, ich hatte diesen Freund oder so, okay, und einmal kam ich hin, und er hat gerade ein Mädchen auf dem Fußboden gebumst, ein Mädchen, das ich auch kannte, direkt da auf dem Teppich, den *ich* ihm geliehen hatte, einem richtig schönen Teppich, verstehen Sie, was ich meine?«

»Äußerst unerfreulich.«

»Da hätte ich am liebsten beide umgebracht. Ich hab den nicht mal gemocht, und trotzdem hätte ich sie alle beide umgebracht. Sie besonders. Verstehen Sie?«

Er nickte, amüsiert. »Nur verständlich. Er hat Ihr Vertrauen missbraucht. Da ist Mord der naheliegende Gedanke. Versteht sich. Aber das waren drittklassige Menschen. Es sollte Ihnen sogar helfen, Sie von *meiner* Ansicht zu überzeugen, nämlich dass manche, vielleicht sogar die meisten von uns, wenn wir ehrlich sind, lieber einen erstklassigen Liebhaber teilen als einen drittklassigen für sich allein haben.«

Sie dachte kurz darüber nach. »Das glaub ich nicht. Tut mir leid. Nein. Jeder ist eifersüchtig. Das ist einfach so. Ihre Frauen *müssen* eifersüchtig sein. Kann gar nicht anders sein.«

Er schüttelte den Kopf. Diese Unterhaltung machte ihm immer größeren Spaß. »Nein.«

»Dann verbergen sie es vor Ihnen. Vielleicht sogar voreinander. Frauen sind Frauen. Und damit basta.«

Er lachte, reckte die Brust. Er zappelte gern an ihrer Angel. »Und das ist Ihnen bei der Arbeit durch den Kopf gegangen? Sie sind schockiert – schockiert von unserem gemeinsamen Leben, so wie Sie es sich ausmalen. Da, wo Sie es nicht verstehen, füllt Ihre Phantasie die Lücken. Aber Sie haben uns nach Ihrem eigenen Bilde gezeichnet. Und deshalb lassen Sie mich eins sagen: Sie gehen davon aus, dass es für meine Frauen eine große Belastung ist, ihren Partner zu teilen. Aber haben Sie einmal überlegt, ob es nicht auch das Beste daran sein könnte?«

»Das Beste?«

»Ich frage ja nur. Haben Sie das je überlegt? Es könnte doch sein, oder?«

Sicher konnte das sein. Tracy hatte es zwar noch nie erlebt, aber die beiden wären ja nicht die ersten Frauen, die einen Hang zum Perversen entwickelten. Damit wäre natürlich das Problem der Eifersucht gelöst. Aber es stimmte nicht. *Er macht sich lustig über mich. Da ist nichts Schräges an Firouzeh und Yvette. Wenn hier einer schräg ist, dann bist du's.*

Er lehnte sich auf seinem Stuhl zurück, zufrieden mit sich, zupfte Körnchen von dem Styroporbecher ab und verstreute sie ringsum wie Schuppen. »Lassen Sie uns nicht weiter davon reden. Die Einzelheiten meines Familienlebens sind Privatsache. Aber ich will Ihnen noch eins mit auf den Weg geben. Menschen sind komische Käuze, Tracy; tief drinnen sind wir merkwürdiger, als andere je erraten können. Was ist denn Schlimmes daran, wenn manch einer mit dem Leben einen Kompromiss schließt? Wer hat ein Recht zu urteilen, wenn er nichts weiß über das Wie, Warum und Wozu? Das habe ich in meinem Leben gelernt – nach ein oder zwei Schiffbrüchen, da hält man sich an jedem Stück Treibgut fest, nur um zu überleben.«

Kompromisse, Treibgut, Schiffbruch, komische Käuze? Nun war sie neugieriger denn je, was für ein Geheimnis hinter alldem stecken mochte. Aber eins war ihr bereits klargeworden: Die Familienverhältnisse der Sahars waren komplizierter als alles, was sie kannte.

Jetzt drehte Sam den Spieß um. »Aber was ist mit Ihnen? Sie müssen doch auch Ihre Lieb- und Leidenschaften haben.«

»Ich? Ha! Das können Sie vergessen.«

»Ich bin sicher, Sie können sich vor jungen Männern gar nicht retten. Horden von Verehrern machen Ihnen das Leben zur Hölle, und Sie müssen auch Ihre kleinen Tricks anwenden.«

Tracy schüttelte den Kopf. »Nein, nichts in der Art. Ich bin langweilig. Das wird Sie überraschen, aber ich bin die einzige Zwanzigjährige in ganz Großbritannien, die noch nie einen One Night Stand hatte.«

»Tatsächlich? Meinen Glückwunsch.« Er schien beeindruckt.

»Sex auf die Schnelle, das ist nichts für mich.«

»Gut so.«

»Nein, ich such mir lieber einen, der auf Dauer echt scheiße ist.«

Er lächelte, fand es aber höflicher, nichts darauf zu erwidern, auch wenn sie gerade auf ihre Weise genau das bestätigt hatte, was er ihr so mühsam erläutern wollte.

Komische Käuze. Tief drinnen. Jeder Einzelne von uns.

Der Mercedes parkte am unbeleuchteten Rinnstein, und der Fahrer hielt nach einem Wohnhaus Ausschau. Ringsum erstreckten sich öde Industriebrachen, wie sie im Kino gern als Schauplatz für Filme genommen werden, die in der nahen Zukunft spielen. Sam bestand darauf, dass er sie »in so einem Viertel« bis an die Tür bringen müsse.

»Ehrlich. Nein. Ich kann von hier zu Fuß gehen.« Sie reihte Argument an Argument: Ihr passiere schon nichts, und einen Mercedes könne man hier nicht unbewacht stehenlassen, da sei binnen Sekunden nur noch das Skelett übrig. Aber Sam ließ sich nicht beirren und stieg aus, und gemeinsam gingen sie zwei Straßen weit, bis Tracy verlegen sagte: »So, da wären wir, danke.« Er blickte auf. Inzwischen hatte er begriffen, dass er nicht sehen sollte, wie sie wohnte. »Da oben«, sagte sie und zeigte zum obersten Stock.

Sam öffnete die Tür zu einer mit Teppichboden ausgelegten dreckigen Eingangshalle. Der Teppich war keine gute Idee: Er war abgenutzt und stank. »Das wird hier noch saubergemacht«, beteuerte Tracy, als sie zum Aufzug gingen, an dem ein ominöses Schild hing: WARTUNGSARBEITEN. »Ja dann«, sagte sie. »Haben Sie vielen Dank.« *Bitte kommen Sie nicht weiter mit, bitte nicht.*

»Nein, nein, nein. Ich habe es Yvette versprochen. Bis an die Wohnungstür. Wer weiß, was Ihre Freunde sich ausgedacht haben. Sie könnten Ihnen auflauern.«

»Also wissen Sie, das ist nicht das erste Mal, dass ich alleine mit dem Lift fahre.«

»Trotzdem.« Er zuckte mit den Schultern. »Jetzt, wo ich hier bin, kann ich Sie auch noch nach oben bringen. Ist doch ein Abenteuer. Wie ein Besuch im Empire State Building.« Rumpelnd öffneten sich die Türen. »Sie wollen den Aufzug nehmen? Was ist mit dem Schild?«

»Oh, das hängt schon seit Monaten da. Ist in Ordnung.« Sie trat beiseite und sah ihn an. »Ist in Ordnung, wirklich.«

Er zögerte, dann stieg er vorsichtig ein. Drinnen drückte sie den obersten Knopf.

»Ah, das Penthouse«, sagte er. »Sehr aufregend.«

Nach dem ersten Hüpfer, der ihm ein kleines »Hoppla« entlockte, fuhren sie ein paar Etagen lang schweigend, bis Sam sich die Bemerkung gestattete, dass der ehrliche Geruch von Urin doch besser gewesen wäre als das Desinfektionsmittel, das ihm die Schleimhäute verätzte. Er befühlte seine Nase, senkte den Blick und schob mit der Fußspitze eine Spritze, der die Nadel fehlte, in die Ecke.

Niemanden außer Ricky hatte sie ihrem Zuhause je so nahe kommen lassen. Wieso tat sie das jetzt? Sie hätte es ihrem Chef nie zeigen sollen. Dieser Müllhaufen blamierte sie im ganzen Lokal.

Plötzlich kam der Lift zum Stehen. Die Kabine vibrierte, dann hing sie, wie die Leuchtziffern verrieten, zwischen zwei Stockwerken. Noch bevor Tracy sagen konnte, dass so etwas dauernd vorkam und kein Grund zur Beunruhigung sei, öffneten sich die Türen. Sie blickten ins Schwarze.

»Lieber Himmel!«, rief Sam.

»Das hat nichts zu bedeuten.«

Instinktiv breitete er schützend seine Arme vor Tracy aus und flüsterte: »Ganz nach hinten, keine abrupten Bewegungen, drücken Sie sich ganz nach hinten an die Wand.« Tracy war überrascht, mit welcher Kraft er sie dann an die Rückwand zog, sie zurückzog vor dem gähnenden Nichts. »Nicht bewegen! Bleiben Sie ganz ruhig!«

Sie sah ihn an: Er atmete panisch. Sie wollte ihn beruhigen. »Das ist okay. Der fährt gleich weiter.«

»Nicht bewegen!«

»Ja. Schon gut. Schon gut.«

Sie standen da und lauschten dem Knarzen der Stahltaue, einem gespenstischen Klappern und dem Geräusch fallender Wassertropfen in der Tiefe. »So sieht die Hölle aus«, sagte er. »Sehen Sie sich das an.«

Er starrte auf das Einzige, was in der gähnenden Leere sichtbar war, die herabhängende Trosse des Lifts gegenüber, dick wie ein Armgelenk, und blitzende Wassertröpfchen. »Tracy ... dieses Telefon. An der Wand da. Funktioniert das?«

Sie zuckte mit den Schultern. »Glaube, ja. Früher ging es.«

Er rüttelte an dem Deckel. »Wie kriegt man ... wie geht die Klappe hier auf? Ist das zu fassen? Sie steckt fest.« Er zerrte mit den Fingernägeln an der Klappe, bis er sie schließlich aufbekam. Drinnen hing ein weißer Hörer an einer Gabel, und er schnappte ihn. »Ist es ... eine direkte Leitung oder was? Was geschieht? Wie kann ich ...«

»Ich glaube ja, aber ...«

»Da tut sich nichts.« Er drückte immer wieder die Gabel. »Nichts – nichts passiert. Was ist los damit? Es funktioniert nicht.«

»Ich glaube, am anderen Ende ist sowieso keiner. Wir müssen einfach warten.«

»Da ist *niemand*?«

»Nein.«

»Das ist wirklich die Hölle.«

»Wir wissen auch gar nicht, wohin die Leitung geht.«

Er starrte sie an, den Hörer in der Hand. »Was?«

Sie zuckte mit den Schultern. »Früher waren hier Anweisungen, aber die hat einer abgerissen.«

Sam sah sie fassungslos an. »Wer soll uns jetzt retten?«

»Retten? Nein, der fährt schon irgendwann weiter.«

»Bis jetzt tut er das aber nicht. Weiß Allah, wie lange wir hier jetzt festsitzen.«

Sie wand sich, mehr aus Verlegenheit als aus Furcht. »Das kommt bestimmt gleich wieder in Ordnung.«

»Von wegen in Ordnung! Wir sitzen in der Falle...« Sam war bleich geworden, umklammerte den nutzlosen Telefonhörer, als wäre es ein Rettungsring, und starrte ins Stockdunkel. »Das ist entsetzlich. Wir können jeden Moment abstürzen.« Tracy versuchte zu lächeln. »Und mein eigenes Telefon habe ich im Wagen gelassen. Haben Sie eins?«

»Nein«, sagte sie.

»Sie haben kein Mobiltelefon? Obwohl Sie an so einem Ort leben?«

»Nein und... ja.«

»Am besten rufe ich um Hilfe.« Er atmete schwer. »Wir rufen zusammen.«

»Was?«

»Ich fände es besser, wenn wir gemeinsam riefen. Auf die Weise machen wir mehr Lärm. Ich zähle bis drei.«

Die vielen Male, die sie schon in diesem dickwandigen Aufzug festgesessen hatte, war sie nie auf den Gedanken gekommen, zu rufen. Vielleicht weil es so unwahrscheinlich war, dass jemand sie hörte oder dass er sich, wenn doch, darum scherte.

»Wenn Sie wollen«, sagte sie.

»Gut. Ich gebe das Kommando.«

»Okay.«

»Und nicht so viel bewegen. Wenn wir das Ding erschüttern, fallen wir Meilen tief. Nehmen Sie meine Hand.«

Zaghaft verschränkte sie ihre Finger mit den seinen. Es war eine Patschhand mit Pölsterchen, und sie war heiß und feucht vor Furcht. Sie sah ihn an. »Sam? Das tut mir alles echt leid. Es ist *schrecklich.*«

»Ist doch nicht Ihre Schuld.« Er wischte sich mit der anderen Hand den Schweiß von der Stirn. Man hörte ein Klicken, dann setzte das Summen der elektrischen Motoren wieder ein. Das Licht über ihnen flackerte.

»Oh! Ich glaube, jetzt ist es soweit«, sagte sie.

»Sie meinen – das *Ende*?«

»Nein. Ich glaube, es ist soweit.« Der ganze Lift erzitterte vom lauten Scheppern der Mechanik, die sich wieder in Bewegung setzte. »Himmel!«, rief Sam. Er suchte mit beiden Händen an der Rückwand Halt.

»Sehen Sie?« Die Türen schlossen sich wieder, der Abgrund verschwand. »Hab ich doch gleich gesagt. Da fährt er. Es geht aufwärts.« Der Lift schlingerte und hüpfte. Anmutig schwebten sie wieder in die wirkliche Welt hinauf.

Sam fuhr sich mit der Hand über die Brust, als er sah, dass die Lämpchen für die Stockwerke wieder in beruhigend gleichmäßiger Folge aufleuchteten.

»Ich bete nur, dass er nicht noch einmal hängenbleibt«, murmelte er.

»Nein, das kommt so gut wie nie vor. Jetzt sollte er durchfahren. Na ja, eigentlich hätte ich Sie warnen sollen«, sagte sie. »Das passiert dauernd, und meistens zwischen dem sechsten und dem siebten Stock. Keine Ahnung, wieso. Aber zwischen elf und zwölf steht er so gut wie nie. Da sind wir gleich drüber weg.«

»Elf und zwölf?«, rief er erschrocken. »Ja, aber... aber... wieso repariert denn niemand das verfluchte Ding?«

Tracy beobachtete Sam, wie er die Leuchtziffern anstarrte, als sie sich dem elften Stockwerk näherten. »Das ist jetzt elf. Bitte sagen Sie mir nicht...«

Tracy blickte auf. Die Elf flackerte auf, leuchtete, verlosch, dann kam die Zwölf. »So, das haben wir«, sagte sie. »Von jetzt an läuft er weiter.«

»Wie können Sie nur so leben?« Er hatte die Luft angehalten. »Das ist schlimmer als russisches Roulette.«

»Ja, es ist schon ziemlich übel geworden in letzter Zeit.« Tracy war froh, dass sie ihm nicht mehr über das Hochhaus erzählt hatte – ihm nicht klargemacht hatte, was es hieß, in einem der schlimmsten Sozialwohnungsblocks von ganz London zu wohnen –, von den Randalierern, den Hausmeisterstreiks, die ihrem Vater ein gutes Einkommen sicherten, den Tagen, an denen man bis zu den Knöcheln im Wasser stand, den Einbrüchen, den Rissen in der Wand, die darauf schließen ließen, das das ganze Haus in sich zusammensackte, den Vergewaltigungen im letzten Jahr, dem Selbstmord vom Balkon, wo die Polizei hinterher tagelang den Hof mit gelbem Plastikband abgesperrt hatte. Und bei dreiundzwanzig Stockwerken war der Lift noch immer unendlich schneller, bequemer und – je nach Nerven – sicherer als der Fußweg über die Treppe. Einmal hatten Bewohnerproteste wegen der ewigen Pannen dazu geführt, dass der Liftbetrieb eingestellt wurde, und gerade als die Reparaturmannschaft Ergebnisse binnen weniger Stunden versprochen hatte, war eine Rentnerin nach dem Aufstieg zum siebten Stock tot zusammengebrochen, nur eine einzige Etage unterhalb ihrer Wohnung. Aber das musste Sam ja nicht wissen. Manches im Leben ließ man besser ungesagt.

Als der Aufzug im obersten Stock ankam, sprang Sam auf vergleichsweise festen Boden und stieß einen langen Seufzer aus. »Wir sind noch einmal davongekommen«, hauchte er. »Es war nicht damit zu rechnen, aber wir haben es überstanden. Was für ein Abend!«

»Dann noch mal danke«, sagte sie, »dass Sie mich hochgebracht haben.« Sie hielt die Aufzugtür für ihn auf.

»Sie machen wohl Witze. Ich fahre nicht noch einmal damit.«

»Das sind dreiundzwanzig Stockwerke.«

»Ich würde ihn nicht nehmen, wenn es hundert wären. Lassen Sie ihn fahren.«

Sie ließ die Tür los. Jetzt sah sie, wie schwer die Sache ihn mitgenommen hatte. »Sie sollten wohl besser … mit reinkommen, auf eine Tasse Tee, bevor Sie dann wieder nach unten gehen.« Blieb ihr denn eine andere Wahl?

»Ich sollte mich verabschieden.«

»Nein, kommen Sie rein. Das ist besser so.« Blieb ihm denn eine andere Wahl?

»Kommen Sie doch herein. Aber natürlich. Trinken Sie eine Tasse Kaffee. Das ist lieb von Ihnen, dass Sie sie nach Hause bringen.«

Mrs Pringle bat Tracys Arbeitgeber herein, und Eric, aufmerksam geworden, kam hinzu.

»Eric, das ist Mr Sahar, Tracys Boss.«

Erwischt. Eric sah Sams verblüfftem Gesicht an, dass er ihn wiedererkannt hatte.

Die Räder in Sams Hirn ratterten. »Oh … ja, natürlich, natürlich … verstehe.« Er lachte. »Ja, verstehe. Schön, Sie kennenzulernen, Eric.« Sam zwinkerte ihm zu und wedelte mit der Hand, was man für Meereswogen oder auch die Geste einer Bauchtänzerin halten konnte.

»Ja, äh … wer hätte das gedacht«, erwiderte Eric.

»Was?«, fragte Tracy, die spürte, dass da etwas zwischen den beiden war.

»Nichts«, versicherte Eric ihr hastig.

Inzwischen war Sam zum Sofa vorgegangen und ließ sich unter dem kritischen Blick beider Eltern, von Tracy ganz zu schweigen, auf die Kissen fallen. »Wie schön! Das ist ja bezaubernd.« Er wies auf die Schiebetüren zum Balkon, auf den Blick. »Ganz Südlondon zu Ihren Füßen.«

Tracy verbarg ihre Qualen, so gut sie konnte, und ließ sich Zeit mit dem Aufhängen des Mantels.

»Eine Aussicht, die eine Million Pfund wert ist.«

»Sind bloß fünfzig die Woche«, erklärte Eric.

»Nein! Das kann nicht sein.«

»*Acht*undfünfzig«, korrigierte Monica, als sei es ein großer Unterschied – was es für sie auch war, denn sie zahlte es.

Eric stimmte zu. »So ungefähr.«

»Unglaublich«, sagte Sam.

Tracy lächelte gequält.

»Früher, da war ich begeistert«, sagte Monica. »Jetzt hasse ich es.«

»Stimmt nicht. Alles da, nur kein Garten.«

»Ich hasse es.«

»Spektakulär. Wie der Grand Canyon«, sagte Sam und bewunderte immer noch die Aussicht. »Wissen Sie, so wie die Welt nun einmal ist, wo jeder von uns sein Päckchen zu tragen hat und all das… da denke ich oft, dass ein schöner Ausblick, eine *Perspektive*, das ist vielleicht der passende Ausdruck… dass das die beste Medizin ist. Wissen Sie, was ich meine?«

Monica und Eric vergaßen zu nicken, so sehr waren sie damit beschäftigt, etwas an dem Ausblick zu entdecken, was sie bisher übersehen hatten.

»Ja, ich denke sogar, das steckt hinter all unserer Liebe zur Natur. Die Tatsache, dass sie uns heilen kann. Und Sie haben es hier direkt vor Augen. Sie leben nicht nur an einem Ort, der bequem zu erreichen und *extrem* kostengünstig ist, sondern von dem noch dazu eine heilsame Wirkung ausgeht. Und das ist es doch, was wirklich den Wert eines Zuhauses ausmacht, nicht wahr – der Ort, an den wir uns zurückziehen können, an dem wir unsere Wunden lecken, der Ort, an dem wir Heilung finden.«

Drei Köpfe drehten sich und hielten Ausschau nach Heilendem. Was sie durch die Glastür sahen, waren allerdings nur Tausende von Lichtpunkten, die kleine Löcher in eine Decke aus permanentem, ätzendem Smog bohrten.

»Wunderbar ist das. Sie haben Glück, dass Sie hier wohnen dürfen. Und was…«

»Was…«, wiederholte Monica.

»Was«, plapperte Eric gedankenlos nach.

»Was tun Sie beide so?«, fragte Sam.

Monica war schneller. »Ich?«

»Wenn ich mir die Frage erlauben darf.«

»Aber sicher. MI5 hat nichts dagegen, dass ich das ausplaudere. Ha, ha! Die haben gesagt, das darf ich ruhig verraten, stimmt's, Eric? Ha, ha!«

»Ha, ha!«, sagte Eric.

»Lehrerin bin ich. Nichts weiter. Vorschule.«

»Tatsächlich?« Sam schien fasziniert.

Monica lachte. »Na ja, Spielgruppe. Ein bis vier Jahre. Solange sie noch so klein sind, sind sie brav.«

Sam nickte begeistert. »Ich finde, Leute wie Sie, die sollten allesamt einen Adelstitel tragen. Lehrern kann man gar nicht dankbar genug sein.«

So weit würde sie denn doch nicht gehen, antwortete Monica und lachte noch einmal. Viel sei es ja nicht, sie leite die Kinder nur zum Spielen an und erzähle ihnen Geschichten. Aber sie habe natürlich nichts gegen einen Titel, wenn er bei Ihrer Majestät ein Wort für sie einlegen wolle. Da lachten nun alle. »Wie fändest du das, Eric? Lord und Lady Pringle?«

Aber Sam war es ernst. »Glauben Sie mir. Sie stehen am Ruder, auf dem Schiff unserer Gesellschaft. Egal aus welcher Richtung der Wind auch weht, die Lehrer bestimmen den Kurs. Das ist nicht übertrieben.«

»Jetzt hören Sie aber auf. So ein Unsinn.«

Tracy versuchte, sich zu einem Lächeln zu zwingen, aber sie war einfach zu beschäftigt mit der Frage, was denn um Himmels willen in ihren Boss gefahren war. Eine solche Charme-Offensive gegenüber ihren Eltern hatte sie noch nie erlebt.

»Allerdings auch eine große Verantwortung, weitaus größer als die der Politiker. Da werden Sie mir zustimmen. Was für eine wunderbare Chance – einen jungen Menschen zu formen in einer Zeit, in der er am aufnahmefähigsten ist, bevor er seinen Panzer entwickelt. Großartig. Eine Mutter mit tausend Kindern. Da kann ich Sie nur beglückwünschen. Und ich meine das ernst.«

Monica lächelte mit einem Schulterzucken, geschmeichelt wie nur jemand sein kann, der längst alle Hoffnung aufgegeben hat, dass er je wieder ein Kompliment bekommen wird. Sie wandte sich ihrer Tochter zu. »Wo hast du denn *den* aufgetrieben? Den kannst du öfter mitbringen.« Sam lachte. Monica lachte. In Erics versteinertes Grinsen kam Leben, als er in die Runde blickte und alle Beteiligten ansah wie ein Schiedsrichter.

Tracy lächelte. Sam war ein Zauberer.

»Da hört es sich im Vergleich geradezu minderwertig an, wenn man nur ein Restaurant betreibt. Und Sie, Eric, was leisten Sie Großartiges für die Menschheit?«

Nun war Eric an der Reihe. »Ich? Nichts. Na ja, dies und das. Helfe ein bisschen, wo Not am Mann ist. Nicht der Rede wert. Was eben so anfällt. Man tut, was man kann.«

»Wunderbar.«

Tracy sah Sam erwartungsvoll an. Wie würde er aus einem Gelegenheitsarbeiter einen Churchill machen? Wie rettete ihr Vater mit einem Schraubenschlüssel die Welt? »Ich suche nämlich schon lange jemanden, der im Lokal ein paar Sachen für mich macht. Bleibt Ihnen noch Zeit für einen weiteren Auftrag oder zwei?«

»Sicher, da lässt sich immer was machen. Man muss es sich eben einrichten, je nach der Nachfrage. Ist schon vorgekommen, ja. Dass ich einen Job auswärts angenommen habe. Doch, so was hab ich schon gemacht. Ab und zu.« Er wandte sich an seine Frau, die sich prächtig amüsierte. »Stimmt's, Mona?«

»Dann sehen Sie es als ernsthaftes Angebot an. Ich lasse Ihnen meine Karte da, und Sie versprechen mir, dass Sie darüber nachdenken. Alles in allem habe ich sicher Arbeit für einen Monat.«

Eric nahm die Karte des Restaurants, das er zuvor als Spelunke, als verkommenes Rattenloch beschrieben hatte. Das hatte er nun davon. »Ja, großartig«, sagte er.

So wie ein perfektes Mahl von einer langen Reihe Süßigkeiten abgeschlossen wird, war Sam mit seinen Lobreden noch lange nicht am Ende. »Und was für eine bezaubernde Atmosphäre in dieser Wohnung herrscht! Wahre menschliche Wärme. Gemütlich, bequem – ich glaube, ich werde erst gehen, wenn Sie mich hinauswerfen.«

»Dann trinken wir doch was Anständiges«, schlug Eric vor und schlurfte ans andere Ende des Zimmers. »Muss noch Gin da sein.«

»Aber in Wirklichkeit sollte ich gehen.« Sam lächelte Tracy an. Sie konnte über sein diplomatisches Geschick nur staunen.

Von der zur Bar umgebauten Phonotruhe rief Eric: »Pech.

Doch kein Gin mehr. Was wollen Sie stattdessen? Kommen Sie. Nur keine falsche Bescheidenheit. Ja?«

»Nein, wirklich nicht. Ich halte Sie vom Schlafengehen ab.« Er stand auf und reichte Monica die Hand.

»Und Sie sind aus… ?«, fragte sie.

»Persien.« Tracy war schneller. »Er kommt aus Persien.«

»Oh, Persien!« Magische, wenn auch ein wenig verstaubte Bilder tauchten vor Monicas geistigem Auge auf.

»Also dann, gute Nacht. Es war schön, Sie beide kennenzulernen.«

Eric legte seiner Frau die Hand auf den Rücken, als sie ihn zur Tür begleiteten. »Oh, und vielen Dank, dass Sie Tracy angestellt haben.«

»Das Vergnügen ist ganz meinerseits – dass eine so schöne und bezaubernde Kellnerin für mich arbeitet.«

Tracy wurde rot. Es folgten drei Händedrücke, dann schloss sich die Tür, und drinnen drehte sich der Schlüssel dreimal im Schloss.

»Ich glaube, das ist der erste Perser, den ich kennenlerne«, sagte Monica, sichtlich angetan, mit leuchtenden Augen.

»Der und Perser«, antwortete Eric, weit weniger gut aufgelegt. »Der ist englischer als wir alle zusammen.«

»Also dann«, sagte Tracy, schon auf dem Weg zu ihrem Zimmer. Sie hatte keine Lust auf weitere Fragen. »Nacht.«

Eric und Monica blieben, wo sie waren; Eric studierte die auffällige Visitenkarte mit Golddruck und Schnörkelschrift, und Monica bewunderte ihre Perspektive – Südlondon, sein Leuchten, seine Menschen – und sah das alles nun in neuem, transzendentem Licht.

Sam war nicht allein auf der finsteren Straße: Ricky Innes wartete schon längere Zeit auf seinen »Araber«.

Der Steinmetz hatte gesehen, wie Tracy mit dem fetten Kerl aus dem Restaurant nach oben gefahren war. Was war denn das für ein Boss, der seine Kellnerin bis an die Wohnungstür brachte? Da kam nur eine Sorte in Frage. Einer, der sich seine Mädchen genau so aussuchte wie das Obst für seine Speisekarte, immer das Knackigste, Frischeste, was zu haben war, und jedes einzelne Stück prüfte er mit seinem lüsternen Daumen. Rickys Blut geriet in Wallung. Die Sache schlug ihm aufs Gemüt, jetzt, wo er da saß und Musik von Bob Seger hörte und darauf wartete, dass der Kerl wieder herauskam. Er konnte es sich ausmalen, Tracy in den schwerfälligen Armen dieses Arabers, fest in seinem Klammergriff, ihr zartes Gesicht (das er nie richtig gewürdigt hatte, als sie noch zusammen gewesen waren) in seiner fleischigen Hand, als wiege er eine Melone, und mit der anderen Hand suchte er im Dunkel nach Reifem, nach Knackigem, suchte alles ab, sein Mund schon bereit hineinzubeißen ... aber das würde er, Ricky, zu verhindern wissen.

Ricky dürstete nach Rache. Er hatte mit Suzy Ballantine Schluss gemacht. Sie hatte am Telefon geweint, aber nicht einmal eine Sekunde lang hatte er ein schlechtes Gewissen gehabt. Als sie ihm vorwarf, er sei ja überhaupt nicht in der Lage, in einem richtigen Bett mit einer Frau zu schlafen, hatte er einfach aufgelegt.

Um Tracys willen war er grausam zu Suzy gewesen. Jemand musste für diesen Schlamassel eins abkriegen, und es half doch nicht weiter, wenn er selber das war. Er musste fit und bereit für die dauerhafte Investition sein, die er im

Auge hatte, die lebenslange Gemeinschaft, deren schönstes Symbol der Grabstein für zwei war, wenn die Zeit gekommen war.

Er hatte sogar schon einen Entwurf gemacht, ihre beiden Namen nebeneinander auf einem eleganten, perfekt gemeißelten Stein mit zwei Spitzbögen. Das mochte kein Rosenstrauß sein, aber romantisch war es trotzdem. Das war das Denkmal für einfache Menschen, ihr kleines bisschen Unsterblichkeit, und es war kein Zufall, dass das Kreuz des Schmerzensmanns auf englischen Friedhöfen nach und nach fast ganz von Steinen verdrängt worden war, die wie das Kopfende eines Bettes aussahen, und das war ein Grab ja schließlich auch: das Bett für die Ewigkeit.

Er ließ den Motor erst an, als Sam schon ein Stück weitergegangen war. Er würde diesem Dickwanst nachfahren, würde herausfinden, wo er wohnte, und sich dann etwas überlegen.

Hasserfüllt kurbelte er das Wagenfenster hoch. Er löste die Handbremse, und der Wagen rollte los. Er gewann an Tempo, und das Wort ARSCHLOCH, eingeritzt in die Fahrertür, blitzte an jeder Straßenlaterne neu auf.

Eine Woche später stand Tracy in der Haustür der Sahars und winkte Sam und seinen Frauen nach, dann ging sie wieder hinein und zurück in ihren ganz persönlichen Traum.

Sam war auf die seltsame Idee gekommen, in die Oper zu gehen. Firouzeh hatte Tracy angerufen, und Tracy kam als Babysitterin.

Anfangs traute sie sich gar nicht, sich in dem Haus überhaupt zu rühren. Wäre sie im Buckingham-Palast eingeschlossen gewesen und hätte sich frei bewegen dürfen, sie hätte nicht aufgeregter sein können.

Zuerst ging sie ins Wohnzimmer: weiße Wände, ein weißes Sofa, helle Kissen mit Fransen. Der Raum nahm keine Rücksicht auf das Londoner Wetter: Es war die helle Einrichtung eines Raums in einem heißen Land. Sie war entschlossen, die Privatsphäre ihrer Gastgeber zu wahren, und würde sich bei ihrem Rundgang strenge Regeln auferlegen; andererseits war sie sich auch sicher, dass sie bestimmt nichts dagegen hatten, dass sie sich ein wenig umsah.

Sie klappte den Klavierdeckel auf und drückte eine Taste, weil sie wissen wollte, wie sich das anfühlte. Sie hob eine wunderschöne Vase hoch, einfach, weil es aufregend war, etwas so Wertvolles in der Hand zu halten. Gedankenverloren strich sie mit dem Finger über die Stuhllehnen und über die Beistelltische, die so blank poliert waren, dass man sein Spiegelbild darin sah. Sie ließ sich auf einem milchweißen Sessel nieder, und als sie sich zurücklehnte, fand ihre rechte Hand eine Glasschale mit geschälten Paranüssen genau an der richtigen Stelle. So ließ sich's leben, dachte sie.

Ein paar Sekunden lang genoss sie den Gedanken, dass nichts und niemand sie davon abhalten konnte, alles über das Haus und die Sahars herauszufinden, was sie herausfinden wollte. In Gedanken stellte sie eine Liste auf: Auf dem Boden lag ein Fell, das sie befühlen wollte, es gab CDs und Fotos auf dem Regal anzusehen, Bilder von persischen Landschaften und Kunstwerke auf dem Kaminsims warteten darauf, dass sie sie studierte. Sie wollte auch ihre Nase in die Schlafzimmer oben stecken, um zu sehen, wer wo schlief. Sie hatte vier Stunden, bis ihre Arbeitgeber zurückkommen würden.

Vor dem Spiegel steckte sie sich einen spanischen Kamm ins Haar. Im Augenblick war sie die Herrin im Haus. Sie befreite sich von allen Hemmungen und begann ihre Runde; sie befühlte, sie inspizierte, sie schmeckte, sie schnupperte, sie räkelte sich in den Sesseln, und so verging die erste Stunde.

Sie nahm das Kamasutra aus dem Bücherschrank. Schon auf der ersten Seite, die sie aufschlug, erblickte sie drei Frauen und einen Mann, ineinander verschlungen im Geschlechtsakt: genau das Bild, gegen das sie beim Gedanken an die Sahars stets so beharrlich angekämpft hatte! Doch statt das Buch wegzulegen, blätterte sie um, in der Hoffnung, dass die Handlung weiterging wie bei einem Comic; aber die nächste Seite zeigte ein Bild von drei masturbierenden Männern, die in einen Brunnen ejakulierten. Sofort blätterte sie zurück. Der Mann hatte sich zurückgelehnt und ließ sich von den drei fülligen Frauen, alle drei mit der gleichen Frisur, beglücken; sie weideten auf ihm wie Kühe. Tracy hätte sich zwei ganz einfache Arten vorstellen können, wie der Mann das Kompliment des Vergnügens hätte zurückgeben können, doch der Künstler und die Zeiten hatten kein Interesse an einem gerechten Ausgleich gehabt. Das Bild mochte uralt sein, dachte sie, aber Leute wie Ricky Innes waren bis heute so.

Oben sah sie zweimal nach den Kindern – sie schliefen in Reih und Glied, alle auf die linke Seite gedreht –, und jedes Mal ging sie wieder nach unten und widerstand der Versuchung, die Türen der Erwachsenenschlafzimmer zu öffnen.

Beim dritten Mal war die Versuchung zu groß.

Das Schlafzimmer des Hausherrn, das Nervenzentrum dieses Liebesnests, sah wie ein ganz gewöhnliches Schlafzimmer aus. Das mindeste, was sie erwartet hatte, war ein Himmelbett gewesen, Schärpen, die mit Kordeln drapiert waren wie das Zelt eines Sultans. Tracy hatte Goldglanz erwartet, passende weiße Telefone, einen Ort wie für Spione, die lernen wollten, wie man sich als Araber ausgibt. Stattdessen gab es ein breites englisches Bett, das den geschmackvollen Minimalismus des unteren Stockwerks aufgriff.

Das war es also, das Opferbett, der Altar der Freuden? Immerhin war es groß, dachte sie, Platz genug für Sam und seine zwei Frauen. Nichts sonst verriet dieser Raum. Keinerlei Aufschlüsse darüber, wie das alles funktionierte, kein einziges *Detail*: wer wo lag, wer welche Rolle übernahm, welche Initiative ergriff, kein Hinweis auf das Wie und das Mit wie vielen. Waren die Frauen bisexuell? Gab es einen Sessel, von dem aus Sam zusehen konnte? Nein, nirgends. Nichts. Das Zimmer war eine Enttäuschung. Es waren noch zwei weitere Schlafzimmer im oberen Stockwerk, und in beiden standen die Kommoden voll mit Schmink- und Frisiersachen, aber Tracy hatte keine Ahnung, wozu die da waren. Vielleicht nahmen die Frauen sie als Ankleidezimmer. Oder vielleicht kam Sam zu *ihnen* dorthin; das konnte doch sein, dass sie gar nicht zu Sam kamen, sondern dass Sam die Runde machte – es immer spannend machte, an welche Tür er an einem Abend klopfen würde.

Tracy stand da und musste sich eingestehen, dass sie einfach nicht genug von der Welt wusste, um sich auszumalen, was dort oben vorging. Wenn sie je etwas erfahren wollte, dann musste es von den Frauen kommen. Und bis dahin würde sie das Vertrauen der drei nicht mehr länger missbrauchen. Behutsam schloss sie die Tür.

Doch in dem Augenblick klingelte das Telefon neben dem Bett. Erschrocken betrachtete sie es, wie es vibrierte, dann ging sie doch noch einmal hinein, setzte sich aufs Bett und hob aufgeregt ab.

Im Pausengedränge an der Bar des Opernhauses beendete Sam seinen Anruf und schaltete das Mobiltelefon ab. »Alles in Ordnung«, teilte er seinen Frauen durch das Stimmengewirr mit. »Tracy geht es gut, und kein Mucks von den Kindern.«

»Natürlich nicht«, sagte Firouzeh. »Wie wäre es jetzt mit zwei Wodka-Tonic, bevor wir wieder reinmüssen?«

Die Handlung war interessant genug, eine sentimentale Farce, in der ein junger Romeo, dessen Liebste in einen Harem gesteckt wird, sich daranmacht, sie zu befreien, doch die endlosen Arien des zweiten Teils langweilten Sam bald, und er widmete sich dem Programmheft.

Am 12. März 1781 wird Mozart vom Erzbischof nach Wien bestellt, wo noch immer die Feiern zur Thronbesteigung Josephs II. laufen. Im Haus der Familie Weber macht er sich an die Komposition der *Entführung aus dem Serail*.

Im Sommer 1781 – die Arbeit an dem Werk kommt gut voran – machen Gerüchte die Runde, Mozart wolle die dritte der Weber-Töchter heiraten, Constanze, aber er streitet es in einem Brief an den Vater entschieden ab: »Ich habe nie weniger daran gedacht zu heiraten… und außerdem bin ich nicht verliebt in sie.«

Doch bald brodelt die Leidenschaft. Noch während der Held sich unter seiner Feder zu seinem selbstmörderischen Unternehmen entschließt, bittet der Komponist um den väterlichen Segen für eine Hochzeit mit Constanze, und nun sagt er offen, dass er sie liebt.

Im Juli 1782 hat die Oper im Burgtheater Premiere.

Nach der letzten Verbeugung wird Mozart in die königliche Loge bestellt. Der Kommentar seines Auftraggebers lautet: »Zu viele Noten, mein lieber Mozart.«

Es überrascht nicht, dass die Heldin Constanze heißt.

Sofort als die Lichter im Saal angingen, griff Sam zum Mantel.

Als sie den Schlüssel im Schloss hörte, warf Tracy sich auf die Couch und spielte die Unschuldige. Nur der hochgeklappte Klavierdeckel ließ darauf schließen, dass sie sich überhaupt von der Stelle bewegt hatte.

Yvette und Firouzeh wären gern noch aufgeblieben, um ein wenig zu plaudern, aber sie fühlten sich zu erschöpft von ihrem Opernbesuch. Tracy könne sich die CD von der Aufführung ausleihen, die sie im Foyer gekauft hatten, boten sie an. Tracy nahm sie gern. Nur Sam blieb noch auf einen kleinen Schlummertrunk bei Tracy, während sie auf ihr Taxi wartete.

Er klagte, um diese Zeit habe er nie jemanden, mit dem er sich unterhalten könne. Seine Ehefrauen seien beide Frühaufsteherinnen. Er zündete ein Feuer im Kamin an, und Tracy schlug das Beiheft der CD auf, um herauszufinden, was ein Serail war. Wahrscheinlich musste sie wieder ihr Lexikon zu Rate ziehen.

»Wie ich sehe, haben Sie gelesen«, sagte er. »Das ist gut.«

Tracy blickte auf. Sie errötete – das Kamasutra! –, doch dann sah sie, dass er einen botanischen Atlas auf einem Tisch in der Nähe entdeckt hatte, in dem eine farbige Abbildung von Orchideen aufgeschlagen war. Das Kaminfeuer loderte auf.

»Oh, das meinen Sie. Ja, ich hab ein bisschen drin geblättert.«

»Großartige Bilder, finden Sie nicht auch?«

»Schon interessant.« Sie wollte nach Hause. Je länger sie blieb, desto größer war das Risiko, dass er ihr auf die Schliche kam.

»Und, haben Sie sich alles angesehen?«

»Nein, das nicht.«

»Na, dann ein andermal. Die Margeriten sind wunderschön. Und nochmals vielen Dank.« Er zückte die Brieftasche.

»Nein. Das war ein Gefallen. Ehrlich.«

»Unsinn.« Er hielt ihr zwanzig Pfund hin.

»Danke. Aber ich meine das wirklich. Wenn Sie mal jemanden brauchen, komme ich gern. Ich habe nie viel vor.«

Er erwiderte ihr Lächeln, dann wandte er den Blick ab. »Wirklich? Na, darauf kommen wir vielleicht noch zurück.«

»Sie haben so ein schönes Haus. Ich mache es wirklich gern.«

Sam blickte sich um, als nehme er seine Umgebung zum ersten Mal richtig wahr. »Das haben alles die beiden eingerichtet. Ich persönlich bin gegen allen Luxus.«

Was er damit sagen wolle, fragte sie. Sie hatte immer noch

Mühe, ihn nicht als Hauptakteur des wieder an seinen Platz im Regal zurückgekehrten Kamasutra zu sehen.

»In meiner Kindheit lebten wir sehr bescheiden«, erklärte er. »Mein Vater hat es erst spät zu Wohlstand gebracht. Zum Glück prägt einen so etwas fürs Leben.« Sie schüttelte den Kopf, versuchte die Gedanken an wilde Ausschweifungen zu verscheuchen. »So lernt man die einfachen Dinge schätzen und vergisst nicht, was im Leben wirklich zählt. Deshalb liebe ich meinen kleinen Tisch in der Restaurantküche, und oben habe ich mir ein schlichtes Arbeitszimmer eingerichtet, nur ein Schreibtisch und ein Stuhl.«

Männer sind Mistkerle, dachte Tracy. Sie wollen eine Frau, die sie anbetet, aber noch lieber hätten sie gleich fünf.

»Ich glaube, was mich am Luxus stört, ist, dass kaum jemand ihn wirklich verdient. Verstehen Sie, was ich meine? Aufgedonnerte, verkniffene Menschen fand ich schon immer entsetzlich. Sie missbrauchen ihren Wohlstand. Die herrlichsten Kunstschätze und die schönste Einrichtung lösen sich in nichts auf, sobald eins von diesen Arschlöchern den Mund aufmacht. Im selben Augenblick.« Er schnippte mit den Fingern. »Wenn ich heute ein schönes Haus sehe, denke ich sofort: ›Gut und schön, aber sind sie wirklich glücklich?‹; und beim Anblick einer Villa sage ich: ›Na, das wollen wir doch hoffen‹, denn reiche Leute, die unglücklich sind, sind etwas Empörendes.«

Glück, überlegte Tracy, *redet er jetzt von Glück?* Sie war mit ihren Gedanken ganz woanders gewesen, hatte ihn im Geiste gerade erst aus einem Knäuel verschlungener Körper gelöst und spürte noch immer die irrationale Welle des Widerwillens gegenüber ihrem Chef, seines schändlichen, sexistischen Wesens wegen. »Ja. Ich weiß, was Sie meinen.«

»Also, mir ist ein Slum, in dem gelacht wird, lieber als ein Penthouse, in dem sich alle nur streiten. Verstehen Sie?« Er legte den Kopf schief. »Natürlich bin ich nicht einfältig.« Sie lächelte, nickte, schenkte ihm jetzt wieder ganz ihre Aufmerksamkeit. »Das Schlimmste ist ein Slum, in dem die Menschen sich streiten, aber die Frage bleibt trotzdem: Welchen Luxus gönnen wir unserer Seele?«

Kommt er jetzt auch noch mit der Seele? Der Mann war unglaublich. »Genau«, sagte sie. Eigentlich sieht er gar nicht übel aus, schöne Augen, ein schönes Lächeln.

Er hob die Augenbrauen. »Das wüsste ich wirklich gern.«

»Hmm. Ja. Da haben Sie recht.«

Bei diesen Worten griff er zu einem antiken, wertvoll aussehenden Aschenbecher aus Holz und schleuderte ihn in den Kamin, wo er zersplitterte.

Sie war verblüfft. Dann drehte sie sich wieder zu ihm um, wollte dahinterkommen, was er ihr mit dieser bizarren Aktion sagen wollte.

»Dinge!«, rief er. »Zur Hölle damit. Verstehen Sie?«, fragte er eindringlich.

Verwirrt kniff sie die Augen zusammen, aber sie nickte. »Ja«, sagte sie. »Natürlich. Klar.« Sie hatte nichts, was sie ins Feuer werfen konnte.

»Das habe ich mir gedacht. Ich wusste, dass Sie mich verstehen würden! Deswegen unterhalte ich mich so gern mit Ihnen.«

Vereinte Kräfte

Den ganzen Morgen lang war Monica Pringle von Tür zu Tür gezogen, bis ihre Finger vom vielen Anklopfen wund waren.

Mit ihrem Feldzug durch die obersten sechs Stockwerke des Melksham Tower wollte sie Unterstützer für eine Eingabe an die Stadtverwaltung gewinnen, die den Abriss des gesamten Gebäudes forderte. Die Unterzeichner sollten anderswo moderne städtische Wohnungen erhalten. Die Männer wirkten verschlafen und zeigten kaum Interesse; sie behandelten sie wie eine Zeugin Jehovas, und auch wenn sie sich, in der Hoffnung, sie könne die Frauen für ihr Anliegen gewinnen, erkundigte, ob »die Dame des Hauses« zu sprechen sei, war ihr kein Erfolg beschieden: Frauen, stellte sie fest, schlugen ihr nur noch schneller die Tür vor der Nase zu.

Obwohl die meisten an diesem Samstagvormittag zu Hause waren – sie hörte Geräusche hinter den Türen, spürte die Blicke, die sie durch den Türspion beobachteten –, ließen sich nur wenige dazu herbei, ihre Türkette aufzuhaken und mit Monica zu reden. Aber selbst die waren nicht bereit, die Petition zu unterzeichnen, aus Angst vor »möglichen Nachteilen«. Alle wollten, dass für ihre Rechte gekämpft wurde, aber machen sollte das ein anderer.

»Was wollen Sie?«, zischte der nächste Hausbewohner durch den Türspalt und zeigte einen zerzausten Haarschopf, als er das Beschwerdeschreiben las. Monica hatte es am Vorabend in der Schule fotokopiert und optimistisch Platz für eintausend Unterschriften vorgesehen. Bisher hatte sie vier. »Sie wären die Nummer fünf«, erklärte sie dem Mann, als sei es ein ganz besonderes Privileg.

Er schüttelte den Kopf, aber er sagte: »Ich mach Ihnen einen Vorschlag. Lassen Sie ein Exemplar für meine Frau da. Die liest solches Zeug.«

Monica fuhr mit dem Fahrstuhl zurück ins oberste Stockwerk. Bevor sie weitermachte, musste sie sich erst einmal mit einer Tasse Tee stärken.

»Na, wie läuft's?«, fragte Tracy ihre Mutter. Sie war aus ihrem Zimmer gekommen, als sie die Wohnungstür ins Schloss fallen hörte, das Handtuch zu einem Turban um den Kopf geschlungen.

»Ich bin immer noch bei vier.«

»Erst vier?«

»Denen ist alles egal. Die leben zufrieden in ihrem Saustall, solange nur die Miete nicht steigt. Sie stöhnen und klagen um die Wette, aber unterschreiben wollen sie nicht. Für die ist das ein Räumungsbefehl.«

Eric hatte sich geweigert, seinen geringen, wenn auch unbestrittenen Einfluss als inoffizieller Hausmeister in den Dienst von Monicas Sache zu stellen. Er wollte seine Arbeitschancen nicht gefährden. Er brauchte das bisschen Sympathie, das er dabei erntete.

Das Telefon klingelte; es war für Tracy. Als Monica sich mit ihrem Tee in der Hand an das kalte Glas des Hochhausfensters lehnte, bildete sich rund um die Tasse eine Art Heiligenschein aus Wasserdampf. Sie horchte mit, was ihre Tochter sagte.

Als das Telefongespräch beendet war, hatte Monica sich zusammengereimt, dass Tracy eine Einladung, mit ihren Freundinnen etwas trinken zu gehen, abgelehnt hatte und stattdessen lieber einen ruhigen Abend zu Hause verbringen wollte. Es war das erste Mal, dass Monica hörte, wie ihre Tochter am Telefon einer Freundin eine Absage erteilte; und sie hatte sie noch nie sagen hören, dass sie an einem Samstagabend »eigentlich lieber daheimbleiben« wolle.

»Bleibst du hier?«, fragte Monica.

»Ich denke, ja.«

»Ehrlich? Tolle Idee. Da könnten wir doch mal ganz was anderes machen, oder? Ich frag deinen Dad.«

»Meinetwegen.«

»Was vom Inder kommen lassen. Oder vom Chinesen? Diese süßsauren Schweinedinger, die ihr beide so mögt. Das wär doch schön.«

»Okay.«

»Dann gehst du nicht aus?«

»Ich hab keine Lust, immer im Pub rumzuhocken.«

»Macht keinen großen Spaß, was? Ich hab das auch nie gemocht. Nicht mal in deinem Alter.«

»Blödsinn. Du warst doch jeden Abend aus.« Sie standen nebeneinander am Fenster und blickten in die Ferne, doch dann drehte Tracy sich um und sah ihre Mutter an. Im Licht der tiefstehenden Sonne sah sie unerwartet alt aus: die ungeschminkten Wangen mit roten Äderchen überzogen, kleine Säckchen unter den Augen.

»Hm?«, fragte Monica.

»Du solltest mehr aus dir machen.«

»Was?«

»Na ja, du wirst schließlich auch nicht jünger. Lass dich mal richtig verwöhnen. In einer Schönheitsfarm oder so.«

Verblüfft und trotzig presste Monica das Kinn auf die Brust, so dass gleich drei neue entstanden. »Jetzt hör sich einer an, was Ihre Hoheit zu sagen hat.«

Tracy hatte sich wieder der endlosen grauen Stadtlandschaft zu ihren Füßen zugewandt.

Aber Monica war noch nicht fertig. »Kannst du mir vielleicht verraten, wann ich mich verwöhnen lassen soll? Wann habe ich denn dazu die Gelegenheit?«

»So was braucht doch nicht viel Zeit. Du musst nur wollen. Ich könnte was mit deinen Haaren machen.«

»Ausgerechnet du! Außerdem bin ich mit meiner Frisur zufrieden. Was hast du daran auszusetzen?«

»Du hast sie seit zwanzig Jahren nicht ein einziges Mal verändert, oder?«

»Na, ich finde eben, dass sie mir steht. Mit einem Gesicht wie meinem hat man nicht so viele Möglichkeiten. Du wirst auch eines Tages alt.«

»Was anderes würde dir auch stehen.«

»Unsinn.« Jetzt war Monica ärgerlich. »Was zum Beispiel?«

»Keine Ahnung. Alles Mögliche.«

»Weich mir nicht aus. Was genau?« Monica hatte noch andere Fragen, die sie sich nicht verkneifen konnte. »Du schämst dich meinetwegen, stimmt's? Ich bin dir peinlich.«

»Was?«

»Schämst du dich wegen mir? Weil ich so aussehe?«

»Man kann aber auch gar nichts mehr sagen. Ich geh wieder auf mein Zimmer.«

»Halt, bevor du gehst, Greta Garbo, habe ich noch eine Neuigkeit für dich. Eines schönen Tages siehst du auch so aus. An deiner Stelle wäre also ich nicht so ... so *hochmütig*.«

»Ich wollte doch nur ... Mein Gott. Vergiss es.«

»Wir waren alle mal jung, weißt du?«

»Vergiss es.«

»Na danke schön. Wunderbar. Damit ist mein Tag gerettet. Hast du sonst noch was vorzuschlagen?«

Tracy gab keine Antwort. Sie wünschte, sie hätte nie den Mund aufgemacht. Sie rieb sich den Nacken und überlegte, ob sie wieder auf ihr Zimmer gehen sollte, aber sie zögerte noch. »Tut mir leid, ehrlich.«

»Und außerdem ist dein Haar dicker als meins.«

»Gar nicht wahr.«

»Na, ein bisschen schon.«

»Spangen und Bänder. Damit kann man viel machen.«

»Spangen und Bänder? Und was dann?« Monica starrte sie an, als wäre ihre Tochter im Besitz eines magischen Schlüssels. »Was zum Beispiel?«

Eine halbe Stunde später stand Monica auf dem Balkon, ein Haarband und zwei Schildpattspangen im Haar, die Ohren zum ersten Mal seit Jahren frei, und hoffte, dass ihr Haar noch in den letzten Strahlen der Abendsonne trocken würde.

Tracy folgte ihr nach draußen und wickelte sich ein schon trockenes Laken wie einen Schleier um den Körper. Der

Sari-Effekt war eindeutig beabsichtigt, und sie experimentierte mit dem Laken, wickelte es mal so und mal so, erst wie einen Rock, dann wie ein bodenlanges Kleidungsstück, aber so, dass es den Kopf noch bedeckte.

Sebastian Partridge öffnete das eiserne Törchen, ging vorbei an knospenden Zwergrosen den Gartenweg hinauf und klopfte an die intarsienverzierte Haustür.

In den letzten Wochen hatte er eine ganze Reihe solcher peinlicher Hausbesuche absolviert, und jedes Mal überfiel ihn dabei ein Schwindelgefühl, das man sonst nur mit seiner Körpergröße und schwachem Blutdruck hätte erklären können.

»Hallo«, sagte er, als eine eindrucksvolle Frau mit olivenfarbener Haut ihm die Tür öffnete. Sein Herz schlug schneller. »Mein Name ist Partridge, ich komme vom Sozialamt. Dürfte ich wohl kurz hereinkommen und mich mit Ihnen unterhalten?«

Firouzeh ließ ihn eintreten, und er setzte sich mutig auf einen niedrigen orientalischen Lederschemel, nicht viel mehr als ein Fahrradsattel mit geschwungenen Beinen. Er war wie hypnotisiert von den weit auseinanderstehenden, tiefschwarzen Augen mit den bernsteinfarbenen Sprenkeln, der imposanten Nase und dem stolzen Auftreten dieser Frau. Der niedrige Schemel vereitelte alle Versuche, einen guten Eindruck zu machen, denn er zwang ihn zu einer kauernden Haltung, bei der seine Knie fast das Kinn berührten. Er hatte sich bei der Wahl der Sitzgelegenheit ihren kulturellen Gepflogenheiten anpassen wollen, und jetzt war es umso schwerer, sein unangenehmes Anliegen vorzubringen. Sein Hintern war schon ganz taub, und er spürte die Beine kaum noch. Er eröffnete das Gespräch mit ein paar Bemerkungen über den Preis guter türkischer Teppiche in Notting Hill.

Seine hochelegante Gesprächspartnerin nickte höflich. »Darf ich Sie fragen, was der Anlass Ihres Besuches ist?«

Es sei eine reine Routineangelegenheit, antwortete er. Er hoffe auf ihr Verständnis, aber der Lebensstil der Sahars sei ungewöhnlich, und seine Behörde müsse hin und wieder die Rolle des Advocatus diaboli übernehmen. Er tippte kurz mit dem Finger auf seine Aktentasche, die er unter dem Spitzgiebel seiner Beine abgestellt hatte. Es klang hohl. »Ein Artikel im *Streatham, Clapham and Dulwich Guardian*…«

»Ach, *dieser* Dreck!«, schnaubte Firouzeh. »Darum geht es! Die Frau war ein Miststück. Unverschämt, dumm…«

»Ich habe mich mit ihr unterhalten«, erwiderte Partridge lächelnd. »Ich verstehe, was Sie meinen. Aber ich muss trotzdem meine Pflicht tun.«

Firouzeh nickte, zuckte mit den Schultern und entspannte sich. Wenn es so war, konnte sie sich mit dem Mann unterhalten.

Nach seinen Informationen gebe es vier Kinder. Sie nickte. Und sie sei die Mutter? Sie nickte. Außerdem gebe es noch eine zweite Ehefrau, die ebenfalls im Haus lebe? Firouzeh nickte, nun schon bedächtiger. Dies sei für englische Verhältnisse äußerst ungewöhnlich, sagte er.

Ohne mit der Wimper zu zucken, antwortete Firouzeh, das hänge ganz davon ab, was er unter ungewöhnlich verstehe. »Ich bin eine verheiratete Frau. Und ich lebe mit meinem Ehemann zusammen. Ich habe vier Kinder. Wir haben in Skegness geheiratet, vor ungefähr … ja, vor ungefähr vier Jahren. Was möchten Sie sonst noch wissen?«

Partridge setzte gerade zum Antworten an, als die Haustür aufging. Eine zweite äußerst eindrucksvolle Frau trat ein, gefolgt von vier hübschen Kindern, die zu Firouzeh und ihrem Besucher ins Zimmer stürmten.

Das Geräusch von trappelnden Schritten und in die Ecke geschleuderten Schultaschen reichte aus, um Partridge aus seiner bodennahen Stellung zu vertreiben. Er erhob sich von seinem Schemel, damit er nicht zu ihnen aufblicken musste.

»Das ist Mr Partridge vom …« Firouzeh warf einen Blick auf die Visitenkarte, die er ihr überreicht hatte, sah »Jugendamt« und sagte »von der Stadtverwaltung«.

Partridge versuchte, sämtliche Anwesenden, auch die kleinsten Kinder, der Reihe nach anzulächeln, und es sah aus, als sitze sein Kopf auf einer Feder. Und diese Bemühungen gaben ihm etwas Unaufrichtiges. Familien auseinanderzureißen war schon schlimm genug, selbst wenn man dabei nicht sympathisch wirken wollte. »Hi«, sagte er. »Hi. Hi. Guten Tag. Hallo, mein Kleiner«, und schließlich: »Oh, und dich hätte ich ja beinahe vergessen.«

Firouzeh schickte die Kinder nach oben. Yvette setzte sich auf die Couch. Dann musterten die beiden Frauen den Beamten, der nun wieder auf dem persischen Sessel Platz genommen hatte.

War seine Aufgabe vorher schon schwierig gewesen, so erwies sie sich jetzt, wo ihm die beiden in schwesterlicher Eintracht und identischen smaragdgrünen Kleidern gegenübersaßen, als doppelt schwer. Er starrte von einem ovalen Gesicht zum anderen: Begierde war einer solchen Befragung wenig zuträglich.

Er verfiel wieder in Höflichkeitsfloskeln und ertappte sich dabei, wie er einfältig lächelte. Bei schönen Frauen benahm er sich immer wie ein Trottel.

»Darf ich Ihnen eine Tasse persischen Tee anbieten, Monsieur?«, fragte die zweite Hausherrin mit einem verführerischen – *les femmes françaises!* – Akzent. Er nickte.

»Und jetzt sollten wir zu Ihren Fragen zurückkommen«, setzte Firouzeh hinzu und rührte mit dem langen Nagel ihres Zeigefingers in dem Potpourrischälchen auf dem kleinen Tisch, bis ihm eine Duftwolke entstieg.

»Ja. Ich darf nicht zu lange bleiben. Die Parkuhr läuft.«

Yvette brachte den Tee, und die Unterhaltung ging weiter, wobei alle sich über die Ränder der Teegläser hinweg beobachteten. Das Gespräch bestand überwiegend aus Ablenkungsmanövern, unausgesprochenen Verdächtigungen und Ausflüchten und hatte nur wenig mit der Erhebung von Fakten oder Daten seitens der Behörden zu tun. Es war höflich, verbindlich, aber für offizielle Belange vollkommen unergiebig. Partridge machte eine Bemerkung zu einem auffälligen Gemälde im Stil der Fauvisten und erhielt die Auskunft, das habe Sam gemalt. »Tatsächlich?« Man drückte ihm ein handtellergroßes, leinengebundenes Buch in die Hand und erklärte, das Bild sei inspiriert von den Anfangszeilen eines Gedichts aus der Feder des großen persischen Mystikers Dschalal ad-Din Rumi. Die Frauen drängten ihn, den Band aufzuschlagen und zu lesen:

Hörst du die Flöte? Sie erzählt eine Geschichte, die die Trennung beklagt.
Und sie sagt: »Seit ich vom Schilfbett getrennt, rührt mein Klagen Männer und Frauen zu Tränen;
Ich suche ein Herz, von Trennung zerrissen, dem ich beschreiben kann der Liebe Schmerz.
Jeder, der fern seiner Heimat weilt, wünscht zurück sich die Zeit, da er noch mit ihr vereint.«

Bewegt klappte Partridge das Buch zu; er fühlte sich irgendwie bekehrt, wenn auch unsicher, ob ihm gerade in Gestalt eines Gedichts aus dem dreizehnten Jahrhundert eine verschlüsselte Bitte vorgetragen worden war. Diese beiden Frauen schlugen ihn so sehr in ihren Bann, dass seine ohnehin uneindeutige Mission unter dem Ansturm ihres kontinentalen Charmes auch die letzte Klarheit zu verlieren drohte. »Ich muss mich jetzt wirklich auf den Weg machen«, sagte er immer wieder, doch zugleich erlahmte sein Widerstand, sein Verstand verflüchtigte sich, der offizielle Lack zeigte Risse und zersplitterte zu einem wunderbaren Mosaik von Empfindungen. »Nur noch ein paar Kleinigkeiten.«

Aber er zappelte hilflos an der Angel. Unversehens ertappte er sich dabei, wie er für alles Komplimente verteilte, von ihren Kleidern bis hin zu den Stiefmütterchen in der Vase auf dem Couchtisch, um dann schließlich, begleitet von einem Crescendo von Höflichkeitsfloskeln, fast per Zufall auf den eigentlichen Grund seines Besuchs zu sprechen zu kommen.

Was ihn besonders interessiere, sei die Frage, ob das Arrangement wirklich praktikabel sei.

Er erntete verständnislose Blicke.

Rein praktisch gesehen, sagte er, sei die Situation für einen Außenstehenden nicht zu durchschauen.

Noch mehr Verständnislosigkeit.

»Wie meinen Sie das?«, fragte Firouzeh.

Nun, beispielsweise, erwiderte er mit einem Räuspern, hege er keinen Zweifel, dass das Haus den höchsten Ansprüchen genüge – sein Blick glitt von den in Reih und Glied aufgestellten Büchern zu den Karaffen, Vasen, Porträts und gerafften Vorhängen –, und in materieller Hinsicht mangele es den Kindern offenkundig an nichts, aber er habe große Schwierigkeiten mit der »sehr ungewöhnlichen Natur der elterlichen Beziehung«.

Er leidet an fixen Ideen, dachte Yvette.

»Meine Kinder«, stieß Firouzeh unwillkürlich hervor.

Yvette zuckte mit den Schultern. Worauf wollte er hinaus?

»Ich meine die Abläufe«, platzte er zu seiner eigenen Verteidigung heraus, von der Überzahl in die Ecke gedrängt. »Die sexuellen Abläufe.«

Eine fixe Idee.

Meine süßen Kinder.

»Ich meine, ich kann mir beim besten Willen nicht vorstellen, wie das funktionieren soll. Bitte erklären Sie mir, wie *Sie* das nennen.«

Die beiden Frauen antworteten nicht, und es blieb ihm nichts anderes übrig, als vor lauter Unbehagen die Beine erst in die eine, dann in die andere Richtung übereinanderzuschlagen.

»Wie können Sie so etwas fragen?« Firouzehs Gesicht

war rot vor Empörung. »Sie müssen sich doch nur umsehen, dann werden Sie feststellen, dass die Kinder alles haben, was sie brauchen. Haben Sie jemals Kinder gesehen, die mehr Zuwendung bekommen?« Es stimmte. Partridge sah keinen Anlass, das zu bestreiten. »Und darüber hinaus haben sie den offensichtlichen Vorteil, dass sich zwei Mütter um sie kümmern. Denken Sie mal darüber nach.«

»Das ist schon richtig«, räumte er ein.

»Reicht Ihnen das nicht als Antwort?«

Sebastian Partridge lächelte. »Nun gut, dann wollen wir ... Vielleicht könnten wir... es erst einmal dabei bewenden lassen.« Das Haus zeigte wirklich keinerlei Mängel, obwohl es in seinem Beruf gefährlich war, sich vom Augenschein leiten zu lassen. Luxus, so hatte er gelernt, war keine Garantie für Anstand, und das Verbrechen hatte oft eine feine Adresse.

Yvette schenkte ihm Tee nach.

Er nahm einen kleinen Schluck, lächelte seinen Gastgeberinnen über den Rand des Teeglases zu und fragte sich erneut, welche von den beiden die schönere war. Vielleicht die Französin, dachte er, während er trank. Aber sie war sehr dünn. Nein, wenn er es sich genau überlegte, vielleicht doch lieber die Araberin; die war temperamentvoller und exotisch, wahrscheinlich die bessere Liebhaberin.

Als er sich zehn Minuten später endlich verabschiedete, nachdem er zuvor noch angekündigt hatte, er werde noch einmal wiederkommen und hoffe, Mr Sahar dann ebenfalls zu Hause anzutreffen – etwas, worauf er sich sehr freue, »nach allem, was ich jetzt über ihn gehört habe« –, verließ er das Haus unter dem gänzlich falschen Eindruck, sein offizieller Besuch sei ein Erfolg gewesen. Als er einige Zeit später aus seiner Täuschung erwachte, kam er zu dem ernüchternden Schluss, dass er vielleicht doch den falschen Beruf gewählt hatte.

Als Sam nach Hause kam, erzählten ihm die beiden von ihrem Besucher. Der Bericht beunruhigte ihn. Er lebte mit zwei Frauen in eheähnlicher Gemeinschaft, und obwohl er damit gegen kein Gesetz verstieß, wusste er, dass sie bei einer Auseinandersetzung mit den Behörden auf jeden Fall den Kürzeren ziehen würden. Er musste Ridley anrufen, seinen Anwalt, seine einzig verbliebene Verbindung zum Establishment, einen Experten für Verträge aller Art. »Ridley wird sich darum kümmern. Und ich weiß auch schon, was er sagen wird. Haltet euch bedeckt. Nicht mehr und nicht weniger. Verhaltet euch ganz ruhig. Was habt ihr mit ihm gemacht? Wie war es?«

»Ich habe ihm Tee serviert«, berichtete Yvette gut gelaunt, mit einem weiteren Schulterzucken.

»Tee? Ist das alles?«

»Ich glaube nicht, dass wir von dem etwas zu befürchten haben«, nickte Firouzeh mit einem zustimmenden Zwinkern. »Wir haben uns sehr nett mit ihm unterhalten.«

Sams Stimmung besserte sich, denn er ahnte, wie die beiden ihren Gast behandelt hatten: ein Bad in Eselsmilch. »Verstehe. Ich kann's mir gut vorstellen.« Aber seine Miene blieb finster. Er rang die Hände. Ihr Erfolgsrezept hatte immer darin bestanden, dass sie möglichst wenig auffielen.

»Er hat sogar seine Visitenkarte dagelassen. Wie ein Staubsaugervertreter.« Firouzeh reichte Sam die Karte, und er setzte seine Lesebrille auf, um sie zu studieren. »Reine Routine, hat er gesagt.«

»Partridge? Gibt es wirklich Leute, die so heißen?«

»Das hat er gesagt.«

»Ich bin sicher, ihr habt ihn um den Finger gewickelt. Ein Glück, dass es euch gibt.«

Yvette lachte.

»Los, erzähl's ihm«, sagte Firouzeh aufmunternd.

»Na ja«, gab sie grinsend zu, »beim Weggehen habe ich ihm unter einem Vorwand die Krawatte zurechtgerückt.«

»Heiliger Himmel. Ist er rot geworden?« Jetzt grinste Sam endlich auch.

»Comme une pêche.«

Alle drei bogen sich vor Lachen. Sam legte beiden Frauen die Arme um die Schultern, ein dicker Tempelhund, flankiert von zwei schillernden Jadekatzen. »Dann haben wir wahrscheinlich doch nichts zu befürchten«, sagte er abschließend. »Die schändliche Lust hat uns wieder einmal gerettet.«

Ricky Innes stieg auf die Gartenmauer der Sahars und ließ sich auf der anderen Seite hinunterfallen. Er rollte ab und machte sich dabei im Schlamm die Knie schmutzig. Antike Statuen begrüßten ihn im Mondlicht, zugleich vernahm er das Klirren einer Kette, die in rasendem Tempo über das Pflaster schleifte.

Er wischte sich noch die Hände ab, da sah er schon die zwei großen Hunde um die Hausecke direkt auf ihn zustürmen. Die Mäuler der Tiere waren weit aufgerissen, zum Zerfleischen bereit; Ricky sprang zurück an die Mauer und hielt in Erwartung des Unvermeidlichen schützend die Arme vors Gesicht.

Doch gerade als die Köter ihn anspringen wollten, strafften sich wie durch ein Wunder die Ketten, die Höllenhunde hingen in der Luft, ihr Gebell gedrosselt zu einem Winseln, keinen halben Meter von ihm entfernt. Aber jetzt, wo sie ihn vor sich in der Falle hatten, gerade eben außer Bissweite, zerrten die zähnefletschenden Bestien mit solcher Macht, dass die Halsbänder tief in ihre muskulösen Hälse schnitten.

»Kusch«, beschwichtigte er sie. »Ruhig. Ruhig.« Aber ein Hund in dieser Verfassung lässt sich durch nichts beruhigen. Die Lefzen gehoben, zeigten sie ihre geifernden Rachen, die Augen waren blutunterlaufen – diese Hunde waren zum Töten bereit.

Sam, der zunächst von dem Drama nichts mitbekam, saß im Haus und studierte Partridges Visitenkarte, als suche er nach verschlüsselten Botschaften darin. Als er das Dobermanngebell durch die Terrassentür hörte, wandte er sich um.

»Da geht es schon los«, sagte er in einer absurden Gedankenverbindung zwischen Lärm und Karte.

An der Tür drehte er sich zu seinen Frauen um und hob die leeren Hände. »Ich muss irgendwas in der Hand haben! Gebt mir etwas. Schnell!«

»Geh nicht raus!«

»Nicht, Sam!«

»Los, gebt mir etwas!«

Ricky sah, wie die Terrassentür sich öffnete und eine Gestalt über den Rasen auf ihn zukam. Er konnte nichts tun.

Die Hunde machten die ganze Gegend rebellisch. Im Halbdunkel sah Ricky, dass der Mann eine große geschwungene Klinge in der Hand hatte, eine Art Schwert. Die Schneide schleuderte Blitze, reflektiertes Licht der Straßenlaterne. »Scheiße«, sagte Ricky. Bevor er zu seinem Ausflug aufgebrochen war, hatte er sechs Bier gekippt. Aber von der bierseligen Streitlust blieb nicht das mindeste übrig.

Sam war ans Fußende der Gartentreppe gekommen und packte das Heft des Schwerts mit beiden Händen. »Keine Bewegung.«

»Soll wohl 'n Witz sein.«

»Was wollen Sie hier?«

»Ich bin Tierfreund. Lassen Sie die lieben Kleinen doch noch ein bisschen näher ran.«

»Was wollen Sie hier?«

Ricky Innes blickte hinunter zu den Hunden. »Hören Sie, können Sie die zurückrufen, ja? Ich wollte ja vorne reinkommen. Ich bin ein Freund. Rufen Sie sie zurück. Bitte.«

»Ein Freund? Was reden Sie da?«

»Von Tracy. Tracy Pringle.«

»Tracy?«

»Ich hab einfach gedacht, sie ist vielleicht hier.«

»Ad, Asad!« Sam pfiff, dann stieß er die Schwertspitze in den Rasen und ruckte an den beiden Ketten: Die Hunde jaulten und setzten sich laut hechelnd auf die Hinterbeine. »Sie klettern in einen Garten, weil Sie zu jemandem wollen, der überhaupt nicht dort wohnt? Sie haben die Warnung vor dem Hund nicht gesehen? Sind Sie irre?«

»Ich liebe sie, das ist alles.«

»Sie lieben sie?«

»Ja. Tracy. Ich liebe sie. Ich will sie heiraten.«

Sam trat einen Schritt vor – nun in einer Reihe mit seinen Hunden und deren Arsenal an Zähnen –, damit er den Eindringling besser sehen konnte. »Sie schon wieder!«

»Ja. Hallo.«

»Nicht zu fassen! Der Streithammel! Nach allem, was vorgefallen ist, haben Sie noch die Unverfrorenheit, in meinen Garten einzudringen? Ich sollte auf der Stelle die Hunde auf Sie loslassen.«

»Bleiben Sie cool, Mann, ich will nur 'n Wörtchen mit ihr reden, wenn sie da ist, okay? Sonst nichts.« Er zeigte zum Haus. »Sie ist da drin, oder? Ich weiß doch, was gespielt wird. Ich bin ja nicht blöd. Und ich will Ihnen was sagen. Sie sollten sich schämen, Sie geiler Bock.«

»Sie sind übergeschnappt.«

»Ich weiß, was gespielt wird.«

»Als Allererstes sollten Sie Ihren Mund halten.«

Ricky nickte. »Scheiß Hunde. Kann ich nicht ausstehen.«

Die Hunde knurrten, und Sam ruckte wieder an ihren Ketten. »Tracy ist Kellnerin bei mir, keine Haushälterin. Und nach dem, was ich beim letzten Mal von Ihnen gesehen habe, denke ich, Sie sollten sie besser in Ruhe lassen.«

»Ach, jetzt sind wir der Beschützer, was? Ich weiß doch, was hier gespielt wird. Widerwärtig ist das. Sie bumsen sie, stimmt's?«

»Bumsen?«

»Einer wie Sie, den durchschau ich doch. Als ob das so schwer wär.«

»Sind Sie jetzt fertig?«

»Ja. Bin ich.«

»Dann sollten wir sehen, dass wir weiterkommen. Ich habe nicht den ganzen Abend Zeit.« Sam griff wieder zu seinem Schwert.

»Weiterkommen? Was soll das heißen?«

»Das islamische Recht lässt mir verschiedene Möglichkeiten. Ich bin verpflichtet, etwas zu tun. Das hätten Sie sich überlegen sollen, bevor Sie über meine Gartenmauer kletterten. Das hier war erst der Anfang.«

»Der Anfang von was?«

Plötzlich sah Sam gar nicht mehr so viel anders als seine Hunde aus. »Jetzt zahlen Sie.«

»Zahlen?«

»Ja. Zahlen.«

»Was heißt das?«

»Sie sind in ein traditionelles Haus eingedrungen, und ich habe vor, Ihnen die traditionelle Strafe zu verabreichen, die das Gesetz für einen Dieb vorsieht.«

»Einen Dieb? Blödsinn.«

»Sie sind ein Dieb. Und Sie sind nicht der Erste, der über diese Mauer kommt. Aber Sie können der Erste sein, der seinen Rassistenfreunden davon erzählt. Jemand muss zahlen. – So, jetzt hier entlang.«

»Für was?«

»Hier entlang, die Stufen. Wir gehen ins Haus.«

»Nein. Ins Haus? Wieso? Nein. Wieso?«

»Ich brauche etwas Schärferes als dieses Schwert.«

Nun malte sich auf Rickys Zügen blankes Entsetzen. »Okay. Hören Sie, es tut mir leid, okay. Es tut mir leid. Lassen Sie mich einfach gehen. Ich verspreche Ihnen, Sie sehen mich nie wieder. Wie wäre das?«

»Zu spät. Jemand muss zahlen.«

Mit aufgerissenem Mund starrte Ricky den schwertschwingenden Rächer an. Keine Frage, dieser tollwütige Araber war zu allem fähig – er würde ihm die Hand abschlagen, wenn nicht Schlimmeres. Sah man doch jeden Tag im Fernsehen, wie sie die Leute umbrachten, mit Steinen. Die hatten den Killerinstinkt im Blut – Grausamkeit hatte bei denen eine vollkommen andere Dimension. Das war fast eine Religion bei denen, die Anbetung von Gewalt. »Bitte.« Jetzt flehte er. »Kommen Sie, lassen Sie mich gehen.«

»Die Stufen hoch, oder ich lasse die Hunde los.«

»Bitte.«

»Da hinauf, Dieb. Hinauf!«

Ricky blieb keine andere Wahl, er tastete sich die Treppenstufen hoch, versuchte Abstand von den Hunden zu halten. »Okay. Okay.« Die Hunde blieben dicht hinter ihm, zurückgehalten nur von dem Iraner, der locker die Ketten in der Hand hielt. Ein paarmal konnte der junge Mann den feuchten, heißen Atem durch seinen Hosenboden spüren.

Er stieg im Dunkeln hinauf, Stufe um Stufe, und betete, dass er nicht stolperte und damit die Hunde noch mehr in Rage brachte.

»Und jetzt werde ich Ihnen eine Lektion erteilen«, hörte er die Stimme hinter sich sagen.

Das Messer senkte sich und schnitt ein Stück von der dicken Schwarzwälder Kirschtorte ab. Es glitt nur so hindurch und kam mit einem lauten Klacken unten auf der Platte an. Dann teilte Yvette die Tortenstücke auf handbemalten Porzellantellern aus.

Ricky Innes, schon mit türkischem Kaffee in einer silbernen Tasse versehen, die so heiß war, dass er sie nur heben konnte, wenn er beide Griffe mit der Serviette fasste, war die Dankbarkeit selbst. »Das ist schön. *Grazie, grazie.* Tausend Dank, ja.«

Die Füße auf einem Schemel, bedient wie ein Fürst, saß er da und sah Sam an. »Ehrlich, ich dachte, Sie meinen das ernst da draußen. Ich dachte, Sie schneiden mir die Eier ab. Das war das kalte Grausen.«

»So war es gedacht.«

Ricky ließ den Blick schweifen, bis er an einem gerahmten Pergament innehielt. Die orientalische Schrift kam ihm wie die ziellosen Laufwege eines Borkenkäfers vor. Er betrachtete sie mit dem Meißel vor Augen und überlegte, wie schwierig das wohl zu machen war. Er hatte noch nie einen Grabstein für einen Araber gemacht. Wahrscheinlich brauchte man besonderes Werkzeug dafür.

Die Frauen ließen Ricky und seinen Gastgeber allein, damit sie reden konnten.

»Und Sie sagen also, Sie lieben sie.«

»Wen?«

»Tracy.«

»Oh, Tracy. Ja. Das stimmt. Nicht ganz einfach, aber das stimmt. Sie hat mich auch geliebt, und dann kommen Sie. Hab ihr 'n Ring besorgt und alles.«

»Verstehe.«

»Und wie ich dann gehört habe, dass Sie mit ihr rummachen, da bin ich 'n bisschen... na, sagen wir ärgerlich geworden.«

»Keiner macht mit ihr herum, das versichere ich Ihnen.«

»Na jedenfalls wollte ich herkommen und reden. Auge in Auge.«

»Was wir ja jetzt tun.«

»Genau.«

Sam nickte. »Gut. Dann will ich Ihnen einen Vorschlag machen. Ich weiß nicht, wie Sie auf den Gedanken kommen, dass Tracy etwas anderes ist als meine Angestellte, aber –«

»Sie haben sie nach Hause gefahren. Ich hab Sie gesehen.«

»Ich fahre viele Leute nach Hause. Womöglich fahre ich sogar Sie nach Hause. Das heißt nicht, dass wir miteinander rummachen.«

Ricky nickte. »Da haben Sie recht.«

»Nicht wahr?«

»Stimmt.«

Sam seufzte und betrachtete seinen ungebetenen Gast: ein übles Aushängeschild für die nächste Generation, ungepflegt auf eine eitle Art, frech, vorlaut, einen Ring am *Daumen,* einen Blechpickel in der Nase, Gel im Haar, damit es unfrisiert blieb. Er streckte Sam die Sohlen seiner Hightech-Turnschuhe entgegen, bunte Kunststoffkringel, die sich um zwei Blasen mit eingefangener Luft schlängelten. All dieser pseudowissenschaftliche Fortschritt, dachte Sam, nur um einen Neandertaler in den Pub zu befördern. Das war also der Prototyp für das neue England? *Und zu so einem hatte Tracy ja gesagt?*

Der Bursche redete weiter. »Wissen Sie, sie hört mir nämlich überhaupt nicht mehr zu, und deshalb weiß ich, dass da irgendwas ist. Wenn Sie es nicht sind, dann ist es ein anderer. Ich dachte, Sie sind's. Sie geht nicht mal ans Telefon.

Dabei will ich doch nur wissen, woran ich bin, verstehen Sie?«

»Nichts von dem, was Sie da sagen, ist logisch, aber ich habe eine Lösung für Sie.«

»Was?«

Jetzt hörte der Bursche zu. »Ich könnte mit ihr reden. In Ihrem Namen. Wenn Sie mir dafür versprechen, dass Sie nie wieder hierher oder in mein Restaurant kommen. Anschließend teile ich Ihnen mit, was sie gesagt hat. Soll ich das für Sie tun?«

Ricky schien verblüfft. »Würden Sie das?«

»Vielleicht.«

»Wieso?«

»Weil es, soweit ich sehe, die einzige Möglichkeit ist, zu verhindern, dass Sie der Menschheit weiter zur Last fallen.«

Damit konnte Ricky leben. »Hört sich gut an.«

»Abgemacht?«

»Wenn Sie das tun könnten, wenn sie mit Ihnen redet, ja, ja sicher. Meinen Sie, Sie können das machen?«

»Was soll ich sie fragen?«

»Einfach nur... ich weiß nicht.«

»Überlegen Sie.«

»Einfach ... na ja, wissen Sie, einfach nur, was läuft. Nichts weiter. Warum sie nicht mit mir reden will. Dass ich alles erklären kann. Solche Sachen.«

»Sie wollen einfach nur wissen, was läuft.«

»Ich will einfach nur... Ja, genau.«

»Dann frage ich sie einfach... was läuft.«

»Würden Sie das für mich tun?« Plötzlich sah er wie ein

Zwölfjähriger aus. Konnte er bitte seinen Ball wiederhaben, der über den Gartenzaun geflogen war?

»Lassen Sie Ihre Nummer da. Rufen Sie nicht an. Ich rufe Sie an. Und danach will ich nie wieder von Ihnen hören.«

»Tolle Idee. Tausend Dank.« Da hatte er seinen Ball wieder.

»Wir sind uns also einig?«

»Alles klar.«

»Dann raus hier.«

»Was?«

»Hauen Sie ab.«

Ricky stutzte. »Das war also nicht ernst gemeint, das mit dem Nachhausefahren?«

Von der Haustür sah Sam Sahar dem jungen Mann nach, wie er über den Plattenweg zog, sah ihm nach mit der Wehmut eines Zoologen, der ein schwächliches Exemplar wieder in die Wildnis entlässt. Ricky schlurfte davon, zurück in die Unerbittlichkeit seines natürlichen Lebensraums.

Das Rad der Lehre wird in Bewegung gesetzt

Getrieben von gemessenen Schlägen, glitten Ruderboote durch das graue Wasser der Themse; unter dem Blätterdach der Platanen spazierten Tracy und Sam den Uferpfad im Battersea Park entlang. Finken flogen auf in die Abendsonne und schwebten über dem eilig dahinfließenden Fluss. Einmal unterbrach sie ihn in seinem Redestrom und wies auf das goldene Dach der Friedenspagode. An der nächsten Abzweigung schlugen sie den Weg dorthin ein.

Der Spaziergang war Sams Idee gewesen. Es gebe da ein paar Sachen, die er ihr sagen wolle. Zwar war sie gern in seiner Nähe, aber wenn er es so offiziell machte, bekam sie doch einen Schreck. *Was habe ich angestellt?*

Die vier sitzenden Buddhas mit ihrem goldenen Glorienschein unter dem doppelten Pagodendach, die Hände in den Hauptgebetshaltungen, schienen wie ein ironischer Kommentar zu Sams Diskurs zum Thema Aerobic.

Sie umrundeten die Gruppe, und Sam erklärte die Figuren: der Buddha der Furchtlosigkeit; der Buddha, der die Erde als Zeugin anruft; der Buddha, der das Rad der Lehre in Bewegung setzt; und schließlich Buddha als Prediger. »Das steht für die erste Predigt des Propheten.«

Als er in seiner Erläuterung der Mudras Atem holen musste, sagte sie: »Das ist toll, das hier. Alles.«

»Hier?«

»Ja. Einfach… alles.«

Sie sog die läuternde Luft ein, und dann blickte sie hinunter zum Fluss, wo Glühbirnen schon die Umrisse der Albert Bridge nachzeichneten. Der Abendwind wehte ihr frisch um die Nase. »Ich bin gerne mit Ihnen zusammen. Ich hoffe, das finden Sie nicht komisch, wenn ich das sage.«

»Wirklich? Wieso?«

»Keine Ahnung. Weil Sie lustig sind.«

»Verstehe«, sagte er nachdenklich und nickte energisch. Er überlegte, wie er das Gespräch auf seinen nächtlichen Besucher bringen konnte. »Sie… mögen also Humor. Das ist gut. Und was macht Sie sonst noch glücklich?«

»Das ist leicht. Hotelzimmer. Da wohne ich furchtbar gerne drin.«

»Hotelzimmer. Und wie oft haben Sie dieses Glück schon genossen?«

»Acht Mal.«

Auf diese präzise Antwort hin rollte er die Hemdsärmel hoch, die an seinen dicken Unterarmen spannten. Er musste es mit einem anderen Ansatz versuchen.

»Yvette sagt, Sie sind magnetisch«, riss sie ihn aus seinen Gedanken.

Er hustete. »Das hat sie gesagt? Yvette? Aber vergessen Sie nicht, sie trinkt. Durch den Boden eines Glases betrachtet, sehe ich vielleicht nicht schlecht aus.«

Tracy konnte nicht sagen, ob das ein Witz sein sollte oder nicht. Wollte er Yvette als Säuferin hinstellen? »Erzählen Sie: Wie haben Sie die beiden kennengelernt? Und wie sind Sie überhaupt auf die Idee gekommen, *zwei* Frauen zu heiraten? Ich meine, hatte Ihr Vater auch zwei? Wie funktioniert das? Wenn ich so was fragen darf.« Sie konnte die Fragen einfach nicht mehr länger zurückhalten und war sehr erleichtert, als sie endlich heraus waren.

Sam blickte zum Fluss. Er schüttelte den Kopf. Er ließ sich Zeit mit der Antwort. »Mein Vater? Der hat nur einmal geheiratet. Sie müssen wissen, es ist heutzutage die große Ausnahme, wenn man mehr als eine Ehefrau hat. Selbst im Iran kommt es so gut wie überhaupt nicht mehr vor. Es gilt nicht als erstrebenswert. Die historische Notwendigkeit besteht nicht mehr. Und, wenn Sie es genau wissen wollen, es ist auch verdammt teuer.«

»Warum machen Sie es dann?«

Er seufzte und holte Luft für eine ausführliche Antwort. »Ach, das ist eine lange Geschichte. Eine sehr lange Geschichte.«

»Das sagen Sie immer.«

Er blickte ihr ins Gesicht: ein Gesicht, das um mehr bettelte.

»Die beiden haben Ihnen nichts erzählt? In all den Stunden, die Sie miteinander verbracht haben? Gibt es denn überhaupt keinen Klatsch mehr unter den Frauen?«

Er seufzte noch einmal. Sie hatte die Beharrlichkeit eines Biographen.

»Was würden Sie sagen, wenn ich Ihnen antworte, es geht vor allem um Ehrlichkeit? Dass Ehrlichkeit Anfang und Ende von allem ist? Ehrlichkeit ist, wenn man seinen Partner teilen will, so wichtig wie die Luft zum Atmen. Ohne sie sind Sie verloren. Wie klingt das?«

»Und weiter?«

Ihm wurde immer unbehaglicher. Er rieb sich die Haarstoppeln im Nacken. »Das sollten Sie wirklich die beiden fragen. Meine Entscheidungen waren vergleichsweise einfach, ganz anders als die, die den zweien abverlangt wurden. Das können Sie mir glauben. Sie haben die Chance geopfert, Männer in ihrem eigenen Alter zu finden, für … das hier.« Er breitete die Arme aus. Der selbstironische Buddha.

»Und weiter?«

»Das habe ich Ihnen doch schon gesagt. Ehrlichkeit, das ist alles, was ich den beiden bieten kann. Mehr nicht. Und das war ihnen zu dem Zeitpunkt eben wichtiger als ein Mann für sich allein. Glauben Sie mir, ich war genauso überrascht wie Sie jetzt. Aber sie hatten ihren Kummer, ihre Sorgen, sie brauchten jemanden. Liebe ist oft eine Frage des Timings. Mein Timing war perfekt.« Er machte eine unglückliche Miene und hob die Hände in die Höhe. »Das ist alles. Eins führte zum anderen, und nun stehe ich hier, lebe in der Vorstadt in Südlondon und habe ein altmodisches *Mal-e-dzeh* am Hals. Nun, soll ich ein so attraktives Schicksal etwa beklagen?«

»Aber wie hat es angefangen?«

Er musste einsehen, dass Tracy nicht lockerlassen würde. »Dann lassen Sie es mich so formulieren. Und nebenbei gesagt, Sie sollten für die Polizei arbeiten. Die können das nicht besser als Sie.«

»Die Polizei hatte damit zu tun?«

»Die Polizei? …« Da hatte er nicht aufgepasst. »Nein … na, in gewissem Sinne schon. Nein. Hören Sie, wir sind einfach nur drei Menschen, die sich bei einer Reihe von Sorgen gegenseitig helfen konnten.«

»Bei Ihnen klingt es immer, als wäre es ein Unfall gewesen. Solche Unfälle gibt es nicht.«

»Ein Unfall?« Er spürte in dieser Bemerkung die spitze Zunge seiner Frauen. »Warum sagen Sie das? Das ist wahrer, als Sie denken. Viel wahrer.«

»Wie kann es denn ein Unfall sein?«

»Über diese Sachen wollte ich nicht mit Ihnen reden. Ich wollte über *Sie* reden.«

»Mich?«

»Ja. Ich bin nämlich in einer Art Auftrag hier.«

»Okay. Aber zuerst erzählen Sie mir von sich.«

Es war ein Patt.

Eine Parkbank nicht weit vom Fluss sollte der Schauplatz des großen Geständnisses werden. Tracy ging schnurstracks zu ihr hin, ließ sich darauffallen und winkte ihn heran. Er schüttelte den Kopf, stieß einen Stoßseufzer aus – die Hölle kam in vielerlei Verkleidungen, und manche waren sehr schön –, und dann schleppte er sich schließlich über das Pflaster, hin zu dem unvermeidlichen Rendezvous.

Als er etwa dreißig oder vierzig Minuten später mit seiner Geschichte zu Ende gekommen war, hatte Tracy Tränen in den Augen. Eine Geschichte wie eine Handgranate. Und er selber war nicht weniger gerührt: Das war nichts, was man einfach so erzählte.

Die Geschichte handelte zu gleichen Teilen von ihm und von seinen beiden Frauen, eine Geschichte von dreifachem Leid, aber auch dreifachem Triumph. »Es tut mir leid. Davon hat mir keiner was gesagt! Wenn ich das gewusst hätte, dann hätte ich… dann wäre ich doch nicht…«

»Wären Sie nicht *was*? So neugierig gewesen? Doch, das wären Sie.«

Schuldbewusst legte Sie sich die Hand an den Mund. »Ich glaube, das ist so ziemlich die traurigste Geschichte, die ich je gehört habe.«

»Ich will keinen Preis damit gewinnen.« Sam war wieder einmal so gerührt von seinem eigenen Leben, dass er das Taschentuch hervorholen musste, und er wischte sich Augen, Wangen und die kahle Stelle am Kopf.

Tracy ließ es in Gedanken Revue passieren, dieses Drama, das das Leben geschrieben hatte. »Ich meine, das, was Firouzeh durchmachen musste, das war schlimm genug, das war entsetzlich, aber die arme... die arme Yvette, sie hat nie ein Wort darüber gesagt.«

»Es soll ja auch keiner wissen. Das müssen Sie mir versprechen. Diese Sache bleibt unter uns.« Er sah sie ernsthaft an.

»Unter uns?«

»Ja. Das ist unser Geheimnis. Nur wir vier.«

Sie nickte. Verstand sich doch von selbst. Sie war ja überglücklich, dass sie nun zu diesem innersten Kreis gehörte.

»Und jetzt verstehen Sie, nicht wahr, dass ich nicht der große Frauenheld bin, für den Sie mich gehalten haben.«

»Aber das habe ich doch gar nicht.«

»Doch, alle tun das. Das große Sexmonster. Verständlich, nehme ich an. Und da sitze ich nun, mit zwei Frauen – zwei Frauen, die nie zu mir ins Bett kommen. Ein schöner Harem ist das. Fast schon zum Lachen.«

Sie fand es überhaupt nicht zum Lachen. Jetzt, wo sie die ganze Geschichte kannte, sah sie ihn in völlig neuem Licht.

Das massige Haupt, die großen Ohrmuscheln, die breite Nase, der haarige Hals, all das waren Zeichen der vornehmen Natur, die sie nun in ihm erkannte. Was sie da in der letzten halben Stunde gehört hatte, die lange Reihe selbstloser Akte, hatte in ihren Augen einen vollkommen anderen Menschen aus ihm gemacht, einen, der ihre höchste Achtung verdiente. Die Körperfülle, das Alter, die Ernsthaftigkeit, selbst die weitschweifige Art, der kahle Schädel, die patschigen Kinderhändchen und die wässrigen Augen konnten daran nichts mehr ändern; genauer gesagt machten sie nun sogar seinen besonderen Reiz aus, denn wer würde sich schon wünschen, dass ein so heroischer Mensch anders wäre? Mit dem schieren Wunsch würde man das Denkmal schänden.

»Und deshalb, sehen Sie«, fuhr er fort, »war mein ganzes Leben von Unfällen bestimmt. Unfall, da haben Sie genau das richtige Wort getroffen. Wie ein Koch in der Küche hat das Schicksal uns als Zutaten genommen. Sogar Sie.«

»Mich?«

»Sogar Sie. Was für eine Art Unfall ist es denn, dass ich hier sitze und jemandem wie Ihnen das alles erzähle?«

Inzwischen war es dunkel geworden. Andere Spaziergänger kamen nur in den Blick, wenn sie die Lichtkegel der Laternen passierten. Ein einsamer letzter Ruderer war noch unterwegs und steuerte, eine surreale Erscheinung in der Finsternis, zwischen den schwarzen Brückenpfeilern hindurch. Tracy schniefte.

»Jetzt habe ich Sie unglücklich gemacht«, sagte er.

Sie brachte beide Hände auf Brusthöhe, Daumen und Zeigefinger aneinander; die rechte Handfläche zeigte nach außen, die linke nach innen.

Er beobachtete sie. »Was ist das?«

»Wissen Sie nicht mehr?« Sie hielt die Hand in die Höhe. »Das Rad der Lehre kommt in Bewegung.«

Er starrte sie an, von neuem beeindruckt von ihr, und wieder verscheuchte er den Gedanken, dass er ja eigentlich im Auftrag eines Flegels hier war. »Brillant«, sagte er. »Sie haben einen wirklich brillanten Verstand.«

Sie sahen sich an. Unvorstellbar, dass er sich nach vorn beugen und sie küssen könnte, doch genau das tat er. Er war ein Mann mit Familie, ein verantwortungsbewusster Mann. Sein Bett mochte verwaist sein, ein Ödland, in dem nichts gedieh, aber das war keine Entschuldigung. Gewiss, sie war jung, sie war attraktiv, aber sie hatte ein Leben unter Menschen ihres eigenen Alters vor sich. Doch es wäre unmöglich gewesen zu sagen, ob dieser Augenblick, in dem ihre Gesichter sich berührten, auf seinen Impuls hin gekommen war oder auf ihren. Es traf sie beide unvorbereitet, so viel stand fest, und verblüfft blickten sie einander an. »Huch«, sagte Tracy, als sie sich zurücklehnte.

»Oje.« Sofort meldete sich sein schlechtes Gewissen. Seine Hand fuhr zum Mund, als müsse sie nachfühlen, ob der Kuss Wirklichkeit gewesen war.

»Was war denn das?«, fragte sie und ging lächelnd auf Distanz. Sie war jung. Die Jugend spielte gern.

»Ich habe keine Ahnung.«

»War ich das oder du?«

»Ich habe keine Ahnung. Wirklich nicht.«

»Ich glaube, es war eher…«

»Das ist doch lächerlich.«

»Scheiße, Mann – du bist verheiratet. Zweimal sogar.«

»Technisch gesehen, ja. Das weiß ich. Aber du weißt ja jetzt, dass es nicht so ist, wie es aussieht.«

»Und?«

Wieder zogen ihre Augen sie zueinander, beide schuldbewusst diesmal. »Und«, sagte er.

Dieser zweite Kuss war weniger zögernd, man konnte ihn nicht mehr als Zufall abtun. Es war ein Kuss, bei dem beide die Augen schlossen. Dann lehnte Sam sich gerade so weit zurück, dass er sprechen konnte, und hauchte: »Wir müssen aufhören. Das dürfen wir nicht.«

»Ich weiß.«

»Eine Katastrophe.«

Sie lächelte. Sie fand es aufregend, dass sie nicht aufhören konnten. Ihr war klar, dass sie beide schon auf den dritten Kuss warteten und dass Einwände dieser Art nichts weiter als Zärtlichkeiten waren, die zu umso mehr Leidenschaft reizten. Mit einer raschen Bewegung nahm er ihre Hand, fasste dann an ihren Hinterkopf und zog sie zu sich her.

Anders als bei allen Küssen ihres bisherigen Lebens musste sie bei diesem nicht in eine Traumwelt entfliehen, mit Phantasie ergänzen, was in der wirklichen fehlte. Alles war tatsächlich da, das süße Vergessen der Popsongs, bei dem die ganze Welt zum Stillstand kam. Das Laub raschelte nicht mehr, die Ruderer hielten im Rudern inne, die Themse hörte zu fließen auf bei diesem Kuss, alles blieb in der Schwebe, alles ordnete sich dem einen Augenblick unter, bis ein einzelner Vogel aus diesem Paradies schließlich aufflog, gen Himmel stieg und die Welt wieder aus ihrem Bann erlöste.

»Das war schön«, sagte Tracy, als sie sich trennten. Wie Kinder, die etwas angestellt haben, lächelten sie einander an, der griesgrämige alte Chef und seine verträumte Angestellte, ehemals Kassiererin im Supermarkt.

»Wow«, antwortete er und sprach dieses Wort zum allerersten Mal.

»Süß war das«, sagte sie.

»Was um alles in der Welt tue ich mit diesem Mädchen?«, fragte er sich eine halbe Stunde später, und es wurde höchste Zeit für diese Frage.

Sie saßen im Abenddunkel unter einer Eiche; sie hatte den Kopf an seine Brust gelehnt, und er konnte seinen Gedanken nachhängen. Er schnupperte an ihrem Haar – nur eine kleine Geste, doch noch vor einer halben Stunde wäre sie undenkbar gewesen! – und roch Apfelshampoo. Das Leben war wirklich ein Wunder.

»Unglaublich, wenn man sich das vorstellt«, sagte er.

»Mmmm«, murmelte sie, schon halb eingeschlafen.

»Wie wir jetzt hier sitzen. Und noch vor ein paar Minuten wären wir rot geworden, wenn wir uns bei den Händen gefasst hätten.«

»Es ist schön so.«

Wir verbringen unser Leben in einer Festung, sinnierte Sam, *und lassen nur selten die Zugbrücke herunter. Was für eine Verschwendung! Was wir da alles verpassen! Wir halten nur Abstand voneinander, weil wir uns nicht trauen.* Die großen Verführer, zu denen er sich nicht zählte, verstanden das und nutzten es aus. Diese Mauern gab es nur in der Phantasie. Jeder abgewandte Blick war in Wirklichkeit eine Einladung, jeder unerwiderte Anruf eine Bitte, jede Gehässigkeit eine Aufforderung zum Streicheln…

»Nein«, ermahnte er sich. Er wagte sich auf gefährliches Terrain. Er hatte kein Recht, all das aus einem bloßen Kuss abzuleiten. Er steckte noch einmal die Nase in ihr Haar, genoss das Gefühl, dann zwang er sich zu anderen Gedanken. Er kannte sie doch überhaupt nicht, auch jetzt noch nicht. Das war die Wahrheit. Nichts weiter würde zwischen ihnen beiden geschehen. Nur weil er endlich jemand anderem die tiefe Einsamkeit seiner Ehe gestanden hatte, hieß das noch nicht, dass Saaman Sahar eine Einladung bekommen hatte, Schluss mit dieser platonischen Dreisamkeit zu machen.

Er schüttelte nur den Kopf, als er sah, wie schnell seine Gedanken schon wieder zum Ausgangspunkt zurückgekehrt waren. Er senkte den Blick und betrachtete die liebliche Fremde, die sich in seinen Armen an ihn gekuschelt hatte. Er musste sich dagegen wehren. Seine Frauen hatten Vorrang. Und er war viel zu alt für sie. Welten lagen zwischen ihnen. Küsse hatten rein gar nichts zu sagen, ermahnte er sich. Wenn sie sich gleich verabschiedeten, dann waren sie zwei Fremde, die sich zufällig begegnet waren. Die echte Zugbrücke senkte sich in jedem Leben nur ganz wenige Male. Oder nein, es war schlimmer als das. Eigentlich senkte sie sich so gut wie nie.

Er würde sie jetzt nach Hause bringen, und damit war die Sache klar.

Doch am nächsten Morgen war nichts entschieden. Alles war offen. Sam hatte sie nur zu Hause abgesetzt, ihr einen kurzen Kuss auf die Wange gedrückt, und dann war er mit Vollgas davongebraust.

Tracy nahm einen Bus zur Mortlake Street, überquerte die Straße an dem alten Zeitungsladen, wo die Skandalblätter mit schwarz bemalten Steinen gegen den Wind beschwert waren, und betrat die Bibliothek von Clapham. Sie fragte nach einem Buch über den Islam; der Bibliothekar zeigte ihr die Abteilung Religion und wünschte ihr viel Glück.

Auf einem Regalbrett ganz unten fand sie schließlich drei Exemplare des Korans. Die Bandbreite reichte von einer Taschenausgabe von 1908 in winziger Drucktype über ein liebloses Produkt der Oxford University Press aus den Fünfzigern bis zu einer modernen Penguin-Ausgabe mit grellem Cover. Tracy konnte sich nicht entscheiden, und schließlich nahm sie alle drei. Es blieb ihr nichts anderes übrig, denn sie hätte nicht sagen können, welche Ausgabe die verlässlichste war und ob die neueste Übersetzung am nächsten an der Wahrheit war oder am weitesten von ihr entfernt.

Als sie wieder den Ausleihschalter erreichte, hatte sie einen ganzen Stapel Bücher unter dem Arm, darunter eines über die Stellung des Islams in unserer heutigen Welt, das auf dem Umschlag vom *Times Literary Supplement* gelobt wurde, es sei »eine klare und verständliche Beschreibung einer weiten und komplexen Landschaft«. Wenn sie sich jetzt in eine weite und komplexe Landschaft wagte, dann sollte sie doch sehen, dass sie eine Landkarte dabeihatte, dachte sie und lächelte in Gedanken über ihren eigenen Scherz.

In der Warteschlange blätterte sie in den vergilbten Seiten des ältesten Korans. Es war offenbar ein einziges großes Gedicht, voll mit Ausdrücken wie *zerschmettert, wahrlich, ermahnte, Gnade, Treue, Himmel.* Sie war überrascht, als sie auf Moses stieß, und mehr noch bei Jesus; auch von Hölle war die Rede, von Schöpfung.

Vorn legte der Bibliothekar die Bücher mit der Titelseite nach oben. Tracy spürte, wie Stolz sie erfüllte, dass man sie beim Ausleihen solcher Bücher sah – *Aufgepasst, Leute: Tracy Pringle aus Melksham Tower, Wohneinheit 2312, leiht drei verschiedene Ausgaben des Korans aus, und anschließend ist sie zur Autogrammstunde auf den Stufen zur Bibliothek bereit.*

Ungefragt, eingetaucht in die Welt der Wissenschaft, erklärte sie dem Bibliothekar: »Forschungsprojekt.«

Blip-blipblip-blip.

Sie lächelte ihn an, packte ihre Beute und nahm den nächsten Bus nach Hause.

»Ich bin müde. Ich geh ins Bett.«

Eric warf einen Blick auf die Armbanduhr. Es war neun Uhr abends.

Er sah seine Frau an, dann kehrte sein Blick zurück zum Fernseher.

Hinter verschlossener Tür begann Tracy ihre heimlichen Studien.

Vom ersten Augenblick an hatte sie Schwierigkeiten. Sie zog ihre Beine an, damit sie die Knie als Lesepult nehmen konnte, schlug die handlichste Version auf einer willkürlichen Seite auf und fand gleich die ersten Zeilen, die sie las, vollkommen unverständlich. Ihr Mut verließ sie.

Später erklärte Sam ihr an der dampfenden Kaffeemaschine im Restaurant (und ohne auch nur den Anflug eines

Lachens), dass die gereimte Prosa des Buches eine Vertrautheit mit dem Beduinenleben voraussetze, die sie nicht haben könne. Vorgänge würden darin beschrieben, nicht Dinge. Jeder Satz sei eine Straße, von der an manchen Stellen ein Stück weggespült sei, und man könne sie nur nehmen, wenn man wisse, wie man über die Lücken springe, von einer Assoziation zur anderen. Diese Sprünge müsse man machen und sich vorstellen, dass man in der uralten Wüstenwelt der Bedu lebe. Er schloss das heilige Buch und reichte es ihr zurück. »Man muss es sich wirklich ausmalen«, erklärte er, »all das, was für sie so selbstverständlich war, dass sie es nicht dazugeschrieben haben.«

Doch als sie das noch nicht wusste, am ersten Abend ihrer Studien, verlor sie sich in der Wüste.

Am besten, beschloss sie, man nahm sich ein kleines, typisches Stück vor und studierte das genau.

Bei denen, die mit Gewalt entreißen,
und denen, die mit Leichtigkeit herausziehen,
und denen, die schnell dahinschwimmen
und allen vorauseilen
und die Angelegenheiten regeln!

Sie las es noch drei weitere Male und verstand immer noch nichts. Was denn für Angelegenheiten? Und wer waren »die«? Und wieso mussten sie reißen und ziehen und schwimmen und eilen? Vielleicht waren ja die anderen Übersetzungen verständlicher. Anhand von Vers und Zeile fand sie die Stelle, und was sie dort las, schien etwas vollkommen anderes zu sein:

Bei allem, in das Ich die herausziehende Kraft gesetzt habe!
Bei allem, in das Ich die herausholende Kraft gesetzt habe!
Bei allem, in das Ich die Geschwindigkeit gesetzt habe
und das so seiner Tätigkeit leicht nachgeht!
Bei allen, die als Erste ihre Aufgaben erfüllen!
Bei allen, die die Gabe besitzen, Vorhaben auszuführen!

Vorhaben ausführen? Wieso? Und welche? Tracy musste es einsehen, es war zu schwer für sie. Offenbar war es eine Art Rätsel. Sie konnte nichts weiter tun als die Seite mit einem Eselsohr markieren, wie sie es in der Schule mit allem getan hatte, was sie nicht verstand – nicht so sehr, um es sich später noch einmal vorzunehmen, wie zur Erinnerung, dass an dieser Stelle nichts zu machen war. Am Ende des fünften Schuljahrs hatte ihr Mathematikbuch sich zu einem Keil aufgeplustert, der sich überhaupt nicht mehr schließen ließ.

Auch hier war sie sich sicher, dass sie zu dieser Stelle nie wieder zurückkehren würde. Aber da täuschte sie sich. Zwei Tage später drückte Sams breiter Daumen die umgebogene Ecke glatt und warf ihr dabei einen Blick zu, als sei es ein Verbrechen, eine Seite des heiligen Buchs auf diese Weise zu markieren. An seinem Tisch hinten im Restaurant setzte er die Lesebrille auf und schickte seinem Kommentar zunächst die Präambel voran, dass er ja selbst kein großer Deuter der Schriften sei und dass andere es ihr besser erklären könnten. »Also, zunächst einmal bin ich mir nicht sicher«, begann er und kniff die Augen zusammen, nicht weil er Mühe hatte, den Text zu entziffern, sondern aus

Mühe zu begreifen. »Die Übersetzungen sind so ... so unterschiedlich. Aber wenn ich es mir ausmalen sollte, dann sähe ich ... den Nachthimmel ... ja, ich sähe den Nachthimmel über der Wüste. Dieses leichte Schweben, das kann nichts anderes sein. Ich denke, das ist es, was wir hier sehen sollen.«

»Der Nachthimmel? Aber das steht doch überhaupt nicht hier.«

»Das ist es ja gerade. Du weißt ja, über der Wüste leuchten die Sterne besonders hell. Ich würde sagen, das sind Himmelskörper, Sterne, solche Sachen. Stell dir vor, du sitzt an einem Lagerfeuer, hörst die brennenden Ölzweige prasseln; die Kamele sind im Kreis um das Feuer versammelt, und die Beduinen sitzen schweigend dabei. Ihr Blick folgt dem Rauch des Feuers, und der Rauch geleitet sie hinauf zu den Sternen, zu Allah.«

Sie nickte. So eine Szene malte sie sich gerne aus, den obsidianschwarzen Himmel mit tausend kleinen Lichtpunkten wie Nadelstichen. »Dann versuche ich's noch mal neu.«

»Und die letzte Zeile hier, die Angelegenheiten, das sind die Angelegenheiten des Schöpfers. Man muss nur Allah einsetzen, den Schöpfer. Gepriesen sei sein Name. Man muss die fehlenden Glieder ergänzen. Das ist die ganze Kunst.«

Nach der ersten Schicht nahm Tracy das Buch mit nach draußen und blickte hinauf zum undurchdringlich grauen Himmel. Sie saß auf der Raucherkiste und las die Passage noch einmal, diesmal mit Himmelskörpern im Sinn, die im Raum schwebten, aneinander vorbeizogen, sich umeinander drehten, dirigiert von dem einen Schöpfer.

»Du siehst«, sagte Sam, als er ihr später bei einer Zigarettenpause Gesellschaft leistete, »das heilige Buch ist keine leichte Lektüre. Es ist ein Kryptogramm, wie man das nennt, ein Buch der Symbole. Es sagt uns, dass wir die Wirklichkeit nicht einfach so verstehen können. Wenn wir das versuchen, entschwindet sie am Horizont. Man muss seinen Verstand gebrauchen, seine Phantasie. Das ist der größte Unterschied zwischen dem Koran und der Bibel. Der Koran lässt das Offensichtliche aus, und das fordert vom Leser eine gewisse Arbeit. Genau wie die großen Kunstwerke. Und die Idee, die dahintersteckt, ist, dass man mit dieser Arbeit in neue Bereiche des Bewusstseins vordringt, Bereiche, in die man niemals käme, wenn man sein Wissen als Babykost zu sich nähme.«

Als sie wieder in ihrem Zimmer war, erwachte ihr Ehrgeiz neu; sie suchte sich eine neue Stelle aus, fest entschlossen, nicht schlafen zu gehen, bevor sie nicht wenigstens eine Zeile hatte, die sie verstand. Als sie sie fand, las sie sie mehrere Male und wartete auf das höhere Bewusstsein, aber am Ende gab sie sich dann doch damit zufrieden, dass sie sie überhaupt begriffen hatte.

> Wisset, dass das Leben in dieser Welt nur ein Spiel und ein Tand ist.

Dieser Trost wiegte sie in den Schlaf, gemeinsam mit den Gedanken an Sams Geständnisse auf der Parkbank, mit einem kurzen mitleidigen Exkurs zu Yvette und Firouzeh, und dann verweilte sie bei dem Kuss, der ein paar Sekunden lang die meisten Uhren der Schöpfung zum Innehalten gebracht hatte.

Den Buchladen in der Cecil Street fand Tracy zufällig beim Einkaufen. Sie blickte in das Schaufenster: Goldbemalte Palmblätter umrahmten einen orientalischen Leuchter.

Sie ging hinein und sah sich in dem schwer duftenden Raum um; unergründliche arabische Zeichen stachen ihr ins Auge, goldene und silberne Kalligraphie auf bibeldicken Büchern, das alles unter der Aufsicht eines jungen, bärtigen Buchhändlers, der ansonsten ganz damit beschäftigt war, Zahlen in einen Taschenrechner zu tippen. *Tatap-tap-tatap.*

»Brauchen Sie Hilfe?«, fragte er, als Tracy an der Ladentheke vorüberkam. Er sah wie ein Bücherwurm aus, kragenloses Hemd, feuchte Augen, eine feminine Art, den Kopf schief zu legen; wahrscheinlich ein Student, der Schriftgelehrter werden wollte, nahm sie an, aber sich jetzt erst einmal etwas im Buchladen verdienen musste und dabei die ganze Gemeinde kennenlernte.

»Hmnja, allerdings.« Sie hatte sich ihre Frage schon zurechtgelegt. »Haben Sie etwas auf Englisch?«

»Englisch?« Der junge Mann lächelte. Die sanftmütigen braunen Augen schimmerten hinter den großen Brillengläsern. »Nein. Nicht viel. Kommt natürlich drauf an, was Sie suchen.« Sie war verblüfft. Er sprach mit einem Cockney-Akzent wie ein Straßenhändler. »Den Koran müssen wir auf Englisch haben, aber sonst nicht viel.«

Sie schüttelte den Kopf. »Nein, keinen Koran. Davon habe ich schon drei. Eigentlich suche ich was, was mir hilft, ihn zu verstehen.«

Er schien beeindruckt. »Echt? Drei? Und die lesen Sie? Hatte gedacht, Sie sind neu.«

»Was ich bräuchte, wäre eine Art Einführung.« Sie blickte sich wieder um.

Er nickte und kam ihr nach. »Verstehe. Klar. Aber wir sind hauptsächlich ein Laden für arabische Texte.« Sie folgte ihm ganz ans andere Ende des Ladens. Konnte dieser East-Ender Arabisch lesen? »Wahrscheinlich würden Sie besser zum Islamischen Gemeindezentrum gehen«, sagte er. »In Battersea oder wo das ist. Sonst hätten wir noch ein paar Videos da in der Ecke, die könnten was für Sie sein.« Der junge Mann musste in England geboren sein, zweite oder dritte Generation, und sie fühlte sich gleich viel weniger eingeschüchtert, nicht ganz so sehr wie eine Touristin ohne Stadtplan. »Aber wie gesagt, kommt natürlich drauf an, wonach Sie eigentlich suchen.«

»Einfach... einfach... Ich weiß auch nicht... etwas, was beschreibt, worum es im Islam geht.«

»Oh. Worum es geht? Eine Einführung. Richtig.«

»Kommt nicht so drauf an, was es ist.«

»Richtig. Einfach was, was Ihre Fragen beantwortet. Die Frage, worum es überhaupt geht.« Wieder die weibliche Art, wie er den Kopf schief legte. Er war ein sehr geschickter Missionar.

»Genau.«

»Dann brauchen Sie eine Einführung in den Koran. Da steht alles drin. Das ist das heilige Buch.«

»Ehrlich?«

»Ja. Alle wichtigen Fragen, die werden da beantwortet.«

»So was brauche ich.«

»Damit wir begreifen, in was für Zeiten wir leben. Was wir überhaupt wollen. Was in der Art, stimmt's?«

Sie nickte. »Genau.« Es war lustig. »Genau so was suche ich.« Auf die gleiche Art hatte Tracys Großmutter über die Bibel gesprochen.

»Alles um uns verändert sich, aber was wird aus der Welt? Die Art, nicht wahr?«

»Sie haben's erfasst.«

»Alles wird in Frage gestellt, überall Experimente, aber es ist kein fröhliches Experimentieren. Nein, es ist keine Freude.« Während er sprach, suchte er weiter die Buchreihen ab. »Kein innerer Frieden. Überall sind die Leute unterwegs. Massen sind unterwegs, alle auf der Suche. Das führt die Menschen hierher. Doch der Prophet, Friede sei mit ihm, nun, der Prophet, der zeigt uns die zeitlosen Antworten. Die allzeit gültigen Antworten.« Seine Augen blickten starr. Sein Zeigefinger fuhr an den Buchrücken entlang, bereit auf das Erste zu zeigen, was halbwegs nach einer Einführung auf Englisch aussah.

»Wenn Sie so was haben«, sagte Tracy, »das wäre genau das Richtige. Aber auf Englisch.«

»Gut. Also hier … hier ist nichts. Wir versuchen's da drüben.« Sie folgte ihm in die nächste Ecke zu einer Auslage mit Videos. »Wir haben auch Audiovisuelles.«

Hier konnte sie die Titel selbst lesen, und sofort fiel ihr der Name Cat Stevens auf.

»Oh, Cat Stevens!« Er war ein Lieblingssänger ihrer Eltern, und sie hatte ihn schon vor Jahren auch für sich entdeckt. Nur dass er jetzt nicht mehr Cat Stevens hieß. Er hatte sich umbenannt in Yusuf Islam und, erklärte ihr der junge Mann, lebte zurückgezogen irgendwo in Ladbroke Grove, ein Triumph der spirituellen Wiedergeburt.

Sie liebte seine Musik, seit sie überhaupt alt genug war, sich für die Plattensammlung ihrer Eltern zu interessieren. Neil Diamond fand sie langweilig, die Beatles zu gut gelaunt, Pink Floyd waren zu paranoid für eine Dreizehnjährige, doch Cat Stevens, der passte haargenau in ihre melancholische, sentimentale, tagträumerische Welt. Auch wenn man vor lauter Bart kaum etwas von ihm sah – ein echter Künstlerbart, der symbolisch alles Äußerliche für nichtig erklärte –, hatte er der Romantikerin in ihr gefallen, und sie hatte *Tea for the Tillerman* und den alten Plattenspieler mit in die Geborgenheit ihres Zimmers genommen und sich ganz von der düsteren Weisheit dieses Manns gefangen nehmen lassen.

Und wie es oft bei Autodidakten ist, war sie den wehmütigen Lektionen, die sie damals gelernt hatte, niemals untreu geworden.

Ein alter Plattenspieler, dessen Starttaste mit einer Zwanzigpennymünze auf Wiederholung geklemmt war, hatte dafür gesorgt, dass beide Seiten der LP so oft erklangen, dass jede Note, jede Nuance, jede kleine Eigenheit sich ihrem empfänglichen Hirn eingeprägt hatte. Einmal hatte Ricky sie zu einer Party gefahren, und sie hatte zeigen können, wie perfekt sie das Repertoire beherrschte. Auf Virgin Radio hatte gerade »Father and Son« begonnen, als sie in den Blackwall Tunnel einfuhren. Sie hatte mitgesungen, als der Wagen unter die Themse tauchte und das Radio verstummte. Sie sang einfach weiter, ohne Cat, und als sie eine knappe Minute später wieder in der Welt der Radiowellen auftauchten, passten ihre Worte auf den Sekundenbruchteil genau zu denen des zurückkehrenden Meisters.

»Ach, das«, sagte der junge Mann und angelte Tracy das Video herunter. »Ja, das ist gut. Lohnt sich echt.«

Sie drehte die Schachtel um und sah nach, ob sie genügend Geld dabeihatte, um *The Life of the Last Prophet* zu kaufen – das die Aufschrift »ein exklusives Interview mit Yusuf Islam« trug.

Vielleicht sollte sie sich einmal anhören, was Cat zu sagen hatte. Aus berufenem Munde sozusagen. »Okay, das nehme ich. Das ist doch auf Englisch?«

»Na klar. Ist doch schließlich Engländer, oder?«

Sie konnte es gar nicht erwarten, bis sie mit dem Video nach Hause kam. Im Bus las sie auf der Rückseite, wie der Sänger den Weg zurück ins Studio gefunden hatte. Davon hatte sie überhaupt nichts gewusst. Wieder spürte sie die alte Erregung – wie ein Fan, der dem neuesten Album entgegenfiebert.

Zum Glück war sie allein in der Wohnung, und so ging sie direkt zum Fernseher, holte das Band aus der Verpackung und schob es in den Videorecorder.

Und da war er. Er saß in orientalischer Kleidung an einem Schreibtisch, umgeben von schweren Folianten, wiedergeboren als Lehrer östlicher Weisheit. Seine Stimme hatte denselben unverkennbar weichen, vollen Klang wie auf den Platten; der Bart war so lang wie bei dem jungen Buchhändler. Seit 1978 habe er kein Plattenstudio mehr betreten, erklärte er munter und ohne das geringste Anzeichen von Bedauern. Ihr Held erzählte entspannt von seiner theaterbegeisterten Kindheit im Londoner Westend, wo er vom Virus des Showbusiness infiziert worden war. Der Ruhm sei ihm mehr oder weniger in den Schoß gefallen.

Aber er habe stets nach Höherem gestrebt. Als er wegen Tuberkulose ins Krankenhaus gekommen sei, habe sein Leben eine Wendung genommen – Tracy ging im Geiste die großen Alben aus dieser Zeit durch – und ihn auf das Erlebnis in Malibu vorbereitet, wo er, dem Ertrinken nah, eine Gotteserscheinung hatte. Im Kampf mit den kalifornischen Wellen gelobte er, fortan dem Herrn zu dienen, und eine gewaltige Woge spülte ihn zurück ans Ufer. Danach sei es ein Leichtes gewesen, der Nichtigkeit des Rock 'n' Roll den Rücken zu kehren, zumal ihm sein Bruder gerade im richtigen Augenblick ein Exemplar des Korans geschenkt habe.

Tracy spielte diesen Bericht zweimal ab, dann ließ sie das Video weiterlaufen. Das Leben des letzten Propheten, fuhr er fort, sei eine großartige, im Westen nahezu unbekannte Geschichte. Denselben Wurzeln entsprungen wie Moses und Jesus, sei Mohammed eine historische Figur, die Könige und Eroberer überrage. Es sei ein Unglück, dass der Westen seine Größe nicht erkennen könne, und die Missverständnisse seien entsetzlich. Erst durch seine Bekehrung habe er, Yusuf, erfahren, was es heiße, zufrieden zu sein. Erst jetzt sei sein Leben gesegnet. Bei Fragen zum Musikgeschäft wandte er sich nur lachend ab.

Tracy musste zur Arbeit. Sie war spät dran. Sie fuhr mit dem Aufzug nach unten und stieg wieder in einen Bus, doch jetzt wusste sie, dass Yusuf Islam nach all den Jahren nicht nur in ein Plattenstudio gegangen war, um drei islamische Lieder aufzunehmen. In Wirklichkeit wollte er seine eigene Version der Biographie des Propheten auf CD und Video bannen.

Vielleicht könnte sie ja an ihn schreiben, überlegte sie auf der Rückbank des Busses und zerriss dabei ihr Ticket in kleine Schnipsel. Er lebte schließlich in London. Sie war keine große Denkerin, aber sie interessierte sich für alles, sie war nicht dumm, und sie hatte ein gutes Gedächtnis. Konnte sie nicht auch die großen Dinge erkennen – und verstehen, wie alles zusammenhing?

Firouzehs Lieblingsfilm war *Vom Winde verweht.* Sie hatte ihn zum ersten Mal als junges Mädchen gesehen, im Iran vor der Revolution. Unter dem prowestlichen Schah-Regime war der Film in ausverkauften Häusern gelaufen, und damals hatte auch eine schlechte Synchronisation seinem romantischen Reiz keinen Abbruch getan.

Tatsächlich war die berühmte Szene, wo Rhett in der Tür steht – prüde abgemildert zu »Weißt du, Liebling, die Zukunft ist meine Sache« –, in dieser Fassung noch schmerzlicher, noch betörender; es traf sie wie ein Schlag in die Magengrube und ließ die Tränen unter dem Hidschab fließen.

Anders als ihre Freundinnen hatte sie Ashley stets für die bessere Wahl gehalten und war heilfroh, als Rhett, dieser schnurrbärtige Affe, endlich von der Bildfläche verschwand.

Jahre später, als sie besser Englisch sprach, versuchte sie in einem Hotel in Bukarest das unzensierte Original zu sehen, doch sie schaltete nach einer halben Stunde ab, weil sie die romantische Untertreibung der schlechten Synchronfassung vermisste.

Yvette hingegen, die Filmliebhaberin, verehrte Federico Fellini, den Meister der *Über*treibung. Sie hatte in jüngster Zeit ihre Vorliebe für den Film *Stadt der Frauen* entdeckt, der mit der phantastischen Vorstellung einer unter unserem Bett verborgenen Falltür spielte; einer Falltür, die zu einer spiralförmigen Rutschbahn führt, über die wir in die Tiefe gleiten, vorbei an den Stationen unseres Lebens, links und rechts gesäumt von Tableaus unserer lieben Verstorbenen, die uns auf unserer Talfahrt zuwinken. Ihr gefiel der Gedanke, dass man so einfach mit dem Jenseits in Verbindung treten konnte. Ein treuherziger Psychiater hatte ihr erklärt, das sei einfach nur der Ausdruck ihrer Sehnsucht nach ihrem verstorbenen Ehemann.

Bei derart hohen cineastischen Maßstäben erwartete keine der beiden Frauen allzu viel von dem abendlichen Film über einen vom Krieg traumatisierten Anwalt, dem es erst in letzter Minute gelang, einem unschuldigen Mann zur Begnadigung zu verhelfen. Firouzeh murmelte: »Scheißamerika.«

Tracy saß zwischen den beiden. Auf der einen Seite hatte Yvette Tracys Unterarm gefasst, auf der anderen neigte Firouzeh sich zu ihr hinüber, um an den Strohhalm der gemeinsamen Diet-Pepsi zu kommen. Der Film hatte noch nicht begonnen.

Nervös brachte Tracy ihr großes Geständnis vor: »Ich hab Sam wirklich gern.«

Die Antwort kam wie aus einem Munde: »Aber natürlich.«

Nachdem sie sich einmal so weit vorgewagt hatte, setzte Tracy alles auf eine Karte. »Nein, also ich meine, ich glaube, ich bin im Begriff, mich in ihn zu verlieben.«

Trotz dieses Geständnisses wandte keine der beiden rechtmäßigen Ehefrauen die Augen von der Leinwand ab, wo die Trailer gerade zu Ende waren und der Hauptfilm jeden Moment beginnen musste. Yvette stopfte sich unbeirrt Popcorn in den Mund, und Firouzeh hielt den Trinkhalm ihrer Pepsi zwischen den Lippen wie das Mundstück einer Oboe. »Schön«, sagte sie.

»Dann… macht es euch beiden nichts aus?«

»Wird langsam Zeit. Wir hatten uns schon Sorgen um dich gemacht.« Firouzeh hielt Tracy die Cola hin. »Das war schließlich die Absicht. Falls dir das nicht aufgefallen ist.«

Yvettes Grinsen verschwand, als die Lichter verloschen; der Vorhang schloss sich, um wenige Sekunden später wieder aufzugehen und die Leinwand in voller Breite zu enthüllen. Der Film begann mit lauter Orchestermusik.

»Dann wisst ihr auch, dass wir uns geküsst haben?«

»Aber ja«, sagte Firouzeh, als sei nichts dabei. »Sam war begeistert.«

»Psst!« Wenn es um Kino ging, war Yvette gnadenlos. »Können wir jetzt bitte den Film sehen?«

Endlich begann der Hauptfilm: Ein glaubwürdiger Charakter geriet hoffnungslos in einen Strudel unglaubwürdiger Ereignisse, bis es nach vielen gefährlichen Wendungen zu einem zwar oberflächlichen, aber erbaulichen Ende kam.

Die Ehefrau auf Zeit

Eine großformatige Landkarte des Iran prangte jetzt an der Wand von Tracys Zimmer. An einem Marktstand in Camden hatte sie außerdem einen kleinen Keramikelefanten erstanden, in dessen perforierten Körper sich sechs Räucherstäbchen stecken ließen.

Sie nahm ihre Bücher mit ins Badezimmer. Bis zum Kinn eingetaucht, genoss sie lange, verschwenderische Bäder, bei denen sie den Wasserhahn mit den Zehen öffnete und versuchte, sich die Wüstenlandschaften vorzustellen, von denen Sam gesprochen hatte. In ihrer Sozialwohnung im dreiundzwanzigsten Stock, die Teetasse auf dem Wannenrand, die Buchseiten nur knapp über der Wasseroberfläche, beschwor sie beim Lesen die endlosen Salzwüsten des zentralen Hochlands herauf, die alte Stadt Schiraz, eine der Wiegen der Menschheit, und die »von Luchsen geplagten Marschen« an der Küste des Kaspischen Meeres.

Da sie jetzt öfter im Park spazieren gingen, hatte sie stets ein Gesprächsthema parat; sie überraschte Sam mit ihrem Wissen über seine Heimat, das sein eigenes bei weitem übertraf. »Wirklich? Das wusste ich nicht«, war seine häufigste Antwort. So gut es ging, mimte er den Gelehrten, doch oft konnte er ihre Fragen nicht beantworten. Dass man in einem Land und einer Kultur zu Hause war, machte einen noch lange nicht zum Experten, erklärte er ihr. »Genau genommen ist man dann blind wie ein Maulwurf.«

In diesen Phasen des »geistigen Austauschs«, wie er es nannte, bereitete es Sam immer mehr Mühe, ihr zu versichern, dass es »gestohlene Augenblicke« seien und dass es so nicht weitergehen könne. »Eigentlich sollte das unser letztes Treffen sein.« Trotz aller Ermutigung durch Yvette und Firouzeh, die offenbar nichts dagegen hatten, dass sie so viel Zeit miteinander verbrachten, wie sie wollten – »es ist gut für sein Herz, sorg dafür, dass er sich bewegt« –, konnte er nicht unbegrenzt so weitermachen.

Aber jedes Mal, wenn sie sich nachmittags vor der Arbeit trafen und auf einsamen Parkwegen Hand in Hand dahinschlenderten, eisern entschlossen, dass dies ihr letzter gemeinsamer Spaziergang sein sollte, stellten sie fest, dass die Beteuerungen, sie müssten damit aufhören, das reinste Aphrodisiakum waren.

Sie trafen sich immer nur, um Abschied zu nehmen, die Sache zu beenden, aber ihre Gefühle gerieten durch die ständigen Versuche, sie im Zaum zu halten, so sehr außer Kontrolle, dass sie das Stadium der romantischen Verliebtheit im Eilschritt durchliefen und geradewegs in das der Leidenschaft gelangten. Alle vernünftigen und nüchternen Gespräche über die Unmöglichkeit einer gemeinsamen Zukunft machten sie so niedergeschlagen, dass ihnen keine andere Wahl blieb, als sich erneut zu verabreden, und so trafen sie sich unweigerlich zu einem weiteren Spaziergang, immer in der vergeblichen Hoffnung, eine Art Ordnung in ihre Gefühle zu bringen, die sie wieder auf den Boden der Tatsachen holen würde.

Aber weder der letzte noch der allerletzte, noch der *unwiderruflich letzte* Spaziergang verlief wie vorgesehen, und in diesem Labyrinth aus vorletzten Spaziergängen bemerkten sie gar nicht, dass sie sich immer weiter von ihrem Ziel entfernten, bis sie schließlich keinerlei Aussicht mehr hatten, es je zu erreichen.

Sam sprach als Erster von seiner Erschöpfung. »Wenn wir wirklich wieder normal werden wollen«, sagte er schließlich, »dann dürfen wir nicht so tun, als sähen wir uns zum letzten Mal. Das bewirkt offenbar das Gegenteil.«

Einmal versuchte Tracy, diesen Teufelskreis zu durchbrechen, und ließ sich von drei Freundinnen zu einem Besuch in der Disco überreden: Sie hatte schon lange nicht mehr bei ihnen zurückgerufen.

Am Freitagabend verabschiedete sie sich nach der Arbeit und sagte Sam nichts davon; dann versuchte sie umgeben von rotierenden Lichtern zu tanzen, lachte eine Stunde lang über Nichtigkeiten, trank drei regenbogenfarbene Cocktails, und schließlich sah sie gedankenverloren, niedergeschlagen und ungläubig zu, wie ihre Freundinnen wie Derwische über die brodelnde Tanzfläche wirbelten.

Als jemand sie an der Schulter berührte, fuhr sie so zusammen, dass ihr Drink überschwappte.

»Hat er inzwischen mit dir gesprochen?« Eine Überdosis Gel ließ seine Haare glänzen wie gelackt.

»Wer?«

»Na, dein Boss. Hat er mit dir gesprochen?«

»Mein Boss?«

»Dieser Araberscheich.«

»Verpiss dich, Ricky.« Sie kramte in ihrem Portemonnaie

nach einer Münze, flüchtete zum Telefon neben der Toilette und wählte eine Nummer, die sie auswendig kannte.

Zwanzig Minuten später eilte sie über die Straße zu einem langsam vorfahrenden Mercedes, sprang auf den Beifahrersitz und verschwand.

Ricky Innes blieb allein zurück; seine Haare trotzten dem Regen, und er konnte ihr nur nachsehen und überlegen, was er nun machen sollte mit diesem doppelten Verrat.

Als Sam drei Tage später vor seinem eigenen unbeleuchteten Restaurant vorfuhr, hielt Tracy es zunächst für einen Scherz. Sie hatte viel Geld für ihre Frisur ausgegeben und außerdem ein neues Kleid gekauft. »Da sind wir«, verkündete er. »Heute haben wir es ganz für uns! Und heute Abend koche ich für dich.«

Unglücklich saß sie auf einem hohen Hocker in der Küche und sah missmutig zu, wie er mit einem Dutzend Töpfen hantierte und ihr den Ursprung jedes einzelnen Gerichts erläuterte. Er hatte am Vormittag allerlei Spezialitäten eingekauft: peruanische Kumquats, Paprikaschoten von einem Biobauern in Oxfordshire, tagesfrische Kräuter, winzige Pilze, die ein Freund von ihm am Fuß eines vom Blitz gespaltenen Baumes gesammelt hatte – Zutaten zu einem ländlichen Bankett, das sie niemals vergessen würde. Besondere Freude bereitete es ihm, zum Abschluss jeder seiner ungeliebten Anekdoten zwei Topfdeckel scheppernd aneinanderzuschlagen.

Er musste einiges an Überzeugungskraft aufwenden. Keine seiner Gemüsekreationen konnte ihre Enttäuschung wettmachen. Sie war wütend. Mit einem Schlag war ihre

Liebe wie ein umgestürztes Gefäß, und was darin gewesen war, versickerte im Erdboden. Was sollte sie überhaupt mit so einem Mann? Einem Mann mit so vielen Problemen? *Ich mache einen furchtbaren Fehler*. Hundert Vorbehalte traten aus dem Schatten ins Licht.

Das fertige Bankett versöhnte sie wieder ein wenig mit ihm. Sie musste zugeben, dass er sich sehr, sehr viel Mühe gemacht hatte. Und der gedeckte Tisch, eine Oase aus Licht, verfehlte nicht seine verführerische Wirkung. »Probier mal!«, sagte er, als er die Vorspeise aufgetragen hatte: gebratene Aubergine mit Mandarinen-Sesam-Soße. »Probier!«

Sie tat, wie ihr geheißen. Und schmolz dahin. Es war wunderbar.

»Essen, das ist einer der letzten fliegenden Teppiche, die wir noch haben«, sagte er mit vollem Mund. »Wenn es gut ist, dann muss es sein, als ob man schwebt!«

Als der Hauptgang kam, war die alte Begeisterung für Sam schon fast wieder da, und beim Dessert – marinierte Pisang-Banane, begraben unter einem Berg aus Rosenblättern – hatte sie mit einem Mal große Lust auf den Schritt zur nächsten Stufe ihrer Beziehung.

»So!«, sagte er, legte einen goldenen Löffel mit zufriedenem Klirren auf den Porzellanteller und sah sie über die Reste seines kulinarischen Triumphs hinweg an.

»Was machen wir als Nächstes?« Es klang wie eine Herausforderung. Jetzt war sie an der Reihe.

Sie staunte über ihre eigene Antwort: »Bett.«

Er starrte sie an. Nichts an seiner Reaktion ließ darauf schließen, dass er auf so etwas vorbereitet war.

»Es sei denn, du hältst das für voreilig.«

»Nein.« Er bemühte sich, nicht zu stottern. »Natürlich nicht. Nein. Ich überlege nur … Nein, ich dachte nur gerade … die uralte Frage.«

»Was für eine Frage meinst du?« Sie war bereit.

»Die älteste aller Fragen. Natürlich. Zu dir oder zu mir?«

Kurz nach elf betraten Sam und Tracy die Marilyn-Suite des Hilton Metropole in Paddington.

Sie hängten ihre Mäntel auf, setzten sich auf das Bett mit den straff gespannten Laken und ließen den Blick durch das leere Hotelzimmer schweifen: eine chromblitzende Spielwiese, gänzlich ungeeignet, um ein Feuer der Leidenschaft zu entfachen. Von allen Wänden starrte Warhols Marilyn auf ein Bett, das deutlich breiter als lang war, und sie fühlten sich von allen Seiten beobachtet.

»Grauenvoll«, murmelte Sam. »Überhaupt nicht wie in der Beschreibung. Eigentlich müsste es einen Balkon haben. Wir sollten anderswohin gehen.«

»Ich glaube nicht, dass wir einen Balkon brauchen.«

»Trotzdem.«

Aber Tracy war wild entschlossen. Während er mit zittrigen Fingern die Krawatte lockerte und sein Jackett auszog, hängte sie ein paar von den Bildern ab und schlug den wie Silberfolie glitzernden Bettüberwurf zurück. In der nun weniger anstoßerregenden Umgebung ließ er sich erneut auf dem Bett nieder – es federte wie ein Trampolin – und überlegte den nächsten Schritt.

»Mir ist da gerade noch etwas eingefallen. Und ich glaube, es wäre eine gute Idee«, sagte Sam. »Ein bisschen altmodisch, aber ich könnte mir vorstellen, dass es dir gefällt.«

»Es ist doch nichts Abartiges, oder?«

»Abartig? Nein, es ist eine alte Tradition. Unglücklicherweise habe ich keine Vorbereitungen getroffen. Mir fehlt etwas Wichtiges.«

»Dir fehlt etwas Wichtiges?«, fragte sie ein wenig besorgt.

Doch dann erklärte er ihr, im Iran gebe es einen alten Brauch für Anlässe wie diesen. »Ich muss dir einen kurzen arabischen Text rezitieren, aber ich kann ihn nicht auswendig, deshalb muss ich mal schnell telefonieren.«

Sie sah zu, wie er zum Telefon ging, wählte und wartete. So hatte sie sich den Abend nicht vorgestellt. Ihre Nerven waren zum Zerreißen gespannt.

Schließlich meldete sich eine Stimme am anderen Ende. »Firouzeh? Ich bin's, Sam.«

Er hatte Firouzeh angerufen! Tracy wurde rot.

»Hör mal, meine Liebe. Ich rufe aus einem Hotel an. Ja, aus einem Hotel. Natürlich mit Tracy, jetzt hör mir mal zu. Was? Ja, in Ordnung. Mache ich.« Er hielt die Hand über die Sprechmuschel und sah Tracy an. »Schöne Grüße von Firouzeh.«

Tracy versuchte zu lächeln. »Hi.«

»Sie lässt dich auch grüßen. Sonst noch etwas? Also gut, hör mir zu. Ich möchte, dass du die *Sighe*-Passage findest... Ja, der muss doch da irgendwo liegen... Du weißt schon, welche Stelle ich meine... Ja natürlich will ich sie deswegen. Komm, nicht übertreiben. Geh einfach und hol sie. Gut? Danke, meine Liebe.« Er blickte wieder zu Tracy hinüber. »Sie hat ihn gefunden. Sie sucht nur noch nach der Stelle. Es ist wirklich ein schöner Brauch. Früher mussten die Männer diese Passage rezitieren, bevor sie zu einer Hure gingen.«

»Einer Hure?!«

»Eine schöne Stelle. Ich schreibe sie mir auf, und dann frage ich dich, was du davon hältst. Wir müssen es nicht machen, aber du interessierst dich doch so für alles Persische, deshalb wollte ich dir einen Gefallen tun.«

Tracy nickte nervös. »Toll.«

Er sprach ins Telefon: »Hast du die Stelle gefunden? Ja. Lies die erste Zeile … Ja. Ja. Genau, das ist sie. Okay, ich schreibe mir das auf.«

Während Tracy geduldig wartete, saß er auf dem Bett und notierte den Text auf dem nikotingelben Hotelbriefpapier. »So, ich hab's«, sagte er schließlich, dann dankte er seiner Frau, legte den Hörer auf und wandte sich seiner Geliebten zu.

»Es macht ihr nichts aus?«

»Nein, ich glaube, sie haben beide damit gerechnet. Ja, sogar gehofft, dass es so kommen würde.« Tracy war so verblüfft, dass er weiterreden musste. »Ich weiß. Das ist alles ziemlich merkwürdig. Alles. Ich weiß. Ein Außenstehender würde das nicht für möglich halten. Aber wir sind schließlich keine Außenstehenden, nicht wahr?«

Allerdings, dachte Tracy. »Nein, das sind wir nicht.« Man musste mindestens so viel wissen wie sie, wenn man auch nur annähernd verstehen wollte, wie solche Tabus auf diese Weise überschritten werden konnten, und selbst dann … »Es ist auch für Insider ziemlich merkwürdig«, sagte sie.

Er kehrte mit dem Text zum Bett zurück und setzte sich neben Tracy.

»Und wie geht es jetzt weiter?« Sie hoffte auf etwas Romantisches.

Er zog die Schultern hoch und ließ sie wieder sinken, um seine Anspannung zu lockern. »Also, erst muss ich dir diese… diese Passage vorlesen, und dann musst du offiziell dein Einverständnis erklären. Das kommt ganz zum Schluss. Danach können wir anfangen.«

»Anfangen?«

»Mit der Liebe. Wie findest du das?«

»Okay. Einverstanden. War das richtig so?«

»Nein. Es muss offizieller klingen. Und du bist erst später an der Reihe.«

»Okay, ich werde versuchen, es offizieller zu machen, wenn es so weit ist.«

»Gut. Und danach muss ich ein paar Herztabletten schlucken.« Er räusperte sich. »Okay. Es geht los. Also dann. Erst der Text.«

»Und dadurch werde ich … was?«

»Wodurch? Ach so, es macht aus dir eine *Sighe.*«

»Eine *Sig-he.*«

»Ja, *Sighe.*«

Tracy legte es in der Abteilung Schöne Wörter ab.

»Eine Ehefrau auf Zeit. Also gut, hör mir zu.«

Ehrfürchtig las er den handgeschriebenen Text auf seinem Zettel. Sie lauschte andächtig dem weichen Klang der fremdländischen Worte. Das Zuhören beruhigte sie: Immerhin konnte er die Passage nicht auswendig hersagen. Sie wollte sich die Illusion bewahren, dass dies der erste Anlass war, bei dem er sie rezitierte. Als er fertig war, blickte er von seinem Blatt auf; er wirkte gelassener.

»So, das hätten wir.«

Tracy Pringle war jetzt seine Ehefrau auf Zeit. Und er für die entsprechende Zeit ihr Ehemann. Die Situation hatte jeden Hauch von Anrüchigkeit verloren.

»War das gut?«, fragte er.

»Es klang wunderbar.«

»Und wie ist es nun? Bist du einverstanden, Tracy?«

»Bin ich jetzt dran?«

»Ja. Jetzt. Habe ich dein Einverständnis?«

»Ja«, sagte sie ernsthaft. »Das hast du.« Und dann fügte sie hinzu: »Ich bin einverstanden, dass du weitermachst.« Sie lächelte liebevoll, kam aber zu dem Schluss, dass sie nicht offiziell genug geklungen hatte, und nahm einen neuen Anlauf: »Du hast meine uneingeschränkte Zustimmung.«

»Bitte mach dich nicht lustig.«

»Tue ich doch gar nicht. Wirklich nicht. Ich finde es wunderbar.«

»Also dann.« Er schwitzte jetzt heftig. Schweißtropfen perlten auf seiner Stirn. »Habe ich dein Einverständnis?«

»Ja.«

Sie versanken ohne weiteres in der Umarmung. Über seine Schulter hinweg sah Tracy, dass sie zwei Porträts im Badezimmer vergessen hatte, so dass sie nun von den beiden verbleibenden Marilyns beobachtet wurden, die eine in Rosa, die andere in Gelb. Man brauchte nicht viel Phantasie, dann sah man Yvette und Firouzeh.

Wisset, dass das Leben in dieser Welt nur ein Spiel und ein Tand ist.

Sie begannen, sich zu lieben: behutsam, wortlos, zart, langsam und bei ausgeschaltetem Licht, das körperliche Vergnügen besänftigt durch ein unermesslich reiches Reservoir an Zärtlichkeit. Er ließ sich Zeit – für sie eine angenehme Abwechslung – und gab ihr so viele Küsse auf jeden Teil ihres Körpers, dass sie ihn ermahnen musste, er solle das Ziel nicht aus den Augen verlieren. Schließlich drang er in sie ein, und als es vorbei war, nach etwa zwanzig Minuten, weinte Tracy, aber warum, das konnte sie ihm nicht sagen. Eigentlich hatte sie irgendwann »Ich liebe dich« flüstern wollen, aber dann hatte sie es vollkommen vergessen.

Sam fuhr sie nach Hause.

»Das war unglaublich«, sagte sie.

»Übertreib mal nicht. Ich bin kein Hengst.«

Sie erinnerte sich unwillkürlich an die Augenblicke der Gefangenschaft in der Umarmung des pneumatischen, fluoreszierenden Ricky. »Gott sei Dank«, antwortete sie.

Später, im Foyer des Melksham Tower, küssten sie sich vor der Aufzugstür.

»Wir sollten die Zeremonie jetzt zum Abschluss bringen. Alles, was du sagen musst, um nicht mehr meine Ehefrau auf Zeit zu sein, ist dreimal »Wir sind geschiedene Leute, wir sind geschiedene Leute, wir sind geschiedene Leute.«

»Okay.«

»Wann immer du willst.«

»Wir sind geschiedene Leute.« Sie blickte in sein von Küssen erhitztes Gesicht. »Wir sind geschiedene Leute.« Er wartete, doch sie verstummte und fing stattdessen an zu lachen. Er lächelte zurück. Und noch ehe er ein Wort sagen konnte, verschwand sie im Aufzug und schwebte nach oben.

»Ein brillantes Mädchen«, murmelte er.

Er ging noch nicht weg, weil er sich vergewissern wollte, dass der Aufzug nicht wieder im siebten Stock steckenblieb. Und er hatte recht. Er zählte laut mit bis zur Sieben, und als die Acht nicht aufleuchtete, stürmte er die Treppe hinauf, immer zwei Stufen auf einmal, bis er zwei Minuten darauf keuchend, mit letzter Kraft, im siebten Stock eintraf und sah, wie die Leuchtziffern für die einzelnen Stockwerke wieder brav nacheinander aufleuchteten, als wäre nichts geschehen. Er trat den Rückweg nach unten an, ein kranker Mann, der die Hand auf sein rasendes Herz drückte. Dieses Mädchen würde ihn noch umbringen!

Zu Hause angekommen, zog Sam die Tür leise ins Schloss, um niemanden zu stören, aber er war nicht sonderlich überrascht, als er beide Ehefrauen noch wach fand; sie saßen im Morgenrock auf der Couch und tranken Tee.

»Gut«, sagte er und setzte sich dazu.

Druck

Monicas Migräne hatte schon am Morgen eingesetzt, als sie auf dem Weg zu ihrer Vorschule im Stau stand, und den ganzen Tag über angehalten, anfangs auf der rechten, ab Mittag dann auf der linken Seite, wo der Schmerz bohrender wurde und vereinzelte Stiche an die Rückseite des linken Auges aussandte.

Um zwei Uhr nachmittags, zu Beginn ihrer Vorlesestunde, versuchte sie, sich zu schonen und nur so laut zu sprechen, dass man sie hinten im Klassenzimmer gerade noch verstehen konnte, um den Schmerz nicht durch zu große Lautstärke weiter zu verschlimmern. In der Pause vor der letzten Unterrichtsstunde presste sie die Finger an den Nasenrücken und schloss für ein paar Sekunden die Augen; sie hoffte, dass sie bis zur Ziellinie um vier Uhr durchhielt. Wenn sie nicht aufpasste und sich schonte, würde es die Hölle.

Sie bereitete ihre Klasse gerade auf eine Geschichte über Monarchfalter vor. Welche Farbe haben die? Wer hat schon mal einen gesehen? Wo leben sie?

Eifrige kleine Hände schossen in die Luft und wetteiferten um ihre Aufmerksamkeit.

»Samantha? Orange, gut. Braun? Na, nicht so richtig. Ich habe hier ein Bild, darauf könnt ihr sehen… dass er… na ja, er ist eher rotbraun, seht ihr, rotbraun. Und wie groß sind seine Flügel? Weiß das jemand? Nein, so groß sind sie nicht, das ist nur ein großes Bild. Nein, sie sind *zehn Zentimeter* breit.« Der Nachdruck, mit dem sie das sagte, weckte die Aufmerksamkeit der meisten Kinder. »Rachel! Wovon habe ich gerade gesprochen? Hörst du überhaupt zu? Wovon rede ich gerade?«

»Nein.« Die automatische Antwort würde dem Mädchen im späteren Leben noch sehr zugutekommen, aber nicht hier, nicht jetzt.

»Worüber rede ich gerade?«

»Schmetterlinge.« Sie hatte also doch aufgepasst. Sie würde es noch weit bringen.

»Ganz recht. Über Schmetterlinge.«

Jemand klopfte an die Tür. Der Schulleiter fragte, ob er Monica kurz sprechen könne. Neben ihm standen zwei völlig verschüchterte asiatische Kinder.

»Da sind sie«, sagte er. »Die kambodschanischen Kinder.«

»Schön. Kommt herein. Hallo, ihr beiden.« Monica ging in die Hocke, als sie auf sie einredete; ihr Kopf drohte zu zerspringen. »Ich bin Mrs Pringle.« Sie sprach langsam und überdeutlich. Sie wusste, die beiden verstanden praktisch kein Wort Englisch. »Ihr werdet eine Zeitlang an unserer Spielgruppe teilnehmen. Habt ihr dazu Lust? Wollt ihr mit uns spielen? Spielen? Und Geschichten hören?«

Die Kinder nickten nicht. Aus ihren Augen sprach nackte Angst. Sie musste ihnen äußerst verdächtig vorkommen, ein neuer Typus westlicher Mensch – die lächelnde fremde Frau – und trotz aller Freundlichkeit vermutlich ebenso gefährlich wie die Roten Khmer.

Monica hatte erfahren, dass die Eltern der beiden einen Asylantrag gestellt hatten, und da sie noch nicht als Flüchtlinge anerkannt waren, durften die Kinder nur unter Vorbehalt am Vorschulunterricht teilnehmen. Mit anderen Worten: Sie konnten jederzeit wieder nach Hause geschickt werden.

»Wollt ihr nicht reinkommen und euch zu den anderen setzen?«

Bruder und Schwester hielten sich bei der Hand, als wollten sie sich gegenseitig beschützen. Monica hatte in der Mittagspause im Lehrerzimmer etwas über ihren Hintergrund erfahren: Sie hatten Tausende von Meilen zurückgelegt, erst zu Fuß und in einem primitiven Boot, dann per Flugzeug und Eisenbahn. Bevor sie in London anlangten, hatten sie mehrere Welten und Leben durchmessen. Diese beiden Kinder hatten in ihrem kurzen Leben so viel gesehen, dass sie mit gutem Grund für lange Zeit jedem Menschen misstrauen würden.

Monica fasste sie bei der Hand. »Das wird schon«, versicherte sie ihrem Chef und schloss die Tür. Sie legte die Hände an die Hinterköpfe der Kinder und schob sie ins Klassenzimmer, ein improvisiertes Paradies in Rot, Gelb und Laubfroschgrün, bepflastert mit Buntstiftzeichnungen – riesigen Pilzen, Kaninchen und weißen Wattewölkchen. Von der großen Sitzmatte aus starrten die anderen Kinder ohne großes Interesse die ausländischen Zwillinge an, als seien diese nur ein weiterer Punkt in ihrem Unterhaltungsprogramm.

»Schaut mal alle her. Das hier ist Lon.« Kein Nicken von Lon. »Lon. Und das ist Tang. Lon und Tang.« Von den

Mädchen ganz hinten kam leises Gekicher. »Sie stammen aus *Kambodscha*. Weiß einer von euch, wo das ist? Wo Kambodscha ist?«

»Am Meer.«

»Ja, gut, an *einem* Meer.«

Kurz darauf hatten die Neuankömmlinge sich auf der Matte niedergelassen, starrten genau wie die anderen mit großen Augen auf das Bilderbuch und lauschten verständnislos Monicas Vortrag; zumindest dem Anschein nach waren sie jetzt Teil dieser regenbogenbunten Kinderwelt.

Als Monica nach Hause kam, warf sie Tasche und Schlüssel auf den Tisch und verschwand schnurstracks im Bad. Sie holte ein Fläschchen mit Nurofen-Kapseln aus dem Medizinschrank und behielt vier davon auf der Zunge, bis sie wieder in der Küche war, wo sie sich vorbeugte und geradewegs aus dem Wasserhahn trank. »Oh«, stöhnte sie und kühlte sich die Stirn mit der feuchten Hand.

An diesem Abend würde sie ganz bestimmt nichts mehr essen. Eric konnte die Reste von dem persischen Essen haben, das Tracy jetzt auf seine Bitte hin Abend für Abend mitbrachte und das inzwischen fast allen Platz im Kühlschrank belegte. Monica war von diesen Sachen ohnehin nicht begeistert. Immerhin hatte sie sich gezwungen, so viel davon zu essen, dass sie einige Namen kannte – *Halim Bademjan* und *Mast o chiar* beispielsweise.

Eric hingegen bezeichnete diese Gerichte immer noch als »das Zeugs aus Auberginen und Walnüssen« oder »diese Dinger in Joghurt«. Er war ganz begeistert davon und hatte sich schon seit Wochen weder Spiegelei noch Speck gebraten.

Sie suchte vergeblich im Eisfach nach ein paar Eiswürfeln, um ihre Schläfen zu kühlen; alles, was sie fand, waren Aluschälchen mit tiefgekühlten persischen Gerichten. Verzweifelt schloss sie die Vorhänge und legte sich aufs Bett.

In dem abgedunkelten Schlafzimmer halfen die Schmerztabletten ihr beim Einschlafen. Als sie gegen halb zehn aufwachte, fühlte sie sich aber noch immer nicht viel besser.

Eric saß im Wohnzimmer und sah in aller Ruhe fern, die Finger hinter dem Kopf verschränkt. »Migräne?«, fragte er ohne Mitgefühl. Sie wusste, dass er diese Phasen insgeheim genoss, weil er dann die Wohnung abends ganz für sich hatte.

»Tracy will heute Abend mit uns reden«, verkündete Eric.

»Worüber?«

»Weiß der Geier. Sie hat angerufen, als du geschlafen hast.«

»Und wann?«

»Wenn sie nach Hause kommt.«

»Gibt's irgendwelchen Ärger?«

»Keine Ahnung. Hat sie nicht gesagt. – Tässchen Tee?«, fragte er schließlich.

»Hm. Gerne.«

Sie setzte sich an die frei gewordene Stelle und starrte auf den Fernseher. Obwohl sie monatlich fünfunddreißig Pfund extra für dieses Satellitenprogramm ausgaben, schaltete sie es nie ein. Das ganze Gebäude war übersät mit kleinen Schüsseln: tausend hässliche Hörhilfen, die die Welt belauschten. Ein Reporter berichtete, dass das McLaren-Team in diesem Jahr zum ersten Mal »seit einer Ewigkeit« Aussicht hatte, den Weltmeistertitel der Konstrukteure zu erringen. Eine siegreiche Boxenmannschaft vollführte ausgelassene Luftsprünge.

Eric rief aus der Küche: »Wieso mache ich mir eigentlich Sorgen, wenn ich erfahre, dass sie mit uns sprechen will?«

Monica fühlte sich zu schwach, um ihm auf die Entfernung zu antworten, und wartete, bis er mit zwei Tassen Tee zurück ins Zimmer kam.

»Weil ...«, sie nahm einen Schluck und schaute bewusst nicht zu dem Formel-1-Rennwagen, der auf der Startgeraden den Motor aufheulen ließ, »weil es das erste Mal ist.«

»Ich hab heute ein Fenster repariert. Und ein paar von den Stromkabeln in 2307 erneuert«, sagte er, ohne den Blick von der Mattscheibe abzuwenden.

Sie nickte. Es war schon lächerlich. Wie jedes erfolgreiche Ehepaar redeten sie sich ein, dass sie ein Team waren, das am selben Strang zog, doch wann immer sie darüber nachdachte – was sie tunlichst vermied –, lag es auf der Hand: Während sie alles tat, die Stadtverwaltung zur Räumung des Gebäudes zu drängen, es für baufällig zu erklären und mit der Abrissbirne dem Erdboden gleichzumachen, werkelte er ohne jedes Gespür für die Ironie der Situation mit Hammer und Nägeln und verdiente sich seinen bescheidenen Unterhalt damit, dass er kleine Schäden reparierte.

Nicht dass sie das wirklich überrascht hätte. Er hatte immer gern alles so gelassen, wie es war, hatte nur offensichtliche Risse zugeschmiert, ansonsten aber zufrieden inmitten von Notbehelfen gelebt; sie hingegen suchte nach Vollkommenheit und ging alles immer gründlich an. Im Grunde waren sie so verschieden, dass ihr ganzes Arrangement ein einziger Unsinn war, aber aus Angst vor den möglichen Konsequenzen wollte keiner von ihnen darüber reden.

Und da waren sie nun, Seite an Seite, nach normalen Maßstäben ein durchaus glückliches Paar: der fröhliche Zimmermann und die rastlose Aktivistin, ihre widerstreitenden Impulse so sorgsam vergraben wie radioaktive Abfälle, eine tickende Zeitbombe, und doch lebten sie weiter, als wäre nichts dabei, und hofften einfach, dass die Behälter mit ihren Gegensätzen ein Leben lang dicht hielten.

Sie warf einen Blick auf den Fernsehschirm. Nicht leicht zu sagen, wer das Rennen machen würde. Immer wieder überholten sich die Wagen.

Als Tracy schließlich kam, war es schon halb zwölf. Und sie war nicht allein.

»Mum, Dad, Sam hat mich wieder nach Hause gebracht.«

Sam war außer Atem, die Nasenflügel gebläht, puterrot von dem Aufstieg.

»Tracy, das hättest du uns sagen sollen.«

Eric entschuldigte sich, dass der Lift nicht fuhr, als wäre es seine persönliche Schuld, und begrüßte Sam wie einen alten Freund. Monica betrachtete die beiden Männer, wie sie sich energisch die Hände schüttelten, und konnte nur staunen, wie schlagartig sich die Atmosphäre verändert hatte. Eric bat um Verzeihung, dass er sich noch nicht gemeldet hatte, »wegen diesem kleinen Jobangebot«, und fügte dann noch hinzu, wie dankbar er und Monica seien, dass er aus ihrer Tochter einen völlig neuen Menschen gemacht habe.

»Nicht ich«, schnaufte Sam. »Sie selbst.« Herzlich wandte er sich an Monica. »Wie schön … verzeihen Sie … Sie zu sehen.«

Sie nahm ihm den völlig überflüssigen Regenschirm ab und versuchte zu lächeln. Doch das verschlimmerte den Schmerz im Kopf noch, und sie beschloss, ihre Gastfreundschaft doch lieber mit leisem Nicken und bedächtigen Bewegungen zu zeigen.

»Wollen wir uns nicht setzen?«, schlug sie vor.

Auf der Couch brach Tracy das Eis der vierfachen Beklommenheit. »Mum, Dad, ihr wundert euch vielleicht, wieso wir herkommen und mit euch reden wollen. Also, Sam hat mich gefragt, ob ich seine Frau werden will. Und ich hab ja gesagt.« Das sollte reichen. Jetzt konnten sie die Flasche Champagner aufmachen, die sie mitgebracht hatten, und auf die Zukunft trinken.

Oft hat Schock eine sofortige Wirkung, doch bei Eric zeigte er sich zunächst nur darin, dass er noch begriffsstutziger wurde. »Wer?«, fragte er. »Wessen Frau?« Er blickte zuerst seine Tochter an, dann seine Frau. »Was soll das heißen?«

Monica hatte nicht vor, es ihm zu erklären.

»Sam und ich. Ich und Sam. Wir wollten, dass ihr es als Erste erfahrt. Ist ja ein bisschen plötzlich, aber wir dachten, wozu sollen wir warten.«

Mit dem Schweigen, das darauf folgte, hatte Tracy schon gerechnet, und so füllte sie die Leere mit einem Bericht darüber, wie sehr und wie sorgfältig und von wie vielen Seiten sie das alles betrachtet hatten, immer mit dem Wohl aller Beteiligten im Blick. »Natürlich ziehe ich hier aus, aber ich möchte, dass ihr alle... na ja, wir wissen ja noch gar nicht...« – sie wandte sich ihrem Verlobten zu, und aus dem Lächeln wurde ein Strahlen – »... es steckt ja alles noch in den Anfängen. Aber ihr sollt beide dabei sein, versteht ihr? Also, was sagt ihr dazu? Überraschend, was? Oder habt ihr's kommen sehen? Sam sagt, das habt ihr bestimmt nicht.«

Die Flügel eines Monarchfalters sind zehn Zentimeter breit, dachte Monica.

»Ich glaube, wir können schon sagen, sie haben es *nicht* kommen sehen«, übernahm Sam. Er versuchte zu lachen und hatte das gleiche, leicht irrsinnige Grinsen aufgesetzt wie seine zukünftige Frau. »Es ist ein Schock. Nur zu erwarten.« Er rutschte verlegen auf seinem Sessel hin und her und nestelte an seinem Krawattenknoten. »Und ich verstehe es vollkommen.«

Monica und Eric saßen wie versteinert.

Die Markenweltmeisterschaft wird in diesem Jahr zwischen Ferrari und McLaren entschieden.

»Aber da ist noch was«, sagte Tracy. »Das habe ich euch noch nicht gesagt, und es klingt viel schlimmer, als es ist. Sam hat schon zwei Frauen. Ich werde die dritte.«

Wer von euch weiß, wo Kambodscha ist?

»Zwei Frauen?«, brachte Eric hervor. »Ihr macht Witze, oder?«

»Dad...«

Sam unterbrach seine Zukünftige, denn ihm war klar, dass eine zu drastische Darstellung der Fakten bleibenden Schaden anrichten konnte. »Was Tracy, glaube ich, sagen will, das ist, dass mir als Muslim das Gesetz bis zu vier Ehefrauen gestattet... Aber ich versichere Ihnen, Tracy wird meine letzte. Ich habe nicht vor, eine vierte zu heiraten. Falls Sie sich... falls Sie sich deswegen Sorgen machen.«

Am Meer, am Meer, am Meer.

Alles vor Monicas Augen verschwamm, sie sah das Wohnzimmer wie durch ein Aquariumglas, und selbst die Stimme ihrer einzigen Tochter, die auf sie einredete und sie um Verständnis bat, drang wie aus weiter Ferne zu ihr. Sie versuchte einen klaren Gedanken zu fassen, doch in ihrem Hirn war nichts weiter als das bizarre Bild eines Schmetterlings.

Wie Lon und Tang hatte auch sie zu viel Angst; sie konnte den Blick nicht von dem Insekt abwenden, denn sie fürchtete, dass ein einziger Augenblick genügte, und jede Sicherheit wäre verschwunden, die Zukunft erloschen, als hätte man einen Lichtschalter gedrückt. Sie lief zur Toilette und übergab sich.

Eric holte sie zurück und beruhigte sie. Nach der Übelkeitsphase ließen die Schmerzen einer Migräne oft nach, besonders wenn er ihr die Kopfhaut massierte. Er stand hinter ihrem Stuhl, und Sam und Tracy sahen zu und jonglierten mit dem Schmerz, der offenbar eine Art hatte, sich, wenn er von einer Stelle vertrieben wurde, an einer anderen einzunisten.

»Mum? Alles in Ordnung?« Monica hatte die Augen geschlossen und atmete tief und gleichmäßig. Sam hatte ihre Eltern bei seinem ersten Besuch so vollkommen verzaubert, dass Tracy sich ganz darauf verlassen hatte, dass sie ihre Entscheidung schon schlucken würden.

»Hättest du denn nicht mal was sagen können?«, fragte Monica schwach.

»Mum, da gab es nichts zu sagen, bis vor ein paar Tagen. Es hat uns beide vollkommen überrascht.«

»Es hat *euch* überrascht?«, fragte Eric.

»Danke, Dad.«

»Werd bloß nicht frech, ja?«

Tracy seufzte. Das würde nicht leicht werden. »Dad!«

Eric schüttelte den Kopf. »Das hätt' ich wissen sollen.«

»Das reicht.« Tracy spürte, wie der Druck sich in ihm aufbaute.

»Das hätt' ich wissen sollen. Dann hätte ich das in Ordnung gebracht. Da kannst du dich drauf verlassen.«

»Ich bin kein Herd, den man repariert, Dad. Da ist nichts in Ordnung zu bringen. Ich heirate einfach nur.«

»Allerdings. In einen verfluchten *Harem*!«, schrie er. Monica wand sich vor Schmerz. »Unglaublich! In einen verfluchten Harem!«

Sam beugte sich vor. »Glauben Sie mir, es ist kein Harem. Das müssen Sie verstehen. Es hat überhaupt nichts von einem Harem. Mein Urgroßvater hatte einen Harem, aber das hier, das ist etwas ganz anderes.«

»Na, da bin ich aber froh«, antwortete Eric. »Das ist mir natürlich ein großer Trost.«

»Monica, Eric«, setzte Sam noch einmal an. »Ich weiß, das ist nicht leicht für Sie zu verstehen, und ich kann mir gut vorstellen, wie Ihnen zumute sein muss, aber vielleicht, wenn wir vernünftig darüber sprechen...«

Eric schnaubte. »Nicht *leicht*?«

Tracy: »Dad!«

Sam ließ sich nicht beirren. »Und meine eigenen Eltern werden auch nicht gerade erfreut sein, wenn es Ihnen das leichter macht. Sie werden mich für verrückt erklären. Und es gibt ja auch an der Oberfläche vieles, was Ihnen auf den ersten Blick verrückt vorkommen muss – aber vielleicht sollte ich Ihnen sagen, dass ich mit meinen beiden anderen Frauen nicht schlafe.«

»Oh, und da brauchen Sie frisches Blut, was? Die beiden anderen sind Sie leid, und da holen Sie sich meine Tochter.« Eric hätte beinahe gelacht. »Und dann erzählen Sie uns, dass es nicht *leicht* für uns ist. Sie haben Nerven, das muss ich schon sagen.«

»Eric…«

»Hören Sie mir zu, ja? Sie haben nicht die leiseste Ahnung, was das für uns bedeutet, also erzählen Sie mir nicht, wie wir uns fühlen müssen.«

»Eric«, ermahnte ihn Monica.

»Und was soll das denn sonst sein als ein verfluchter Harem? Also kommen Sie mir nicht mit Ihren Klugscheißereien. Und da gibt's nur eine Antwort, mein Junge, nur eins, was du wissen musst: Kommt nicht in die Tüte. So, und jetzt verpiss dich. Hau ab.«

»Eric.« Monica tadelte ihn nicht in erster Linie, weil er die Nerven verlor. Von seinem Ausbruch hatte sich der Druck in ihrem Schädel verdoppelt; es war, als stecke ihr Kopf in einer Schraubzwinge.

»Okay, okay«, sagte er, senkte die Lautstärke und massierte nun die Schultern seiner Frau. »Und noch etwas will ich Ihnen sagen. Und auch das gratis. Gut, sie ist zwanzig und so weiter – aber bevor Sie sie in Ihre Krallen kriegen, hole ich die Bullen. Da zögere ich keine Minute.«

»Hier holt keiner die Bullen«, widersprach ihm Monica.

»Dad!«

»Das wollen wir doch mal sehen.«

»Dad! Damit würdest du auch nichts ausrichten. Es ist vollkommen legal.«

Der Ausdruck »vollkommen legal« brachte Eric mehr als alles andere in Harnisch.

»In Kabul, da ist so was vielleicht vollkommen legal, aber der soll nur mal versuchen –«

»Teheran.«

»... der soll nur versuchen ...«

»Teheran«, sagte Tracy noch einmal.

»Teheran was?«

»Er ist aus Teheran.«

Doch Sam schlug sich auf Erics Seite. »Lass ihn weiterreden, mein Schatz. Es ist wichtig, dass er sich Luft macht.«

»Tausend Dank. Als ob ich dazu von *Ihnen* die Erlaubnis bräuchte, in meiner eigenen Wohnung! Und nennen Sie meine Tochter nicht ›mein Schatz‹!«

»Eric«, flüsterte Monica.

Sam blieb stur. »Reden Sie weiter, Eric. Sie sind wütend.«

»Na da bin ich ja froh, dass Sie das endlich merken. Ich hätte eingreifen müssen, in dem Augenblick, in dem ich gesehen habe, dass sie in dem scheiß Kebabladen arbeitet. Das war mein großer Fehler.«

Woraufhin Tracy sich in einer verzweifelten Geste vorbeugte und die Arme reckte, als wäre sie wieder das kleine Mädchen auf der Spielplatzschaukel, das gern heruntermöchte und hofft, dass sein Vater es rettet. »Du kannst nichts machen. Beruhige dich.«

Monica kamen die Tränen. »Wie kann denn so etwas legal sein?«

Sam erklärte es. »Es ist legal, weil wir gar nicht richtig

heiraten. Na, das war nicht gerade eine gute Formulierung. Ich meine, es wird nur eine *symbolische* Heirat.« Das reichte immerhin als Auslöser für die Krise; zwei bizarre neue Vorstellungen wollten bedacht sein, die Ehe zu viert und deren symbolische Natur. »Vor dem Gesetz bin ich nach wie vor ein unverheirateter Mann. Die beiden Frauen, die ich schon habe, habe ich auch nicht richtig geheiratet.«

Von da an machten weder Eric noch Monica sich überhaupt noch die Mühe, ihn anzusehen. Ihnen ging es jetzt nur noch um ihre Tochter: eine Dreijährige, die gedankenlos auf eine vielbefahrene Straße gelaufen war. Sie war in Lebensgefahr. Beide Pringles waren vor Schrecken starr. *Halt sie fest. Halt sie einfach nur fest!*

Dann endlich ging Tracy auf, worum sich die ganze Aufregung ihrer Eltern drehte. »Ich glaube, sie denken, dass du *polygam* bist.«

»Oh, nein, nein, nein«, versicherte Sam ihnen eilig, erleichtert bei dem Gedanken, dass das ihre einzige Sorge war. »Überhaupt nicht. Da brauchen Sie sich gar keine Sorgen zu machen.«

»Tracy!«, brüllte Monica. Sie konnte einfach keine Rücksicht auf ihren Kopfschmerz mehr nehmen.

»*Deswegen* seid ihr so aufgeregt?«, fragte Tracy ihre Eltern.

Es war zu spät. Eine Dampfwalze kam die Straße herunter und würde sie gleich alle überrollen. Wieder war Tracy auf die Fahrbahn gelaufen und sah überhaupt nicht, was da für Gefahren drohten. Aber Eltern scheuten bei so etwas kein Risiko und stürzten sich auch in die kleinste Lücke im Verkehr.

»Tracy!«, rief Monica noch einmal. »Überleg doch, was du da machst. Das ist Irrsinn.«

»Ich weiß.«

»Wir müssen allein darüber reden. Wir müssen jetzt allein sein.«

Sam machte Anstalten aufzustehen. »Dann gehe ich.«

»Nein!« Nun brüllte Tracy und drückte ihn wieder zurück in den Sessel.

»Ich gehe und –«

Jetzt fuhr Monica ihn an. »Ja, gehen Sie. Gehen Sie. Bitte. Lassen Sie uns allein. Eric, schick ihn weg. Schick ihn weg.« Stolz stand Eric neben seiner Frau, als sie dem Mann die Tür wies, und folgte ihm mit seinen Blicken. »Bitte verlassen Sie unsere Wohnung. Bitte. Gehen Sie.«

Sam gehorchte, kreidebleich. Schon unterwegs zur Tür, nahm er seinen Mantel vom Haken. »Wenn man mich um etwas bittet, dann muss man es kein zweites Mal tun. Das werden Sie im Laufe der Zeit noch herausfinden.«

Tracy hielt es nicht mehr aus. »Ich komme mit.« Sie sprang auf, raffte ihre Sachen zusammen und war fast noch vor ihm an der Tür. »Ich komme mit. Komm, wir gehen.«

»Tracy!«, brüllte Eric.

»Komm, wir gehen.« Tracy ging mit Sam hinaus.

Die Wohnungstür wurde zugeschlagen. Eric und Monica waren allein. Anfangs konnten sie sich nicht bewegen. Sie standen wie versteinert. Etwas Schlimmes war gerade geschehen, etwas Wichtiges, doch genau wie der Blick aus ihrem Wohnzimmerfenster war es einfach zu viel, als dass man alles aufs Mal hätte wahrnehmen können.

Die Erste, die sich wieder regte, war Monica. Sie ging an

den Kühlschrank und suchte nach etwas Kaltem, was sie sich an die hämmernden Schläfen drücken konnte.

»Monica? Wo willst du hin?«, rief Eric, der nicht in einer Verfassung war, in der man ihn allein lassen konnte.

Er folgte ihr in die Küche, und was er sah, entsetzte ihn. Die Kühlschranktür stand offen, und Monica hielt sich eine Aluschale mit tiefgefrorenem persischem Essen an die Stirn. Sie hatte die Augen geschlossen und seufzte vor Erleichterung. »Gott«, stöhnte sie. »Ich glaube, ich breche zusammen. Aber das hier hilft wenigstens.«

»Mona! Siehst du denn nicht, was das ist? Das ist das Essen von diesem Scheißkerl!« Er riss ihr die Schale aus der Hand, als wäre es etwas Hochgefährliches.

»Ist mir egal, was es ist. Hauptsache kalt.«

»Das Zeug kommt uns nicht mehr ins Haus. Nicht in dieses Haus.« Er holte die Aluschälchen aus dem Eisfach, und bald hatte er in der linken Hand einen Stapel, der ihm bis unters Kinn reichte. »Nicht in dieses Haus. Persischer Dreck. Den sollen sie in Kabul fressen. Nicht – in – diesem – Haus.« Die Adern an seinem Hals waren gefährlich geschwollen, als er jetzt durch die Küche stapfte und das Fenster aufriss.

»Nicht, Eric! Du kannst doch nicht...«

»Raus damit!« Mit Tränen in den Augen schleuderte Eric, eine nach der anderen, die schweren Schalen hinaus in die Nacht. Sie drehten sich noch einmal, dann verschwanden sie im Dunkel. »Ab damit!«, schrie er bei jedem Silbergeschoss. »Raus... raus... raus... raus...«

Aus dem dreiundzwanzigsten Stock schossen die eisigen Meteore hinunter zur unerbittlichen Erde.

»Nicht!«, schrie Monica, die Hände an beide Schläfen gepresst. »Du bringst noch jemanden um!«

»So, die sind weg!«

»Na, ist doch gar nicht so schlecht gelaufen«, sagte Tracy finster.

»Hmmmm. Besser, als man denken konnte.«

Schweigend standen sie da und warteten auf den Aufzug.

»Hast du das gerade gespürt?«, fragte Sam schließlich.

»Was gespürt?«

»Spürst du es jetzt?«

»Was?«

»Dieses… wie ein kleines Erdbeben.«

Tracy legte den Kopf schief, sämtliche seismischen Sinne geschärft. »Ach, das«, sagte sie. »Das Haus ist immer in Bewegung.«

»Bewegung?«

»Es setzt sich. Das macht Druck.«

»Druck?«

»So heißt das. Das Haus steht unter Druck. Und wenn es sich entspannt, dann kommen diese Erschütterungen.«

»Soll das heißen, es fällt gleich zusammen?«

»Nein, das ist immer so.«

»Oh.«

»Mum—« Sie hielt inne, unterdrückte die Tränen. »Mum versucht, was zu unternehmen. Sie hat schon Dutzende von Briefen geschrieben.«

»Und trotzdem *wohnt* ihr noch hier?«

Sie sah ihn an. »Oh«, sagte sie.

»Was?« Er riss die Augen auf vor Schreck.

»Der Champagner.« Sie hatte keine Gelegenheit gehabt, die Flasche hervorzuholen. Jetzt zog sie sie aus ihrer Handtasche.

»Egal.«

Beide betrachteten die Flasche. »Da«, sagte sie und stellte sie neben der Aufzugstür ab. »Soll jemand anders seinen Spaß damit haben.«

Sie standen da und starrten auf die teure Flasche.

»Das tut mir alles so leid, Sam.«

»Komm«, sagte er. »Lass uns von hier verschwinden, bevor es zu spät ist.« Er nahm sie bei der Hand und zog sie zur Treppe, wo das harte Echo ihrer Schritte – klackklack – klack – klackklack – ihnen bis nach unten folgte.

Ein Hochzeitskleid

Ich komme mir vor wie Scheherazade.«

»Oh, du meinst…?«

»Aus Tausendundeiner Nacht.«

»Wie war das doch gleich?« Sam erinnerte sich nur noch vage an das berühmteste Buch der persischen Literatur, weil er sich immer nur mit der Kultur seiner Wahlheimat beschäftigte. Tracy war von Kindesbeinen an damit vertraut, und dank der Liebe ihrer Mutter zu Märchen aller Art kannte sie es fast auswendig. Als kleines Mädchen hatte sie immer davon geträumt, und ihre Tagträume verdankten diesem Buch bis heute viel von ihrer Farbenpracht.

Tracy half Sams Gedächtnis auf die Sprünge: Shahriyar, König über die Inseln und Halbinseln von Indien und China, muss eines Tages feststellen, dass seine Frau ihm, wenn er auf Reisen war, regelmäßig untreu gewesen ist – »Was heißt regelmäßig, in den damaligen Zeiten?« – »Pssst!« –, und so bringt er sie um, samt all ihren Liebhabern. Von da an hasst er die Frauen, und in seiner blinden Wut heiratet er jeden Tag eine neue und tötet sie anschließend… bis sich keine Kandidatin mehr findet.

Sein Wesir – »Ein Wesir ist so eine Art Minister« – »Danke, das weiß ich« – hat zwei Töchter, die kaum einer kennt. Eine davon ist Scheherazade. »Und jetzt kommt es.«

Die andere ist Dinharazade. Die ältere, Scheherazade, hat sich einen Plan ausgedacht, wie sie sich und die anderen retten kann, und besteht darauf, dass ihr Vater sie mit dem König verheiratet – »Kann ich etwas sagen?« – »Nein« –, und auch wenn ihr Vater sich große, ja fürchterliche Sorgen um ihr Leben macht, falls sie den König heiratet, gibt er ihm seine Tochter, und an dem Abend geht es dann los – »Was geht los?« – »Wart's ab« –, und bevor der König mit Scheherazade schlafen kann, lenkt sie ihn mit einer Geschichte ab, aber sie erzählt sie nicht zu Ende, so dass er gespannt bleibt – »So ein Biest!« –, und verspricht, dass sie am folgenden Abend weitererzählt – »Aber?« –, aber am folgenden Abend – »Ich wusste es doch, es gibt immer ein Aber« – schließt sie eine weitere Geschichte an und dann noch eine, und die Geschichten sind so spannend und aufregend, dass der König immer hören will, wie es weitergeht – »Sicher...« – *»Psssst!«* –, und deshalb verschiebt er die Hinrichtung von Tag zu Tag und immer so weiter – »Bis ans Ende aller Zeit?« –, bis er schließlich seinen grausamen Plan aufgibt.

»Großartig«, sagte Sam. »Und ich nehme an, ich bin der König?«

»Ja«, antwortete Tracy. »Eigentlich magst du Frauen überhaupt nicht.«

»Nicht?«

»Nein. Das bildest du dir vielleicht ein. Aber im Grunde deines Herzens bist du ein Junggeselle. Du glaubst nicht an die Liebe. Nur durch Zufall bist du auf... auf so eine Art Liebeskarussell gekommen, und da drehst du dich jetzt und heiratest alles, was Beine hat.«

»Und du? Was ist dein Part in der Geschichte?«

»Ich bringe dich dazu, dass du etwas tust, genau wie Scheherazade.«

»Und warum sagst du das?«

Er saß am Steuer. Nun verlangsamte er das Tempo, setzte den Blinker und scherte aus dem dichten Verkehr aus.

»Weil mir Sachen auffallen.«

»Oh. Verstehe. Und was ist dir aufgefallen?«

Sie blickte zum Beifahrerfenster hinaus. Touristen im Sonnenschein; Einkaufstüten zum Platzen gefüllt; Paare, die sich an diesem Samstagvormittag bei den Händen fassten, um die Straße zu überqueren, und nach ihrem Spurt wurden sie wieder langsamer, ließen sich los, gingen allein weiter. »Wie nervös du wirst, wenn wir von den Vorbereitungen sprechen.«

»Das ist nur alte Gewohnheit, nichts weiter.«

»Wie du aus dem Zimmer gehst und alles mir und Firouzeh und Yvette überlässt. Sie sagen, sie haben noch nie erlebt, dass du plötzlich ein solches Interesse am Garten entwickelt hast.«

Mit einem Seufzer lockerte er sich den Kragen. »Ihr lasst mich ja doch nicht zu Wort kommen, deswegen gehe ich eben in den Garten.« Eine Lücke im Verkehr tat sich vor ihnen auf, und er gab dem Mercedes die Sporen, mit quietschenden Reifen immer nur ein paar Zentimeter entfernt von der Katastrophe auf den überfüllten Londoner Straßen. »Gerade Firouzeh. Sie hat meine sämtlichen Hochzeiten organisiert«, lachte er gut gelaunt. »Sie hat Routine in diesen Dingen. Bei ihr bist du in guten Händen. Es gibt überhaupt keine besseren. Wozu braucht ihr mich da? Aber erzähl weiter. Du bist mit der Geschichte ja noch nicht fertig.«

»Wie meinst du das?«

»*Alf laila wa-laila.* Das Ende der Geschichte. Das solltest du lernen. Du hast den Clou am Ende vergessen.«

»Es gibt keinen Clou am Ende.«

»Natürlich gibt's einen. Der König verliebt sich in Scheherazade. Verzaubert von ihren Erzählungen – wahrscheinlich eher benommen von dem Geschwätz –, findet er seinen Glauben an die Frauen wieder. Sie rettet ihn. Er erlangt sein Ansehen zurück, und das verdankt er nur ihr. Ein vollkommen neuer Mensch. Ende der Geschichte.«

Nun schwammen sie wieder in dem Verkehrsstrom mit. Sam schaltete das Radio ein, drückte den Suchlauf. Er sah sie an. Sie wirkte verstimmt, frustriert. Sie hatte immer noch den Blick abgewandt und sah zum Fenster hinaus.

»Chopin«, sagte er, als er einen Sender gefunden hatte. »Gut. Vielleicht macht uns das wieder froh.«

Beim nächsten Halt warteten Firouzeh und Yvette schon auf sie. Zehn Minuten später setzte Sam die drei in den Kasbahs von Knightsbridge ab.

Er kam nicht mit. »Ich gebe euch neunzig Minuten. Reicht das, um mich zu ruinieren, oder braucht ihr länger?«

Sie ließen ihn fahren; er hätte sie ohnehin nur behindert. »Dann geh eben zurück zu deiner Registrierkasse«, sagte Yvette. »Du wirst schon sehen, was du davon hast.«

»Das kannst du laut sagen«, war Sams letztes Wort.

Hinterhältig, wie sie waren, gingen die drei zuerst zu Harrods. Sie würden ihren Einkaufsbummel in der Schuhabteilung beginnen.

»Wir arbeiten uns einfach von unten nach oben vor«, sagte Firouzeh und grinste. Sie hatte Tracy bei der einen

Hand gefasst und zog sie zur Eingangstür, die sich schon hungrig drehte, und Yvette packte sie bei der anderen.

»Von unten nach oben, keine Frage«, stimmte Yvette zu.

Worauf Tracy, die sich zurücklehnte wie beim Wasserski, nur noch fragen konnte: »Meint ihr mich oder das Kaufhaus?«

»Ich habe ein Buch für Notizen angelegt«, rief Monica vom Balkon, wo sie nach den Kakteen sah, die sie in Joghurtbechern zog.

Eric nickte, hob die letzte Dose Bier hoch, die noch von seinem Sechserpack übrig war, und öffnete sie mit einem Klacken. »Wofür?« Er nahm einen kennerhaften Schluck – eine neue Marke. Die Qualität eines Biers erkannte man am Nachgeschmack. Er betrachtete sein Spiegelbild als Faulenzer in der Balkontür, und von da wanderte der Blick weiter zu seiner hyperaktiven Frau, die sich als Silhouette vor dem grauen Himmel abzeichnete.

»Tracy hat angerufen. Ich habe mit ihr gesprochen.«

»Was sagt sie?«

»Ich hab's für dich in das Notizbuch geschrieben.« Monica kam wieder nach drinnen und schloss mit der behandschuhten Hand die Tür.

»Du hast es aufgeschrieben?«

»Ja. Damit ich's nicht vergesse. Sitzt du bequem?« Sie zog die Handschuhe aus und griff zu dem Büchlein neben dem Telefon.

»Tue ich.«

»Verrücktes Zeug. Du hättest sie hören sollen. Völliger Unsinn.«

»Dann erzähl mal.«

»Religiöses Zeug.«

»Das hat sie alles von ihm, ist doch klar. Hab ich mir gleich gedacht, dass das so kommen wird. Der steckt doch voll mit dem Kram.«

»Ach ja, und sie will, dass wir zur Hochzeit kommen.«

»Ha!«

»Sie bringt eine Einladung vorbei.«

»Ha! Die zerreißen wir in kleine Schnipsel. Was hat sie sonst noch gesagt?«

»Hört sich an, als ob sie jetzt zum Islam übertreten will.«

Sofort war er besorgt. »Wie kommst du darauf?«

»Na, wegen der Sachen, die sie sagt.«

»Was zum Beispiel?«

»Anscheinend ... der älteste bekannte Hinweis auf die unbefleckte Empfängnis Marias ... steht anscheinend im Koran.«

»Sag ich doch. Das hat sie alles von ihm.«

Monica blätterte zwei Seiten weiter. »Moment, das war noch nicht alles.« Sie suchte. »Ja, hier ist es. Je älter wir werden, desto weniger Glück erfahren wir.«

Eric wandte den Blick ab, dann nickte er. »Woher will sie denn so was wissen?«

»Eben. – Ach, und sie sagt, du bist ein Muslim.«

Nun war er doch verblüfft. »Ich bin ein Muslim?«

»Ich auch. Wir beide. Wir haben es nur bis jetzt nicht gewusst.« Sie starrte ihn an, erleichtert, dass sie etwas gefunden hatte, was ihn beeindruckte.

»Na, zumindest im letzten Punkt hat sie recht.« Er richtete sich in seinem Lehnstuhl auf. Er umklammerte beide

Lehnen, und fast hätte man denken können, er wolle aufstehen. »Das ist nicht wahr, oder?«

»Doch.« Monica suchte nach dem Eintrag. »Jeder, der… Moment, ich hab's gleich… Jeder, der sich einem allmächtigen Gott *unterwirft*, hier, der sich unterwirft und sich *hingibt*, der ist im Grunde ein Muslim. Mehr bedeutet das Wort Muslim nämlich nicht. Jemand, der sich unterwirft und sich hingibt, wie gesagt, dem Willen eines allmächtigen Gottes. Und das täten wir doch. Oder behaupteten es, hat sie gesagt.«

»Das ist das Zeug, das dieser Scheißkerl ihr eintrichtert. Das hört man doch sofort. Dem würde ich am liebsten den Hals umdrehen.«

Monica las weiter. »Das ist anscheinend die arabische Bedeutung des Wortes. Unterwerfung und Hingabe. Und wenn wir in unserer Kirche dasselbe sagen, sagt sie, und denselben Gott anbeten, dann sind wir alle Muslime.«

Er nickte geistesabwesend. »Unglaublich.«

»So wie ein Fisch schon als Muslim auf die Welt kommt.«

»Das hat sie gesagt? Ein Fisch?« Er brauchte eine Zigarette.

»Die Sonne ist ein Muslim. Jesus war ein Muslim.«

»Ja natürlich, Jesus. Dass ich da nicht selbst draufgekommen bin.«

»Sie hat mich gefragt, was er denn gewesen sein soll, wenn er kein Muslim war.«

»Wie wär's mit Christ? Oder Jude? Jude oder Christ, wie wär's damit?« Eric verlor die Geduld. Er nahm einen tiefen Zug von der Zigarette. Wenn sie das nächste Mal anrief, würde *er* rangehen.

»Habe ich auch gesagt. Genau das habe ich gesagt: Wie wär's mit Christ?«

»Was hat sie geantwortet?«

»Falsch.«

»Falsch? Was soll das heißen, falsch?«

Monica zog das Notizbuch zu Rate und las: »In der Bibel nennt er sich kein einziges Mal so.«

»Was hast du gesagt?«

»Ich hab gesagt, das ist kein Argument. Man muss sich nicht so nennen, um einer zu sein. Er heißt schließlich Jesus *Christus.* Das ist doch ein ziemlich starkes Indiz. Und dann sagt sie mir, in der Bibel steht, wir sollen Gott anbeten. Nicht Christus. Den einen einzigen Gott.«

»Lass mich ans Telefon, wenn sie das nächste Mal anruft. Von jetzt an rede ich mit ihr.«

»Und wenn wir das tun – wenn wir ohne Vermittler direkt mit Gott reden –, dann sind wir Muslime.«

Sie blickten einander forschend an. Jeder wollte sehen, ob der andere das auch nur als Möglichkeit erwog. »Wie dem auch sei, jedenfalls hat sie uns außerdem auch zur Hochzeit eingeladen.« Stille breitete sich aus. »Was sollen wir antworten? Wir müssen doch irgendwas antworten.«

Tracy erklärte sich für »so gut wie nichtgläubig«, Yvette war Agnostikerin in dritter Generation, und so fiel Sam und Firouzeh die Aufgabe zu, mit den Traditionen ihres Landes der bevorstehenden Hochzeit etwas mystisches Flair zu verleihen. Sie waren fest entschlossen, den sentimentalen Bräuchen ihrer Heimat zu folgen.

Tracy wollte, dass Khalil Gibrans »Von der Ehe« verlesen

wurde, das zarte Gedicht von den zwei Bäumen, die gemeinsam wachsen, ohne dass sie einander ersticken, doch als Sam einwandte, dass in ihrem Falle die Zahl der Bäume nicht stimme, sah sie es ein und nahm stattdessen ein Gedicht von Walter de la Mare.

Tracy hatte noch nicht ganz die Hoffnung aufgegeben, dass ihre Eltern vielleicht doch noch in letzter Minute aufkreuzen würden; sie hatte eine Einladung unter der Tür durchgeschoben, aber sie versicherte allen, sie rechne nicht damit. Seit dem katastrophalen Abend, an dem sie ihre Verlobung bekanntgegeben hatten, war sie nicht mehr dort gewesen und hatte nur ab und zu angerufen, um ihnen zu sagen, dass es ihr gutging. Seither schlief sie in dem kleinen Gästezimmer im Erdgeschoss, rollte sich auf dem schmalen Bett zusammen wie eine verirrte Katze, während in der Küche nebenan der Kühlschrank brummte und oben ihre zukünftige Familie in fürstlicher Pracht schlief. Tracy wollte es so. Ihr gefiel diese Vorstellung von der Küchenmagd, die wie im Märchen bald Herrin sein würde. Und sie respektierte auch Sams Wunsch, die Sache mit der *Sighe* nicht zu sehr zu strapazieren. Sie wollte, dass der Haushalt bis zum Hochzeitstag ganz normal weiterlief. Und bis dahin schien ihr das behelfsmäßige Bett genau der richtige Ort zu sein.

Der König rief alle in den großen Saal des Palastes und tat kund, dass er seine Braut verschonen werde.

Als Nächstes ließ er den Wesir kommen, Scheherazades Vater, und schenkte ihm ein prachtvolles Ehrenkleid mit den Worten: »Allah hat deine Tochter heranwachsen lassen, damit sie die Errettung meines Volkes sei. Ich sehe, sie ist sittsam, weise und beredt, und um ihretwillen bereue ich meine Taten.«

Die ganze Stadt wurde geschmückt und mit Lampen versehen, und auf den Straßen und Plätzen ertönten die Pauken, erschollen Trompeten, und die Fanfaren schmetterten.

Es war eine denkwürdige Hochzeit mit all ihrer Pracht, der Exotik und dem Duft der Chrysanthemen, die in Dutzenden von Vasen die Zelte säumten, die im Garten für die etwa hundert geladenen Gäste aufgestellt waren.

Noch denkwürdiger wurde sie durch die strahlende Schönheit der Braut und das geradezu jugendliche Glück des Bräutigams, der ihr wie ein Höfling während der ganzen Zeremonie die Hand hielt, seine Handfläche eine Ablage für ihre Fingerspitzen.

Andererseits wurde die Tatsache, dass Tracy aus Clapham stammte und für diese Ehe mit ihren Eltern gebrochen hatte, mit keinem Wort erwähnt – auch nicht, dass die beiden strahlenden Brautjungfern in ihren Seidengewändern niemand anders waren als die gegenwärtigen Ehefrauen dieses alternden Don Juan. Die Gäste, die sich zu der Zeremonie im Wohnzimmer drängten, ließen sich ebenfalls nichts anmerken.

Diese Hochzeit schien geradewegs aus Tracys Tagträumen zu kommen, damals, als sie noch auf ihrem Hocker im Supermarkt gesessen hatte. Wenn die Mädels vom Sainsbury das doch nur sehen könnten! Aber Tracy hatte den Gedanken, sie einzuladen, verworfen. Sie würden die Regeln ihres neuen Lebens niemals verstehen.

Der Mullah, der schon Hunderte solcher Trauungen beiderseits des Atlantiks vorgenommen hatte und sich mit der traditionellen persischen Kultur auskannte, rief den altiranischen Lichtgott Mithra an und schaute dabei diskret auf die Armbanduhr.

Tracy und Sam hatten auf einer steinernen Bank Platz genommen. Vor ihnen stand ein Schrein, der auf drei Ebenen die Symbole von Leben, Liebe und Glück präsentierte – Honig, eine aus Kristallzucker geschnitzte Schale, ein Spiegel –, außerdem ein Koran, alle erdenklichen Blumen, bemalte Eier. Tracy und Sam hatten sich an den Händen gefasst und lächelten sich an. Sam spürte ein leichtes Zittern in der Hand seiner Braut.

Sam trug traditionelle nordpersische Tracht; Tracy hatte so hartnäckig darum gebettelt, dass er schließlich all seinen westlichen Vorlieben zum Trotz nachgegeben hatte. In einer Truhe, die er seit Jahren nicht mehr geöffnet hatte, hatte er einen bodenlangen *abbah* gefunden, dessen Saum mit Rosen bestickt war, und einen schrecklichen Fez in der Art des Osmanischen Reiches, Requisiten, die er seit den Kostümfesten seiner Oxforder Zeit nicht mehr gebraucht hatte, wo er für die schnippischen Mädchen den fernöstlichen Mystiker oder den Wüstenprinzen gespielt hatte. Aber für Tracy würde er sie noch einmal anziehen.

Wie die Tradition es forderte, spannten vier glücklich verheiratete Frauen ein Tuch wie einen Baldachin über sie. Je einen Zipfel hielten Firouzeh und Yvette, die beiden anderen die Sekretärin von Sams Anwalt und die Frau von Abdullah, dem Koch des Restaurants. Firouzeh und Yvette ließen sich dann allerdings ablösen, damit sie sich auf einen Schemel stellen und Zuckerhüte zermahlen konnten, so dass der Zucker auf dieses Dach herabregnete, ein Kristallschauer, der die Ehe segnete und ihnen wünschte, dass ihr gemeinsames Leben süß sein würde.

Danach nahm Firouzeh eine Nadel und zog sie ein einziges Mal durch den Stoff.

Tracy blickte auf. »Wozu ist das?«, fragte sie ihren Bräutigam.

»Das? Das ist nur symbolisch. Es näht die Lippen der Schwiegermütter zu.«

Die Hochzeitsgäste klatschten begeistert.

Monica saß auf dem Barhocker in der Küche und rauchte eine Zigarette. Eric las Zeitung. Beiden war bewusst, dass in diesem Augenblick ihre einzige Tochter die Ehe mit einem weit älteren Polygamisten einging.

»Wie spät ist es?«

Er sah auf die Uhr. »Halb drei.«

Monica nahm einen weiteren tiefen Zug.

»Wieso rauchst du?«

»Was denkst du wohl?«

Beide hatten sie sich eisern geweigert, zur Hochzeit zu gehen. Aber sie hatten die Einladung auch nicht weggeworfen; sie lehnte jetzt am Telefon, so dass es so aussah, als wartete Monica nur darauf, genau im richtigen Augenblick der Zeremonie den Hörer abzunehmen und ihren Einspruch anzumelden.

»Jetzt ist es wahrscheinlich so weit«, sagte Eric.

Monica antwortete nicht, sondern blickte stattdessen zum Fenster hinaus, betrachtete die entsetzliche Aussicht und überlegte, ob sie ihre Tochter denn nun zu viel geliebt hatte oder zu wenig.

Den Höhepunkt der Hochzeitszeremonie bildete der Augenblick, in dem die Braut ausdrücklich den Heiratsantrag des Bräutigams akzeptierte. Sams eigenes Einverständnis galt als gegeben.

»Ich werde dich dreimal fragen«, sagte der Mullah mit einem ironischen Lächeln zu Tracy. »Es bleibt dir überlassen, ob und wann du antwortest.«

Tracy hatte von Firouzeh alles über die persische Kunst gelernt, kokett die Unentschlossene zu mimen. Als die Frage zum ersten Mal kam, schloss sie zum allgemeinen Entzücken die Augen und wandte den Blick ab. Sie stellte die jahrhundertealte Souveränität der Männer in Frage, die hohen, trällernden Freudenlaute der Frauen erfüllten den Raum.

»Ah! Sie ist wohl zum Blumenpflücken in den Garten gegangen.« Mit erhobener Stimme brachte der Mullah die Frauen zum Schweigen; er flocht ein viertausend Jahre altes persisches Gedicht zu diesem Thema ein, dann stellte er die Frage zum zweiten Mal. Diesmal zeigte er mit dem Finger auf Tracy, sehr ernsthaft, als sei ihr Jawort inzwischen mehr als fraglich, und fragte mit krächzender Stimme: »Und willst du ihn also nehmen, diesen prachtvollen Mann, der dich so sehr liebt, dass es ihn um den Verstand, ja um seine Geschäfte bringt?«

Wieder wandte Tracy den Blick ab, als die Frage gestellt wurde.

Und wieder stimmten die Frauen ihr ohrenbetäubendes

Beifallsgeschrei an. »Diesmal ist sie weggegangen, um Rosenwasser zu holen! Ob sie wohl rechtzeitig wiederkommt? Was für eine schöne Hochzeit! Aber findet sie wirklich statt? Will sie diesen wunderbaren Mann etwa gar nicht heiraten?«

Es folgte ein zweites Gedicht, diesmal zum Thema Rosenwasser, und das leitete über zu der dritten und letzten Aufforderung. Mit shakespeare'schem Pathos beschwor der Mullah sie, das Schicksal ihres Mannes liege nun ganz in ihrer Hand. »Diesmal bitten wir dich, zu bleiben und nicht wieder fortzugehen. Lass den Garten. Sag, ob du diesen Mann zum Gatten nehmen willst. Wir haben die Türen verschlossen. Antworte all denen, die dich lieben. Willst du ihn zum Ehemann nehmen?«

Die versammelten Frauen nickten zufrieden: Jetzt würde Tracy einwilligen.

Aber Tracy schwieg noch beharrlicher als zuvor. Sam wandte sich um und sah sie an, sein Lächeln erstarrte. Sogar der alte Geistliche, der schon Tausende Male gesehen hatte, wie die Braut sich zierte, hatte so etwas noch nicht erlebt.

Tracy blickte sich um. Sie glaubte irrtümlicherweise, dieser Augenblick sei dazu da, noch einmal in Ruhe darüber nachzudenken, ob die Heirat tatsächlich eine gute Idee war. Vergessen waren Firouzehs Ermahnungen, beim dritten Mal unverzüglich mit Ja zu antworten und den Qualen des Bräutigams ein Ende zu bereiten. Sie dachte, nach dieser letzten Aufforderung müsse sie sich besonders viel Zeit lassen. Also schaute sie glücklich in die Runde und missdeutete die Blicke. Schließlich sah sie, dass Firouzeh und Yvette sie aus ihrer erhöhten Position durch das transparente Gewebe des Baldachins beschwörend anstarrten: Wenn Tracy wirklich Zweifel hege, dann solle man die Zeremonie vielleicht unterbrechen. Der Zuckerregen versiegte.

Dem Mullah blieb in seiner Verzweiflung nichts anderes übrig, als die ausgestreckten Hände immer höher zu recken, bis Tracy ihn endlich wieder ansah. Als sie sein Unbehagen spürte, sagte sie ohne weiteres Zögern leise: »Na klar.«

Für persische Ohren war das eine fremde Sprache. Tracy verbesserte sich: »Ja, ich will«, und entlockte damit zwei Dutzend zugeschnürten Kehlen einen erleichterten Seufzer.

Tracy musste die Hand ihres frisch angetrauten Ehemannes fest drücken, um ihn wieder zum Leben zu erwecken. Hatte sein Herz aufgehört zu schlagen? Doch als er den Beifall vernahm, kam er wieder so weit zu sich, dass er ihren Schleier heben und sie zärtlich auf den Mund küssen konnte. Nun waren sie Mann und Frau.

Anschließend tauschten sie die Ringe und leckten sich gegenseitig Honig vom kleinen Finger. Doch mit dem Geschenksegen, der dann folgte, hatte Tracy nicht gerechnet. Die Hochzeitsgäste überhäuften sie mit Armbändern, Perlenketten, goldenen Uhren und all den Schätzen, die verheirateten Frauen vorbehalten waren, und das in solchen Mengen, dass Sam alle Hände voll zu tun hatte, die Gaben in der bereitstehenden Truhe zu verstauen, bevor sie von herandrängenden Gratulanten zertreten wurden, die weitere Geschenke überreichen wollten.

»Meine Güte«, sagte Tracy nur immer wieder ungläubig. Geschenke im Wert von Tausenden von Pfund wanderten binnen weniger Minuten durch ihre Hände.

Damit war die Zeremonie abgeschlossen, und das Festmahl konnte beginnen.

Angeführt von einem Ensemble persischer Musiker, schritt die Prozession in Richtung Garten, wo jenseits der Terrassentüren Zelte für das Gros der Gäste aufgebaut waren. Hinter den Musikern wiegte sich eine Gruppe von Bauchtänzerinnen mit brennenden Fackeln. Dann kam das lächelnde Brautpaar. Ein Großteil der wohlhabenderen Londoner Perser erhob sich, um Beifall zu spenden, und bedeckte Tracy im Vorbeigehen mit feuchten Küssen. Die Schleppe ihres Kleides glitt über einen Teppich aus Rosenblättern. Sam führte sie in die Mitte der Tanzfläche, und unter den Klängen eines Hochzeitsliedes drehten sie sich zur allgemeinen Freude der Anwesenden über das Parkett. Sam konnte die Augen nicht von ihr abwenden.

Nach einem von Abdullah zubereiteten Festmahl, mehreren Gläsern Champagner und zahllosen Einlagen der Künstler traten die tanzenden Gäste zur Seite und bildeten einen festlichen Kreis um Yvette, Firouzeh und Tracy. Sie klatschten im Takt zu dem gemeinsamen Tanz der Frauen, die ihre eheliche Zuneigung zum Ausdruck brachten, indem sie sich abwechselnd umfassten und wieder aus der Umarmung lösten, wie eine Schlange, die sich nach dem Erwachen entrollt. Ihre Vorführung übertraf die der professionellen Tänzerinnen bei weitem. Sie war hypnotisch, feierlich und bemerkenswert erotisch. Viele der Männer hoben die Brauen und sahen verstohlen zu Sam hinüber. Stell dir vor, du wärst dieser Mann, sagten ihre Blicke; der, dem es vergönnt ist, sich von dieser wunderbaren Schlange umschlingen zu lassen.

Das Klatschen wurde lauter; Sam sah seinen Ehefrauen zu und dachte dabei, wie wenig Einfluss er doch auf den Lauf der Dinge hatte.

»Glückwunsch«, sagte Sams Anwalt und versetzte ihm einen kräftigen Schlag auf den Rücken. »Du bist ein Glückspilz. Gott, es ist unglaublich.«

»Danke«, erwiderte Sam nach kurzem Zögern. »Ja. Ja. Das bin ich. Wie du siehst. Ein wahrer Glückspilz.«

Meridian

Die Kinder blieben in der sicheren Obhut einer jungen bayerischen Bergsteigerin mit Nabokovs Lolita-Roman im Rucksack. Zusätzlich zu ihren üblichen Pflichten bat Firouzeh dies blonde Mädchen, ihre aquamarinblauen Augen auf die Schuhspitzen zu richten, solange Sam in der Nähe war – eine weitere Heirat wäre sein Untergang.

Tracy hatte oft von ihren Flitterwochen geträumt: die Brautausstattung, Wochen im Voraus gepackt, eine ehrgeizige Reiseroute, die Ankunft mit dem Orientexpress, erschöpft, mit fünf gewaltigen Schrankkoffern im Gepäck, der Bahnsteig wimmelnd von Dreifachagenten … aber dann entschied sie sich doch für Blackpool, mit Zwischenstation in Greenwich. Tracy saß auf dem Beifahrersitz an der Seite ihres Manns; die beiden anderen Ehefrauen teilten sich die Rückbank.

Bei dem kurzen Zwischenhalt in Greenwich wollte Tracy das Hochzeitsgeschenk ihrer Mitehefrauen einweihen: eine mit karminroten Steinen besetzte Armbanduhr. Tracy hatte beschlossen, dass sie sie am chronometrischen Mittelpunkt der Erde einstellen und in ewige Bewegung versetzen wollte.

Sie erklommen den Hügel zur alten Königlichen Sternwarte und blieben im gepflasterten Innenhof, bis eine

Gruppe von japanischen Touristen die vorgeschriebene Menge Film belichtet hatte. Dann stellte sich Tracy so auf, dass ihre großen Zehen in einer Linie mit dem Nullmeridian waren, einem roten, messinggefassten Strich. Sam zitierte aus einer Broschüre: Der Nullmeridian bilde die eigentliche Grenze zwischen Ost und West – und sei folglich der ideale Anfangspunkt für ihre Ehe. Amüsiert beobachtet von den Japanern auf der einen und einer Gruppe englischer Schulmädchen auf der anderen Seite, reckte Tracy die Arme wie eine Wetterfahne entlang dieser Trennlinie und versuchte einen Augenblick lang, die Bedeutung dieses Zeitmaßes, von dem alle anderen Weltzeiten abgeleitet sind, am eigenen Leib zu spüren. Sie sah aus wie ein Geburtstagskind, das sich etwas wünschen darf, und als sie die Augen wieder aufschlug, verkündete sie, jetzt sei sie bereit, die Uhr zu stellen.

Sie hatte zwei Möglichkeiten. Für eine Pfundmünze spuckte eine Maschine in der Nähe ein Kärtchen aus, auf dem die exakte Zeit aufgestempelt war, bis auf die Hundertstelsekunde genau. Sie entschied sich jedoch dafür, im Observatorium selbst die führende Autorität in Sachen globaler Zeitmessung zu konsultieren, die dort in einem dunklen Stahlgehäuse vor sich hin tickte.

Die Atomuhr stand in der Mitte des Raums: ein blitzender Block, dessen einziger Schmuck eine schlichte digitale Anzeige am oberen Ende war. Die ersten zwölf der insgesamt fünfzehn Ziffern konnte sie noch erkennen, die übrigen veränderten sich so rasend schnell, dass sie ihr nichts mehr nützten. Auf den Sekundenbruchteil genau stellte Tracy ihre Uhr und feierte so an diesem vierten März, um genau fünf nach eins GMT, den Beginn ihres neuen, wahren Lebens.

Nachdem sie in Blackpool erleichtert aus dem Auto geklettert waren, sah sich das Grüppchen in der Hotelhalle mit den herablassenden Blicken des Personals konfrontiert. Sie verlangten nebeneinanderliegende Zimmer und trugen sich unter dem Namen »Sahar, vier Personen« ins Gästebuch ein.

Abends um sieben bestellte Sam ein Flitterwochendiner für vier aufs Zimmer. Wenn der Portier das verdächtig fand, so ließ er sich jedenfalls nichts anmerken. Das Essen bestand aus einem ganzen gebackenen Lachs à la lyonnaise in Limonenvinaigrette, begleitet von einem erlesenen weißen Burgunder.

Um neun waren die Frauen so satt, dass sie es nicht länger an dem kleinen Klapptisch aushielten; sie schlüpften unter die straff gespannte Bettdecke, bis sie ganz darunter verschwunden waren. Leicht beschwipst drehte Sam sich um, betrachtete die hügelige Himalayalandschaft seiner Ehefrauen und stellte sich vor, wie er nacheinander alle drei Gipfel erklimmen würde. »Wie ich sehe, ist die Stunde des Bergsteigens endlich gekommen.«

Minuten später hatte er allerdings nur erreicht, dass alle drei Frauen kicherten.

Das Gelächter von drei Frauen ist nicht zu überhören, und draußen auf dem Flur drückte der Portier, der seine Neugier nicht länger bezähmen konnte, ein Ohr an die Tür. Bei dem Klang des anzüglichen Kicherns im Zimmer kaute er an einem Daumennagel. Er wartete darauf, dass die skandalösen Geräusche in eine andere Tonart übergingen, doch als andere Gäste zu ihren Zimmern zurückkehrten, musste er notgedrungen seinen Lauschposten aufgeben.

Drinnen kauerte Sam – der unumschränkte Herrscher über seine kleine Welt – am Fußende des großen Bettes und kitzelte unbarmherzig die Galerie namenloser Füße. Anhand des Lachens sollte er herausfinden, welcher Fuß zu seiner neuesten Braut gehörte.

Die Frauen unter dem Laken sorgten für Verwirrung im Spiel, indem sie die Beine verschränkten, und die unterschiedlich großen Füße – drei ungleiche Paare – stellten ihn vor eine schier unlösbare Aufgabe. Das erste Lachen war ihm wohlvertraut: nach all den Jahren war ein Irrtum ausgeschlossen. »Aufhören, ich gebe auf, aufhören!«, quietschte Firouzeh und zog ihren Fuß schon bei der kleinsten Berührung durch Sams Zeigefinger sofort zurück. Und den hier, ja den kannte er auch, denn die lackierten Fußnägel waren verräterisch, ein Detail, das er noch nie so sehr geschätzt hatte wie jetzt. Außerdem kicherte niemand wie diese Frau, so federleicht und schwerelos, und das nach allem, was sie durchgemacht hatte! Aber der Dritte, so mutig, so eigensinnig, so unerschrocken; ganz gleich, wie fingerfertig er kitzelte, wie komplizierte Muster er auf die Fußsohle zeichnete oder wie zart er daran kratzte, die Besitzerin ließ sich keinen Laut entlocken. Hier war jemand zu nervös, um zu lachen, zu überwältigt von der Ernsthaftigkeit der Gelöbnisse und Schwüre: Kein Zweifel, das war seine Braut.

»Dann lasst mich jetzt also einen göttlichen Ozean teilen, wie es einst der Prophet Moses tat.«

Nun, da er die Lage erkundet hatte, ließ er sich zwischen

sie fallen und schwebte rücklings auf dem Laken, ein verspieltes Walross auf einem wogenden Meer. Durch den Baumwollstoff spürte er die Strömungen, jede einzelne Wellenbewegung: Er schloss die Augen und konzentrierte sich ganz auf die fünf Faden tiefer wogenden Fluten, die flüchtigen Liebkosungen des Meeresgetiers, die boshaften Krabben und Hummer, die ihn zärtlich in die Unterseite kniffen und ihn, wenn sie ihn schon nicht zum Lachen bringen konnten, immerhin verzückt aufseufzen ließen. Inmitten von so viel Schönheit sonnte er sich in einem nie gekannten Glücksgefühl.

»Nun denn«, sagte er, »welchen Fisch soll ich heute Nacht verspeisen? Die Entscheidung ist schwerer denn je. Ein dreigängiges Essen vielleicht?« Aber es war ein müßiger Scherz. Er war kein Satyr, und wer wusste das besser als sie?

Mit einem kräftigen Ruck an den Laken enttarnte er sie. Unter melodramatischen Schreckenslauten zogen sie die Bettdecke wieder hoch bis zum Kinn und mimten eine Schamhaftigkeit, die keine von ihnen mehr besaß, seit sie fünfzehn geworden war. Drei sinnliche Frauen schlugen die Augen nieder, legten die Hände vors Gesicht und führten sich auf wie verschreckte Jungfrauen. Bestie, Teufel, Wolf: Waren seine grausamen Gelüste denn niemals befriedigt?

»Ich habe noch etwa fünf Minuten, dann schlafe ich ein«, verkündete er.

Firouzeh und Yvette verstanden den Hinweis und verabschiedeten sich. Sie schlüpften aus dem Zimmer und ließen die Frischvermählten allein.

Die Tür wurde verriegelt, der Telefonhörer abgenommen. Sam küsste Tracys Handflächen. Sie hatte unglaubliche Hände, wie eine Geigerin. Ein zärtlicher Ausdruck trat in ihre Augen, sie blickte ihn liebevoll an. Dann halfen sie sich gegenseitig beim Ausziehen.

»Oh, meine Tabletten.« Sam streckte die Hand aus und fand sie auf dem Nachttisch in einem Sammelsurium von Nasentropfen, Magentabletten, Schmerzmitteln, Eukalyptuspastillen, Abführpillen, Hustenbonbons und Ohrstöpseln: die treuen Verbündeten seiner mittleren Jahre. Er spülte das Medikament mit einem Schluck Champagner hinunter, dann war die Bühne frei für das Spiel der Leidenschaft.

Die Brautleute waren schon vor den anderen Gästen auf und frühstückten an einem Fenstertisch im leeren Speisesaal. So früh am Morgen war es in dem Raum grabesstill wie in einer Kirche. Draußen segelten die Vögel über dem Pier, und das ruhige Meer spülte träge über die Kiesel, apathisch wie ein alternder Liebhaber.

»Zieh den Ring aus. Ich will dir etwas zeigen.«

»Was denn?« Sie zog ihn vom Finger.

Auf der Innenseite – »es wird eingraviert, bevor der Ring geschlossen wird« – sah sie fünf Buchstaben, die man nur lesen konnte, wenn man den Ring einmal vollständig um die eigene Achse drehte: »Das symbolisiert den Tageslauf«, erklärte Sam.

»Z – A – H – I – R?«

»Ja, Zahir. Es kommt aus dem Arabischen.«

Tracy war hocherfreut über die Entdeckung, dass ihr Ring eine verborgene Seite hatte, etwas Geheimnisvolles, Überraschendes. Noch bevor sie wusste, was die Buchstaben bedeuteten, stellte sie sich eine Sekunde lang vor, wie sie ihre Tochter in das Geheimnis einweihen würde: »Sieh dir die Innenseite an«, würde sie ihrem Kind sagen, »und lies, was da steht.«

»Willst du nun wissen, was es heißt, oder nicht?«, fragte er.

»Klar«, sagte sie und erwachte aus ihrem Tagtraum. »Na los, sag schon.«

»Das ist mein neuer Name für dich. Und er hat viele Bedeutungen. Sehr viele.«

»Zum Beispiel?«

»Nun. Eine Bedeutung ist zum Beispiel ›allseits bekannt‹. Oder ›sichtbar‹. Und es ist auch einer der neunundneunzig Namen Gottes. Aber die Geschichte lehrt uns auch, dass Zahir der Name eines berühmten, sogar sehr berühmten... einer Art... nun, es war ein Kupfertopf.«

»Ein Kupfertopf?«

»Ja. Er stand in einer Schule in Schiras, in Persien, vor vielen Jahrhunderten, und das ist der Grund, meine Süße, mein Glück, warum ich dir diesen Namen gebe.«

Tracy nickte. Sie überlegte, warum er sie ausgerechnet nach einem Topf benannte, aber dann fiel ihr ein, dass es keine Beleidigung war, weil ein Restaurantbesitzer einen guten Topf sicher mehr zu schätzen wusste als alles andere.

Sam tauchte seinen silbernen Teelöffel in eine Grapefruithälfte und führte den triefenden Fruchtbissen zum Mund.

»Wieso?«, fragte sie. »Wieso ein Kupfertopf?«

Er fixierte sie mit einem Blick von beinahe unmoralischer Eindringlichkeit. »Wieso? Na ja, weil... weil er etwas ganz Besonderes war, etwas ganz *Außergewöhnliches,* Tracy. Er wurde nach einem Verfahren hergestellt, das längst vergessen ist, und…«

Das klang doch schon besser, dachte sie.

»…und jeder, der ihn sah, auch nur ein einziges Mal, konnte danach an nichts anderes mehr denken, weder im Himmel noch auf der Erde, nur an diesen kleinen Kupfertopf, der ganz unauffällig in einem vergessenen Winkel der Welt stand. Schließlich«, fuhr er fort und fuchtelte mit seinem Löffel, »machte ein eifersüchtiger König – irgendwo gibt es immer einen eifersüchtigen König – dem Spuk ein Ende, und sein Gebot ist Legende. Er ordnete an, dass der Topf – ich zitiere aus einer uralten Sanskritquelle – ›auf dem Meeresgrund versenkt werden soll… damit die Menschen nicht das Universum vergessen‹.«

Tracy starrte ihn mit weit aufgerissenen Augen an. Das war besser als erwartet.

»Und deshalb nenne ich dich Zahir, weil du die Menschen dazu bringen könntest, das Universum zu vergessen.« Sam ergriff ihre Hand. Außergewöhnlich, dachte sie. Er küsste sie. Uralt, dachte sie. Er ließ sie wieder los. Das Universum.

Sie überlegte eine Sekunde lang, betrachtete den gravierten Ring, dann steckte sie ihn wieder an den Finger.

»Das ist wunderschön.«

»Habe ich dich beunruhigt? Mit der Geschichte von dem Kupfertopf?«

»Nein«, sagte Tracy. »Nicht sehr.« Aber als sie wieder aufblickte, glitzerten Tränen in ihren Augen. Ihr war, als käme sie von einer weiten Reise zurück.

»Alles in Ordnung?« Sam griff rasch in seine Jackentasche und reichte ihr ein Taschentuch.

»Ja. Es ist nur. Ich bin einfach…«, sie sah aus dem Fenster hinüber zu den Schiffen, die am Pier angelegt hatten –, »einfach nicht ans Heiraten gewöhnt, denke ich.«

Vorsicht ist besser als Rücksicht

Gegen ein Uhr bekam Monica einen Anruf im Lehrerzimmer. Es war Eric, der ihr mitteilen wollte, dass er nach sieben Jahren Untätigkeit und leerer Worte endlich zur Tat geschritten war.

Sie glaubte, er habe einen Job gefunden.

Ihr Herz machte einen Freudensprung bei dem Gedanken. *Zeichen und Wunder.* Aber sie fiel auch nicht völlig aus allen Wolken. Er hatte schon seit Tagen versteckte Andeutungen gemacht, ein leises Donnergrollen, das sich zu etwas Großem zusammenbraute; hatte davon gesprochen, dass Veränderungen anstünden und dass es an der Zeit sei, sein Leben wieder in den Griff zu bekommen. Es hatte auch sichtbare Anzeichen gegeben: Er hatte sein Werkzeug sortiert, es auf dem Boden ausgebreitet wie ein Straßenverkäufer, die Ringschlüssel, Meißel und Senkstifte gezählt und auf einem alten Zettel eine Inventarliste angelegt.

Aber darum ging es gar nicht. Sie hatte sich zu früh gefreut. Mit vor Erregung zitternder Stimme eröffnete Eric seiner Frau, dass er nach sieben Jahren endlich in Tracys Zimmer eingedrungen war; er hatte das Schloss aufgebrochen und sich einmal gründlich umgesehen.

»Wenn ich's dir doch sage: Du musst auf der Stelle nach Hause kommen und dir das ansehen.«

Am Telefon konnte Monica deutlich hören, wie aufgeregt er war. Sie war verblüfft, als sie hörte, was er getan hatte, ohne sie vorher zu fragen. Sie hatten die Forderung ihrer Tochter so viele Jahre lang respektiert, dass es ihr, auch wenn Tracy nun für immer ausgezogen war, wie ein Vertragsbruch vorkam, ein Verrat geradezu. Monica hatte sich an den Zustand gewöhnt. Durch das verbotene Zimmer bekam ihr Leben etwas Geheimnisvolles: Wie viele heruntergekommene Sozialwohnungen konnten mit so etwas aufwarten? Und jetzt hatte Eric die Möglichkeit zerstört, dass Tracy je wieder zurückkam. Nicht einmal die Ankündigung dieser schrecklichen Heirat hatte das bewirkt, und Monica hatte die Hoffnung nicht aufgegeben, dass die Sache vielleicht doch noch in letzter Minute scheitern würde.

Erics Stimme klang atemlos und angespannt. Und als er sie drängte, alles stehen- und liegenzulassen und auf der Stelle nach Hause zu kommen, spürte sie doch eine gewisse Neugier. Sie hatte sich oft genug gefragt, was ihre Tochter in ihrem Zimmer eigentlich trieb. Sieben Jahre lang war ihnen diese Tür verschlossen geblieben, und es wäre gelogen gewesen, zu behaupten, sie hätte sich nicht oft gewünscht, die Tür einzutreten und das Geheimnis ihrer Tochter zu lüften.

»Etwas Schlimmeres hättest du gar nicht machen können, Eric.«

»Ich hab ein Stemmeisen genommen.«

»Ich fasse es nicht.«

»Ist direkt aufgesprungen. Tracy hat mir ja nie erlaubt, sie zu ölen.«

»Häng sofort die Tür wieder ein!«

»Machst du Witze?! Und außerdem geht das gar nicht. Komm endlich nach Hause, und sieh es dir an. Das musst du dir einfach ansehen.«

»Das geht nicht. Ich kann hier nicht einfach weg.«

»Dann komm so schnell wie möglich.«

Sie seufzte und beobachtete durch die Glasscheibe die Kinder, die ihre Abwesenheit sofort ausnützten. »Ja. Ja, in Ordnung. Aber jetzt muss ich erst mal Schluss machen.«

Sie legte den Hörer auf und kehrte zurück zu den Kindern, um ihnen etwas vorzulesen.

Die Kinder starrten sie an. »Und was meint ihr, was der wunderschöne Prinz dann getan hat? Kann mir das jemand sagen?«

Die Kinder schwiegen gelangweilt, bis ein Junge mit einem Hang zum Anarchisten herausplatzte: »Hat er sie aufgefressen?«

Die Kinder fingen an zu kichern. Selbst die jüngsten unter ihnen, die Zwei- und Dreijährigen, gerieten außer Rand und Band. Jetzt geht *das* wieder los, dachte Monica. Mit jedem Tag wird es schwieriger, sie bei der Stange zu halten. Selbst für Kinder in diesem Alter hatten Märchen keinen Reiz mehr. Die Bösen waren zu leicht zu besiegen, das Gute war überholt, das Happy End mit Heirat zu langweilig und vorhersehbar. Jemand hatte das Tor zu ihrem friedlichen Garten aufgestoßen. Jetzt wollten alle Kinder auf der Straße spielen.

Aber noch wusste Monica, wie sie mit diesen postmodernen Einstellungen fertig wurde. »Völlig richtig, Axel. Er hat sie aufgefressen. Kluger Junge. Und was halten wir davon? Sagt, was haltet ihr davon?«

Alle zusammen verzogen sie die Gesichter, angewidert. Ein ganzes Rattenheer verließ dieses Märchenschiff. »Iiiiiiiiih!«

»Und wie hat er sie gefressen? Weiß das einer? Auf Toast? Oder wie sonst?«

»Iiiiiiiiiiiiiiiiiiiiiiiiiiiiiiiiiiiiiihhhhhhhh!«

Das war nicht ungefährlich: Ein einziges Kind, das von diesem kannibalischen Ausgang erzählte, und Monica war geliefert. Aber als Profi wollte Monica auch ihre Experimente machen.

»Nein!«, rief der erste Junge, dem seine grässliche Idee nun schon sauer aufstieß. Er hatte etwas gelernt. »Nein, nein, nein.« Er war den Tränen nah.

»Eben. Das tut er nicht. Also erzähl keinen Unsinn, Axel. Und setz dich wieder. Die beiden lieben sich. Sie lieben sich, klar? Und was machen zwei Leute, die sich lieben?«

Maxine: »Die heiraten.«

»Sehr gut. Genau das. Sie heiraten.«

»Und dann fressen sie sich«, fuhr Serena Armitage todernst dazwischen. Sie wollte nur das Richtige sagen.

»Aber nein. Jetzt setzt euch wieder, alle. Das reicht!«

Ganz hinten in der Klasse, still wie Bettelmönche, saßen die kambodschanischen Kinder und lächelten, aber sie lachten nie. Als seien sie überzeugt davon, dass sie etwas Schlimmes getan hatten, etwas unaussprechlich Schlechtes, dabei hatten sie den ganzen Tag über nur reglos dagesessen. Ihre Verzweiflung saß zu tief, als dass Monica daran etwas hätte ändern können. Dutzende von Malen griff sie ausgleichend ein, verschaffte den beiden Neuen eine zweite Chance, wenn sie übergangen wurden, weil sie nicht begriffen oder zu wenig hartnäckig waren. Aber es nützte nichts. Ihr Vater – ein junger Mann, höchstens dreißig, und er sprach nicht mehr Englisch, als was man aus einem Reiseführer lernen konnte –, war jedes Mal der Letzte, der nachmittags um fünf die Kinder abholte. Erleichtert fassten sie ihn dann bei den Händen – für die beiden war es durchaus nicht selbstverständlich, dass er wiederkam – und marschierten gesenkten Hauptes, erschöpft, als hätten sie gerade etwas Schreckliches überstanden, zur Bushaltestelle. Monica nahm das als Beweis, dass die Tage bei ihr den Kindern nicht im Geringsten nutzten.

Sie sangen noch ein paar Lieder und spielten eine Runde Reise nach Jerusalem, dann trudelten nach und nach die Eltern ein. Heute konnte Monica es gar nicht erwarten, nach Hause zu kommen, und die Plaudereien mit den Eltern fielen kurz aus. Sie konnte an nichts anderes denken als an Tracys Zimmer.

Nach einer halben Stunde saßen nur Lon und Tang noch auf der Spielmatte, und wie immer starrten sie aus dem Fenster, auf ein Land, das sie nicht sehen konnten. Monica betrachtete sie schweigend; dann klingelte das Telefon.

»Wo bleibst du denn?«

»Ich bin noch hier.«

»Was ist los, zum Teufel?«

»Ich weiß es nicht. Wieder mal einer von den Eltern nicht gekommen. Ich kann nichts machen.«

»Das ist lächerlich.«

»Dann erzähl mir doch schon mal von dem Zimmer.«

Es folgte eine Pause. »Nein.« Er genoss es. »Das musst du dir selber ansehen.«

»Was *ist* denn damit, Eric? Hör auf mit den finsteren Andeutungen. Es ist doch nur ein Zimmer. Was hat sie gemacht?«

»Nein!« Eric klang nun wieder so aufgekratzt wie beim ersten Anruf. »Komm einfach her.«

»Ich habe die Kinder hier. Ich kann nichts machen.«

»Dann soll Rita auf sie aufpassen.«

»Alle sind nach Hause gegangen. Ich bin allein.« Sie hörte ein Zungenschnalzen am anderen Ende. »Du musst einfach Geduld haben. Es ist schließlich kein Notfall.«

»Das sagst du.« Und um sie noch weiter zu triezen, fügte er hinzu: »Warte nur, bis du die Wände siehst.«

Sie legte auf. Die Kinder hatten sich nicht gerührt. Sie sahen aus wie kleine Statuen, friedlich und gelöst in ihrer immer gleichen Melancholie.

Wieder klingelte das Telefon.

»Bist du immer noch da?«

»Mhm.«

»Was sind denn das für Eltern? Es ist schon fast eine Stunde. Sie sind eine Dreiviertelstunde zu spät!«

Monicas Nicken ging in ein Schulterzucken über. »Das ist eine schwierige Sache. Es sind Flüchtlinge. Sie sprechen kaum Englisch.«

»Was soll das heißen, Flüchtlinge?«

»Asylbewerber eigentlich. Ihre Eltern. Sie wissen nicht einmal, ob sie als Flüchtlinge anerkannt werden. Sie stehen noch *unter* den Flüchtlingen, kannst du dir das vorstellen?« Schweigen am anderen Ende der Leitung. »Im schlimmsten Fall werden sie einfach wieder nach Hause geschickt. Wieder da abgesetzt, von wo sie kommen.«

Eric brauchte einen Moment. »Ja, gut. Aber wer lässt denn seine Kinder eine Dreiviertelstunde lang warten?«

»Das kommt vor. Oft sogar.«

»Von wegen! Diese Ausländer, die packen das einfach nicht.«

»Ich muss jetzt auflegen.«

»Diese fremden Kulturen. Die sind einfach zu blöd.«

»Hör auf.«

»Funktioniert nicht mal in ihrem eigenen Land, und dann schleppen sie das hierher. Ein Witz ist das. Sieh dich doch an. Du sitzt da und wartest auf diese Leute. Das klappt vorne und hinten nicht. Ein Witz. Die packen das nicht.«

»*Alle* Kulturen sind ein Witz, wenn du mit dieser Einstellung rangehst. Wir sind doch nicht besser. Das sehe ich jeden Tag.«

»Dass ich nicht lache«, sagte er. Dann seufzte er. Über die Londoner Telefondrähte schickte sie ihm einen sarkastischen Seufzer zurück.

»Warte nur, bis du es selber siehst«, sagte er. »Das Zimmer.«

»Ich will's überhaupt nicht wissen.«

»O doch, das willst du.« Er knallte den Hörer auf die Gabel. Das Klacken klang in ihrem Ohr nach.

Sie würde dem Vater der Kinder noch eine Viertelstunde geben, beschloss Monica. Sie suchte die Schränke ab und fand noch einen Vitaminsaft für die Kinder. Das würde sie ablenken. Dann rief sie bei der einzigen Nummer an, die sie erhalten hatte. Bei der Anmeldung mussten die Eltern eine Nummer hinterlassen. Niemand ging ran.

Von dem offiziellen Verfahren hatte sie bisher noch nie

Gebrauch machen müssen. Es gab zwei Nummern, die sie anrufen musste, und beide standen hinten im Klassenbuch. Die Erste war das Jugendamt; sie würden jemanden schicken, der die Kinder in eine Unterkunft brachte. Das hieß Berichte und Beurteilungen, aber es war besser und weit weniger unangenehm als die zweite Nummer auf der Liste, die der Polizei.

»Was ist?«

»Ich möchte die Kinder mit nach Hause bringen.«

»Zu *uns*?«, brüllte Eric ins Telefon.

»Wenn ich das Sozialamt anrufe, haben sie überhaupt keine Chance mehr.«

»Was denn für eine *Chance*?«

»Dass sie hierbleiben dürfen. Wenn es in ihrer Akte steht, und das würde es, dann ....«

»Nein.«

»Eric...«

»Das geht uns nichts an!«, fauchte Eric. Sie wusste, dass jetzt die üblichen Antworten kamen: dass es schon genug Menschen in diesem Land, ja auf der ganzen Welt gab, zu denen er nett sein musste. Und warum sollte eine Familie, die selbst ihre Probleme hatte, die Unzulänglichkeiten einer anderen ausbaden? Hier mochten es besondere Umstände sein, aber es war doch ein Grundproblem der Gesellschaft. Die besten Eltern gab es in den besten Staaten. Schwache Eltern – und folglich schwache Staaten – produzierten Schwierigkeiten, unter denen dann alle anderen zu leiden hatten: Irgendwo musste jemand sich der Sache annehmen, sie in Ordnung bringen, dafür sorgen, dass sie keinen weiteren Schaden anrichteten. Selbst da, wo man im Krieg sein

Land verteidigte, war es ja nur das massenhafte Versagen von Eltern anderswo, das so etwas überhaupt nötig machte. Man zahlte mehr Steuern, man war auf der Straße seines Lebens nicht mehr sicher, man musste Unsummen hinlegen, um seinen Besitz gegen Diebstahl und mutwillige Zerstörung zu versichern, auf Schritt und Tritt hatte man es mit dem Unheil zu tun, das die Kinder von gestern angerichtet hatten – und am Ende lief doch alles auf eines hinaus: Man zahlte die Rechnung für unfähige Eltern. Und sich um kambodschanische Flüchtlingskinder zu kümmern, während ihr nichtsnutziger Vater irgendwo Mah-Jong spielte oder sich als Kleinkrimineller betätigte, das war eine Einmischung, die einem nichts als Ärger brachte. »Lieber Himmel, zieh uns doch da nicht in irgendwas rein!«

»Aber wenn du die armen Kinder sehen könntest.« Sie sprach mit sanfter Stimme wie zu einem imaginären Baby.

»Meine Güte, Monica, *begreifst* du das denn nicht?«

»Was soll ich begreifen?«

»Was hier vorgeht! Dass da was stinkt! Dass da was zum Himmel stinkt bei dieser ganzen Geschichte!«

»Was für eine Geschichte?« Wenn sie sich umdrehte, konnte Monica die Kinder durch den Türspalt im Auge behalten, während ihr Mann seine Argumente gegen sie vorbrachte.

»Die ganze Geschichte mit den Asylanten. Was für eine ungeheure Belastung das für normale Menschen ist! Und weißt du, warum? Sie kommen hierher, und dann wissen sie überhaupt nicht, wie sie hier leben sollen. Und was passiert? Ein anderer hat den Schaden davon.«

»Eric, wovon redest du eigentlich?«

»Na, von diesen Asylanten. Die nicht wissen, wie man Kinder großzieht. Nicht wissen, was das heißt, Eltern zu sein, die Verantwortung kennen. Solche Leute verdienen es nicht, hier zu leben.«

Monica wusste, dass sie es nicht sagen sollte, aber sie sagte es trotzdem. »Und du bist natürlich der perfekte Vater, nicht wahr?«

»Bin ich nicht. Ich hab keine Ahnung. Aber ich würde kleine Kinder nicht eine ganze Stunde lang sitzenlassen. Ein Verbrechen ist das.«

»Ich möchte sie mit nach Hause bringen.«

»Kommt nicht in Frage.«

»Damit wir ihnen nicht die Chance nehmen. Auf ein Leben hier.«

»Nur über meine Leiche.«

»Also, bis gleich. Ich bringe sie mit.«

»Untersteh dich!« Es wurde still am anderen Ende der Leitung. Sie rechnete damit, dass er auflegen würde. Sie wartete. Sie malte sich aus, wie er zum Fenster hinausstarrte, den Blick über die Stadt, vielleicht mit der Schnur des Hörers um den Zeigefinger geschlungen.

»Eric?«

»Nein«, sagte er. Und dann legte er auf.

Monica wartete noch eine weitere Viertelstunde, dann machte sie die Kinder für die Fahrt zurecht. Sie errieten wohl, dass ihr Vater sie im Stich gelassen hatte und dass etwas anderes als sonst geschehen würde, und sie flüsterten miteinander. Aber keines von beiden zeigte Kummer oder Furcht.

Auf dem Parkplatz schloss Monica ihren Mini Metro auf.

Sie würde die beiden auf die Rückbank setzen, das war sicherer.

Eine einsame Gestalt kam über die Straße auf sie zu und rief immer wieder *»Ello«* und *»Sowwy«*. An der Silhouette, den ein wenig krummen Beinen, dem kurzärmeligen Hemd, das überhaupt nicht zur Jahreszeit passte, erkannte sie gleich, wer das war.

»Oh, gut«, sagte sie und lächelte diplomatisch – um der Kinder willen. Sie würde schon noch eine Gelegenheit finden, sich den Vater vorzuknöpfen.

Der Mann verlangsamte seinen Schritt und winkte.

»Oh, gut«, sagte Monica noch einmal. Die Kinder liefen zu ihrem Vater. Er beugte sich nieder und küsste sie beide auf den Scheitel. Dann ging er mit ihnen zu Monica.

»Sowwy-sowwy-sowwy. Danke. Sowwy-sowwy-sowwy. Danke.«

»Schon gut«, sagte Monica. »Sie kommen sehr spät. Sehr spät, Mr Sung. Sie kommen sehr spät.«

»Ja. Ja.«

Sie tippte mit dem Finger auf die Armbanduhr, runzelte demonstrativ die Stirn. »Sehr sehr sehr spät.«

Der Mann streckte ihr die Hand hin, eine schmale, feminine Hand, sein Gesicht ein Bild der Zerknirschung. Seine Stirn war nass vom Schweiß, er atmete schwer. Von wo war er gelaufen? Monica ergriff die Hand. »Ein Glück, dass Sie da sind. Und keinem ist etwas passiert. *Das* ist Glück.«

»Ja. Ja.«

»Es sind wunderschöne Kinder. Passen Sie auf sie auf.«

»Ja, ja, ja.«

»Passen Sie auf sie auf.«

Der Mann ließ Monicas Hand gar nicht wieder los. »Ja, ja, sowwy«, sagte er immer und immer wieder.

Eric saß in seinem Sessel und brütete vor sich hin, mit einer Dose Bier und einer Zigarette zur Gesellschaft.

Jeden Moment konnten Monica und ihre Asylantenhorde zur Tür hereinkommen. Er stellte sich barfüßige Boatpeople mit Sampanhüten vor; so viele würden sich in dem Wohnzimmer drängen, dass sie ihn dort in seinem Sessel erdrücken würden. Monica würde nicht einfach nur zwei Kinder mitbringen – sie importierte ein weltweites Dilemma in ihr Wohnzimmer. In jedem einzelnen Gesicht sah er die Millionen. Kein Wunder, dass er den Blick senkte und weitereilte, wenn er in der Stadt an einem Bettler vorbeikam.

Und als sei das nicht schon genug, musste er unablässig an Tracys Heirat denken. Das fraß Löcher in sein Hirn, größer als die, die er mit dem Finger in die Sessellehne gebohrt hatte. Er würde schmollen, er würde mürrisch dabeisitzen, und erst im Laufe der Stunden würde Monica merken, was sie davon hatte. Er hatte den Großteil des Sechserpacks getrunken.

Sie blieb in der Diele stehen und betrachtete ihn. Ein Sturm im Wasserglas, erklärte sie. Er antwortete nicht. Der Vater der Kinder sei doch noch aufgetaucht. Als sie sich nicht von der Stelle rührte, begriff er, dass sie auch ihm etwas vorzuwerfen hatte.

»Also, Eric. Was sollte dieses Theater? Ich will zwei kleine Kinder mit nach Hause bringen, und du stellst dich an, als wäre es das Ende der Welt. Ehrlich gesagt, ich finde das widerlich. Ich bin froh, dass ich gewartet habe. Stell dir vor, ich hätte es nicht getan. Ihr ganzes Leben wäre womöglich… womöglich anders verlaufen.«

Er nickte und akzeptierte den Tadel – er wusste, dass ihm seine Einstellung immer als Kleinlichkeit ausgelegt wurde – und kehrte dann zu seinem Ausblick zurück, wobei er gleichzeitig das Papier einer selbstgedrehten Zigarette anleckte.

Als Monica sich abwandte, sah sie, dass Tracys Tür einen Spaltbreit offen stand. Im Zimmer war es dunkel. Ihr Blick wanderte zurück zu ihrem Mann. Neben sich hatte er fünf leere Bierdosen stehen. »Also, was soll das alles? Du bist betrunken. Tolle Vorstellung, die du da gibst. Und du bist also in die Privatsphäre unserer Tochter eingedrungen.«

»Meinst du, ich bleibe auch noch nüchtern für den Großeinsatz der Kindernothilfe?«

»Du bist wirklich da drin gewesen? In Tracys Zimmer?« Keine Antwort. »Ich hab dich gefragt, ob du da drin warst, du Griesgram!«

»Darf ich etwa nicht das Zimmer meiner eigenen Tochter betreten? Nicht mal jetzt, wo sie ausgezogen ist?«

»Und hast du in ihren Sachen geschnüffelt?«

Er schwieg.

»Also das finde ich wirklich schlimm.«

»Findest du das?«, brummte er. »Ich habe nichts angerührt. Geh einfach nur rein.«

Monica brachte es nicht über sich. »Nein, das tue ich nicht.« Zwar war sie entsetzlich neugierig, was denn dort zu sehen war, aber jetzt fürchtete sie sich. Erics Verhalten hatte ihr ja deutlich zu verstehen gegeben, dass sie mit einem Schock rechnen sollte. Sie spürte die Schmetterlinge im Bauch, und zwar die mit der großen Spannweite. Es war gerade erst Dienstag, und es war nie gut, wenn so früh in der Woche etwas geschah, was das ganze Leben veränderte. Und sie wollte es Eric heimzahlen. »Ich lass mich nicht auf dein Niveau herab.«

»Gib doch zu, dass du es willst. Tu's einfach. Geh rein. Bring's hinter dich.«

Von wo sie stand, konnte sie nicht ins Zimmer sehen. »Ich brauche einen Kaffee.«

»Feigling.«

»Halt den Mund.«

»Feigling.«

Er hievte sich hoch und ging ins Bad. Er drehte beide Hähne der Wanne ganz auf, dann zog er sich in der Dampfwolke aus. Er brauchte einen klaren Kopf. Diese Sache war zu kompliziert für einen besoffenen Verstand. Das Zimmer seiner Tochter wollte entziffert und das Rätsel gelöst werden, wie Monica es nur fertigbrachte, nicht sofort einen Blick hineinzuwerfen.

Er stieg in die Wanne, ging in die Hocke und ließ sich dann der Länge nach in das siedend heiße Wasser gleiten, so dass es seinen dankbaren Körper von unten nach oben umschmeichelte, bis nur noch sein Kopf hervorschaute wie aus dem Halsausschnitt eines Pullovers. Wassertröpfchen fielen aus der Brause auf seine Zehen, und er sog den Apfelduft der Seife ein, die gleich neben seiner Nase lag.

Als Erstes pinkelte er. Eine dicke biergelbe Nimbuswolke quoll zwischen seinen Beinen auf. An der Oberfläche bildeten sich die Umrisse eines unbekannten Kontinents. Australien? Er konnte nicht sagen, ob seine Frau die Schweinerei beobachtet hatte, denn als er ihre Stimme von der Tür her hörte, hatte er die Erscheinung eben mit den Händen verwischt. Vielleicht war er gerade noch einmal davongekommen.

»Was hast du?«, fragte er treuherzig. Jetzt erinnerte es eher an Afrika.

»Ich weiß es nicht.« Sie umklammerte den Kaffeebecher. Sie hatte geweint. »Ich muss einfach immer an diese Kinder denken.«

»Siehst du dir jetzt das Zimmer an oder nicht?«

»Ich weiß es nicht.« Sie wischte sich mit dem Handrücken über die Augen.

Er schürzte die Lippen. »Du kommst nach Hause, gehst in die Küche und fängst an zu heulen?«

»Glaub schon.«

»Was soll ich machen?«

Das hatte sie bereits entschieden. Sie sah ihn entschlossen an, und er begriff, dass sie nur ins Bad gekommen war, um ihm eins zu sagen: »Ich will, dass du die Tür wieder verschließt.«

Er goss sich eine Handvoll heißes Wasser übers Gesicht und schloss die Augen.

»Das ist kein Witz. Schließ die Tür wieder ab. Bitte.«

»Du willst nicht mal einen Blick reinwerfen?«

»Ich weiß, das klingt albern; ich kann es nicht erklären und will's gar nicht erst versuchen, aber ich möchte nicht wissen, was da drin ist. Es ist immer noch ihr Zimmer. Und es ist gerade erst Dienstag. Ich finde, für einen Dienstag ist das alles ein bisschen zu viel.«

Eric schüttelte den Kopf. Er war so tief abgetaucht, dass die Ohren jetzt auf Wasserlinie waren. Monicas Stimme hatte etwas Unterseeisches. »Was ist los?«, fragte er sich. Tracy war immer ein Thema gewesen, bei dem sie sich gut verstanden hatten. Sie verließen sich darauf. Es war eine feste Einrichtung ihrer Ehe. All die Aufregung, die gemeinsamen Sorgen und das geteilte Glück waren immer eine Grundlage gewesen, auf der sich fast alles andere aufbauen ließ. Jetzt wirkte es plötzlich wie ein Tisch mit drei ungleichen Beinen.

»Ich meine das ernst, Eric. Das ist kein Witz. Schließ die Tür wieder ab.«

»Das Schloss ist im Eimer. Da kann man nichts mehr machen. Die bleibt jetzt offen. Ich weiß auch nicht... Also wenn du da für den Rest deines Lebens dran vorbeigehen willst, ohne reinzuschauen, dann kannst du das meinetwegen tun. Wenn du das normal findest. Wenn du kein Interesse daran hast, wie deine Tochter all die Jahre gelebt hat; wenn du es nicht wahrhaben willst, dass sie fort ist – und darum geht es doch, oder? Ja, wenn du das willst, dann meinetwegen. Dann tun wir so, als sei das normal. Aber ich, ich will vorankommen.«

»Was für ein Held!«

»Da hast du recht.« Er plantschte. »Was für ein Held!«

»Schön«, sagte Monica. Sie wusste nicht mehr weiter. Sie konnte ja nicht für immer so tun, als ob es dieses Zimmer nicht gäbe.

»Gut«, antwortete Eric siegesgewiss. Einen Tag gab er ihr, höchstens zwei.

In den folgenden Tagen kühlte sich ihr Verhältnis immer weiter ab.

Monica und Eric wechselten kaum noch ein höfliches Wort und gingen ihren täglichen Verrichtungen wie erbitterte Rivalen nach. Jedem gingen die Gewohnheiten des anderen zunehmend auf die Nerven, jede Geste störte, jedes Ritual, ja, selbst des anderen Körpergeruch. Beide waren gereizt, wenn sie den anderen nur durchs Zimmer gehen sahen, und fragten sich, was sie am anderen nur jemals hatten finden können.

Es dauerte nicht lange, bis der Krieg auf Schauplätze im Unbewussten übergriff. Wenn Monica beim Frühstück ein Lied summte, verfolgte es Eric normalerweise den ganzen Tag, wenn er in der Wohnung vor sich hin bastelte. Am Nachmittag kam sie dann zurück, den Kopf voll mit dem Nachhall von Kinderstimmen, und dann steckte er sie mit demselben Lied wieder neu an, so dass sie, eine späte Reprise, es beim Abschminken leise noch einmal summte und sich fragte, wo sie es herhatte und wieso sie es summte. Aber selbst diese unterschwellige Kommunikation, eine von vielen, die in ihre Ehe so etwas wie Sinn gebracht hatten, gab es nun nicht mehr. Sämtliche Telegraphendrähte waren heruntergerissen und sprühten Funken ins Nichts. Und bei alldem verfolgte Tracys Zimmertür sie wie ein Gespenst: einen Spaltbreit stand sie offen, klapperte mit jedem Luftzug, und jedes Mal, wenn abrupt ein Fenster geöffnet wurde, gab es einen lauten Schlag. All das nagte an Monicas Vorsatz. Sie faltete ein kleines Stück Pappe und wollte die Tür damit festklemmen, damit die ewige Erinnerung daran sie nicht in den Wahnsinn trieb. Doch Eric sah es, zog es heraus, sabotierte ihren Plan und stürzte ihre Ehe damit von neuem in die Krise.

Entscheidend war, dass keiner ein Wort von der Pappe oder deren Verschwinden sagte – ein klares Zeichen dafür, wie gnadenlos der Krieg inzwischen war.

Am dritten Tag versuchte Eric es mit einem neuen Ansatz. Nachdem er beim Abräumen nach dem Abendessen eine wahre Lärmorgie veranstaltet hatte, wusch er sich die Hände im Spülbecken, trocknete sie an der Hose ab und verkündete: »Also dann.«

Entsetzt sah Monica ihm nach, als er hinaus auf den Flur und in das heilige Zimmer ging, dessen Tür er hinter sich schloss.

Daraufhin ging Monica direkt ins Wohnzimmer, setzte sich auf Erics Sessel und tat, als verfolge sie im Fernsehen einen Boxkampf zwischen zwei anämischen Briten.

Nach einer Weile kam Eric wieder heraus.

Er setzte sich aufs Sofa und stellte eine ruhige, zufriedene Miene zur Schau. Sie ging nicht darauf ein. Selbst als er in die Küche ging, sich unter großem Geklapper eine Tasse Tee machte und sich dann neben sie vor den Fernseher setzte, reagierte sie nicht. Sie konnte seinen Anblick nicht ertragen. Jede Minute, die er in Tracys Zimmer verbracht hatte, würde er büßen, das schwor sie sich. Sie würde sich rächen und zwar ausgiebig. Irgendwie würde er dafür zahlen. Sie war ganz benommen vor Wut. Nie zuvor war Eric ihr so niederträchtig vorgekommen, so gefährlich, so krank, so gemein.

Eric hingegen war überzeugt, dass er gerade damit seine Ehe rettete. Wenn Tracy fort war, und das war ja nicht zu leugnen, dann würde er nicht untätig dastehen und mit ansehen, wie seine Wohnung zum Mausoleum wurde. Eine Woche würde er noch abwarten, nahm er sich vor, und wenn die Dinge sich bis dahin nicht gebessert hatten und er keinen anderen Ausweg sah, würde er seine Sachen packen und mit dem Auszug drohen, in der Hoffnung, dass er Monica damit zu der Einsicht zwingen konnte, dass Tracy fort war. Von Anfang an, schon in der Verlobungszeit, als ihre Haare noch im Motorradwind geflattert hatten, hatten sie nur ein einziges Kind gewollt, weil sie sich ein gewisses Maß an Freiheit bewahren wollten – weil sie *jung* bleiben wollten. Und nun, wo das Kind erwachsen war und ihnen ihre Freiheit zurückgegeben hatte, fühlten sie sich nur elend! Wenn sie sich gegenseitig nicht mehr genug waren – wenn es denn tatsächlich darauf hinauslief –, dann wollte er das lieber jetzt gleich bestätigt haben als später.

Im Bett, dem einzigen Ort, wo sie zur Nähe gezwungen waren, taten sie, als wäre der andere gar nicht da. Rücken an Rücken lagen sie da, das Tier mit den zwei Bäuchen. Der Riss war unüberwindlich, zumal als Monica auch noch beschloss, von nun an früher ins Bett zu gehen und immer schon fest eingeschlafen war, wenn Eric den Sportkanal abschaltete.

Und dann kam plötzlich der Durchbruch. Eric hatte nicht damit gerechnet. Nichts an diesem Abend hatte darauf hingedeutet, dass Monicas Kapitulation bevorstand, und als er am frühen Morgen erwachte und das Bett neben sich leer fand, da war sein erster Gedanke, dass sie gegangen war, ihn für immer verlassen hatte.

Er sprang aus dem Bett und fand sie in Tracys Zimmer, wo sie mit einer Taschenlampe die Wände ableuchtete. Sie starrte das Kunstwerk an, das er schon so gut kannte. Doch die Deckenlampe einzuschalten, hatte sie nicht gewagt.

»Damit hast du mir die ganze Zeit in den Ohren gelegen?«, fragte sie, als sie ihn neben sich hörte.

»Ich hatte dich gewarnt, stimmt's?«

»Scheiße noch mal«, gab sie zu.

Später würde Monica sagen, sie habe wider besseres Wissen nachgegeben, um ihre Ehe zu retten. Zu Erics Ärger behauptete sie außerdem, dass *sie* an diesem Zimmer nichts Abartiges habe finden können. Diese Lüge war der Preis, den sie dafür forderte, dass sie im Alleingang ihre Ehe gerettet hatte, und Eric zahlte ihn.

»Ich... hatte...«, murmelte sie, »ich glaube, ich hatte mir vorgestellt...«

»Was hattest du dir vorgestellt?«

»Ach, nichts.«

»Aber das hier, das ist doch... Na, es ist... gar nicht so schlimm.«

»Unsinn. Es ist krank.«

»Nein... ist es nicht. So sind Mädchen eben. Es könnte viel schlimmer sein.«

Ihre Köpfe drehten sich bald hierhin, bald dorthin, als sie versuchten, die ungeheure Zahl an Bildern in sich aufzunehmen, mit denen jeder Quadratzentimeter im Zimmer ihrer Tochter beklebt war, eine tausendteilige Collage. »Und *deswegen* hast du dich so aufgeregt?«, fragte sie und bemühte sich, nicht aufgeregt zu klingen. »Unglaublich.«

»Sie ist verrückt. Und ich hatte keine Ahnung.«

»Du verstehst einfach nichts von jungen Mädchen. Das... das ist...«

»Offensichtlich.«

»... das Hauptproblem.«

»Du findest das kein bisschen merkwürdig?«

Sie zögerte. »Nein.« Ihre Lüge war geboren.

»Komm schon. Sieh dir das an. Kein Wunder, dass sie in einer Traumwelt lebt. Jeder, der in so einem Zimmer wohnt, würde verrückt.«

»Es ist doch nicht das Zimmer. *Sie* hat das Zimmer gemacht.«

Eric schaltete das Licht ein, und das Werk erwachte als Ganzes zum Leben, aber Monica hielt weiterhin ihre Taschenlampe hoch. Wie Touristen, die im Schlafanzug eine Kunstgalerie besuchen, starrten sie Wände und Decke an. Kein Fitzelchen blieb mehr von der originalen Tapete – Bambusbüscheln auf maisgelbem Untergrund. Sie war verschwunden. Tracy hatte aus ihrem Zimmer ein einziges großes, surreales Wandbild gemacht – sie hatte den Raum verwandelt, *transfiguriert.* Jede dieser Gestalten, ausgeschnitten aus Comics, Zeitschriften, Büchern, Postkarten und Postern kämpfte um Platz, überdeckte vorherige, war halb verdeckt von nachfolgenden, und ein Betrachter musste das Gefühl bekommen, er werde sein ganzes Leben brauchen, um all die Bilder zu erfassen, die da zum Leben erwachten, um die Ecke lugten, sich zur wimmelnden Oberfläche vordrängten. Je länger Eric und Monica das Werk ihrer Tochter betrachteten, desto dreidimensionaler wurde es, desto mehr versanken sie darin.

»Hast du gewusst, dass sie so was macht?«, fragte Eric.

Monica schüttelte den Kopf. Nicht ein einziges Mal hatte Tracy von dieser Begeisterung für tragische Heldinnen gesprochen, Schlösser, die Wüste, Berge, Filmstars. Monica hatte Guinevere erkannt, die Dame von Schallott, Marilyn Monroe, Johanna von Orléans, Ophelia, Rapunzel.

»Da läuft's einem kalt den Rücken runter, was?«, fragte Eric. Endlich konnte er sich das alles mit seiner Frau zusammen ansehen.

»Finde ich nicht. Ich find's sogar richtig schön.«

»Wenn sie so was *einmal* macht, macht sie es auch wieder.«

Monica schüttelte den Kopf. »Nein, das glaube ich nicht.«

»Das kannst du doch überhaupt nicht wissen. Das kann jederzeit wieder losgehen.«

»Du hast keine Ahnung von jungen Frauen.«

Eric entspannte sich ein wenig. Hatte er wirklich nicht, das musste er zugeben. »Mir ist schleierhaft, wie sie's nur fünf Minuten hier drin ausgehalten hat. Mir wird schon nach wenigen Sekunden schwindlig.«

»Ich würde sagen, sie hat es so gemacht, weil sie es schön fand.«

»Und ich find's krank. Als ich es das erste Mal sah, hab ich mir sofort wieder Sorgen gemacht.«

»Dafür hat sie Jahre gebraucht. Das sieht man. Unglaublich.«

»Kein Wunder, dass sie sich mit einem Scheich einlässt, wenn sie die ganzen Jahre so gelebt hat.«

Sie standen schweigend da.

Er seufzte. »Es erinnert mich an damals, als wir LSD genommen haben. Weißt du noch?«

»Ja.«

»Morgen fange ich an und kratze das Zeug ab. Lass uns wieder schlafen gehen.«

»Hmmmm.«

»Komm schon.«

Aber keiner von beiden schaltete das Licht aus. Sie blieben stehen, wo sie standen: Sobald man auch nur eine kleine Weile auf diese Wände starrte, wurde man in Geschichten hineingezogen, immer wieder neu.

»Das ist alles deine Schuld«, stellte Eric fest. »Den Vorwurf muss man dir schon machen.«

»Warum?«, fragte Monica gedankenverloren. Sie konnte den Blick nicht von den Bildern abwenden.

»So wie du ihr diesen ganzen Unsinn beigebracht hast, als sie noch klein war.« Auch Erics Blick wanderte über die Wände. »Märchen, Tausendundeine Nacht, dieser ganze Fantasy-Kram, vom ersten Tage an.«

»Man muss Kindern etwas vorlesen. Aber das hier, das hat *sie* gemacht. Sie allein. Ich lese ihr schon seit Jahren nichts mehr vor.«

Ungläubig schüttelte er den Kopf. »Einzelkind eben.«

»Stimmt.«

Beide warteten sie auf etwas, was sie aus diesem Zimmer fortholte. Sie waren so vertieft, sie konnten sich nicht losreißen. Sie wussten, was sie da vor sich hatten: einen unglaublichen Schlüssel zum Innern ihres Kindes, eine Landkarte seines Verstandes. Sie mussten sich eingestehen, dass sie ihre Tochter so gut wie überhaupt nicht kannten.

Am Ende fanden sie doch wieder den Weg zurück ins Bett, aber an Schlaf war nicht mehr zu denken, denn die ganze Bilderflut geisterte ihnen weiter durch den Kopf.

»Jetzt mache ich mir wieder neu Sorgen um sie«, sagte Eric.

»Das brauchst du nicht.«

Eric wälzte sich im Doppelbett hin und her, das Bild eines Stiers vor Augen, dem ein Speer in der Flanke steckte, eine brennende Burg, eine bedrängte Armee, die Zähne eines Löwen. Je angestrengter er zu schlafen versuchte, desto unmöglicher wurde es. »Das ist doch lächerlich«, murmelte er.

Monica hatte ihre eigenen Bilder, mit denen sie rang: ein Federbett, ein Bassin voll mit Blütenblättern, das Auge auf einem Pfauenschwanz. Es dauerte nicht lange, und sie lagen sich in den Armen.

Das Arrangement

Es war Anfang März, das Seebad bevölkert von picknickenden Familien und Rentnerehepaaren aus Manchester. Ein wohlbeleibter Perser schlenderte strahlend mit drei jungen Frauen über die Strandpromenade von Blackpool, ein exotischer spätnachmittäglicher Farbtupfer in der Menge.

Auf der einwöchigen Hochzeitsreise bemühte sich Tracy nicht nur, ihren Platz in der neuen Viererkonstellation zu finden, sie versuchte auch, sich an die Blicke der Menschen zu gewöhnen.

Sam stoppte ein Rinnsal aus geschmolzener Eiscreme, bevor es seine schwere goldene Armbanduhr erreichte. »Mit diesen Blicken lebe ich nun schon seit zwanzig Jahren. Aber in all der Zeit ist es nie zu Zwischenfällen gekommen. Ich hatte nie Grund, jemanden zu schlagen. Und das ist gar nicht so selbstverständlich.«

Die Vorstellung, dass Sam jemanden schlagen könnte, fanden seine Ehefrauen einfach komisch. Er hatte kleine Patschhände, wie ein Kind, und so kurze Arme, dass er sich kaum über den Kopf hinweg am anderen Ohr fassen konnte. Er war ohne Zweifel ein Mensch, der ein friedfertiges Land brauchte. England war seine erste Wahl gewesen.

»Wenn es hier auch noch Gewalt gegeben hätte, hätte ich es nicht ertragen. Die Verachtung war schlimm genug.«

Tracy widersprach: »Wie kannst du sagen, dass es hier keine Gewalt gibt? Du bist doch neulich fast in eine Schlägerei verwickelt worden.«

Firouzeh hob die Hand. »Lasst uns nicht davon reden.«

Sam legte seiner ersten Frau die Hand auf die Schulter. »Darüber streiten Firouzeh und ich uns ununterbrochen. Na ja, ich streite, sie hört zu. Zumindest glaube ich, dass sie zuhört.« Er amüsierte sich prächtig: drei schöne Frauen, eine politische Diskussion, Sonnenschein.

»Du wirst ihn nie dazu bringen, dass er schlecht über England spricht«, sagte Firouzeh. »Wenn man ihn so reden hört, könnte man meinen, er gehöre zum Establishment. Jede Kritik an diesem Land stößt bei ihm auf taube Ohren.«

»Nicht taub«, protestierte Sam. »Nicht taub. Nur unvoreingenommen. Ich sehe die großen Zusammenhänge.«

Firouzeh hatte selbst ihren Teil an Beleidigungen einstecken müssen. Und sie kannte auch die Statistiken über rassistische Übergriffe in England, aber sie führte sie nicht an. Jedes Land war eben gut *und* schlecht. »Spar dir deine Worte«, sagte sie zu Tracy.

»Und was ist mit der Geschichte im Restaurant? Das war doch schon fast eine Schlägerei«, sagte Tracy.

»Ach, das. Das war nicht der Rede wert. Ich spreche nicht von Jungs, die ein Glas über den Durst trinken und wirres Zeug reden. Ich spreche von echter Gewalt: von Menschen, die nachts im Bett liegen und vor Angst nicht schlafen können, von vorrückenden Armeen und dem Donnern herannahender Panzer, von Todesangst – nicht von einer kleinen

Irritation im gemütlichen Alltagstrott. Ich werde England ewig dankbar sein, dass es mich vor alldem bewahrt hat. England ist die letzte Zuflucht. Außer der Schweiz und Australien vielleicht.«

Firouzeh war in Gedanken längst bei ihren Kindern. Yvette dachte lieber an ihre eigenen Flitterwochen, einen Hochsommer in Portugal. Nur Tracy hörte Sam wie üblich zu.

»Und das ist natürlich der Grund, warum Menschen in Flüchtlingslagern, wenn sie nervös an ihren Bleistiftstummeln kauen, in der Liste möglicher Asylländer immer das Kästchen ›Großbritannien‹ ankreuzen.«

Tracy nutzte die Pause in seinem Monolog für einen eigenen Gedanken. Sie fragte sich, wie viele Menschen es wohl gab, die sich tatsächlich um den Zustand *der Welt* sorgten. Das verlieh ihm in ihren Augen etwas Heroisches. Ein bisschen verschroben, aber bewundernswert.

»Schaut mal! Da drüben!« Tracy setzte das Thema Hochzeitsreise wieder oben auf die Tagesordnung. »Kommt schon. Das müssen wir probieren.« Sie stürmte voraus, kramte in ihrer Tasche nach Kleingeld und winkte die anderen heran.

»Dieses Ding? Sie macht wohl Witze.« Sam kratzte die kahle Stelle auf seinem Schädel.

Hatten sie vorher schon die Blicke der Passanten auf sich gezogen, als sie Arm in Arm durch die Stadt schlenderten, so wurden sie jetzt zu einer regelrechten Publikumsattraktion, denn sie bestiegen ein Fahrrad für vier Personen und fuhren in gefährlichen Schlangenlinien die Promenade entlang.

Sam hing hysterisch lachend ganz hinten nur halb auf dem Sattel und strampelte notgedrungen, als ginge es um sein Leben; die ebenfalls heftig strampelnde Tracy war ganz vorne, aber sie lenkte so schlecht, dass das Fahrrad, wie von magischer Hand gezogen, immer wieder auf den Bordstein zusteuerte. Firouzeh und Yvette waren in der Mitte eingezwängt. Die beiden fühlten sich überzählig und nutzten die erste Gelegenheit sich abzusetzen.

Sie brachten das Vehikel zum Anhalten, stiegen ab und zogen sich – wegen plötzlicher Kopfschmerzen – ins Hotel zurück. Die Neuvermählten radelten noch ein paar Minuten weiter, dann gingen auch sie lieber ins Hotel und widmeten sich der eigentlichen Aufgabe eines jungverheirateten Paares: der Verwandlung von übermütiger Hochstimmung in horizontale Glückseligkeit am Meer.

Es fing an, als Monica bei der Arbeit war. Eric steckte den Kopf in Tracys Zimmer, schüttelte ihn verzweifelt und machte die Tür wieder zu. Aber keine zehn Minuten später war er zurück, diesmal mit einer Tasse Tee. Er saß am Fußende von Tracys Bett und bestaunte ihr Werk.

Statt die Collage wie angekündigt zu zerstören, statt einfach den Stahlspachtel zu holen und alles bis auf den Putz von den Wänden zu kratzen, verbrachte Eric nun große Teile seiner Zeit im Zimmer der abwesenden Tochter.

Sobald Monica zur Arbeit gegangen war, setzte er sich auf Tracys Bett, ließ den Blick über die Wände schweifen, vertiefte sich in die bunte Galerie von Ereignissen und wurde zusehends vertrauter mit dem gewaltigen Personeninventar. Die Seite mit den Stellenangeboten im *Evening*

Standard lag dann die ganze Zeit offen auf seinem Schoß, aber er markierte nie ein Inserat. Die Zeit verging so rasch, dass er, abgesehen von kleineren Reparaturarbeiten im Gebäude, von Tag zu Tag weniger zustande brachte. Der Aufenthalt in Tracys Zimmer nahm ihn fast vollständig in Anspruch.

Wenn Monica anrief und fragte, wie es ihm ging, log er sie an. »Ich hab einen interessanten Job in der Zeitung gefunden.«

»Hast du angerufen?«

»Ist ein bisschen weit draußen. Jeden Tag drei Stunden Fahrerei.«

»Ist das zu weit?«

»Eigentlich schon. Das sind anderthalb Stunden pro Strecke.«

Wenn sie wieder aufgelegt hatte, kehrte er in Tracys Zimmer zurück.

Auch am Nachmittag gab er dem Sog wieder nach, verbrachte ganze Stunden dort und kam immer erst Minuten vor Monicas Rückkehr wieder heraus.

»Hast du die Bilder abgenommen?«, fragte Monica immer wieder.

Und er antwortete dann: »Morgen. Ist was dazwischengekommen. Morgen mach ich's.«

»Und was hast du den Tag über getan?«

Da musste er nachdenken. »Merkwürdiger Tag heute«, sagte er schließlich.

Doch als sie am nächsten Abend nach Hause kam, fand sie die Zimmertür offen, und das Licht brannte. Sie hatte ihn erwischt. Er rief sie hinein.

Eric blickte zu Monica auf, und seine Augen leuchteten entdeckungsfreudig. »Da hat sie das alles her«, erklärte er.

»Sie hat was?«

Tracys sämtliche Bücher lagen aufgeschlagen auf dem Bett. Er hatte CDs aus ihren Hüllen geholt und die Texte vor sich auf dem Boden ausgebreitet. »Das ganze verrückte Zeug, das sie im Kopf hat. Harems, Araber, alles hier. Ich sag dir eines. Dass sie diesen Kerl getroffen hat, war kein Zufall.«

»Ich hoffe doch, du schnüffelst nicht in ihren Sachen herum.«

»Ich hab nur mal nachgesehen, was sie so im Regal hat.« Er war aufgekratzt. »Alles hier drin. Setz dich mal hin. Setz dich hin.« Er hob die Bücher eins nach dem anderen hoch. »Hier, scheiß Omar Khayyam, siehst du? Khalil Gibran, Tausendundeine Nacht, da wimmelt's nur so von Harems. Setz dich endlich!« Widerstrebend räumte Monica sich einen Platz auf der Bettkante frei. »Hab ich doch gleich gesagt, oder? Die lebt in ihrem Märchenland. Schau dir das hier an: Oper. Als ob sie je im Leben Opern gehört hätte.« Er hielt eine CD hoch. »Dingsbums Serail. Mozart. Aber lies die Rückseite. Lies die Zusammenfassung. Ein Mädchen wird aus dem *Harem* entführt. Aus dem gottverdammten Harem. Deshalb geht sie jetzt in die Oper. Das passt alles zusammen, das ganze Puzzle. Siehst du's denn nicht? Sie ist besessen davon.«

Monica konnte nicht widersprechen. Das Beweismaterial war zu eindeutig.

»Sie hat sich das Zeug ins Haus geholt, Mona, sie hat sich

das von überall zusammengesucht. Schau dir das hier an. Sie hört doch gerne Cat Stevens, stimmt's? Dann schau dir das hier an. Yusuf scheiß *Islam*!« Eric tippte mit dem Finger darauf. »Früher hieß er Cat Stevens. Zum Islam übergelaufen. Und was macht sie?«

»Worauf willst du hinaus?«

Ein Blick voller Verachtung traf sie. »Na, worauf will ich wohl hinaus? Ich will darauf hinaus, dass... dass Tracy hier von morgens bis abends diese Platten gedudelt hat, hinter verschlossenen Türen, und dann, was passiert dann? Ihr Liebling tritt zum Islam über. Und was macht sie? Sie heiratet in einen Harem.«

»Das heißt, Cat Stevens steckt hinter allem?«

»Da ist es doch kein Wunder, dass sie sich nach einem Araberscheich umsieht. Sucht sich 'nen neuen Job. Na, was wird das wohl sein? Chinesisches Restaurant reicht da nicht. Sie hat sich das alles längst zurechtgelegt. Wahrscheinlich hat sie sämtliche Kebabbuden in ganz Südlondon abgeklappert. Ich möchte wetten, sie hat sogar selbst dafür gesorgt, dass sie aus dem Supermarkt rausgeflogen ist. Das war alles geplant.«

Monica konzentrierte sich wieder auf die Wände, für sie nun, und für alle Zeit, ein Abbild der Seele ihrer Tochter. »Red doch keinen Unsinn.«

»Und das ist noch nicht alles«, fuhr Eric fort. »Ich bin sicher, dass sie selbst schon halb Muslimin ist.«

Monica blickte auf. »Wie kommst du denn darauf?«

Er stand auf und holte die Koranausgaben aus dem Bücherregal. »Mona, hier, eins, zwei, drei. Einer wäre ja noch okay, zwei ein bisschen seltsam, aber drei? Drei, das ist Fanatismus. Selbst deine bigotte Großmutter hatte nur eine Bibel.«

Monica stand auf. Eric sah sie an. »Es ist nicht richtig, dass wir hier drin sind«, sagte sie.

Aber Eric versuchte auch, Kontakt mit Tracy aufzunehmen. Immerhin telefonierte er mit dem Au-pair-Mädchen der Sahars, doch was sie sagte, half ihm auch nicht weiter. Die Familie sei in Brighton, soweit sie wisse, aber die Nummer dürfe sie nicht herausgeben. Von Erics Erklärung, er sei der Schwiegervater und müsse dringend seine Tochter sprechen, zeigte das Mädchen sich wenig beeindruckt. Sie schrieb sich nur seine Nummer auf und versicherte, sie werde die Nachricht gleich weitergeben.

Aber niemand rief zurück.

Als Nächstes schlug Eric Monica vor, er könnte seinen Onkel anrufen, einen ehemaligen Privatdetektiv – genau genommen hatte er früher Schadenansprüche für eine Versicherung geprüft –, der jetzt als Rentner in Camberwell lebte. Gegen ein kleines Entgelt werde Onkel Wally sicher gern nach Brighton fahren und Tracy ausfindig machen. Vielleicht könne er sie sogar einfach ins Auto setzen und zurückbringen. Eric meinte das ernst.

»Mach dich nicht lächerlich. Sie ist eine erwachsene Frau.«

Beim Abendessen vom Inder sagte Eric nicht ohne einen gewissen Stolz: »Sie hat sogar mich da an der Wand. Hab ich heute erst entdeckt.« Er tauchte in einem Arrangement heldenhafter Männer auf, zwischen Charlton Heston und Marco Polo.

»Ich weiß. Ich bin auch da.«

»Das Bild von mir, wo ich Wasserski laufe, weißt du noch?«

»Ich weiß. Ich hab's gesehen. – Reichst du mir mal die Rotis?«

»Und deins hast du also auch gesehen?«

»Sicher.« Sie angelte sich ein warmes Brot aus der fettigen Tüte.

»Du siehst ziemlich gut aus.«

»Danke, mein Schatz.«

»Nein, ich meine auf dem Foto.«

Sie warf ihm ein Brot an den Kopf. Darin war sie ziemlich gut.

»He!«, rief er.

Vielleicht war es ja nur ein weiterer Zufall, aber Monicas endlose Besuche in Tracys Zimmer zeigten ihre Wirkung. Sie zog sich auffälliger an als sonst, trug die seltsamsten Kombinationen an Kleidern und Schmuck. Als beeinflusse das Zimmer sie nun ebenso, wie es vorher ihre Tochter beeinflusst hatte. »Was hast du denn da Komisches an?«

»Ich probier nur was aus.«

Eric wusste, was vorging. »Ich glaube, du bist zu oft in dem Zimmer da.«

»...Und das sagst ausgerechnet du!« Monica hob ihre Serviette und hielt sie sich unter die Augen wie einen Schleier, dann drehte sie sich um und ging nach nebenan.

Ein anderes Mal kam Emily Powell vorbei. Als es klopfte, rief Monica: »Kannst du mal aufmachen? Das ist wahrscheinlich der Maharadscha.«

Eric ließ es durchgehen. Er wollte keinen Ärger wegen

Sachen, die schon von selbst wieder in Ordnung kamen. Bei einer Ehe kam alles darauf an, dass man halbwegs sanft über die Schlaglöcher kam. Aber beide machten sich Sorgen, und diese Sorgen zermürbten sie.

»Das Au-pair-Mädchen sagt, sie kommen morgen zurück«, verkündete er schließlich. »Dann wird alles wieder normal.«

»Bestimmt ruft sie morgen an.«

»Sollen wir Tracy nicht zum Essen einladen?«

»Das macht sie nicht. Nur zu zweit.«

»Kommt nicht in Frage. Wir müssen allein mit ihr reden.«

»Wir könnten doch ... wir könnten doch zu *ihr* gehen, oder? Einen Tisch im Restaurant bestellen. Das wäre doch eine Überraschung.«

»Mona, wir müssen mit ihr allein reden. Sie zur Vernunft bringen. Was sollen wir denn da in dem Restaurant?«

Monica seufzte. »Es wäre ein Anfang. Wir haben seit Wochen nicht mehr mit ihr gesprochen. Es wäre ein Anfang.«

»Die beste Woche meines Lebens«, verkündete die sonnengebräunte Exkassiererin, neuen Schmuck am Handgelenk, Spangen im Haar, als die Frischvermählten ins Haus Sahar zurückgekehrt waren und ihre übervollen Reisetaschen auspackten.

Sie legte ihr neuestes Spielzeug auf den schwarzen Nachttisch – eine Schildpatt-Haarbürste, goldene Ohrringe, Raybans, einen schicken Fotoapparat, der nicht größer als eine Streichholzschachtel war, und eine Kreditkarte.

Yvette half ihr beim Auspacken. »Wo sollen wir Sachen wie diese Jeans hintun?«

Die Hose, die Yvette in die Höhe hielt, hatte Tracy vor über fünf Jahren gekauft, exakt an dem Tag, als sie zu dem Schluss gekommen war, dass sie nicht mehr weiterwachsen würde. Jetzt würde sie sie ausmustern. Die Jeans gehörte zu ihrem alten Leben.

»Nein, be'alt sie.«

»Von jetzt an nur noch Kleider.«

»Nur Kleider?«

»Eine Weile jedenfalls. Ist doch schön, wenn wir alle das Gleiche anhaben, oder?«

Yvette sah sie entsetzt an. »Das Gleiche? Du machst Witze, *oui*?«

Da hatte Tracy offenbar etwas missverstanden. »Aber du und Firouzeh...«

»Nicht das Gleiche, *non, non*.«

»Aber ihr zieht euch gleich an.«

»Wir wollen nicht, dass du aussiehst wie wir«, sagte Firouzeh.

»Nein«, stimmte Yvette zu.

»Du bist dazu da, Sam glücklich zu machen.«

»*Oui*, glücklich.«

»Ich bin was?«

Firouzeh und Yvette sahen sich an, als hätten sie etwas Grundsätzliches vergessen bei ihrer Erläuterung, wie das Schiff gesteuert würde. »Natürlich, alles andere haben Yvette und ich unter Kontrolle. Du kannst dich ganz auf Sam konzentrieren!« Firouzeh strahlte. Es war doch so einfach.

Tracy schwieg, doch aus ihren Augen sprach Ärger.

»Das ist perfekt«, machte Yvette ihr Mut.

»Jawohl, perfekt«, stimmte Firouzeh zu. »Alles gut ausgedacht.«

Am Abend bestätigte Sam all das bei einem späten Abendessen, gekocht von Firouzeh, als er sich den Mund mit einer feinen Serviette abtupfte, gerollt von Yvette. »Das Haus, die Kinder, alle praktischen Fragen, das ist geregelt. Daran ändert sich nichts. Du kannst tun und lassen, was du willst.«

»Firouzeh sagt, ich bin dazu da, dich glücklich zu machen.«

Er lächelte. »Stimmt das nicht?«

»Wart's nur ab.«

»Was hast du?«

»Sie hat gesagt, ich bin dazu da…«

»Und ich bin dazu da, *dich* glücklich zu machen.«

Tracy schüttelte den Kopf. »Das klingt… das klingt, als ob hier eine Stelle frei gewesen wäre, und ich hätte den Job bekommen. Als wäre das Ganze eine Verschwörung der beiden gewesen.«

»Aber du verstehst doch, warum.«

Sie musste an seine Enthüllungen auf der Parkbank denken. Sie nickte. Aber die Erkenntnis, dass man sie in den Sack gesteckt hatte wie ein Rebhuhn auf der Jagd, machte sie nicht glücklicher. »Ich will weiter im Restaurant arbeiten«, verkündete sie.

»Das brauchst du nicht.«

»Yvette tut es auch.«

»Wenn du möchtest. Alles, was du willst.«

»Und ich würde mich gern weiterbilden. Ich weiß nicht genau. Studieren oder so.«

Wieder nickte er. »Weiterbildung – das ist schön. Mach mehr aus dir. Gute Idee. An was denkst du?«

»Weiß nicht. Ich würde gern mehr über Persien wissen.«

»Persien? Wirklich?«

»Und vielleicht über die Weltreligionen.« Sie hatte das Gefühl, dass sie diesen Wunsch erklären musste. »Als ich den Koran lesen wollte, habe ich gemerkt, dass ich zu dumm dafür war. Aber es interessiert mich.«

»Gute Idee. Ausgezeichnete Idee sogar.« Ein Studium, fuhr er fort, sei die einzige Art, wie man der Seele, der unsterblichen – aber sie schnitt ihm das Wort ab. Ihr war nicht nach einer Sonntagsrede. »Und noch was«, sagte sie. »Fürs Protokoll.«

»Aber ja, Liebes. Was immer du willst.« Er nahm ihre Hand.

»An dem Tag, an dem ich das Gefühl kriege, dass es mein *Job* ist, dich glücklich zu machen, bin ich weg. Ist das klar?« Sie erhob sich und ging ohne einen Kuss, ein Vorgeschmack darauf, wie es sein würde, wenn dieser Tag kam.

Aber Tracy war nicht die Einzige, die sich mit dem neuen Arrangement schwertat. Kaum hatten sie sich alle unter einem Dach eingerichtet, fanden auch die beiden anderen Ehefrauen das Leben nicht mehr ganz so einfach.

Obwohl sie Sam auf hunderterlei Weise ermutigt hatten, seine Gefühle für die neue Braut offen zu zeigen, traf es sie doch unvorbereitet, als bei einem gemeinsamen Frühstück sein erster großer Blumenstrauß geliefert wurde. Firouzeh und Yvette waren hocherfreut, dass er ihre Ratschläge beherzigt hatte, aber sie bekamen trotzdem feuchte Augen und verließen sehr abrupt den duftenden Tisch, als sie allzu lebhaft daran erinnert wurden, was sie seit Jahren entbehrten.

»Oje«, sagte Sam.

»Was sollen wir jetzt machen?«, fragte Tracy. Es ging nicht so glatt, wie sie es sich vorgestellt hatte.

»Nichts. Es gibt keine Lösung. Es ist unmöglich.«

Und so erwies sich das perfekte Arrangement, das in der Hochstimmung der Flitterwochen so reibungslos funktioniert hatte, plötzlich als unvollkommen, auch wenn es für die absehbare Zukunft das einzig Mögliche war, denn niemand hatte eine bessere Idee.

Tracy hatte sich fünfundzwanzig Minuten lang an der Empfangstheke des Zentrums für Erwachsenenbildung angestellt, um ein Exemplar des Kursverzeichnisses zu ergattern. Ihre erste Lektion war, dass Weiterbildung mit sehr viel Warten verbunden war.

Nun machte sie beim Blättern die Feststellung, dass frühere Leser ihre Vorlieben mit roten Häkchen, Ausrufezeichen, Sternchen und dicken Doppellinien am Rand gekennzeichnet hatten. Diese Wegweiser markierten die geheimnisvollen Pfade, die hundert andere vor ihr beschritten hatten. Andere Studenten überquerten die zugigen Plätze zwischen den Gebäuden, dicke Bücher an die Brust gedrückt. In Tracys Augen waren sie alle brillant, klug, privilegiert und selbstbewusst. Sie kam sich vor wie eine Hochstaplerin. Ohne die aufmunternden Worte von Firouzeh und Yvette hätte sie auf der Stelle die Flucht ergriffen. »Du bist klüger als die alle zusammen«, hatten sie gesagt.

Sie bat die matronenhafte Sekretärin mit leiser Stimme um ein Anmeldeformular, ergriff es mit einer Ehrfurcht, wie sie Moses vermutlich an den Tag gelegt hatte, als er die Zehn Gebote in Empfang nahm, und verzog sich damit in eine Ecke, in der sich bereits ein Dutzend anderer Bildungswilliger über das Kursverzeichnis beugte.

Tracy suchte in der Liste der angebotenen Themen nach Persien oder dem Islam, aber sie fand nur drei Kurse, die halbwegs in Frage kamen. Das musste reichen. Sechs Unterrichtsstunden pro Woche waren eine Menge. Wenn sie dazu noch schriftliche Hausarbeiten anfertigen und Bücher lesen musste, sollte es ihre leeren Tage mehr als ausfüllen.

Als sie wieder draußen auf der Straße stand, war sie schwer bepackt mit allerlei Papieren und neugekauften Büchern. Im Taxi schlug sie nervös das Erste davon auf: Sie hatte sich vorgenommen, von jedem sofort die erste Seite zu lesen. Sie atmete tief ein und senkte den Kopf. Erst nach der zehnten Seite blickte sie auf. Sie hatte alles verstanden. »Gott sei Dank«, murmelte sie erleichtert.

Tracy Pringle studierte jetzt. Verkündet es von den Dächern, schreibt es in großen Lettern an den Himmel.

»Studentin?«, fragte der Taxifahrer.

»Ja«, antwortete Tracy und beschrieb ihm den Weg nach Hause.

Ricky Innes kam aus dem Nichts und verstellte Tracy den Weg, als sie mit vollbeladenen Armen auf die Haustür zusteuerte.

»Ich kann einfach nicht glauben, dass du diesen Schleimbeutel geheiratet hast«, sagte er und rang nach Atem.

»Woher weißt du das?«

»Von deiner Mum. Sag, dass dieser alte Lustmolch nicht dein Ehemann ist.«

Sie drehte sich zu ihm um. Er sah aus wie immer: gehetzt, gequält, in einer kurzen Arbeitspause, Steinstaub in den Haaren. Auf der anderen Straßenseite parkte sein mit Steinplatten beladener Lieferwagen. Die hintere Tür war nur angelehnt: Im Inneren sah sie die fertigen Grabsteine.

Was hast du für einen grausigen Beruf, Richard Innes. Kein Wunder, dass du so eine schmutzige Phantasie hast.

»Du würdest es nicht verstehen, Ricky.«

»Was würde ich nicht verstehen? Weswegen? Weil er euch alle drei auf einmal bumst? Ja? Alle drei?« Er hatte die Augenbrauen gehoben. Es war, als wolle er diese Worte einmeißeln, damit sie für alle Zeiten sichtbar blieben. »Ihr schlaft alle in einem Bett, oder? Also, Trace, wer bumst wen?«

Was war er je für sie gewesen? Ein Mittel gegen die Einsamkeit, ein Versuch, auch zum Leben dazuzugehören? Aus Angst, dass sie überhaupt keinen bekam, hatte sie den Erstbesten genommen: Einer war so gut wie der andere.

»Wenn du mir das verrätst, haue ich ab«, versprach er. »Schlaft ihr alle im selben Bett? Verrat mir das, und Abrakadabra, ich bin weg.«

Sie überlegte, ob sie ihm die Wahrheit sagen sollte, aber sie entschied sich dagegen. Er sollte ruhig büßen. Wenn es das war, was ihn beschäftigte, wenn das seine Hormone in Wallung brachte, dann sollte er im eigenen Saft schmoren! Dieser Kerl konnte ihr jetzt nicht mehr weh tun.

Alles was er erfuhr, erzählte Ricky ein paar Stunden später in seiner Wohnung weiter. »Die machen das tatsächlich! Das hat sie mir gesagt.«

Bruce drehte einen Ecstasy-Joint, den er mit Ricky teilen würde, und schüttelte den Kopf. »Glaub ich nicht.«

»Sie bumst die alle drei. Ein scheiß Lesbenharem.« Ricky vergrub das Gesicht in den Händen.

»Ich wette, der Scheich sieht zu.«

Ricky stöhnte. Genau, was er sich ausmalte.

»Miststück«, sagte Bruce. »Was willst du jetzt tun?«

Ricky blickte auf. »Tun?«

»Na, mit ihm?«

»Wie meinst du das?« Ricky sah seinen Kumpel mit großen Augen an.

»Du wirst ihm doch irgendwie eins auswischen wollen?«

»Meinst du?« Ricky hatte schon seine Phantasien gehabt, aber zu Plänen waren sie nicht gediehen. Er konnte einen Nagel in die Autoreifen von diesem Ausländer rammen, ihn mit Telefonanrufen terrorisieren oder ihm Maden in den Briefkasten stecken, der dann voll mit Larven sein würde, wenn er ihn aufmachte. Oder er konnte Drohbriefe aus Zeitungsschlagzeilen zusammenkleben.

Aber das war Kinderkram. »Nein, nein, nein«, sagte Bruce. »Wenn du jemandem eins auswischen willst, dann muss etwas dran glauben.« Das war eine schlichte Tatsache, nichts, worüber man debattieren oder was man nur halb machen konnte.

»Etwas?«

»Ja. Nicht unbedingt er selber. Aber irgendwas.«

Nun da sie den Joint angezündet hatten und abwechselnd daran zogen, konnten sie die Abgründe der Rache erkunden. Bruce, der Lehrmeister, kam auf die rettende Idee.

Solange das Eisen noch heiß war, schickte er Ricky los zu einem Lebensmittelladen, der auch spätabends noch offen hatte, und er ging inzwischen hinaus zu seinem Lieferwagen und suchte nach einem dicken Kupferdraht, den er irgendwo auf der Ladefläche haben musste. Als er zurückkam, wartete Ricky schon mit einem Päckchen Bratwürste. »Also, was wird das? Was machen wir jetzt?«

Bruce steckte den Joint wieder an, betrachtete das unwahrscheinliche Arrangement an Zutaten, das er vor sich auf dem Tisch hatte, und erklärte seinen Plan bei der Arbeit. So erfuhr Ricky, dass eine alte Wurst, die man drei Tage zusammen mit Kupfer vor sich hin gammeln ließ, ein gefährliches und nicht nachzuweisendes Gift entwickelte: Würste wie geschaffen für große Hunde. Sams Wachhunde mussten sterben. Diese verfluchten Wölfe, die sich noch vor kurzem über Ricky hatten hermachen wollen, würden dran glauben. Das war das Mindeste, was »dieser fette Araber, dieser Lustmolch« verdiente, und es war eine anonyme Botschaft an Tracy: dass da immer noch jemand war, der sie genug liebte, um zwei Hunde für sie umzubringen.

Der Tisch wurde unter falschem Namen reserviert, damit Tracy nicht vorgewarnt war; hätte sie es gewusst, sie wäre gestorben vor Aufregung. Seit sie damals aus der Wohnung gestürmt war, hatten sie und ihre Eltern sich nicht mehr gesehen; selbst ihre Kleider hatte sie geholt, als die beiden nicht zu Hause waren, sie hatte das Taxi mit laufendem Motor unten warten lassen, war mit dem Lift hinaufgefahren, hatte ihr Zimmer ausgeräumt, und zehn Minuten später war sie mit zwei zum Bersten gefüllten Koffern wieder in den Wagen gesprungen.

Als sie allerdings, die Speisekarten in der Hand, an ihren Tisch kam, musste sie doch lächeln. Sie war heilfroh, dass sie da waren. Aber wie standen sie jetzt zu ihr?

Monica nickte ihrer kostümierten Tochter ängstlich zu. Eric verzog nur das Gesicht. Er hatte nicht die Absicht, sich zu verstellen. Tracy war rot geworden. Mit dieser Art von Besuch hatte sie nicht gerechnet. »Was geht hier vor?«, fragte sie.

»Na, was denkst du?«, sagte Monica mit einem Zwinkern zu Emily Powell. »Könnte es sein, dass wir Hunger haben?« Emily lächelte Tracy an.

Eric hüstelte und holte eine therapeutische Zigarette hervor. Tracy zückte ihr Feuerzeug und hielt ihm die Flamme hin, bevor er nach seinen Streichhölzern angeln konnte. Er starrte seine Tochter an, die noch unangezündete Zigarette zwischen den Lippen. Aber Tracy erwiderte seinen Blick nicht; ihre Augen blieben, ganz Profi, auf die Flamme geheftet, die sie mit ihrem Daumen produziert hatte, bis Eric sich schließlich vorbeugte und sie mit seiner Zigarettenspitze berührte. Dann vertiefte er sich eilig in eine Speisekarte, die er ja längst auswendig kannte, und Tracy zündete mit derselben Flamme noch die Kerze auf dem Tisch an.

»Hallo!« Emily Powell winkte strahlend vom anderen Ende des Tisches. Für sie war das alles ungeheuer aufregend, und nur der mit einer Brosche zusammengehaltene Schal und der schwarze Pullover erinnerten noch daran, dass sie Trauer trug.

Erics Augen huschten von der Speisekarte zu seiner Tochter, kaum wiederzuerkennen in dem exotischen Kleid, und wieder zurück.

»Du siehst wunderbar aus«, schwärmte Emily.

»Ja, reizend«, bestätigte Monica. »Kaum wiederzuerkennen.«

Das lange Kleid stand Tracy gut. Sie bedankte sich mit einem kleinen Knicks. »Nicht schlecht, oder? Also ... was kann ich euch bringen?«

»Bier«, schnaubte Eric. »Ich muss meinen Kummer ersäufen.«

»Ach du, halt den Mund.« Monica lachte und gab ihm einen Klaps auf den Arm.

»Gut«, sagte Tracy. »Welche Sorte, Dad?«

Monica drängelte sich vor. Sie wollte Gin-Tonic. Emily folgte Tracys Empfehlung und nahm einen weißen Hauswein. »Der ist sehr zu empfehlen.«

Tracy floh in die Küche. Sobald die Schwingtür sich schloss, vergrub sie ihr Gesicht in den Händen und stieß einen gedämpften Schrei aus.

»Was ist?«, fragte Yvette.

»Meine Eltern! Sie sind hier!«

Yvette kannte sie noch nicht, und ihr und Abdullahs Gesicht erschien an den beiden Bullaugenfenstern. Von hinten beschrieb Tracy, wer von ihnen wer war. Yvette fand, das sie sympathisch aussahen, und wollte vorgestellt werden. Da müsse sie schon bis nach ihrem Herzanfall warten, antwortete Tracy.

Sie stellte die Getränke zusammen und brachte sie nach draußen.

Monica entdeckte den Ring an Tracys Finger sofort. »Sieh dir das an!«

Es war ein unglaublich protziger Diamantring. Tracy reichte ihn ihrer Mutter, die so etwas noch nie gesehen hatte.

»Ich auch nicht«, fügte Emily hinzu. »Unglaublich.« Der Diamant war von einem Kranz von Smaragden umgeben.

Eric warf aus den Augenwinkeln einen Blick darauf. Er würde sich von so etwas nicht beeindrucken lassen. Der Ring war riesig, das musste er zugeben, doch er sah darin nur den Gegenwert eines nagelneuen Motorrads, der Anzahlung auf ein Haus, eines besseren Autos, von zwei Monaten im Liegestuhl in Torremolinos. Alles Sachen, die er lieber gehabt hätte als so einen Ring.

Monica erhob sich und erklärte, sie wolle sich ein wenig frisch machen. Tracy sagte, sie komme mit. Emily hob anerkennend die Augenbrauen. Eric warf seiner Frau einen weiteren ärgerlichen Blick zu.

Als sie nebeneinander an den Waschbecken standen, wollte Monica wissen, wie es Tracy ging.

»Ich bin noch nie so glücklich gewesen, Mum.«

»Ehrlich?«

»Ehrlich.«

Der Spiegel zeigte Monicas nickendes Gesicht. »Wir werden mit deiner Ehe nie einverstanden sein. Aber das weißt du. Solltest du jedenfalls. Wir werden nie glauben, dass es gut oder richtig war oder dass es auch nur funktioniert, aber wir wollen in Verbindung bleiben. Also brich bitte nicht den Kontakt mit uns ab. Ja?«

Tracy wurde weich. »Aber natürlich nicht, Mum. Ich wollte doch sogar, dass ihr zur Hochzeit kommt.«

»Kamel und Nadelöhr, Kind. Schon auf dem Weg hierher waren die Schuhe deines Vaters schwer wie Blei.«

Tracy beschloss, dass es Zeit für den nächsten Schritt war. »Dann kommt doch einfach irgendwann vorbei und seht es euch an. Alles ist vollkommen normal. Kommt zum Abendessen. Sprich mal mit Dad drüber.«

Monica betrachtete ihre Tochter im Spiegel und schüttelte den Kopf. »Das würde er nie tun.«

»Frag ihn.«

Aus dem leichten Zögern schloss Tracy, dass irgendwie doch noch alles in Ordnung kommen würde. Das reichte fürs Erste.

Monica suchte im Profil ihrer Tochter nach ihren eigenen Zügen, doch alles, was es an Gemeinsamkeiten gegeben hatte, verschwand unter Tracys neuer Aufmachung. Sie überlegte, wie sie wohl mit zurückgekämmtem Haar und Knoten aussehen würde.

Tracy steckte ihre Spangen neu fest. »Dann komm allein.«

»Da könnte ich mich genauso gut scheiden lassen.«

»Das stimmt nicht. – Nächste Woche kommen Sams Eltern aus Teheran. Sie wollen anscheinend sehen, was ich für eine bin.«

»Vor denen musst du dich nicht rechtfertigen. Wenn du's wissen willst – um ehrlich zu sein –, ich will überhaupt nicht erfahren, was ihr da treibt. Ich fürchte mich vor dem, was ich da sehen könnte. Ich halte nur durch, weil ich mich zwinge, nicht so genau darüber nachzudenken, was bei euch vorgeht.«

»Das glaube ich dir nicht. Mit Sicherheit willst du das

wissen. Sonst wärst du doch nicht hier, oder?« Selbstsicher zog Tracy ihren Lippenstift nach, in französischer Manier jede Lippe leicht überzeichnet.

Monica sah zu, wie die Verwandlung sich vollzog, wie auf dem Gesicht des jungen Mädchens die kultivierte Frau erschien.

Eheberatung

Sam erwartete seine Eltern in der Empfangshalle des Flughafens. Er hatte im Halteverbot geparkt und den Warnblinker angelassen. Man hatte ihn vorgewarnt, dass sein Vater im letzten Jahr sehr gebrechlich geworden war, und er fürchtete, der lange Fußweg bis zum Parkhaus im Terminal 3 könne ihn überanstrengen. Gut, dann würde er eben einen Strafzettel bekommen, dachte er. Seine Eltern waren schließlich gekommen, um ihn zu feiern!

Doch der eigentliche Grund für den Besuch lag auf der Hand. Er hatte seinem jüngsten Bruder Sassan, der als Soldat in der Wüste stationiert war, in einem Brief von seinen Gefühlen für Tracy geschrieben: »Sie ist viel mehr, als ich je zu hoffen gewagt habe. Und viel mehr, als ein dickes Nilpferd wie ich verdient. Ich bin ganz sicher, dass es diesmal die Richtige ist.« Als ihm der Platz ausging, schrieb er auf dem Rand weiter. »War noch nie so glücklich. Unbedingt bald besuchen. Du mich, meine ich. Alles Liebe. S.« Der gute Sassan. Sam vermisste ihn sehr. Ein sanfter Junge, so gar nicht geschaffen für ein Leben beim Militär. Sam hatte Angst um ihn, vor allem, seit Seyyed tot war. Er drängte unablässig, Sassan solle nach London kommen und dort leben, aber bisher waren die Armee und das diamantene Funkeln des Sternenhimmels über der westlichen Wüste stärker gewesen.

Sams Brief mit dem Bericht über Tracy war rasch in die Hände seiner Eltern gelangt. Erbost über die unerhörten Neuigkeiten schworen sie, das Auftauchen einer nichtmuslimischen Ehefrau zum Anlass zu nehmen, nach England zu reisen und ihm ordentlich die Leviten zu lesen. Das moralische Universum ihres Ältesten war offensichtlich vom Einsturz bedroht. Es war keine Übertreibung, als sie sagten, sie seien bereit, dafür ihr Leben zu riskieren, und so buchten sie ihre Flüge. Diese »hemmungslose Heiraterei« musste ein Ende haben.

Den Rücken gebeugt, trippelte sein Vater in einem seiner weit geschnittenen Nadelstreifenanzüge mit kleinen Schritten über den Steinboden des kalten Terminals; das feine, schneeweiße Haar umwehte seinen Kopf, und er zog einen Rollkoffer wie ein Haustier hinter sich her, unter dem Arm den üblichen Packen obskurer Familienpapiere. Er erinnerte Sam an einen pensionierten Friedensrichter, der in letzter Minute die Begnadigung eines Verurteilten erwirken will. Sam hob den Arm und winkte.

Ein paar Meter hinter seinem Vater, dem Augenschein nach wie immer zehn Jahre jünger und durch eine Laune der Natur jetzt im Alter einige Zentimeter größer als er, führte seine Mutter einen einsamen Kampf mit einem hoch mit Koffern beladenen Gepäckwagen. Sie blickte in die Runde, auf der Suche nach dem abtrünnigen Sohn, immer noch energisch, gekleidet nach den strengen Regeln einer längst vergangenen Zeit: schwarze Schuhe, dunkle Strümpfe, graubraunes, wadenlanges Kleid, über den Schultern der unvermeidliche Paschmina-Schal, das Kopftuch so tief ins Gesicht gezogen, dass es die Augen wie ein Visier überschattete.

Sam winkte. Erleichtert darüber, dass sie ihn entdeckt hatten, lächelten sie beim Näherkommen beinahe. Wie fremdländisch ihm seine Eltern jetzt vorkamen! Nach dem Austausch von allerlei Förmlichkeiten, Umarmungen und Küssen überreichten sie ihm rasch ein paar Pistazien als Geschenk. Fatima war so verrückt gewesen, unter beträchtlichem Risiko ein paar Lammwürste durch den Zoll zu schmuggeln; außerdem die besten Süßigkeiten aus Schiras und einige Fladenbrote. Sam kam es allerdings so vor, als ob seine Eltern selbst das Schmuggelgut waren.

Er manövrierte sie zu seinem frisch mit einem Strafzettel dekorierten Auto und warf einen Blick auf den Betrag. Achtzig Pfund. Er konnte es gar nicht erwarten, den Flughafen zu verlassen.

An der ersten Ampel musste Sam sich erneut dafür rechtfertigen, dass er seine Heimat im Stich gelassen und stattdessen ein fleischloses Restaurant eröffnet hatte.

Wieder versicherte er, er habe sein Land nicht im Stich gelassen. Im Gegenteil: Es flüstere allzeit in seinem Blut, und er spüre den Verlust stärker und klarer denn je. Tatsächlich, beteuerte er mit erhobener Stimme, empfinde er das Leben in der Diaspora als Last. Seit seiner Flucht vor der Revolution habe sein Leben seinen natürlichen Pulsschlag und sein natürliches Tempo eingebüßt, und er zweifle, ob er beides je wiederfinden werde. »Ihr seht, meine Träume sorgen dafür, dass ich meine Heimat nicht im Stich lasse.« Er habe sich verändert, sei Teil einer verlorenen Generation, einer entwurzelten Klasse: Er stehe nicht einmal auf der Leiter der britischen Gesellschaft, sondern irgendwo seitlich im Abseits.

Die Antwort seiner Eltern war kein großer Trost. Er habe es sich selbst zuzuschreiben, wenn sein Leben aus den Fugen geraten sei. Sie freuten sich, ihn zu sehen, aber er müsse begreifen, dass er nicht besser sei als ein Drogensüchtiger, der so sehr von seinen Dämonen beherrscht werde, dass er keinen Ausweg mehr sehe. Abgesehen von seiner Heirat mit Firouzeh, bei der er seine Pflichten als Bruder erfüllt habe, sei er ein Nichtsnutz, ein Versager. Und jetzt habe er auch noch eine neue Frau.

Den Rest der Strecke legten sie schweigend zurück.

Kaum im Haus angelangt, erklärten seine Eltern, sie seien erschöpft, rauschten an den versammelten Ehefrauen ihres Sohnes vorüber und verschwanden in ihrem Zimmer im Obergeschoss, wo sie die Enkelkinder um sich versammelten. Von da an war klar, dass die üblichen Regeln der Höflichkeit in diesem Fall außer Kraft gesetzt waren.

Der folgende Tag begann mit einer schweren Krise.

Kurz vor Tagesanbruch klopfte Fatima laut an die Schlafzimmertür ihres Sohnes. Sam wurde auf den Flur gerufen, und Fatima redete hastig in ihrer Muttersprache auf ihn ein. Es sei Zeit zum Beten, sagte sie. Gleich werde die Sonne aufgehen, und sie hätten die Orientierung verloren.

Sam schlug die Hände über dem Kopf zusammen. Er hatte vergessen, dafür Vorsorge zu treffen. Er wusste, dass die Sunna ein fünfzehnminütiges Gebet vor Sonnenaufgang in Richtung Mekka vorschrieb, gefolgt von vier weiteren und längeren Gebeten im Verlauf des Tages. Die Uhr lief, der Sonnenaufgang stand unmittelbar bevor. Seine Eltern steckten in der Klemme, und das war seine Schuld.

»Ich habe keine Ahnung, Mutter. Moment, lass mich nachdenken.«

Sam fand es peinlich, dass seine Eltern auf diese Weise erfuhren, dass er seiner Pflicht zum fünfmaligen Gebet am Tag schon lange nicht mehr nachkam. Er beschwichtigte seine verstörte Mutter und schickte sie nach unten. Er werde eine Lösung finden.

Als er wieder im Schlafzimmer war, schlüpfte er in einen Morgenrock.

»Was ist los?«, fragte Tracy schlaftrunken.

»Sie müssen wissen, wo Mekka ist.«

»Und du weißt es nicht?«

»Nein, keine Ahnung.«

Tracy sprang aus dem Bett und lief mit nach unten, wo sie feststellte, dass die Misere von Sams Eltern sämtliche Hausbewohner geweckt hatte.

Der anbrechende Tag, ein trüber, wolkenverhangener Londoner Morgen, war so düster, dass man nicht einmal Vermutungen hätte anstellen können, wo Osten lag. Fatima hatte ihren Kompass, ohne den sie sonst nie reiste, vergessen. Als sie es im Flugzeug bemerkte, dachte sie, es sei nicht weiter schlimm. Sam war ein guter Sohn, er wusste bestimmt, in welcher Richtung die Heilige Stadt lag.

Sie versammelten sich in der Küche. Tracy, die Sonnenanbeterin, erinnerte sich, dass die Morgensonne über der Eiche aufging. Der Blick von Sams Eltern folgte ihrem Finger, als Tracy in Richtung Baum zeigte: »Osten… Osten… Osten… da drüben.«

Sam übersetzte für seine Eltern. Aber sie waren nicht zufrieden. Es genügte nicht, einfach gen Osten zu blicken. Aus dem Bordmagazin des Flugzeugs wussten sie, dass Mekka im Südosten lag. Mit Blick auf die Eiche streckte Fatima die Arme aus und wies zugleich auf Kühlschrank und Backofen. Wo lag denn nun Süden?

Die Meinungen gingen auseinander, und Sams Eltern blieb keine andere Wahl, als darauf zu bestehen, dass sie in eine Moschee gebracht wurden.

»Natürlich nur, wenn ihr wisst, in welcher Richtung wir eine finden.«

Firouzeh bot sich an, sie nach dem Frühstück zu der großen Moschee am Regent's Park zu fahren. Die Kinder könnten sie auf dieser geheimnisvollen Mission begleiten. Derweil würde Sam, sobald die Läden aufmachten, mit dem anderen Auto losfahren und bis zum Mittagsgebet einen Laden finden, wo man einen Kompass kaufen konnte.

Die Eltern zogen sich zum Beten in die obere Etage zurück und machten aus ihrer Missbilligung keinen Hehl.

Einige Stunden später, nachdem die Haustür zweimal vernehmlich ins Schloss gefallen war, war Tracy allein im Haus.

Sie wollte gerade den Wasserkocher anschalten, um sich einen Kaffee zu machen, da klopfte es an der Tür.

Sonnenlicht umflutete die Schultern des Manns von der Behörde und blendete sie. »Ich hoffe, ich komme nicht ungelegen«, sagte Partridge.

Tracy rutschte das Herz in die Hose.

Mr S. Partridge, Sebastian laut Visitenkarte, Seb laut eigener Auskunft an der Tür, entschuldigte sich dafür, dass er anscheinend in einem etwas ungünstigen Augenblick gekommen sei, und ließ sich zur Couch geleiten. Er wolle sich nur ein wenig umsehen. Er habe eine richterliche Verfügung, die ihm gestatte, die Lebensumstände der Familie zu untersuchen. Eigentlich habe er gehofft, die gesamte Familie anzutreffen, aber das sei nicht weiter schlimm. Es werde nicht lange dauern.

Tracy sagte ihm, sie müsse nur rasch telefonieren, und ließ ihn auf der Couch zurück.

In der Küche griff sie zum Telefon. »Komm schon, komm schon«, murmelte sie.

Sam hatte große Schwierigkeiten, ein Geschäft zu finden, das auch nur entfernt so aussah, als könne man dort einen Kompass kaufen. Schließlich hielt er vor einem Laden für Elektrogeräte. An der Theke musste er eine Weile warten, bis der Verkäufer sich seiner annahm. »Was kann ich für Sie tun, Sir?«, wurde er schließlich gefragt.

»Ich hätte gern einen Kompass. Einen einfachen Kompass. Wissen Sie, was ich meine?«

»Einen Kompass?«

»Ja.«

»Was für eine Art von Kompass?«

»Einen ganz normalen Kompass, weiter nichts.«

Aber der Laden führte keine Kompasse. Diese Art von Technologie sei zu alt für einen solchen Hyperstore. Zu alt?, dachte Sam. Was hatte das zu bedeuten? Der Verkäufer entschuldigte sich. Früher hätten sie Kompasse geführt. Aber sie hätten sie schon vor Jahren aus dem Sortiment genommen. Keine Nachfrage mehr, seit der Markt ganz auf digitale Produkte umgestiegen sei. *Digital!* Der *Telegraph*-Leser in Sam war empört. Aber wenn Sam Interesse habe, erklärte der Verkäufer, und bereit sei, ein bisschen mehr anzulegen, könne er ihm etwas Vergleichbares zeigen: Er öffnete begeistert die Glasvitrine und holte etwas von einem Plastikständer. Er legte es vor Sam auf die Theke.

»Was ist das?«, fragte Sam.

»Das Allerneuste.«

»Offensichtlich. Aber was ist es?« Das kästchenförmige Instrument in seiner Lederhülle hätte so ziemlich alles sein können.

»Ein globales Positionsbestimmungssystem.«

»Ein globales was?... Was ist das? Alles, was ich brauche, ist ein Kompass.«

Dieses Gerät sei so klein, dass es bequem in eine Hand passe, erfuhr Sam. Schauen Sie es sich an. Nehmen Sie es in die Hand. Fühlen Sie, wie leicht es ist. Man müsse es einfach mögen. »Mit elektronischem Navigationssystem, satellitengesteuert. Die Signale werden von der Ionosphäre reflektiert.« Der Verkäufer liebte das Wort Ionosphäre. Diese Art von Jargon verlieh sogar dem unbedeutendsten Menschen die Illusion von Grenzenlosigkeit. »Heutzutage verwendet man genau diese Technologie in militärischen Sprengköpfen. Erinnern Sie sich an die Scud-Raketen? Genau solche Dinger schicken sie in den Irak. Popp.« Er schnalzte mit den Lippen und schlug dann mit der Faust gegen die Innenfläche seiner anderen Hand. »Volltreffer.«

Sam nickte und versuchte sich vorzustellen, wie seine betagte, altmodische, technikfeindliche Mutter mit diesem Massenvernichtungsinstrument umginge. Es war lächerlich, aber er konnte es auch nicht einfach verwerfen. »Und wie teuer ist der Spaß?«

»Vierhundertfünfundvierzig Pfund. Keine Lieferzeit. Sie können es sofort mitnehmen. Originalverpackt. Mit Ladegerät und allem Zubehör.« Der Mann blickte zuversichtlich, als ob der Artikel sich von ganz allein verkaufe, als ob seine Hilfe nicht benötigt werden würde.

Sam nickte. »Das ist alles gut und schön. Sehr eindrucksvoll. Aber ich will eigentlich nur wissen, wo Norden und Süden ist.«

Der Mann sah Sam abschätzig an. »Norden und Süden, Osten und Westen, was ich zum Frühstück gegessen habe und wie der Wechselkurs des japanischen Yen steht. Dieses Gerät lässt keine Fragen offen, Sir.«

»Aber ich will nur wissen … ich will nur sagen können, wo …« Er hielt inne. Er würde diesem Produkt von Playstation- und iPod-Manie nicht sagen, welche uralten religiösen Bedürfnisse seine Eltern hatten. »Ich will nur wissen, in welcher Richtung eine Stadt liegt.«

»Mekka. Stimmt's? Habe ich recht, Sir? Sie wollen wissen, wo Mekka liegt?«

»Hm … ja. So ist es.« Wie hatte der Verkäufer ihn so leicht durchschauen können?

»Gut. Dazu müssen Sie nur den gesuchten Ort eingeben. Okay, schauen Sie her, ich zeige es Ihnen, aber es steht auch alles in der Anleitung. Also, Sie schalten das Gerät hier an, klicken sich durch das Menü, so, tippen den Namen des gesuchten Ortes ein – das Gerät hat 6000 Städte in der ganzen Welt in seiner Datenbank – und zack …« Er tippte M–E–K–K–A. »Sehen Sie den kleinen Pfeil da? – Jetzt versucht es, eine Satellitenverbindung aufzubauen.«

»Aha«, sagte Sam.

»Und sobald das geschehen ist, lenken Sie Ihr Boot oder Ihr Auto oder Ihren fliegenden Teppich in die angezeigte Richtung und landen garantiert in einem Umkreis von fünf Metern von jedem gewünschten Punkt auf der Welt.«

Sam lächelte und nickte. Sie warteten, dass der Apparat Verbindung zu einem Satelliten bekam. Ah, die unglaublichen Errungenschaften des modernen Lebens! Sie machten ihm Angst, und er fand sie trotzdem aufregend. Aber wohin würde das alles führen? Bei all diesen technischen Erfindungen blieb die Seele auf der Strecke.

»Verdammt. Eigentlich muss man sich dafür im Freien aufhalten. Aber wenn Sie nach draußen gehen, funktioniert es garantiert. Also, Sir, was meinen Sie? Soll ich es für Sie einpacken?«

Mittlerweile wartete schon ein weiterer Kunde darauf, bedient zu werden, trat unruhig von einem Fuß auf den anderen und wurde langsam ungeduldig. Der Verkäufer spürte es. »Ich bin gleich bei Ihnen. Nur noch eine Minute«, sagte er, getreu dem Motto des Ladens ›Immer für Sie da‹. Sam lächelte ihm entschuldigend zu. Er fühlte sich gedrängt zu kaufen. Aber 450 Pfund? In dem Augenblick klingelte sein Mobiltelefon. »Mist«, grummelte er und zog es aus der Tasche. »Entschuldigung«, sagte er zu dem anderen Schnäppchenjäger.

»Wollen Sie es nun haben oder nicht, Sir?«

»Ähm …«, sagte Sam. »Ich denke … ich muss nur … Kann ich noch eben das Gespräch annehmen?«

Der Verkäufer seufzte. Sam wandte sich seinem Telefon zu. »Ja doch«, brummte er. »Packen Sie das verdammte Ding einfach ein.« Er zückte seine Brieftasche und zog seine

Kreditkarte heraus, während er mit der anderen Hand telefonierte.

»Lass ihn vor allen Dingen nicht nach oben gehen«, schärfte er Tracy über die Londoner Ätherwellen ein.

»Warum?«

»Halt ihn einfach im Wohnzimmer fest, bis ich da bin.«

Tracy legte auf. Als sie wieder ins Zimmer kam, war Mr Partridge verschwunden.

Sie stürmte die Treppe hinauf, zwei Stufen auf einmal, aber er hatte bereits seine Nase ins große Badezimmer gesteckt. »Äußerst«, sagte er und machte eine lange Pause zwischen den Worten, »beeindruckend.«

Er sah sie. »Verzeihen Sie, aber ich habe nicht viel Zeit. Ich dachte, ich fange einfach schon mal an. Die Vollmacht habe ich Ihnen unten auf den Couchtisch gelegt.«

Tracy sah ihn ängstlich an. »Wer… wer hat Ihnen das erlaubt?«

»Steht alles auf dem Blatt. Unten auf dem Tisch. Verzeihung, dass ich hier eindringe.«

Tracy wusste genau, dass Firouzeh sich das niemals hätte gefallen lassen, weder sie mit ihrem Temperament noch Yvette mit ihrer Raffinesse: Die beiden hätten eine Möglichkeit gefunden, den Mann an seiner Schnüffelei zu hindern und wieder hinaus auf die Straße zu befördern. Aber Tracy fiel nichts ein, was ihn aufgehalten hätte.

»Jemand hier oben?« Er zeigte mit dem Finger den Flur entlang.

Sie schüttelte den Kopf. Ihr Herz schlug immer schneller. »Nein. Kein Mensch. Nichts.«

»Wunderbar. Dann mache ich gleich weiter. Kümmern Sie sich gar nicht um mich. In ein paar Minuten ist das alles erledigt. Machen Sie einfach weiter mit dem, wobei ich Sie unterbrochen habe.« Schon war er im ersten Schlafzimmer. Sie folgte ihm nicht, sondern blieb auf dem Flur stehen und wartete ab, was er sagen würde. »Hm-hm« und »Gut« und »Schön, wunderbar« und »Da haben wir ja eine Menge Erwachsenenschlafzimmer«. Er schlüpfte von einem Raum in den anderen, erkundigte sich jeweils, wessen Zimmer es war, und machte sich kurze Notizen auf seinem Schreibbrett, bevor er ins nächste weiterging, aus dem dann erneut Kommentare wie »Aha, sehr gut« oder »Schön, schön« kamen.

»Das ist also das Kinderzimmer, nicht wahr? Und gleich nebenan liegt...« Er warf einen Blick auf seine Notizen. »Das Zimmer des Hausherrn?«

Ihr war übel. Sie musste unbedingt etwas tun. Sie nahm gerade ihren ganzen Mut zusammen, da kam er schon mit einem zufriedenen Lächeln zurück, ließ sein Schreibbrett sinken und verkündete, dass er fertig sei. »Also, sollen wir dann wieder nach unten gehen?«

Als sie wieder im Wohnzimmer war, lief sie nervös auf und ab und sah immer wieder zum Fenster hinaus. Sam musste jeden Moment kommen. Er steckte im Verkehr fest. Sie hatte ihn schon dreimal angerufen, und jedes Mal stand der Wagen gerade an einer Ampel. Sie hatte ihm gesagt, dass sie den Beamten nicht davon abhalten konnte, nach oben zu gehen. Sam war nicht da gewesen, und sie hatte alles falsch gemacht.

»Es ist also eine offene Beziehung?«, erkundigte sich Partridge schmeichlerisch.

»Offen?« Sie wusste genau, worauf er hinauswollte, aber sie hatte nicht vor, ihm nach ihrem ersten Fehler noch weitere Munition zu liefern.

»Sind an der sexuellen Seite dieser Gruppenehe noch andere Männer oder Frauen beteiligt?«

»Wovon reden Sie?«

»Ich muss nur einfach wissen, wie so etwas funktioniert. Dürfen Sie andere Partner nehmen? Gehört das zum Arrangement?«

Tracy hob die Augenbrauen. »Andere Partner?« Wenn sie sich dumm stellte, stand sie diesen Alptraum vielleicht am ehesten durch.

»Ich will mir ja nur ein Bild machen.«

»Haben Sie… das Recht, solche Fragen zu stellen?«

»O ja. Deswegen bin ich hier. Um solche Fragen zu stellen.«

Tracy nickte. Zumindest das glaubte sie ihm.

»Oh, ein Wagen«, sagte Partridge und drehte sich um. »Wer kommt da?«

Beide hatten sie den Wagen kommen hören, und Tracy starrte zur Tür. Sie konnte es gar nicht erwarten, dass jemand ihr diese entsetzliche Last abnahm.

Endlich kam Sam zur Tür hereingestürmt, Krawatte gelockert, Hemdsärmel schon zur Tat hochgerollt, eine Schachtel unter dem Arm. Doch am Ort des Geschehens angekommen – der Beamte erhob sich zur Begrüßung aus seinem Sessel –, verlangsamte er sein Tempo, alles Angespannte verschwand aus seiner Erscheinung, und der Ausdruck tiefer Besorgnis wandelte sich zum höflichen Lächeln. »Oh, hallo«, grüßte er seinen Gast lässig, ging jedoch als Erstes zu Tracy, die sitzen geblieben war, und gab ihr einen zärtlichen Kuss auf den Scheitel, eine Intimität, die demonstrativ die Anwesenheit des Beamten ignorierte. »Du siehst wunderbar aus, Liebling. Was für ein schönes Kleid! Ist das neu? Oh, und gute Nachrichten. Ich habe einen Kompass – allerdings einen, wie du ihn noch nie gesehen hast. Er kann sogar Bomben lenken.« Er reichte ihr das Päckchen wie ein Geschenk. Und Partridge hatte zugleich einen kleinen Einblick in eine harmonische Ehe erhalten. Sam wandte sich dem Mann vom Jugendamt zu. »Ja und wen haben wir hier?« Lächelnd schritt er auf den Besucher zu. »Herzlich willkommen. Schön, Sie kennenzulernen. Saaman Sahar.«

»Das ist Mr Partridge«, steuerte Tracy bei und merkte erst jetzt, dass sie zitterte. Sie faltete die Hände.

»Oh, der berühmte Mr Partridge.« Die beiden Männer schüttelten sich herzlich die Hand. Der Beamte war zwei Köpfe größer als Sam. »Und was führt Sie heute zu uns?«

Beide setzten sich, und Partridge versicherte Sam, dass er ihn nicht lange belästigen werde. Er habe sich bereits ein wenig umgesehen, und es blieben nur noch einige wenige Fragen zu klären.

»Gut«, sagte Sam und nickte seiner Frau anerkennend zu. »Es ist wichtig, dass Sie sich einen vollständigen und wahrheitsgetreuen Eindruck verschaffen. – Lassen Sie uns einen Moment innehalten.« Sam vergewisserte sich erst einmal, dass sein Gast es bequem hatte, bot ihm eine Erfrischung an und lockerte die formelle Atmosphäre auf seine geistreiche persische Art auf: »Wie gefällt Ihnen unser Zuhause? Es ist ein wundervolles Abbild der wirklichen Welt, finden Sie nicht auch?«

Und nach einer kleinen Pause: »Nach den Maßstäben der meisten Ausländer ist es doch sehr sauber bei uns, nicht wahr?«

Und nach einer weiteren kleinen Pause: »Ich muss mich entschuldigen, dass Sie so unbequem sitzen. Der Sessel ist für dicke Männer gemacht.«

»Ich habe mit den Lehrern der Kinder gesprochen«, riss Partridge das Gespräch wieder an sich, »den Betreuern in der Spielgruppe, und die meisten kennen Ihre häuslichen Verhältnisse und sind nicht beunruhigt deswegen. Das ist gut. Ein gutes Zeichen. Die Kinder kommen gut zurecht, und das ist immer ein klares Indiz.«

»Schön. Ja. Dürfte ich Sie übrigens bitten, Ihre Schuhe auszuziehen?«

»Meine… ?«

»Wenn Sie so freundlich sein wollen. Es ist wichtig. Meine Eltern sind zu Besuch. Es ist eine traditionelle Regel, wenn in dem Haus gebetet wird. Ich werde es ebenfalls tun. Ich vergesse es immer.«

Sam ging mit dem guten Beispiel voran und zog seine eigenen Schnürsenkel auf. »Bitte. Seien Sie so freundlich.«

Partridge wartete, unschlüssig, ob es ernst gemeint oder ein weiterer Scherz war. Er blickte sogar hilfesuchend zu Tracy hinüber, musste dann aber doch einsehen, dass es seinem Gastgeber ernst war. Partridge sah aus wie eine Büroklammer, als seine lange, dünne Gestalt sich hinunterbeugte.

Auf Strümpfen ergriff Sam beide Paar Schuhe und stellte

sie zu den anderen an der Haustür. »Danke. Und es ist ja auch viel bequemer so, nicht wahr?« Sam kehrte zu seinem Sessel zurück und reckte die Zehen. »Gut. Jetzt können wir reden.«

Tracy war ungeheuer erleichtert. Alles würde doch noch in Ordnung kommen. Sam würde sich darum kümmern. Ihre Scharte würde ausgewetzt.

Partridge mühte sich, das Gespräch wieder in amtliche Bahnen zu lenken. »Es geht um Ihre Kinder. Deswegen bin ich hier.«

»Was möchten Sie wissen?« Sam ging in die Offensive.

»Es sind drei?«

»Vier.«

»O ja, vier. Ich habe die Namen hier. Mostafa, dann...«

»Die Älteren sind Klassenbeste, aber es kann natürlich sein, dass sie mogeln. Wo sie in einem so unmoralischen Haushalt leben, wäre das für sie doch nur natürlich.«

Partridge lächelte und ließ sein Schreibbrett ein Stückchen sinken. Tracy nahm das als erstes gutes Zeichen. »Aber es sagt doch keiner –«

»Nein, *ich* sage das. Schrecklich unmoralisch, nach den Maßstäben der meisten Menschen.«

»Nun–«

»Andernfalls wären Sie ja nicht hier, nicht wahr?«

»Also das ist nicht ganz –«

»Andernfalls würden Sie sich ja nicht um die Kinder sorgen, die schließlich keinerlei Anzeichen von Vernachlässigung zeigen, wie Sie selbst sehen können – Sie würden es nicht tun, wenn es nicht letzten Endes eine Frage der... na ja, eine Frage der Moral wäre.«

»Tja, mir steht es natürlich nicht zu, ein Urteil über diese Dinge –«

»Nicht? Geht es denn nicht gerade darum? Ihre Einstellung gegen unsere?«

»Es steht mir nicht *zu,* über die Moral anderer zu urteilen, Mr Sahar. Das ist Ihre Sache.«

»Nein, das kann ich nicht akzeptieren. Wenn Sie das glaubten, könnten Sie diese Arbeit nicht tun.«

Partridge nickte beklommen: Der Mann wollte ihn aufs Glatteis führen. »Ich bin nur wegen der Kinder hier.«

»Ich dachte, wir hätten schon festgestellt, dass es den Kindern gutgeht.«

»Nein. Soweit ich sehe, haben wir das nicht.«

»Nicht?«

»Also, ich muss beurteilen – nicht ich persönlich, aber meine Dienststelle –, ob die Kinder hier unter dem Einfluss –«

»Ah, der Einfluss!«

»… von schädlichen, vielleicht sogar *sehr* schädlichen Erlebnissen stehen, die für Kinder in ihrem Alter nicht … nicht gut sind.«

»Lassen Sie mich Ihnen helfen, das präziser zu formulieren«, sagte Sam. »Gruppensex.«

Tracys Fingerknöchel in ihrem Schoß wurden weiß.

Partridge funkelte Sam und Tracy an. »Und? Stimmt es?«

»Vielleicht lädt man die Kinder ja sogar ein *mitzumachen,* nicht wahr?« Sam war wütend. »Oder, wo wir schon dabei sind, vielleicht werden sie ja gar nicht eingeladen, sondern gezwungen … So etwas geht Ihnen doch durch den Kopf, nicht wahr?«

Partridge hätte mit rotem Kopf den Rückzug angetreten, wären dies nicht exakt die Fragen gewesen, derentwegen man ihn hergeschickt hatte. So aber ließ er sich nicht aus der Fassung bringen. Er hielt dem wütenden Blick seines Gastgebers stand und war ungeheuer erleichtert, dass ihm ein anderer diesen unangenehmsten Teil seiner Aufgabe abgenommen hatte. »Nun, so würde ich es nicht formulieren.«

»Mr Partridge, halten Sie uns für pervers?«

»Kein Mensch hat das gesagt.«

»Aber Sie sind doch hergeschickt worden, um Beweise dafür zu finden. Sie können ja nicht hier sein, um Beweise dafür zu finden, dass wir moralische Menschen sind. Moral kann man nicht sehen, man kann die Seele eines Menschen nicht fotografieren – Moral äußert sich nicht in Taten, sondern gerade in der Abwesenheit bestimmter Taten, anders als die Unmoral, deren Ausdruck gerade die Taten sind. Also suchen Sie nach Zeichen für Unmoral. Aber Sie und Ihre Behörde suchen Beweise, wo es keine gibt. Und obwohl Sie in den Gesichtern meiner Frauen danach suchen und es nicht finden, in den Gesichtern meiner süßen Kinder und in meinem eigenen, wo Sie es noch am ehesten finden werden, und auch wenn Sie es aus der Einrichtung des Hauses ableiten wollen, weswegen Sie ja wohl so erpicht darauf sind, sich hier umzusehen, werden Sie immer noch nicht das Foto bekommen, das Sie brauchen.«

»Ich bin nicht zum Fotografieren hergekommen, Mr Sahar.«

»Also lassen Sie mich ein wenig nachhelfen, damit wir mit der Sache zu Ende kommen. Jawohl, das Bett ist breit genug für drei. Schlafen auch drei darin? Entweder glauben

Sie mir, wenn ich Ihnen sage, dass sie das nicht tun, oder Sie müssen nachts hier einbrechen und nachsehen. Ich habe auch keinen Whirlpool, obwohl das Haus einen hatte, als ich einzog. Denken Sie darüber, wie Sie wollen. Wir haben aus dem Raum ein Kinderzimmer gemacht. Was noch? Ach ja, ich habe drei Frauen. Weder muslimische Tradition noch britisches Gesetz verbieten es mir. Wenn Sie in dem Punkt Erläuterungen brauchen, empfehle ich Ihnen eine Unterhaltung mit meinem Anwalt. Die Paragraphen zum Thema Polygamie betreffen keine Beziehungen wie diese, die vor dem Gesetz nicht als Ehe gelten. Womit wir also wieder bei der Frage der Moral angelangt wären, der einzigen, bei der Sie und ich verschiedener Meinung sind. Von der Sie aber sagen, dass Ihre Behörde nicht damit befasst sei. Wirklich, Mr Partridge, verzeihen Sie mir, wenn ich deutlich werde. Ich finde, Sie sollten sich wirklich fragen, was um alles in der Welt Sie hier wollen.«

Partridge wusste nicht, was er sagen sollte. In seinem ganzen Leben hatte ihm noch nie jemand so beredt zu verstehen gegeben, dass er sich zum Teufel scheren sollte.

Mit einem Lächeln legte Sam nach. »Haben Sie eigentlich selber auch Kinder, Mr Partridge?«

Der Mann war zu erschöpft, um sich zu wehren. »Zwei.«

»Zwei? Kein Wunder, dass Sie müde sind.« Sam wandte sich an Tracy. »Findest du nicht auch, dass er müde aussieht?« Sie nickte. »Und im Augenblick sind sie zu Hause?«

»Na ja, nicht ganz … sie … eigentlich wohnen sie nicht bei mir.«

»Sie wohnen nicht bei Ihnen?«

»Geschieden.«

»Oh, verstehe.«

»Sie sind bei ... ihrer Mutter«, fügte Partridge hinzu, seine Stimme nur noch ein Flüstern. »Sie sind beide ... ja, bei ihrer ... ähm ... Mutter. In Wales.«

Tracy starrte Partridge an. Jede Minute ging eine neue Wandlung mit ihm vor. Seiner Schuhe beraubt, durchlöchert von einer Maschinengewehrsalve von Fragen, hatte er den Großteil seiner Autorität verloren. Statt der amtlichen, fordernden Art kamen nun flehende Töne. »Es tut mir leid«, sagte er. »Ich habe nach meinem ersten Besuch einen Bericht geschrieben, und meine Vorgesetzte ... die Leiterin unserer Abteilung ... sie hat ihn sich angesehen ... und ... nun, im Licht der schwerwiegenden Vorwürfe ...«

»Was für Vorwürfe?«

»... ja, im Licht dieser anonymen Vorwürfe ... da benötigt sie, sagen wir ... weitere Informationen.«

»Was für Vorwürfe?«

»Nun, ich brauche Ihnen nicht zu sagen, dass nach englischen Maßstäben Ihr Arrangement ungewöhnlich ist. Nicht dass man noch nie davon gehört hätte, aber ungewöhnlich ist es schon. Aber das allein würde es nicht zu einem Fall für unsere Behörde machen, hätten wir nicht den Hinweis erhalten ...«

»Hinweis?«

»... dass die Kinder in Gefahr sind.«

»Und von wem ist der Hinweis?«

»Das kann ich nicht sagen. Eine ungenannte Quelle.«

»Ungenannt? Soll das heißen, Sie verlassen sich auf anonyme Hinweise?«

»Das müssen wir. Anrufer nennen oft nicht ihren Namen, zu ihrem eigenen Schutz. Oft waren solche Anrufe der Ausgangspunkt –«

»Mrs Acherson. Aishas Lehrerin. Stimmt's? Das hätte ich mir denken können.« Sam machte sich nicht die Mühe, seine Verachtung zu verbergen.

»Aus mir werden Sie keine Namen herausbekommen.«

»Mr Partridge, ich hoffe doch nicht, Sie bedrohen meine Familie wegen der Hirngespinste einer Halbidiotin?«

Der Mann hob beschwörend die Hand. »Ich dürfte das eigentlich nicht, aber… es war nicht Mrs Acherson. Es war eine anonyme Anzeige, von jemandem, der sehr besorgt war, dass die Kinder… vielleicht teilhaben könnten… an Ihren… sexuellen… Aktivitäten.«

Sams Gesicht lief rot an. »Wie können Sie es wagen? Wie können Sie nur?«

»Wir haben die Sache auch an die Polizei weitergegeben. Wahrscheinlich wird sich von dort auch noch jemand melden. Jetzt verstehen Sie vielleicht, wie wichtig es ist, dass Sie mir helfen, mir Klarheit darüber zu verschaffen, wie Ihr häusliches Leben eingerichtet ist.«

»Wer macht nur solche Anrufe?«

»Ein besorgter Bürger, nehme ich an. Jemand, der Sie kennt.« Partridge blickte Tracy an und sah, dass sie am ganzen Körper zitterte.

»Nein. So geht das nicht. Hören Sie auf. Ich weiß nicht, wer Ihnen das erzählt hat, aber das ist kein *Hinweis*. Einen Hinweis gibt man auf etwas, was es *gibt*. Auf eine Wahrheit. Das, was Sie haben, sind Gerüchte, Verleumdungen, das ist nichts als Vorurteil, Eifersucht, Neid und wahrscheinlich Rassismus.«

»Jemand hat sich gemeldet. Und die Sache wird dadurch nicht besser, dass Sie sich weigern, mir Einblick in Ihr Privatleben zu gewähren.«

Jetzt wurde es Sam zu viel. »Sind Sie eigentlich je auf den Gedanken gekommen, dass das vielleicht daran liegt, dass es *privat* ist?« Er schüttelte den Kopf. »Leute wie Sie sind wirklich unglaublich. Können Sie sich vorstellen, wie wütend mich das macht? *Ich* kann mir nicht einmal vorstellen, wie jemand verkommen genug sein kann, so einen Anruf zu machen! Ein solcher Mensch ist schlecht. Schlecht!«

»Ich tue doch bloß meine Arbeit«, antwortete Partridge lahm.

Tracy war besorgt. Es war eine schlechte Strategie, jetzt die Nerven zu verlieren. »Sam…«

Sam starrte den Mann an. Ein kritischer Punkt war erreicht. »Ich glaube, Sie sollten jetzt gehen. Verlassen Sie mein Haus.« Er schlug sich mit der Faust in die Hand. »Verschwinden Sie.«

»Sag es ihm doch einfach«, drängte Tracy ihren Mann. »Sag es einfach.« *Sage es ihm, und wir sind ihn los. Sage es, und er löst sich in Luft auf.* Sie wandte sich an Partridge. »Glauben Sie mir, unser Leben könnte gar nicht unschuldiger sein. Es ist überhaupt nicht so, wie die Leute denken.«

»Tracy!« Sofort stopfte Sam das Leck, durch das kritische Informationen herauskonnten. »Er hat kein Recht…!«

»Wenn Sie… wenn Sie wüssten, wie es wirklich ist…«

»Tracy, nicht!«

Sie sah ihren zornesroten Ehemann an: »Was?«

Er starrte zurück, bannte sie mit seinen Augen. »Nicht so.«

Von dem Punkt an wusste Partridge, dass er seine Zeit vergeudete. »Verstehe. Den Kindern geht es also gut, weil Sie das sagen.« Die Art dieser Feststellung machte klar, dass von nun an die Zeichen auf Feindschaft standen. Sam hatte den Mann in eine unmögliche Position gebracht, und das würde er büßen müssen.

Sam nahm sich zusammen. »Sir.« Er mäßigte seinen Ton, streckte die Hand aus. Wenn man auf einem geschäftigen persischen Markt groß geworden war, bewahrte man sich einen Instinkt für Diplomatie. »Sie sprechen mit einem Ausländer. Bitte. Wir haben eine übertriebene Ehrfurcht vor gewissen Gesetzen. Viele von uns haben sie entbehren müssen, und nun sind wir geradezu süchtig danach. Deshalb will ich Sie auch um nichts bitten. Nicht das Geringste. Nur dass Sie unsere Privatsphäre respektieren und das geltende Recht, wie man es in einem kultivierten Land erwartet.«

»Ich glaube, ich gehe jetzt besser.« Ja, dieser Mann musste jetzt dringend zurück an seinen Schreibtisch, so schnell er konnte, und den Glauben an seine Vernunft wiederfinden, daran, dass er ein sympathischer Mensch war, er musste den Schmutz dieses Vorfalls von sich abwaschen. Nur ein Posten bei einer Behörde – und ein schlecht bezahlter dazu – konnte einen Mann dazu bringen, dass er zu einem Wildfremden ins Haus ging und ihm Inzest unterstellte.

Sam seufzte. »Ist das denn zu viel verlangt, wenn ich Sie bitte, dass Sie uns einfach nur in Ruhe lassen?«

Partridge seufzte. »Sie verstehen es immer noch nicht. Wir müssen uns vergewissern, dass Ihre Kinder bei Ihnen gut aufgehoben sind. Was ist denn so schlimm daran?«

»Aber Sie haben bereits mit den Lehrern gesprochen, nicht wahr? Dann wissen Sie doch schon alles.«

»Nun, ehrlich gesagt sind wir dabei auf ein oder zwei Dinge gestoßen, die mich ein *klein* wenig beunruhigen.«

»Was für Dinge?«

»Wussten Sie zum Beispiel, dass Aisha in diesem Schuljahr schon mehrfach wegen Fernbleibens vom Unterricht getadelt wurde?«

»Lieber Himmel, sie geht zu einer Freundin und hört CDs! Das weiß ich.«

»Ist das Kind unglücklich?«

»Sie sollten jetzt gehen.«

»Sie borgt sich auch Geld von anderen. Wussten Sie das?«

Das war ein Detail, das Sam überraschte. »Die ganze Welt lebt auf Kredit, Mr Partridge.«

»Bekommt sie denn nicht genug Taschengeld?«

»Ach, die Frauen hier im Haus, die können alle nicht mit Geld umgehen.« Aber zum ersten Mal war Sam in der Defensive.

»Und Alis Lehrerin sagt, er hat sich in letzter Zeit mehrere Male in die Hosen gemacht.«

»Das ist doch lächerlich. Sind Sie bei der Geheimpolizei? Ist Urinieren jetzt ein Grund für einen Naziüberfall auf mein Haus?«

Wieder musste Tracy eingreifen und legte Sam die Hand auf den Arm.

Partridge atmete tief durch. Er war fast fertig. »Nicht für sich genommen, aber da wäre noch die Lehrerin von Haman, die sagt, er bleibt nicht auf seinem Platz; es gibt gewisse Verhaltensauffälligkeiten; er ist gewalttätig gegenüber einem Klassenkameraden gewesen und hat gestohlen, ein –«

»10-Pence-Geodreieck! Als Vergeltung dafür, dass der Junge ihm vorher einen wertvollen Satz Sammelkarten aus seinem Pult geklaut hatte. Der Mensch ist des Menschen Feind, Mr Partridge.«

»Für sich genommen ist das nichts, aber es summiert sich, und als ich meinen Bericht an meine Vorgesetzten weitergab, da... sagen wir... stellte sich dort eine leichte Besorgnis ein. Und deshalb muss ich um Ihr Einverständnis zu einer weiteren Vorsichtsmaßnahme bitten. Es besteht kein Grund zur Beunruhigung...« – jetzt sah er Tracy an, den kühleren Kopf, bat sie bereits um Unterstützung –, »aber wir möchten gern zu einem passenden Zeitpunkt ein kurzes Gespräch mit den Kindern führen – nur ein paar wenige Fragen, um unsere Bedenken zu zerstreuen.« Er lächelte. »Könnten wir dazu Ihr Einverständnis bekommen? Was meinen Sie?«

»Zu einer Befragung meiner Kinder?« Sam bebte, er war kurz davor, zu explodieren.

Es war Partridges Aufgabe gewesen, diese Forderung vorzutragen. Es gehörte zu seiner Arbeit, dass er diese Nachricht überbrachte. Aber er war nicht verpflichtet, sich die Antwort anzuhören.

»Und was genau wollen Sie fragen? Ob sie in letzter Zeit missbraucht worden sind? Sie wollen von mir die Erlaubnis, dass Sie meine Kinder eines nach dem anderen in eine Zelle holen können, wie die Gestapo, und ihnen mit Ihren Fragen sexuelle Traumata anhängen? Sie möchten fragen, ob ich sie im Schlafzimmer besuche? Ja?« Sam brüllte.

»Einstweilen brauche ich nur Ihre Antwort, Mr Sahar.«

»Darauf brauchen Sie meine Antwort? Sind Sie geisteskrank? Sind Sie übergeschnappt? Verschwinden Sie aus meinem Haus. Sofort!«

»Schön.« Partridge warf Tracy einen gequälten Blick zu. Aber sie hatte sich abgewandt. »Das kann ich wohl als Antwort werten.«

»Das können Sie.«

»Dann danke für den Tee.«

»Sie haben keinen Respekt! Wenn Sie nicht sofort mein Haus verlassen, vergesse ich mich!«

»Oh, keine Sorge.« Partridge nahm seinen Aktenkoffer und ließ die beiden Schlösser einschnappen. »Ich gehe. Also, vielen Dank.« Eins wollte er aber doch noch anbringen. »Glauben Sie mir, es ist nicht einfach, diese Dinge zu fragen.«

»Raus!«

Tracy brachte ihn an die Tür. Draußen auf der Treppe atmete Partridge tief durch und wandte sich noch mit einer letzten Bitte an sie. Der Besuch hatte den Mann schwer mitgenommen. Er war nicht so gefühllos, wie seine Arbeit ihn machte. »Reden Sie mit ihm, versuchen Sie es.«

Tracy mochte diesen vertraulichen Ton nicht, der sie zur Mitverschwörerin machen wollte. »Nein. Tue ich nicht. Er hat recht.«

»Jemand vom Jugendamt ist dabei, und ein Polizeibeamter, der speziell für die Befragung von Kindern ausgebildet ist. Mein erster Bericht war extrem positiv. Aber wenn Sie jetzt die Zusammenarbeit verweigern, macht das keinen guten Eindruck.«

Nach einer Weile zuckte sie mit den Schultern, hauptsächlich damit sie ihn loswurde. Aber dann überraschte er sie. Es kam so schnell, dass sie nicht ausweichen konnte. Er streckte die Hand aus und ergriff die ihre. »Gut. Wunderbar.« Ein Händedruck. Sie konnte es nicht glauben. »Danke.« Er lächelte sie an, als wären sie alte Freunde. »Ich würde Ihnen wirklich gern helfen. Aber so, wie Ihre Einstellung jetzt ist, bin ich machtlos.«

Dann gab er ihre Hand wieder frei. Mit eiligen Schritten ging er den Gartenweg hinunter. Vielleicht hatte er ja nur seine Bitte noch eindringlicher machen wollen, aber Tracy hatte das Gefühl, dass der Mann sie da gerade mitten in dem ganzen Chaos angemacht hatte.

»Ist er weg?«, rief Sam vom Wohnzimmer her, als sie wieder hereinkam. »Gut. Noch ein paar Minuten länger, und ich hätte ihn umgebracht. Jetzt komm und hilf mir Mekka finden.«

Um auf andere Gedanken zu kommen, schlug Sam die Bedienungsanleitung des Gerätes auf. Er stellte bald fest, dass er nur im Garten und nur, wenn er sich ein Dutzend Schritte vom Haus entfernte, Satellitenkontakt bekam. Auf dem LCD-Bildschirm erschien sogleich der Hinweis: »Warte auf Signal«. Er reckte das Kästchen hoch zum Himmel, aber es schien kaum möglich, dass er, Saaman Sahar, tatsächlich Hilfe von jenseits der Wolken bekommen würde.

Mit dem Daumen gab er die fünf Buchstaben M-E-K-K-A ein. Nun zeigte der kleine Schirm gar nichts mehr an. Funktionierte das verrückte Ding überhaupt? Er überlegte, ob es den Geist aufgegeben hatte, aber das Stromlämpchen brannte noch – vielleicht konzentrierte es seine Kraft ja auf ganz andere Aufgaben, so wie es der menschliche Körper auch oft tat. Und dann erschien ein kleiner Pfeil, schimmerte wie ein Fisch: ein Kompass, der seine Richtung beibehielt, egal wohin Sam sich drehte. Er wies eine klare Richtung über die Hausdächer, und man brauchte nur ein klein wenig Phantasie, dann konnte man ihm über Land und Meer folgen, bis nach Mekka.

Es war schon eine unglaubliche Welt, dachte er. Informationen schwebten im Raum, in der Luft, die man atmete, und nicht nur als Radiowellen, sondern als Röntgenstrahlen, Laserstrahlen, Ketten von binären Impulsen, elektrostatischen Wolken, und all das bombardierte uns unablässig. Er musste an die Zahnarztbesuche seiner Kindheit denken, wo der Mann eine Bleischürze umlegte und ins Nebenzimmer ging, bevor er auch nur eine einzige Röntgenaufnahme machte. Heute waren diese Strahlen überall, und keiner bändigte sie. Sie beförderten ganze Bibliotheken größtenteils nutzloser Daten und sättigten damit die Luft, durchdrangen Häuser, Menschen, ja den ungeborenen Fötus, sie drangen tief in die Erde bis zu den Toten, störten sie in ihrer ewigen Ruhe mit der E-Mail irgendeines Trottels! Selbst in seinem eigenen Garten, mit dem Kasten in der Hand, stand er in einem Schneesturm aus Einsen und Nullen. Aber was passierte, wenn die Batterie leer war? Dann war es mit einem Schlag vorbei, und das ganze Kaleidoskop stürzte in sich zusammen. Und was blieb dann noch? Ein paar uralte Prinzipien. Das halbe Dutzend Wahrheiten, das wirklich das Leben bestimmte. Wenn man einen Stein fallen ließ, fiel er nach unten; wenn man Metall erhitzte, dehnte es sich aus;

wenn man in die Badewanne tauchte, verdrängte der Körper das Wasser. Aber jetzt, wenn das Gerät sich nicht irrte, erfuhr er, dass Mekka, grob gesagt, südsüdöstlich von ihm lag, zwischen dem Gartenschuppen und dem Pflaumenbaum, den er im Jahr zuvor gepflanzt hatte. Aber konnte er dem Gerät trauen?

Er traute ihm nicht. Die Seele sehnte sich danach, die Erde zu verstehen, und Sam wollte einfache Wahrheiten. Aber bei einem war er sich sicher: Niemand würde seinen Kindern etwas tun. Dafür würde er sorgen. Das ganze Universum mochte überquellen vor falschen Informationen, aber seine Kinder waren in Sicherheit.

Das ließ ihm jetzt keine Ruhe. Sein Verstand raste. Wer kontrollierte so etwas? Gab es Institutionen? Kein Profit damit zu machen, folglich sind wir auf uns allein gestellt. Er sollte sein Mobiltelefon auf den Müll werfen, dachte er, er benutzte es ohnehin so gut wie nie. Eine Welt, in der Bequemlichkeit wichtiger als alles andere war, taumelte auf den Abgrund zu. Er schaltete das Navigationsgerät ab und ging wieder nach drinnen, um seine Ergebnisse zu verkünden.

Tracy stürmte in das Schulgebäude. Sie verlangte ihre Mutter zu sprechen, hämmerte an das drahtverstärkte Glas des Klassenzimmers.

Monica kam heraus auf den Gang und stellte sich ihrer Tochter. Tracy war wütend, das war nicht zu übersehen; ihre Lider waren rot und geschwollen. »Tracy! Was ist passiert?«

»Sag mir, dass du es nicht warst. Sag mir, dass du diese Leute nicht angerufen hast!«

»Angerufen?«

»Die Leute vom Jugendamt. Ich will's einfach nur wissen. Warst du das?«

»Wer hat das Jugendamt angerufen? Wovon redest du, Tracy?«

»Das warst du, nicht wahr? Du und Dad. Ihr hattet ja gesagt, dass ihr so was machen würdet.«

»Jetzt beruhige dich. *Was* machen? Wovon redest – ?«

»Das passt ja auch zu euch. Immer fein hintenrum. Genau wie ihr's immer gemacht habt, als ich noch auf der Schule war. Den Lehrer anrufen und ihm Sachen über mich sagen. Die meisten Kinder hatten Angst, dass der Scheißlehrer ihren *Eltern* was erzählt, aber ich … mich haben meine Eltern beim Lehrer verpetzt!«

Monica wurde ärgerlich. »Mach nicht so ein Theater. Und schrei nicht so laut!«

»Ein Typ vom Jugendamt war heute Morgen da. Und es sieht aus, als ob wir jetzt Ärger kriegen. Sie machen sich Sorgen um die Kinder. Sie wollen eine Untersuchung einleiten. Und *du* hältst dich für eine Lehrerin? Du machst mich krank! Oh, und du brauchst dich nicht noch mal bei mir zu melden.«

»Tracy! Hier hat niemand irgendwo angerufen, also beruhige dich.«

»Wer außer euch würde denn auf so eine Idee kommen?«

»Trace…«

Aber Monica konnte nicht verhindern, dass Tracy auf dem Absatz kehrtmachte und davonging.

Abrupt drehte sich Monica um. Hinter sich sah sie in langer Reihe die Gesichter der Vierjährigen, die zum Fenster hinaufgeklettert waren. »Runter mit euch!«, brüllte sie und lief zurück in die Klasse.

Tracy fuhr mit dem Taxi nach Hause. Daraus, dass die Garage leer war, schloss sie, dass Sams Eltern noch zum Mittagsgebet in der Moschee geblieben waren. Sie fand Sam in seinem Arbeitszimmer im oberen Stock, wo er sein neues Spielzeug in sämtliche Himmelsrichtungen hielt. Sie blickte ihm über die Schulter. »Hast du rausgefunden, wie's geht?«

»Ja«, sagte er. »Hier oben funktioniert es gut.«

»Und welche Richtung ist es?«

Er zeigte mit dem Finger. »Da drüben. Genau da.«

Sie folgte dem Finger und drehte sich mit, bis sie in diese Richtung sah. »So? Jetzt blicke ich nach Mekka?«

Er korrigierte ihre Schulter noch um einige Grade. »Das sollte es sein. Wenn wir der Technik trauen wollen, stehst du jetzt haargenau richtig.« Sie schien wie gebannt, blickte starr in diese Richtung. »Alles in Ordnung?«

»Hmmm«, sagte sie. »Ich war gerade bei meiner Mutter. Ich muss dir etwas Schreckliches sagen. Ich fürchte ... Ich habe das sichere Gefühl, dass es meine Eltern waren. Von denen das Jugendamt den Tipp hat.«

Er starrte sie an. Er wollte es nicht glauben.

»Weißt du noch, wie sie gesagt haben, sie würden die Bullen rufen?«, fragte sie. »Als wir da waren und ihnen sagen wollten, dass wir heiraten?«

»Ja, aber da waren sie wütend. Das heißt gar nichts. Tracy! Das ist ein sehr schwerer Vorwurf, den du ihnen da machst.«

Mit dieser Reaktion hatte sie nicht gerechnet, und plötzlich fühlte sich Tracy in der Defensive. »Sie... sie hatten damit gedroht. Und ich habe mich natürlich gefragt: Wieso ausgerechnet jetzt? Wieso kommen die Behörden jetzt auf einmal? Das muss doch mit mir zu tun haben.«

»Jetzt hör aber auf. Ich kann gar nicht glauben, Tracy, dass du deine Eltern beschuldigst. Wie kannst du nur deine eigenen Eltern verdächtigen?«

Sie wurde still.

»Ich werde bei deiner Mutter anrufen und mich entschuldigen. Man kann nur hoffen, dass sie es dir verzeihen. Wie hat sie es aufgenommen?«

Tracy zuckte mit den Schultern. »Nicht gut.«

»Das wundert mich nicht.«

Tracy sah ihn an. Sie machte ein Gesicht, als würde ihr erst jetzt klar, dass sie einen schweren Fehler begangen hatte. »Du meinst, sie waren es nicht?«

»Natürlich nicht.« Sam umarmte Tracy. Sie drückte ihr Gesicht fest an seine Schulter. Er strich ihr über den Kopf.

»Wir hätten nicht heiraten sollen«, sagte sie.

»Das war ein Fehler, so viel steht fest«, antwortete er sanft.

Am Ende des Tages hatte die improvisierte Moschee in Sams Arbeitszimmer sich bereits bewährt. Fatima und Mostafa konnten sich in den Raum zurückziehen, wo Sam Kalender, Jahresplaner und Umsatzkurven abgenommen hatte.

Beinahe ungestört verrichteten sie dort ihre Gebete, die Hände vors Gesicht gehalten wie aufgeschlagene Bücher. Zweimal verneigten sie sich, dann knieten sie nieder und beugten sich vor, bis ihre Stirn die Steine aus der Wüste berührte, die sie in Lederbeuteln den weiten Weg mitgebracht hatten, und rezitierten laut ihre Gebete, und bei jedem Lobpreis berührten die Handflächen den Teppich.

Tracy musste, als sie zur Gebetszeit hinaufging und die Kinder holte, an ihre eigene Großmutter denken, die in ihren letzten Lebensjahren Mühe gehabt hatte, in der Kirche noch niederzuknien; die Ärmste, die jetzt in East Wickham in einem Grab mit einer leeren Plastikvase ruhte, wäre aus so einer Haltung nie wieder hoch gekommen. Doch durch ihre täglichen Übungen waren Sams Eltern gelenkig geblieben wie Teenager.

Persische Wörter stiegen auf, und Tracy fühlte sich, wie ihr immer zumute war, wenn jemand betete: ratlos. Sie spürte kein Quentchen von dem, was die Betenden offenbar gefangennahm – Verzückung, Verbundenheit, Frieden. Tracy konnte nur ihre Disziplin bewundern; was sie faszinierte, war nur die äußere Pracht des Rituals, die merkwürdige Art, wie diese Menschen sich benahmen. Wenn Religion wirklich der Sinn des Lebens war und Frömmigkeit der Schlüssel dazu, wenn die Unterwerfung unter einen gütigen Gott der Grund aller Existenz war, dann war ihr Leben eine einzige Zeitvergeudung.

Sie hatte mit Sam darüber gesprochen. Es war eins von Sams Lieblingsthemen. Er hatte versucht, sie aufzumuntern, und Baal Schem Tow zitiert, den großen jüdischen Mystiker aus dem achtzehnten Jahrhundert. »Er hatte sehr klare Vorstellungen in dieser Frage: Echte religiöse Erfahrung könne es erst ab dem siebenunddreißigsten Jahr geben, dem Jahr, in dem die Seele ihre Taufe erfahre. Bis dahin kannst du's getrost vergessen. Vorher Kontakt mit der Seele aufnehmen wollen, das ist vergebliche Liebesmüh – da fehlt einem einfach das spirituelle Sensorium. Warte einfach noch ein paar Jahre«, hatte er zu ihr gesagt. Sie hatte genickt und sich den Namen eingeprägt, Baal Schem Tow. Ja, vielleicht musste sie einfach noch ein bisschen älter werden. Sie fragte sich, wie alt wohl Cat Stevens gewesen war, als ihn dort in Malibu die Welle erfasst hatte und er den Tod vor Augen sah. Sie musste sich das Video noch einmal ansehen. Sie wollte Sams Eltern nicht stören, und so schloss sie respektvoll die Tür und hielt Abstand von der Welt des Glaubens.

Auf dem Weg nach unten fasste sie den Vorsatz, dass sie ihre Schwiegereltern für sich gewinnen würde, irgendwie, aber zuerst einmal mussten die Kinder beschäftigt werden, und sie schickte sie mit einem Disney-Video ins Fernsehzimmer.

Es wurde still im Haus. Doch auch wenn die mystischen Formeln viel zu weit fort waren, um gehört zu werden, war ein Haus, in dem jemand betete, kein gewöhnliches Haus. Allein weil sie wussten, dass gebetet wurde, gingen die Erwachsenen auf Zehenspitzen und flüsterten, als seien sie in der Kirche oder der Moschee.

Sam rief Tracy ans Telefon.

»Wer ist es?«, fragte sie.

»Deine Mutter. Wir sind uns einig, dass du verrückt bist und dass man da eben nichts machen kann. Sprich mit ihr. Versöhnt euch.«

»Kommt nicht in Frage. Ich spreche nicht mit ihr.«

»Doch, das tust du. Eine Mutter respektiert man.«

Tracy nahm den Hörer, und Sam beobachtete sie. Eine ganze Weile überlegte sie, ob sie einfach auflegen sollte. Sie hörte, wie ihre Mutter am anderen Ende immer wieder »Tracy?« rief. Sie verzog das Gesicht, als hätte sie gerade in eine Zitrone gebissen, dann hielt sie den Hörer ans Ohr.

Sam lächelte über Tracys halbherzige Entschuldigung. Als sie auflegte, ließ sie ihn einfach stehen.

Er rief ihr nach, hoffte, dass er ihr einen Kuss auf den sommersprossigen Handrücken hauchen konnte, ihr zartes Gesicht fassen und mit Küssen bedecken, doch sein einziger Trost war der Anblick der Hand auf dem Treppengeländer, sechs Flügelschläge des Schmetterlings auf dem Weg nach oben.

Es war offensichtlich, dass es in der Wertschätzung von Sams Eltern eine Rangfolge gab, und darauf kamen in absteigender Reihenfolge die Kinder, Firouzeh, Sam, dann (durch Leiden aufgestiegen) Yvette und ganz zuletzt, so klein, dass man sie nur mit dem Fernglas sah, Tracy. Nicht eines einzigen Blickes hatten sie sie gewürdigt.

Dass sie beim Frühstück bediente, hatte Tracy ebenso wenig Anerkennung gebracht wie die immer unauffälligere Kleidung, die sie trug. »Was habe ich falsch gemacht?«, fragte sie.

»Hab Geduld«, antwortete Sam. »Sei respektvoll. Sei großzügig. Lass ihnen Zeit.«

Er nahm Tracy in den Arm, und die beiden küssten sich, bis sie sich mit einem lauten, glücklichen Seufzer befreite.

»Psst!«, sagte er und hielt den Finger an die Lippen. Er wies auf die Wand, die sie von seinen schlaflosen Eltern trennte. »Leise. Ganz leise.«

An einer anderen Front bekam Firouzeh den Druck, unter den Fatima sie setzte, zu spüren. »Zeig, wer die Herrin im Haus ist«, zischte Sams Mutter ihr auf Farsi zu.

»Du verstehst das nicht. Es ist kein Wettbewerb, Mutter.«

»Bist du verrückt? Ein Harem ist Wettbewerb rund um die Uhr.«

So kam es, dass Firouzeh verführerische Nachtgewänder am Fußende ihres Bettes bereitgelegt fand, und als sie sie Fatima mit der Entschuldigung, sie trage solche Sachen nicht, zurückgab, löste sie damit einen ganzen Sturzbach von Beschwerden über die Hurerei der beiden anderen Frauen aus. Sie müsse doch etwas tun, haderte Fatima, damit die beiden anderen im Vergleich nicht so attraktiv wirkten.

Eine weibliche Sabotageschlacht begann.

Im Laufe der nächsten Tage mussten Tracy und Yvette feststellen, dass immer mehr Sachen von ihren Frisierkommoden fehlten. »Ich habe es hier gelassen, unter dem Spiegel! Das weiß ich genau! Was hat sie vor?«

Als Nächstes verschwand aus Tracys Schubladen ihre sämtliche neue Seidenunterwäsche. Nur die ganz alten Sachen hatten den Putsch überlebt. Aber noch bevor Tracy Alarm schlagen konnte, kam Yvette mit der Nachricht, dass jemand ihre sämtlichen französischen Parfums ruiniert hatte. Mit Wasser verdünnt, die Stöpsel entfernt, damit der Rest des Duftes verflog. Als sie beide ihre persönlichen Kleidungsstücke aus dem Schlamm unter der Wäscheleine fischen mussten, beschloss Tracy, mit Sam zu reden.

In der spontanen Krisensitzung schärfte Sam seinen Frauen ein, sie müssten Geduld haben. Seine Eltern könnten schließlich nicht ewig bleiben. Und man konnte sie nicht ändern; das Alter hatte sie hart gemacht, ihre Einstellungen waren unverrückbar. Am besten, man ignorierte ihre Sabotage. Vielleicht würden sie aus Enttäuschung aufgeben.

Aber beim Abendessen zeigte sich, dass auch Sams Nerven zum Zerreißen gespannt waren. Er knallte sein Glas auf die Tischplatte. »Englisch bitte! Heute Abend sprechen wir alle englisch!«

Er wusste genau, dass er die Konversation seiner Mutter damit auf ein halbes Dutzend Nettigkeiten beschränkte, die seines Vaters auf noch weniger. »Es ist nicht fair, Farsi zu sprechen, und das hört jetzt auf«, sagte er auf Farsi. »Wenn ihr in Zukunft mit mir reden wollt, dann wisst ihr, welche Sprache ihr zu sprechen habt.«

Trotzig schweigend griff er zu Messer und Gabel.

»Englisch?«, erwiderte seine Mutter in ihrer eigenen Sprache. »Die Sprache von Dieben, Homosexuellen, Bombenlegern und Huren?«

Firouzeh hatte, kurz nachdem sie nach England gegangen war, von Sams Mutter einen muslimischen Eheratgeber geschickt bekommen, aber sie hatte das Buch nie aufgeschlagen. Das könne Tracy doch jetzt lesen, schlug sie vor. Da finde sie sicher ein paar Tipps, wie sie Mostafa und Fatima beeindrucken könne.

Tracy hatte Schwierigkeiten kommen sehen, seit Sam ihr einige neuere Briefe seiner Eltern übersetzt hatte. Seine erste Ehe – hieß es dort in scharfen Tönen – sei vornehm, pflichtbewusst, lobenswert, ja fromm gewesen; die zweite könne man gerade noch gutheißen, der tragischen Umstände wegen; doch für die dritte gebe es keine Entschuldigung, die sei schlicht und einfach absurd.

Nicht nur, dass die Braut Engländerin sei – hier wurde die Schrift zu einem wütenden Gekrakel –, ohne jede Kenntnis ihrer Sitten und Kultur, sondern sie sei zudem ein Kind. Selbst Sams viel jüngerer Bruder Sassan werbe um Frauen, die älter seien als sie. Und außerdem habe der Prophet geschrieben – jetzt wurde es ernst! –, dass der Mann, welcher nicht Gerechtigkeit zwischen seinen Frauen walten lassen kann, die Ehe auf eine Einzige beschränken solle. Das sei ja wohl eindeutig genug. Wie habe Sam das missverstehen können? Wenn, wie er schreibe, er bei ihr »etwas ganz anderes empfinde«, war das denn nicht der Beweis, dass er sie bevorzugte? Wie konnte er also Gerechtigkeit walten lassen, wenn er einer offen den Vorzug gab?

Aber sosehr seine Eltern ihren Erstgeborenen auch in seinem eigenen Haus verfolgten, um ihn in diese immerwährende, sich endlos im Kreise drehende Diskussion hineinzuziehen und zur Kapitulation zu zwingen, entwischte Sam ihnen doch immer wieder, zog den Kopf aus der Schlinge, lockte sie mit einem Trick in einen verschlossenen Raum, wo sie dann saßen und überlegten, wie er herausgekommen war, den Bücherschrank betrachteten und nachsahen, ob sich dahinter eine Geheimtür befand, und wenn sie sich dann umdrehten, fanden sie, da, wo sie ihren Sohn erwartet hatten, dieses Mädchen, diesen Emporkömmling!

Allein in ihrem Zimmer, nach einem weiteren vergeblichen Versuch, freundlich zu sein, schlug Tracy den *Easy-to-Follow Muslim Marriage Guide* auf.

Sie stieß auf eine Übersicht über die Ehefrauen Mohammeds.

Der Prophet kommt um das Jahr 570 in Mekka zur Welt. Mit fünfundzwanzig heiratet er seine Arbeitgeberin Chadidscha bint Chuwailid, Karawanenbesitzerin, eine wohlhabende und kluge Frau, die etwa fünfzehn Jahre älter ist als er. Trotz des Altersunterschieds ist die Ehe glücklich.

In seinem vierzigsten Jahr hat er eine Vision und beginnt zu predigen, ermahnt die Menschen zu Reue, Gebet und dem Glauben an den einen Gott Allah.

Im Jahr 619, nach vierundzwanzig Jahren Ehe, stirbt Chadidscha. Aus praktischen und politischen Gründen nimmt Mohammed nach ihrem Tod zwei neue Ehefrauen. Die erste ist eine fünfundfünfzigjährige Witwe, die für die vier mutterlosen Töchter sorgt. Die zweite ist die sechsjährige Jungfrau Aischa, eine Tochter seines besten Freundes. Durch diese Ehen schafft er wichtige Verbindungen zwischen drei Stämmen. Diese zweite Ehe, die erst vollzogen wird, als das Mädchen volljährig ist, entwickelt sich im Laufe der Jahre zu immer größerer Liebe. Wie Aischa selbst schreibt: »Wenn ich von dem Fleisch an einem Knochen meinen Teil gegessen hatte, reichte ich ihn dem Propheten, der den Bissen von derselben Stelle nahm, an der ich gegessen hatte. Und wenn ich ihm zu trinken reichte, nachdem ich getrunken hatte, trank er von der Stelle, an der meine Lippen den Becher berührt hatten.«

Mohammed überträgt Aischa religiöse Aufgaben; sie darf, wenn er abwesend ist, für ihn sprechen. Beiden Frauen gewährt er große persönliche Freiheit, radikal nach den Maßstäben seiner Zeit.

Als Nächstes heiratet Mohammed eine streitbare Witwe, deren stürmisches Temperament schon viele Bewerber abgeschreckt hat. Vertrauen entsteht zwischen ihnen. Am Ende wird der Prophet ihr den Text des Heiligen Korans zur Aufbewahrung geben.

Seine fünfte Frau ist eine Witwe, deren Mann den Märtyrertod gestorben ist. Verarmt und allein, bittet sie den Propheten, sie zu heiraten; er nennt sie Umm al-Masakin, Mutter der Armen, ihrer Großzügigkeit wegen. Sie stirbt schon wenige Monate später.

Umm Khalama ist die schwangere Witwe seines Vetters. Sie zögert, Mohammed zu heiraten, der großen Liebe zu ihrem verstorbenen Mann wegen, ist jedoch dazu bereit, als man ihr vom Leben des Propheten erzählt. Als Mohammed auf dem Sterbebett liegt, betet sie, Allah möge statt seiner sie und ihre ganze Familie zu sich nehmen.

Zaid, der Adoptivsohn des Propheten, lässt sich von einem Mädchen scheiden, das unter Mohammeds Aufsicht groß geworden war. Mohammed bietet ihr die Ehe an, um den peinlichen Zustand zu beenden.

Die Muslime überfallen und besiegen in einem Überraschungsangriff den Stamm der Mustaliq. Die siebte Frau des Propheten gehört zur Beute.

Der Negus von Abessinien bittet den Propheten, sich einer sechsunddreißigjährigen Witwe anzunehmen, der Nichte seines Schwiegersohns. Mohammed heiratet sie über einen Stellvertreter.

Ob er auch die Jüdin Raihana heiratet oder sie nur als Dienerin bei sich behält, ist umstritten. Fest steht, dass sie Allah anerkennt und Muslimin wird.

Als ein jüdischer Soldat aus Rache dafür, dass er einen Muslim lebendig begraben hat, getötet wird, kommt seine wunderschöne Witwe als Dienstmagd in Mohammeds Haushalt. Die Frau fordert allerdings »ein ehrenhafteres Schicksal«.

Noch ein letztes Mal heiratet der Prophet: eine ältliche Witwe, die Schwester der Frau seines Onkels. Er will damit ihre Leiden mildern und ihre Versorgung sichern.

Im Jahr 622 muss Mohammed mit all seinen Frauen nach Medina flüchten, weil ihm die Ermordung droht.

Im Jahr 630, inzwischen sechzig Jahre alt, erobert er Mekka zurück. Allah enthüllt ihm, dass die Zahl der Frauen eines Mannes auf höchstens vier beschränkt sein soll. Da jedoch all seine zehn überlebenden Frauen zu »Müttern der Gläubigen« erklärt worden sind, verstößt er keine von ihnen.

632 stirbt er in Medina im Alter von 62 Jahren.

Vor dem Gesetz

In der Ecke des Büros, hinter dem Schreibtischstuhl, standen eine zerlegte Rute zum Fliegenfischen und ein Käscher. Drei ausgestopfte Fische auf Mahagonibrettern zierten die Wände. Die Familie des Anwalts hatte Fischereirechte in den Preseli Hills, deren Bäche reich an Forellen waren und woher die Steine für Stonehenge stammten. Sam kannte ihn vom Studium in Oxford, und Ridley war der erste und treueste Gast seines Restaurants.

»Champignons«, sagte er. »Aus diesen Scheißern machen wir Champignons.«

Jeder in Ridleys Kanzlei – sie waren zu fünft – kannte diesen Ausdruck aus dem Gärtnergewerbe. Man musste die Leute vom Jugendamt nur im Dunkeln lassen und ihnen Dreck zu fressen geben. »Ich habe einen Brief vom Amt bekommen, Sam. Sie wollen dich persönlich sprechen. Dich und Firouzeh als Mutter der Kinder. Ihr werdet beide aufgefordert, am kommenden Montag in ihrem Büro in Fulham zu erscheinen und eure häuslichen Verhältnisse offenzulegen.« Verächtlich knallte Ridley das Blatt auf seinen Schreibtisch. »Keine große Sache. Ich denke, das akzeptieren wir. Ich komme natürlich mit.« Er versuchte gar nicht erst, seine Begeisterung zu verbergen – genoss seine Rolle als Retter in der Not, als Zauberer, als Schamane, als juristischer Tausendsassa. Seine Wände starrten vor Diplomen, sein Tisch vor Telefonen, längsgefaltete Dokumente waren mit roten Bändern verschnürt; Massen von aufgeschlagenen Kommentarbänden lagen zu großen Pagoden getürmt. Zwischen diesen Säulen des Gesetzes lehnte er sich zurück, dass die Federn des großen Chefsessels quietschten, und wenn er eine Pointe anbringen konnte, schnellte er vor und stützte die Ellenbogen auf die lederbezogene Tischplatte, ein Dreieck aus haarigen Unterarmen. Er verstand es, sich in Szene zu setzen.

Ein Anwalt, wie die Anwälte ihn liebten, ein leuchtender Stern, in dessen Augen das Jagdfieber und die Begeisterung für das ganze juristische Brimborium funkelten. Es hieß, mit einem einzigen Geistesblitz könne er das ganze mühsam aufgebaute Gedankengebäude der Anklage zusammenstürzen lassen, und mehrfach in seiner Karriere hatte er Klienten vertreten, deren Verteidigung als unmöglich galt. Er hatte Richter zu einer Kehrtwendung gebracht, dass sie nun sogar der Anklage Vorhaltungen machten, weil sie so unverschämt gewesen war, Ridleys Klienten etwas anzulasten. Die Juristerei war genauso empfänglich für Charme wie alle anderen Bereiche des Lebens, und für Rechtsanwalt A. Ridley war der Sieg auch ein Selbstzweck, ein moralischer Imperativ, und er empfand nicht die geringsten Gewissensbisse, wenn er alle alten Vorstellungen von der Ehrsamkeit der Justiz in den Wind schlug und eine lange Reihe von Ganoven ihrer gerechten Strafe entzog. Wie in der wirklichen Welt bestimmten auch im Gerichtssaal die Gesetze Darwins den Takt. Scharfe Zähne zahlten sich aus, nicht ein gutes Herz.

An seiner Reputation konnte keiner rütteln. Ja, es wurden sogar Klagen laut, dass er in den letzten Jahren weicher geworden sei, dass er sich lieber an alte Klienten hielt, so wie eine in die Jahre gekommene Forelle gern in der Nähe des Flussufers bleibt. Er war den Salonlöwen gefällig, den Künstlern, wenn sie gut betucht waren, den Glamourgirls der High Society, und entzog sie und ihr Geld mit der Raffinesse eines Taschendiebes dem Gesetz. »Nur zur Sicherheit«, fügte er noch hinzu.

»Da gibt es nichts offenzulegen«, sagte Sam, der mit allen drei Frauen erschienen war. Für seine Begriffe war die ganze Untersuchung etwas moralisch Empörendes. »Den Gefallen tun wir ihnen nicht.«

Tracy wollte hören, was Ridley zu sagen hatte. »Weiter.«

»Also, ein paar Sachen wissen wir ja. Es gab einen anonymen Hinweis, und daraufhin haben sie euer Haus inspiziert und die Lehrer der Kinder befragt. Wir müssen jetzt leider davon ausgehen, dass sie sich ausmalen, bei euch würden Orgien gefeiert, mit Latex und allem, was dazugehört, und sie glauben wohl auch, dass die Kinder irgendwie dabei mitmachen. Das sind eben die Bilder, die Leute im Kopf haben.«

»Ha!«, rief Sam bissig. »Ich sage dir jetzt, was du machst. Du schmeißt diesen Brief in den Müll und sagst ihnen, wir gehen mit der Sache zu unserem Abgeordneten im Unterhaus. Ein eindeutiger Fall von Schikane. Wir klagen auf Diskriminierung.«

Ridley schüttelte bereits energisch den Kopf. Der Vorschlag, eine Verteidigung auf die Argumente Rassismus und Behördenwillkür aufzubauen, war für ihn, als frage man einen Geistlichen nach der Adresse einer guten Prostituierten: Er wusste genau, wo sie zu finden waren, aber von Amts wegen musste er davon abraten. »Das stachelt sie nur noch an. Nein, ich rate dir, komm dieser Aufforderung nach. Rede mit ihnen. Ich fürchte, da musst du mir einfach vertrauen, Sam.«

Sam seufzte. Ridley war eine ehrfurchtgebietende Erscheinung, der man nicht so einfach widersprach.

»Du weißt doch noch, wie ich dich das letzte Mal rausgeboxt habe.« Bei der Erinnerung daran, wie Ridley ihn damals verteidigt hatte, sahen sich sämtliche Sahars an. »Denk daran.«

Alle waren betroffen, als sie so unvermittelt an ihre Familiengeschichte erinnert wurden. Ridley wusste, wie man emotionale Register zog. Die Frauen hatten den Blick auf den erstarrten Ehemann geheftet, zwei tasteten nach seinen Händen, die er fest im Schoß verschränkt hatte. Tracy legte eine nicht minder besorgte Hand auf Yvettes Schulter, doch die Französin schüttelte nur wehmütig den Kopf.

»Das war eine knappe Sache, du wirst dich erinnern. Aber ich habe dich trotzdem durchgeboxt.« Sam nickte bei dem Gedanken; knapper hätte es nicht sein können. »Also vertraust du mir am besten auch diesmal. So, jetzt hört genau zu. Das müsst ihr wissen, wenn ihr dorthin geht. Ihr habt es mit einem Haufen von Beamten mit entsetzlich guten Absichten zu tun; erwartet also das Schlimmste. Ich nehme an, es wird ein Psychologe dabei sein. Der Psychologe wird euch drängen, euer Einverständnis dazu zu geben, dass die Kinder befragt werden. Das Einzige, worauf es diesen Leuten ankommt, ist, jedem zu zeigen, was für gute Menschen sie sind. Und wenn euch der ganze liberal-humanistische Scheiß noch nicht genug Angst einjagt, dann denkt daran, dass die Hälfte der Frauen und *sämtliche* Männer gegen schwere Widerstände bei sich selbst angehen müssen. Und zwar nicht, weil sie das, was sie sich als euer Zusammenleben zurechtphantasieren, abstoßend finden, sondern, weil sie *eifersüchtig* sind. Die sind neidisch auf euch! Und das ist unser Problem. Denn so ein liberal-humanistischer Politisch-Korrekter – oder so eine liberal-humanistische Politisch-Korrekte – darf sich selber nicht eingestehen, dass er beziehungsweise sie neidisch ist. Sie müssen also bei dieser Sache tun, was sie mit allen ihren interessanteren Instinkten machen: sie unterdrücken. Und das macht sie gefährlich. Sie werden jammern – die Kinder, die Kinder, die armen Kinder –, aber das Einzige, was sie im Kopf haben, das ist, dass vier Erwachsene nicht so viel Spaß miteinander haben dürfen. So einfach ist das.«

Sieben Leute nahmen schließlich ihnen gegenüber Platz, und außer Partridge, dem komischen Vogel, wie er im Hause Sahar jetzt hieß, waren alle Unbekannte. Später erfuhr Sam, dass einer davon Lehrer war, ein anderer war praktischer Arzt. Den Polizeibeamten erkannte man an der Uniform. Erst jetzt ging Sam auf, welch schweres Geschütz gegen ihn aufgefahren wurde. Bis auf eine Schwarze – die Alibinegerin – waren er und seine Frau die einzigen Ausländer.

Die Gesichter waren misstrauisch, aufmerksam, feindselig. Es war schon merkwürdig, dass das, was ihnen so sichtlich zusetzte, sein eigenes armseliges Liebesleben war. Sam seufzte. Die Menschen lebten mehr denn je in gläsernen Häusern. Trotzdem würde er, aller Provokation zum Trotz, diesen Schnüfflern zeigen, was englische Manieren waren. Mochten sie mit der Kavallerie anrücken – er würde britische Würde demonstrieren, Stolz und vornehme Zurückhaltung.

Die zappelige rothaarige Frau am Kopfende des Tisches erklärte die Sitzung für eröffnet. Sieben Aktendeckel wurden fast gleichzeitig aufgeklappt. Was kann da an Material gegen mich drin sein?, fragte sich Sam besorgt. Es sah aus wie ein ganzes Dossier! Er hätte gern gewusst, unter welchem Stichwort er abgelegt wurde. »Polygamist« oder vielleicht »Sexmonster«. Die hatten ja keine Ahnung.

Nach einer knappen Begrüßung erläuterte die Rothaarige kurz den Anlass der Versammlung. Es sei ein ernster und schwieriger Fall, begann sie mit sachlicher, männlicher Stimme. Alle Beteiligten sollten gehört werden, wobei das Wohl der Kinder natürlich absoluten Vorrang haben müsse. Sie erwarte die Kooperation aller Anwesenden. *Das gilt mir,* dachte Sam. *Na, ich bin doch da, oder etwa nicht?* Nach einer kurzen Vorstellungsrunde, bei der Sam erfuhr, dass drei der Anwesenden Psychologen waren, wurde die Sprecherin des Jugendamts aufgefordert, den Fall darzulegen.

Dies, stellte sich heraus, war die eine Schwarze im Raum. Sie war die Vertreterin der Anklage. Eine Frau aus Trinidad mit kräftigen Unterarmen. Sie trug ein schwarzes Kleid und als einzigen Schmuck eine riesige Silberbrosche. Ein Wolf im Schafspelz, das war Sams erster Eindruck. Die trügerische Wärme ihres Tonfalls ließ sämtliche Alarmglocken bei ihm schrillen. *Natürlich, wenn's drum geht, die Lunte zu legen, müssen die Minoritäten ran. Ridley hatte recht.* Ein politisch-korrektes Minenfeld. Firouzeh neben ihm rang die Hände, und ihre Fingerknöchel waren weiß. Ihre Kinder waren in Gefahr.

Draußen im Foyer hatte sie gesagt: »Als ich hierher in dieses Land kam, hätte ich denn da gedacht, dass ich noch einmal solche Schwierigkeiten bekomme!«

»Es liegt an mir«, sagte Sam. »Es ist meine Schuld. Zu oft geheiratet.«

Die erste Frage ging an Sam. Er lehnte sich vor, streckte seinen Rücken: der Augenblick der Wahrheit. Er hielt die Hände so, dass die Manschetten akkurat mit der Tischkante abschlossen. Kurz fassen, ermahnte er sich, kurz fassen – und über die Köpfe hinwegzielen.

Doch als die erste Frage der Vorsitzenden kam, packte ihn eine entsetzliche Geschwätzigkeit. Rechtfertigungen, Erklärungen, die sich anhörten wie Ausflüchte, strömten nur so aus ihm heraus. Er hatte sich zu gut vorbereitet. Vor lauter Sorge war er übereifrig geworden. Eine gewisse Aufregung war verständlich – schließlich wurde sein Familienleben ans Licht der Öffentlichkeit gezerrt –, doch als Ridley die Hand hob und sich den Nasenrücken rieb, ein Zeichen, dass er sich schon jetzt Sorgen machte, hätte Sam merken sollen, dass er zu viel redete.

Die Frage hatte einfach nur gelautet, ob er der gesetzmäßige Vater der Kinder sei.

Zur Verblüffung der Anwesenden waren seine letzten Worte, ehe er endlich innehielt: »Sie sehen also, einerseits ja, andererseits nein.« Er blickte seinen Anwalt und Firouzeh an und hoffte auf Bestätigung. Doch beide sahen besorgt aus.

»Danke«, antwortete die Vorsitzende. »Also, wir haben eine ganze Reihe von Fragen, und die Zeit ist begrenzt. Es wäre schön, wenn wir unsere Antworten kurz halten könnten.«

»Es sind komplexe Fragen.«

Die Trinidaderin lächelte. »Lassen Sie es uns wenigstens versuchen.«

Er wurde abgekanzelt. Fassungslos schüttelte er den Kopf. Wenn sie die Wahrheit wollten, dann war die nicht im Eilverfahren zu haben, wollte er sagen. Sein Leben war von geradezu byzantinischer Komplexität.

Weitere Fragen folgten. Die Forderung nach Kürze wurde ignoriert. Für Sam war es unmöglich, seine Antworten auf weniger als ein Dutzend Sätze zusammenzudrängen. Wenn das die Manier eines Betrügers war, dann konnte er es nicht ändern. Welchen Status als Einwanderer er habe? Na, wenn sie das wissen wollten, würde er es ihnen erzählen. Womit verdiente er sein Geld? Welcher Glaubensgemeinschaft gehöre er an? All das waren keine einfachen Fragen für einen Mann wie Saaman Sahar. Wann er erstmals nach Großbritannien gekommen sei? Unter welchen Umständen er Firouzeh kennengelernt habe, die Mutter der Kinder? Ein Thema, das umfassend erläutert sein wollte! Treuherzig tat er es. Er wollte ja nur einer höheren Wahrheit zu ihrem Recht verhelfen, und die war von Natur aus kompliziert. Wenn seine Antworten etwas Nebulöses hatten, das man gemeinhin mit der Rede eines Lügners assoziiert, dann konnte er nichts dafür.

Ridley hatte sich inzwischen abgewandt. Firouzehs zarte Finger waren zu kalkweißen Fäusten geballt.

Nur ihr gesenktes Haupt verriet Sam, dass er zu weit ging, und er zwang sich zur Mäßigung. Seine nächsten Antworten waren geradezu einsilbig. Er fand das unfreundlich, aber wenn die Leute es so wollten, dann machte er es eben so.

Die Trinidaderin wollte mehr über die Lebensumstände der Kinder wissen. »Wie viele Frauen *haben* Sie denn nun, Mr Sahar?«

»Wie viele?«, fragte Sam verblüfft.

»Ja. Wie viele. Nach neuester Zählung.« Sie lächelte ihn an.

»Nur drei.«

»Könnten Sie das erläutern? Wie viele sind Ehefrauen gemäß englischem *common law*?«

»Alle drei, soviel ich weiß. Ich breche damit keine Gesetze. Was Sie wohl wissen.« Mehr sagte er nicht. Diese Art Fragen ging ihm auf die Nerven.

»Alle drei?«

»Ich bin als Muslim geboren, was mir das Anrecht auf vier Ehefrauen gibt. Ich mäßige mich.« Hätte Sam in diesem Augenblick nach links geblickt, so hätte er gesehen, wie Ridley, ein sehr grimmiger Ridley, seinen geröteten Kopf schüttelte.

»Dann lassen Sie mich fragen: Haben Sie je mit allen drei Frauen gleichzeitig geschlafen?«

»Ich nehme an, was Sie wirklich wissen wollen, ist, ob ich mit allen dreien Sex hatte?«

»Ist das die Regel?«

Sam klammerte sich an seine Stuhllehnen, als müsse er sich in einem Tornado festhalten. »Nein, ich habe nie mit allen dreien geschlafen.«

»Nicht?«

»Wenn Sie vom Geschlechtsakt reden. Nein. Das würde ich nicht tun. Keiner von uns ist allzu interessiert daran, und ich weiß nicht einmal, ob ich dazu in der Lage wäre. Ich bin ein ganz gewöhnlicher Mensch.«

»Das heißt ... nur jeweils mit einer? Der Sex?«

Der Sex? Ja, daran geilen sie sich auf, dachte Sam. Dem Sex. Ohne jeden Beweis, dass den Kindern etwas geschah, hatten sie ja nichts anderes. Aber warum sollte er diesen Leuten gefällig sein? Es war schon ein Fehler gewesen, dass er überhaupt gekommen war. Als er zuletzt nachgesehen hatte, hatte es in diesem Land noch Freiheit gegeben. »Nein, so ist das nicht.«

»Wie ist es dann?«

»Das geht Sie nichts an. Das geht Sie verflucht noch mal nichts an. Wie gesagt, wir verstoßen gegen keinerlei Gesetz. Ich möchte über unsere Ehe nicht reden. Sie haben selbst gesagt, es geht Ihnen hier um das Wohl der Kinder.« Inzwischen wiegte er sich auf seinem Stuhl vor und zurück. Er machte heftigen Gebrauch von seinen Händen, dem Mittel persischer Beredsamkeit, und seine Rechte fuhr wie ein Hackbeil auf die Tischplatte nieder. »Können wir jetzt bitte sehen, dass wir vorankommen?«

Das Gremium war verblüfft. Sie tauschten Blicke unter Kollegen. Die Trinidaderin schlug ein Blatt in ihren Notizen um. Sam hoffte, dass damit ein neuer Ansatz markiert war. Sie wolle nun zum nächsten Punkt übergehen, zur

Frage nach Sams Charakter, die ja von großer Bedeutung für diejenige nach dem Wohl der Kinder sei. Es werde für alle von Nutzen sein, wenn sich klären ließe, was für eine Art Mensch er sei.

»Stimmt es, dass Sie vor vier Jahren wegen Totschlags vor Gericht standen?«

Sam schüttelte angewidert den Kopf, ja er schnaubte sogar. Endlich kommen sie damit heraus, dachte er. *Ich hätte doch gewettet, dass sie das ausgraben!*

»Antworten Sie bitte.«

Ridley schaltete sich ein. »Mein Klient fragt sich zu Recht, was das mit den Kindern zu tun hat.«

Die Vorsitzende, die eine ganze Weile geschwiegen hatte, meldete sich wieder zu Wort. Es handle sich nicht um ein Gerichtsverfahren, erklärte sie mit Nachdruck. Es werde kein Protokoll geführt. Es gehe lediglich darum, sich Klarheit zu verschaffen. Dazu sei das Gremium auf Sams volle Kooperation angewiesen. Es gehe nicht um Höflichkeit, sondern um Notwendigkeit.

Ridley wandte sich wieder Sam zu. »Ist das in Ordnung?«

»Es ist eine Unverschämtheit.«

»Lass es uns doch einfach hinter uns bringen. Das ist nicht schwer.«

»Ist mir egal. Das geht diese Leute nichts an!«

»Was wollen Sie wissen?«, fragte Ridley, rot im Gesicht, und er streckte die Hand aus und hielt Sam am Unterarm fest.

Die Trinidaderin fuhr fort. »Sie wurden für nicht schuldig befunden…«

»Kann mir jemand sagen, was das mit der Sache hier zu

tun hat?«, brüllte Sam. Er konnte sich nicht alles gefallen lassen.

»Es würde uns einfach interessieren, wie es binnen relativ kurzer Zeit zu der Ehe mit…« – *Sag's schon,* dachte Sam – »zumindest einer eheähnlichen Gemeinschaft…« – *Spuck's aus* – »mit der Frau, der Witwe des Mannes kam, den Sie mit Ihrem Wagen überfahren und getötet haben.«

Sam sprang auf. Alle starrten ihn an. Vielleicht erwarteten sie, dass er wieder eine seiner Rabelais'schen Reden hielt. »Danke«, sagte er in die Runde. »Firouzeh. Gehen wir? Ich habe nicht vor, mit diesem Gremium auch nur eine Minute länger zusammenzuarbeiten. Sie kennen keine Ehre, und Sie sind nicht befugt, mich nach diesen Dingen zu fragen.«

Auch Ridley war aufgesprungen. »Sam, Sam«, beschwor er ihn. »Vielleicht… vielleicht kannst du ein paar Minuten draußen warten, und ich spreche mit den Leuten hier.« Er beschwichtigte die Bürokraten. »Ich bin sicher, wir finden eine Lösung. Wie Sie sehen, ist Mr Sahar im Augenblick sehr erregt.«

»Ich habe mich ihrer angenommen. Und damit Schluss!«, sagte Sam noch.

»Sam. Geh an die frische Luft. – Firouzeh? Wir machen eine Pause.«

Die Vorsitzende gab mit einem Nicken ihr Einverständnis.

»Danke«, antwortete Ridley.

Sam machte einen ersten Schritt und strauchelte. Sein linkes Bein war eingeschlafen. Es versagte ihm den Dienst, und er kippte gegen den Tisch.

Ein paar Behördenvertreter hielten den Atem an. Sie dachten offenbar, er breche unter der emotionalen Belastung zusammen. Er hielt die Hand hoch. *Reiß dich zusammen, Sam,* sagte er sich, rieb sich den Oberschenkel, damit die Durchblutung wieder in Gang kam. *Reiß dich zusammen.* Das war also sein großer Abgang.

Und so hinkte er denn am Arm von Firouzeh zur Tür hinaus, ein alter Bock, gestützt von seiner knackigen jungen Frau. Genau der richtige Zeitpunkt, um zu zeigen, dass er vor der Zeit senil geworden war. Endlich kam er an die Tür, endlich in Freiheit.

Dass Sam sich weigerte, Fragen zu diesem Thema zu beantworten, lag nicht nur an der Empörung darüber, dass sie überhaupt gestellt wurden. Es war nicht gelogen, wenn er sagte, er wisse nicht, ob er das durchstehe. Das Beste, was er noch hervorbrachte, bevor Ridley wieder in dem Saal verschwand, um eine neue Strategie vorzubereiten, war: »Es war eine Herzensangelegenheit.« Aber das hörte sich geschwollen an, selbst für Sams Ohren.

Firouzeh machte sich auf die Suche nach Kaffee. Sie brauchten beide eine Stärkung. Er setzte sich in den Wartebereich, wo Landschaftsaufnahmen von Australien an die Wände geklebt waren – ein dezenter Hinweis, dass Leute wie er anderswo besser aufgehoben waren? –, und ließ in Gedanken die tragischen Ereignisse Revue passieren, die nervenzerreißenden Emotionen, die das Markenzeichen jener Phase in seinem Leben gewesen waren.

Er dachte an die beste Zusammenfassung, die er je von diesen Ereignissen gegeben hatte, für Tracy auf der Parkbank. Damals hatte er die Seele der Geschichte in Worte gefasst und war mit einem Kuss belohnt worden. Aber das war eine inspirierte Zeit gewesen.

23. Oktober, 19 Uhr 38. Guillaume Berger, Buchhalter, überquert mit seiner Frau Yvette die Straße, unterwegs zu einem Taxistand. Sie sind für 20 Uhr zum Abendessen mit Freunden ihrer Familie in Queensway verabredet. Der Wagen des Unfallgegners, am Steuer Mr Saaman Sahar, ist unterwegs in Richtung Süden, angeblich innerhalb des Tempolimits. Monsieur Berger tritt auf die Straße. Mr Sahars Wagen erfasst Monsieur Berger und reißt ihn zu Boden.

20 Uhr 22. Das Opfer wird ins St. Mary's Hospital, Paddington, gebracht. Zwei Alkoholproben am Unfallort stellen hohe Alkoholwerte im Atem des Fahrers fest, der allerdings behauptet, er habe nur ein einziges Glas Wein getrunken.

20 Uhr 28. Ein Blutalkoholtest des Fahrers auf der Polizeiwache bringt überraschend ein negatives Ergebnis.

22 Uhr 35. Tod des Unfallopfers festgestellt. Todesursache: innere Verletzungen. Ehefrau des Opfers muss sediert werden: verweigert Autopsie; fordert Kremierung.

Mitternacht. Mr Sahar der fahrlässigen Tötung angeklagt, trotz Unstimmigkeiten in den Alkoholtests.

26. Oktober, 15 Uhr. Beerdigung. Unfallfahrer anwesend, in Begleitung seiner Ehefrau. Mutter der Witwe bleibt aus gesundheitlichen Gründen fern. Witwe bricht am Grab zusammen. Wird unter ärztliche Aufsicht gestellt.

16. Februar, 15 Uhr 30. Richter Harold L. Cummings entscheidet im Sinne der Verteidigung, wegen widersprüchlicher polizeilicher Angaben zur Alkoholisierung des Fahrers am Unfallabend. Zu den Akten. Der Fahrer verlässt den Gerichtssaal als freier Mann.

Zu den Akten? Freier Mann? Einfach so? Nein, so einfach war es nicht gewesen, dachte Sam und hielt dabei Ausschau nach Firouzeh. Was war mit den Schwindelanfällen, der Schlaflosigkeit, den Kilos, die er abgenommen hatte, dem Gespenst, das er nachts in seinem Zimmer sah, ganz zu schweigen von den Therapeuten, für die er ein Vermögen gezahlt hatte? Er hatte so viele Visitenkarten von ihnen in der Brieftasche, dass sie sich gar nicht mehr zuklappen ließ. War das auch alles erledigt, als das Hämmerchen des Richters fiel? Wohl kaum. So einfach war es nicht. Kein Richterwort, keine juristische Raffinesse konnte das Gefühl der Schuld vertreiben, der Schuld daran, dass man einen anderen Menschen getötet hatte, eine Seele zum Erlöschen gebracht. Damit musste Sam nun leben. Und allein das schon, noch bevor er überhaupt daran dachte, was er den Angehörigen dieses Menschen, allen voran seiner Witwe, angetan hatte, überwältigte ihn.

Er musste an die Gruppentherapie denken, zu deren Besuch er sich gezwungen hatte, die Schuldigen, wie sie sich selbst nannten. Acht Weitere saßen mit ihm zusammen auf harten Stühlen im Licht der Neonröhren in einem Container auf dem Gelände einer Schule in Battersea, wo große Buntstiftbilder an die Wände gepinnt waren. Dinosaurier, Salamander und Wörter wie »Schmetterling« standen an der Tafel.

Vier Monate lang waren diese Sitzungen sein einziger

Ausweg gewesen. Sie wühlten ihn innerlich auf, aber geheilt hatten sie ihn nicht. Genauer gesagt, hatten sie sein Leiden sogar noch vergrößert. Selbst als seine Emotionen ihn langweilten, war das keine Heilung. Aber das hatte ihn nicht davon abgehalten, immer wieder seinen Platz neben Stevie im karierten Hemd einzunehmen, einem Weichensteller, der eines Morgens vor sich hin geträumt und vergessen hatte, den Hebel umzulegen. Er musste mit den Folgen leben: zwei Wagen entgleist und eine fünf Meter tiefe Böschung hinabgestürzt, vierundzwanzig Verletzte und zwölf Tote. Zwölf! Wenn er neben Stevie saß, fühlte Sam sich nicht mehr ganz so schlecht. Genau wie Sam war Stevie in einem Sekundenbruchteil fürs Leben gezeichnet worden, aber was das schiere Maß des Unglücks anging, das er verursacht hatte, konnte dem Weichensteller keiner das Wasser reichen. Er war der Held der Gruppe, und wenn er sprach, spitzten alle die Ohren. Er saß da, zupfte an seiner Baseballkappe, versuchte, sein Leben aus den Scherben wieder zusammenzusetzen, lächelte Mary-Anne zu, der attraktiven jungen Mutter, deren kleiner Sohn auf dem Weg zu einer Geburtstagsparty mit dem Skateboard unter den Bus gekommen war. Neben Stevie kam Sam sich wie ein Leichtgewicht vor.

Tod war das, was diese Ansammlung von Pflegefällen zusammenhielt, alle vom Blitz getroffen; alle versuchten sie ihr Gleichgewicht wiederzufinden und glaubten doch nicht ganz daran, dass sie es verdienten.

Wie sie teilte auch Sam seine Geschichten mit ihnen und hoffte, dass die Last damit von ihm abfiele – dass Unbeschwertheit und gute Laune zurückkehrten, obwohl sie doch gar nicht daran glauben konnten, dass so etwas möglich war. Nie in seinem ganzen Leben war er so traurig gewesen. Trudy fand, es sei wie ein Fluch – weil sie mit einem gutaussehenden jungen Mann weiterflirten wollte, hatte sie ihrer betrunkenen jüngeren Schwester auf einer Party die Autoschlüssel zugeworfen und sie allein nach Hause fahren lassen; sie hatte sie erst mit amputiertem Bein wiedergesehen.

Doch weder die Gruppe noch Psychopharmaka, noch all die Lebenshilfebücher halfen im Geringsten. Die einzige Stelle, an der ihm ein wenig Erleichterung zuteil wurde, war der Bauchumfang. Und als an seinem Körper die Pfunde glücklicherer Zeiten dahinschmolzen und nur sein Elend von Tag zu Tag zunahm, da griff Firouzeh ein und hielt den Niedergang auf.

Was für ein Dummkopf er gewesen war! Eine Expertin, eine Kennerin der Trauer lebte doch mit ihm unter einem Dach. Wieso hatte er sich nicht längst in ihre Hände begeben? Er kannte die Antwort. Wie konnte er dieser Frau, die selbst Witwe gewesen war, mit seinem Kummer zur Last fallen? Alle alten Leiden würden in ihr aufgewühlt, und das würde er nicht zulassen.

Doch es war etwas anderes, als Firouzeh von sich aus zu ihm kam. Der Verlust von Sams Bruder hatte sie in ihrem ganzen Wesen verändert; doch sie wollte das, was sie dabei gelernt hatte, Sam nicht aufdrängen. Sie hatte warten wollen, bis Sam kam und sie um Rat fragte, doch die Wochen vergingen, sie sah mit an, wie es ihm immer schlechter ging, und schließlich hatte sie keine andere Wahl mehr.

Eines Morgens, als sie gemeinsam im Garten Kaffee tranken, begann sie mit dem Unterricht. Eigentlich hatte sie nur eine einzige Weisheit, die sie ihm weitergeben konnte, doch dazu würde sie eine ganze Weile brauchen, von den Diskussionen danach ganz zu schweigen. Die Botschaft lautete: Glück war nicht einfach das Verschwinden des Schmerzes, sondern es war Bestandteil dieses Schmerzes.

Er nickte, versicherte ihr, dass er das einsehe, und mimte so gut den Faszinierten, dass sie sich ermuntert fühlte weiterzumachen.

Ihr eigener Verlust – sie sprach jetzt in ihrer Muttersprache Farsi, wie immer, wenn sie etwas geradeheraus sagen wollte – habe ihr Leben für immer verändert. Wenn ihn der Unfall genauso schwer getroffen hatte, dann konnte er nicht mehr zu seinem alten Leben zurückkehren, dann konnte er nicht mehr so tun, als ob er der sei, der er vorher gewesen war. Auf eine kaum merkliche, aber grundlegende Art war er ein anderer Mensch geworden.

Sam schluckte. Sie sprach weiter.

Wenn er sich das nicht eingestand, würden die Sorgen sich nach innen wenden und an ihm nagen wie Parasiten. Ihre Finger formten eine Kralle, und das zog seinen Blick magisch an. Das Falscheste, sagte sie, sei, so zu tun, als ob überhaupt nichts Schlimmes geschehen sei. Er sei jetzt ein anderer.

»Aber ich will kein anderer sein.«

»Zu spät.« Seine Wasser seien nun für immer trüber, aber auch tiefer. Er werde feststellen, dass er sich im täglichen Leben schwerfälliger fühlte, erdverbundener, dass er nicht mehr so schnell lachte, nicht mehr albern war. Er würde verletzlicher sein; doch es sei ein Zustand, der auch seine Vorteile habe.

»Tatsächlich? Was bleibt denn noch?«

»Du wirst ein besserer Zuhörer sein. Mehr Verständnis für andere haben.«

Sam nickte. Es war eine bittere Pille. Beinahe bedauerte er, dass sich diese Einsichten nun schon so tief in ihm eingenistet hatten.

»Du wirst ein besserer Zuhörer, du hast mehr Verständnis für die Schmerzen anderer, du wirst ein durch und durch besserer Mensch.«

Schwacher Trost, dachte er. Aller Spaß am Leben verflogen, und stattdessen durfte man ernsthaft sein. *Scheiß auf die Ernsthaftigkeit*, war sein erster Gedanke. »Ich verstehe, was du meinst«, sagte er auf Englisch, der besten Sprache für Klischees.

Und Sam hörte zu, als sie weitererzählte, nahm alles in sich auf, streifte das Nessushemd ihrer Ideen über. Firouzeh machte ihm Mut, sich seiner Melancholie zu stellen. Und schließlich sah er ein, dass dies die einzige Möglichkeit war. Er tat es ja schon längst.

Sam erinnerte sich noch genau, wie wacklig sich die Türklingel der Witwe angefühlt hatte, damals bei seinem ersten Besuch. Er musste mit dem Finger an dem Knopf rütteln, bis ein Ton kam.

Er rückte seine Krawatte zurecht. Das Herz schlug ihm bis zum Halse. Es war Firouzehs Schuld – sie hatte ihn dazu angestiftet.

Das Gesicht, das in der Tür erschien, war bleich, und die Adern, die sich wie ein Delta über die Schläfe breiteten, pulsierten. Der starke französische Akzent und die heisere

Stimme ließen ihn die Einladung, hereinzukommen, zunächst missverstehen. Er glaubte, sie habe ihn fortgeschickt.

»Ja, ich sollte gehen«, stimmte er zu. »Ich wollte Ihnen nur die hier bringen.« Auch die Pfingstrosen aus dem Gewächshaus hatte Firouzeh ausgesucht. Sam war hilflos in solchen Dingen und froh, wenn ihm jemand Anweisungen gab. Daran würde sich auch nie etwas ändern.

»*Non, non*, bitte, *non*. Kommen Sie. Kommen Sie 'erein.«

Verdattert ging er ins Haus. Sie setzten sich ans Fenster. Sam ließ sich erzählen, wie sie als Ausdruck der Trauer in London geblieben war. Er selbst gestand, dass er nicht weiterwisse, solange er nicht wenigstens mit ihr gesprochen habe. Mit Ridleys Hilfe hatte er ihre Adresse aus den Polizeiakten ermittelt.

Sie saßen im Erkerfenster der heruntergekommenen Wohnung in Southall, mitten in Little Bombay, wo das Aroma von *Garam masala* geradezu greifbar in der Luft hing, und redeten mit einer verblüffenden Leichtigkeit. Es war nicht die Spur von Vorwurf in ihrem Verhalten. Das verwirrte und beschämte ihn.

Sie war bettelarm. Das Zimmer, in dem sie wohnte, hatte sie von der Wohlfahrt, und Geld überhaupt keins mehr. Von ihrer Mutter in Paris konnte sie nichts bekommen; sie war bettlägerig, ein Darmleiden. Yvette Berger, erfuhr Sam, war gerade einmal ein Jahr verheiratet gewesen. Es war keinerlei Vorsorge für sie getroffen.

»Es war unsere zweite 'ochzeitsreise«, erzählte sie Sam gefasst.

Das brach ihm das Herz. Er wand sich vor Qual, als sie sagte, sie mache ihm keine Vorwürfe. Sie wisse, wie es gewesen sei. Ihr Mann war impulsiv gewesen, stürmisch, ein junger Hund, der gern herumtollte. Und so war er blindlings auf die Straße gelaufen, hatte sich von ihrer Leine losgerissen: seine Schuld. Sie machte Sam nicht verantwortlich, obwohl man nicht betrunken Auto fahren sollte.

»Es war nur ein einziges Glas Wein«, jammerte Sam, und ihm liefen die Tränen.

»Ich glaube Ihnen. Und das ’abe ich Ihrem Anwalt auch gesagt.«

Aber das wollte er nicht hören. Er wollte keine Absolution von ihr – er verdiente sie noch nicht –, und gerührt von ihrer vom Schmerz gezeichneten Schönheit, dem Gesicht, das ihr alles Glück auf Erden garantiert hätte, erzählte er ihr die Geschichte seiner Frau, in einem einzigen großen, leidenschaftlichen Schwall. Die Französin sah die Parallelen sofort. Sam gab den Rat weiter, der auch ihm geholfen hatte: »Erwarten Sie nie, dass Sie noch einmal so lieben können.«

Yvette nickte. Sie wusste es. War es die Weisheit der Frauen? »Erzählen Sie mir mehr von Ihrer Frau. Ich möchte sie gern kennenlernen.«

Er sprach weiter, war sich nun sicher, dass er Wahrheiten verkündete. Er hatte sich Firouzehs angenommen, wie es in Persien Sitte war – hatte sie zu sich genommen und, wenn auch nicht standesamtlich, geheiratet, als sein Bruder – ebenfalls durch ein Auto – ums Leben gekommen war, und er war dankbar gewesen, dass er dazu in der Lage war. Wenigstens die Last der finanziellen Sorgen konnte er von ihren Schultern nehmen. Er wolle Yvette nicht mit seinen eigenen Sorgen belästigen, die seien unbedeutend im Vergleich zu den ihrigen, aber er habe es nie bedauert, dass er auf diese Weise die Aussicht auf eine Liebesheirat verloren habe. Es sei ihm eine Ehre gewesen, zu helfen. Und deshalb wolle er ihr jetzt ein Angebot machen.

»Angebot?«, fragte sie und legte den Kopf schief.

Was Yvette jetzt brauche, sagte er, sei ganz einfach: Sie brauche Geld, um ihr Leben neu aufzubauen. Da könne er behilflich sein. Er sei zwar kein wirklich reicher Mann, aber er könne ihr geben, was sie brauche. Nehmen Sie es. So viel Sie wollen. »Ich hatte ja nicht einmal die Chance, nach dem Unfall auch nur ein einziges Wort mit Ihnen zu sprechen.« Stattdessen hatten sie ihn zu Alkoholtests gezerrt!

»Das macht nichts. Ich 'ätte nicht sprechen können.«

»Bitte, denken Sie über das nach, was ich gesagt habe. Ich bin in der Lage, Ihnen finanziell zu helfen. Und es würde *mir* helfen, *Ihnen* zu helfen. Im Grunde ist es ein Angebot, das ich um meinetwillen mache.«

Sie traute ihren Ohren nicht. Sie lehnte auf der Stelle ab, und zweifellos fragte sie sich, wer dieser Mann war, dieser Fremde, dieser Unglücksbringer, der plötzlich aus dem Nichts auftauchte und mit der Brieftasche winkte. Sie schüttelte den Kopf. Es sei schön gewesen, sich mit ihm zu unterhalten, sagte sie, aber jetzt habe sie anderes zu tun. Sie müsse Besorgungen machen. Und ein Vorstellungsgespräch. Ein französisches Reisebüro suche eine Rezeptionistin, Teilzeitarbeit. Sam erhob sich und entschuldigte sich, dass er so lange geblieben war. Sie begleitete ihn an die Tür.

»Danke«, sagte sie, als sie die Haustür schloss.

Er stand auf der Straße und dachte über diese Begegnung nach, und zum ersten Mal seit Monaten lächelte er. Bevor sie die Tür schloss, hatte er noch gefragt, ob er wiederkommen dürfe.

»Ja«, hatte sie gesagt.

Die Antwort hatte sie beide überrascht.

Und ob ich wiedergekommen bin!, dachte Sam. Schon nach vierzehn Tagen hatte Yvette die Selbsthilfegruppe als Mittel zu seiner Genesung abgelöst. Er schickte eine Notiz an den Therapeuten: »Habe mich im Kreise gedreht. Hoffnungslos. Mein Fehler. Grüße an die anderen. Lesen Sie Kierkegaard.«

Sein Nutzen für Yvette? Das war weniger leicht zu sagen. Da hatte er nach wie vor seine Zweifel. Wenn er die Ereignisse Revue passieren ließ, daran zurückdachte, wie immer wieder eine Emotion zur nächsten geführt hatte, so dass Yvette binnen eines Jahres wie von Zauberhand in sein Leben und in sein Haus eingezogen war, wusste er keine Antwort. Es hatte jedenfalls nichts mit Geld zu tun. Oder fast nichts. Monatelang hatte sie keinen Penny von ihm genommen. Und dass er ihr eine große emotionale Stütze gewesen war, konnte man kaum sagen, denn in dieser Hinsicht war und blieb sie vollkommen selbständig, und die Gespräche waren eher zu Sams Nutzen als zu ihrem. Ja, er hätte sich schämen sollen, dass er zu seinem Opfer ging und dort um Hilfe bat, um Absolution! Wieso hatte sie das mit sich machen lassen? *Du hast ihr leid getan, gib's doch zu. Das ist die ganze Wahrheit.* Aber das stimmte nicht. Kein einziges Mal hatte er in ihren Augen Mitleid gesehen. Es war Freundschaft, eine seltsame Form von Freundschaft, das war der beste Begriff dafür. Binnen Tagen hatte er sie *feretesh* getauft, seinen Engel.

Dass er sie schließlich geheiratet hatte, dafür gab es einen anderen Grund.

Und dieser Grund, und der Verstand, der sich das ausgedacht hatte, hieß Firouzeh.

Erst als Yvette zu ihnen zu Besuch kam – erinnerte er sich –, öffnete die trauernde französische Witwe sich allmählich und gab ihnen einen Einblick in ihr eigenes Leid. Die Liebe ihres Lebens hatte man ihr genommen, sie lebte in einem Schuhkarton und vom Überziehungskredit, und ihre Tage waren eine Krise ohne Ende. Von Firouzeh ermuntert, sprach Yvette zum ersten Mal über ihre eigenen Schwierigkeiten, und bekam zum ersten Mal auch etwas zurück. In dieser zweiten Phase trat Sam in den Hintergrund; ja, man konnte fast sagen, er hatte seinen Teil der Arbeit zu diesem Zeitpunkt bereits getan. Er hatte Yvette in sein Haus gelockt, hatte sie mit Firouzeh bekannt gemacht, und dann hatte er sich zurückgezogen.

Er stand – und so sollte es bleiben – geduldig am Rand und sah zu, wie die weiblichen Zauberkünste wirkten, und er tat es mit einer Mischung aus Freude, Neugier und Neid. Für Yvette zählte damals in erster Linie Firouzeh, die unter ganz ähnlichen Umständen ihren Mann verloren hatte, und es überraschte niemanden, dass sie bald die besten Freundinnen waren; sie machten Ausflüge, luden sich gegenseitig zum Essen ein, telefonierten täglich und legten erst spätnachts erschöpft den Hörer auf. Sam konnte nicht leugnen, dass Firouzeh ihre Pläne besser umsetzen konnte, wenn er selbst nicht dabei war. Was sie zu sagen hatte, kam unverwässert an, wenn es nicht durch seine weitschweifigen Reden unterbrochen wurde. Yvette fasste sichtlich neuen Mut.

Bei jedem Besuch sah sie strahlender aus. So wie Sam zu Yvette gegangen war, so kam Yvette nun zu Firouzeh, und bald war ihr Klopfen an der Tür genauso vertraut wie das der Kinder.

Für einen so eitlen Mann wie Sam war der Gedanke nicht leicht zu ertragen, dass er keinerlei Hilfe gewesen war. Er hatte einen Raum geschaffen, in dem ihre Wunden heilen konnten, ein Klima des Vertrauens, aber die eigentliche Arbeit leistete Firouzeh. Er allein hätte Yvette in tausend Jahren nicht dazu gebracht, ihre Einsamkeit einzugestehen – eine Frau allein in einem fremden Land, die mit finsteren Dämonen rang und mit noch finstererer materieller Not. Er war gar nicht auf den Gedanken gekommen, ihr eine Stelle anzubieten, dabei war es doch das eine, was er tun konnte.

»Frag sie. Frag sie einfach.«

»Das macht sie nie«, hatte er geantwortet. Das Angebot allein sei eine Kränkung. »Sie kann doch nicht den, der ihr den Mann genommen hat, zum Chef haben.« Aber er täuschte sich.

Und so begann Yvette als Kellnerin im Persischen Garten. Sie schien wie geschaffen dafür. Selbst die mürrischsten Gäste ließen sich von ihrem Charme verzaubern, und eine plötzliche Steigerung im Umsatz und die spürbar häufigeren Komplimente für das Essen schrieb er allein ihrer Gegenwart zu, denn für den üblichen Restaurantbesucher ist das Ambiente genauso wichtig wie das Essen selbst. Und nun konnte er endlich seine Anerkennung, seine große Dankbarkeit dafür, dass sie ihm vergeben hatte, in barer Münze zeigen.

Yvette sprach jetzt nicht mehr davon, dass sie nach Paris

zurückkehren wolle, einer Stadt, in der zu viele Erinnerungen auf sie warteten. Was sie jetzt brauche, sagte sie zu den Sahars, das sei die Freiheit eines neuen Ortes.

»Gut«, sagte Sam, der endlich spürte, wie sein Gewissen leichter wurde, wie die schwere Last der Schuldgefühle allmählich von ihm abfiel.

Aber Firouzeh war noch nicht fertig. Eines Abends, als er noch spät über seiner Buchhaltung saß, kam sie und bat ihn nach unten. Sie habe etwas zu besprechen.

Als er ins Wohnzimmer kam, hatte sie ihm schon ein Glas Champagner eingegossen. »Was feiern wir?«

Firouzeh hatte den Tag mit Yvette verbracht. Ob er in letzter Zeit ihre Wohnung gesehen habe, fragte sie. Die sei nicht einmal gut genug für Ratten. Nicht dass es dort keine gebe. Firouzeh waren beinahe die Tränen gekommen, als sie Yvette dort zurücklassen musste. Sie hatte mit angesehen, wie die Französin versuchte, einem Heizkörper, aus dem das Wasser tropfte, Wärme zu entlocken und einen Gasboiler in Gang zu bringen, dessen Zündflamme ausging, wenn irgendwo in Southall jemand nieste.

»Was schlägst du vor?«

Sie hätten drei leere Zimmer im Haus. Das sei doch Sünde. Eine grausame Verschwendung unter solchen Umständen. Wenn Sam sie frage – und das müsse schon Sam tun –, dann, da war Firouzeh sich sicher, jetzt, wo der Winter kam, dann würde Yvette sicher bei ihnen einziehen. Die Kinder liebten sie ja bereits und hatten Sams *feretesh* zu *Fresh* verkürzt.

Sam musste nicht überzeugt werden. Er war nur ein wenig verärgert, dass man ihn wieder einmal mit der Nase darauf stoßen musste, wie er seine moralische Schuld abbüßen konnte. Aber da war noch etwas. Yvette war eine hoch attraktive Frau, und Sam war nicht unempfänglich für ihre Reize. Konnte er sich selbst trauen – konnte er sich darauf verlassen, dass er sich nicht zum Trottel machte, wenn er mit ihr unter einem Dach lebte? Er vergötterte sie geradezu, und sie sollte nicht merken, dass er sie begehrenswert fand. Das durfte nicht sein. Das wäre eine Beleidigung für eine Frau, die durch seine Schuld schon so viel gelitten hatte. Er hatte seine Bedenken, ob ein solches Arrangement ihn nicht in permanente Verlegenheit bringen würde, aber er stimmte zu.

Unter einer Bedingung. Firouzeh müsse sie fragen. Er wolle nicht, dass die Einladung – er suchte lange nach einem passenden Wort – missverstanden werde.

Überrascht sah Firouzeh ihn an. Eine ganze Weile war sie sprachlos, dann antwortete sie: »Ja, wenn das so ist, dann sollte ich diejenige sein, die sie einlädt. Unbedingt.«

Sam wurde rot und wandte sich rasch ab, eilte wieder nach oben zu der Sicherheit seiner Buchhaltung, wo wenigstens seine Herrschaft über die Zahlen unbestritten war.

Als der Winter ins Land zog und den Smog des Londoner Himmels in dunkles Grau verwandelte – sogar etwas Schnee fiel, der aus den üppigen, malerischen Parks des Hochsommers eine karge Bleistiftskizze machte –, packte Yvette Berger ihre Koffer und zog von Southall nach Barnes. Mit Jubel wurde sie in ihrem neuen Zuhause begrüßt. Noch nie in ihrem ganzen Leben sei sie so gerührt gewesen, sagte sie. Die Kinder transportierten ihre Taschen nach oben, kleine barfüßige Sherpas, und die weißen Fußsohlen blitzten, als sie die Treppe hinaufstürmten.

»Willkommen«, sagte Sam.

Yvette küsste ihn auf beide Wangen und drückte ihn fest an sich.

Er befreite sich, griff den schwersten Koffer und polterte über die Treppenstufen, den Kindern nach.

»Was 'abe ich falsch gemacht?«, fragte Yvette.

»Überhaupt nichts«, antwortete Firouzeh. »Er ist einfach schüchtern. Er ist sehr schüchtern.«

Sie waren jetzt nur noch einen Schritt entfernt von dem Arrangement, das in den Augen der Außenwelt immer anstößig bleiben würde. Doch zu jenem Zeitpunkt war bereits jeder der drei Hauptakteure den beiden anderen so sehr zu Dank verpflichtet, dass es gar nicht so leicht war, bei der immer größeren Großzügigkeit im Hause Sahar mitzuhalten, wo jede Freundlichkeit mit einer weiteren vergolten wurde, die eine neue nach sich zog.

In so einem Klima konnte ein heimlicher Kuss auf die Lippen keine Sünde sein. Ja, er konnte doch gar nicht ausbleiben. Und dass diesem ersten Kuss ein zweiter folgte, im Dampf der Restaurantküche in einer Winternacht, war kaum überraschend. Sam hatte es nicht erwartet, nicht erträumt, nicht gewollt, nicht bekämpft und nicht bedauert. Doch als Yvette ihren heißen, fruchtig schmeckenden Mund von dem seinen löste – später kam er dahinter, dass es das Pfirsicharoma ihres Lippenstifts war –, da war er nicht mehr Herr über sein Schicksal. Der Zeiger seines inneren Kompasses spielte verrückt. Er begriff nicht, dass sie nun die gleiche Art von Dankbarkeit, die er schon so lange ihr gegenüber hegte, gegenüber *ihm* verspürte, und überlegte, ob sie sich über ihn lustig machte. Er schreckte zurück. Das konnte doch nicht richtig sein. Es war Irrsinn. Er bat um Verzeihung. Was immer er getan habe, um sie zu diesem Kuss zu bewegen, er bedaure es.

»Getan? Wie können Sie sich entschuldigen, dass Sie mein Leben gerettet 'aben?«

Mit diesen wenigen Worten verflog sein Widerstand. Ein Sturm der Gefühle packte sie beide, und da sie niemand anderen hatten, überzeugte zuerst sie, dann er sich in seinem Inneren, dass eine Liebesaffäre ihre Bestimmung war. So unmöglich es auch sein mochte, das zu erklären, küssten sie sich ein drittes Mal und umarmten sich dann – Dankbarkeit, Freundschaft, Einsamkeit und Übermut verbanden sich zu etwas, was sich anfühlte wie Leidenschaft, so sehr, dass es von echter Leidenschaft gar nicht mehr zu unterscheiden war.

Firouzeh, die wollte, dass Sam die romantische Liebe fand, die sie selbst ihm nicht geben konnte, ermunterte die beiden, ihre zaghaften Gefühle weiter zu erkunden, ja sie drängte sie sogar. In atemberaubend kurzer Zeit fand Sam sich in seinem Bett sitzend wieder, mit pochendem Herzen, und wartete, dass der Türknauf sich drehte. Und als es so weit war – oh, und was für ein liebliches, verführerisches, explosives Drehen des Türknaufs es war! –, da war er bereit für sie. Kicheranfälle beider Frauen beim Abendessen hatten ihn vorgewarnt, und so hatte er eine Kerze angesteckt, und ein Räucherstäbchen glomm auf der Kommode. Sein Leben lang würde er in ihrer Schuld stehen, und so verstand er sich nun auch eher als ihr Diener. Auch sie schien traurig, versonnen, wehmütig. Sie überschritt eine Grenze, an die sie seit dem Tod ihres Mannes nicht mehr gekommen war, und hatte alle Freude verloren. Ja, sie war bezaubernd, dachte er, als ihr Nachthemd zu Boden glitt. Er streckte den Arm aus, als sie an sein Bett kam. Er würde ihr gefällig sein. Ein weiteres Geschenk für diesen Engel. Er würde sanft und zärtlich sein, mit einem Toten erschreckend nah dabei; aber zuerst musste er noch eine Passage aus dem Koran zitieren.

Yvette verstand sofort, dass der Status der Ehefrau auf Zeit nicht bindend war. Es konnte eine Beziehung für eine Nacht sein oder für vierzig Jahre, und sie konnte jederzeit aufgehoben werden. Wenn sie wollte, konnte sie gehen. Die muslimische Formel, nach der sie einfach nur dreimal »Wir sind geschiedene Leute« sagen musste, würde genügen. Sie sagte mit Freuden ja. Er las langsam und bedächtig, und als er das Buch abgelegt hatte, zog sie ihn zu sich herunter.

Volltreffer, zwei Ehefrauen. *Und das mir, dem ewigen Junggesellen,* dachte Sam, und in seinem Inneren war eine ganze Geschworenenversammlung damit beschäftigt, über Sinn und Unsinn der Entscheidung zu debattieren, die er allein nach seinem Herzen gefällt hatte. Was war geschehen? Mit der zweiten Heirat hatte er sein Leben ans Licht der Öffentlichkeit gezerrt, hatte den Aktienkurs freigegeben wie eine Firma, die an die Börse geht.

Aber seine erotische Beziehung zu Yvette war nur von kurzer Dauer. Nach einer Woche war es vorbei. Außer Bedürfnissen auf beiden Seiten hatte es keine wirkliche Basis gegeben. Yvette war die Erste, die die Sache zur Sprache brachte. Sie entschuldigte sich, dass sie ihn zu ihrer eigenen Genesung missbraucht habe. In solchen Situationen mache man Fehler, erwiderte er, und er habe volles Verständnis. Schon nach ihrer ersten gemeinsam verbrachten Nacht war ihm klargeworden, dass er nie etwas anderes als den Engel in ihr sehen konnte, so begehrenswert sie auch war. Jedes Mal wenn sie sich liebten, versank er erneut in Schwermut und Schuldgefühl. So konnte es nicht weitergehen.

Zum Zeichen der großen Zuneigung und als Ausdruck ihrer ungebrochenen Achtung weigerte sich Yvette, den Status einer Ehefrau auf Zeit abzulegen. Wenn sie irgendwann einen anderen Mann kennenlernte und es wollte, würde sie es tun, aber nicht leichtfertig. Sie mochte Sam sehr und sah es als eine Ehre, seine Ehefrau zu sein. Außerdem hatten die Kinder sich an ihre Gegenwart gewöhnt, und sie wollte sie nicht unglücklich machen.

Was Sam betraf, so blieb ihm nichts anderes übrig, als zu der Überzeugung zurückzukehren, dass er im Grunde seines Herzens allein auf der Welt war. Auch wenn es noch so absurd war, verbrachte Saaman Sahar, trotz zwei Ehefrauen im Haus, die Nächte wieder einsam in seinem Junggesellenbett.

Diese Jahre ohne eine Geliebte kamen Sam wieder in den Sinn, als er an Tracy dachte, seine wahre Liebe, seinen magischen Zahir. Wie viel Vertrauen hatte dieses junge Mädchen bewiesen – schließlich war es phänomenal, ein Wunder, dass sie nicht das Weite gesucht hatte, als er ihr an jenem Tag unter den Platanen im Park seine lächerliche Lage geschildert hatte. Stattdessen hatte sie seine Hand genommen und ihn auf eine Weise angesehen, wie es vor ihr noch keine Frau getan hatte. Es war ein bewundernder Blick gewesen, nahm er an. Sie hatte ja keine Ahnung, dass er damals nicht mehr war als ein Papierschiffchen auf einem Tümpel im Wind.

Und doch würde ihm allzeit unbegreiflich bleiben, wie ein zwanzigjähriges englisches Mädchen diese typisch persische Mischung aus Ehre, Trauer, Tragik, aufrechtem Mut, Gefühlsseligkeit und größter Ehrlichkeit verstehen und noch dazu gutheißen konnte. Vielleicht würde sie eines Tages ganz plötzlich zur Vernunft kommen und die Flucht ergreifen. Aber bis dahin würde er sich sagen, dass es auf Erden eben seltsamere Dinge gab, als die Schulweisheit sich träumen ließ.

Ridley kam aus dem Besprechungsraum und suchte nach ihm. Sam winkte, und der Anwalt setzte sich neben ihn. »Wo ist Firouzeh?«

»Holt Kaffee. Aber ich könnte ihr nicht verdenken, wenn sie nach Hause gegangen wäre. Die ganze Sache ist so absurd. So geht das nicht weiter.«

Ridley hatte Neues zu berichten. »Sie wollen dir einen Vorschlag unterbreiten. Kommst du wieder mit rein?«

Wortlos blickte Sam hinaus auf den Straßenverkehr; es wurde schon dunkel.

Ridley wartete auf eine Antwort. »Ich bin auf deiner Seite.«

»Bei den Summen, die ich dir bezahle, ist das ja wohl das mindeste. – Was haben sie vor?«

»Das wollen sie dir selber sagen. Es geht um die Kinder. Sie bestehen darauf, dass sie mit den Kindern reden müssen. Aber wir bekommen ein Mitspracherecht. Wir können Ort und Zeitpunkt bestimmen. Und wir können verlangen, dass ihr dabei seid, du und Firouzeh.«

»Mehr haben sie nicht vorzuschlagen?«

»Ich fürchte, wir müssen ihnen so weit entgegenkommen, wenn wir die Geschichte schnell zum Abschluss bringen wollen. Und darum geht es doch.«

Sams Miene verfinsterte sich; er schüttelte den Kopf. »Das kann ich nicht zulassen. Nein. Das kann ich auf keinen Fall zulassen. Meine Kinder werden keine Fragen zum Thema Sex beantworten. Gibt es eine schlimmere Kränkung?«

»Sam, sieh dich vor. Diese Behörden haben Macht.«

»Ich bin nicht in dieses Land gekommen, um so mit mir umspringen zu lassen.«

»Beruhige dich. Es ist nur eine Routineüberprüfung. Ich weiß, es ist schrecklich. Aber es ist das kleinere Übel. Sprich mit Firouzeh.«

Doch Sam schüttelte erneut den Kopf. »Das habe ich schon getan.«

»Und was hat sie gesagt?«

»Sie sagt, wir werden alles tun, aber zu einem solchen Verhör werden wir nie unsere Einwilligung geben.«

»Denk an die Kinder.«

»Was glaubst du, was ich tue?«

Dagegen konnte Ridley nicht an. Er zerrte an seinem Kragen, der ihm in den massigen Hals schnitt. »Und was soll ich ihnen jetzt sagen?«

»Sag ihnen genau das. Ich bin bereit, all ihre anderen Fragen zu beantworten, zu Yvette, meinen eigenen Fehlern, was auch immer. Aber sie sollen die Kinder in Ruhe lassen. Sag ihnen das.«

Sam entdeckte Firouzeh. Sie stand in der Straßenmitte

und wartete auf eine Lücke im Verkehr, in den Händen zwei Pappbecher mit Kaffee. Die Männer beobachteten, wie sie durch die automatische Tür schlüpfte. Sie sah müde aus, aber immer noch hoffnungsvoll. »Wie steht es?«, fragte sie. »Bin ich zu spät? Ich musste meilenweit gehen.«

Sie bekam keine Antwort, weder von Sam noch von Ridley.

Eine Einladung zum Essen

Wir gehen auf die nächsthöhere Ebene«, erklärte Sam seinen Ehefrauen im Vertrauen. »Wir lassen uns nicht so herumschubsen und lassen nicht zu, dass sie die Kinder hineinziehen.«

Das Treffen mit den Vertretern des Jugendamts hatte ein schlechtes Ende genommen. Man hatte keine Einigung erzielt. Während die Kommission auf ihrer Forderung beharrte, die Sahars müssten einer Befragung ihrer Kinder durch einen Kinderpsychologen zustimmen, legte Ridley Widerspruch ein und berief sich auf das 1998 beschlossene Gesetz zur uneingeschränkten Gültigkeit der Menschenrechte in Großbritannien. Sam hatte lauthals verkündet, er werde sich an seinen zuständigen Parlamentsabgeordneten wenden. Notfalls sei er bereit, über ihre Köpfe hinweg direkt den Europäischen Gerichtshof für Menschenrechte anzurufen.

»Wir haben die braven Bürger herausgefordert, versteht ihr? Und jetzt müssen wir kämpfen. Die Polygamie ist ihnen ein Dorn im Auge. Deshalb geben sie so viel auf einen anonymen Hinweis und ein paar nasse Unterhosen. Es sieht ganz so aus, als müssten wir die Probe aufs Exempel machen, wie ernst es ihnen mit ihrer multikulturellen Gesellschaft ist.«

Sam war wütend. Es ging ums Prinzip. Solange die britische Gesellschaft sich weigerte anzuerkennen, dass Sitten und Gepflogenheiten ihrer Minderheiten anders waren, erklärte er seinen Ehefrauen, konnte sie nicht behaupten, sie sei multikulturell. In Großbritannien gab es schon seit Jahren verschiedene Rechtsauffassungen nebeneinander, aber der Staat zog keinerlei Konsequenzen daraus. Die Sitten und Gebräuche religiöser oder ethnischer Minderheiten hatten keinen rechtlichen Status, doch das würde sich bald ändern. Zum Glück zählte jetzt das Wort aus Brüssel. Durch den europäischen Einigungsprozess waren Menschen wie die Sahars nun in der Lage, Gerechtigkeit jenseits der rückständigen Briten und ihrer verknöcherten Gesetzeshüter zu suchen. Wenn die deutschen Verkehrsgesetze britische Lastwagenfahrer in ihre Schanken weisen und dänische Fleischvorschriften den Zuschnitt eines britischen Steaks beeinflussen konnten, dann bestand auch eine Chance, dass muslimische Gebräuche Eingang in das britische Rechtssystem fanden. »Ridley glaubt sogar, wir werden zum Präzedenzfall. Wir können die Presse auf unsere Seite ziehen. Es geht um Rassendiskriminierung.«

»Die Presse? Bloß nicht.« Firouzeh hatte schon einmal erlebt, was die Zeitungen mit ihnen gemacht hatten: Sie hatten ein ganzes Stadtviertel gegen sie aufgewiegelt. »Ich hasse diese ganze Geschichte. Ich habe einfach Angst.«

»Trotzdem haben wir das Recht, zu kämpfen. Zum Glück sind wir nicht mittellos«, sagte er.

»Und was sollen wir jetzt tun?«, fragte Tracy und rang die Hände.

»Jetzt sofort?« Vielleicht sollten sie Barrikaden errichten

und die Türen vernageln. »Ich denke, wir sollten mal jemanden zum Essen einladen«, sagte Sam. »Wir sollten uns nicht die gute Laune verderben lassen. Ob ihr es glaubt oder nicht, auch das ist unser gutes Recht.«

Wenig später teilte er seinen Eltern mit, dass Tracys Eltern zum Essen kämen. Dann könne den versammelten Altvorderen die Missbilligung der jeweils anderen ein Trost sein. Keiner ging auf seine Stichelei ein.

Trotz unterschwelligen Spannungen begann das Essen gut. Beide Elternpaare stellten gleich zu Anfang klar, dass sie mit dem Status quo außerordentlich unzufrieden seien. Beiden war sehr daran gelegen, ihn so rasch wie möglich zu ändern und wenn möglich rückgängig zu machen. Sam fungierte als Dolmetscher – und damit als sein eigener Scharfrichter –, als Mostafa und Fatima dem vollbesetzten Tisch verkündeten, sie seien zutiefst enttäuscht über ihren Sohn, der die Familienehre in den Schmutz gezogen habe, und ihr Mitgefühl für Eric und Monica zum Ausdruck brachten, die zweifellos ähnliche Empfindungen für ihre Tochter hegten, ein Mädchen, das jung genug sei, um die Tochter ihres Sohns zu sein. Es sei eine Schande, eine Schande. Man müsse dringend etwas unternehmen.

Obwohl er die Worte seiner Eltern nach Kräften abmilderte, konnte Sam doch nicht verhindern, dass er als ein Sohn dastand, der die Träume von Vater und Mutter schnöde verraten hatte. Der Himmel allein wisse, was aus einem derart hoffnungslosen Jungen werden solle, übersetzte er den Pringles und ließ nicht einmal das demütigende Wort ›Junge‹ aus. »Wir haben alle Hoffnung aufgegeben, dass er noch zur Vernunft kommt.«

»Ach tatsächlich?« Eric war in seinem Element.

»Verstehe«, sagte Monica und bat um mehr Wasser, denn Wein war nirgendwo in Sicht.

»Allerdings«, übersetzte Sam. »Ein völliger Versager.«

Eric sah seine Tochter an, die in voller Schönheit am anderen Tischende saß. Sie war kaum wiederzuerkennen. Das jadegrüne Samtkleid stand ihr wunderbar. Und Schmuck trug sie auch. Ob das echte Perlen waren?

»Außerdem«, setzte Sam hinzu, nachdem ihm Fatima eine Reihe weiterer Demütigungen diktiert hatte, »haben wir immer geglaubt, dass Leute, die sich von Gemüse ernähren, schlank sind... und was passiert?... Sehen Sie ihn doch nur an... fett wie ein Schwein... schlimmer denn je... er sieht aus wie ein... wie ein...« – Sam suchte verzweifelt nach einer passenden Übersetzung, bis er sich schließlich widerstrebend an das Wort erinnerte – »hmn, ja... wie ein Kürbis... ein überdimensionaler Kürbis. – Können wir jetzt bitte damit aufhören?«, fragte Sam unvermittelt in die Runde und warf seine Serviette hin.

Monica und Eric lachten, amüsiert über diesen verbalen Selbstmord. Als Mostafa und Fatima einstimmten, war der Erfolg des Abends gesichert.

Nach dem Essen saßen Männer und Frauen in Grüppchen beieinander.

»Im Grunde genommen leben wir im Kriegszustand, Sie und ich«, sagte Eric. Er hatte es sich in einem Sessel bequem gemacht und balancierte eine Tasse mit einem grünlichen Getränk auf den Knien. »Ich weiß, ich bin Gast in Ihrem Haus, ich esse an Ihrem Tisch, und es war sehr schön, es war gut, aber trotzdem bin ich mit Ihnen noch nicht fertig, noch lange nicht. Wenn's nach mir geht, kriegen Sie sie nicht. So einfach ist das. Also herrscht Krieg zwischen uns. Prost.« Eric war sehr zufrieden mit seiner Rede.

»Ich kann Sie verstehen.« Sam nickte unverbindlich. »Und ich respektiere Ihre Ansichten.«

»Gut. Nur damit Sie Bescheid wissen.«

Eric schnüffelte am Rand seiner Tasse und schwenkte den Inhalt hin und her.

»Ich weiß, das muss schwer für Sie sein«, wagte Sam einen weiteren Vorstoß unter den verständnislosen Blicken seines eigenen Vaters, der ihn aus einigem Abstand schweigend musterte, »aber ich glaube, wenn wir uns die Zeit nehmen, kann ich Ihnen erklären, wie ich in diese komplizierte Lage mit drei Ehefrauen geraten bin. Wenn wir uns von Mann zu Mann unterhalten, werden Sie mich verstehen.«

»Aber ändern würden Sie trotzdem nichts, oder?«, fragte Eric mit einer Prise Verachtung. »Das ist der springende Punkt. Da denken Sie nicht im Traum dran. Sie sind glücklich wie die Made im Speck, und das wissen Sie ganz genau.«

Sam war dankbar für diesen väterlichen Wutausbruch. Er war der Beweis, dass Eric sich endlich mit der Sache auseinandersetzte. Der erste Schritt auf dem Weg zur Billigung.

»Keine Frage, ich bin ein sehr glücklicher Mann. Wer könnte in meiner Lage unglücklich sein? Sehen Sie sie doch nur an.« Er zeigte auf die Frauen. »Mir scheint, ich habe der Welt sehr, sehr wenig gegeben und dennoch im Gegenzug den Schlüssel zu einem verborgenen Garten erhalten. Stellen Sie sich das vor: Sie werden von drei Ehefrauen geliebt, die sich außerdem gegenseitig lieben.«

»He, wenn Sie noch lange so weiterreden, gehe ich, klar?

Lieber Himmel, ich bin als *Vater* hier!« Eric starrte ihn an. »Sie haben vielleicht Nerven.«

»Sie wissen, dass ich nur mit Tracy schlafe, nicht wahr?« Eric antwortete nicht und starrte den Iraner unverwandt an. »Das ist die reine Wahrheit.«

»Ich weiß, dass Sie uns das einreden wollen.«

»Eric, Sie müssen mir glauben.«

Eric wechselte das Thema. »Meine Tasse ist leer.«

Am anderen Ende des Zimmers erfuhr Monica alles über die Kleidervorschriften für muslimische Frauen. Sie hatte nicht gewusst, dass unter der schlichten äußeren Hülle, die die Frauen auf der Straße trugen, alles erlaubt war.

»Jammerschade, das alles zuzudecken«, sagte Monica.

Firouzeh übersetzte ihre Bemerkung, und Fatima schüttelte den Kopf und antwortete mit Nachdruck.

»Im Gegenteil«, übersetzte Firouzeh. »Die Phantasie ist der beste Modeschöpfer.«

Monica nickte. So hatte sie das noch nie gesehen.

Schließlich sorgten Jetlag, moralische Erschöpfung und naive Fragen dafür, dass Fatima sich in ihrem Sessel zurücklehnte und fast augenblicklich einschlief. Danach steuerte sie nur noch ab und zu ein leises Schnarchen zu der Unterhaltung bei.

Monica grübelte noch über die neuen Erkenntnisse nach, als Firouzeh und Yvette sich entfernten, um frischen Tee aufzugießen. Den ungestörten Augenblick nutzte sie und fragte Tracy, ob sie lesbisch sei.

»Mum!«

»Das ist doch eine berechtigte Frage.«

»Was denkst du eigentlich? Wir haben denselben Ehemann, das ist alles, wir sind nicht *miteinander* verheiratet. Meine Güte. So habt ihr euch das vorgestellt, du und Dad?«

»Dann… dann schlaft ihr also nicht alle im selben Bett?«

»Da hast du dir mal wieder was zusammengereimt, was? Pass bloß auf.« Sie lachte. Dann setzte sie mit einem Seufzer hinzu: »Ich bin die Einzige, die mit Sam schläft, klar? Das haben wir euch gesagt. Zufrieden?«

»Bist du sicher?«

Tracy wollte schon Ja sagen, doch dann hielt sie inne. »Na ja, hin und wieder…«

»Ich hab's gewusst!«

»Hin und wieder schmusen wir alle miteinander. Aber das ist alles.«

»Schmusen? Was meinst du mit schmusen? Es ist unfassbar.«

»Ich meine genau das, was ich sage.«

»Raus mit der Sprache. Ich bin deine Mutter.«

»Ach, wirklich?«

»Sag mir die Wahrheit.«

»Das habe ich gerade getan. Du hast eine schmutzige Phantasie, das ist dein Problem. Und jetzt Schluss.«

Aber Monica konnte sich noch immer kein klares Bild von der Situation im Schlafzimmer machen. »Also… wie ist das… wenn ihr schmust, meine ich.«

»Es ist schön. Bloß weil du es dir nicht vorstellen kannst, ist es noch lange nichts Schmutziges.«

Mit einer raschen Handbewegung führte Monica ihre Teetasse zum Mund und trank sie aus. »Meinetwegen. Aber was hat er den anderen getan, dass sie nicht mit ihm schlafen wollen?«

»Jetzt hör mir mal zu: Er ist wunderbar. Einfach großartig. Widerlich sind nur alle anderen.«

»Welche anderen?«

»Du.«

»Oh, herzlichen Dank. Aber ich sage dir eins. Ich weiß, dass du ihn nicht wirklich liebst.«

»Ach? Und woher willst du das wissen?«

»Weil du ihn dann nicht mit anderen teilen könntest. Das ist nur menschlich. Ich könnte deinen Vater nicht mit einer anderen teilen.«

»Den würde auch keine andere wollen.«

Monica und Tracy wandten sich um und blickten hinüber zu Eric, der gerade in seinem Ohr pulte. Als er spürte, dass sie ihn ansahen, drehte er sich um und winkte ihnen zu.

»Also ich würde lieber einen tollen Mann mit anderen teilen als einen totalen Versager ganz für mich allein haben«, sagte Tracy.

Mit hochrotem Kopf drehte sich Monica wieder zu Tracy um. »Wie kannst du so etwas über deinen Vater sagen?«

»Wer sagt, dass ich von Dad gesprochen habe?«

Bevor Monica antworten konnte, ließ Tracy sie stehen und verschwand in der Küche. Von da an sah Monica ihren Mann so wenig wie nur möglich an.

Nachdem die Pringles sich verabschiedet hatten und seine Eltern und Ehefrauen schlafen gegangen waren, trat Sam wie üblich mit einer Zigarre auf die Veranda und blies kleine Rauchwölkchen hinauf zum Mond. Er war erschöpft von dem Abend, doch im Gegensatz zu den übrigen Hausbewohnern konnte er nicht schlafen. In Bademantel und

Pantoffeln sann er über die Tragikomödie seines Lebens nach, als plötzlich zwei Würste vom Himmel fielen.

Sie landeten zu seinen Füßen: *plopp … plopp.*

Sam war mehr als verblüfft. Er blickte sofort nach oben und suchte nach großen Vögeln, die diese Aasbrocken verloren haben könnten, aber der Himmel war vollkommen klar, und außer Sternen war nichts zu sehen. Hatte er womöglich gerade ein Wunder erlebt? Waren Wunder denn heutzutage ausgeschlossen? Aber welche göttliche Botschaft verbarg sich in zwei ranzigen, vom Himmel herabgesandten länglichen Fleischobjekten? Für einen Vegetarier konnten sie nur düstere Vorboten des drohenden Weltuntergangs sein. Oder regnete es Fleisch vom Himmel, weil Allah ihm mitteilen wollte, dass er sich nach zwanzig Jahren als Vegetarier fortan nicht mehr ausschließlich von Grünzeug ernähren sollte?

Sam blickte wieder hinunter zu den zwei merkwürdig riechenden Objekten auf den Fliesen, und als er sie mit dem Fuß umdrehte, fiel ihm die mögliche Lösung des Rätsels ein: Ungezogene Kinder aus der Nachbarschaft hatten ihre Teller nicht leer gegessen und wollten die Reste der Mahlzeit verschwinden lassen. Als Nutznießer ihrer Aktion hatten sie seine Hunde ausersehen. Kein schlechter Plan, nur dass die beiden in ihrem Zwinger auf der anderen Seite des Hauses eingesperrt waren, da, wo sie Sams Eltern nicht behelligen konnten, denn die geisterten, schlaflos vom Alter, zu jeder Tages- und Nachtzeit durchs Haus und hielten, wie die meisten Perser, Hunde für niedere, schmutzige, gänzlich unberührbare Kreaturen. Dass Sam zwei Hunde besaß, war noch ein weiterer Nagel zu ihrem Sarg.

Sam legte die Zigarre auf einem Säulensockel ab. Dann schlüpfte er ins Haus und holte Handfeger und Kehrschaufel. Der beste Ort für diese Art von Treibgut war der Komposthaufen. Solche Würste waren nicht gut genug für seine edlen Tiere. Die Würmer würden sie mehr zu schätzen wissen.

Er arbeitete sich vorsichtig durch die tiefen Schatten unter den Bäumen zum Hinterende des Gartens vor, fühlte blind nach dem Kompostbehälter. Seine tastende Hand fand den Plastikgriff, und er öffnete den Deckel. Ein feuchtwarmer Fäulnisgeruch schlug ihm entgegen, und er wich zurück. Millionen von Würmern taten da drinnen ihre Arbeit und reduzierten alles auf seine elementaren Bestandteile – ein ewiger Zeitlauf, ein Mikrokosmos –, Äste, Gemüseschalen, Gras, Blätter, alles Organische wurde wieder Teil der dampfenden Ursuppe, der auch er, Sam Sahar, nur vorübergehend entstiegen war. Womöglich hatten beide Elternpaare mit ihren Vorwürfen in einem Punkt sogar recht: Wenn überall die Ordnung zerfiel, musste man bestimmte Regeln verteidigen, selbst wenn dabei die Gefühle auf der Strecke blieben. Darum ging es für sie in dieser Schlacht. Ein Akt des Widerstands gegen Naturgewalten: die Verteidigung zeitloser Werte gegen die Fäulnis der modernen Wegwerfgesellschaft. War er am Ende selbst nur ein Handlanger des Zerfalls, ein jämmerlicher Wurm, der im Schutz der Dunkelheit sein zerstörerisches Werk tat? In ihren Augen sicher. Seine eigenen Eltern sahen ihn als Verräter der Tradition, seine Schwiegereltern als einen Terroristen, der heimlich über die Grenze gekommen war, um im Zentrum ihres Lebens eine Sprengladung zu zünden. So musste er zumindest ihr Benehmen deuten. Er würde niemanden mehr zum Essen einladen. Wieso sollte er seine Verfolger bewirten? Ergeben überantwortete er die stinkenden Würste dem Wirken des großen Verfalls und klappte den Deckel wieder zu.

Die Polizei verschwand ebenso schnell, wie sie aufgetaucht war, und nahm alle vier Kinder mit.

Firouzeh musste von einem kräftigen Beamten festgehalten werden, gegen den sie sich vergeblich zur Wehr setzte. Die Kinder wurden aus dem Bett geholt und angewiesen, Pullover, Bademäntel und Hausschuhe anzuziehen. Sie waren schlaftrunken und begriffen nur halb, was mit ihnen geschah. Aber die Älteren wussten immerhin so viel, dass sie sich von Sams wiederholten Beteuerungen, es komme alles wieder in Ordnung, nicht trösten ließen. »Geht mit«, sagte Sam, als er einsehen musste, dass er nichts ausrichten konnte. »Wir kommen im Auto nach.« Er versuchte um ihretwillen, ruhig und gelassen zu klingen und seine Verzweiflung zu verbergen. »Hör auf, Firouzeh, lass sie gehen.«

»Mama?«, jammerte Aisha; sie trug nur ihr langes Flanellnachthemd und einen Bademantel, ihr ovales Gesicht war verwirrt und angstvoll, als ein Polizist sie mit seiner großen Hand zur Tür und hinaus in die Dunkelheit schob. »Was machen die mit uns?«

Firouzeh, die sich aus dem Klammergriff des Polizeibeamten nicht befreien konnte, blieb nichts weiter, als lauthals zu protestieren. Als Sam versuchte, den Kindern nach draußen zu folgen, wurde er an der Tür zurückgehalten. »Alles in Ordnung«, rief er ihnen nach. »Geht einfach mit. Sie werden sich um euch kümmern. Und wir fahren hinterher.«

Die Kinder wurden zu einem wartenden Kleinbus geführt; sie hielten sich an den Händen, wie sie es zum sicheren Überqueren der Straße gelernt hatten. Die Älteren saßen in dem Wagen wie benommen, nur der Jüngste wand sich hysterisch in den stärkeren Armen von Ali, der seinen kleineren Bruder festhielt, weil ihm das selbst ein Gefühl von Sicherheit gab.

Sobald die Kinder außer Hörweite waren, explodierte Sam. Der Zorn, den er ihretwegen bis dahin im Zaum gehalten hatte, brach mit aller Macht aus ihm hervor. »Raus! Verlassen Sie dieses Haus! Sofort!« Der Beamte ließ Firouzeh los. Aber der Polizeiwagen hatte ohnehin schon den Motor angelassen, und binnen Sekunden waren alle Polizisten bis auf einen eingestiegen.

Dieser letzte Beamte – ein hochgewachsener junger Schwarzer, dem die Sache leidtat – rückte seine verrutschte Krawatte zurecht und erklärte Firouzeh, die Kleider und persönlichen Gegenstände der Kinder würden am Vormittag abgeholt. Er war sehr bemüht zu zeigen, dass ihm das alles selbst nicht behagte, und entschuldigte sich für die Störung und den ganzen Aufruhr. Sie sollten merken, dass er im Gegensatz zu seinen Kollegen die offizielle Haltung nicht einfach guthieß.

»Unangenehme Sache«, sagte er und biss sich auf die Lippe. »Aber wir müssen das Wohl der Kinder im Auge behalten.« Sie sollten sich keine Sorgen machen – die Kinder würden vorübergehend an einem sicheren Ort untergebracht, solange die Ermittlungen liefen. Sobald sich im Laufe der nächsten Tage herausstelle, dass sie nicht in Gefahr seien, würden sie unverzüglich wieder nach Hause gebracht. Die ganze Sache tue ihm sehr leid. »Denn Sie kommen mir wie anständige Leute vor.«

Als der Lärm auch noch Fatima und Mostafa aus ihren Betten holte, musste Sam ihnen eröffnen, dass die Familie, während sie schliefen, dezimiert worden war. Seine Mutter stimmte in das Geschrei ein, welches das Haus ohnehin schon in seinen Grundfesten erschütterte, und sein Vater, der schon damit gerechnet hatte, dass die Anhörung noch ein Nachspiel haben würde, schüttelte sorgenvoll den Kopf.

Tracy schloss die Tür wie benommen und wiederholte immer wieder, an niemand Bestimmten gewandt: »Es tut mir so leid, es tut mir so leid.«

Firouzeh war auf die Knie gefallen, als hätte ihr jemand von hinten einen Stoß versetzt, und war wie gelähmt. Sie konnte nicht aufstehen, ließ sich aber auch von niemandem helfen. Was sie sagen wollte, war klar: Sie würde sich nicht eher von der Stelle rühren, bis ihre Kinder wieder wohlbehalten durch die Haustür stürmten. Wenn sie sich auch nur einen Zentimeter bewegte, war es ein Verrat an ihren mütterlichen Pflichten. Und so blieb sie, wo sie war, schmerzgebeugt, ließ Sam einige verzweifelte Telefonate führen, während sie ihre Stirn wieder und wieder leicht gegen die kalten, glänzenden Fliesen schlug; das Klagegeheul, das aus ihrem trockenen Munde erklang, drang bis in die hintersten Ecken des Hauses.

Am Telefon gab Sam derweil in großer Hektik seine Anweisungen. Er wusste nicht, was er sonst hätte tun sollen, und so folgte ein ergebnisloser Anruf auf den anderen. Es war schon nach zwei Uhr, trotzdem ging er davon aus, dass die Angerufenen noch wach waren. Er telefonierte wahllos mit jedem, der ihm in den Sinn kam: mit seinem Anwalt (er war auf dem Weg); mit der Polizei (dort weigerte man sich trotz seiner wütenden Proteste, ihm mitzuteilen, wohin die Kinder gebracht worden waren). Dann folgten Anrufe bei weniger naheliegenden Adressen – zu dem Zeitpunkt konnte Sam keinen klaren Gedanken mehr fassen –, ein Telefonat mit einem Mann aus dem Stadtrat, der Stammgast in seinem Restaurant war (vielleicht könne man morgen bei der Ausschusssitzung etwas unternehmen), mit dem Mullah, der vor kurzem die Trauung vollzogen hatte, sogar mit einem pensionierten Polizisten, dessen einzige Verbindung zu Sam darin bestand, dass er früher als Bariton im selben anglikanischen Kirchenchor gesungen hatte. Schließlich endete jeder weitere Versuch mit einer falschen Nummer oder einem Besetztzeichen, und er legte den Hörer auf.

Trotz seiner hektischen Aktivitäten kannte er die Wahrheit nur zu gut: Er selbst hatte seine Familie in diesen Strudel der Ereignisse gestoßen, hatte sie eigenhändig in Gefahr gebracht. Seine dritte Eheschließung war ein großer Fehler gewesen: Er hatte immer zu viel gewollt. *Gier, Gier, Gier.* Wieder einmal, genau wie damals, als er in Tracys altem, verrottetem Aufzug zwischen zwei Stockwerken steckengeblieben war, das nutzlose Telefon an das glühend heiße Ohr gedrückt, war keine Hilfe in Sicht. Jetzt öffneten sich die Türen zu seinem *Leben* und zeigten nichts als gähnende Leere. In seiner Brust stieg derselbe markerschütternde Schrei auf wie damals. Hilfe!, hätte er am liebsten gerufen, Hilfe! Aber wie Tracy schon im Lift gesagt hatte: Wer sollte ihn schon hören?

Der Vorschlag

»Fürs Erste ist es mir gelungen, einen Anhörungstermin in sechs Wochen zu erwirken.« Ridley saß in dem Rattansessel und lächelte. »Aber…«

»Sechs Wochen!«, schrie Firouzeh entsetzt.

»Aber ich habe einen Kompromiss vorgeschlagen; danach könnten wir die Kinder schon morgen wieder zu Hause haben«, entgegnete Ridley.

»Morgen?«, fragte Sam.

»Und wenn wir dann mit der richtigen Taktik in die Anhörung gehen und keine strategischen Fehler machen, könnte die Angelegenheit bald abgeschlossen sein. Also, ich schlage Folgendes vor: Tracy und Yvette ziehen aus. Und zwar so bald wie möglich. Heute Abend noch. Ihr müsst jeglichen Kontakt unterbinden. Nur unter dieser Bedingung wäre die Behörde bereit, die Kinder nach Hause zu entlassen. Sie haben eure Weigerung, die Kinder befragen zu lassen, als Vertuschungsversuch gewertet. Sie waren nicht zu Kompromissen aufgelegt, aber ich habe sie doch überredet.«

Ridley ließ diesen Vorschlag wirken.

Niemand sagte ein Wort.

»Ich weiß: Was ich euch abverlange, ist nicht leicht. Aber die Entscheidung liegt bei euch. Ihr könnt die Kinder morgen wieder zu Hause haben, aber dann müssen Tracy und

Yvette ausziehen, in ein Hotel beispielsweise. Natürlich dürfte es bis zu der Anhörung keinen Kontakt zwischen euch geben, allenfalls auf einer formellen Basis. Wir müssen jedes Risiko vermeiden.«

Ridley sah, dass er nicht viel an Reaktionen zu erwarten hatte, und kam auf seinen zweiten Punkt zu sprechen: »Und dann ist da noch etwas. Die Sache mit der Polygamie ist für sie der dickste Brocken: drei Ehefrauen, und eine davon auch noch Engländerin – entschuldige, Tracy. Das hat wahrscheinlich den Ausschlag gegeben. Außerdem hat Firouzeh immer noch nicht ihren offiziellen Wohnsitz in diesem Land, und weil sie keinen rechtlichen Status hat, müssen wir diese Frage mit bedenken. Du kannst ihr Visum nicht immer wieder mit Tricks verlängern lassen, Sam. Wenn die Gegenseite davon Wind kriegt, wird es nicht leichter für uns.«

Sam, Tracy, Firouzeh und Yvette starrten ihn wortlos an: Akteure in einer Pantomime.

»Wenn es hart auf hart kommt, sind Ärger mit der Ausländerbehörde und ein mehr als unangenehmes Ausweisungsverfahren für Firouzeh zu erwarten, und das hieße wahrscheinlich, dass sie die Kinder verliert und die Familie auseinandergerissen wird. Mein Vorschlag ist Folgender. Und jetzt haltet euch fest. Seid ihr bereit? Ihr werdet es hassen: Sam, es wäre wirklich eine große Hilfe für mich, wenn du Firouzeh heiraten würdest.«

Ridley hätte das ebenso gut in einer fremden Sprache sagen können, so verständnislos sahen sie ihn an. Der Anwalt musterte die versteinerten Mienen. »Habt ihr mich verstanden? Sagt mir, was ihr davon haltet. Ich fühle mich im Stich gelassen.«

Sam war der Erste, der die Sprache wiederfand. »Wovon redest du?«

»Sam, tu nicht so. Ich habe euch zwei Vorschläge gemacht. Ihr müsst euch ernsthaft damit auseinandersetzen.«

»Tut mir leid, wenn ich so naiv bin.«

»Ich bemühe mich, die Kinder aus der staatlichen Obhut zu holen. Und dafür wäre es gut, wenn du eine dieser Frauen heiraten würdest.«

»*Eine* heiraten? Ich bin mit allen *dreien* verheiratet.«

Ridley stieß einen Seufzer aus. »Ich rede von einer standesamtlichen Trauung. Nur zum Schein. Wenn die Mutter der Kinder deine gesetzlich angetraute Ehefrau ist, mit Wohnsitz in Großbritannien ... verstehst du, worauf ich hinauswill? Dann sehe ich einen gangbaren Weg. Wir wissen, was die Behörden denken, also sollten wir uns auf ihr Spiel einlassen und sie ködern, bis wir sie mit einem ordentlichen Trauschein an der Angel haben.« Er machte eine Geste, als hätte ein dicker Fisch angebissen. »Erwischt!« Die unsichtbare Angelrute schoss in die Senkrechte und löste sich in Wohlgefallen auf.

Die Ehefrauen Nummer zwei und drei erbleichten. Sam schüttelte bereits den Kopf. Er kratzte sich am Kinn. Die Frauen verbargen das Gesicht in den Händen, als ihnen die Tragweite von Ridleys Plan aufging.

»Wir müssen einen anderen Weg finden«, sagte Sam. »Es darf keine Ungleichheit herrschen. Das würde alles zerstören. Es muss einen anderen Ausweg geben.«

Niemand entschied, dass Tracy und Yvette gehen mussten. Sie packten einfach ihre Sachen und verließen das Haus.

Die Hunde waren die Ersten, die die Rückkehr der Kinder bemerkten. Von übersinnlichen Signalen geweckt, sprangen sie von den heißen Gartenplatten auf, stürmten unter Kettenrasseln zur Terrassentür und weckten das ganze Haus mit wildem Gekläff.

»Sie sind wieder da!«, rief Firouzeh, die ihre eigenen Wellen empfing. »Sie sind wieder da!«

Zwei Minuten später hielt ein Kleinbus vor dem Haus. Jemand vom Jugendamt – nicht Partridge – öffnete die hinteren Türen, und die Kinder, in fremder Kleidung, kamen gelaufen. Lächeln machte sich auf ihren Gesichtern breit, und unter Stürmen von Zärtlichkeit fielen sie über Sam und Firouzeh zugleich her. Sam war erleichtert, aber er spürte auch Wut. So etwas hätte nie geschehen dürfen, und er würde dafür sorgen, dass es nicht noch einmal geschah.

Wie Sam schon prophezeit hatte, sahen Mostafa und Ali aus, als kämen sie frisch von einem Schulausflug – das wunderbar kurze Gedächtnis der Kinder. Haman und Aisha hingegen wirkten bekümmerter – Gesichter, in denen schlaflose Nächte geschrieben standen, die Furcht vor dem Unbekannten, die Last der Verantwortung. Zu den beiden ging Sam und legte ihnen fest die Arme um den Kopf, drückte sie an sich, damit auch ganz klar war, dass er genau verstand, wie ihnen zumute war, dass er sich ausmalen konnte, was sie durchgemacht hatten, und dass er es wiedergutmachen würde. Die Wunden würden heilen, all ihre Fragen würden beantwortet werden – dafür würde er sorgen –, und gemeinsam würden sie alles, was geschehen war, einfach vergessen.

»Ridley sagt, in einem Londoner Gericht ist alles möglich. Jedenfalls bin ich im Hotel Metropole. Das wollte ich euch nur sagen. Nur für den Fall, dass ihr – ich weiß auch nicht – mich sprechen wollt.« Eric war sofort am Apparat gewesen.

»Dich sprechen? Natürlich wollen wir dich sprechen, Trace. Jetzt tu doch nicht so. Ich mach immer noch dein blödes Zimmer für dich zurecht. So, und da wohnst du jetzt im Hotel, was? Wie Gloria Swanson.«

Eric konnte sich das Lächeln seiner Tochter ausmalen. Sie hatten sich immer zusammen alte Filme angesehen, und am Samstagnachmittag hatten sie Filmeraten gespielt. »Na ja, so toll ist es eigentlich nicht, aber Yvette und ich müssen uns für 'ne Weile verstecken. Und Sam muss Firouzeh heiraten. Standesamtlich. Es muss erst mal so aussehen, als ob Sam nur noch die eine Frau hätte.«

Eric sah bleich aus. Mehrere Male schüttelte er den Kopf. Das war alles nicht leicht für einen Vater, der sich für seine einzige Tochter ein langes, schönes, unverheiratetes Leben wünschte, wenigstens für ein paar Jahre noch, eins, in dem er eine prominente Rolle spielte, bis sich dann, wenn der Tag gekommen war, ein Schwiegersohn ganz nach dem Bild des Vaters einstellte, einer, der ihm in seinen Interessen zur Seite stehen könnte und schließlich seinen Platz am sonntäglichen Tisch einnahm, wo er auf hunderterlei Art Erics Sicht der Welt aufrechterhielt, ihr neues Leben einhauchte. Aber das konnte er nun begraben.

»Was habe ich getan, Tracy? Was habe ich falsch gemacht? Nachts liege ich wach und frage mich, was ich getan habe. Wieso habe ich bei dir so sehr versagt?«

»Du hast nicht versagt, okay? Wenn ich eine Versagerin bin, dann bin ich selber schuld.«

»Dann lege ich jetzt besser auf.«

Sie kannte diese Stimmung bei ihm. Eine Zeitlang würde er jetzt still sein, brummig, verschlossen, sein Adrenalin abarbeiten und sich dabei den nächsten Zug überlegen. Er mochte keine Diskussionen, bei denen man schlagfertig sein musste. Er war ein Mann, der langsam dachte, der sich gern ausgiebig am Kopf kratzte, der auf seinem Stuhl hin und her rutschte, der mal für eine Weile nach draußen ging. Wenn man ihm Zeit ließ, konnte er scharfsinnig wie jeder andere sein, scharfsinniger sogar, aber seine Trefferquote ging dramatisch zurück, wenn er sich gedrängt fühlte. Wenn sie Schach mit ihm spielte, dann musste sie nur ein paarmal »Nun mach schon, mach schon« sagen, dann machte er einen absurden Fehler, und sie brachte mit ihrem Läufer seine Dame zu Fall. Am Ende gab er auf und kippte das Brett um.

»Weißt du, wir sind alle Versager«, sagte er schließlich. »Irgendwie, ein Stück von uns. Aber wir dürfen nicht zulassen, dass dieses kleine Stück uns beherrscht.«

»Ihr seid übrigens zu der neuen Hochzeit eingeladen. Wenn ihr kommen wollt.«

»Wieso denn das?«, stammelte er.

»Aus Solidarität. Für mich. Für uns. Meine neue Familie.«

Eric war entsetzt. Es dauerte eine ganze Minute, bis er antwortete. »Hör mal, wir werden immer solidarisch sein. Du bist unsere einzige Tochter. Und wenn du in die Sackgasse rennen willst, wenn du in deinem Leben einen Riesenfehler machen willst, dann können wir dich nicht aufhalten. Aber ich will verflucht sein, wenn ich dir dabei auch noch *helfe*. Tut mir leid. Das geht, nicht, Tracy. Du kannst nicht von deiner Mutter und mir erwarten, dass wir dir bei deinem Untergang auch noch *helfen*.«

Sams Eltern machten sich gar nicht die Mühe, ihre Genugtuung über die neuesten Entwicklungen zu verbergen, und konnten Firouzehs Ehering, den sie schon viele Male zuvor gesehen hatten, nun gar nicht mehr genug bewundern. »Oh!«, staunten sie. *»Ajab khoshgeleh! Cheghadr maheh? Vay? Che ghashangeh!«*

»Genug!«, schnauzte Sam sie an. »Den habt ihr schon hundertmal gesehen.« Aber sie antworteten, Firouzeh sei einfach zu beschäftigt gewesen – »sie hat ja immer von allen am meisten getan« –, so dass sie ihn bisher nie in Ruhe hätten ansehen können. Das sei ein Ring einer echten Ehefrau.

Sie spürten überhaupt nicht, wie unglücklich Sam nach der erzwungenen Heirat war, und überhäuften Firouzeh mit persischen Delikatessen aus den teuersten Läden, hielten sie am Esstisch mit langen, auf Farsi geführten Diskussionen über das Für und Wider westlicher Haushaltsführung fest und nannten sie bei dem altmodischen Ausdruck *soccoli*, Lieblingsfrau. Das ganze Unternehmen war ebenso durchschaubar wie empörend. Das Haus sei jetzt so viel ordentlicher, erklärten sie, so viel besser in Schuss. Man spüre, dass die starke Hand einer Muslimin am Ruder sei. Und nun sei es Zeit für sie, dass sie in den Iran zurückkehrten. Sam griff sofort zum Telefon und fand Plätze für sie, ein Flug, der in drei Tagen ging. Der Besuch war vorüber.

Nun mussten sie Sam nur noch klarmachen, wie er mit seinen Kindern umzugehen hatte. Er durfte nicht mehr leichtfertig ihre Sicherheit aufs Spiel setzen. Er musste die beiden anderen Frauen loswerden, und zwar sofort. Sie erhoben ihre Stimmen im Wohnzimmer so sehr, dass selbst bei geschlossenen Türen das ganze Haus mithörte. Es sei Zeit für ihn, dass er einen Schlussstrich ziehe. Er sei zu alt für das Leben eines Playboys. Wem wolle er denn etwas vormachen? *Eine* Frau, nur eine einzige, mehr könne er nicht bewältigen. Nicht einmal, als Sam noch ein Kind war, habe Fatima sich auf ihn verlassen können, wenn sie ihn ausschickte, einen Laib Brot zu holen. Wie komme er denn da auf den Gedanken, er könne drei Frauen haben?

Sie flehten Sam an, die Namen der beiden anderen aus seinem Gedächtnis zu löschen.

Glück ist

Mit einem Spachtel rückte Eric der Collage in Tracys Zimmer zuleibe. Es war unglaublich, wie viele Schichten da übereinanderklebten. Wo sie besonders dick waren, brauchte er sogar einen Meißel. Es war ein Kunstwerk, dessen Wert er erst erahnte, als er es zerstörte.

Monica kam mit Emily dazu; sie wollten sehen, wie weit er gekommen war.

»Eric, du solltest aufhören. Mir ist nicht wohl dabei.«

»Was ist denn jetzt schon wieder?« Eric meißelte tiefe Kerben in die Wand. »Heute Morgen wolltest du noch, dass es wegkommt.«

»Ich weiß auch nicht. Es sieht einfach schrecklich aus. Als ob ein Vandale hier gehaust hätte.«

»Du wolltest, dass es wegkommt, jetzt kommt es weg.«

»Nein, das stimmt nicht. Du hast ja keine Ruhe gegeben, da habe ich gesagt, dann mach's eben weg, damit endlich Ruhe ist.«

Eric schüttelte den Kopf. Er sah Emily an, hoffte auf Verständnis; mit seinem Meißel attackierte er einen mongolischen Reiter, einen Krieger mit Pelzkappe, die Nüstern des Pferdes gebläht in wilder Flucht. »Unglaublich.«

Emily ließ den Blick über die Wände schweifen. »Ist schon echte Kunst.«

»War«, sagte Monica mit Genugtuung. »Es *war* echte Kunst.«

»Liebe Güte!«, schnaubte Eric.

Emilys Sympathie galt natürlich der Künstlerin. »Habt ihr Tracy gefragt?«

»Ja, sicher.« Monica klang gekränkt. »Sie hat gesagt, wir sollen machen, was wir wollen. Ist ihr egal. Teenagerkram, sagt sie.«

Eric übernahm. »Natürlich haben wir sie gefragt. Also fange ich an und kratze es ab, weil Madame hier sagt, ich soll es abkratzen, und jetzt heißt es plötzlich, ich ruiniere das achte Weltwunder!« Mit einem Kopfschütteln ließ er den Meißel fallen. »Also, soll ich es jetzt abnehmen, oder soll ich es dranlassen? Emily, du bist mein Zeuge. Also?«

Monica sah sich um, musterte, was von den mittlerweile vertrauten Epen noch übrig war, aber sie waren alle beschädigt. »Was hast du bloß getan?«

»Vorarbeiten fürs Abnehmen.«

Nur mit ihrer Phantasie konnte sie die Bilder ergänzen, wo er Schneisen hineingeschlagen hatte. »Mach, was du willst. Du hast es sowieso verdorben.«

Sie ging hinaus. Emily zuckte mit den Schultern, sagte jedoch nichts.

»Himmel noch mal!«, rief Eric ihnen nach.

Beim Kaffee erzählte Emily das Neueste von der akademischen Laufbahn ihrer Tochter in Oxford, und Monica revanchierte sich mit bedrückenden Nachrichten von Tracy.

Wie immer wurden Erfolge gegeneinander aufgerechnet. Monica wurde still, sie blickte versonnen, verlor sich in ihren eigenen Gedanken und steuerte nur dann und wann ein »Ehrlich?« oder ein »Oh« bei.

»Manche von denen filmen sich beim Sex.«

Das machte Monica wieder munter. »Wer? Christina?«

»Und Gott weiß was sonst noch. Nein, nicht Christina. Wahrscheinlich haben sie sogar eine Kamera im Klo. Und das wird dann live im Internet übertragen. Eine Freundin von ihr. Nicht Christina, eine andere Studentin«, sagte Emily.

»Oh, ich dachte, du sprichst von Christina.«

Emily lachte. »Nein, eine Freundin von ihr. Sie und ihr amerikanischer Freund, die verdienen sich ihr Studium damit, dass sie ihr Sexleben filmen. Die machen ein Vermögen damit. Sie senden es übers Internet. Leute können live zusehen, und die beiden verlangen Geld dafür. Und die Leute bezahlen.«

»Dann pass aber auf, dass es nicht doch Christina ist.«

Emily runzelte die Stirn. »Ich weiß.« In Wirklichkeit war ihr das noch nicht in den Sinn gekommen, und jetzt machte sie sich Sorgen. Sie dachte daran, wie Kinder oft ausforschten, was ihre Eltern von einer Sache hielten, indem sie so taten, als mache es ein Freund. »Brauchst du mir nicht zu sagen.«

»Du denkst, du kennst sie genau, und dann fällst du aus allen Wolken«, sagte Monica. »Da kann ich ein Lied von singen.«

»Wer hat Sex im Internet?«, fragte Eric von der Tür.

»Emily.« Pokerface. »Stimmt's, Em?«

»Hmmm«, nickte Emily gutmütig. Ihr Kopf schwirrte von der Vorstellung, dass Christina womöglich den Schritt von der Vorzeigestudentin zum Cyberspace-Pornostar gemacht hatte, aber sie war doch immer für einen Scherz mit Eric zu haben.

»Sie sagt, wir sollen mitmachen. Uns aufnehmen beim Sex. Wie fändest du das? Fürs World Wide Web.«

Eric prustete, winkte ab und verschwand wieder.

Monica lachte. »Ich müsste mir allerdings wahrscheinlich noch einen anderen Partner suchen.« Sie blickte Emily an, die nun ihrerseits in Gedanken versunken schien. »Emily?«

»Jetzt, wo du mich drauf bringst – sie will nie Geld von mir.«

»Wer?«

»Sie hat immer genug. Christina. Meine Güte, jetzt mache ich mir wirklich Sorgen. Dauernd neue Sachen zum Anziehen.«

»Unsinn, Emily! Hör auf! So was macht Christina nicht. Die ist doch die Klassenbeste. Sie ist viel zu klug für solche Sachen.«

»Sicher. Trotzdem.«

»Wenn du dir immer noch Sorgen machst – im neuen Costa gibt's ein Internet-Café.« Monica lachte. »Prüf's nach. Log dich ein.«

Emily fand das nicht lustig. »Du hast ja recht. Ich übertreibe. Und du, mach du dir auch nicht so viele Sorgen wegen Tracy. Das kommt schon in Ordnung.«

»Ich weiß, ich weiß. Aber wir ziehen unsere Kinder doch nicht groß, damit es hinterher bloß *in Ordnung* ist, oder?«

»Also mehr könnte man von meinem Leben auch nicht sagen«, entgegnete Emily nüchtern.

Monica stutzte. »Von meinem auch nicht.« Sie lachten.

»Liebe Güte, ich kann nicht mal mehr heulen. Nicht mal mehr das.«

Emily nickte. »Wie sieht es denn aus?«

Monica goss Kaffee nach. »Ein bisschen besser. Jedenfalls hat das Gericht den Harem aufgelöst. Gott sei Dank. Tracy und die Französin dürfen nicht mehr ins Haus. Und er darf nicht zu ihnen, wenn er die Kinder behalten will. Da kann man nur dankbar sein, dass es noch irgendwo Vernunft gibt.«

»Und wie geht es Tracy?«

»Nicht gerade gut. Nicht gerade gut.«

»Wo sind sie jetzt?«

»Immer noch im Hotel. Aber sie und die Französin suchen anscheinend nach einer Wohnung. Sie wollen zusammenbleiben.«

»Muß doch ein Vermögen kosten, in so einem teuren Hotel.«

Monica goss Milch in den Kaffee. »Hmhm.«

»Hätte ich nichts gegen«, sagte Emily versonnen. »Nie putzen. Zimmerservice.«

»Einmal pro Woche in den Schönheitssalon.«

»Ehrlich?«

»Irgend so was. Ganz bestimmt. Jedenfalls sieht ihr Haar immer gut aus.«

»Manche Leute haben eben Glück. Was zahlt man heutzutage für den Schönheitssalon?«

»Keine Ahnung. Dreißig Pfund? Kann's dir nicht sagen. Bin nie da gewesen.«

»Dreißig?«

»Mindestens.«

»Das könnten wir uns doch leisten. Wieso sollen immer nur die anderen ihren Spaß haben?« Emily meinte es ernst.

Monica sah ihre Nachbarin an, dann blickte sie zu Tracys Zimmer, wo Eric wieder zum Meißel gegriffen hatte. »Was hast du am Dienstag vor?«, fragte sie.

Emily lachte. »Da habe ich, wie's scheint, eine Verabredung mit dir, einmal Gesichtsbehandlung.«

Sam fuhr seine Eltern zum Flughafen.

Zwischen Vorwürfen, dass sie ihn nicht unterstützt hätten, dass sie Zwietracht gesät, kein Mitleid mit ihm in seiner schweren Krise gehabt hätten, küsste er sie in der Abflughalle auf beide Wangen. Die Vorstellung, die sie von seinem Leben hatten, glich so sehr der des Familiengerichts, dass er seine Wut über die Ereignisse schon die ganze Woche an ihnen ausgelassen hatte. Eltern und Sohn wussten beide, dass es Zeit war, dass sie nach Hause gingen.

Die Wangen seiner Mutter waren feucht vor Tränen, als sie noch eine letzte Bitte vorbrachte. Jetzt, wo sein Leben wieder in Ordnung sei und seine Ehefrau ihren angestammten Platz einnehme, da solle er nun bald in seine Heimat zurückkehren, in den Iran. Es sei seine Pflicht, dass er an der politischen Erneuerung teilhabe. In diesen Tagen werde das Gesicht der Zukunft geprägt. Es sei feige, wenn er sich verweigere. Der neue Iran brauche ihn. Die Leute sprächen von ihm als einem Ungläubigen, als einem Verräter, aber sie wisse doch, dass er sein Land liebe, dass er noch tief im Glauben verwurzelt sei und dass er sein Volk vermisse. Die Zeit zur Rückkehr sei gekommen, beschwor sie ihren Sohn und drückte ihm fest beide Hände.

Mit einem Kuss auf die Stirn schob er sie sacht von sich, lächelte über den altvertrauten Eifer, den mütterlichen Instinkt, der mit dem Alter nicht weniger wurde. »Genug jetzt. Geh. Bring sie fort.« Als Nächstes umarmte er seinen Vater, und der Bart kratzte ihn am Hals. Selbst durch die Baumwollschichten hindurch spürte Sam die alten Rippen, das Wellenmuster unter seinen Händen. Als er ihn losließ, wandte sein Vater sich ab und gab dem Sohn keinen sichtbaren Beweis, dass sie einander tatsächlich liebten.

Von der Absperrung aus winkte Sam zum Abschied und lächelte, als sie an der Passkontrolle mit einem Disput über ihre Papiere einen kleinen Auflauf verursachten.

Sam blickte den beiden winzigen Gestalten nach, wie sie in der Weite des Flughafens verschwanden, und schüttelte den Kopf. Er wusste nicht, ob er sie noch einmal sehen würde. Er liebte sie sehr, doch die ewige Nörgelei brachte ihn um den Verstand. Andererseits gab es noch vieles, was er von ihnen lernen konnte, nicht zuletzt darüber, wie man alt wurde. Vielleicht hatten sie recht. Nun, wo seine Ehen zerstört waren, war es vielleicht wirklich Zeit zurückzukehren.

Aber auf der Rückfahrt, als er flankiert von schwarzen Taxis mit aufgeregten Touristen, die ihren ersten Blick auf das nächtliche London warfen, sein Auto durch den Verkehr steuerte, verflog dieser Impuls. Er konnte nicht zurückkehren, er war schon zu lange fort. Es gab bestimmte Dinge, die er von einer Gesellschaft erwartete, und er wusste, dass er sie dort nicht finden würde. Und in einem Punkt hatte seine Mutter mit Sicherheit recht. Die Leute in Teheran würden ihn schief ansehen. Diese Art Selbstgerechtigkeit konnte er sich nicht gefallen lassen. Seine Jahre als Emigrant, als Verräter, als Lebemann, das würde man ihm ewig vorhalten. Und er hatte keine Lust, immer wieder neuen Fremden zu erklären, dass er das Land nicht verlassen hatte, um sein Geld in Sicherheit zu bringen. Nicht schuldig! Geld war heute da und morgen fort. Nein, er hatte einen besseren Grund dafür, dass er gegangen war und dass er blieb, wo er war. Der Grund war schlicht und einfach, dass er nicht mehr in den Iran gehörte; er war eine verlorene Seele.

Tracy, Yvette und Firouzeh waren an einem ihrer Lieblingstreffs verabredet, auf dem Rasen in einer verschwiegenen Ecke des Battersea Park.

Es wehte ein kräftiger Wind, und über das Gras kam der Geruch frisch umgegrabener Erde, von dort, wo ein alter bärtiger Gärtner mit seiner kleinen Harke Ringelblumen pflanzte.

Immer wieder rollten die Strohhüte der Frauen über den Rasen und mussten eingefangen werden. Flecken von Sonnenlicht, Schatten wie zarte Spitze glitten über ihre entblößten Beine, die sie in die Sonne hielten: in Tracys Fall bis zur Mitte der Oberschenkel, bei Yvette bis auf Höschenhöhe, den Rock geschickt in das Gummiband gesteckt, im Falle der züchtigen Firouzeh nur bis zum Knie, denn die Zurückhaltung, die sie von klein auf gelernt hatte, vertrieb auch ein Sonnentag in einem englischen Park nicht.

Sie lagerten dort wie von einem altmodischen Porträtfotografen arrangiert, drei Milchmädchen in einem mittäglichen Tableau.

Aber diese heimlichen Treffen wurden überschattet von

der bevorstehenden Anhörung vor Gericht. Die vorläufige Verfügung hatte die Richterin verlesen, ohne ein einziges Mal von ihren Notizen aufzublicken. Die Kinder könnten in der Obhut der Eltern bleiben, unter ständiger Kontrolle des Jugendamts, solange kein Versuch unternommen werde – »keiner!« –, zu den vorherigen »quasipolygamen Verhältnissen« zurückzukehren. Die Formulierung war ein Triumph für Ridley. Sie war auch ein Triumph für Sams Eltern, wieder zu Hause im Iran, Mission erfüllt. Für die Kinder war zunächst das Schlimmste verhindert. Aber für die, die im Mittelpunkt dieses Ehedramas standen, war es eine Katastrophe.

Firouzeh hatte sofort angeboten, mit den Kindern aus dem großen Haus auszuziehen, damit wenigstens Tracy und Sam wieder zusammen sein könnten, aber Sam hatte das rigoros abgelehnt. Das sei zu schmerzlich für die Kinder, und um deren Schutz drehe sich doch alles. Inzwischen fühlte er sich ja längst als Vater und konnte den Gedanken an eine Trennung nicht ertragen. Firouzeh würde bleiben, wo sie war, in dem Punkt waren sich alle einig. Yvette und Tracy würden bis zu der Anhörung im Hotel bleiben und würden, wenn auch nun an zwei Adressen, festzuhalten versuchen, was sie bisher gemeinsam gehabt hatten.

Zunächst waren sie ärgerlich, trotzig, dann traurig, niedergeschlagen, schließlich in Tränen aufgelöst, aber es dauerte nicht lange, bis sich bei den drei Frauen der Übermut wieder einstellte. Bald wälzten sie sich unter schrillem Lachen auf dem Rasen, ließen Dampf ab, ganz nach der bewährten Methode.

Yvette hatte eine Geschichte auf Lager. Gestern hatte sich

ihr in der Dunkelheit eines Kinosaals ein Mann genähert – es war alles voll mit Liebespaaren, *on s'embrassait dans tous les coins:* Sie spitzte die Lippen und küsste sich schmatzend auf den Handrücken, wie immer auf eine lebendige Schilderung bedacht –, und er hatte gefragt, ob er an ihrem Eis schlecken dürfe. »*Quel culot!* Na, der 'atte Nerven! Und dabei sah er nicht mal gut aus«, sagte sie und verzog die Miene. Also hatte sie es dem Widerling gegeben. Sie spreizte die Finger über das Gesicht, um die Aufprallfläche ihres Eishörnchens zu demonstrieren: »Flatsch!« Aber sie musste zugeben, dass es noch ein zweites Motiv gegeben hatte: Sie war froh über dieses Ventil für ihre aufgestaute Wut und Enttäuschung gewesen. »Seitdem geht es mir viel besser.«

Tracy drehte den Schraubverschluss der Mineralwasserflasche wie den Lautstärkeregler eines Radios und wartete ungeduldig, um mit ihnen zu beraten, was sie unternehmen wollten. Doch ehe sie die Sprache darauf bringen konnte, kam Yvette ihr mit einer Ankündigung zuvor.

Sie habe nach langer Zeit wieder Verbindung zu ihrer Mutter in Paris aufgenommen, und die wolle, dass sie nach Paris zurückkehre. Und sie, Yvette, könne dieses Gefühl, dass sie offiziell in der Verbannung lebe, dass sie eine Strafe absitze, nicht mehr ertragen, dieses Leben in der Warteschleife. »Sie 'aben uns unter Quarantäne gestellt. Sie fürchten, dass wir die Leute mit einer Art Virus infizieren, und am Ende lebt dann alle Welt zu viert oder fünft zusammen.«

Sie wollte fürs Erste nach Paris zurückkehren und die Entscheidung des Gerichts abwarten. Natürlich würde sie ihr früheres Leben wiederaufnehmen, sobald es möglich war, aber bis dahin würde sie sich nicht als »Mensch dritter Klasse« behandeln lassen. Dass Sam sie praktisch gezwungen hatte, ihren Job im Restaurant an den Nagel zu hängen und so auch noch die letzte Verbindung zu kappen, habe das Fass zum Überlaufen gebracht. Nun müsse sie sich neu orientieren.

»Ich muss einfach mal raus. Das könnten wir alle gebrauchen. Also 'abe ich gestern meine Mutter angerufen. Seit Guillaumes Tod 'ält sie mich für verrückt. Welche Frau würde mit dem zusammenleben, der ihren Mann auf dem Gewissen 'at? Das kann sie einfach nicht verstehen. Nur eine Verrückte. Aber jetzt redet sie wieder mit mir. Jetzt, wo wir für sie geschiedene Leute sind, bin ich ge'eilt. *Tout finit par s'arranger.*«

»*Sind* wir geschiedene Leute?«, fragte Tracy.

»So sieht es doch nach außen 'in aus. Also will sie mich jetzt sehen. Und da muss ich 'infahren, für eine Weile. Sobald es gute Nachrichten gibt, komme ich zurück.«

Niemand war überrascht, dass Yvette die Erste war, die das Boot verließ. Sie hatte nicht die Bindung an Sam, die Firouzeh durch die Kinder hatte, und nicht Tracys romantische Gefühle, und folglich von den dreien am wenigsten Grund, Vorurteile und Grausamkeiten zu ertragen. Auch wenn Tracy es ihr übelnahm, sprach Yvette doch nur das aus, was alle insgeheim dachten.

»Vielleicht sollten wir alle zusammen nach Paris gehen?«, schlug Firouzeh vor.

»Kein Problem«, erwiderte Yvette und schnippte mit den Fingern. »Eine großartige Idee. Lasst mich nur machen.«

»Warum eigentlich nicht?«, fügte Tracy hinzu und starrte

die beiden erwartungsvoll an, als ob die Kaninchen nur darauf warteten, dass man sie aus dem Hut zauberte.

Aber niemand verfolgte den Gedanken weiter. Sie wussten genau, dass man Sam nicht zumuten konnte, noch ein drittes Mal an einem anderen Ort neu anzufangen. Das wäre zu viel für sein Herz. Es würde ihn umbringen.

Ohne Yvette wurde das Hotelzimmer zur Gefängniszelle. Tracy hätte am liebsten laut aufgeschrien.

Am Abend kam Sam – erst sein fünfter Besuch in drei Wochen. Tracy warf sich ihm verzweifelt in die Arme.

»Pssssst«, flüsterte er ihr ins Ohr, »ganz ruhig.«

Noch außer Atem von dem Versuch, seinen vielleicht nur eingebildeten und damit umso unermüdlicheren Verfolgern zu entkommen, packte Sam Marmeladengläser, Croissants, Orangen und Beutel mit geraspelten Möhren aus: sein Gegenmittel gegen die ungesunde Hotelverpflegung. Er blätterte in einem von Tracys Lehrbüchern. »Meine Güte. Das ist ja ein Lektürepensum für Mullahs. Da hast du aber zu tun.«

Tracy lächelte nicht. Auch wenn sie Yvettes Fatalismus nicht teilte, war sie trotzdem nicht überzeugt, dass es richtig war, wenn sie ihre Sache bei der Anhörung weiter verteidigten. »Du machst dir anscheinend keine Sorgen wegen der Kinder.«

»Keine Sorgen? Keine Sorgen? Sehe ich vielleicht aus wie ein Mann, der sich keine Sorgen macht?« Nein, das konnte man wahrhaftig nicht sagen. Dunkle Ringe umgaben seine Augen. »Ich kann einfach nicht glauben, dass wir verlieren. Die Anklage hat keine Basis. Ich bin nicht bereit, ein Leben aufzugeben, das ich in jahrelanger Arbeit aufgebaut habe, nur wegen einer aus der Luft gegriffenen Drohung der Behörden.«

Sam schüttelte den Kopf und setzte sich auf das schmale Bett, schwer gebeugt von der Last der Verantwortung. Er lockerte die Krawatte, öffnete den obersten Hemdknopf und überlegte, wie er Tracy auf andere Gedanken bringen konnte. »Warum fahren wir nicht für ein paar Tage raus aufs Land? Abdullah kommt auch allein zurecht.« Wie immer, wenn es Schwierigkeiten gab, war Geldausgeben das Erste, was ihm einfiel: ein Autoausflug, oder sie könnten Yvettes Angebot annehmen und übers Wochenende nach Paris fahren – oder eine Woche in Cornwall, wo die hypothetischen Schnüffler ihnen nicht auf die Spur kämen. Aber bei Tracy hatte die Verzagtheit jetzt endgültig die Oberhand über den Optimismus gewonnen, und sie war für eine solche Flucht nicht mehr zu haben. Sie halte das nicht mehr aus, sagte sie. Mit den Nerven am Ende. »Lass uns heute Abend einfach gar nichts tun. Vielleicht können wir uns alle morgen irgendwo treffen und gemeinsam was unternehmen.«

Sam wand sich. Er scheute das Tageslicht. Tracy sah es sofort. »Na gut, dann morgen Abend. Wir können uns treffen und reden, wir alle. Die, die noch übrig sind.«

»Hör auf.« Er seufzte und nahm seinen Mantel. »Wir lassen uns nicht unterkriegen, das verspreche ich dir.«

Sie antwortete nicht.

Niedergeschlagen fuhr er nach Hause, auf der Wange noch die Spuren von Tracys Lippenstift. Als er eine halbe Stunde später durch die Haustür trat, wischte Firouzeh sie ab: Für Saaman Sahar gab es heutzutage nur Küsse auf die Wange!

»Hat dich jemand gesehen?«, fragte Firouzeh, längst ebenso neurotisch wie er.

»Wir sind verrückt. Tracy hat recht. So kann es nicht weitergehen. Ich muss mir etwas einfallen lassen.« Er polterte die Treppe hinauf.

Aber am nächsten Abend, im Hinterzimmer seines Restaurants, war ihm noch immer nichts eingefallen. Er musste sich schwer zusammennehmen, damit er seine neuen Kellnerinnen nicht anfuhr, ein kicherndes Duo, das im Doppelpack zum Bewerbungstermin erschienen war. Schließlich platzte ihm doch der Kragen. Nur das entschlossene Eingreifen von Abdullah hinderte ihn daran, sie auf der Stelle vor die Tür zu setzen.

Tags darauf rief Sam im Hotel an, nur um zu hören, dass Tracy zu müde sei, um ihn zu empfangen. Sie wolle früh schlafen gehen. Es helfe doch nichts, wenn er sie besuche. Er solle sich lieber einen ruhigen Abend machen.

Als er aufgelegt hatte, drehte Sam sich um und ging auf die andere Seite der Küche, wo Abdullah eine dicke, geradezu unnatürlich grüne Spinatsoße rührte. Dabei stolperte er fast über die Scherben eines weiteren Tellers, den die beiden Anfängerinnen zerschlagen hatten. »Wie viele Teller macht das für heute Abend?«

Abdullah zuckte mit den Schultern und sah seinen Arbeitgeber forschend an. Wollte der dicke, wortkarge Koch etwas sagen? Ohne die Fortschritte der Soße aus den Augen zu lassen, streckte Sam plötzlich den rechten Arm aus und bekam einen Stapel mit Töpfen zu fassen. Er riss ihn zu Boden.

Die neuen Mädchen kamen in die Küche gestürzt, mittlerweile überzeugt, dass, wann immer etwas zu Boden ging, es ihre Schuld war.

Sam drehte sich zu seinem Koch um und erntete einen tadelnden Blick, geboren aus tausend Jahren beschwerlichen Nomadenlebens.

»Ich will es nicht hören«, antwortete Sam.

Er konnte die tropische Hitze und Feuchtigkeit in der Küche keine Sekunde länger ertragen und stapfte, vorbei an den stummen Kellnerinnen, in das vollbesetzte Lokal.

Direkt vor ihm, gleich am vordersten Tisch, saß Ricky Innes in Begleitung einer jungen Frau.

»Hi«, sagte Ricky. »Da bin ich wieder.«

»Oh. Ja. Wie geht es?« Sam versuchte, seine Überraschung zu überspielen.

»Gut. Gut. Ach, übrigens, das ist Suzy. Suzy, das ist... Mr Sahar.« Ricky sprach mit dem gebremsten Temperament eines Mannes, der unter schrecklichen Kopfschmerzen leidet.

»Sehr erfreut.« Sam bemühte sich nach Kräften, seine wirren Gedanken auf den jungen Mann zu konzentrieren. »Freut mich wirklich.«

»Ja«, sagte Ricky.

»Sind Sie beide... sind Sie?...«

»Oh. Ja.« Ricky versuchte zu lächeln. »Das Leben geht weiter. Sie wissen schon.«

Bei dieser Bemerkung lief Suzy Ballantine rot an.

»Ach, und danke«, sagte Ricky. »Für Ihre Hilfe. War echt 'ne große Hilfe. Sie wissen schon.«

»Nein. Ich fürchte, nein. Aber es freut mich, dass Sie der Vergangenheit nicht nachtrauern.«

»Ja, genau«, erwiderte Ricky kleinlaut und ein wenig trotzig. »Genauso ist es. Echt klasse. Und diesmal ist es die Richtige. Was vorbei ist, ist vorbei. Ist doch schon komisch. Wenn einem die Richtige begegnet, dann *weiß* man das einfach, oder?« Ricky streckte die Hand aus und streichelte seiner Herzensdame unbeholfen über die Haare, eine Bewegung, die diese damit quittierte, dass sie den Kopf ruckartig zur Seite drehte.

»Allerdings«, antwortete Sam. »Allerdings. Wenn Sie mich jetzt bitte entschuldigen.«

Als Sam weg war, wandte Ricky sich Suzy zu. Sein Gegenüber war vollkommen erstarrt, wohl vor Scham und Entrüstung. »Was hast du?«, fragte er, ehrlich erstaunt.

Was hatte er jetzt schon wieder gemacht? Hatte er sie nicht gerade in den höchsten Tönen gelobt? Was war denn los mit ihr?

Sie wich seinem Blick aus, sah hinaus auf die Straße, den Tränen nahe.

»Dir kann man's einfach nicht recht machen«, sagte Ricky vorwurfsvoll. »Scheiße noch mal, du bist einfach nie zufrieden.«

Auch wenn sie das Gefühl hatte, dass es nicht richtig war, besuchte Tracy weiter ihre Vorlesungen. Wer weiß, dachte sie, vielleicht konnte sie von den Mystikern etwas Nützliches lernen. Die ganze Zeit über hatte sie dabei Sams Bonmot in den Ohren, ein Universitätsstudium sei die beste Art, die eigene Unwissenheit zu akzeptieren.

In einigen Kursen saß sie zusammen mit einem nervösen jungen Mann, und es konnte nicht ausbleiben, dass dieser allmählich auf den Gedanken kam, sie beide hätten etwas gemeinsam.

Die Haut in Hector Robbins' Gesicht war straff gespannt wie ein Tamburin – ein unentschiedener Wettstreit zwischen einer noch nicht bewältigten Kindheit und der unerforschten Welt der Erwachsenen. Mit anderen Worten: ein unbeschriebenes Blatt.

Er war überzeugt, dass bescheidene Mädchen unergründlicher waren als »tolle Frauen«, und so fühlte er sich von Tracys zurückhaltender Art angezogen. Er betete sie aus der Ferne an, und schließlich fasste er den Mut, sie anzusprechen. Im Gedränge der Mensa pirschte er sich an sie heran; und als der Damm erst einmal gebrochen war, überschüttete er sie mit einem Wortschwall, beschrieb Größe und Art des väterlichen Anwesens, die ausgedehnten Ländereien in Sussex, die Villa in Cannes.

Sie unterbrach ihn. »Ich bin verheiratet. Ich glaube, das sollte ich dir sagen.«

»Tatsächlich?« Damit hatte er nicht gerechnet. Sie war jünger, als sie aus der Ferne aussah, und trotzdem geheimnisvoller, als er gedacht hatte.

»Zumindest war ich das«, setzte sie hinzu.

Für einen Augenblick hellte sich seine Miene auf. »Ach, du bist *geschieden*? Phantastisch. Großartig.« Für jemanden in seinem Alter war eine Scheidung etwas sehr Aufregendes. Noch ungewöhnlicher als Verheiratetsein.

»Nein, auch nicht wirklich geschieden. Ich bin schon verheiratet. Aber ... eben nur gewissermaßen. Alles ziemlich kompliziert.«

Hector nickte, senkte den Blick, bemüht, seine Verwirrung in Worte zu fassen. »Dann weißt du also nicht, ob du verheiratet bist oder nicht? Willst du das sagen?«

Sie sah ihn an. Er hatte ihr gerade zu einer größeren Erkenntnis verholfen als alle Vorlesungen zusammen. Ihr wurde klar, dass das ihr Dilemma war, genau das. »Ja. Das ist wahr. Danke. Genau das. Dann bis demnächst mal.«

Sie stand auf und ging geradewegs zum Telefon.

Von Bauskizzen umgeben, hielt Sam seine Lesebrille in fünf Zentimeter Abstand vor die Nase, damit er scharf sah; seine Augen wurden immer schlechter.

Er musterte die Pläne für das neue Restaurant.

Wenn alles gutging, würde es ein rauschender Erfolg. Viele der besten Ideen stammten von Tracy, die, wie sich herausgestellt hatte, ein gutes Auge und eine kreative Ader besaß. Sam hatte sich bei den Besprechungen mit dem Architekten zurückgehalten und zugesehen, wie Tracy gestikuliert und Dekorstücke, Säulen, orientalische Stuckverzierungen und ein Deckendiorama vorgeschlagen hatte. Sie hatte eine blühende Phantasie.

»Haben Sie Erfahrung mit solchen Dingen?«, hatte der Architekt gefragt.

Tracy gestand, dass sie ab und zu die Auslagen bei Sainsbury arrangiert hatte. »Ich habe versucht, es ein bisschen anders zu machen. Den Kunden hat es gefallen.«

Tracys Geniestreich war, dass sie anstelle einer strengen Sitzordnung die Nachbildung einer Wüstenlandschaft vorgeschlagen hatte, mit einer Reihe von mit Beduinenzelten überwölbten Tischgruppen, das improvisierte Nachtlager einer Karawane. Jede Gruppe von Gästen würde aus ihrem

Zelt auf die anderen blicken, beleuchtet von flackernden Fackeln, und über allem ein Nachthimmel wie in einem Planetarium, eine Kuppeldecke mit der funkelnden Nachbildung des östlichen Sternenhimmels. Es war ein kühnes Bild, aber wenn es sich umsetzen ließ, würde es ein Meisterstück werden. Zwar entsprang Tracys Idee ihren alten Versuchen, sich eine nächtliche Wüstenlandschaft vorzustellen, die ihr die geheimnisvolle Botschaft des Korans entschlüsselte, aber im Grunde, sagte sie, habe Sam sie dazu inspiriert. »Seit du mir gesagt hast, ich soll es mir vorstellen, sehe ich es jede Nacht vor mir, sobald ich die Augen schließe.«

Die exotische neue Speisekarte hingegen war allein Sams Werk. Das kulinarische Programm verschmolz Ost und West konsequenter denn je. Und er hatte den richtigen Koch dafür gefunden, einen Zauberer. Selbst Vegetarier, ebenfalls im Exil, hatte Mahfouz eine treue Gemeinde, die ihn schon aus dem Savoy kannte. Es hieß, die Leute vom Michelin hätten ein Auge auf ihn geworfen. Für Sam würde er essbare Kunst kreieren. Nicht schlecht für einen einfachen Gourmand, dachte Sam. Ihm fehlte nur noch ein Name für das neue Lokal. Er brauchte etwas Großes, mehr als nur einen peppigen Namen – etwas Romantisches. »Hilf mir.«

Firouzeh blickte von der Londoner Ausgabe des *Keyhan* auf.

»Ich suche einen Namen. Für das neue Restaurant.«

Sie senkte den Blick wieder, und in dem Augenblick läutete das Telefon. »Nein. Da musst du schon Tracy fragen.«

Sam starrte sie an. Sprachwitz zählte nicht zu Firouzehs Stärken. Ebenso wenig Rücksicht auf seine Gefühle. »Vielen Dank.«

Sam ging ans Telefon, danach schlüpfte er hastig in seine Jacke.

»Was ist?«, fragte Firouzeh.

In einem Ton, der möglichst harmlos klingen sollte, antwortete er, er wolle nur rasch eine Zeitung holen. Er wusste, dass sie ein Treffen mit Tracy am helllichten Tag missbilligen würde, aber er hatte genug. Sein Kampfgeist erwachte zu neuem Leben.

Erst als er fort war, fiel Firouzeh ein, dass er schon vor langem geschworen hatte, nie wieder eine Zeitung zu lesen.

Bei Tag gelangte er auf noch verschlungeneren Wegen zum Hotel Metropole als am Abend; er nahm zwei U-Bahnen, einen Bus, und er machte noch eine unnötige Taxifahrt dazu.

Aber heute hatte Tracy ihn in den Battersea Park bestellt. Sie trafen sich an ihrer Lieblingsbank unter den Bäumen. Als sie seine Schritte auf dem Kies hörte, blickte sie auf. Sie hatte sich genau zurechtgelegt, was sie sagen wollte.

»Ich weiß nicht, ob ich verheiratet bin oder nicht«, sagte sie. »Darum dreht sich doch alles. Ich weiß nicht mehr, ob ich verheiratet bin. Ich komme mir eher wie deine Geliebte vor. Nein, Sam, unterbrich mich nicht. Ich habe viel nachgedacht.«

»Ich dachte, du magst Hotels?«

»Lass mich ausreden, ja?«

»Du hast gesagt, du magst sie.«

»Sam!«

Er setzte sich neben sie und schwor, nichts mehr zu sagen.

»Es fühlt sich nicht mehr so an wie früher. Yvette hatte recht. Es funktioniert nicht.«

»Darf ich antworten?«

»Nein. – Ich denke, wir müssen der Wahrheit ins Auge sehen. Wir werden das nie schaffen, den Leuten zu erklären, warum wir alle unter einem Dach leben. Die begreifen das einfach nicht, und ich glaube nicht, dass sich da je was dran ändern wird. Deine Eltern, meine Eltern, das Jugendamt, alle, die ich kenne – es ist hoffnungslos!« Sam biss sich auf die Zunge, so schwer fiel es ihm, den Mund zu halten. »Und als sie die Kinder weggeholt haben, ist das ganze Kartenhaus zusammengestürzt. Ja, vielleicht können wir bei dieser Anhörung recht bekommen, vielleicht auch nicht; und wir dürfen das den Kindern nicht noch mal antun. Also müssen wir uns der Wahrheit stellen.«

»Welcher Wahrheit?«

»Sam, tu doch nicht so.« Sie sah den angstvollen Blick, seine übliche reumütige Bereitschaft, sich vor einen Zug zu werfen, wenn es nützte, aber sie sah auch, dass Leidenschaft und Bereitschaft und Reue jetzt nicht mehr helfen würden. Sie reichte ihm den Briefumschlag. »Okay? Sei vernünftig. Wir können nichts machen. Na, jedenfalls steht hier alles drin. Lies es nicht jetzt. Ich hab eine Ewigkeit dafür gebraucht. Ich hab es ungefähr hundertmal neu geschrieben. Lies es nicht jetzt.«

»Tracy, ich –«

Sie legte ihm die behandschuhten Finger an die Lippen. »Lies es einfach. Okay? Ich gehe jetzt. Ich rufe dich an. Okay? Ich weiß noch nicht, was ich tue, aber erst mal tue ich gar nichts. Also mach dir keine Sorgen.«

Sie zog die Hand zurück und beugte sich, tapfer mit den Tränen kämpfend, zu ihm vor und küsste ihn auf den Mund.

Dann stand sie auf und ging. Diesmal war er es, der die Schritte auf dem Kiesweg hörte.

Schließlich stand auch er auf und ging zum Parkausgang, aber bis dahin war eine ganze Weile vergangen. Sein Kopf schwirrte, und er stolperte, als er den Brief in die Jackentasche steckte. Er konnte sich nur mit Mühe erinnern, wo er das Auto geparkt hatte.

Auf dem Weg vor ihm machte ein Pantomime geschäftig die Passanten nach und übertrieb ihre Gangart mit wenig schmeichelhaften Gesten. Sam nahm sofort einen Umweg über den Rasen, weil er hoffte, dem boshaften Schauspiel zu entgehen, aber der Pantomime hatte ihn schon entdeckt. Aus den Augenwinkeln sah Sam, dass der Mann den Bauch vorgestreckt hatte und mit kleinen Schritten dahinhastete, die Wangen grotesk aufgeblasen und die Haare straff nach hinten gezogen. Die nachgeäffte Miene verhärtete sich, wurde grimmig, ernst, schmerzverzerrt: Was Sam sah, war ein verbitterter Mann.

Mit gesenktem Kopf ging Sam zum Tor und entfloh seinem quälenden Schatten.

Er las Tracys Brief an seinem kleinen Tisch in der Restaurantküche, doch schon nach wenigen Zeilen war er so verzweifelt, dass er ihn wegstecken musste.

Erst später zu Hause, als Firouzeh unterwegs war, um die Kinder abzuholen, versuchte er es erneut. Diesmal las er jeden Satz zweimal. Er ließ Tracys Worte auf sich wirken, und er war sich klar, dass sein künftiges Glück auf dem Spiel stand. Als er mit dem Lesen fertig war und sich in seinem Sessel zurücklehnte, hatte er Tränen in den Augen.

Liebster Sam, mein Schatz,

mein erster Brief an Dich. Tut mir leid, dass ich ihn nicht mit der Hand geschrieben habe, aber jemand hat mir einen Laptop für meine Hausarbeit geliehen, und auf diese Weise kann ich die Rechtschreibprüfung nehmen, und das ist gut so. Mit der Rechtschreibung stand ich schon immer auf dem Kriegsfuß (hier hätte ich garantiert einen Fehler gemacht und hinten nur ein einfaches s genommen). Aber ich will nicht, dass Du mich für dumm hältst. PS: Für meine letzte Hausarbeit habe ich übrigens eine Eins gekriegt. Es ging um das Leben von Mohammed – nicht schlecht für eine ehemalige Supermarktkassiererin, was?

Na, wie auch immer. Du hast mir mal gesagt, Ehrlichkeit ist alles. Und jetzt spüre ich diese Ehrlichkeit nicht mehr. Ich komme mir vor, als ob wir in Schimpf und Schande lebten, und das hält keiner von uns aus. Und wir dürfen uns nichts vormachen bei der Gefahr für die Kinder. Ich weiß, das ist für Dich das Allerwichtigste, aber ich glaube, Du bist jetzt einfach so wütend, dass Du Sachen riskierst, die Du sonst nie machen würdest. Ich will nicht, dass Du das meinetwegen tust. Ehrlich nicht.

Deswegen schreibe ich diesen Brief. Ich werde von heute an eigene Wege gehen. Ich mache mir Vorwürfe. Ohne mich wärt Ihr alle noch so glücklich wie vorher. Als Du mich geheiratet hast, war es den Leuten ein Dorn im Auge, genau wie Ridley gesagt hat. Ich war eben das »Mädchen von nebenan«.

Ich will von Dir nicht die Scheidung, nichts dergleichen. Ich will auch gar nicht »frei« sein von dem, was wir hatten. Wenn es Dir also recht ist, gehe ich fürs Erste einfach ohne viel Aufhebens von Bord. Es tut mir so leid. Ich war schon immer ein bisschen verrückt. Manchmal denke ich, ich habe mir die ganze Geschichte nur eingebildet. Ich habe diesen schönen Traum geliebt.

In ewiger Liebe
Tracy

In solchen Augenblicken verstand Sam, was in einem Verbrecher vorging. Wenn das Herz bis zum Halse schlug, war man zu den unglaublichsten Taten bereit. Er legte den Brief beiseite und starrte durchs Fenster in den englischen Wolkenhimmel. Es hatte angefangen zu regnen – ein leichter, kalter, seelenzermürbender Nieselregen.

Allmählich begriff er, dass dieses anfangs so großzügige Land nun eine Gegenleistung von ihm forderte. Es war kein Akt grenzenloser Freigebigkeit gewesen: nur ein teurer Kredit. Verdammtes Kleingedrucktes! Genaugenommen bot ihm England, jetzt wo das Blatt sich gewendet hatte, viel weniger als seine Heimat. Wenn er Tracy durch diese Krise verloren hatte, würde er das sich und dem Land niemals verzeihen. Er musste es einsehen: Sein Orient-Okzident-Experiment war gescheitert. Er spürte einen spontanen, körperlichen Widerwillen gegen England in sich aufsteigen. Seine Eltern hatten recht gehabt. Er konnte alles binnen Tagen verkaufen. Warum eigentlich nicht? Alles war möglich. Ridley konnte sich um die Einzelheiten kümmern. Wenn er sich wirklich entschloss zu gehen, konnte er am Donnerstag mit Kind und Kegel im Flugzeug sitzen. Er spürte die Erregung dieser Explosion, mit der sich sein altes Leben auflöste. Die düstere Stimmung hellte sich ein wenig auf. Gut, es mochte ein Kurzschluss sein wie der Gedanke des Gangsters, der das Geld auf der Bank sieht und glaubt, er könne es sich einfach nehmen, aber das war ihm egal. Sie konnten alle zusammenbleiben, wenn er seinen Plan in die Tat umsetzte. Und in Teheran, war es da nicht Zeit für frischen Wind in der Restaurantszene?

Schon im nächsten Augenblick war es entschieden. Wenn er alle Beteiligten überreden konnte, mit ihm in den Iran zu gehen, dann würde er es tun.

Er packte die Rolle mit den Entwürfen und schleuderte sie über den Wohnzimmerboden.

»Basteh!«, rief er laut, schwer erschüttert und doch vom Fieber des Aufbruchs gepackt. Er musste auf der Stelle Ridley anrufen, ihm sofort seinen Plan erläutern, bevor er es sich anders überlegte.

Aber als Ridleys »Hallo?« aus dem Hörer kam, hatte Sam schon wieder eine neue, eine bessere Idee.

Sam schwieg, spielte in Gedanken die Logistik des neuesten Plans durch, ohne Rücksicht darauf, dass sein Anwalt das ungute Gefühl haben musste, ein Psychopath habe Zugang zu seiner Privatnummer bekommen. »Hallo? Wer ist da? Wer zum Teufel ist da?«

Dann wurde aufgelegt.

Hinter einer Skyline aus Papierstapeln, der kahle Schädel darüber wie die untergehende Sonne, blickte Ridley seinem Klienten forschend ins Gesicht. Er suchte nach Indizien, dass das, was er da gerade gehört hatte, ein Scherz gewesen war. »Iran?«

»Von welchem Punkt an könntest du abschätzen, ob wir gewinnen oder nicht?«

»Abschätzen?«

»Es muss doch ein Punkt kommen, an dem du spürst, wie die Sache ausgehen wird. Oder?«

Halb nickte Ridley, halb wehrte er ab.

»An dem Punkt gibst du mir ein Zeichen, wie ein Filmkritiker. Daumen hoch oder Daumen runter.«

»Und was machst du dann?«

»Ich verlasse den Saal. Mit meiner Familie. Du beantragst eine Unterbrechung, und ich gehe mit Firouzeh nach draußen. Ein Auto wartet schon. Wir fahren direkt zum Flughafen. Ich weiß, ich habe seit zwei Tagen nicht geschlafen, aber ich meine es trotzdem ernst. Könnte ich mich auf dich verlassen, dass du hier alles abwickelst, wenn ich mich einfach auf und davon mache?«

»Sam, du musst dich beruhigen.«

»Ich weiß. Das hieße, die Restaurants verkaufen, das Haus. Ich habe ein paar Devisen im Ausland. Das würde eine Weile reichen.« Sam brauchte diesen angesehenen Mann als Verbündeten. »Also, was hältst du davon?« Wie immer würde Sam wahrscheinlich den alten Fisch, dessen Gesicht von Jahr zu Jahr mehr ins Olivenfarbene spielte, aus seiner Deckung locken müssen. »Sag einfach nur, dass du es machst, und dann können wir über andere Sachen reden, die mir durch den Kopf gehen.«

»Zum Beispiel?«

»Zum Beispiel wie du es schaffst, so schlank zu bleiben.« Nicht leicht, an so einem Tag flapsig zu sein, doch Sam nahm jede Herausforderung an.

Ridley lehnte sich zurück, dass die Stuhlfedern quietschten, zweifellos erleichtert über dieses Aufklaren der Stimmung, und zeigte seinen straffen Bauch. Er klatschte sich einmal darauf, wie jemand, der ein Pferd kaufen will und einem Hengst einen Klaps auf den Schenkel gibt. »Ich spekuliere in Aktien. Das ist die ganze Erklärung. Der NASDAQ hält einen fit wie nichts anderes auf der Welt. Ich würde ihn höher einstufen als eine Scheidung. Im Jahr 2000 habe ich in einer einzigen Woche dreieinhalb Kilo und mein halbes Vermögen verloren.«

»Das ist nichts für mich.«

»Nein. Nicht spirituell genug für deinen Geschmack. Ich habe immer gedacht, Vegetarier sind schlank?«

»Desserts.« Sam patschte auf seine Wampe, die über den Gürtel hinausquoll.

»Stimmt. Du hattest schon immer eine Schwäche für Süßes.«

»Jeder braucht sein Laster.«

»Oder drei. Oder drei.«

War das eine Anspielung auf seine Frauen? Typisch Anwalt, dachte Sam. Immer den Dolch im Gewande.

»Schon wahr. Firouzeh ist am Ende. Das reinste Nervenbündel. Die Kinder schlafen nicht mehr – seit der Nacht der langen Messer sind sie ständig überdreht. Und diese Nacht, die werde ich diesem Land niemals, *niemals* verzeihen!«

»Ja, schon gut, schon gut. Trink ein Glas Wasser. Beruhige dich.« Unter Sprungfederquietschen erhob sich Ridley von seinem Stuhl und ging zu dem Wasserspender, einer großen, auf dem Kopf stehenden Plastikflasche. Er füllte ein

Glas und drückte es Sam in die Hand. »Jetzt lass uns das mal vernünftig betrachten.«

»Das tun wir die ganze Zeit. Das ist ja gerade unser Problem.«

»Und ich will nicht, dass du dir etwas einredest.«

»Was sollte das sein?«

»Die Vorstellung, dass dir jeder etwas will. Ich habe dich gewarnt. Wer sich nicht an die Konventionen hält, der könnte im Paradies leben und würde immer noch durch einen Strom aus Scheiße paddeln, in einem Boot aus Beton. Das hat nichts mit England zu tun. Also lass uns nicht der Menschheit den Krieg erklären.«

Das ist ja nicht zu fassen! Ich habe ihn in seinem Patriotismus gekränkt! Sam war wütend, weil Ridley solche Dinge zu diesem Zeitpunkt aufbrachte. Aber er brauchte Ridley. Sein Blick wanderte zu der zerlegten Angelrute in der Ecke, den Fotografien aus den Home Counties rund um London an den Wänden. »Gut, Ridley, du hast recht. Das könnte einem überall passieren. Aber es *ist* nicht überall passiert. Es ist *hier* passiert, in diesem Land, das seine Anständigkeit von den Dächern ruft. Und ich habe ja kräftig mitgerufen, das weißt du.« Sam riss sich zusammen. »Ja, ich sehe es ein, lass uns darüber nicht mehr sprechen. Du würdest nie verstehen, was das heißt, als Ausländer zu leben. Natürlich nicht.«

Aber Ridley wollte nicht loslassen. Sie waren genau an die Grenze gestoßen, die sie beide trennte. »Ein Land wird nicht für die Ausländer gemacht, Sam. Es wird für die Einheimischen gemacht. Deine Liebe zu England hilft dir da überhaupt nichts. Manche Vorstellungen kann man einfach nicht verpflanzen. Genau wie unser Körper manche Transplantationen abstößt. Ich rede von drei Ehefrauen.«

»Gut, lassen wir das. Das ist ein anderes Thema. Lass uns auf das zurückkommen, weswegen ich hier bin. Ich brauche deine Hilfe. Kann ich mich in diesen zwei Punkten auf dich verlassen? Dass du mir rechtzeitig Bescheid gibst, damit ich mich darauf einstellen kann, und dass du alles in Ordnung bringst, wenn ich fort bin?« Recht und Unrecht im Vereinigten Königreich sollten ihm gestohlen bleiben. Sam wollte nur seine Familie schützen.

»Und was stellst du dir vor, was erreichst du dadurch, dass du weggehst?«

»Friede. Harmonie. Die alten Werte.«

»Für dich?«

»Für meine Familie. Damit sie wieder so wird, wie sie vorher war. Ich will, dass alle drei Frauen wieder unter einem Dach leben können, ohne dass ein anderer sich einmischt. Und ich will, dass diese Familie akzeptiert wird, mit Brief und Siegel. Und wenn ich dafür in den Iran zurückkehren muss, dann tue ich das.«

»Ich habe die ganze Zeit befürchtet, dass du so etwas sagen würdest.«

»Tust du das für mich?«

»Nein. Schön, dass du mal vorbeigeschaut hast. Jetzt raus mit dir. Was soll das heißen, ob ich es für dich tue?« Schon seit Jahren gingen Ridley die Haare aus. Er kratzte das neueste Rückzugsgebiet. Dafür hatte er umso mehr Haare in der Nase, und wenn er, so wie jetzt, heftig atmete, gab es einen Pfeifton. Er legte die Hände wieder in den Schoß und faltete sie.

»Was wird es kosten?«, fragte Sam.

»Zuerst muss ich dich etwas fragen. Und ich will eine ehrliche Antwort.« Sam nickte. »Würdest du das wirklich alles aufgeben? Die Arbeit von zwanzig Jahren? Die Restaurants, das Haus, alles, und zurückgehen in ein Land, von dem du mir immer wieder gesagt hast, dass du dich dort nicht wohl fühlst? Nur damit du die beiden anderen Frauen behalten kannst? Jetzt komm schon. Das sind schöne Mädchen – Tracy, Yvette –, wunderschön sogar, großartige Frauen, aber ich frage dich von Mann zu Mann: Sind sie es wirklich wert, dass du *alles* fortwirfst?« Er hob die Augenbrauen. »Gerade, wo du doch mit Firouzeh schon eine perfekte Ehefrau hast, und bei dem ganzen anderen Ärger? Jetzt komm schon. Ist es denn nicht besser, wenn alle einfach ihrer Wege gehen?«

Dieser Verrat hätte das Fass zum Überlaufen bringen sollen, aber Sam lachte einfach nur. Es war absurd. Warum war er darauf nicht vorher gekommen? Es lag doch auf der Hand. Ridley war eifersüchtig! Mit einem Schlag war ihm das klar. Als er von den unterdrückten Phantasien gesprochen hatte, den politisch Korrekten, den Moralaposteln, die sich daran aufgeilten – das war er selbst gewesen! Dieser Mann fühlte sich einfach wohler in seiner Haut, wenn Sam zur Normalität zurückkehrte, wenn er wieder brav seinen Platz im bürgerlichen Leben einnahm, mit all dessen Konventionen. Sein häusliches Leben machte diesem Mann zu schaffen genau wie allen anderen auch. Hinter all dem Lächeln, der Souveränität seines Metiers, steckte nackter, lächerlicher Neid.

»Selbst du?«

»Selbst ich? Was?«

»Selbst du? Ich kann es nicht glauben. Selbst du malst dir aus, dass ich in einer Märchenwelt lebe. Drei Frauen, grenzenloses Vergnügen, stimmt's? Wo immer und wann immer ich will. Das sexuelle Schlaraffenland.«

»Sam…«

»Nach all den Jahren verstehst du es immer noch nicht.«

»Was verstehe ich nicht?«

»*Dass es dabei nicht um mich geht!* Ich spiele überhaupt keine Rolle, Ridley. Oder fast keine. Dass diese drei schönen Frauen unter einem Dach leben wollen, hat kaum etwas mit mir zu tun.«

»Ach, jetzt tu doch nicht so.«

»Spar dir also deine Eifersucht für die Kids in den Rock-'n'-Roll-Bands. *Die* haben nämlich wirklich Spaß.«

»Ich versuche doch nur, dir einen Rat zu geben.«

»Ich dachte, du kannst es dir zusammenreimen, aber offenbar kannst du das nicht, also erkläre ich es dir. Sie sind *füreinander* da, die drei Frauen. Vielleicht ist ihnen das selbst nicht ganz klar, aber sie sind weniger mit mir verheiratet als miteinander.«

Ridley starrte ihn an. Er ließ sich nicht anmerken, was er dachte, aber er hörte sehr genau zu.

»Und jetzt stell dir nicht gleich wieder vor, dass sie lesbisch sind. Es ist eine Freundschaft, nichts weiter, und ich, ich bin einfach der Kater dabei, den sie hätscheln, weil sie wissen, dass er ihnen nicht den Spaß verdirbt.«

Ridley schien nicht recht überzeugt von dieser Erklärung. »Wenn das so ist, was springt dann für dich dabei raus?«

»Für mich?« Sam überlegte. »Na, du hast sie ja gesehen. Ich sehe sie einfach gerne an.«

Nun machte sich wieder ein Lächeln auf Ridleys Zügen breit. Das konnte er sich vorstellen. »Ah! Jetzt verstehe ich. Du siehst gern zu.«

»So, damit hätten wir dann deine schmutzige Phantasie zufriedengestellt. Oder auch nicht. Aber kannst du mir jetzt bitte nicht mehr auf die Nerven gehen und mir lieber einfach sagen, ob ich mich auf dich verlassen kann?«

»Weißt du, was dein Problem ist, Sam? Du begreifst nicht, wie anders als die anderen du bist.«

Sam blickte auf, spielte den Zerknirschten. »Anders? Wenn ich anders bin, dann nur, weil es heutzutage so ungewöhnlich ist, dass ein Mensch einem anderen hilft.«

Ridley seufzte. »Du bist ein schrecklicher Klient.«

»Und du bist ein Nichtsnutz, der nur an sich denkt und das viele Geld, das ich ihm zahle, nicht wert ist.«

»Du bist nicht impotent, oder?«

»Nein. Wieso?«

»Nur so eine Idee. Hätte deine Argumentation viel glaubwürdiger gemacht. Womöglich müssen wir dich kastrieren lassen.«

Sam war bester Dinge. Er schob den Koffer und die Kleider auf dem schmalen Bett beiseite und verkündete die Lösung.

Er erläuterte seine todsichere Formel. »Hör mir gut zu. Sogar Ridley ist einverstanden. Also Schluss mit diesem Unsinn, dass wir uns trennen.«

Doch Tracy war skeptisch.

»Warte«, drängte er, »nicht so voreilig.« Bevor sie ein zweites Mal nein sagen konnte, setzte er neu an. Er sprach in seinem üblichen Ton, gut gelaunt, glücklich, übermütig sogar. Bei ihm klang das Auswandern wie ein Spaziergang im Park; die Umsiedlung, die Erschütterung ihres Lebens in den Grundfesten, wie eine Taxifahrt. »So einfach ist das«, schloss er. »Na, was hältst du davon?«

Sie ließ sich Zeit. »Von einem Leben im Iran?«

»Es kommt wahrscheinlich gar nicht dazu.«

»Wahrscheinlich doch.«

»Und?«

»Nein.«

»Du könntest nicht dort leben?«

»Ich schon. Aber du nicht.«

»Aber natürlich könnte ich das.«

»Nein, ich glaube nicht. Nicht glücklich.«

»Tracy...«

»Du könntest dort nicht glücklich sein.«

»Was hat denn *Glück* damit zu tun?« Sam warf die Arme in die Luft. »Wieso kommst du denn jetzt mit Glück?«

»Sam, hör doch mal hin, was für einen Unsinn du redest. Nein.«

»Das ist eine ernstgemeinte Frage. Was hat Glück damit zu tun? Für Glück kann man jederzeit sorgen – eine Einladung zum Essen, eine kleine Reise, ein Stündchen im Bett –, und schon sind wir glücklich, das versichere ich dir. Das lässt sich *immer* einrichten.« Er schnippte mit den Fingern. »Einfach so.«

»Nein. Lässt es sich nicht. Kein dauerhaftes Glück.«

»Ha! So etwas gibt es nicht! Man findet es von Tag zu Tag neu! Es ist wie Brot, es muss frisch sein!« Er wusste, dass er sich in Rage geredet hatte, aber er vertraute darauf, dass sein Schwung ihn schon retten würde, und ging aufgeregt im

Zimmer auf und ab. »Niemand ist von morgens bis abends glücklich, höchstens ein Schwachsinniger. Wie gesagt, Glück lässt sich einrichten. Aber das Streben nach Glück darf nie, niemals lebenswichtige Entscheidungen beeinflussen. Dazu ist es viel zu trivial.«

»Du könntest das nicht verwinden. Wenn du hier alles aufgeben müsstest. Ich kenne dich doch.«

»Das ist mir egal. Es macht mir nichts aus. Wirklich.«

»Und wenn Glück so leicht zu haben ist – bist du denn jetzt glücklich?«

Vollbremsung. Er stutzte. »Natürlich nicht.«

»Na also.«

»*Aber ich suche das Glück ja auch nicht!* Lieber Himmel!« Er drehte ihr den Rücken zu, atmete ein paarmal tief durch, dann sah er sie wieder an. »Ich will doch nur diesen Schlamassel in Ordnung bringen, weil ich dich liebe, und du redest mir immer dazwischen!«

Tracy starrte ihn an. Er ließ sich aufs Bett fallen.

Sie schüttelte den Kopf. »Ist mir egal, was du sagst und wie du es sagst. Ich lasse nicht zu, dass du alles opferst, nur wegen mir.«

»Wer spricht denn von opfern?!« Sam presste sich mit beiden Händen den Schädel; sein Gesicht wurde zur Grimasse. »*Khoda ghovvat!* Ich darf die Worte des Propheten nicht vergessen.«

»Friede sei mit ihm«, fügte Tracy hinzu.

Er sah sie an. »Ja. Das stimmt. Friede sei. Mit ihm.« Er beruhigte sich. »Tu mir das nicht an, Tracy. Lass es mich noch einmal versuchen.«

»Ich habe mich entschieden.«

»Was willst du denn um Gottes willen tun? Wo willst du hin?«

»Ich gehe nach Hause«, sagte sie. »Zu Mum und Dad. Erst mal.«

Monica hatte früher Feierabend gemacht und schleppte sich Stufe um Stufe hoch zum dreiundzwanzigsten Stock. Schwer atmend erreichte sie die Tür. Der Aufzug war nun permanent »wegen Reparaturarbeiten« außer Betrieb. Sie hatte zwanzig Minuten für den Aufstieg gebraucht, immer wieder anhalten müssen, um zu Atem zu kommen, und dabei ihren Erzfeind beschimpft, die Kommunalverwaltung.

Eric war nicht zu Hause, und Monica wollte in Ruhe eine Tasse Kaffee trinken, ohne Emily, die, wie sie wusste, die Ohren gespitzt hielt und jedes Geräusch in der Wohnung als Einladung nehmen würde herüberzukommen.

Vorsichtig zog sie die Tür zu. Das Schloss schnappte mit einem leisen Klicken ein. Geschafft.

Auch den Kessel setzte sie so leise wie möglich auf, aus Rücksicht auf die Nachbarn. Die Wände waren wie aus Pappe, jeder Laut hallte durchs ganze Haus. Monica hasste diese Art von Vorsicht. Sie hatte die erzwungene Nähe immer gehasst, die Privatsphäre, die nur vorgetäuscht war. Ein Fremder hustete drei Wohnungen entfernt – Bronchitis? – fast schon Tagesgespräch. Nachts hörte man im Schlafzimmer, wenn in den umliegenden Wohnungen einer der Männer ins Klobecken pinkelte. Und so ging es weiter: ein Anfänger, der Gitarre übte; ein Kind, dessen Weinen sich nachts in ihren Träumen fortsetzte; ein Hund, trotz Verbot ins Haus geschmuggelt, bellte hinter einer verschlossenen

Tür bis zur Besinnungslosigkeit; laute Worte zeugten von einem Familienstreit, und sie konnte nicht anders, als ihn sich auszumalen.

Monica musste unbedingt mehr als die vier Unterschriften unter ihre Petition bekommen. Das stand fest, und die Zeit wurde knapp. So leer wie sie jetzt war, war die Liste eine Blamage für sie, und sie konnte sie unmöglich beim Stadtrat einreichen, der am Montag der kommenden Woche die entscheidende Beratung über die Zukunft des Hauses abhalten wollte. Dreihundert Unterschriften – ihr Ziel – hätten besagt, dass das Volk gesprochen hat und dass man seine Stimme nicht ignorieren kann. Die Gesellschaft musste auf solche Eingaben hören, sonst konnte sie ihre egalitäre Maske nicht halten. Vier Unterschriften hingegen sagten: »Kommt, lacht uns aus.«

Trotzdem hatte Monica vor, bei dieser Versammlung dabei zu sein, und sie wollte sogar das Wort ergreifen, wenn sich eine Chance bot. Aber es ließ sich nicht leugnen. Die Petition war ein Reinfall, eine persönliche Niederlage.

Nur das Dröhnen eines Staubsaugers drang durch die Stille. Sie machte es sich im Sessel bequem und griff zu dem Buch, frisch aus der Bibliothek, mit dessen Lektüre sie am Morgen begonnen hatte. Sie hatte gerade erst das Eselsohr aufgeklappt, da klingelte das Telefon.

Sie traute ihren Ohren nicht. »Du bist unterwegs?«, fragte sie. »Hierher? Jetzt gleich? Soll das heißen, du kommst zurück? Ist alles in Ordnung?« Tracy versicherte ihr, dass es ihr gutgehe. Monicas Herz machte einen Sprung. Hieß das, sie und Eric hatten gesiegt? Das, was sie ihr in all den Jahren beigebracht hatten, hatte doch noch die Oberhand behalten? »Gut, wir reden, wenn du hier bist. Das ist großartig, großartig ist das. Wie kommst du her? Soll Dad dich… nein, okay, okay. Wie du willst.« Tracy würde ein Taxi nehmen. Sie würde gleich da sein. Sie musste nur noch aus dem Hotel auschecken. Monica versprach, sie werde zu Hause bleiben, denn Tracy hatte ihren Schlüssel nicht mehr. »Ja. Gut, dann sehen wir uns gleich, Kind. Bis gleich. Und komm gleich her«, sagte Monica. Dann fiel ihr noch eine unwichtige Kleinigkeit ein. »Oh, wir haben dein Zimmer neu gestrichen. Dad ist gestern erst fertig geworden. Ulkig. Der muss das geahnt haben. Also, bis gleich. Ich setze schon Wasser auf. Bye. Bye. Ja, bis gleich.«

Im Foyer von Melksham Tower, wo sie vor dem Aufstieg noch einmal Atem holte, begegnete Tracy einem weißen Jungen, den sie nicht kannte. Er knüllte ein Blatt gelbes Papier zusammen, nickte, wobei er mit der Schulter die Tür aufdrückte, dann ging er hinaus auf die Straße, und trottete davon.

Als sie auf dem Weg zur Treppe an den Lifttüren vorbeikam, sah sie, dass das »Reparaturarbeiten«-Schild abgenommen war, und sie drückte den Knopf. Es war eine schöne Überraschung, als die Lifttüren sich mit dem altvertrauten Klappern öffneten.

Endlich war das Ding repariert worden. Sie wuchtete den schweren Koffer hinein. Dann folgte sie und drückte den Knopf für den dreiundzwanzigsten Stock.

Zu Hause.

Eric war außer Atem, schweißüberströmt, als er oben ankam – da am Aufzug immer noch das gelbe Warnschild hing, hatte er die Treppe nehmen müssen, immer zwei Stufen auf einmal – und mit der frohen Nachricht von Tracys Rückkehr begrüßt wurde. Er juchzte vor Freude, umarmte seine Frau und ging dann unter die Dusche.

Monica räumte mittlerweile rasch das Wohnzimmer auf, schüttelte platte Kissen auf, strich Ränder von Illustrierten glatt. Als Eric aus dem Bad kam, hatte er das nasse Haar fein gekämmt und ein frisches Hemd angezogen. Seite an Seite saßen sie auf dem Sofa und warteten, dass Tracy kam.

Wie lange mochten sie stillvergnügt dort gesessen haben? Eine Stunde war es mindestens. Sie spekulierten, warum Tracy zurückkehrte. Ihre Tochter hatte sie vermisst. Und sie war zur Besinnung gekommen. Endlich.

»Ich ess schon mal was«, sagte Eric.

Beide aßen sie eine Kleinigkeit und räumten wieder ab. Ehe sie es merkten, waren drei Stunden vergangen.

»Ich dachte, sie wollte direkt herkommen?«

Monica zuckte mit den Schultern. Bald würde es dunkel.

»Ruf doch mal im Hotel an«, schlug Eric schließlich vor.

Monica versuchte es, aber sie erfuhr, dass Tracy das Metropole am Nachmittag verlassen hatte. Als Nächstes versuchte sie es bei den Sahars. Sie hatte Firouzeh am Apparat. Tracy war nicht dort gewesen. Sie habe selbst schon versucht, sie auf ihrem neuen Handy zu erreichen, sagte Firouzeh, aber das sei offenbar abgeschaltet. Sie gab Monica Sams Handynummer. Er besichtige gerade die Baustelle für das neue Restaurant. Vielleicht sei Tracy ja dorthin gegangen.

Aber Sam war ebenso wenig zu erreichen, und Monica hinterließ eine beschwingte Nachricht, der man ihre Sorge nicht anmerken sollte. Der Mann musste am Boden zerstört sein von Tracys Entschluss, wieder nach Hause zurückzukehren. Sie rief noch einmal bei Firouzeh an, aber inzwischen wusste sie, dass sie sich im Kreis drehte.

Eric ließ sich die Adresse des neuen Lokals geben. Er würde hinfahren und mit Sam reden, und Tracy würde er höchstpersönlich nach Hause bringen, wenn sie dort wäre. Unter diesen Umständen würde er mit dem Perser reden. Der Krieg war schließlich vorbei.

»Ich hoffe nur, es ist nichts passiert«, sagte Firouzeh zu Monica.

»Wie meinen Sie das?«

Eric reihte sich in den Verkehr ein. Konnte er Sam ohne Feindseligkeit begegnen? *Vernünftig betrachtet bin ich ja genau der Mann für diese Aufgabe.* Wenn Tracy nach Hause kam, dann war der Punkt gekommen, an dem er Frieden schließen sollte. Sam war kein so übler Bursche, und irgendwo tat Eric die Sache auch leid. Sicher, anfangs hatte er dem Restaurantbesitzer sämtliche Plagen an den Hals gewünscht, in der ersten Wut nach der Hochzeit, aber als die Sorgen mit den Kindern kamen, war Eric wieder weicher geworden, bereute er sogar, was er getan hatte.

Meine Seele für eine Zigarette, dachte er. Wäre ein faires Geschäft. Mehr ist sie nicht wert.

Er fasste in die Brusttasche und holte das hässliche Plastikröhrchen heraus, das ein paar Mikrogramm Nikotin in seinen schmerzenden Kreislauf tröpfelte. Es sah aus, als lecke er an einem Filzstift. Er machte das nicht gern, aber er konnte nicht anders. Noch keine Fünfzig, und seine Lungen waren erledigt. Ein Päckchen pro Tag, seit er fünfzehn war, und die dreiundzwanzig Treppen, nun, wo der Aufzug nicht mehr fuhr, hatten ihm seinen körperlichen Verfall deutlich vor Augen geführt. Nach dem Aufstieg brauchte er eine halbe Stunde, bevor er wieder normal sprechen konnte. Immerhin spürte er seinen Körper jetzt wieder, dessen Kräfte oder den Mangel daran, anders als früher, wo er ihn nur wahrgenommen hatte, wenn etwas weh tat. Er betrachtete seinen nackten Körper im Badezimmerspiegel, allein das schon eine belebende Erfahrung. Er spannte die Muskeln und machte sogar sechs Klimmzüge am Türrahmen. Es musste nicht unbedingt alles den Bach runtergehen, sagte ihm seine innere Stimme. Auf dem Hocker im Bad lag ein Exemplar von *Men's Health*, und er wartete immer noch, dass Monica etwas dazu sagte.

Er parkte den Wagen nicht weit vom Lokal und entdeckte Sam auf Anhieb. Der kleine, stämmige Mann mit dem Schutzhelm und der Rolle mit Plänen unter dem Arm. Er hatte sich zurückgelehnt, um das Dach zu inspizieren, und streckte dabei seinen dicken Bauch heraus. Und das war der Liebhaber seiner Tochter?, fragte er sich ungläubig, instinktiv abgestoßen von dem Gedanken. Der Kerl war in noch schlechterer Verfassung als er, und trotzdem schleppte er die jungen Frauen reihenweise ab!

Eric stieg aus und ging auf ihn zu, doch dann verlangsamte er seine Schritte. Er musste sich zurechtlegen, was er sagen wollte. Dieser Perser war ein schlagfertiger Bursche, das musste Eric ihm lassen, und er wollte selber ein paar geistreiche Sätze anbringen, bevor der Gauner ihn in ein Wortgefecht verwickeln konnte, bei dem er den Kürzeren ziehen würde. Schnell rein, schnell raus, sagte er sich, klarmachen, wo er stand, Tracy holen und ab mit ihr nach Hause.

Das hatte er fast vergessen: dass er ja gekommen war, um Tracy zu holen.

Was Sam sah, gefiel ihm sehr. Es war atemberaubend, keine Frage. Selbst jetzt, deprimiert wie er war, ließ es sein Herz höher schlagen. Mit einem neuen Restaurant, zumal einem so spektakulären, da war er jemand in der heiß umkämpften Londoner Szene. Er war bereit gewesen, das alles hinter sich zu lassen, war es sogar jetzt noch, aber dieses Projekt ließ sich nicht so leicht aufgeben, gerade jetzt, wo es allmählich Formen annahm. Aus Tracys Vorstellungen, das sah er, würde ein Meisterwerk entstehen.

An diesem Vormittag waren die zwölf Kleeblattbögen, die zwei der Wände säumen sollten, aufgestellt worden. Man präsentierte ihm Stoffmuster, und er musste rasche Entscheidungen fällen. Jetzt, wo Tracy nicht mehr da war, hing alles an ihm. Unablässig versuchte er sich die Beduinen in der Wüste vorzustellen, nicht wie sie waren, sondern wie Tracy sie gesehen hätte.

Sam war zufrieden. Er streifte den Overall ab, den er zum Schutz vor nassem Putz und dem puderfeinen Staub der Fußbodenschleifer übergezogen hatte. Er fühlte sich heiter, beschwingt, zum ersten Mal seit Wochen, auch wenn nichts den Schmerz vertreiben konnte, den er seit Tracys Brief spürte. Dem Brief, den er immer bei sich hatte.

Es war schon spät. Zeit, dass er von hier wegkam.

Er drehte sich um, und vor ihm stand ein junger Mann, den er noch nie gesehen hatte. Er lächelte, doch der andere lächelte nicht zurück. Er spürte sofort, dass etwas nicht in Ordnung war.

»Hallo«, sagte er einfältig zu seinem Schicksal, wich aber instinktiv zurück, als der andere einen drohenden Schritt auf ihn zu machte.

Sam wandte sich ab, doch die Hand des Schlägers hatte ihn am Kragen gepackt und schob ihn voran. Sam hatte Mühe, auf den Beinen zu bleiben, so heftig wurde er zu einem Lieferwagen gestoßen, wo ein zweiter Mann mit einer furchterregenden Sturmkappe, deren Mundschutz er sich bis unter die Augen gezogen hatte, schon die hintere Tür aufhielt. »Halt!«, konnte Sam gerade noch brüllen.

Aber bevor Sam ein zweites Wort herausbrachte, das hilflose »Bitte« schon auf den Lippen, schlug er mit den Schienbeinen gegen die Stoßstange, und sein Oberkörper wurde in den Laderaum katapultiert. Mit der Nase prallte er auf die Ladefläche, und er hörte, wie der Knochen brach. Es klang wie ein Treffer in einem fernen Cricketspiel. Es war alles so schnell gegangen, dass er gar nicht auf den Gedanken gekommen war, sich zu verteidigen. Seine Beine wurden angewinkelt und seitwärts in den Wagen bugsiert, als wäre er schon eine Leiche. Als sich die hinteren Türen schlossen, war es stockdunkel. Er hörte, wie der Motor des Lieferwagens aufheulte. In halsbrecherischem Tempo raste er los, und Sam wurde in seiner schwarzen Hölle von einer Wand zur anderen geschleudert.

Ricky Innes zog seine Mütze ab und machte ganz und gar kein zufriedenes Gesicht. Auf der kurzen Fahrt beschimpfte er die ganze Zeit seinen Partner.

»Ich hab dir doch gesagt, du sollst deine auch aufsetzen! Jetzt hat er dich wahrscheinlich gesehen, du Blödmann!«

»Sieht ja auch völlig unverdächtig aus, wenn man mit so 'ner Scheißkappe auf der Straße steht!«

»Du solltest hinten drin bleiben und erst im letzten Moment rauskommen, Idiot.«

»Hat man 'ne tolle Aussicht. Stockdunkel da.«

»Gut, dann lass uns das hinter uns bringen. Wir jagen ihm einen ordentlichen Schrecken ein. Und du setzt deine Kappe auf! Bruce! Ich hab gesagt, setz die verfluchte Kappe auf!«

Ricky sah in den Spiegel, dann stieg er in die Bremsen und setzte zurück in die Sackgasse, die sie sich ausgesucht hatten. Mit einem Blick nach links vergewisserte er sich, dass sein Komplize sich die Sturmkappe übers Gesicht gezogen hatte.

»Okay«, kam es dumpf von Bruce, der schon beschlossen hatte, dass er den Ärger über die Vermummung ja an dem Mann hinten im Laderaum wieder auslassen konnte, »aber dem Scheißpaki geben wir noch was zum Nachdenken, bevor wir uns hier verabschieden.«

»Iraner«, verbesserte Ricky.

»Ist doch egal.«

»Und nicht übertreiben. Ehrlich. Der sieht nicht gerade fit aus. Kleiner Denkzettel, mehr nicht.«

Die beiden sprangen aus dem Wagen und nach hinten, jeder riss einen Flügel der Doppeltür auf, und Bruce kommandierte: »So, raus mit dir! Raus!« Gemeinsam zerrten sie den benommenen Mann nach draußen. Ihr Opfer blutete stark aus der Nase.

»Jetzt halt ihn fest«, sagte Bruce und suchte etwas in seinen Taschen. »Halt den Scheißkerl einfach hier an der Wand fest.«

»Bitte«, murmelte das Opfer noch einmal, von Ricky fest im Nelsongriff gehalten.

»Was machst du denn da?« Ricky wollte möglichst nicht sprechen, aber es ging nicht anders.

Bruce hatte den Deckel von einer winzigen Tube abgeschraubt, zerrte Sams linke Hand in die Höhe und drückte ihm die dickflüssige Masse in die Handfläche.

»Da!«, rief Bruce und presste die Handfläche des Opfers fest an die Mauer, drückte mit aller Macht, und der Kleber härtete schon aus. »Nur ein paar Sekunden, und das ist erledigt.«

Die entscheidenden Sekunden verstrichen, und Hand und Backstein, zwei so unvereinbare Dinge, verschmolzen. Bruce ließ los, mit einem irren Grinsen. »Da musst du erst mal draufkommen.«

Jahre zuvor hatte Richard Innes reumütig vor dem Richter gestanden. Er hatte ein Auto gestohlen, und die trunkene Spazierfahrt hatte ihr Ende an einem Leitungsmast genommen.

Der Richter hatte Ricky mit einem blauen Auge davonkommen lassen, nur mit einer saftigen Geldstrafe, aber er hatte den jugendlichen Straftäter wissen lassen, was er von ihm hielt. »Ich sehe die große Gefahr, dass Sie zu einem durch und durch kriminellen Menschen heranwachsen, der für unsere Gesellschaft noch eine schwere Belastung sein wird.«

Aber dagegen hatte Ricky sich gewehrt. Er würde dem Richter beweisen, dass er unrecht hatte. Und er hatte sich ja auch im Großen und Ganzen daran gehalten, bis er am Morgen dieses Tages einen Hilferuf an Bruce losgelassen hatte. Bruce war ein Überbleibsel aus seinen schlimmsten Zeiten, und nun taumelte er wieder die endlosen Stufen hinab, wie der alte Richter es ihm prophezeit hatte – eine Treppe, die, wie auf einem Bild von Escher, nirgendwohin führte.

Ricky hatte den Restaurantbesitzer nicht ernsthaft verletzen wollen. Er wollte ihm nur zu verstehen geben, dass man bestimmte Sachen einfach nicht machen konnte. Im Grunde sah er sich als verlängerten Arm der Justiz.

Außerdem war er Stier. Und wer im Zeichen des Stiers geboren war, der konnte nicht so ohne weiteres loslassen. Er hatte alles über Sternzeichen von seiner Freundin Suzy Ballantine gelernt: Der Stier war ein Erdzeichen, nicht gerade für seine großen Verstandeskräfte bekannt, aber auch nicht nur von Emotionen gesteuert. Er lag auf halbem Wege dazwischen. Suzy hatte ihm das Horoskop gestellt und ihm erklärt, dass er eine natürliche Schläue besitze. Manches Rätsel seines Lebens lasse sich lösen, wenn er nur den Sternen vertraue. Sie las ihm ausführlich aus ihren Büchern vor, und er lag auf dem Bett und versuchte, nicht an Tracy zu denken.

Noch spätabends, wenn aus dem Flur der Geruch nach Katzenpisse kam, plapperte sie von Einsteins Briefen, von Erasmus und Nostradamus, und schließlich kehrte sie dann zu ihrem eigentlichen Thema zurück: dass sie ihn liebe. Ob er überhaupt zuhöre? Die Sterne sagten, sie seien füreinander bestimmt. Er brummte etwas zur Antwort und sah nur Tracy.

»Ich bin dir verfallen, vollkommen verfallen«, raunte sie. Er müsse von dieser Schlampe loskommen. Offen für andere werden. Suzy wurde sentimental, wenn sie ihm nach ihren trübsinnigen Liebesakten die Steinkrümel aus dem Haar las, die Mineralien, die er aus den Toren der Toten gemeißelt hatte. Doch alles, selbst die größte Liebe zweier Menschen, könne überhaupt nur verstanden werden, wenn man zuvor die Macht der Sterne über das Schicksal akzeptiere.

Sie brachte ihn um den Verstand. Am Ende ging er nicht mehr ans Telefon. Je mehr Suzy redete, desto mehr sehnte er sich nach Tracy. Mehr denn je wollte er sie zurück, das war ihm jetzt klar.

Um Suzy zu entgehen, hatte er beschlossen, dass er sich bessern und Tracy mit einer Tugendkampagne zurückerobern würde. Zusammen mit seinem Freund Bruce gab er zweihundert Pfund für Drogen aus. Er träumte von der Versöhnung und wärmte dabei Heroin in einem Flaschendeckel über dem Feuerzeug an, warf ein E ein, schnupfte eine Linie Koks, später gab es Valium und Cannabis zum Sonnenaufgang, was ihm gefährliche Träume bescherte. Er malte sich ihren romantischen Doppelselbstmord aus: Pillen, Whisky – gemeinsam würden sie das große Licht ausdrehen. Sie waren zu nahe an die Sonne geflogen, wollte er Tracy in tiefer Dunkelheit sagen – auch wenn es Suzys Worte waren –, genau wie der Bursche in dem alten Buch. Also warum nicht beide zusammen? Ein Doppelgrabstein würde sie vereinen! Dann würde die Welt merken, dass zwei strahlende Flammen, zwei funkelnde Sterne, erloschen waren.

Aber es war anders gekommen. In den Wochen seit dem Fiasko mit den vergifteten Würsten – er war noch einmal hingegangen und hatte die Hunde munter bellen hören – war der Frust einfach zu viel geworden. Und als Bruce, schon seit vierundzwanzig Stunden high und voller Tatendrang, am Morgen die Drogen ausgepackt hatte, da hatte sich der nächste Vergeltungsplan ganz von selbst ergeben.

»Könnte mir vorstellen, dass du hier noch 'ne ganze Weile rumhängst, Alter.«

Mit dämonischem Grinsen prüfte Bruce, ob die Hand, die mit Kontaktkleber an der Wand festhing, auch gut hielt. »Verstehst schon, was ich meine, hm?«

Ungläubig sah Ricky mit an, wie Sam nun selbst versuchte, die Hand zu bewegen, die nicht mehr von der Mauer loskam.

Bruce brüllte vor Vergnügen, doch Ricky vergrub das Gesicht in den Händen. »Nein, nein, nein, nein!«, rief er. »Was machst du denn da? Bist du wahnsinnig? Genug jetzt. Das reicht. Komm, wir fahren. Lass ihn da hängen. Ich mach nicht mehr mit.«

»Von wegen. Der Kerl kriegt seine Abreibung.«

»Das kriegt er nicht! Das ist meine Sache hier. Und ich sage, wir fahren.«

Bruce filzte Sam. »Vergiss nicht das Geld.« Es sollte wie ein Raubüberfall aussehen. Er fand Sams dicke Brieftasche und warf einen Blick hinein. »Bingo.«

Schicksalsergeben schaute Sam noch immer seine wie durch Zauber an die Mauer gebannte Hand an. »Unglaublich«, murmelte er, hielt mühsam Angst und Zorn im Zaum.

»Die Phantasie der Gosse. Wo bekommen Leute wie Sie nur solche Ideen her?«

Bruce starrte ihn an. »Hab ich mir selber ausgedacht.«

»Schnauze.« Rickys Rat an Sam.

Aber Sam, der ewige Redner, konnte nicht plötzlich sein Wesen ändern. »Man kann sich vorstellen, wie Sie in Ihren verlotterten Räuberhöhlen hocken und Tage damit verbringen, sich so etwas auszudenken. Oder gibt es Seminare für Straßenräuber? Jahrestreffen der Schlägervereinigung?«

»Schnauze«, schloss Bruce sich an.

»Na, großartig. Und für was? Für zweihundert Pfund? Ich hätte sie Ihnen gegeben, auch ohne Prügelei, aus schierem Mitleid.«

»Das reicht jetzt!«, brüllte Ricky und mühte sich, seine Stimme zu verstellen; mit einem Schlag auf den Hinterkopf wollte er Sam zum Schweigen bringen, bevor die Lage sich weiter verschlechterte.

»Mitleid?« Bruce, gekränkt, kam nun ganz nahe an Sams Gesicht heran.

»Also los, kaufen Sie sich Ihre Drogen. Aber eins will ich Ihnen sagen. Sie haben mich nicht eingeschüchtert, glauben Sie mir.«

Bruce war außer sich vor Wut. Normalerweise hätte er in diesem Zustand mit dem Kopf zugestoßen, mitten auf die Nase, aber dieser Ausländer hatte ihm gerade ins Gesicht gesagt, dass er ein Trottel war. Folglich Plan B. Das würde er sich nicht bieten lassen.

Er packte Sam am Hals und warf ihn rückwärts gegen die Wand. Die Haut der angeklebten Hand war zum Zerreißen gespannt. Dann packte der Schläger seinen Mund wie zu einem spöttischen Kuss und holte noch einmal den Kleber hervor.

Sam riss entsetzt die Augen auf, als der Mann ihm die Tube vors Gesicht hielt. Er konnte sich nicht rühren und spürte nur, wie die Öffnung der Tube ihm grausam über die Unterlippe fuhr, und der beißende Geruch drang ihm in die Nase.

Der Mann grinste. »Ganz recht, Dickerchen. Wir versiegeln dir jetzt die Lippen.« Er war fertig und ließ den Kleber fallen; dann packte er Sams Kinn und drückte es nach oben. Sams Lippen berührten sich, verklebten und waren binnen Sekunden unlösbar miteinander verbunden.

Nun konnte Bruce sein Opfer loslassen. Der würde nichts mehr sagen. Und jetzt war es Zeit für ein Späßchen. »Na, hat's dir die Sprache verschlagen?« Er kriegte sich vor Lachen nicht mehr ein und klatschte dabei in die Hände. »Komm schon, großer Junge, sag was. Scheiße, Mann, das ist ein Spaß!«

Anders als bei der Hand prüfte Sam nicht, ob seine Lippen wirklich verschlossen waren; das war eine Frage der Würde: Die Genugtuung würde er diesem Kerl nicht geben. Zum ersten Mal im Leben war er nicht in der Lage, seine Gedanken mit Worten auszudrücken, aber stattdessen sagte ein klarer Blick alles, was sein Mund nicht mehr sagen konnte: *Auch jetzt lasse ich mich von euch nicht einschüchtern. Verschwindet!*

Es war eine Provokation, die nicht unwidersprochen bleiben durfte. Und kein Einwand seines Komplizen konnte Bruce jetzt noch zur Besinnung bringen. Die Unverschämtheit dieses Kanaken musste bestraft werden.

Schon beim ersten Schlag in den Bauch gaben Sams Knie nach. Ein dumpfes Stöhnen drang aus dem verschlossenen Mund. Die Beine konnten ihn nicht mehr halten. Mit weit aufgeblähten Nasenflügeln nach Atem ringend, sank er zusammen. Und sein Fall wurde begleitet von einem Geräusch wie dem Abreißen von Klettband, als die Hand sich von der Mauer löste.

Blut rann ihm über die Handfläche, zwischen den Fingern hindurch, über die drei Eheringe, über die dreckverschmierten Pflastersteine. Jetzt hätte er schreien können, seinem Peiniger geben, was er wollte, doch außerstande dazu und der Ohnmacht nah, war er dazu verdammt, sein Leiden noch weiter zu verlängern. So folgte als Nächstes ein Tritt der Springerstiefel in die Rippen. Sam, zusammengekrümmt wie ein Fötus, steckte ihn ein, als könne er ihm nichts anhaben, nur mit einem leisen Geräusch wie einem Knarren. Die Schreie ein lautloses Echo in seiner Brust.

»Hör auf«, flehte Ricky seinen Partner an. »Hör auf, lass uns abhauen.«

Auf den Kopf, in die Brust, noch einmal auf den Kopf kamen die Abschiedstritte. Sam rührte sich nicht mehr.

Eric hatte versucht, sie einzuholen, aber er war zu weit ab gewesen, als es geschah. Als er loslief, immer noch halb ungläubig, wurden die Türen schon zugeworfen, und der Lieferwagen fuhr an.

Verdattert sah er ihnen nach und überlegte, was er zu Fuß ausrichten konnte. Ein Telefon, sagte er sich. Er musste ein Telefon finden. Aber am anderen Ende der Straße bremste der Wagen an der Ampel. Blieb er tatsächlich bei Rot stehen? Er lief los. Er konnte unmöglich bis dorthin kommen, ehe die Ampel umsprang, aber den Versuch schuldete er dem Mann. Jeder hätte das versuchen müssen, einfach als Geste.

Er traute seinen Augen nicht, als der Wagen gleich darauf in eine Gasse bog. Wohnten die Entführer etwa nur ein paar hundert Meter vom Schauplatz des Verbrechens? Er lief schneller, spürte, wie seine Nerven sich spannten. Wenn er den Lieferwagen einholte, ging der Ärger erst richtig los. Was sollte er dann machen? Unbewaffnet wie er war, sollte er sich da auf eine Schlägerei einlassen? Er war kein Held, dachte er, und zugleich beschleunigte er noch einmal sein Tempo unter heftigen Protesten des schmerzenden Knöchels. »Scheiße«, rief er immer wieder, und noch hielt der zerschmetterte Knöchel durch.

Schwer atmend bog er in die Gasse. Da stand der Lieferwagen, ein Stück weiter hinten. Als der maskierte Fahrer ihn sah, drückte er auf die Hupe. Ein zweiter Mann blickte auf. Zu seinen Füßen, zusammengekrümmt, lag alles, was von Sam noch übrig war.

»He!«, hörte sich Eric rufen. Er lief wie ein Roboter. Wahrscheinlich würde sich das noch als eine der größeren Dummheiten in seinem Leben erweisen. Beide Männer sahen ihn überrascht an und schienen unschlüssig, was sie tun sollten. Sein Instinkt sagte Eric, dass er jetzt entweder weiterlaufen musste oder schnellstens die Flucht ergreifen. Wenn er stehen bliebe, würde er nicht im mindesten bedrohlich wirken. Diese Burschen sind womöglich bewaffnet, dachte er. Er machte ein paar weitere stolpernde Schritte auf das Unbekannte zu, breitete die Arme weit aus, damit er größer, wütender aussah. Ein zweites Mal brüllte er sein »He!«

Das half. Der andere sprang mit dem Kopf voran zur Beifahrertür hinein, der Wagen rollte schon, und seine Beine ragten an Erics Seite heraus, als er nun auf ihn zugerast kam.

Plötzlich hätte Eric sie gern zu fassen bekommen. »Ihr verfluchten kleinen Scheißer!«, brüllte er, als sie näher kamen. Sie waren fast noch Kinder. Aber der Lieferwagen hielt direkt auf ihn zu, und die Beifahrertür, immer noch von den Beinen des Schlägers offen gehalten, schrappte an der Wand entlang, dass die Funken stoben. Eric drückte sich in einen Hauseingang, und als er wieder herauskam, sah er, wie eine Hand sich ausstreckte, um die Tür zuzuziehen, als der Wagen die Straße erreichte und nach rechts bog.

Das bekam ihnen schlecht. Durch den plötzlichen Haken wurde der Beifahrer auf die Straße geschleudert und überschlug sich ein paarmal, bevor er vor den Füßen eines verblüfften Arbeiters zum Stillstand kam.

Wieder lief Eric. Er warf einen Blick zurück zu dem reglosen Sam und brüllte zugleich schon: »Festhalten! Festhalten! Haltet den Kerl da fest!«

Der Fahrer hatte seinen Komplizen liegengelassen, und diesmal hatte er an der Ampel Glück gehabt. Der Lieferwagen war schon drei Straßen weiter, als Eric den Ausgang der Gasse erreichte. »Halt den Kerl fest!« Aber mit seinen Rufen hatte er den Arbeiter noch mehr verwirrt, und der sah tatenlos zu, wie sich der Schläger aufrappelte und hinkend davonmachte.

»Überfall!«, brüllte Eric, sprang durch den Verkehr bis

hin zu dem Mann an seiner Baustelle. »Holen Sie die Polizei! Ein Überfall! Da liegt jemand dahinten! Polizei!« Er wartete, bis ein Lastwagen vorübergedonnert war, dann rief er noch einmal: »Polizei!«

Und dann nahm er die Verfolgung des Täters auf, während der Arbeiter sich umdrehte und in die Gasse starrte.

Wenn Tracys Uhr richtig ging, und sie hatte sie seit Greenwich nicht neu gestellt, saß sie jetzt seit vier Stunden fest. Anders als früher, wo der Aufzug immer nur kurz zwischen zwei Stockwerken hielt, hatte die Panne diesmal Ausmaße angenommen, die sie nicht mehr lustig fand. Ihr gingen schon die verrücktesten Dinge durch den Kopf.

Kein Mensch hatte ihre Rufe gehört, und zur Ablenkung blieben ihr nur ihre eigenen Gedanken. Ihr Verstand raste. Jetzt, wo von Stunde zu Stunde die Wahrscheinlichkeit größer wurde, dass keine Rettung mehr kommen würde, dass es keine Rückkehr in die Welt mehr gab, kamen ganz neue Ängste hinzu. Wie lange dauerte es, bis man verhungert war? Wie lange, bis man das Atmen einfach aufgab, wie ein Skifahrer, der unter einer Lawine begraben lag, wie ein Behinderter, der gestürzt war und nicht ans Telefon kam – Leute, bei denen Tausende von Motten zur Haustür herauskamen, wenn sie Wochen später endlich eingetreten wurde? Das war kein Witz. So etwas kam dauernd vor. Tracy war spurlos verschwunden, und da man sie nicht hören konnte – sie hatte ein paarmal gerufen, doch ohne Erfolg – und das Notruftelefon pures Dekor war, saß sie hoffnungslos in der Falle.

Sie musste davon ausgehen, dass sie ganz auf sich gestellt

war. Das Mobiltelefon hatte keinen Empfang: Es war nutzlos, auch wenn sie es immer noch in der Hand hielt. Die einzige Chance war, dass ihre Eltern alle Möglichkeiten durchspielten, sie hier ausfindig machten und Hilfe holten. Ein Glück, dass sie vom Hotel aus noch angerufen hatte. Andernfalls würden alle davon ausgehen, dass sie sich einfach aus dem Staub gemacht hatte, das Hotel und die Stadt hinter sich gelassen – mit dem Gedanken hatte sie ja auch gespielt. Aber ihre Eltern würden schon drauf kommen.

Andererseits kannten alle den Lift, und sie selbst galt als wankelmütig und unzuverlässig – würden sie da nicht eher davon ausgehen, dass sie es sich mit der Rückkehr doch noch anders überlegt hatte, dass sie verreist oder bei einer Freundin war? Und in diesem Falle würde kein Mensch auf den Gedanken kommen, dass sie im Aufzug steckte.

Sie kauerte sich in eine Ecke und öffnete den Koffer. Sie holte eine Illustrierte hervor und blätterte, bis sie das erste anständige Foto fand. Sie riss es heraus. Die Rückseite leckte sie mit der Zunge an und klebte es an die Aufzugswand. Eine einsame Zitrone am Ast eines Baums. Sie hing dort wie ein Menschenherz und wartete, dass sie gepflückt wurde oder fiel.

Es war längst still geworden in der Gasse, aber keiner war zu Hilfe gekommen. Niemand kam und kümmerte sich um den Mann, der da zwischen Autoreifen und Pappkartons auf dem Rücken lag und wartete, dass der Schmerz nachließ, der in Wellen kam, zum Glück jede weniger schlimm als die vorherige, als ließe ein inneres Schmerzmittel ihn allmählich hinüber in einen sanften, tröstenden Schlaf gleiten.

Er lag reglos da. Er lauschte seinem eigenen rasselnden Atem. Bald würde er überhaupt nichts mehr spüren.

Er blickte hinauf in den grauen Himmel, und plötzlich sah er eine große Anzahl Schwalben hoch über den Südlondoner Häusern. Zu Tausenden waren sie unterwegs, nutzten günstige Winde für ihren Flug nach Nordafrika. Er sah diesen Zugvögeln nach, wie sie sich zu hohen Säulen sammelten, und sein letzter klarer Gedanke war, dass ihm, anders als ihnen, immer der Instinkt gefehlt hatte, zur richtigen Zeit am richtigen Ort zu sein, dass er nie die Richtung gekannt hatte, die gut für ihn war. Vielleicht fehlte ihm der Gemeinschaftsgeist dieser Vögel. Er starrte mit neuer Bewunderung zu ihnen empor. Er blinzelte in den Himmel. Er hörte keine Sirenen, keinen Laut, der nach Rettung klang. Aber er hatte es ja auch nicht eilig. Wenn es nach ihm ginge, konnte er dort liegenbleiben.

Erics Füße hämmerten über das Pflaster. Bei jedem Schritt schoss der Schmerz von seinem zerschmetterten Knöchel aufwärts. *Scheiß auf Graeme, auch wenn er tot ist.* Eric kam dem ebenfalls hinkenden Schläger zwar nicht näher, aber er fiel auch nicht zurück.

Schleim sammelte sich in seinen Atemwegen, und er mühte sich im Laufen, sie freizubekommen. Was er schließlich in den Rinnstein spuckte, sah grässlich aus: Er war ein Wrack. Er überlegte gar nicht mehr, wie er seine Füße aufsetzte, er rannte einfach nach Leibeskräften. *Ich komme näher. Kann doch gar nicht anders sein! Oder mache ich mir was vor?* Er wollte diesen Drecksjungen kriegen, um jeden Preis.

Aber in Wirklichkeit war Eric schon im Delirium. Es war ein schlechter Witz. Seine Lungen waren bereits zum Zerreißen gebläht, sein Fuß brachte ihn um, und der kleine Scheißer, den er verfolgte, zu weit entfernt, als dass er ihn erkennen konnte, war jetzt so siegesgewiss, dass er seine Mütze abriss und im hohen Bogen fortwarf, und sofort war er nur noch einer unter Tausenden, die in Turnschuhen über den Bürgersteig hasteten, ein Jogger vielleicht, und Eric, der Verfolger, sah weit eher wie ein Schläger aus als er. Der aufgerissene Mund, der massige Körper, der in Zickzacklinien lief, das aus der Hose gerutschte Hemd, das hinterhältige Hinken, all das sah weitaus gemeiner und gefährlicher aus als der Junge, den er verfolgte.

Aufgeben kam nicht in Frage. Er war es Tracy schuldig, dass er weiterlief, aber er hatte auch bei dem überfallenen Restaurantbesitzer noch etwas gutzumachen. Er war zu hart zu dem Mann gewesen, und früher oder später musste er büßen für seine Schuld.

Doch gerade als das Rennen aussichtslos schien, durch körperliche Fitness entschieden, verschwand der junge Mann in einem Abgang zur Untergrundbahn. Eric stürzte ihm nach. Hier hatte er eine Chance, ihn zu überlisten – besser hätte es gar nicht kommen können.

Unter Schmerzen nahm er drei Treppenstufen auf einmal. Irgendwo in einem Tunnel würde er diesen Halunken zu fassen bekommen, ihm die Tracht Prügel verabreichen, die er verdiente, und ihn festhalten, bis die Polizei kam. Und wenn er ihn erwischte, würde er dafür sorgen, dass der Bursche die Abreibung nicht so schnell vergaß. Für Eric war es Notwehr. Vergeltung für den Schmerz in seinem Fuß.

Doch unten angekommen, verlor er einen Moment lang die Orientierung. Schilder zeigten zu McDonald's in drei verschiedene Richtungen. Erst der wütende Ruf eines Aufsehers zeigte ihm die Stelle, wo der Junge gerade über die Schranke sprang. Er machte es ihm nach und hatte den Angestellten, der mehr mit seinem Walkie-Talkie als mit der Verfolgung des Schwarzfahrers beschäftigt war, auf der Treppe im Nu überholt.

»Holen Sie Hilfe!«, rief er dem Mann über die Schulter zu. »Holen Sie Hilfe!«

Der Bahnsteig war nicht mehr weit. Jetzt hatte er ihn gleich! Aber wenn ein Zug einfuhr, war alles vorbei. Und wenn der Junge in der Menge untertauchte, konnte Eric getrost aufgeben. Der Gang gabelte sich, bot die Wahl zwischen Ost und West. Eric warf rasch einen Blick auf den Bahnsteig Richtung Westen – die Leute hier warteten vollkommen entspannt –, dann lief er zum anderen Bahnsteig, wo er ein Murmeln spürte, alle Blicke von ihm abgewandt.

Die Bresche, die der Flüchtige schlug, hatte sich noch nicht wieder geschlossen, und Eric stürzte sich hinein. Er achtete nicht auf die besorgten Mienen, die ängstliche Art, wie die Leute zurückwichen. »Halt!«, rief er, doch das machte ihn verlegen, und er rief kein zweites Mal. Vor ihm ein weiterer Fußgängertunnel mit einem Schild »Kein Eingang« darüber. Eric hastete hinein. Inzwischen tat ihm alles weh, seine Tanks waren leer, aber noch immer folgte er Biegung um Biegung den hallenden Schritten des jungen Mannes. Der Ehrgeiz, diesen Ganoven zu schnappen, war doppelt so groß wie zu Anfang der Jagd, aber seine Kräfte verließen ihn jetzt rasch. Nur sein Stolz trieb ihn noch voran. Und als der Tunnel sich zu einer gekachelten Höhle weitete, mit einer einzelnen abwärts laufenden Rolltreppe, die von einem Nebeneingang herunterkam, gab ihm der Anblick des Burschen, der sie, zwei Stufen auf einmal, in Angriff nahm, wieder neue Hoffnung.

»Hab ich dich!«, brüllte Eric, als er auf die Treppe sprang, und jetzt wo die Verfolgungsjagd in Zeitlupe ablief, schien der Halunke tatsächlich zum Greifen nah! Gegen die Richtung der Rolltreppe nahm Eric den Wettlauf mit dem Jüngeren wieder auf, doch wo dieser sich langsam, aber stetig vorarbeitete, konnten Erics Füße immer weniger ausrichten. Nach einem vielversprechenden Start fiel er bald zurück, trat nur noch auf der Stelle, wo der andere Zoll für Zoll aufwärts kroch bei dieser lächerlichen Flucht im Schneckentempo.

Aber Eric konnte einfach nicht aufgeben, nicht nach alldem. Seine Beine versagten ihm den Dienst, sein ganzer Körper war ein einziger stechender Schmerz, aber er wollte Kräfte wecken, die es nur in seiner Phantasie gab, er forderte sie von seinem Körper, selbst jetzt noch, wo der junge Mann das obere Ende der Treppe erreicht hatte und verschwand.

Allein auf der Rolltreppe, auf der Stelle tretend, sein Tempo von einem mechanischen Zeremonienmeister bestimmt, war Eric trotzdem noch immer überzeugt, dass er es schaffen konnte. Gleich würde der Körper neue Reserven mobilisieren, und im Nu würde er oben sein; er mochte seine Fähigkeiten bis zum Letzten ausreizen, doch über seine Kräfte ging es nicht. Er war ein Mann. Er konnte nicht aufgeben. Das hatte er schon viel zu oft getan.

Doch nach ein paar Sekunden konnte er einfach nicht mehr. Er ließ sich wieder hinabtragen, und als er unten von der Treppe stolperte, sackte er an der Wand zusammen, hustete, bis er wieder Luft in seine Lungen bekam. Er war von sich selbst angewidert, er spürte, wie der Selbsthass in ihm aufstieg. Wenn ein Tatmensch wie er – solche Illusionen gestattete er sich – außerstande war zu *handeln*, wozu war er denn dann gut? Wenn feststand, dass das Beste, was er zustande brachte, nicht gut genug war, was blieb denn da? *Versager!* Das Wort traf ihn wie eine Kugel. *Versager!*

Die Schuhe eines Aufsehers erschienen vor Erics Nase. »Dürfte ich bitte Ihren Fahrschein sehen, Sir?«

Eric blickte zu ihm auf. Ein junger Mann vom Lande. *Tracy, ich hab's versucht. Und sag ihm das, sag es auch deinem Mann. Aber der Junge war einfach zu schnell.*

»Den Fahrschein, Sir. Ich muss darauf bestehen.« Das Walkie-Talkie fauchte ihn an.

»Ich habe keine Fahrkarte. Klar? Ich war hinter jemandem her. Ich bin *immer* noch hinter ihm her. Klar? Ein Freund von mir ist überfallen worden. Ein Überfall!«

Der junge Mann betrachtete das Häuflein Elend vor sich mit äußerstem Misstrauen. Für seinen Verstand, der in ordentlichen Bahnen dachte, passte da einiges nicht zusammen. »Tut mir leid, aber Sie müssen mitkommen. Und ich warne Sie, machen Sie keine Dummheiten. Für die U-Bahn brauchen Sie eine Fahrkarte.«

»Verstehen Sie denn nicht? Jemand ist überfallen worden! Sie müssen mir helfen. Nehmen Sie das Funkgerät. Machen Sie schnell! Wir können ihn noch aufhalten.«

Eric griff nach dem Gerät in der Hüfttasche des Mannes.

Sein Arm wurde beiseite gestoßen, und der Ton des Aufsehers wurde schärfer. »Machen Sie keinen Aufruhr, Sir. Und jetzt kommen Sie bitte mit.«

»Nein!«, rief Eric. »Verständigen Sie Ihre Kollegen, oben am Ausgang! Mit Ihrem Walkie-Talkie! Er kommt gleich oben durch, ohne Fahrkarte!«

Der Beamte nickte. Mit solchen abgerissenen Typen hatte er öfter zu tun. Er griff tatsächlich zu dem Sprechgerät und schnauzte hinein: »Es gibt Ärger hier unten. Ja. Ich brauche Verstärkung. Schickt ein paar Leute runter.«

Lieber Yusuf Islam, begann Tracy und schrieb in Gedanken ihren Brief, *ich schreibe Ihnen unter Umständen, die Ihnen bekannt vorkommen werden. Ich bin in einem Lift gefangen, -zig Meter über dem Erdboden, in dem Hochhaus, wo meine Eltern wohnen. Ich bin selber schuld. Ich hätte nie hierher zurückkommen dürfen. Ich muss weiterkommen. Womöglich ist es sogar ein Zeichen. Kann sein, dass ich nie wieder hier rauskomme, und dann bin ich tot, wenn Sie das hier lesen. Ich bin jetzt genau vier Stunden und dreizehn Minuten hier, und kein Ende in Sicht. Das wird mir eine Lehre sein. Na egal, ich wollte einfach nur sagen, dass ich Ihre Musik immer gerne gehört habe, als Sie noch Cat Stevens waren, und ich habe Ihr neues Video angesehen und musste jetzt wieder dran denken, was Ihnen da in Malibu passiert ist. Jedenfalls habe ich auch gerade zu Gott gebetet und versprochen, dass ich irgendwas ganz Tolles aus meinem Leben mache, wenn er mich rettet. Ich habe zwar keine Ahnung, was, aber der Handel gilt, und wahrscheinlich hält er länger als der Lift hier, der ziemlich komische*

Geräusche von sich gibt. Wieder mal hängt mein Leben am seidenen Faden. Aber sagen Sie, Yusuf, was haben Sie eigentlich gemeint, als Sie…

Doch niemand würde Tracy Pringle finden. Zeit verging, und nichts machte die Menschen draußen darauf aufmerksam, dass eine junge Frau in diesem Aufzug eingesperrt war. In zwei Monaten, wenn längst die Suche aufgegeben war, würde ein Arbeiter mit einer Lampe am Helm den Lift endlich wieder herunterlassen und würde ihre Leiche finden, eine am Boden zusammengekrümmte Mumie. »Alle Wände waren mit Zeitschriftenfotos beklebt«, würde der verstörte Mann in die Kameras sagen. »Es war entsetzlich. Und wie es roch! Grauenhaft, grauenhaft. Offenbar hat sie schon lange vor dem Ende den Verstand verloren.«

Ungefähr so, dachte Tracy, als sie überlegte, wie es wohl enden würde. *Ungefähr so, Yusuf.*

Sie spitzte die Ohren. Hatte sie da gerade eine Stimme gehört? Jemand auf der Treppe? Sie horchte. Ja, da war sie wieder. Eine Frauenstimme. »Hilfe!«, rief Tracy. Sie wusste gar nicht mehr, wie oft sie das schon gerufen hatte. Auf den Knien rutschte sie zu den fest verschlossenen Stahltüren, hielt den Mund ganz dicht an den Schlitz. »Hilfe, Hilfe, Hilfe, Hilfe!« Sie hämmerte gegen das Metall, dann horchte sie wieder, ob jemand antwortete.

Da war sie wieder, die Stimme, deutlicher, näher. Jemand rief etwas, ein einziges Wort. Endlich erkannte sie es. Es war ihr eigener Name.

Tracy kamen die Tränen, jetzt, als ihr Herz die eingesperrten Emotionen freigab. »Ich bin hier!«, schrie sie zurück. »Hier drin! Ich bin hier drin!« Mit den Fäusten hämmerte sie an die Tür. Wie Sam es einst gewollt hatte, schrie sie, so laut sie konnte: *»Hilfe!«*

Eine Hausbewohnerin hatte als Erste Tracys dumpfe Rufe gehört und Alarm geschlagen. Eine Stunde darauf hatten Feuerwehr, Polizei, Vertreter des Wohnungsamts und zwei Monteure der Aufzugsfirma eine Rettungsmannschaft gebildet und mühten sich gemeinsam, die eingesperrte junge Frau zu befreien.

Unten im Foyer war bereits ein Menschenauflauf zusammengekommen und wartete, dass der gestrandete Lift herabgelassen wurde. Alle waren erschüttert von dem Gedanken, dass es jeder von ihnen hätte sein können, der jetzt dort festsaß, und alle redeten aufgeregt aufeinander ein, während ein Elektriker mit einem Messgerät die bunten Kabel, die aus der aufgestemmten Einfassung des Rufknopfes schauten, nach Strom absuchte.

Monica stand daneben, rief alle erdenklichen Leute an und fragte, ob sie Eric gesehen hatten. Er musste immer noch irgendwo dort draußen sein, auf einer falschen Fährte.

Während sie warteten, kamen immer wieder aufgebrachte Hausbewohner zu ihr. Jetzt wollten sie ihre Petition unterschreiben. Plötzlich waren alle auf ihrer Seite. Es war vielleicht nicht ungefährlich, aber jetzt sollte ihr Name bei dieser mutigen Unterschriftensammlung nicht fehlen. Sie wollten sich solidarisch zeigen und endlich Maßnahmen fordern. Was Monica bisher nur als abstrakte Gefahr beschrieben hatte, betraf plötzlich jeden; der Vorfall sprach unmittelbar die Instinkte an, den Impuls, die eigene Haut zu retten. »Sie hatten recht. Sie hatten recht«, kam es von allen Seiten. »Wir sorgen dafür, dass jeder hier unterschreibt. So kann es nicht weitergehen.«

»So, zurücktreten, jetzt kommt er!«, rief schließlich ein Feuerwehrmann und gab weiter, was der Aufzugsmonteur gerade über sein Sprechgerät erfahren hatte. »Zurücktreten! Der Aufzug kommt! Ist gleich unten! Zurücktreten!«

Einige protestierten, weil sie so zurückgeschubst wurden, aber alle hörten, wie der Lift anlief, und aus dem Stimmengewirr der Menge wurde erwartungsvolles Schweigen. »Ein Skandal ist das!«, rief eine einzelne Stimme. – »Ihr solltet euch schämen«, fügte ein anderer hinzu, kopfschüttelnd an den Mann von der Aufzugsfirma gewandt. Monica kam so nahe an die Türen heran, wie sie durfte.

»Machen Sie auf«, sagte sie. »Machen Sie einfach nur auf!« Ein Polizist hielt sie zurück. Dann trat eine Polizistin vor und hakte sich bei ihr unter, ein sehr viel sanfterer Arm. »Wir haben sie«, sagte die Beamtin zu ihr. »Sieht ganz so aus, als ob wir sie jetzt haben.«

Und tatsächlich hörte man, wie der Lift unten ankam. Es folgte eine Mischung aus Applaus, Protest und erleichterten Seufzern. Monica kaute am Fingernagel. Jemand gab ein Zeichen, und der Elektriker versuchte wieder sein Glück mit den Kabeln. Einmal sprühten Funken, doch nichts passierte, und nach einem zweiten, dritten und vierten Versuch drehte er sich um und rief den Feuerwehrmann, der am nächsten stand. Die beiden Experten diskutierten die Lage, und Monica sah zu. Der Feuerwehrmann holte einen zweiten hinzu, und aus dessen Mund vernahm man das Wort »aufbrechen«. Er ging hinaus zum Feuerwehrwagen, und zwei kräftige Männer in leuchtender Brandschutzkleidung kamen und steckten ein schweres Brecheisen in den Ritz zwischen den Türen. Sie drückten, das Metall ächzte, dann gab es nach, und schließlich gelang es dem Elektriker, der immer neue Kabelkombinationen probierte, mit ein wenig Nachhilfe der Feuerwehr die inneren Türen zu öffnen.

Dahinter stand eine Frau mit der entrückten Miene einer Heiligen. Ihren Koffer hatte sie neben sich stehen, als warte sie auf einem Bahnsteig. Die Menschenmenge, plötzlich still geworden, starrte sie an und betrachtete verblüfft die Dekoration des Aufzugs hinter ihr: Dutzende von Zeitschriftenbildern klebten an den Wänden. Tracy hob die Hand zu einem angedeuteten Winken, sagte aber kein Wort. Wie eine Schauspielerin, vor der sich unerwartet der Vorhang hebt, hatte sie ihren Text vollkommen vergessen.

Sie sah die Leute draußen an und murmelte, offenbar unter großer Anstrengung, »danke«, dann sackte sie zusammen und setzte sich auf ihren Koffer.

Monica lief zu ihr und schlang ihr beide Arme um den Hals, und hinter ihr brachen spontaner Applaus und Beifallsrufe los.

Tunica intima

Yvette nahm den Eurostar von Paris, sofort als die Nachricht sie erreichte. Eine bleiche, erschöpfte Delegation, bei der einer fehlte, begrüßte sie in Waterloo Station.

Zwanzig Minuten darauf standen all seine Frauen um Sams Krankenhausbett versammelt.

»So, Mr Britannia, und was hältst du jetzt von England?«

»Ein einfelner Aufrupfer«, nuschelte er. Seine Lippen fühlten sich an, als hätte ihm jemand Pappe daran getackert – erst Stunden später traute sich eine Krankenschwester, ihm den Spiegel hinzuhalten, damit er das grausige Bild betrachten konnte, zwei mit dem Skalpell voneinander getrennte Lippen, die auf das Doppelte ihrer üblichen Größe angeschwollen waren. Da jede Bewegung weitere Schmerzen bedeutete, waren seine Antworten notgedrungen kurz. »Falscher Ort.« Dann, nach sekundenlanger Pause: »Falsche Zeit. Mehr Morphium.« Er zeigte mit einem bandagierten Finger auf die leere Tropfflasche.

Tracy klingelte nach der Schwester. Eine stämmige, resolute Frau mit Beinen wie ein Billardtisch kam, konsultierte das Schreibbrett am Fußende des Bettes, ging wieder hinaus und kehrte mit einer vollen Flasche zurück.

Bald rieselte das Morphium wieder durch den Schlauch in Sams Arm. »Coleridge«, lallte er, als die blaugeschlagenen

Augen sich schlossen. »Verstehe ich jetzt erst. In Xanadu. Lustschloss. Kubla Khan. Kuppelschwer. *Das* hier. *Das* ist das Schloss.« Er zuckte, ein letzter Schmerz, der noch durch die sich schließenden Tore des Medikaments geschlüpft war.

»Hör auf!«, schimpfte Yvette, noch weiter in Aufregung gebracht durch die Sprunghaftigkeit seiner Gedanken. Ihr Make-up war noch verschmiert von den Tränen, die sie im Zug geweint hatte. »Er spielt schon wieder Theater. Sein Mundwerk war schon immer sein größtes Problem.«

Den dreien hatte der Atem gestockt, als sie sahen, in welchem Zustand Sam war, dick in Kompressen gepackt, an Schläuche, Drainage, Ventile angeschlossen. Im Gleichtakt hatten sie die Hände vor den Mund geschlagen, ein schockiertes Stöhnen. Er sah entsetzlich aus, weit schlimmer als ein Leichnam: Ein Leichnam strahlt immerhin einen gewissen Frieden aus.

Die Liste seiner Verletzungen war ellenlang: zwei Rippen und ein Handgelenk gebrochen, mehrere Zähne eingeschlagen. Schädelbruch auf der linken Seite, verursacht durch einen Tritt, linker Arm ausgekugelt, und die Lippen mussten sich erst wieder vom Schock der chirurgischen Trennung erholen. Die Haut der einen Handfläche war komplett abgerissen: Man hatte eine Hautverpflanzung von der Hüfte vorgenommen, was weitere Bandagen bedeutete. Abgesehen von Prellungen am ganzen Körper, war sein Leib eine einzige aufgedunsene Blase aus weißer Zellflüssigkeit.

»Ich rede wie. Ein Telegramm«, sagte Sam mit letzter Kraft. Er lächelte, und seine Frauen japsten, als sie die Grabsteinreihe seiner Zähne sahen. »Stop«, sagte er.

Tracy beugte sich vor. »Ruhig jetzt«, flüsterte sie ihm ins Ohr. »Ruh dich aus.« Sie gab ihm einen Kuss auf die Wange.

Doch gerade, als sie dachten, er wäre eingeschlafen, vereitelte er ihre Hoffnung wieder. »So süß«, murmelte er, »des Bächleins Raunen.« Die Frauen warteten. Sam war kein Mann, der einen Gedichtvers unvollständig ließ. »So süß. Die Sabbatglocke.« Seine Stimme kam wie aus dem Grab. »So süß zu hör'n. Nah und fern. Tief«, sagte er. »Tief…«, doch dann nichts mehr.

Sam schlief, in seinem eigenen schattigen Tal.

Der Chefarzt legte die Fingerspitzen aneinander und hielt sie wie ein Dach über seine Papiere, eine Geste, die, egal wohin man kam, so typisch für Ärzte war, dass sie wohl geradezu eine Vorbedingung für die Ausübung des Berufes sein musste.

»Sein Zustand hat sich stabilisiert, aber ich habe trotzdem schlechte Nachrichten. Welche von Ihnen ist Mrs Sahar?«

Nach einer peinlichen Pause, in der sie Blicke wechselten, mit den Schultern zuckten, die Handflächen nach außen kehrten und einander zunickten – was den Arzt, der noch nie eine so komplexe Reaktion auf eine so einfache Frage erlebt hatte, schwer verwirrte –, hob Firouzeh die Hand.

»Ich muss mit Mrs Sahar allein sprechen«, fuhr er fort.

»Aber wir sind Schwestern… seine Schwestern«, protestierte Yvette.

Der Chefarzt sah Tracy argwöhnisch an, dann Firouzeh, dann sprach er weiter. Sein Ton und sein Gesichtsausdruck waren ein einziges schlechtes Vorzeichen.

»Es scheint, dass Ihr Mann… dass er eine Hirnverletzung davongetragen hat, die wir bei der ersten Untersuchung nicht gesehen haben. Auf den Röntgenaufnahmen vom heutigen Morgen zeigt sich ein kleines Aneurysma an einer Arterie der linken Hirnhälfte.«

»Aneurysma?«

»Durch die Schläge, die er auf den Kopf erhalten hat, ist offenbar eine Arterie geschwächt worden. Das hat an einer Stelle zu einer Verdünnung der Gefäßwand geführt, der *tunica intima*. Durch den Blutdruck schwillt dieses Gefäß dann an und bildet eine Ausstülpung.«

»Aber das lässt sich wieder in Ordnung bringen, oder?«, fragte Tracy.

»Normalerweise ja, aber im Augenblick ist Ihr … ähm, Bruder nicht stark genug für diese Operation. Wir hoffen, dass das Aneurysma stabil bleibt, bis er sich weit genug erholt hat. Sobald es möglich ist, werden wir tätig, das versichere ich Ihnen, aber vorerst müssen wir alle mithelfen, dass er wieder zu Kräften kommt.«

»Und was, wenn es nicht stabil bleibt? Wenn es größer wird?«

Der Arzt nahm seine Brille ab und legte ein Bügelende an die Lippe. »Dann werde ich Sie wieder herbitten, und wir überlegen noch einmal neu. Aber das ist kein Grund zur Beunruhigung. Sein Zustand ist stabil. Wir beobachten ihn sorgfältig, und sobald er sich gut genug erholt hat, kommt er auf den Operationstisch.« Der Doktor lächelte die Frauen an, ein Versuch, ihnen Mut zu machen. Doch dieser offizielle Trost erhöhte nur ihre Furcht.

Draußen vor dem Sprechzimmer fielen Tracy, Yvette und

Firouzeh einander in die Arme, und jede versuchte, die beiden anderen zu beschwichtigen. Die Kinder sollten nichts erfahren. Für sie blieben sie lieber bei der Geschichte, dass Daddy im neuen Restaurant verunglückt war. Ein böses Baugerüst war ihm auf den Kopf gefallen. Sie sollten nicht wissen, dass es auf der Welt echte Ungeheuer gab.

Yvette kam morgens ins Krankenhaus, Firouzeh löste sie am Mittag ab und brachte die Kinder mit, und sie spielten leise rund um Sams Bett, bis er es nicht mehr aushielt und sie mit einer Handbewegung fortschickte.

Tracy kam am liebsten abends, wenn die Wirkung der Medikamente nachließ. Sie wollte, dass er bei klarem Verstand war, selbst wenn sie einfach nur still beieinandersaßen und glücklich waren, dass der andere da war.

Sam hatte sich ein kleines Krankenhaus-Spiel ausgedacht, das er von Tag zu Tag besser beherrschte. Er lag mit geschlossenen Augen da und versuchte allein am Geruch zu erkennen, welches die neueste Besucherin war, die neben seinem Bett Platz nahm. Die Trefferquote lag zuletzt bei hundert Prozent. »Yvette«, verkündete er, öffnete ein Auge halb und sah Tracy. »Mist.«

»Ich dachte, ich führ dich an der Nase rum. Das ist Yvettes Chanel Nr. 5.«

»Und verdirbst.« Pause. »Meine Quote.« Pause. »Mist.«

Der große Redner gewöhnte sich allmählich an seinen verbalen Hausarrest, die Sperrstunde der zerfetzten Lippen. »Du siehst«, sagte er, »gut aus.«

Er war ein wortkarger Mann geworden, und meist überlegte er sich die Worte genauer als zu jeder anderen Zeit seines Lebens. Tracy fand, dass diese Brocken oft mehr Sinn enthielten als viele ihrer Vorläufer, und sie hatte den Eindruck, dass das Unglück aus Sam einen weitaus weiseren Mann gemacht hatte. Sie saß an seinem Bett und war zufrieden mit den wenigen Worten, ja sie fand es erfrischend, dass kaum geredet wurde. Die Krankheit hatte auch die letzte Schranke zwischen ihnen eingerissen, und sie genossen schon jetzt jene heitere Gelöstheit, die es sonst nur bei uralten Ehepaaren gibt.

Stundenlang sah sie zu, wie er eindöste und wieder erwachte, und sie war glücklich bei dem Gedanken, dass sie das Erste war, was er sah, wenn er die Augen wieder aufschlug.

»Isis und Osiris. Daran erinnert ihr zwei mich«, fand Firouzeh, welche die beiden in ihrem gemeinsamen Schweigen betrachtet hatte.

»Danke.«

Später schlug Tracy es in ihrem Lexikon nach und erfuhr, dass der ägyptische Gott Osiris von seinem Bruder zerstückelt worden war, und Isis hatte ihn wieder zum Leben erweckt – seine Schwester und Ehefrau.

Sams Genesung war nun Tracys ganzer Lebenszweck. Kein Gerichtsverfahren, kein kleines Blutgefäß würde den Plan durchkreuzen, den alle drei Frauen insgeheim schon angenommen hatten: dass sie ihm seinen Wunsch erfüllen und England gegen die Wüstenlandschaft Persiens eintauschen würden.

Die Ankündigung, dass alle drei zur Rückkehr mit ihm in den Iran bereit waren, wo sie ein neues Kapitel ihres Lebens aufschlagen würden, sollte warten, bis Sam wieder auf den Beinen war.

Yvette saß im Schneidersitz, trank Wein aus einer Miniaturflasche und versuchte, in einem von Tracys Lehrbüchern zu lesen. »Ich verstehe kein Wort von dem ganzen Zeug.«

»Das ist in Ordnung. Ich auch nicht.« Für ihr Studium hatte Tracy dieser Tage nicht viel Zeit.

»Vielleicht sollte ich auch anfangen zu studieren«, sagte die Französin und klappte das Buch zu, »wenn wir jetzt alle da 'inziehen.«

Sie seufzte, und ihr Blick verriet, wie beunruhigt sie war. Ihre Hauptsorge galt der Frage, ob sie einen Hidschab würde tragen müssen. Was für einem rückständigen Regime lieferten sie sich aus? Tracy war es nicht gelungen, ihre Bedenken zu zerstreuen. Für diese betörend schöne Frau war der Verlust der eigenen Identität eine große Bedrohung. Ihr Leben lang hatte ihre Schönheit ihr alle Türen geöffnet. Und noch dazu hatte Firouzeh ihre Ängste geschürt. Sie müsse sich auf das Schlimmste gefasst machen. Das Leben im Iran sei kein Zuckerschlecken. Der Begriff »Frauenrechte« sei dort ein Widerspruch in sich. Die im Westen so verrufenen Gesetze der Scharia ließen den Frauen zwar größere Freiräume, als es nach außen hin den Anschein habe, aber es werde Anfeindungen, Beleidigungen, tägliche Verstöße gegen ihr Rechtsempfinden geben. Sie sollten sich keine Illusionen machen.

»Jemand 'at mir gesagt, Frauen dürfen da nicht Auto fahren!«, sagte sie mit weit aufgerissenen Augen, dabei fuhr sie ohnehin nie Auto.

»Nein. Das ist in Saudi-Arabien.«

»Und man wird geköpft, wenn man ’aschisch raucht!«

»Falsches Land, glaube ich. Nicht im Iran.«

»Aber machst du dir denn keine Sorgen?«

Tracy log. »Wir werden alle zusammen sein. Und wenn es uns nicht gefällt, können wir anderswo hingehen.«

Das beruhigte Yvette ein wenig. *»Oui. C’est vrai.«*

Sie hatten gemeinsam beschlossen, zu gehen, einen Versuch zu wagen, aber sie hatten allesamt große Bedenken.

»Und wie ging es ihm ’eute Abend?«, wollte Yvette wissen.

Tracy knöpfte ihr Kleid auf. »Etwas besser. Ich glaube, er kommt langsam wieder zu Kräften.«

»Dann werden sie ihn bald operieren?«

Tracy nickte. Das war immer noch der Plan. »Morgen machen sie eine neue Röntgenaufnahme. Um die Größe des Aneurysmas noch einmal zu überprüfen. Danach wissen wir mehr.«

Sie machten sich fertig zum Schlafengehen, und dann lagen sie in der Dunkelheit und wälzten in Gedanken all die Fragen, auf die es bisher keine Antworten gab.

Die folgende Woche über konnte Sam wegen der hohen Morphiumdosen oft nicht sprechen. In solchen Phasen entwickelte sich allmählich eine einfache Zeichensprache, die Firouzeh erstaunlich gut zu deuten verstand.

Eine erhobene Hand bedeutete, dass er mit niemandem sprechen wollte, ein ausgestreckter Arm, dass er sich zum Rülpsen aufsetzen wollte und dazu Hilfe benötige. Wenn er das Handgelenk nach hinten bewegte, hieß das, dass er müde war und keinen Besuch mehr wollte. Nur wenn er mit zwei ausgestreckten Fingern leicht die Lippen berührte – die Bitte um eine heimliche Zigarette –, blieb sein Wunsch ohne Beachtung. Firouzeh ließen all diese Gesten an die selbstherrlichen Patriarchen in der Familie ihres Vaters denken, nicht an den sanftmütigen, zurückhaltenden Sam, aber bei einem Mann in seinem Zustand musste man Nachsicht walten lassen.

Als Sams körperliche und geistige Kräfte nach und nach zurückkehrten, behielten seine Ehefrauen ihre regelmäßigen Besuche nicht nur bei, sie intensivierten sie sogar, und bald war Sam so gut wie gar nicht mehr allein. Aber nicht Pflichtbewusstsein war die Ursache für diese erhöhte Aufmerksamkeit. Der Grund war, dass sich alle drei Frauen immer mehr in den eigenen Ehemann verliebten.

Die Fürsorge für den Schwerkranken glich so sehr den Ritualen des Verliebtseins – Geschenke, Zärtlichkeit, gepaart mit den Triumphgefühlen, die solche Zärtlichkeiten auslösen –, dass sie ihre Wirkung auf die Ehefrauen von Sam Sahar nicht verfehlten. Es war eine Offenbarung: Je näher ein geliebter Mensch dem Tode ist, desto stärker wird die Liebe.

So liebevoll umsorgt kehrte Sam langsam wieder ins Leben zurück. Von Tracy verlangte er sein Mobiltelefon. Da die Krankenschwestern ihm verboten hatten, es auf der Station zu benutzen, versteckte er es unter seinem Kopfkissen und telefonierte fieberhaft, sobald die Luft rein war. Die Hoffnung, vor Gericht zu gewinnen, hatte er noch immer nicht aufgegeben, und wollte er die Sache vom Krankenbett aus in die Hand nehmen.

Er wurde auch immer häufiger aus seinem Bett gelockt. Tag für Tag tauchte eine der Krankenschwestern auf und überredete ihn, sie in den Aufenthaltsraum zu begleiten und dort an dilettantischen Malkursen teilzunehmen.

Dort saß er in seinem Rollstuhl, einen langen Pinsel in der Hand wie Claude Monet, und malte Stillleben von Obst und Gemüse.

»Ich habe mich selten so wohl gefühlt«, verkündete er seiner dritten Ehefrau. »Der Arzt sagt, ich bin über den Berg. Ende nächster Woche sollte ich stark genug sein für die Operation.«

Tracy sah zu, wie unter seinen Pinselstrichen eine Frucht Gestalt annahm, die sie noch nie an einem Baum gesehen hatte.

»Hoffentlich.« Die Ärzte hatten Tracy die gleiche Auskunft erteilt.

»Und weißt du, warum ich mich so wohl fühle? Weil du mein Leben in einen Spielplatz verwandelt hast. Einen sonnenbeschienenen Spielplatz. Weißt du, wie mein Leben mit dir ist? Mit acht Jahren hatte ich meine erste Geburtstagsparty. All meine Freunde waren da – einen Tag lang war ich umgeben von Wärme. Man rechnet nicht damit, dass solche Tage je wiederkommen.«

»Du solltest nicht so viel reden. Die Schwester hat gesagt, das viele Reden tut dir nicht gut.«

»Wirklich? Dann sollte ich auf der Stelle ein ernstes Wörtchen mit ihr reden.« Er konzentrierte sich darauf, seine Hand ruhig zu halten und den Stiel der Frucht zu malen. »Jetzt bin ich müde.« Er legte den Pinsel beiseite. Seine Energieausbrüche waren immer nur von kurzer Dauer.

Tracy schob seinen Rollstuhl zurück ins Krankenzimmer; das Linoleum glänzte so blank, dass ein Schlittschuhläufer seine helle Freude gehabt hätte. Auf diesem Untergrund liefen die Gummiräder unglaublich leise: Nur ein leichtes Quietschen ertönte, als sie mit dem Rollstuhl um die Ecke bog.

Als Tracy ihm ins Bett half, sagte er, manchmal erlebe er Augenblicke »unglaublicher Zufriedenheit«, und er warnte sie vor einer weiteren Entwicklung: Sein sexueller Appetit melde sich wieder, sende erste Signale wie eine verlorene Raumsonde im Weltall.

»Ich glaube, es ist Zeit zum Waschen.«

Die Aussicht auf den kalten Lappen in der Hand einer meist bärbeißigen Krankenschwester brachte seinen Wortschwall zum Versiegen. »Bitte drück nicht auf den Knopf«, beschwor er sie.

»Schon passiert.« Tracy hob die Hand.

»Mist«, sagte er.

Die kleine rote Lampe über seinem Kopf blinkte, und seine gute Laune verschwand schlagartig.

Tracy packte ihre Schultertasche. Sie war fertig zum Aufbruch und wartete nur noch auf die Schwester mit der Waschschüssel.

Beschuldigungen

Nach dem Zwischenfall mit dem Lift wollte Sam nicht, dass Tracy das Gebäude je wieder betrat. Also zog sie wieder ins Metropole, in die Marilyn-Suite.

Monica und Tracy hatten eingekauft. Als sie zum Hochhaus zurückkehrten, lagen ihre Nerven längst blank. Sie brauche keine Hilfe mit den Einkaufstüten, sagte Monica. Tracy solle zurück in ihr Hotel gehen.

»Dreiundzwanzig Stockwerke? Red keinen Unsinn, Mum. Du kannst all die Tüten nicht allein schleppen. Und außerdem bist du mir noch eine Antwort schuldig.«

»Schluss der Debatte. Ich weiß nicht, seit wann du so starrsinnig bist. Außerdem sind sie gar nicht so schwer.«

»Komm schon. Bewegung ist gesund.« Sie nahm ihrer Mutter drei der sechs Plastiktüten aus der Hand und marschierte in Richtung Treppe. »Auf geht's.«

Monica musste sich fügen. Sie holte ihre Tochter ein, und Seite an Seite begannen sie mit der Bergbesteigung.

Bis zum ersten Stock gingen sie wortlos.

Zwischen dem ersten und dem zweiten Stockwerk sagte Monica: »Ich kriege schon jetzt keine Luft mehr. Das ist unglaublich.«

Als sie auf dem dritten Treppenabsatz stehen blieben – nur um die Tüten besser in den Griff zu bekommen –, japste

Monica: »Ich finde einfach, dass du die Gesellschaft nicht für alles verantwortlich machen kannst.«

»Schau dir doch mal an, was rund um dich los ist.«

Sie machten sich an den Aufstieg zum vierten Stock. Ihre Schritte wurden zusehends langsamer und schwerfälliger. »Jemand dreht durch«, sagte Monica, »und schon ist es passiert. Die Kerle, die Sam zusammengeschlagen haben, sind nicht repräsentativ. Das ist eine winzige Minderheit.«

»Mum! Das ist doch nicht wahr!«

»Ist es wohl.«

»Mum...«

Sie blieben stehen.

»Aber sieh dich doch um, Mum. Sieh dich *um*! Überleg mal. Schlag die Zeitung auf. Und dann geh und sieh dir Sam an. Menschen morden, vergewaltigen, missbrauchen Kinder nach allen Regeln der Kunst, nehmen ihr ganzes Leben lang Drogen, saufen sich zu Tode, sterben einsam. Und was sagt die Gesellschaft? Das Gleiche wie du. Ihr sagt, die Gesellschaft kann nichts dafür, das sind nur Leute, die von der rechten Bahn abgekommen sind. Solche Menschen wird es immer geben. Sie hatten einfach eine schlimme Kindheit oder so was, aber mit der Gesellschaft hat das nichts zu tun, die sind kein Abbild der Gesellschaft.« Sie begannen mit dem Aufstieg in den fünften Stock. »Und was ist mit Jamie Bulger?«

»Was hat der denn damit zu tun?«

»Ein zweijähriger Junge wird von zwei Zehnjährigen getötet – daran ist nicht zu rütteln. Die Gesellschaft produziert diese Kinder, Kinder, die solche Dinge tun und auch weiter tun werden. Und was macht die Regierung? Sie sperrt sie ein, und die Kirche sagt, es sind Ungeheuer, und ist einfach nur erleichtert, wenn sie weggesperrt werden. Und trotzdem will keiner wahrhaben, dass wir massenweise solche Leute produzieren.«

»Eigentlich sind Menschen ziemlich nett, Tracy.«

»Sicher sind sie nett. Aber warum? Damit andere nett zu ihnen sind. Aus keinem anderen Grund. Menschen sind hart; sie haben nur eine Schale aus Zuckerguss. Jeder denkt nur an sich.«

Ein Mann, den Monica noch nie gesehen hatte, kam die Treppe herunter, und sie ging zur Seite, damit er durchkonnte. »Danke«, sagte er.

»Hallo«, antwortete Monica automatisch.

Sie setzten ihren Aufstieg fort. »Und das ist nicht alles. Jemand hat es auf Video festgehalten, wie die zwei Kinder den kleinen Jungen gequält haben. Leute standen dabei, und sie haben nichts unternommen, weil das die Einstellung ist, die jetzt alle haben: ja nicht reinziehen lassen, ja nichts tun, was nicht zum eigenen Nutzen ist. Westlicher Materialismus in Aktion. Das hat man doch bei Sam gesehen.«

»Ich kann gar nicht glauben, dass du so was sagst.«

»Wieso?«

»Wo kommt das alles her? Bis vor ein paar Wochen hast du das Wort Gesellschaft nie in den Mund genommen, und jetzt kommt es in jedem Satz.«

»Es ist einfach überall.«

»Studium ist gut und schön, aber...«

»Und was ist mit Dad? Er sieht Sam da in der Gasse liegen, sagt dem Kerl, er soll sich um ihn kümmern, läuft dem Schläger nach, und was tut der Kerl?«

»Das kannst du doch nicht wissen.«

»Er macht sich davon! Er macht sich einfach davon.«

»Keiner weiß genau, was da…«

»Findest du das nicht widerlich? Ich schon.«

Sie hielten im fünften Stock und verschnauften. Monica war zu sehr außer Atem, um sofort zu antworten. »'türlich. Natürlich ist das nicht gut. Überhaupt nicht. Aber…«

Eine Tür öffnete sich. Eine alte Frau stellte eine Mülltüte ins Treppenhaus, und als sie Monica sah und daran erinnert wurde, dass sie die Petition nicht unterzeichnet hatte, machte sie verlegen die Tür wieder zu.

»Und?«, sagte Monica. »Die Gesellschaft ist schlecht. Sie ist widerlich. Schön. Aber was kannst du tun? Du musst trotzdem drin leben.«

»Sieh dir doch deine Petition an. Kein Mensch wollte sie unterschreiben. Obwohl es lebensgefährlich ist, in dem Ding hier zu wohnen.«

»Am Ende haben doch noch recht viele unterschrieben.«

»Wie viele?«, fragte Tracy, nahm ihre Tüten und ging voran.

»Zweiundzwanzig.«

»Von? Und selbst die erst, als ich im Lift eingesperrt war und sie dachten, jetzt kommst du womöglich damit durch. Aber bis dahin waren sie genau wie der Kerl, dem Dad gesagt hat, er soll sich um Sam kümmern.« Tracy blieb stehen, damit ihre Mutter nachkommen konnte. »Unser Dozent sagt, seit die Menschen keine Angst vor göttlicher Strafe mehr haben, läuft die Gesellschaft aus dem Ruder.«

Monica langte wieder bei ihr an. »Und wann ziehst du in den Iran?«

Tracy erschrak. »Woher weißt du das? Wer hat dir das gesagt?«

Nun war Monica mit dem Erschrecken an der Reihe. »Das sollte ein Witz sein. Du willst in den *Iran* gehen?«

»Nur so ein Gedanke, Mum.«

»Das darf doch nicht wahr sein, Tracy! Willst du mir erzählen, dass ihr tatsächlich im Iran leben wollt? Lieber Himmel!«

»Nur wenn sich absehen lässt, dass wir den Prozess verlieren.«

»Aber die Aussichten, dass ihr gewinnt, sind doch gleich null, oder?«

»Es sieht nicht besonders gut aus.«

»Und das heißt, ihr werdet gehen.«

Tracy zuckte mit den Schultern.

»Das darf nicht wahr sein.« Monica ließ sich auf die Treppe sinken. Sie versuchte sich ihre Tochter am anderen Ende der Welt vorzustellen, aber sie konnte es nicht. Das war, als würde sie sterben.

»Nicht hinsetzen, Mum. Sonst kommst du nicht wieder hoch.«

Monica spielte in Gedanken mit dem Wort Iran, mit den Bedeutungen, die es für sie hatte: Ferne, Fremdheit, Gefahr. »Egal was geschieht, es wird immer schlimmer«, sagte sie. »Schlimmer und schlimmer.«

Tracy ging wieder hinunter, stellte ihre Taschen ab und setzte sich neben ihre Mutter.

»Das ist doch nicht aus der Welt, Mum.«

»Ich sehe die Nachrichten, weißt du.«

»Ich weiß.«

»Also erzähl mir nicht, dass es nicht aus der Welt ist. Es ist am anderen Ende der Welt.«

»Sechs Stunden Flug.«

»Wann wolltest du mir das sagen?«

»Wenn wir wissen, was aus dem Prozess wird.«

»Das wird deinen Vater umbringen.«

»Der überlebt das schon. Ihr könnt beide kommen und mich besuchen.«

»Ha! Im Iran? Das ist ein Witz. Ich krieg ihn doch nicht mal nach Brighton.«

Sie saßen eine Weile lang schweigend da, zwei Bergsteiger, die auf den Hubschrauber warten.

Sie blieben auf der Stufe sitzen, die Einkaufstüten neben sich, bis Tracy sagte: »Oh, ich könnte ja Dad anrufen.« Sie zog ihr Handy hervor.

»Seit wann hast du denn so was?«

»Hat Sam mir geschenkt.« Sie rief im dreiundzwanzigsten Stock an. »Ich kann dir meine Nummer geben, wenn du willst.« Tracy gab ihr eine Visitenkarte, auf der die neue Nummer stand. Monica drehte sie in der Hand. Der Name, den ihre Tochter auf dieser Karte hatte, war Sahar. Es war das erste Mal, dass sie es geschrieben sah. »Tracy Sahar«, sagte sie.

»Das bin ich, Mum. So heiße ich jetzt.«

Monica hörte den Klingelton und die Stimme ihres Mannes. Tracy erklärte ihm, dass sie auf der Treppe festsäßen, und Eric antwortete, er sei gleich unten.

Keine der beiden Frauen sprach ein weiteres Wort, und sie lauschten nur Erics polternden Schritten, die nach und nach näher kamen.

»Donnerwetter«, sagte Monica, als er schwer schnaufend bei ihnen anlangte. »Brich bloß nicht zu viele Rekorde.«

Eric grinste. Der Anblick der beiden gestrandeten Frauen amüsierte ihn. »Na, dann gebt mal her.« Tracy nahm zwei Tüten, die anderen vier ließ sie für ihren Vater. Ihre Mutter sollte vorangehen; eine könne sie schon tragen, sagte Monica und nahm Eric die Leichteste aus der Hand. Eric blieb lachend stehen und sah seiner Frau nach. »Wir sehen uns am Südgipfel«, rief er ihr noch nach.

»Hm?«

»Everest.«

Klack, klack, klack, enfernten sich Monicas Schritte, und Tracy und Eric folgten ihr. Aber schon auf der nächsten Etage machte Eric Zeichen, dass es Zeit für eine Zigarettenpause sei. Sie hörten, wie Monica aufstieg, ein wahrer Edmund Hillary, der sich mit nichts außer dem Gipfel zufriedengeben würde.

Wieder stellte Tracy die Tüten ab und holte ihre Zigaretten hervor. »Du hast wieder angefangen?«, fragte sie.

»Ja, seit das Auswahlkomitee für die Olympischen Spiele mich übergangen hat, frage ich mich, wieso ich überhaupt trainiere.«

Sie steckte die Zigarette an und reichte sie ihm. »Wunderbar«, sagte er, nahm einen Zug und gab ihr die Zigarette zurück.

»Ich wollte mich noch bedanken«, sagte Tracy.

»Ach, ich hab doch sowieso nur ferngesehen.«

»Nein, nicht hierfür. Ich meine wegen Sam. Dass du so gelaufen bist mit deinem schlimmen Fuß und allem. Wo du ihn doch gar nicht besonders magst.«

»Ach das. Na, das war doch das Mindeste, was ich tun konnte.« Er hatte den Blick auf das brennende Ende der Zigarette gerichtet, drehte sie hin und her, spielte mit der dünnen Rauchfahne. »Glaub mir.«

»Nein, du warst großartig. Und er möchte dir auch danken. Du musst hingehen und ihn besuchen. Er möchte sich persönlich bei dir bedanken.«

Eric schüttelte den Kopf, seine Miene wurde streng, ja zornig. »Nein, ich will nicht, dass er mir dankt. Das will ich nicht. Sag ihm das, ja?«

»Warum?«

»Ebendarum.«

»Wegen was?«

Es dauerte einen Moment, bis er mit seiner Erklärung herausrückte. »Es gibt da was, was ich dir nicht gesagt habe, Tracy. Es gibt Sachen, die habe ich dir nicht gesagt.«

Sie wartete, neugierig, versuchte in seinen gequälten Zügen zu lesen. »Wovon sprichst du?«

»Ich hab mir überlegt, wann ich dir das am besten sage. Vielleicht ist das jetzt der richtige Zeitpunkt.«

»Was hast du, Dad?«

»Ich wollte nicht, dass das alles so kommt – das wollte ich sagen. Das sollst du wissen. Das war nie so gedacht. Ich wollte nicht, dass die Kinder drunter leiden müssen. Ich wollte einfach nur dich zurück.«

»Dad, was hast du gemacht?«

»Du hattest von Anfang an recht.«

»Was ist es? Was hast du gemacht?«

Er rieb sich das Kinn, und endlich nahm er all seinen Mut zusammen und sah sie an. »Ich hab's niemandem gesagt.

Nicht mal deiner Mutter. *Ich* war es. *Ich* hab das gemacht. Ich habe beim Jugendamt angerufen.«

»Du? Dad, das glaube ich dir nicht.«

»Dafür wirst du mich jetzt hassen. Und ich kann's dir nicht verdenken; aber ich hatte doch keine Ahnung, was passieren würde. Es war das Einzige, was mir eingefallen ist. Um dich abzuhalten, von dem großen Fehler, den du machen wolltest. Ich war verrückt vor Sorge, Tracy, ich war vollkommen verrückt. Und als sie dann die Kinder geholt haben, da habe ich mich mies gefühlt, als der ganze Ärger losging, und jetzt Sam im Krankenhaus, das habe ich alles nicht gewollt – aber ich wollte dich doch nur schützen, ich wollte dich vor ihm schützen. Das hätte jeder Vater getan. Für mich war dieser Mann das Schlimmste, was dir überhaupt passieren konnte.«

Tracy hatte sich abgewandt. »Das hast du dir jetzt gerade ausgedacht.«

Er konnte sehen, wie seine Tochter ihr Herz vor ihm verschloss, er spürte ihren Schmerz und ihre Verwirrung und ihre Wut, aber er würde sie nicht davon abhalten. Er bekam nur seine gerechte Strafe. »Also bitte ihn nicht, dass er mir dafür dankt. Das wollte ich nur sagen. Nach allem, was ich ihm angetan hatte, wie hätte ich denn da nicht rennen können? Ich sollte rennen bis ans Ende meiner Tage.«

»Dad. Bitte sag mir, dass das nicht wahr ist.«

Ihr Ton hatte etwas Endgültiges, so, als sei etwas für alle Zeiten zu Ende gegangen, doch sie musste sich zuerst zu hundert Prozent überzeugen, dass er tatsächlich der Schuldige war, bevor sie das Band zwischen ihnen für immer durchtrennte.

»Das war ich, Liebes.« Er ließ den Kopf hängen. Er zitterte, man sah es an der Zigarette in seiner Hand. »Das war dein alter Dad. Schon ein Jammerlappen, was? Ein Haufen Dreck. Aber jetzt weißt du's. Du kannst mich hassen bis an dein Lebensende. Das wäre schon in Ordnung.«

Es dauerte eine Weile, bis Tracy ihre Stimme wiederfand. »Warum? Warum hast du... warum hast du mir das erzählt?«

»Ich konnte nicht mehr damit leben, glaub mir. Das geht in mir um, das frisst mich auf. Ich bin zu überhaupt nichts mehr zu gebrauchen. Und zu viel war ich ja noch nie gut. Aber irgendwie hatte ich immer noch auf ein Wunder gehofft. Dass du mir vergibst oder so was. So, jetzt weißt du's. Du bist die Erste, die es erfährt. Dein alter Herr ist ein Dreckskerl.«

Sie standen schweigend da.

Niemand kam die Treppe herauf, niemand ging hinab. Niemand half ihnen. Schließlich klingelte Tracys Telefon.

Monica wollte wissen, wie weit sie waren. Sie war oben angekommen und klang sehr stolz.

Tracy nannte einfach eine Zahl und schaltete ab.

»Das kann ich niemandem erzählen«, sagte Tracy. »Dazu schäme ich mich zu sehr.«

Eric wischte sich mit der Hand wie mit einem Tuch den Schweiß vom Gesicht. »Kann ich dir nicht verdenken.«

Tracy ließ die Tüten einfach stehen und machte sich ohne Abschiedgruß auf den Weg nach unten. Er lauschte. Nach ein paar Stufen blieb sie stehen. »Und der Überfall. Hattest du da auch mit zu tun?«

»Für was hältst du mich?«

»Nicht viel.«

Tracy zog sich möglichst aufreizend an, altmodisch, nichts verhüllend – *jetzt sehe ich wieder aus wie eine Nutte,* dachte sie – und trat hinaus auf den Flur.

Nach einem flüchtigen Blick auf ihr sexy Spiegelbild in den stählernen Lifttüren entschied sie sich für die Treppe. Aus dem Hotelfoyer trat sie kampfbereit hinaus auf die Straße. Draußen röstete ein Schwarzer in einem Ölfass Kastanien über dem Feuer. Sie hob den Arm und rief ein Taxi. Das Taxi fädelte sich in die Autoschlange.

Eine Dreiviertelstunde später stand sie an der Besuchertheke des Sozialamts, wo sich eine dienstbeflissene Frau nach ihrem Namen erkundigte.

»Tracy Pringle. Ich möchte mit Mr Partridge sprechen – persönlich. Er weiß dann schon, worum es geht. Vielleicht sagen Sie ihm besser, hier ist Tracy Sahar.«

»Sahar?«

»Ja.«

Bevor sie Partridge rief, warf die gestrenge Dienerin des Gesetzes einen missbilligenden Blick auf Tracys offenherziges Dekolleté und das hautenge Oberteil.

Das Großraumbüro war erfüllt vom Summen amtlicher Gespräche. Während die Besucher schweigend abwarteten, bis sie an der Reihe waren, korrigierten die Beamten in ihren Bürozellen die schlecht ausgefüllten Formulare derer, die das Glück hatten, bedient zu werden. Anträge wurden dreifach geprüft, vervollständigt, zurechtgestutzt. Nie würden die Bedürftigen all das bekommen, worum sie ersuchten. Entnervte Ex-Ehefrauen, verlassene Ehemänner, Stiefeltern, eigensinnige Vormünder und Menschen, die einfach kurzfristig Unterstützung brauchten, traten an der Theke nervös von einem Bein auf das andere. Im Hintergrund saß ein Dutzend untergeordneter Beamter an Schreibtischen, den Telefonhörer zwischen Schulter und Ohr geklemmt, und kritzelten mit dem Kugelschreiber etwas auf ihre Schreibblocks, während Tracy ihre Gedanken ordnete, im Spiegel des Puderdöschens ihr Make-up überprüfte und sich ihre Strategie zurechtlegte.

Als Mr Partridge auftauchte, schien es ihm peinlich, sie zu sehen.

Mit raschen Blicken musterte er sie von Kopf bis Fuß. *Klick, klack,* dachte sie.

»Wunderbar«, stammelte er – es klang, als hätte *er* um dieses Treffen gebeten und nicht sie. Er wollte sie unverzüglich hinauskomplimentieren, weg von den neugierigen Blicken seiner Kollegen. Sie ließ sich bereitwillig von ihm zu einem Kaffee einladen.

Wahrscheinlich hätte sie sich sträuben können, den Lift zu benutzen, aber noch bevor sie dazu kam, war Partridge eingestiegen und winkte sie herein. Sie lächelte höflich. Die Türen schlossen sich, und sie gelangten ohne Zwischenfälle ins Erdgeschoss.

»Ich freue mich sehr, Sie zu sehen«, sagte er auf dem Weg nach draußen. »Damit hatte ich überhaupt nicht gerechnet.«

Tracy antwortete nicht.

Das Café war ganz in der Nähe. Er ging ihr voraus über die Straße.

Tracy bestellte einen Milchkaffee und setzte sich dann ihm gegenüber an einen kleinen Tisch, doch noch ehe sie etwas sagen konnte, legte Partridge die wie im Gebet aneinandergedrückten Hände an die Lippen und kam ihr mit einem Geständnis zuvor.

»Was ich jetzt sagen will, muss unter uns bleiben, okay? Hören Sie mir einfach zu.«

Sie nickte. Sie konnte warten.

»Sie müssen wissen, das ist meine letzte Woche in diesem Job. Ich habe bereits gekündigt. Aber was ich zu sagen habe, muss trotzdem unter uns bleiben.«

Sie nickte erneut.

»Persönliche Gründe. Verschiedenster Art. Ob Sie es glauben oder nicht, in meiner Freizeit trete ich ab und zu als Komiker im Varieté auf. Es klingt verrückt, aber ich will sehen, ob sich nicht mehr daraus machen lässt. Ob es funktioniert, weiß man ja immer erst hinterher.«

Ein Nicken, das ihm ihre Überraschung vorenthielt: dieser Blödmann auf der Bühne?

»Aber ich hatte die Nase voll, und daran waren Sie nicht ganz unschuldig.«

Er wolle ihr erklären, warum ihn die Maßnahmen seiner Vorgesetzten in ihrem Falle so schockiert hatten. Er könne gar nicht sagen, wie entsetzt und empört er gewesen sei, als die Kinder aus ihrem Zuhause fortgeholt wurden. »Das hatte ich nie gewollt. Und deswegen spreche ich jetzt mit Ihnen.«

Es gebe ein paar Dinge, die er ihr erklären müsse. »Ich habe versucht, Sie zu warnen, aber Ihr Mann wollte einfach nicht auf mich hören. Die Behörde hat ein Raster, mit dessen Hilfe sie die Gefährlichkeit einer Situation einschätzt. Eine Liste mit fünf Kriterien. Ich werde sie nicht einzeln aufzählen. In einigen Fällen treffen eins oder zwei davon zu.

In Ihrem Fall waren es alle fünf. Mir war klar, dass Sie Schwierigkeiten bekommen würden.«

Eine Serie von Fällen, in denen junge Europäerinnen unterschiedlicher ethnischer Herkunft ihrer Pässe beraubt und in Großbritannien gefangengehalten wurden (von Menschenhändlern als Sexsklavinnen verkauft oder von korrupten Zuhältern für einen Hungerlohn in London auf die Straße geschickt), hatte das Ministerium dazu veranlasst, die Behörden zu erhöhter Wachsamkeit zu ermahnen. Der anonyme Anruf sei genau zu der Zeit gekommen, als diese Maßnahmen in Kraft traten. »Ihr Fall ließ sämtliche Alarmglocken schrillen. Ich erzähle das wirklich ungern, aber auch wenn es heute lächerlich klingt, glaubte man damals« – er geriet ins Stocken – »Ihr Ehemann stehe an der Spitze eines solchen Verbrecherrings.«

Tracy musste lachen.

»Ich weiß, ich weiß«, sagte Partridge.

»Und Sie … Sie haben sie in diesem Glauben gelassen?«

Er zuckte mit den Schultern. »Die Sozialbehörden sind von Natur aus misstrauisch. So ist das nun mal. Man muss immer vom schlimmstmöglichen Fall ausgehen. Die Behörde ist grundsätzlich pessimistisch und neigt zu Überreaktionen. Lieber einem Unschuldigen vorübergehend Unannehmlichkeiten bereiten als einen Schuldigen ungestraft entwischen lassen. Das geringere Übel. Sagen wir einfach, die Behörde ist lieber erleichtert, wenn sich ein Verdacht als unbegründet erweist. Versetzen Sie sich in unsere Lage: ein älterer Mann, drei jüngere Frauen, alle drei unter der *besonderen Obhut* dieses Mannes, unter seiner Kontrolle. Wir dachten, wir hätten einen dicken Fisch an der Angel! Ich könnte in Teufels

Küche kommen, dafür, dass ich Ihnen all das erzähle, aber das Restaurant galt als Tarnunternehmung. Ich weiß, es klingt lächerlich, paranoid, aber Sie würden nicht glauben, was wir Tag für Tag zu sehen bekommen. Unter der Oberfläche spielen sich haarsträubende Dinge ab. Nach einer Weile hält man alles für möglich. Man rechnet mit dem Schlimmsten, und in der Hälfte der Fälle werden diese Phantasien von der Realität noch in den Schatten gestellt.«

Die Röte stieg ihr ins Gesicht. Ihr Zorn hatte den Siedepunkt erreicht. »Sie haben die also glauben lassen, wir wären... *so was*?«

»Nicht ich. Ich habe einen neutralen Bericht abgeliefert. Aber Sie müssen zugeben, aus der Distanz betrachtet ist es geradezu unheimlich, wie gut alles ins Bild passt.«

Sie starrte ihn an.

Bevor sie ihm einen Vorwurf machen konnte, fuhr er fort: »Jetzt hassen Sie mich. Aber lassen Sie mich zu Ende erzählen. Nachdem sich diese Idee erst einmal in den Köpfen festgesetzt hatte, suchten meine Leute nur noch nach Beweisen. Die Kinder durften nicht gefährdet werden. Alle waren hysterisch. Meine armselige Empfehlung, weitere Nachforschungen anzustellen, konnte nicht verhindern, dass die Kinder abgeholt wurden.« Fast flüsternd, obwohl sie die einzigen Gäste in dem Café waren, sprach er weiter. Was er jetzt erzähle, sei streng vertraulich. Er machte ihr nachdrücklich klar, was für ein großes Risiko er damit einging. »Sie müssen verstehen, dass alle Sozialbehörden große Angst davor haben, einen Fehler zu machen, in einer Situation nicht zu reagieren und damit zuzulassen, dass etwas Schreckliches geschieht. In so einem Fall würden sie auf den

Titelseiten sämtlicher Zeitungen durch den Dreck gezogen. Aus dieser Angst heraus tun sie genau das Falsche. Außerdem, und ich glaube, das gilt ganz besonders für Ihren Fall, haben manche Leute... na ja, sie neigen vielleicht ein winziges bisschen zu... wie soll ich sagen, zu fixen Ideen. Ich selbst...« – er gestattete sich ein Lächeln – »will mich da nicht ausnehmen.«

»Zu fixen Ideen?« Tracy ließ sich ihre Wut nicht anmerken. Sie musste herausfinden, worauf er hinauswollte. Sie verschaffte ihm sogar einen besseren Ausblick auf ihre Brüste. »Wie meinen Sie das?«

Ohne den Blick von ihr abzuwenden, fuhr er fort. »Na, die ganze Situation eben.« Er starrte ihr in die blitzenden Augen, malte sich womöglich gar aus, dass das Feuer darin für ihn loderte. »Ich konnte mir keinen Reim darauf machen. Vor allem, was Ihre Rolle anging. Das war das größte Rätsel. Jedenfalls für mich. Worin für Sie der Reiz der ganzen Angelegenheit bestand. Drei Frauen und ein Mann. Ich will gern glauben, dass er Sie liebt, aber welchen Reiz hatte die Sache für *Sie*, gerade Sie...« Der Satz blieb unvollendet. Er war gefangen in einer erbarmungslosen Spirale seiner Phantasie, seiner Bilder davon, wie es in einem ganz gewöhnlichen Harem zuging. »Aber wie dem auch sei, mehr habe ich nicht zu sagen. – Und weshalb wollten Sie mich sprechen?«

Der Mann hat Nerven!, dachte sie und ließ ihren Kaffee weiterhin unberührt. *Am liebsten würde ich laut schreien. Ihm die Augen auskratzen!* Aber sie hielt sich zurück. »Ich weiß, wer Sie angerufen hat. Das wollte ich Ihnen sagen. Der anonyme Anrufer. Ich weiß, wer die Aussage gemacht hat, mit der alles angefangen hat. Er hat sich gemeldet. Hat zugegeben, dass das Ganze ein Scherz war. Er wird mit Ihnen sprechen.«

»Großartig. Aber es hat wenig Sinn, wenn er mit mir redet. Wie gesagt, ich habe gekündigt.«

»Umso besser.«

Er wirkte verwirrt. »Tracy, ich bin zwar kein Anwalt, aber ich bin sicher, die beste Taktik wäre, das Gericht einfach damit zu überrumpeln.« Er lächelte. »Im Fernsehen funktioniert das immer. ›Verzeihung, Euer Ehren. Ich würde gern Soundso in den Zeugenstand rufen‹ – verblüffte Mienen und gereckte Hälse im Gerichtssaal.« Er grinste. »Der Überraschungszeuge.«

»Genau.«

»Ja dann.« Er lachte. »Ich drücke Ihnen die Daumen, dass es funktioniert.«

»*Sie* sind unser Überraschungszeuge.«

Sein Lachen verstummte. »Ich?« Mit einem Schlag war die gute Laune fort. Er rutschte unbehaglich auf seinem Stuhl hin und her, mit einem Mal wieder ungelenk, ganz Ellenbogen und Knie. »Ich würde Ihnen wirklich gern helfen. Aber ich weiß ehrlich… Ich wüsste nicht, wie…«

»Helfen Sie uns. Ich flehe Sie an. Bitte.« Er wusste nicht mehr, was er sagen sollte. »Bitte«, sagte sie mit beschwörender Stimme. »Ich bitte Sie. Sie müssen vor Gericht einfach nur das sagen, was Sie mir gerade erzählt haben. Die ganze Sache mit den Sexsklavinnen. Das ist ein solcher Unsinn, dass jeder darüber lachen wird. Sie wissen doch, dass wir unschuldig sind, da müssen Sie etwas unternehmen. Mein Gott, Sie haben doch sowieso schon gekündigt!«

Er schüttelte sofort den Kopf. Er lachte nervös, jede seiner Gesten eine rote Ampel. »Nein, nein. Hören Sie. Wieso sind Sie hergekommen, Tracy?«

»Sie müssen uns helfen, Sebastian. Sam ist im Krankenhaus. Ich bin ganz auf mich gestellt.«

»Ich weiß. Schrecklich. Ich habe es gehört. Furchtbar. Mir war entsetzlich zumute. Deshalb habe ich Ihnen auch so viel erzählt. Aber mehr kann ich nicht tun.«

»Doch, das können Sie.«

»Tracy, ich bin der Bösewicht in dieser Geschichte, vergessen Sie das nicht. Sie sagen es doch selbst – ich trage die Verantwortung.« Er hob die Arme in einer theatralischen Geste. »Wie kommen Sie da auf den Gedanken, *ich* könnte Ihnen helfen?«

Jetzt war sie an der Reihe, ihn anzustarren. »Sie haben einfach so was an sich.«

Er war verdattert.

»Ich verstehe es selber nicht so ganz«, sagte sie, »aber ich glaube... möglicherweise...« Sie wählte ihre Worte mit äußerster Sorgfalt: In dieser entscheidenden Darts-Partie musste sie genau ins Schwarze treffen, wenn sie gewinnen wollte. »Ich glaube fast, Sie sind für mich auch so eine Art fixe Idee.«

Sie sah ihn unverwandt an.

Ihre blauen Augen versanken in den seinen; sein Adamsapfel machte einen Hüpfer, er neigte den Kopf nervös zur Seite und verschränkte hastig die Finger – das war seine Antwort.

S für Sebastian, S für Seb, S einfach nur für S – S. Partridge war mitten ins Herz getroffen, und es gab nichts, was ihn jetzt noch retten konnte.

Als Sam aufwachte, sah er zu seiner Überraschung Tracys Vater am Fußende des Bettes. Keiner von beiden sagte ein Wort. Beide schienen zu überlegen, wer nun wessen Halluzination war.

»Ich wollte eigentlich nur …«, sagte Eric, aber der Gedanke versickerte. Er hielt einen zerzausten Blumenstrauß in der Hand.

»Setzen Sie sich. Genau der Mann, Eric. Genau der Mann.«

Eric blickte sich suchend nach einer Sitzgelegenheit um. Alle Stühle waren mit Geschenken belegt, und er wollte sich nicht auf die Bettkante setzen; so viel Tuchfühlung mit seinem Opfer fand er unangebracht. Er winkte ab. »Nein, danke.« Der Patient hing wie eine Maschine an Schläuchen, Drähten und Messinstrumenten; ein Monitor piepste von Zeit zu Zeit wie das Echolot in einem Unterseeboot. »Also, ich wollte nur mal kurz reinschauen und guten Tag sagen. Und ein paar Blumen vorbeibringen.« Er legte seinen Strauß auf das Fußende des Bettes.

Sam versuchte, seinem Widersacher zuzulächeln, dem Mann, der für seine Qualen verantwortlich war; schließlich nickte er.

»Also, es gibt da ein paar Dinge, die Sie wissen müssen und die ich Ihnen sagen wollte. Danach sind Sie mich gleich wieder los.« Sam nickte. »Eigentlich geht es nur um Tracy und mich. Ich finde, Sie sollten das wissen, wenn sie es Ihnen nicht sowieso schon erzählt hat. Vielleicht wissen Sie es ja längst, in dem Fall kriegen Sie die Blumen einfach so.«

Sam lächelte. Er hatte keine Ahnung, worauf Eric hinauswollte.

»Ja, also. Also, ich bin nicht besonders gut... nicht allzu gut in solchen Dingen, aber, na ja. Sie müssen ein bisschen nachsichtig sein.«

Eric versuchte, sich zu konzentrieren. Er betrachtete den zerschundenen Mann vor sich in dem hohen Krankenhausbett. Hatte Erics Anruf irgendwie dazu beigetragen? *Wenn es so ist, dann müsste eigentlich ich in dem Bett da liegen. Dann gehöre eigentlich ich in den Streckverband.* »Sie sind so undurchschaubar. Doch, ehrlich. Also, bei Ihnen kenne ich mich nicht aus; aber ich bin kein guter Schauspieler. Im Augenblick habe ich ein ziemlich schlechtes Gewissen, und ich könnte mir vorstellen, das sieht man mir an. Angefangen hat es, als Tracy sich mit Ihnen eingelassen hat. Da bin ich ein bisschen durchgedreht. Wie Sie ja wissen. Und ich muss mir da was von der Seele reden.«

Sam nickte geduldig.

»Als sie vierzehn war, ging es ihr eine Zeitlang ziemlich beschissen. Hat Sie Ihnen das erzählt?«

Sam schüttelte den Kopf. »Nein.«

»Sie hat dauernd gesagt, ihr Leben ist nicht so, wie sie es sich erträumt hat. Bis dahin waren ihre Mutter und ich ziemlich lockere Eltern. Aber wenn ein Vater an die Tür seiner Tochter klopft... und das Kind liegt... liegt einfach nur da und regt sich nicht...« Der Mann hatte Tränen in den Augen. Er umklammerte die Eisenstange am Fußende von Sams Bett. »Na ja, die Ärzte haben gesagt, sie hat Glück gehabt. Wäre beinahe da dran gestorben. Und danach war es schwer, locker zu bleiben. Aber sie wollte ein Schloss an ihrer Zimmertür, und wir wollten ihr vertrauen, also... hab ich das Schloss angebracht. Und ich bin nie reingegangen. Auch wenn es noch so schwer war. Und es ist ein schönes Mädchen aus ihr geworden. Ein großartiges Mädchen. Einfach perfekt. Bis zu dem Augenblick, wo sie Sie angeschleppt hat ... Scheiß Omar Sharif. Da ging das Ganze wieder von vorne los, der gleiche Irrsinn wie vorher... und da habe ich eines Tages... eines Tages habe ich zum Telefon gegriffen...«

»Das verstehe ich. Machen Sie es bei Tracy wieder gut. Sie müssen sich versöhnen.«

»Na, jedenfalls... Genug. Ich werde morgen vor Gericht als Zeuge auftreten und zugeben, was ich getan habe. Das ist alles, was ich Ihnen sagen wollte. So. Das war's.«

»Eric, Sie dürfen nicht zulassen, dass das Leben eine lebenslange Strafe wird.«

Eric war verblüfft; nicht über den Satz, doch über den weihevollen Ton. »Lebenslange Strafe? Wie meinen Sie das?«

»Tracy hat sich verändert. Das versichere ich Ihnen. Und Sie dürfen ebenfalls nicht stehenbleiben. Machen Sie sich frei.«

Freimachen? Wovon redete dieser Scheich?

»Diese Festungsmentalität ist nicht gut. Ich sehe, wie Sie sich und andere einschließen. Aber die Welt besteht aus weit mehr als drei Menschen, Eric. Lassen Sie Ihren Gefühlen freien Lauf. Schauen Sie nach draußen. Lassen Sie einfach los.« Selbst in seinem Zustand bewegte Sam die Hände von der Brust weg in einer weit ausholenden Geste, um Eric zu zeigen, wie seine Seele die Weite des Raums umschließen solle.

So ein Blödsinn! Eric kniff die Augen zusammen bei dieser bescheuerten Predigt. Nur sein schlechtes Gewissen sorgte dafür, dass er sich diesen Sermon überhaupt anhörte, und vor lauter Nervosität lachte er. Das war alles zu viel für ihn. Er war schließlich nicht hergekommen, um über sich zu reden. »Was soll das heißen?«

Sams Schultern bewegten sich auf und ab. »Einfach nur, dass es Zeiten gibt, in denen wir alle bereit sein sollten, unseres Bruders Hüter zu sein.«

Aha! Jetzt begriff Eric, worauf Sam hinauswollte. Jetzt war es sonnenklar. Sam hatte die Verantwortung für die Sippschaft seines Bruders übernommen, einen ganzen Nomadenstamm, und, damit er's auch gründlich machte, noch für eine zweite trauernde Witwe dazu. Er hatte ihnen allen ein Dach über dem Kopf gegeben – und was hatte Eric getan? Scheiß drauf, dachte Eric. Ich habe ein Kind aufgezogen. Das war genug. Jemandes Witwe mitsamt den Kindern bei sich aufnehmen, das war doch verrückt. Er dagegen, er war einfach nur Familienvater, wie Milliarden andere Männer auch, vielleicht nicht allzu freigebig mit seiner Zeit, seinen Gefühlen, seinem Geld, seinem *Herzen*. Jemand, der alle Eindringlinge von außen abwehrte, der in seinem eigenen begrenzten Raum blieb und der nur wollte, dass man ihn in Ruhe ließ. Aber er war Engländer, und er hatte nicht vor, sich dafür zu entschuldigen.

»Mehr wollte ich nicht sagen«, stammelte Eric.

»Eine Sache noch.«

»Ja?«

»Machen Sie sich keine Sorgen. Wegen meiner Kinder. Die gute Arbeit von Jahren kann nicht durch die düsteren Erlebnisse einer einzigen Nacht zunichtegemacht werden.«

Jetzt hörte Eric genau hin – hier ging es um sein Gewissen.

Sam fuhr fort: »Aber Sie sind selbst Vater und wissen das. Kinder haben ihr eigenes Schicksal. Ihre eigenen Kraftquellen. Und ihr Überlebensinstinkt ist besser entwickelt als unser Wunsch, sie zu beschützen. Sie können es gar nicht erwarten, erwachsen zu werden, und trotzdem können sie ohne Vorwarnung wieder zum Säugling werden, und dann erwarten sie, dass wir für sie da sind.«

Sams Zahnlückenlächeln sagte Eric, dass es Zeit war zu gehen. Höchste Zeit.

»Wollen Sie nicht zum Essen bleiben? Nicht dass ich die hiesige Küche empfehlen könnte. Der Begriff *al dente* ist hier unbekannt, aber sie lassen sich auch keine Ratschläge geben.«

»Sie sind schon ein komischer Kauz.« Eric schüttelte den Kopf. Der Blick, mit dem er Sam ansah, war widerstrebend in seiner Hochachtung, zaghaft in seinem Dank.

»Gehen Sie nach Hause. Mir geht es gut. Und reden Sie mit Tracy. Sie braucht Sie. Auf andere Weise. Reden Sie mit ihr. Oh, und wir wollen Ihnen übrigens auch Enkelkinder schenken. Also lassen Sie die Finger von den Zigaretten. Tracy hat mir erzählt, dass Sie sich das Rauchen abgewöhnen.«

»Ich versuch's.« *Enkelkinder?* Erics Gedanken waren im freien Fall. Sein latenter Rassismus, rudimentär wie ein Blinddarm, versetzte ihm einen Stich. »Das freut mich«, sagte er unter Mühen.

»Gut. Aber in der Zwischenzeit könnten Sie mir vielleicht aushelfen? Mit einer Zigarette?«

Eric griff in seine Brusttasche. »Dürfen Sie das denn?«

»Die tun hier, als wäre man in Quarantäne.«

Eric starrte Sam an. Wie dieser Perser so gelassen bleiben konnte, nach allem, was er ihm gerade erzählt hatte, war ihm ein Rätsel. Sam war nur noch ein menschliches Wrack, lag bandagiert in einem hydraulischen Bett und tat trotzdem, als werde er und nicht Eric hinaus auf den Parkplatz gehen und von hier wegfahren.

Eric zündete eine Zigarette für den Kranken an und schob sie ihm zwischen die beinahe leblosen Finger.

Krumme Schuh für krumme Füße

Am Vorabend von Sams Verhandlung und der Ratsversammlung zu Monicas Petition gab die berüchtigte Waschmaschine der Pringles endgültig den Geist auf.

Emily half gerne aus. Sie brachte die frisch gewaschene Wäsche aus ihrer eigenen Wohnung herüber, assistierte beim Bügeln und fungierte als Schiedsrichterin in dem Streit, der offenbar zwischen Monica und ihrem Mann im Gange war.

Sie hatte Monica noch nie so wütend gesehen, aber sie wollte nicht nachfragen, worum es ging. Und andererseits hatte sie Eric noch nie so verlegen, so kleinlaut, so niedergeschlagen erlebt. Das Einzige, was sie tun konnte, war, dafür zu sorgen, dass die beiden rechtzeitig zu ihren Terminen kamen.

Monica ging ihre Rede für den Stadtrat durch, Emily bügelte ihre Bluse. Eric verbrachte die Stunden vor seinem Gerichtstermin am Küchentisch, wo er in einer Schüssel ein Motorradteil mit Stahlwolle bearbeitete. »Das kriegen wir schon hin«, sagte er zu jedem, der es hören wollte, und das Wasser färbte sich violett.

»Wenn sie den Prozess verliert, geht sie nach Teheran«, beichtete Monica schließlich, zu Emily gewandt. »Das werde ich ihm nie verzeihen.«

»Wem?«

»Eric«, sagte Monica ohne weitere Erklärung.

Emily wartete geduldig auf Einzelheiten zu Erics Rolle und sprühte mit dem Dampfeisen einen Rüschenkragen ein. Sie versuchte sich vorzustellen, wie es in Teheran aussah. Tracy, allein mit ihrem Koffer, mitten in der sengenden Hitze der arabischen Wüste. Wenn das ihre Tochter gewesen wäre, hätte sie sich fürchterliche Sorgen gemacht.

Es klingelte an der Tür, und Monica machte auf. Mrs Cochrane aus dem fünfzehnten Stock hoffte, dass es noch nicht zu spät war, ihren Namen auf die Unterschriftenliste zu setzen. »Ich habe gehört, dass sie heute eingereicht wird.« Nein, die rote Schachtel mit den Papieren sei noch nicht verschlossen, sagte Monica, sie könne noch einen Namen hinzufügen.

»Dreiundzwanzig«, sagte Monica zu Emily und schloss die Schachtel. »Es geht voran. Eine für jede Etage. Gar nicht so schlecht.«

»Ja, das stimmt«, antwortete Emily, als sei mit dem Zufall dieser Zahl der Sieg so gut wie sicher.

Eine halbe Stunde später war Monica zum Kampf bereit. Sie sah Emily mit einem nervösen Lächeln an, als diese ihr die Wohnungstür aufhielt. »Ich glaube, ich habe alles.«

»Petition? Fotos? Dokumente?«

Monica rückte die große Schachtel unter ihrem Arm zurecht. »Alles da.« Sie grinste, dann warf sie Eric noch einen Blick zu.

Eric winkte von seinem Stuhl aus. »Viel Glück.«

Ohne Antwort an Eric drehte Monica sich nochmals zu Emily um.

»Du siehst toll aus«, sagte Emily und küsste sie auf die Wange. »Große Klasse. Eine starke Frau.«

»Ehrlich? Gut so. Ich fühle mich ganz und gar nicht stark.« Monica straffte die Schultern, hielt sich gerade in ihrem eleganten Sergekostüm. »Meine Stewardessenuniform.« Sie setzte einen Upper-class-Tonfall auf. »Bitte bleiben Sie angeschnallt, und lassen Sie die Tische hochgeklappt. Die Schwimmwesten befinden sich unter Ihrem Vordersitz.«

Sie lachten beide. »Du siehst wunderbar aus. Mach sie platt.«

»Es ist grässlich«, rief Monica aus dem Flur, schon auf dem Weg zur Treppe. »Pass auf, dass er Anzug und Krawatte anzieht, ja? Ich habe ihm alles auf dem Bett zurechtgelegt. Drück mir die Daumen.«

»Auf in den Kampf!«, rief Emily zurück, die Hände wie ein Megaphon vor den Mund gehalten.

Als sie wieder in der Wohnung war, stellte sie sich hinter Eric und blickte ihm über die Schulter. Sie hatte sich ebenfalls in Schale geworfen: weiße Satinbluse, enger Rock, schweres Parfüm. Man musste sich einfach schick anziehen, wenn eine andere Frau es tat. Und in gewisser Weise nahm sie ja Anteil an vielem, was den Pringles widerfuhr. »Du sollst Anzug und Krawatte tragen. Ich soll dich von Monica daran erinnern.«

»Ich weiß.«

»Klingt offiziell.«

»Mona erzählt es dir irgendwann.«

»Großes Geheimnis?«

»Nein, eigentlich nicht.«

Emily hatte den Blick auf den Fernseher gerichtet. »Was ist es denn?«

»Dritte Liga.«

Ein Fußballspiel war im Gange. »Ah.« Emily sah einen Augenblick lang hin: Ein vielversprechender Angriff endete mit einem lahmen Rückpass, die Zuschauer buhten. »Interessiert dich das?«

»Nein. Blödsinn. Das Nächste. Aber dann bin ich weg.«

Emily nickte. »Ich sollte mich auch auf den Weg machen.«

»Ja dann.«

Aber stattdessen setzte sie sich auf die Couch und starrte auf die Mattscheibe. »Soll ich dir eine Tasse Tee machen, Eric?«

»Hmm?«

»Tasse Tee?«

»Nein, danke.« In dem Moment sah er zu ihr herüber und ertappte sie dabei, wie sie ihre Brüste im BH zurechtrückte; das Dekolleté zeigte ein paar Runzeln, als sie sie in eine bessere Position schob. Dann ließ er den Blick nach unten gleiten. Unter dem kurzen Rock kamen die Beine gut zur Geltung, die Knie kleinmädchenhaft aneinandergepresst, die Füße mit den großen Zehen aufgesetzt. Gar nicht so übel, dachte er. Er hatte sie noch nie in so einem Aufzug gesehen. Sie wirkte völlig verändert, geschminkt und in diesen Sachen. Vielleicht hatte Graeme sie so gesehen. Einen Moment lang betrachtete er sie mit Graemes Augen, sah sie so, wie ein Ehemann sie sähe, dann riss er sich los und wandte den Blick wieder dem Fernseher zu, aber er war eine Sekunde zu spät.

Sie hatte bemerkt, dass er sie anschaute. Er konnte nicht überprüfen, wie sie darauf reagierte, wie lange sie ihn ansah oder ob sie ärgerlich dreinblickte, aber er machte sich keine übermäßigen Sorgen. Ihm gingen viel düsterere Gedanken durch den Kopf.

Was war schon ein bewundernder Blick? Sie waren schließlich Nachbarn.

Die Besuchergalerie wimmelte von Menschen. Monica war verblüfft, dass solche Sitzungen so viel Publikum anzogen. In dem Gerangel um die Sitzplätze kam sie sich vor wie im Theater – fehlte nur noch ein anständiger Drink.

Die Ratsmitglieder waren teils mehr, teils weniger bei der Sache; rot vor Erregung wetterten zwei von ihnen lauthals gegen eine neue Mülldeponie, während mindestens drei andere Zeitung lasen oder sich im Flüsterton mit ihren Kollegen unterhielten. Das Interesse der Besucher schwankte ebenfalls, und es war ein Kommen und Gehen auf der Galerie.

Monicas Anliegen stand als Nächstes auf der Tagesordnung. Wann würde es ihr gelingen, den Amtsdiener auf sich aufmerksam zu machen? Der Mann schien unablässig zwischen diesem Ratssaal und dem benachbarten hin- und herzupendeln und schenkte den Leuten auf der Besuchergalerie, von denen sich bislang noch niemand zu Wort gemeldet hatte, keinerlei Beachtung. Sie würde ihm noch fünf Minuten geben, dann würde sie ihn abfangen und ihm die Petition in die Hand drücken und klarstellen, dass sie von ihrem Rederecht Gebrauch machen wollte.

Die Tagesordnung für die Sitzung war zwei Daumen

dick. Monica blätterte darin und fand schließlich das technische Gutachten zu Melksham Tower. Die winzige Schrift auf rosa Papier klärte sie darüber auf, das Gebäude habe sich »infolge jahreszeitbedingter Austrocknung und Schrumpfung tieferliegender Sedimentschichten« sehr stark gesetzt. Das hatte sie sich schon gedacht, ja sie hatte es am eigenen Leib *gespürt*, wenn sie nachts wach lag und sich Sorgen machte, bis Eric ihr gesagt hatte, sie solle sich nicht so anstellen.

Laut Gutachten gab es auch gewisse Anzeichen für Spannungen in der Gebäudestruktur. *Gewisse Anzeichen? Ha!* Sie würde ihnen sagen, wie es wirklich aussah, wenn sie schon sonst nichts bewirken konnte. *Ha!* Auf der nächsten Seite fand sie zwei völlig gegensätzliche Empfehlungen.

Die Erste schlug vor, die Fundamente des Gebäudes abzustützen. Da der National Trust in jüngster Zeit signalisiert habe, man wolle für das Haus Denkmalschutz wegen architektonischen Interesses beantragen, sei dies durchaus realisierbar. Monica war beunruhigt. Das war eindeutig ein Winkelzug der Leute, die für die Beibehaltung des Status quo waren. Von architektonischem Interesse? Wohl eher von archäologischem.

Der zweite Vorschlag war, das Gebäude abzureißen und durch eine Reihenhaussiedlung zu ersetzen: Dies lasse sich kostengünstig bewerkstelligen. Sie blätterte um und sah eine Abbildung der bauklötzchenförmigen Wohneinheiten, zwischen denen schematische multi-ethnische Bewohner mit Hunden und Kinderwagen unter Dauerlutscherbäumen flanierten und ihre hypothetischen Fahrräder in einem sonnendurchfluteten Innenhof mit in Fischgrätenmuster aufgereihten Fahrradständern abstellten. Hier gab es für Eric nichts zu tun, dachte sie, keine Arbeit für Eric mit seinen Schraubenziehern und Wasserwaagen und Hobeln.

Trotz aller Nervosität konnte sie es kaum erwarten, endlich das Wort zu ergreifen. Sie hatte sämtliche Fakten parat, die echten, nicht diese Phantasiestatistiken: Sie wusste genau, wie unmöglich Mrs Rawlins aus dem vierten Stock die Heizung fand und wie der Generator den Leuten im Erdgeschoss nachts den Schlaf raubte. Sie wusste, dass die Fenster in den meisten Westzimmern undicht waren, und das so schlimm, dass man ständig Handtücher auf die Fensterbank legen musste. Drei Stockwerke ohne die Spur von einem Feuerlöscher! Gott, was würde in einem Notfall geschehen! Der Himmel verhüte, was dann passieren würde. Vier Fotos von Erics Wasserwaage im obersten Stock, die Luftblase am rechten oder linken Anschlag. Und dann Tracy, mehr als vier Stunden lang im Aufzug gefangen. Es war ein Glück gewesen, dass sie noch jung war. Mrs Chatterjee hätte so etwas nicht überlebt. Sie war zuckerkrank und brauchte ihr Insulin…

Die Auseinandersetzung über den vorherigen Tagesordnungspunkt erreichte ihren Höhepunkt, doch als es zur Abstimmung kam, wurde der Antrag ohne eine einzige Gegenstimme angenommen. Monica war fassungslos. Die ganze Debatte kam ihr vor wie eine einzige Übung in der Kunst der Selbstdarstellung.

Plötzlich fühlte sich die nur zu reale Petition in ihren Händen federleicht an.

Emily war nervös. Sie schob den Fersenriemen an ihren hochhackigen Sandalen hoch, als machte sie sich für einen großen Auftritt bereit, dann vergewisserte sie sich, dass die lackierten Fingernägel dabei keinen Schaden genommen hatten. »Jetzt müsste Monica dran sein. Wahrscheinlich legt sie genau in diesem Augenblick ihre Petition vor.«

»Wie spät ist es?«, fragte Eric.

Emily sah auf die Uhr. »Viertel nach zwei. Und Tracy muss auf dem Weg ins Gericht sein. Du solltest dich lieber auch fertigmachen.«

»Ich hab noch jede Menge Zeit.«

»Ich finde es toll, dass du Tracy zur Seite stehst. Sie wird froh sein, wenn du kommst.«

»Hmm«, sagte Eric. Er wurde allmählich selbst nervös. In zweieinhalb Stunden würde er in aller Öffentlichkeit zugeben, dass er eine Behörde irregeführt hatte, irregeführt und – was noch schlimmer war – dabei die eigene Tochter ans Messer geliefert. Bei diesem Gedanken krampfte sich sein Magen zusammen. Er hatte sich selten so allein gefühlt. Der Fernseher lief weiter, aber Eric hatte jegliches Interesse verloren und schaltete in irrwitzigem Tempo die Kanäle um.

»Mir wird schwindlig davon«, sagte Emily.

»Tut mir leid.« Er verminderte ihr zuliebe das Tempo, aber sein Daumen blieb weiterhin über den Knöpfen der Fernbedienung. »Was ich jetzt bräuchte, wäre eine Zigarette.«

Emily hatte seit Jahren nicht mehr geraucht, aber sie hatte eine Idee. »Willst du wirklich eine?«

»Hast du welche?«

»Ich glaube, ich habe noch eine alte Packung von Graeme.«

»Die ist immer noch da?«

»Ich kann ja mal rübergehen und nachsehen.«

»Nein, nein, mach dir keine Umstände.«

»Doch. Kein Problem. Ich geh mal eben rüber.«

»Von Graeme?«

»Ich glaube, ja. Die muss noch irgendwo sein.«

»Nein. Das solltest du nicht machen. Ich kann doch nicht… Ach, du weißt schon.« Er verzog das Gesicht.

»Wieso nicht? Was spricht dagegen? Er braucht sie schließlich nicht mehr. Da, wo er jetzt ist, hat er wahrscheinlich mehr als genug Rauch.« Sie lachte gequält.

»Ha!«, sagte Eric. »Ha.«

»Das hätte ich nicht sagen sollen.«

»Trotzdem… ich käme mir irgendwie komisch vor, verstehst du, die letzte Zigarette von einem anderen und so weiter.«

»Aber das ist doch nicht tabu, oder?«

»Tabu. Nein. Na ja. Es ist nur irgendwie… komisch, weißt du.«

»Ich sehe mal nach. Mir macht das nichts. Du bleibst hier.«

Die Frau ist in Ordnung, dachte Eric. Schwer in Ordnung. Ihm war nach wie vor übel. Tracy war jetzt wahrscheinlich schon im Gericht. Er hätte ihr gleich reinen Wein einschenken sollen. *Versager! Versager!* Reue und Schuldgefühle wühlten ihn auf. *Und das mit der Zigarette ist auch nicht so einfach. Lange Geschichte. Gespanntes Verhältnis bis zum Schluss.* Aber warum sollte er sich deshalb überhaupt den Kopf zerbrechen – war doch nicht sein Problem, dass der blöde Hund noch mit 'ner anderen im Bett gewesen war. Das Schlimme war, dass Eric die ganze Zeit über gewusst hatte, dass Graeme Emily betrog. Und Graeme wusste, dass er es wusste. Eric war allein in ihrer Wohnung gewesen und hatte den Thermostat am Boiler ausgetauscht, und als das Telefon klingelte, war er rangegangen. Die Frau am anderen Ende hatte ihn offensichtlich für Graeme gehalten. Obwohl die Ähnlichkeit wirklich nicht groß war, fragte sie: »Bist du das?« Drei Wörter waren nicht viel, aber die schmachtende Stimme und die Tatsache, dass sie blitzschnell auflegte, als Eric antwortete: »Graeme ist nicht da«, hatte ihn zumindest misstrauisch gemacht. Aber er dachte noch nicht an eine »Affäre«, bis er Graeme bei seiner Rückkehr von dem Anruf erzählte. Graeme war außer Atem, er hatte die Treppe genommen – nicht weil der Aufzug nicht lief, sondern weil er immer fit bleiben wollte, etwas für seinen Körper tun, obwohl der Krebs ja schon daran fraß. Als Eric ihm von dem Anruf erzählte, starrte Graeme ihn an und wurde rot. Danach war Eric alles klar.

Von dem Augenblick an war die Lage zwischen den beiden Männern angespannt. Sie behielten ihre Gedanken für sich; Angst auf der einen Seite traf auf den Verlust an Achtung auf der anderen. *Deshalb wird es ihm wohl kaum gefallen, wenn ich jetzt seine allerletzten Zigaretten rauche.*

Eric hantierte hektisch mit der Fernbedienung und wartete auf das letzte Vermächtnis eines Toten.

In der nun einsetzenden Pause verließ der Amtsdiener den Saal; Monica bahnte sich einen Weg durch die Menge, folgte ihm durch die gepolsterte Schwingtür und hielt ihn auf dem Flur an, die rote Schachtel unter dem Arm.

»Tut mir leid, dass ich erst jetzt komme. Aber das ist die

Petition des MTMK. Ich weiß, ich bin spät dran, aber besser jetzt als nie, nicht wahr?«

»MTMK?«

»Oh, das Melksham-Tower-Mieterkomitee. Ich habe telefoniert. Viele von den Unterschriften kamen erst in letzter Minute zustande. Das Übliche.« Sie lächelte.

Er warf einen verwirrten Blick auf die Schachtel, was sie dazu veranlasste, sie ihm entgegenzustrecken, und ihn daraufhin, einen Schritt zurückzuweichen. »Ich habe Ihnen mehrmals deswegen geschrieben. Der Rat ist informiert. Ich habe gestern mit jemandem telefoniert. Dreiundzwanzig Unterschriften. Ich denke, das zeigt, wie sehr uns die Sache auf den Nägeln brennt.«

Er machte immer noch keine Anstalten, ihr die Schachtel abzunehmen. »Davon weiß ich nichts. Tut mir leid. Vielleicht sollten Sie es vorne beim Pförtner versuchen.«

»Nein, man hat mir gesagt, ich soll es Ihnen geben.«

»Mir? Das kann nicht sein.«

»Das ist für die Ratssitzung. Der nächste Tagesordnungspunkt. Melksham Tower.«

»Sie sollten das *mir* geben?«

»Na ja, ich sollte es jemandem geben, und Sie sehen aus, als wären Sie der Richtige.«

»Ja natürlich. Gut. Geben Sie her.« Er griff plötzlich nach der Schachtel. »Vielen Dank, dass Sie es vorbeigebracht haben. Ich werde mich erkundigen, was ich damit machen soll. Und wenn Sie mich jetzt bitte entschuldigen würden.«

Mit diesen Worten verschwand der Mann in einem Zimmer, den roten Karton vergraben unter einem Berg Akten. Die Tür fiel hinter ihm ins Schloss.

Monica überlegte sich, was jetzt wohl aus ihrer Schachtel wurde. Sie hoffte, dass die Mühlen der Bürokratie auf Hochtouren liefen. Sie stellte sich vor, wie Sachbearbeiter ihre Arbeit unterbrechen mussten, um sich mit ihrem Anliegen zu befassen. Im Lichte der Petition würde man alles neu bedenken müssen.

»Mist«, sagte sie. Sie hatte vergessen zu fragen, ob sie sich in der Angelegenheit zu Wort melden konnte. Bestimmt würde man fragen, ob jemand von den Anwesenden etwas dazu sagen wolle. Bestimmt würde man die Diskussion eröffnen. Sie hoffte, dass sie ihre Chance nicht verspielt hatte. Plötzlich besorgt, drängte sie sich durch die Menge zurück in den Ratssaal. Der automatische Türschließer keuchte vernehmlich, als sie wieder nach drinnen schlüpfte.

Eric zückte sein Wegwerffeuerzeug und hielt es an die Zigarette. Es war die Drittletzte in der alten, zerdrückten Packung.

»Ich fühle mich wirklich nicht gut dabei.«

»Sei nicht albern.«

»Doch, irgendwie.«

Unter Emilys prüfenden Blicken zündete er die Zigarette an. Sie glühte rot auf. Zaghaft nahm er einen Zug. Der Rauch ließ seinen Puls höher schlagen. »Hmm«, murmelte er. Er behielt den Rauch in der Lunge, den Rauch von Graemes letztem Päckchen Zigaretten, dann blies er ihn langsam wieder aus und nickte. Nach zwei Jahren in einer dunklen Schublade schmeckten sie nicht mehr nach viel. Und es war auch nicht seine Marke – Graeme hatte eine leichtere Sorte geraucht –, aber sie waren immer noch in Ordnung.

»Wie sind sie?«, fragte Emily, und ihre Faszination galt nicht allein der Tatsache, dass Eric rauchte.

»Ich hoffe, du bereust es nicht irgendwann.«

»Unsinn.«

»Na gut. Kein Wort mehr davon.« Er sah Emily an, dann schüttelte er die Packung, blickte auf und sagte: »Zwei für dich, Graeme.«

Entsetzt schlug Emily die Hand vor den Mund.

»Oh, das tut mir leid, Em. Das sollte nicht…«

Mit einem Mal war sie den Tränen nahe. »Schon gut«, sagte sie, versuchte sich zu fassen, und schon versteckte sie ihre Gefühle wieder.

»Ach, Mist.«

»Schon in Ordnung. Nimm sie alle.«

»Jetzt fühle ich mich schuldig.«

Aber sie schien schon wieder obenauf. »Nein. Rauch du sie.«

Eric schüttelte den Kopf. »Der arme alte Graeme.« *Bist du das?,* hatte die verführerische Stimme am Telefon gefragt. Eric hörte es wieder neu. *Bist du das, Graeme?* Eine zeitlose Frage. Aber jetzt war Graeme tot, und Emily saß da und sah ihn an.

»Genieß sie.«

Er lächelte sie an, und sie lächelte zurück. Sie sah wirklich toll aus, dachte Eric, im Vergleich zu sonst. *Tracy!* Verrat, das war ein hässliches Wort. Einen Augenblick lang sah er Graeme mit seiner Geliebten im Bett, aber er verscheuchte das Bild mit einem besonders tiefen Zug.

»Weißt du«, sagte Emily, »wenn ich dich so sehe… wie du rauchst…«

»Ich weiß«, antwortete Eric, »ich weiß.« Er konnte sich denken, was sie sagen wollte, aber er wollte es nicht hören.

Sie lachte wieder, ganz die Alte, dann hörte sie abrupt auf, verzog das Gesicht und fing an zu weinen.

»Nicht schon wieder«, flehte Eric. »Em. Jetzt komm schon. Hör auf.« Er wollte ihr helfen, aber er wollte nicht zu ihr hingehen. Er konnte es sich nicht leisten, sich noch tiefer in ihr Leben verstricken zu lassen, als er es ohnehin schon war.

»Wenn ich dich da so sehe...« Sie schniefte. »Das erinnert mich einfach, das ist alles.«

»Kann ich mir vorstellen«, sagte Eric. Genau, was er befürchtet hatte. Er hätte diese Zigarette nie rauchen dürfen. Schrecken und Dämonen aller Arten kehrten zurück. Am liebsten hätte er sie sofort ausgedrückt, aber er hatte keinen Aschenbecher. Die Zigaretten eines anderen rauchen, noch dazu eines Toten, das war keine Bagatelle. Und wenn man diese Zigaretten vor den Augen der noch immer trauernden Witwe rauchte, war es unverzeihlich. *Verrat!*

»Em?«

»Es ist hoffnungslos«, sagte sie. »Es ist alles so ... hoffnungslos.«

»Was ist hoffnungslos? Komm schon.«

»Ich bin es alles so leid.«

»Kann ich mir vorstellen.« Er wusste nicht, was er sonst sagen sollte.

»Ich bin so müde.«

Sie konnte sich gar nicht wieder beruhigen, und er ging in die Küche und holte zwei Stück Küchenkrepp.

Sie nahm eines davon und betupfte sich die Augen. »Danke, Eric.«

»Wieder gut?«, fragte er, als ob ein Stück Küchenkrepp alles Unrecht dieser Erde wiedergutmachen könne. »Es ist meine Schuld. Es ist alles meine Schuld«, sagte er, »es ist verflucht noch mal meine Schuld. Oder nicht?«

»Es tut mir so leid«, antwortete sie nur. Sie blickte zu ihm auf, und er wartete, dass er ihr das zweite Taschentuch geben konnte. Sie stand auf, um es zu nehmen.

»Gib her«, sagte er und nahm ihr das feuchte ab.

»Ach, Eric«, hauchte sie. Es war ein schwacher Laut und doch erst der Anfang.

»Es ist meine Schuld«, sagte er.

Bevor er ausweichen konnte, schlang sie ihm die Arme um den Hals und küsste ihn auf den Mund. Und sie fuhr ihm, die Lippen weiter auf die seinen gepresst, mit der Hand durchs Haar. Ihre Lippen waren heiß vor Traurigkeit, salzig vor Leidenschaft, sie erdrückten ihn zuerst. Ihr Parfüm stieg ihm in die Nase, ein Schock aus dieser Nähe. Er bekam erst wieder Luft, als sie ihn losließ.

Sie blickten sich so tief in die Augen, wie nur Liebende es tun, und jeder erforschte das Gesicht des anderen. Eric sah zwei Augen, schwarz umrandet mit verschmierter Wimperntusche. Kein Zweifel, Emily, das war eine echte Frau. Und hier war sie, in seinen Armen. Einmal hatte er sie durch eine Türritze in schwarzer Spitzenunterwäsche gesehen. Hatte sie die jetzt auch wieder an?

»Schick mich nicht fort«, flüsterte sie.

»Wir sollten jetzt lieber...«

»Ich weiß, ich weiß, ich weiß.«

»Em?«

»Keine Ahnung, was mit mir los ist. Du bist so süß. Wirklich.« Wieder wurden ihre Gefühle zu viel für sie. »Oh…« Diesmal erwischte sie seinen Mund seitwärts, bedeckte ihn noch leidenschaftlicher mit Küssen, und dann attackierte sie seinen Hals wie mit einer Maschinengewehrsalve und ließ einen grellroten Streifen zurück. Sie brannte vor Verlangen, sie brannte in seinen Armen. »Monica. Würde« – sie sprach zwischen Küssen – »Das. Nichts. Ausmachen. Eric. Ich weiß es. Ach, Eric.« Wieder schlang sie die Arme um ihn, drückte sich ganz fest an ihn, umschmeichelte ihn, zerrte an seinem Hemd, wartete, dass ihre Küsse erwidert wurden, wrang ihn wie einen Schwamm, um die Gefühle aus ihm herauszupressen.

»Em, Em. Langsam. Nicht. Ja. Em. Lass das. Ha! Ha! Langsam.« Aber Eric war viel zu verblüfft, um sich ihren Armen zu entwinden. In seinem eigenen Kopf explodierte ein Feuerwerk. Er sah Graeme mit seiner Geliebten, und kaum hatte er dieses Bild vertrieben, sah er vor seinem inneren Auge Emily auf dem Teppich, mit sich selbst auf ihr, mit ihm und nicht Graeme, kurz vor dem Höhepunkt: Um Himmels willen, hör auf! Doch dann bekam seine Hand ihren Hintern zu fassen – war er denn verrückt? –, und sie wand sich, wollte, dass die Hand fester zupackte, drückte, an die Arbeit ging. Ja! Nur noch Sekunden, und es hätte kein Halten mehr gegeben, doch Eric riss sich los. »Em!« Er schob sie zurück. »Meine Güte, das reicht jetzt!« Er packte ihre Schultern mit aller Kraft und hielt sie auf Abstand. »Warte! Em! Genug.«

Aber sie ließ ohnehin schon los, sackte in sich zusammen.

Die Niederlage zeichnete sich auf ihrem Gesicht ab. Er sah, wie die Tränen kamen. Sie seufzte, dann wurden die Schultern schlaff.

Sie starrte ihn an. Nun flehten ihre Augen nur noch um Verständnis. Die Stimme war atemlos. »Ich bin so unglücklich, Eric.«

Es war, als hingen diese Worte zwischen ihnen in der Luft. Ein paar Sekunden lang unternahm er keinen Versuch, ihr zu antworten. *Unglücklich?* Was konnte ein anderer daran schon ändern? Die Frau verwandelte sich vor seinen Augen in ein Wrack. Der Reiz der schwarzen Spitzenunterwäsche verflog. »Ich weiß, Em. Aber das ist nicht meine Sache, oder? Du verstehst schon, wie ich das meine. Es geht nicht.«

Sie nickte. Das wusste sie auch. Wer wusste besser als sie, dass jeder von uns in seinem Zimmer allein war? »Ich weiß. Aber ist doch lustig, oder? Wenn ich mein Bein verloren hätte oder so was, würden die Leute sich mehr um mich kümmern.«

»Jeder von uns hat sein Päckchen zu tragen. Das ist die ganze Erklärung. Jeder.«

»Ich weiß.«

»Und jetzt gut, ja?« Er hatte immer noch die Hände an ihren Schultern und drückte sie fest.

»Ich weiß. Ich *weiß*. Ich bin so albern. Ich bin eine dumme Gans. Ist gleich wieder vorbei. Ich musste das einfach nur mal jemandem sagen.« Sie wischte sich die Augen und versuchte zu lächeln. »Ich bin dir peinlich, was?«

»Ich mach dir ’ne Tasse Tee oder so was. Wie wär das? Du setzt dich einfach hierher.« An der Tür blieb er stehen.

»Ich hab's ja gleich gesagt, ich hätte die Zigarette nicht nehmen dürfen.«

Sie nickte, zuckte mit den Schultern, versuchte zu lächeln. Er verschwand in der Küche, machte ihr in Rekordzeit eine Tasse Tee – der Beutel berührte kaum das heiße Wasser – und kehrte eilig zurück, erleichtert, dass das Schlimmste überstanden war, aber auch enttäuscht, dass das Leben nun doch wieder nur so war wie immer. Sie sah ihn mit einem zerknitterten Lächeln an. »Keine Sorge, ich werde es Monica sagen. Es war meine Schuld.«

Eric runzelte die Stirn. »*Was* willst du Monica sagen?«

»Das hier.« Sie schniefte. »Keine Sorge, ich bringe das in Ordnung.«

Jetzt war er nervös. »Was willst du ihr sagen?« Er lächelte tapfer. »Was willst du ihr sagen?« Er und Monica bewegten sich ohnehin auf dünnem Eis. Seit seinem Geständnis war die ganze Ehe keinen Pfifferling mehr wert. Und jetzt wollte Emily ihr sagen, dass er sie an den Hintern gefasst hatte? Nun verdrängte Panik auch noch die letzten Spuren von Lust.

Sie lächelte und nahm einen Schluck von ihrem Tee, wieder vollkommen ruhig. »Die ganze Sache hier. Sie wird es verstehen. Wir müssen es ihr sagen. Keine Geheimnisse. Und es war wunderbar von dir. Dass ich das tun durfte.«

Sofort war Erics Tonfall feindselig. »Em, jetzt hör mir mal zu. Es *gibt* hier kein Geheimnis. Verstanden?«

»Nein, Eric. Ich will ihr das sagen.« Auch ihr Ton wurde härter, unerbittlicher, denn es ging ums Prinzip. »*Ich* habe das gemacht, nicht du.«

»Hör zu, Em.« Jetzt war er wütend. »Es gibt hier nichts

zu erzählen. Und ich wäre dir dankbar, wenn du dich da raushältst. Ich rede mit ihr. Und jetzt muss ich mich fertigmachen. Ich darf nicht zu spät kommen. Also bleib da sitzen, mach's dir gemütlich, aber ich hoffe wirklich, dass du nicht mit ihr darüber sprichst.«

Eric war schon halb im Schlafzimmer. »Bis nachher dann, und ich sage es ihr selbst.« Er streifte sein Hemd ab.

Sanft setzte Emily ihre Tasse ab. Sie sah aus wie jemand, der im Zug sitzt und gerade feststellt, dass er seinen Bahnhof verpasst hat.

Das Fußballspiel endete unentschieden, null zu null.

Wütend zog Eric im Schlafzimmer das Hemd an, das die Freundin seiner Frau gerade für ihn gebügelt hatte. Der Stoff war noch warm.

Und auf der Armlehne kokelte vergessen die Zigarette eines toten Freundes vor sich hin und brannte ein Loch in Erics geliebtes Kunstledersofa.

»Ja, das stimmt«, antwortete der Zeuge.

»Könnten Sie uns das wohl ein klein wenig genauer erzählen?« Laut und klar schallte Ridleys Stimme durch den Gerichtssaal, und die diebische Freude darüber, dass es ihnen gelungen war, diesen Mann zur Zeugenaussage zu bewegen, stand ihm offen ins Gesicht geschrieben.

»Ich wollte einfach nur sagen, dass mir die Lage in der Burton Street, wie wir das im Büro immer genannt haben, mehr als nur anständig vorkam. Um ehrlich zu sein, ich fand – ich fand sie sogar beneidenswert.«

Auch Partridge war bester Dinge. Er hob den Blick nach dorthin, wo man sich eine Besuchergalerie hätte vorstellen können und von wo imaginäres Gelächter kam. Das ermunterte ihn, noch einen Schritt weiterzugehen. Der ehemalige Beamte blickte über die Köpfe seiner ehemaligen Kollegen, ja seiner ehemaligen Vorgesetzten, hinweg, ging ganz in seinem Spiel für das Phantom eines Publikums auf.

»Und ›die Lage in der Burton Street‹, ich nehme an, das war eine Art *cause célèbre* in Ihrem Büro.«

»Jeder wollte Bescheid wissen. Jeder spekulierte, jeder hatte Theorien. Es war *das* Gesprächsthema, in jeder Kaffeepause. Wie sahen die Frauen aus, wie funktionierte das, und so weiter. Der Ehemann, war er ein Zuhälter? Sollte man jemanden vor dem Haus postieren, der über das Kommen und Gehen der männlichen Kundschaft Buch führte? Überall wurde spek… überall wurde geredet. Die Frauen genauso wie die Männer. Ein paar von den Jungs wollten mich sogar überreden, Fotos zu machen.«

»Eine ziemlich lüsterne Stimmung, mit anderen Worten.«

»Aber das war nicht die offizielle Einstellung. Das war nur das, was die Leute redeten.«

»Und Ihre eigene, persönliche Einschätzung der Familie Sahar?«

»Wie gesagt. In Wirklichkeit war überhaupt nichts Spektakuläres daran. Es waren einfach vier Erwachsene, die sich irgendwie ein gemeinsames Leben eingerichtet hatten. Und das auf eine Weise, die mir so wunderbar frei von Eifersucht und Neid vorkommt, und ebenso, nehme ich an, von Überdruss und Untreue, dass unsere gewöhnliche Vorstellung von Ehe überhaupt nicht ausreicht, um es zu beschreiben.«

Er grinste. Er gab dem unsichtbaren Publikum, was es wollte, und die Leute sprangen schon von den Stühlen, trampelten auf den Fußboden, applaudierten begeistert seinen Impromptus und feuerten ihn an. Er war nun dem sehr nahe, was man bei Mystikern Verzückung nennt.

»Und genügte das den Kollegen an der Kaffeemaschine?«

Partridge schüttelte den Kopf. »Ich glaube, die blieben lieber bei ihren eigenen Ideen. Sie waren überzeugt, dass mehr dahintersteckte.«

»Verstehe. Sie *blieben lieber* bei ihren eigenen Ideen.« Ridley sah die Vertreter des Jugendamtes an. »Blieben lieber. Bei ihren *eigenen*.« Wie ein Sprengstoffexperte brachte Ridley seine Ladungen an, legte die Zünder, schwächte seine Gegner an sämtlichen strategischen Punkten. »Ihren *Ideen*. Und was haben Sie dann als Empfehlung an Ihre Vorgesetzten weitergegeben?«

»Meine Empfehlung?« Hier richtete sich Partridge zu voller Größe auf. Offensichtlich war das die Frage, auf die er gewartet hatte, und er hob seine Stimme zum Olymp. »Nun, sie haben sich nicht darum gekümmert. So einfach war das.« Jetzt brüllte er. »Sie haben das genaue Gegenteil von dem gemacht, was ich empfohlen hatte. Das genaue Gegenteil. Mein Bericht ging sang- und klanglos unter, und ich habe nie erfahren, warum.«

»Er ging unter?« Ridley wandte sich wieder dem schlecht bezahlten Reparaturtrupp für soziale Schäden zu, Leuten, die nun plötzlich als Schwindler und Halunken dastanden.

»Sie haben ihn ignoriert. Vollkommen ignoriert. Stattdessen haben sie die Kinder aus dem Haus geholt, und das war ein Verbrechen!«

Die versammelten Juristen, Sozialamtsvertreter, Psychologen und Gutachter starrten, bleich geworden, den Mann im Zeugenstand an. Die Anschuldigung kam um Vieles heftiger, als sie es sich ausgemalt hatten, und die Lautstärke, mit der er sie vorbrachte, gab ihm etwas leicht Irrsinniges.

»Nicht zu fassen war das«, fuhr Partridge fort, getreu dem alten Varieté-Grundsatz: Wenn es einmal gut war, dann kommt es auch noch ein zweites Mal an. »Aber ich habe *immer* den Eindruck gehabt, nach mehreren Besuchen im Haus, und das habe ich auch unmissverständlich in meinem Bericht zum Ausdruck gebracht, dass das gesamte Arrangement zwar vielleicht unkonventionell war, dass aber nichts dagegen sprach, diese Familie als solche weiterbestehen zu lassen – ja dass man sie zu Vorträgen hätte einladen sollen, damit andere etwas von ihr lernen konnten.« Er konnte den Applaus förmlich hören, die Zuschauer riefen nach Zugaben.

Der Richter beugte sich vor, gab Ridley ein Zeichen, und dieser nickte. Ridley näherte sich seinem Zeugen und flüsterte: »Nicht ganz so laut. Die Stimme.«

Partridge nickte. Er war sehr erregt.

»Und erinnern Sie sich noch an diesen Bericht?«

»Aber ja. In allen Einzelheiten.«

»Wie können Sie sich da so sicher sein?«

»Ich habe ein Exemplar hier bei mir.« Er zog eine Fotokopie des verschmähten Berichts aus der Tasche und hielt sie in die Höhe, für Ridley der willkommene Anlass zu einem weiteren höhnischen Grinsen in Richtung Anklage.

Eilig wurde der Bericht als Beweismaterial angemeldet und dem Richter übergeben, der schon die Brille aufsetzte. »Schön«, murmelte er, nachdem er ihn überflogen hatte. »Dann weiter.«

»Könnten Sie vielleicht den Bericht für uns zusammenfassen?«, fragte Ridley.

Und ob Partridge das konnte; er brauchte nicht einmal seine Kopie zurück. Er habe, erklärte er, keinerlei Indiz gefunden, dass die Kinder vernachlässigt würden oder gar gefährdet seien oder dass die Beziehungen der Erwachsenen einen negativen Einfluss auf sie hätten; auch keinen Hinweis, dass an diesen Beziehungen selbst etwas Ungehöriges gewesen sei.

»Haben Sie sonst noch etwas hinzuzufügen?«

»Nur dass meine Dienststelle, soweit ich das beurteilen kann – und ob nun unwillentlich oder nicht –, einer ganzen Reihe von anständigen und respektablen Menschen schweren Schaden zugefügt hat.«

»Ich danke Ihnen, Sir. Das wäre alles.«

Partridge wurde entlassen. Fast hätte er sich verbeugt, doch dann verließ er einfach nur den Zeugenstand.

Die Leute vom Jugendamt starrten nur die Wand vor sich an.

Ridley setzte sich und drückte Tracy die Hand. »Jetzt rufen wir deinen Vater auf. Obwohl wir ihn kaum noch brauchen.«

Ridley erhob sich wieder, und Partridge warf Tracy einen stolzen Blick zu, als er an ihr vorüberkam. Tracy machte das Daumen-hoch-Zeichen.

Als Nächstes rief Ridley Eric Pringle in den Zeugenstand. Ein Büttel führte Eric herein, der gebeugten Hauptes zum Podest hinkte. Er konnte wählen, ob er auf die Bibel oder den Koran schwören wollte, und erklärte: »Ich bin Christ.« Dann verpflichtete er sich unter Androhung göttlicher Strafe, die Wahrheit zu sagen und nichts als die Wahrheit.

Von diesem Zeugen hatten die Vertreter des Jugendamts nichts gewusst, und sie steckten die Köpfe zusammen wie Papageien.

Eric nannte seinen vollen Namen und seine Adresse und sah sich dabei im Gerichtssaal um, überwältigt. Eben noch hatte er in seinem Auto gesessen, jetzt stand er hier und sollte seine dunkelsten Geheimnisse ans Licht der Öffentlichkeit zerren.

Er war so in seine Gedanken versunken, dass er die erste Frage gar nicht hörte. »Mr Pringle?«

»Hmmm?«

Ridley wiederholte sie.

»Ja, das ist richtig«, antwortete Eric und lauschte dabei seiner eigenen Stimme. »Ich bin Tracys Vater.«

Tracy schlüpfte hinaus auf den Flur. Sie holte ihr Handy heraus und rief Sam auf seinem an, um ihm die neuesten Entwicklungen durchzugeben. Sie konnte nur hoffen, dass er wach genug war, um den Vibrationsalarm unter dem Kissen zu spüren. Den Klingelton hatte sie abgeschaltet, damit er nicht erwischt wurde.

»Geh ran«, sagte sie laut. »Geh ran.«

Sie wollte ihm sagen, dass ihr Vater eine schwere Buße auf sich genommen hatte, um seine Untat wiedergutzumachen. Sie wollte auch ein paar von den Sätzen zitieren, die Partridge ihnen als Rettungsringe zugeworfen hatte, ihm beschreiben, welche Wirkung sie gehabt hatten, von der hoffnungsvollen Stimmung erzählen, die auf ihrer Seite herrschte. *Sam*, wollte sie ihm sagen, *Partridge ist hier, er hat gegen seine eigenen Leute ausgesagt, er hat alles zugegeben, was sie gemacht haben. Er hat jetzt eine andere Arbeit. Du hättest ihn sehen sollen!*

Sie war in Hochstimmung. Sam antwortete immer noch nicht. Ohne es zu wollen, hatte sie ihre neue Familie mitten in eine Katastrophe hineingetrieben, aber sie hatte für sie auch wieder einen Weg heraus gefunden.

Zwei Leute kamen vorbei, auf dem Weg zu einem zweiten Gerichtssaal: ein Sohn, der seine gebrechliche Mutter stützte. Der Sohn grüßte Tracy mit einem »Was soll man machen«-Schulterzucken, und Tracy nickte ihm aufmunternd zu. Wieder zwei, für die der Augenblick der Wahrheit kam. *Die Welt ist das Paradies der schlechten Menschen.* Ein persisches Sprichwort, an das sie oft denken musste. Wenn das stimmte, dann konnten wir froh sein, dass dieses Paradies nicht vollkommen war. Die guten Menschen schauten doch ab und zu noch vorbei. *Sei zufrieden mit wenig, dann gibt Gott dir viel.* Aus ihrer Lektüre und den Vorlesungen hatte sie sich Dutzende solcher Wendungen eingeprägt. *Die besten Frauen sind die, die auf Kamelen reiten.* Was wäre da die moderne Entsprechung? Die Ducati 750 ihres Vaters vielleicht. *Gastfreundschaft gilt für drei Tage.* Das hätte Fatima sich mal zu Herzen nehmen sollen.

Eine Computerstimme teilte ihr mit, der gewünschte Teilnehmer sei momentan nicht erreichbar oder das Telefon sei abgeschaltet. Sie wählte neu. Einen Versuch würde sie noch machen.

Während sie wartete, hielt derselbe junge Mann die schwere Tür zum Gerichtssaal mit einer Hand auf; sein Arm bildete einen Torbogen, durch den er mit der anderen Hand die gebeugte alte Frau zog. Die Frau machte einen kleinen Knicks, als sie unter seinem Arm hindurchschlüpfte, eine anrührende Bewegung. Es sah aus wie ein Tanzschritt.

Innere Komplikationen

Vielleicht lag es an dem Druck, den die erweiterten Blutgefäße in seinem Schädel auf das Hirn ausübten, oder an den Medikamenten, die in seinen Blutbahnen kreisten, oder an der Frustration des Redners, dessen Lippen versiegelt waren, an den Bandagen, die ihm die Zärtlichkeiten verwehrten, nach denen er sich sehnte – was auch immer die Ursache war, Sams anfängliche Ruhe wich mit jedem Tag, den er der Genesung näher kam, immer häufigeren Launen, Stimmungsschwankungen und exzentrischen Einfällen.

Auch wenn Tracy sich nach Kräften bemühte, die Ruhe und Gelassenheit zu wahren, von denen die ersten Tage seines Krankenhausaufenthalts geprägt gewesen waren, betrieb er selbst offenbar nicht minder entschlossen seine Verwandlung.

Aus einer flüchtigen Laune heraus verlangte er nach Dingen, die ihn wenig später nicht mehr interessierten, einem Margarita zum Beispiel, den er unmöglich trinken konnte, oder er forderte Tracy auf, einen Kunsthändler anzurufen und Gemälde für die beunruhigend weißen Wände zu kaufen. Es war eine Geduldsprobe für alle.

Da die Morphiumdosis langsam reduziert wurde, war er immer häufiger wach und hatte an allem etwas auszusetzen, von dem nach seinen Maßstäben ungenießbaren Essen bis hin zum Wetter, das ihn in seinem Krankenzimmer überhaupt nicht berührte. Von Tracy ließ er sich eine neue Kreditkarte als Ersatz für die von den »rassistischen Schlägern« gestohlene besorgen, und er stürzte sich in einen wahren Kaufrausch.

Tracy und die anderen sahen die Veränderung zwar, doch Sam wirkte so lebendig und so entschlossen, wieder auf die Beine zu kommen, dass jede Schrulle als Zeichen der Besserung willkommen war.

Und wenn er dann überdreht war, angespannt wie eine Uhrfeder, so dass Tracy bei dem Gedanken an die blutgefüllten Blasen in seinem Kopf angst und bange wurde, war die aufgekratzte Stimmung plötzlich von einer Sekunde auf die andere verflogen, vorübergerollt wie der klappernde Servierwagen vor der Tür, und es kehrte wieder Ruhe ein. Dann war er zahm wie ein Lämmchen und hielt bis spät in die Nacht zärtlich Tracys Hand.

Der Arzt sagte, sie solle sich keine unnötigen Sorgen machen. Solche Erregungszustände seien die Folge der hohen Medikamentenkonzentration im Gehirn; es handle sich um eine Begleiterscheinung der blutdrucksenkenden Mittel und auch um eine verzögerte Reaktion auf das Trauma des Überfalls. Er versicherte, der alte Sam werde schon bald wieder zum Vorschein kommen.

Bis dahin war sich die gesamte Familie einig, dass man seinen Launen nachgeben und möglichst jedem Streit aus dem Weg gehen müsse; auch wenn seine Ideen noch so aberwitzig waren, wollte man alles tun, um ihn zu beschwichtigen, damit der Druck auf seine Blutgefäße nicht noch weiter zunahm und sein Zustand sich verschlimmerte.

Liebe und Fürsorge zahlten sich jetzt doppelt und dreifach aus, sagte der Chefarzt.

Zumindest dieser Therapieplan schien bestens anzuschlagen. Obwohl die letzten Röntgenaufnahmen keinen Rückgang des Aneurysmas erkennen ließen, verbesserten sich der Gesamtzustand und das äußere Erscheinungsbild des Kranken rapide. Die Rippenbrüche und die Verletzungen an der linken Hand heilten, und je weiter die Mumie von ihren Bandagen befreit wurde, desto mehr glich sie wieder einem menschlichen Wesen.

Eine Krankenschwester nahm sich seiner Lippen an und entfernte behutsam die letzten abgestorbenen Hautfetzen, so dass darunter die neue, rosafarbene Haut zum Vorschein kam, zwei Nuancen heller als zuvor. Das verlieh seinem Mund etwas jugendlich Unschuldiges, und Tracy war die Erste, die mit einem Kuss die Probe aufs Exempel machte.

»Ist ein bisschen so, als ob man ein Mädchen küsst«, meinte sie schließlich.

Er warf ihr einen misstrauischen Blick aus dem Augenwinkel zu. »Und woher willst du das wissen? Was habt ihr Frauen in meiner Abwesenheit getrieben?«

»Das wüsstest du wohl gern…«

»Allerdings. Das darf man sich doch nicht entgehen lassen!«

Tracy schüttelte den Kopf. »Alter Lustmolch.« Sie hoffte, es war das Morphium, das ihn so reden ließ.

»Du glaubst, ich mache Witze? Immer das Gleiche mit euch.«

»Red nicht so viel.« Sie wollte nicht, dass er sich aufregte, aber sie wollte ihm auch nichts verbieten.

»Was ist das für ein Mann, der drei Ehefrauen hat und die Gelegenheit nicht nutzt? Sobald ich nach Hause komme, wird sich einiges ändern.« Er fuchtelte entschlossen mit dem Finger.

»Jetzt übertreib nicht.«

»Diese Prügelei hat mir geholfen, den Mann in mir zu wecken. Was war ich für ein Trottel! Drei sexy Frauen in Reichweite. Was für ein Dummkopf!«

»Hör auf.«

»Willst du nicht wissen, was ich beschlossen habe?«

Sie sah ihn mit großen Augen an. »Nein«, sagte sie. »Will ich nicht. Und jetzt sei still.«

Tracy berief eine Krisensitzung in den Hyde Park ein, wo sie Sams Zustand unbeobachtet mit ihren Mitehefrauen diskutieren konnte, während die Kinder sich auf dem Prinzessin-Diana-Spielplatz vergnügten.

Sie musste ihren Sorgen Luft machen und hatte eine ganze Liste mit »Vorfällen« parat. Gestern beim Baden hatte er vor den Krankenschwestern, die ihn wuschen, mit seinen Verletzungen geprahlt. »Ich habe ihn noch nie so erlebt. Ein richtiger Macho.«

Der nächste Punkt war, dass er ihren Vorschlag, seine zerklüfteten Zähne so rasch wie möglich richten zu lassen, verworfen hatte. »Es sieht schrecklich aus, wenn er lächelt, er wird eine Prothese brauchen, aber irgendwie ist er stolz darauf. Für ihn sind seine Zähne wie Narben aus einer Schlacht.«

Und das war noch nicht alles. Er hatte Tracy, aber nicht den anderen, gesagt, eine Tracht Prügel sei in gewissem

Sinne vielleicht genau das gewesen, was er gebraucht habe. Er habe das Leben zu lange als Außenstehender betrachtet. Der Überfall sei eine Lektion gewesen – »ein Ruf zu den Waffen«, hatte er es genannt. Das viele Nachdenken habe nie etwas genützt. Man müsse das Leben auskosten.

»Die ganze Speisekarte des Lebens. Das hat er immer wieder gesagt. Er will die ganze Speisekarte des Lebens probieren.«

Sie überlegten, was sie von alldem halten sollten.

Firouzeh hatte als Erste eine Erklärung. »Alles nur Kompensation – weil er nicht sprechen und sich nicht richtig bewegen kann. Ein Verdurstender in der Wüste, woran denkt der? Er sehnt sich nach etwas, was er nicht haben kann. Das liegt doch auf der Hand. Das hat nichts zu bedeuten. Überhaupt nichts.«

»Und die Medikamente«, setzte Yvette hinzu. »Natürlich redet er Unsinn, wenn er das ganze Zeug im Leib 'at. Ich 'abe euch doch erzählt, dass ich ihn ertappt 'abe, wie er mit seiner Kreditkarte Sachen bestellt 'at. Geschenke für die Kinder. Schmuck. Ein Pferd.«

Das hatte Yvette bisher nicht erwähnt. »Ein Pferd?«

»Oh, 'abe ich euch das nicht erzählt? Ja, er sagt, er 'at sich immer einen weißen Araber'engst gewünscht. Einen richtigen Schimmel.«

Die beiden anderen sahen Sams erste Ehefrau an und warteten auf Bestätigung. Die schüttelte sorgenvoll den Kopf.

»Natürlich 'abe ich den Juwelier und den Spielwarenladen angerufen. Sie 'aben das Geld zurückgegeben.«

»Und was ist mit dem *Pferd*?«, fragte Firouzeh.

»Ach, das war sicher nicht ernst gemeint. Und ich 'ätte

auch nicht gewusst, wen ich anrufen soll. So ein Pferd kriegt man doch nicht einfach ins Haus geliefert, *non*?«

»Gütiger Himmel«, sagte Tracy.

Die Frauen beschlossen, dass sie Sam sorgsamer im Auge behalten und ihm auf jeden Fall die Kreditkarte wegnehmen mussten.

»Und da ist noch etwas«, sagte Tracy. Sie hatte sich diese Sache bis zum Schluss aufgespart. »Er hat gesagt, wenn sie ihn aus dem Krankenhaus entlassen, wenn es ihm wieder bessergeht, will er seine ehelichen Rechte einfordern, von uns allen, ohne Ausnahme.«

Yvette und Firouzeh sahen sie erschrocken an.

»Was?«

»Das hat er gesagt. Ohne Ausnahme.«

»Das meint er nicht ernst«, sagte Yvette. »Das ist ein Scherz. Er nimmt dich auf den Arm.«

»Ja«, pflichtete Firouzeh ihr bei. »Er macht Witze.«

Tracy konnte nicht darüber lächeln. »Er hat mich gefragt, ob es mir was ausmachen würde.«

»Ausmachen?«

»Wenn wir alle im selben Bett schlafen. Mit ihm. Alle zusammen. Nachdem wir den Prozess gewonnen haben.«

Diesmal war Firouzeh nicht mehr so sicher, dass es ein Witz war. »Im selben Bett?«

Yvette starrte Tracy an. »Und was 'ast du geantwortet?«

»Was ich geantwortet habe?«

»Ja.«

»Ich habe gesagt, mir macht das nichts aus. Ich habe mich genau an eure Anweisungen gehalten. Ihm nicht widersprochen.«

»Du hast ihm gesagt, dass…?«

»Ich habe ihm gesagt, es macht mir nichts aus.« Sie errötete. »Er will mit uns allen dreien gleichzeitig schlafen.«

An diesem Punkt verschlug es Firouzeh und Yvette endgültig die Sprache.

»Ich habe mich an eure Anweisungen gehalten«, beharrte Tracy, als sie die Missbilligung auf ihren Gesichtern bemerkte, und wartete auf Zustimmung, bis ihr klar wurde, dass sie sie nicht bekommen würden. »Das war doch richtig, oder?«

Firouzeh fuhr die Kinder nach Hause. In der Einfahrt erwartete sie ein großer Möbelwagen. Der Fahrer, ein kahlköpfiger Mann mit Unterarmen so dick wie die Arme von Popeye, wollte erst einen Lieferschein unterschrieben haben, bevor er mit dem Ausladen begann. Die Kinder standen als Begrüßungskomitee auf dem Bürgersteig, als die Türen zum Laderaum geöffnet wurden.

Das kolossale Bett, groß genug für eine ganze Familie und deutlich breiter als lang, wurde langsam herausgewuchtet. Zwei Möbelpacker stöhnten unter der Last.

»Ganz schöner Apparat, was? Also, wo ist das Schlafzimmer, Madam?«, brummte der Dicke.

»Das Schlafzimmer?«

»Die Jungs haben Anweisung, es ins Elternschlafzimmer zu schaffen, also wenn Sie uns bitte den Weg zeigen würden…«

Firouzeh, deren Ehemann keine Ablehnung, keine Rückschläge, keinen Widerspruch ertragen konnte, geleitete die Männer zum Haus. Der kleine Mostafa eilte voraus, öffnete die Tür und trat beiseite, als das große Möbelstück an ihm vorbeigetragen wurde. Firouzeh komplimentierte die Männer schnell nach drinnen und schloss hastig die Türen, aber vorher warf sie noch rasch einen Blick nach links und nach rechts, um sich zu vergewissern, dass niemand die Ankunft dieses monströsen Betts bemerkt hatte, das für sich allein schon ausgereicht hätte, jedwede Hoffnung auf eine öffentliche Rehabilitation der Sahars und ihrer häuslichen Verhältnisse zunichtezumachen.

Die Polizei führte immer noch ihre Ermittlungen wegen des Überfalls auf Sam, und es hatte nicht lange gedauert, bis die Zeitungen davon Wind bekamen. Am Morgen war ein Journalist in der Burton Street aufgetaucht, aber Firouzeh hatte ihn kommentarlos weggeschickt. Unverzagt erschien der Mann wenig später an Sams Krankenhausbett und fand den Patienten bei klarem Bewusstsein und durchaus willens, sich mit ihm zu unterhalten.

Nun, wo er erstmals seine Ansichten vor der landesweiten Presse äußern konnte, war Sams Redefluss kaum zu bremsen; bisweilen war er unzusammenhängend, aber dann auch wieder eloquent, wohlinformiert, manchmal geradezu elegisch. Es war ein erstaunlich wohlwollendes Plädoyer für die Stadt, in die er von so weit her gekommen war, um sie in sein Herz zu schließen.

Der verblüffte Journalist hatte eigentlich nur Sams Meinung zu den Beweggründen für den tückischen Angriff hören wollen und gab zu bedenken, dass der Kontaktkleber doch gewiss ein Hinweis auf rassistische Motive sei.

Aber Sam wollte nichts davon hören, dass es sich um einen ausländerfeindlichen Angriff gehandelt habe. Ja, er war überzeugt, dass die Menschen überhaupt nicht den Ausländer in ihm sähen. »Es gilt, andere Triebkräfte zu bedenken, bevor wir rassistische Motive in Betracht ziehen. Diese Jungs litten unter ihrer inneren Leere. Ich habe mit ihnen gesprochen. Solche jungen Leute sehnen sich nach Berühmtheit, notfalls eben als Verbrecher. Deswegen die Idee mit dem Kontaktkleber. Es war ihre Art Geistesblitz. Ihre Filmidee – und sie waren *stolz* darauf. Für sie war ich ein wohlhabender Mann, ein Bourgeois, den sie herunterziehen konnten, ein Hilfsmittel auf dem Weg zur Berühmtheit, wenn auch nur in ihren eigenen, armseligen Kreisen. Ich habe sogar meine Zweifel, dass es bei dem Überfall um Geld ging. Glauben Sie mir, die Jungs sind heute mächtig stolz.«

Der Journalist füllte die Seiten seines Notizbuchs pflichtbewusst mit stenographierten Aufzeichnungen, doch als der Artikel am Abend erschien, zu einer Kurzmeldung redigiert, erfuhr die Öffentlichkeit nur die nackten Tatsachen in drei kleinen Absätzen: Perser in der vergangenen Woche unter bizarren Umständen attackiert; maskierte Jugendliche verwenden Kontaktkleber, um das Opfer bewegungsunfähig zu machen und schließlich zum Schweigen zu bringen; Menschenrechtsorganisationen empört; Behörde zur Bekämpfung des Rassismus schaltet sich ein.

Tracy fuhr mit dem Taxi zum St.-George's-Krankenhaus und eilte, vorbei an dem Kiosk voller Luftballons mit Genesungswünschen und Boulevardzeitungen mit Sams Geschichte, zu seiner Station. Das Dienstzimmer war leer, also ging sie geradewegs zu Sams Tür und erschrak, als sie sein Bett leer fand.

Sofort schossen ihr die wildesten Gedanken durch den

Kopf. Sie drückte den Alarmknopf und lief aufgeregt durch die Gänge, bis sie eine Schwester fand, die ihr erklärte, man habe Sam nach unten zum Röntgen gebracht.

Eine Stunde zuvor sei Sam kurz ins Koma gefallen. Mit Sauerstoff sei er wieder zu sich gekommen. Man habe versucht, sie anzurufen. Die Röntgenabteilung befinde sich eine Etage tiefer, und Tracy könne gern zu ihrem Mann hinuntergehen.

Ihr Herz hämmerte; sie fühlte sich fiebrig. Wieder zurück auf dem Flur, stieg sie in den Personalaufzug, wo sie beiseite treten und Platz für einen Patienten machen musste, dessen Zustand offenbar sehr ernst war: Er hielt die Augen geschlossen und konzentrierte sich ganz auf seine Krankheit. Der grün gekleidete Pfleger lächelte ihr zu, aber niemand sprach ein Wort auf dem Weg nach unten. Sobald die Türen aufgingen, drängte Tracy sich an den beiden vorbei.

Sie erkundigte sich bei zwei Krankenschwestern nach dem Weg und betrat schließlich durch eine Schwingtür die Röntgenabteilung. Kinderzeichnungen und bunte Plakate lenkten vorübergehend ihre Aufmerksamkeit auf sich, bis sie weiter hinten ein Schild an einer Reihe von Glaskabinen entdeckte – Zutritt verboten. Eine rote Lampe verriet, dass eine Untersuchung im Gange war.

»Kann ich Ihnen behilflich sein?«, fragte eine Schwester, die sie vorher noch nicht gesehen hatte.

Tracy wandte sich um. Die Frau hatte eine Uhr an die Brusttasche gesteckt. »Mein Mann. Er ist … Ich glaube er wird gerade geröntgt, jetzt gerade, glaube ich. Mr Sahar. Ist er da drin?«

»Okay. Gut. Ja, er ist gerade drin.« Die Stimme der

Krankenschwester hatte etwas Beruhigendes. »Und wer sind Sie?«

»Seine… seine Frau.« Ja, das war sie.

»Gut, dann kommen Sie. Er ist gerade drin. Möchten Sie zusehen? Wenn Sie wollen, können Sie zusehen.«

Ihre Antwort kam, noch ehe sie eine Entscheidung hatte treffen können: »Ehrlich?«

Die Schwester geleitete Tracy in den Teil der Station, wo der Zutritt verboten war, gab ihr eine Bleischürze und überließ sie danach sich selbst.

Durch das dicke Sicherheitsglas sah sie Sam auf einer Bahre, die nackten Arme seitlich angelegt, um das Handgelenk ein Namensschild aus Plastik; er hatte die Augen geschlossen, und seine Haut wirkte totenbleich, als der riesige Röntgenapparat über seinen Körper hinauf zu dem verletzten Kopf kroch und ihn dabei durchleuchtete. Im Londoner Aquarium gab es solche Einblicke in unbekannte Welten, und Tracy sah ihren Mann wie aus einer Taucherglocke. Sie hatte sich die schwere Schürze über den Kopf gestreift und hinten zugebunden.

Sam lag reglos auf dem Rücken; man hatte ihm ein Beruhigungsmittel verabreicht, und er war allein in dem Röntgenraum, leichte Beute für die kriechende Maschine, die sich auf seinen Kopf zubewegte und dort bis ins tiefste Innere sah. Obwohl nirgendwo Licht zu erkennen war, sammelte sie ihre Daten, speiste damit einen Fernsehmonitor, dessen Bilder Tracy nur mit Mühe deuten konnte. Auf der Mattscheibe baute sich eine Querschnittsaufnahme auf.

Sie erschrak über diesen Einblick in das Hirn ihres Mannes, ein Fossil, weiß auf schwarz, bei dem sie keinerlei Beziehung sehen konnte zu dem Menschen, den sie liebte. Das also war der Mittelpunkt im Leben dieses Denkers, und es sah doch nicht anders aus als ein Apfelsinenschnitz. Plötzlich änderte das Gerät den Winkel, und nun sah sie eine Seitenansicht des Schädels, und dieses Bild schockierte sie noch mehr als das vorige: Die Knochen selbst waren kaum zu sehen – es war ein Schnappschuss von seinem Tod. Strahlen bombardierten ihn jetzt aus zwei Richtungen zugleich. Es war schrecklich. Sie atmete wie ein Tiefseetaucher, hielt die Luft lange in der Lunge. Sam, der eine Abneigung gegen alle moderne Technik hatte und schreckliche Angst vor Strahlen, ein Mann, der sich nur widerstrebend ins einundzwanzigste Jahrhundert gewagt hatte, war alldem nun hilflos ausgeliefert. Sie blickte forschend auf den Monitor, aber sie konnte nichts darauf erkennen, keine blutgefüllte Ausstülpung, keinen Schaden. Sicher, dachte sie, er hat sich ja auch wunderbar erholt. Wie Isis waren ihre Worte in ihn eingedrungen, hatten ausgestrahlt bis in den Schädel und den Schaden heilen lassen. Gleich würde er sich aufrichten und sie anlächeln.

Dann war die Maschine fertig, Lichter gingen aus. Der Radiologe, ein Mann in Hemdsärmeln, der Tracy gar nicht bemerkt hatte, zog Sams fahrbare Trage aus der stählernen Halterung heraus. Die Untersuchung war zu Ende, und Tracy sah zu, wie Sam davongefahren wurde, reglos, und die kahle Stelle an seinem Schädel war das Letzte, was sie von ihm sah, bevor die Schwingtüren sich hinter ihm schlossen.

Ein zweites Aneurysma hatte sich plötzlich gleich neben dem Ersten gebildet, und auch dieses hatte über Nacht seine

Größe verdoppelt, was für eine kurze Zeit die Sauerstoffzufuhr in Sams linker Hirnhälfte unterbrochen und ihn in ein Koma versetzt hatte, aus dem er jedoch schnell wieder erwacht war. Der Patient wusste nicht, dass ihm dieses Stück Erinnerung fehlte; er öffnete den Mund und verkündete, dass er »irgendwie hungrig« sei.

Tracy hatte keinen Empfang auf ihrem Handy und gab die Nachricht per Münztelefon an Firouzeh und Yvette durch; mit Tränen in den Augen steckte sie die 20-Pence-Münzen in den Schlitz. Sams Zustand galt jetzt offiziell als kritisch.

Der Arzt wollte wissen, was die Frauen – er kannte inzwischen ihren Status – tun wollten. Er habe schlechte Nachrichten.

»Er kann noch Monate, Jahre leben, kein Mensch kann das sagen«, erklärte der Chefarzt den drei Frauen, die ihn mit ernster Miene ansahen, die neuesten Röntgenaufnahmen vor sich auf dem Tisch. »Wer weiß, er könnte länger leben als wir alle, wenn die Aneurysmen sich stabilisieren. Andererseits muss Ihnen klar sein, dass diese Arterien schon morgen platzen können, wenn er sich unter der Dusche nach der Seife bückt. Einfach so. Keiner kennt Tag oder Stunde.«

Sam war der Krankheit ausgeliefert, eine Operation unmöglich geworden. Sein Leben hing von den Launen zweier winziger Blutblasen in seinem Gehirn ab. Die Überlebenschance bei einem chirurgischen Eingriff liege unter fünf Prozent, ein inakzeptabler Wert.

»Das heißt also, er stirbt«, sagte Tracy. »Sie wollen uns sagen, dass er stirbt.«

Der Arzt, mit einem Mal zum Amateur geworden, antwortete nicht.

Gegen diese Art von Nachricht konnte man keinen Einspruch erheben. Wut hatte in ihren Reaktionen keinen Platz. Sie mussten einfach die Fakten verarbeiten. Aber so etwas brauchte Zeit. Alles, was sie einander jetzt als Trost bieten konnten, war ihr Schweigen.

»Wie soll man denn mit so etwas *leben*?«, fragte Firouzeh, wollte den *fait accompli* nicht wahrhaben, glaubte immer noch an die Operation.

Tracy dachte praktischer. Was sollten sie Sam sagen? Was konnte man ihm sagen?

»Das ist eine gute Frage. Und Sie müssen sie selbst entscheiden. Ich persönlich würde sagen, dieses Wissen wäre die größte Belastung, die Sie ihm jetzt aufbürden können.« Die Frauen kämpften tapfer gegen die Tränen, doch schließlich nickten sie. Das war das Richtige, kein Zweifel. »Und ich fände es am besten, wenn Sie ihn so schnell wie möglich nach Hause holten.«

Alle wussten, was das hieß: Der Arzt hatte ihnen Mut machen wollen, als er von den Jahren sprach, die Sam noch leben könne, doch in Wirklichkeit war die Zeit kurz. *Nach Hause*, das klang nach Genesung, nach überwundener Gefahr. »Ich glaube, Sie sollten ihn nach Hause holen.« Nur dass es keine Genesung geben würde.

Die Frauen starrten ihn an. Selbst in solchen Augenblicken, wenn das Leben seine schwersten Schläge austeilte, glaubte man den Fachleuten. Aber er hatte ja recht. Sie würden alles tun, was möglich war, um die Zeit, die Sam noch blieb, zu verlängern – und nicht hinhören, wenn schlechte

Nachrichten kamen, war doch das beste Heilmittel, das es auf der Welt überhaupt gab.

Tracy erhob sich – sie müsse gehen. Sam werde bald erwachen, und dann wolle sie bei ihm sein.

Die Besprechung war beendet.

»Immer noch da«, sagte Sam und öffnete sein rechtes Auge. Das linke blieb, was sehr seltsam aussah, halb geschlossen, wie nach einem Schlaganfall.

»Immer noch da«, rang sie sich ab und verbarg ihre Gefühle, so gut sie konnte.

»Ziemlich groggy heute. Möchte wissen, warum.«

»Der Arzt sagt, du kommst vielleicht bald nach Hause.«

»Was hat er sonst gesagt?«

»Dass es dir bessergeht.«

»Tatsächlich?«

»Ja.«

Spürte er da eine Lüge? »Na siehst du. Ihr macht euch grundlos Sorgen. Dann sag ihnen, sie sollen einen Termin für die Operation festlegen. Kannst du das machen?«

Sie nickte. Sam hatte das Warten satt. Er war bereit für den Kampf. Er wollte sein neues Restaurant eröffnen. Doch dann seufzte er. »Ich weiß gar nicht, was heute mit mir los ist. Hatte ich dir das erzählt? Sie wollen mich in einen Malkurs schicken.« Anscheinend hatte er vergessen, dass er schon ein halbes Dutzend Mal dort gewesen war. Er drehte sich zu ihr hin und fragte: »Ja wieso weinst du denn, Frau?«

»Vor Glück. Dass es dir bessergeht. Sonst nichts.«

»Weißt du. Du redest schon. Genau wie ich.«

»Bitte?«

»Achte mal drauf. Macht ihr alle. Alle, die kommen. Am Ende reden sie. Wie Idioten.«

»Ist eben ansteckend. Deswegen.« Sie lächelte. »Jetzt sei still.«

»Kleine Besserwisserin. Wieso weinst du?«

»Nimm meine Hand.«

Er nahm ihre Hand und ahnte nichts von der Bombe, die in seinem Hirn tickte.

Tracy, Yvette und Firouzeh bereiteten alles für Sams Rückkehr vor, fest entschlossen, einen Triumph daraus zu machen.

Nach dem glücklichen Ausgang der Anhörung beim Familiengericht – das keinen Anlass sah, den Sahars das Zusammenleben zu verbieten, und das Jugendamt für seinen »Übereifer« rügte – hatten Tracy und Yvette die Rechnung im Metropole beglichen und waren wieder nach Hause gekommen.

Stürmisch hatten die Gäste einer Überraschungsparty die beiden aus der Verbannung Heimgekehrten begrüßt, als sie, beladen mit Bergen von Gepäck, wieder vor der Haustür standen. Ridley brachte den ersten Trinkspruch aus, die Summe seiner siegreichen Strategie: »Wenn du sie nicht schlagen kannst, dann hol sie auf deine Seite.«

Als eine Art Exorzismus, als wolle sie die bösen Geister des Gerichtsverfahrens vertreiben, dekorierte Firouzeh das ganze Haus neu. Im selben Sinne nahm Yvette sich das Restaurant vor, erweiterte die Speisekarte, arrangierte die Tische um. Tracy leitete die Vorbereitungen für das neue Lokal, das ihr zu Ehren den Namen ›Zahir‹ tragen sollte.

Als sie all das Sam berichteten, kniff er das gute Auge zu und murmelte, von Medikamenten benebelt: »Genau was ich mir gedacht habe. Ihr braucht mich nicht mehr.«

Das schlechte Auge, dessen Zustand sich unter dem Druck der Arterie immer weiter verschlimmerte, verbarg er unter einer Augenklappe, mit der er wie ein Pirat aussah. Er hatte sie ausdrücklich angefordert, und als er sie zum ersten Mal umhatte, weigerten seine Frauen sich, ihn anzusehen.

»Nimm das ab«, kommandierte Firouzeh.

»Mein neues Image«, erklärte er. »Es flößt Furcht und zugleich Respekt ein. Wie Moshe Dayan!«

Aber er war doch immer noch so schwach, dass man ihm in den Rollstuhl und wieder heraushelfen musste. Der forsche Ton stand in starkem Gegensatz zu seiner erschreckenden Gebrechlichkeit. »Habt ihr das Haus für meine Rückkehr vorbereitet?«

»Was meinst du?«

»Ihr wisst schon. Das große Bett.«

»Wir hoffen ja alle, dass du das nicht ernst meinst«, antwortete Tracy.

»Dann habt ihr noch nicht verstanden, wie ich jetzt bin. Oh, und heute Morgen habe ich für euch alle noch neue Reizwäsche bestellt.«

»Neue *was*?«

»Ist sie schon da?«

Tracy antwortete nicht. Sie war ganz mit der Frage beschäftigt, wie sie Sam erklären sollte, warum er aus dem Krankenhaus entlassen wurde, obwohl noch kein Operationstermin festgelegt worden war.

»Am Freitag«, erklärte sie.

»Freitag?«

»Nachmittag. Da dürfen wir dich mit nach Hause nehmen. Sie finden, das ist die beste Art, wie du für die Operation Kräfte sammeln kannst.«

»Endlich! Genau was ich schon seit Ewigkeiten sage. Endlich wieder ordentliches Essen. Ich weiß schon gar nicht mehr, wie eine Küche von innen aussieht!«

Trotz aller Rückschläge, des Auges, das so tragisch auf Halbmast hing, des sichtlichen Gewichtsverlusts, der ewigen Kopfschmerzen hatte Sam nichts von seiner guten Laune verloren. Ja, er schien besserer Dinge denn je. Keine Sekunde lang hatte er aufgehört, seine großen Pläne zu schmieden, und nicht einmal, als die Stationsschwester sein Mobiltelefon beschlagnahmt hatte, hatte ihn das bremsen können. Das hatte ihn nur hinunter in die Eingangshalle getrieben, wo er sich mit unsicheren Schritten zum Münztelefon vortastete, Kleingeld in der Hand. Er war noch immer im Geschäft.

»Sag mir, was dir durch den Kopf gegangen ist«, sagte er. »Die vielen Stunden. Da im Lift.«

»Im Lift?«

»Als du da drinstecktest. Gefangen.«

Offenbar wollte er Vergleiche zu seiner eigenen Lage anstellen.

»Eigentlich überhaupt nichts. Ich hab einfach nur gewartet und vor mich hin geträumt.«

Die Schwester kam herein, lächelte, sah nach dem Kardiographen, den Messgeräten und Tropfflaschen. Beim Morphium überprüfte sie den Schlauch und drehte an dem Hahn. Schon in der nächsten Sekunde war sie wieder fort.

Sam schloss einen Moment lang die Augen, konzentrierte sich ganz auf die Wirkung der Droge.

»Du hast den Verstand eines Künstlers. Du hast alles, was ein großer Künstler braucht.«

»Zum Beispiel?«

»Kein Interesse an der wirklichen Welt. Du trägst ganze Welten in dir, in allen Einzelheiten ausgedachte Welten. Alles an seinem Platz. Und ich denke, eines Tages wirst du etwas daraus machen. Etwas ganz Besonderes.«

Sie schüttelte den Kopf, formulierte den Satz in Gedanken um, bis er nichts anderes mehr hieß als »Ich liebe dich«.

»Aber ich habe keine Illusionen. Jedenfalls nicht bei dir«, sagte er mit geschlossenen Augen. »Warum du bei mir bist. Das weiß ich sehr wohl. Mit meinen zwei Frauen passte ich. In eine Landschaft in deinem Kopf. Eine Welt so unwirklich, dass sie dich anzog.«

Er seufzte, als das Morphium seine Wirkung tat. Er schlug die Augen wieder auf. »Dieser Lift. Entsetzlich. Entsetzlich.«

»Ein eigener Verstand.«

»Wie du. Oh!« Er zeigte auf den Nachttisch. »Oberste Schublade.« Er musste sich beeilen. Er spürte, wie er abtauchte. »Foto. Wollte ich dir geben. Hab den Abzug machen lassen. Weißt du noch?« Aber sie hatte keine Ahnung, wovon er sprach. »Wie ich dich aus der Dusche geholt habe? Ich war überwältigt. Von deiner Jugend. Deiner erschreckenden Schönheit, deinem nassen Leib. Es war zu viel für mich. Und da habe ich dich hinunter auf die Fliesen gezogen. Weißt du noch? Wir haben uns geliebt. Wir beide.« Er kämpfte gegen das Delirium an. Im Wettlauf gegen die Uhr sprach er stoßweise, komprimierte Ausbrüche. Von dem Ereignis, auf das er anspielte, wusste sie nichts. »Aber was du nicht gesehen hast, das war die Spur, die du hinterlassen hast. Den nassen Abdruck. Auf den Fliesen, dein Schatten, nur die Umrisse, aber eindeutig dein Körper. Ich habe ein Foto gemacht. Bevor es verdunstete. Ein ganz besonderer Augenblick. Mir war klar, dass man so etwas nicht festhalten kann. Was ich gespürt habe. Und das sieht man auch nicht. Aber sieh es dir an, da in der Schublade...«

Tracy zog die Schublade auf. Er hatte die Augen geschlossen. Es war keine Fotografie da.

»Ja, ich sehe«, sagte sie.

»Nimm es mit. Das ist nur. Ein schlechtes Foto. Gedächtnisstütze. Und *das* Foto hier« – mit ungeheurer Anstrengung hob er den Arm, tippte sich an den Kopf –, »das in meinem Kopf... ich wünschte nur... ich könnte dir... das zeigen.«

Sie weinte. Aber er war eingedämmert, und wie üblich sah er ihre Tränen nicht.

Das Haus war fertig. Zimmertüren waren verbreitert worden, damit ein Rollstuhl hindurchkam, Rampen installiert. Die Kinder malten ein Transparent und hängten es auf. Und eine große Willkommensparty war vorbereitet; Einladungen waren verschickt und begeistert angenommen worden. Nur seine Frauen wussten, dass Sam zum Sterben nach Hause kam.

Es war ein kalter, unfreundlicher Tag. Die Ambulanz, die Sam brachte, kam die Auffahrt heraufgekrochen wie ein Leichenwagen, und die freudige Stimmung verdüsterte sich sofort. Sam hatte stolz auf eigenen Füßen ins Haus gehen wollen, doch die beiden Sanitäter redeten es ihm rasch aus.

Seine Familie drängte sich um ihn, und jedes der Kinder fand irgendwo am Rollstuhl eine Stelle, an der es anfassen und mitschieben konnte, und so rollten sie ihren Vater den Pfad hinauf zu Tracy, die an der Haustür wartete.

»Willkommen zu Hause, General.«

»Blöde Ambulanz hat sich verfahren.«

»Die Augenklappe sieht lächerlich aus.«

»Unsinn.« Er rückte sie zurecht. »Die steht mir richtig gut.« Er nahm ihre Hand und drückte sie. »Schön, dass ich wieder zu Hause bin. Lass uns reingehen.«

Die Versammlung der guten Freunde erschöpfte ihn rasch, und um neun Uhr abends war im Haus alles still.

Wieder zupfte er an seiner Augenklappe und fragte: »Und wo ist nun dieses Bett?«

Da die Zeit nicht ausgereicht hatte, einen Rollstuhllift zu installieren, hatten sie ihm ein zweites Schlafzimmer im Erdgeschoss eingerichtet, in der Bibliothek, und dorthin führten sie ihn jetzt.

»Das nenne ich ein Bett!«, rief er, klatschte in die Hände und wuchtete sich auf die Kante des Super-Kingsize, wo er saß und die Beine baumeln ließ. »Großartig! Jetzt kann der Spaß beginnen.«

Als Tracy und Yvette ihm aus der Jacke des Abendanzugs halfen, fielen zwei von den drei Eheringen, die nun nur noch lose an dem dürr gewordenen Finger hingen, zu Boden und kullerten unter das Bett, und sie mussten danach suchen. Dann rollte Sam sich in seinem gestreiften Schlafanzug in die Mitte des Bettes, zu müde, um sich noch zu rühren, ein exzentrischer Monarch, erschöpft von den Staatsgeschäften, das ermattete Haupt auf ein dickes Kissen gebettet. »Kommt her, ich will euch hier bei mir haben«, sagte er und winkte seine drei Frauen heran. »Und wo ist die neue Reizwäsche?«

»Die ist nicht gekommen«, antwortete Firouzeh wahrheitsgemäß und meldete damit ihre Zweifel an, ob er je welche bestellt hatte.

»Ein Jammer. Na, egal. Legt euch her. Ich will alle meine Frauen bei mir im Bett. Von jetzt an gibt es ein paar neue Regeln, die ihr kennen solltet.« Er sprach schon halb im Schlaf. »Nummer eins. Der Löwe ist der König des Dschungels.«

Yvette und Firouzeh schlüpften auf der einen Seite zu ihm ins Bett, Tracy auf der anderen, alle drei die Köpfe auf seine ausgestreckten Arme gebettet, die Körper an ihn geschmiegt, Arme ineinander verschränkt.

»Der König des Dschungels«, wiederholte Yvette pflichtschuldig. Er sollte nicht merken, dass sie weinte.

»Genau das. Der König des Dschungels.« Sams gutes Auge war schon halb geschlossen, er kämpfte gegen den Schlaf an. »Nummer zwei. Ein Löwe hat seine Bedürfnisse. Bedürfnisse, die nicht unbedingt. Nur von einer einzigen Frau. Befriedigt werden. So ist die Natur. Sein Appetit ist gewaltig. Tracy versteht das.« Das gute Auge hatte sich geschlossen. »Firouzeh?«

»Gewaltig. Ich bin hier.«

»Nummer drei. Ich bin wie dieser Löwe. Ihr dürft nicht eifersüchtig aufeinander sein. Egal wen ich wähle. Wie oft ich sie wähle. Tracy?«

»Ich verspreche es«, sagte Tracy und streichelte ihm die Stirn.

»Gut. Dann wäre das. Erledigt.«

Sams Frauen bestätigten es ihm.

Das Leben ist ein Wartesaal für das Paradies

An einem trüben Tag Mitte Dezember wurde Saaman Wahid Akram Sahar mit einer letzten jener west-östlichen-Zeremonien, die so typisch für sein Leben gewesen waren, zu Grabe getragen.

Ein Freund aus Studientagen, der schneidige Viscount Romy Merchant, schrieb den Nachruf für den *Daily Telegraph*. »Sam, der klassische Hagestolz, der so lange allein für die vegetarische Küche gelebt hatte, lernte erst spät im Leben die Freuden der romantischen Liebe kennen, und er verschied an den Busen seiner großen und treuen Familie friedlich im Schlaf.«

Eine überraschend große Zahl von Beileidsbekundungen traf im Hause Sahar ein. Blumen kamen von Adressen im Iran, in Ägypten, der Türkei und den Vereinigten Staaten. Keiner konnte sagen, wie die Nachricht in diese fernen Gegenden gelangt war. Doch bei der Unzuverlässigkeit der Londoner Post mischten sich zum Schmerz aller noch tagelang auch Genesungswünsche unter die Trauerkarten.

Zum Gottesdienst drängten sich in der Kirche die Leute, und keiner wäre darüber erstaunter gewesen als Sam. Sein geliebter Chor sang für ihn. Am Ende war er eher Anglikaner als Muslim gewesen, und so hatten seine Frauen ihn noch ein letztes Mal dem englischen Klerus überlassen: er sollte nach den Riten seiner Wahlheimat begraben werden. Seine Eltern, gerade erst eingetroffen, stützten einander in der vordersten Reihe. Fatima machte aus ihrer Missbilligung, dass kein sofortiges muslimisches Begräbnis nach den Regeln der Sunna stattgefunden hatte, keinen Hehl, Mostafa senior überbrachte den Ehefrauen die Entschuldigung ihres letzten überlebenden Sohnes Sassan, den Manöver in der entlegenen westlichen Wüste aufgehalten hatten. Beide Eltern waren gramgebeugt. Dass sie den einen Sohn so früh verloren hatten, war genug gewesen, um sie bitter gegenüber dem Leben zu machen. Nun wo der zweite dazukam, hatten sie alles Interesse daran verloren.

Ridley hielt die Grabrede und erwähnte das Gerichtsverfahren mit keinem Wort; er konzentrierte sich ganz auf Sams lange Liebesaffäre mit zwei fernen Ländern: mit England und dem Land der Frauen.

Als sie dem Sarg aus der Kirche hinausfolgte, entdeckte Tracy ganz hinten Partridge und sogar, verstohlen, Ricky Innes, der sich erboten hatte, kostenlos den Grabstein zu meißeln. Sie wandte sich ab.

Beim Verladen des Sargs kam es zu einem unglücklichen Zwischenfall; Sam verkeilte sich im Leichenwagen, und die Sargträger mussten ihn mit hochroten Köpfen Stück für Stück hineinwuchten. Tracy sah nicht hin; sie ging zu dem wartenden Wagen.

Dann ging es in gemessenem Tempo zum Friedhof.

Auf dem frisch gemähten Rasen versammelten sich die Anwesenden im Halbkreis, gestaffelt nach dem Grad der Trauer. Wie bei den meisten Beerdigungen sahen auch hier die Trauergäste aus, als trügen sie geborgte Kleider. Tracy stand flankiert von Yvette und Firouzeh, eine Klagemauer, gegen die sich die vier Kinder mit dem Rücken drückten. Kein anderer wagte sich in ihre Nähe, und erst lange nach dem Ende der Zeremonie traten die Gäste heran und drückten ihnen die Hand.

Der Steinmetz musste die Nächte durchgearbeitet haben, denn der Grabstein war bereits an seinem Platz, ein Kenotaph beinahe, reich dekoriert mit persischer Kalligraphie. Von einem Gerüst eingerahmt – der Beton des Sockels war noch feucht –, zitierte der Stein Sams liebstes englisches Sprichwort, im Original und in einer Übersetzung auf Farsi:

Halte aus. Bleib dir treu. Und stirb zur rechten Zeit.

Darunter kamen die Lebensdaten, die Namen seiner Frauen, der Kinder, das unvermeidliche »Ruhe in Frieden«.

Schließlich brachten Taxis die Familie zurück in die Burton Street, wo wenigstens ein kleiner Prozentsatz des ungeheuren Leichenschmauses verzehrt wurde. Die Hunde bekamen so viele Leckerbissen zugeworfen, dass sie nur noch röchelnd an der Gartentür lagen. Die Kinder spielten im Garten Fußball mit einem von scharfen Zähnen durchlöcherten Ball, oder sie brachten der letzten von Sams Erwerbungen, die noch durch die Maschen der Blockade der Frauen geschlüpft war, eine Handvoll Gras. Am Abend zuvor hatten sie bei ihrer Rückkehr von der Aufbahrung einen Lieferwagen in der Auffahrt vorgefunden. »O nein«, sagte Tracy laut. Sie hatte sofort eine Ahnung, was das war. Aber die Kinder hatten den Schimmel schon in den Garten gebracht, und der Wagen fuhr davon, bevor die Frauen protestieren konnten. So wie das Tier jetzt am Feigenbaum angebunden stand, friedlich zwischen den Statuen des antiken Gartens, wirkte es eher wie etwas aus der klassischen Literatur, der weiße Hengst von Antiochia. Natürlich würden sie ihn zum Gestüt zurückschicken müssen, aber die Kinder sollten ihn behalten bis nach dem Begräbnis. Vielleicht auch noch ein paar Tage länger, auch wenn er überall im Garten riesige Haufen hinterließ und alles fraß, was ihm unter die Nase kam.

Aisha war die Einzige, die sich trotzig geweigert hatte, sich auf seinen Rücken zu setzen. In ihren Gedanken war die Ankunft des Tieres unlöslich mit dem Tod ihres Vaters verbunden.

Die Stimmung war zunächst sehr beklommen. Da sie keine gemeinsamen Themen hatten, sprachen viele von Sams alten Kunden nur von ihren Lieblingsgerichten oder vom Wetter. Grüppchen bildeten sich, und wo Sam so mühelos alle Unterschiede überbrückt hatte, taten sich nun Gräben auf. Erst als eine Frau ein Punschglas fallen ließ und laut aufschrie, als es zerplatzte, hatten alle den Vorwand, den sie brauchten, um die Stimme wieder über ein Grabesflüstern hinaus zu erheben. Sofort kam Schwung in die Gesellschaft, die Gruppen wurden wieder aufgebrochen, und plötzlich sah alles gleich viel mehr nach einem angemessenen Tribut für den lebenslangen Pantheisten aus.

Eric erklärte sich zum Barkeeper, und es dauerte nicht lange, bis das christliche Kontingent betrunken war. Die Muslime blieben eisern abstinent.

»Alles klar, Pater?«, fragte Eric den Mullah, der mit einem leeren Glas an die improvisierte Theke kam. »Was darf es sein?« Eric schnippte mit den Fingern und klatschte in die Hände, eine Geste, die den Wunsch nach einem Drink noch anfeuern sollte.

Der Mullah musterte die Getränke. »Etwas zu trinken. Nichtalkoholisch. Gern.«

Eric legte übermütig den Kopf schief. »Kommen Sie. Nicht lieber was anderes, Pater? Wir haben ein hübsches Sortiment hier. Und da war doch ein klitzekleines Zögern gerade, oder? Kann ich Sie nicht doch mit etwas Stärkerem locken?« Er zwinkerte. »Nur ein kleines Gläschen?« Eric lachte. »Nein, schon gut. Nur ein Witz. Alles, was Sie wollen. Also, was darf's sein? Fanta?« Er hielt die letzte der Flaschen, die sie für die Kinder gekauft hatten, hoch.

Der Mullah nickte, und Eric goss ihm ein Glas ein. »Ein schönes großes, was? Da muss man doch Durst kriegen, bei dem, was Sie alles anhaben. Was Sie da am Grab gesagt haben, das hat mir übrigens gefallen. Dass wir nicht zulassen sollen... Wie war das?... dass wir uns keine Fußfesseln anlegen lassen sollen vom Tod. Wir Hinterbliebenen. Großartig.«

Der Geistliche antwortete nichts, sondern sah nur zu, wie sein Glas sich füllte.

»So, bitte sehr. Das macht drei Pfund.«

»Drei Pfund?«

Wieder lachte Eric. »Nur ein blöder Witz, Pater. Gewöhnen Sie sich schon noch dran. Nein, davon haben wir genug im Keller... na, genau genommen nicht, aber ich schicke die Kinder gleich los, noch welches holen. Trinken wie die Fische, die Leute. Obwohl ja Fische, genau genommen, gar nicht trinken, stimmt's? Sie drücken es zu den Kiemen raus, als Antrieb. Glaube ich jedenfalls. Also...«

Der Geistliche funkelte Eric über den Rand seines Fantaglases an.

»Also ... wie geht es so? Bei Ihnen? Wie kommen Sie voran? Diese ganze Muslimsache in England, klappt das?«

Der Mullah, vielleicht verwirrt durch die enorme Bandbreite dieser Frage, sah ihn verdattert an. »Wie es geht? Ich... verstehe nicht ganz...«

»Breitet sich ganz schön aus, was? Kommt mir jedenfalls so vor. Scheint sich zu bewähren, Ihre Arbeit. Unsere Tracy, die interessiert sich sehr dafür. Hat uns 'ne Weile ganz schön Sorgen gemacht. Aber interessant ist es, was?«

»Sie sind interessiert?«

»Klar. Na ja, nein. Ich sag nur, es ist interessant. Breitet sich aus wie ein Buschfeuer, was?«

»Dann kommen Sie, besuchen Sie uns. Wer sich interessiert, der sollte kommen.«

»*Ich*? Nein, nein.«

»Wir haben Kurse.«

Eric goss dem Perser Fanta nach. »Nein, nein. Nehmen Sie's mir nicht übel, aber ich könnte mich nie an die Regeln halten. Bin ich zu faul zu.«

»Danke...«

Eric richtete die Flasche auf. »Sicher?«

»Ja. Nicht mehr.«

»Obwohl, ehrlich gesagt, ein bisschen mehr Disziplin hierzulande gar nicht schaden könnte. Die Sache mit den Händen allerdings, das geht mir zu weit. Zack, zack.« Er machte es nach, wie jemandem die Hände abgehackt wurden. »Gerade waren sie noch da, jetzt sind sie weg. Nein, ich ändere mich nicht mehr, dazu singe ich schon zu lange in dem Chor. Apropos, die haben wunderschön gesungen, finden Sie nicht auch? Sams alter Chor. Wunderschön. Taschentücher an allen Ecken.«

Der Geistliche trank sein Glas aus und blickte sich um.

»Schon traurig, die ganze Geschichte«, sagte Eric.

Darüber dachten sie beide nach.

»Ja«, sagte der Mullah.

»Schrecklich. Wollen Sie nicht doch noch ’n Schluck? Den kleinen Rest hier? Lohnt sich doch nicht, den aufzuheben. Kommen Sie. Na los, nehmen Sie ihn.«

Der Geistliche seufzte, zuckte mit den Schultern, nickte und hielt sein Glas hin.

»So ist’s recht.« Eric goss ihm den Rest ein.

Am anderen Ende des Raums war Monica in ein trautes Gespräch mit Emily vertieft.

»Es tut mir leid, Em«, sagte sie leise.

»Was tut dir leid?«

»Dass ich nie verstanden habe, was du die ganze Zeit durchgemacht hast.«

»Aber nein, du warst wunderbar.«

»Das stimmt nicht. In Wirklichkeit habe ich nie richtig zugehört. Ich habe einfach abgeschaltet, Emily. Das war so gemein. Manchmal hast du geklopft, und ich habe nicht aufgemacht. Ich wusste nicht, was ich sagen sollte. Und das tut mir jetzt leid.«

»Ach. Ist ja auch nicht deine Sache, oder? Du hast genug um die Ohren.« Monicas Blick fiel auf die Tochter ihrer Freundin, Christina, wie sie, teuer angezogen, übermütig mit Tracy plauderte, und bestimmt nicht über den Tod. *Das Internet? Ist mir egal, worüber die zwei reden, aber sie soll sie mir bloß da nicht reinziehen.* Obwohl das Monica auch nicht mehr überrascht hätte.

»Man weiß einfach nicht, wie man's richtig macht«, seufzte Emily.

Monica sah sie an, dann holte sie ihr schwarzes Notizbuch hervor. Sie schlug es auf. »Liebe lässt sich nicht von Männern lernen«, zitierte sie.

Emily dachte darüber nach. »Einer von Tracys Sprüchen?«

»Mmmm.«

Emily sann noch eine Weile länger nach. »Prost«, sagte sie dann und hob zustimmend ihr Glas. »Das gefällt mir.«

»Prost«, antwortete Monica.

»Hast du noch einen auf Lager?«

»Du willst noch einen hören?«

Das wollte Emily. Und so suchte Monica in ihrem Notizbuch nach weiteren Aussprüchen, die sie früher als unmöglich abgetan hatte und jetzt als Weisheiten weitergab.

Abdullah hatte hinter der Terrassentür eine Markise aufgebaut, damit Gäste auch bei Regen nach draußen konnten. Dort standen die drei Witwen nun und blickten hinaus in den Garten, wo überall Trauergäste beieinanderstanden und sich unterhielten, und die vollgefressenen Hunde tummelten sich zwischen ihnen und warteten, dass jemand ihnen mit der Schuhspitze die dicken Bäuche kraulte. »Ob die Leute es wohl jetzt immer noch einen Harem nennen?«, fragte Firouzeh.

»Nein«, sagte Tracy. »Wahrscheinlich ein Kloster.«

»Und was machen wir jetzt?«, fragte Yvette. Darauf hatte niemand eine Antwort. »*Non?* Wir müssen doch früher oder später darüber sprechen.«

Die anderen nickten – das war richtig, doch keine von ihnen unternahm einen Versuch.

Um mit ihrer Trauer allein zu sein, zog Tracy sich – mit der Absicht, Wochen zu bleiben – in ihr Zimmer zurück. Lautes Weinen breitete sich von dort über das ganze Haus aus. Schließlich beschloss sie, den anderen einen Gefallen zu tun und eine Weile nach draußen zu gehen.

Sie sagte sich auch, dass die Weite der offenen Natur ihr helfen würde. Was sie wirklich brauchte, war ein Spaziergang; sie würde den Schmerz, den sie in sich trug, mit Bewegung vertreiben, ihn ausstreuen auf den Kieswegen der Londoner Parks.

Aber zuerst musste sie es durch die Haustür schaffen.

»Gehst du aus?«, fragte Yvette überrascht.

»Nur für 'ne Stunde oder so.« Sie zog ihren Mantel an. »Ich brauche Bewegung.«

Tracy nahm an der Straßenecke den Bus und setzte sich auf die Rückbank, versteckt unter Fremden, ganz wie früher.

Sie ließ das graue London am Fenster vorüberziehen. Als der Bus anfuhr, liefen Regentropfen quer über die beschlagenen Fensterscheiben. Sie versuchte zu verstehen, wieso Sam sich gestattet hatte, aus der Bewusstlosigkeit wieder zu erwachen, nur um dann ein paar Wochen darauf für immer zu verschwinden. Wozu war so eine vorübergehende Rückkehr gut? Sie versuchte sich an all das zu erinnern, was er ihr bei ihren letzten Besuchen gesagt hatte, wendete es hin und her auf der Suche nach Erklärungen. Seine drei unvollendeten Gemälde hatte sie in ihrem Zimmer stehen. Sie hatte sie von ihrem Himmelbett aus studiert, die Abstraktionen nach Botschaften abgesucht. Aber die meiste Zeit war sie mit einer ganz einfachen Frage beschäftigt: Was zum Teufel sollte sie jetzt machen?

Das Navigationsgerät hatte sie immer noch auf dem Nachttisch liegen. Sie hatte den Umgang damit nie gelernt. Als sie es eines Tages endlich in die Hand genommen und den Einschaltknopf gedrückt hatte, waren auf dem kleinen Bildschirm nur die Worte erschienen: »WARTE AUF SIGNAL.« Sie hatte es Ewigkeiten lang angestarrt, hatte zugesehen, wie es blinkte, an- und ausging, aber es war nie etwas anderes erschienen.

Sie stieg in der Baker Street aus und schlängelte sich im leichten Nieselregen durch die Touristenscharen, die Madame Tussaud's Wachsfigurenkabinett zustrebten. Sie atmete auf, als sie im Park anlangte.

Sie ging die vertrauten Wege, und bei jedem Schritt dachte sie an Sam. Sie sah ihn, wie er auf sie zukam, wie er sie einlud, sich zu setzen, sie mit dem gekrümmten Zeigefinger zu einer Bank zwischen den Bäumen lockte. Sie sah die Stellen, an denen sie den Pfad verlassen hatten. Sie ging vorüber, tat, als bedeuteten sie nichts.

Die Kuppel der Moschee im Regent's Park erschien über den Baumwipfeln, ein Stück Arabien, geradewegs auf Londoner Boden verpflanzt. Sie wischte sich Regentropfen aus dem Gesicht und folgte zwei verschleierten Frauen hinauf zu einer der hohen hölzernen Türen. Vielleicht hatte ja niemand etwas dagegen, wenn sie hineinging. Sobald sie jemanden sah, der wie ein Aufseher aussah, würde sie um Erlaubnis bitten. Da die beiden anderen Frauen es taten, streifte auch sie ihre Schuhe ab.

Es war kaum jemand da. An der Stelle, wo die Besucher ihre Schuhe abstellten, war Platz für Hunderte, doch jetzt standen nur sechs Paar da. Tracy ließ ihre an der Tür, und da sie niemanden sah, den sie fragen konnte, ging sie hinein und stellte fest, dass die Tür unmittelbar in den großen Raum unter der Kuppel führte; sie spürte die Weite, die Kälte des Marmors an ihren nackten Füßen, die kühle Luft, wie sie aufstieg zum blauen Scheitelpunkt hoch über ihr, das Aroma von Hyazinthen, so unpassend für Dezember. Sie sog den Duft tief ein.

Sie hatte Glück; der Muezzin hatte noch nicht zum Mittagsgebet gerufen, und abgesehen von drei oder vier Gläubigen war sie allein.

Anfangs verwirrte es sie, dass kein Altar zu sehen war, und sie ging in die Mitte des großen Kuppelsaals. Ein Teppich bedeckte den Boden, in einem Rechteckmuster in Felder von der Größe eines Gebetsteppichs eingeteilt, und auf einem davon ließ sie sich auf die Knie fallen, eine Hochstaplerin an einem fremden Ort. Sie würde nicht lange bleiben. Sie brauchte nur ein bisschen Frieden, eine Weile fernab von allem. Sie setzte sich genau auf eines der kleinen Rechtecke und zupfte ihr Kopftuch zurecht, der große leere Raum über ihr still und stumm.

Sie hatte nur eine vage Vorstellung, was sie als Nächstes tun musste. Zwar hatte sie kein Recht, hier zu beten, aber sie war trotzdem fest entschlossen zu ihrem Experiment, und so nahm sie die korrekte Haltung ein und beugte sich nach vorn. Automatisch schlossen sich ihre Augen wie bei einer Babypuppe, Klappaugen mit Bleigewichten. Sie berührte den Boden und spürte die Kühle an ihrer feuchten, heißen Stirn. Was spürten die anderen Gläubigen, wenn sie sich so niederbeugten? Sie konnte es sich vorstellen. Sie sprachen zu Gott: »Sage mir, was soll ich tun?« Die gleiche Frage drückte auch sie nieder, und die gleiche Bitte hatte auch sie.

Sam, wohin gehen die Toten? Eine ernstgemeinte Frage. Auf sich allein gestellt, würde sie niemals herausfinden, wozu das alles gut sein sollte. Was hatte sie daraus gelernt? Vergebens hatte sie versucht, seine Botschaften aus dem Jenseits zu empfangen. Sie hatte das Bereitzeichen gesendet, aber es war nichts gekommen. Wie hatte es geheißen? WARTE AUF SIGNAL. Ja, das war die Wahrheit. Die Seele sendete ihre Signale aus, auf ihren seltsamen Wellenlängen, aber es half ihr nichts. Und da sie den Toten nichts anlasten konnten, suchten die Lebenden die Schuld bei sich selbst.

Sie hatte einen großen Redner geheiratet. Wieso schwieg er jetzt? Und waren Kirchen, Tempel und Moscheen nicht die Flughäfen des Geistes, die Startbahnen, die Abflugterminals, wo man die Toten noch erreichen konnte? Das würde sie jetzt versuchen. Sie brauchte Sams Rat, die Führung seiner ruhigen Hand. Sollte sie einfach ihre Sachen packen und zu ihrem alten Leben zurückkehren? Und wenn nicht, was dann? Die ganze Familie war verloren. Wer sollte sie jetzt zusammenhalten? Gab es noch Möglichkeiten, die sie und die anderen nicht sahen? Vielleicht war diese Moschee der Ort, an dem sie das Schweigen, das mit einer Tube Kontaktkleber begonnen hatte, beenden konnte.

Hier an diesem Ort, wo sie eigentlich gar nicht sein durfte, mit der Stirn auf dem kalten Stein, schwand all die Kraft, mit der sie sich bisher gehalten hatte. Ihr Herz schlug über die Stränge, es weitete sich in alle erdenklichen Richtungen, und sie betrauerte ihren toten Ehemann, wie eine Nomadin es getan hätte, während sie schon im Sand der Wüste versank. Sie öffnete die Schleusentore der Trauer; Schluchzer schüttelten sie, so sehr sie auch versuchte, sie einzudämmen. Sie hatte kein Recht, hierherzukommen und ihren Gefühlen freien Lauf zu lassen. Aber jetzt, wo sie einmal damit angefangen hatte, war es nicht leicht, die Schleusen wieder zu schließen.

Am Ende beruhigte sie sich wieder, hob ihr bleiches Gesicht, die Wangen feucht, die Augen voller Tränen, und sog die Luft tief in sich ein. Ihre Augen wanderten empor zu der hohen meerblauen Kuppel, zig Meter über ihr. Was hatte sie in ihren Kursen gelernt? *Glaube ist Liebe.* Genau das. Dann gab ihr das vielleicht auch das Recht, jetzt an diesem Ort zu sein. Einer Witwe würde in keiner Kirche der Zugang verwehrt. Und da das so war, war das Trauern vielleicht einfach eine Form des Gebets. So wie die Heiden ihren steinernen Göttern Körbe mit Brotfrucht opferten, Weihrauch und Gold, so brachte Tracy Pringle nun ihre Tränen als Opfer dar.

Instinktiv, ein alter anglikanischer Reflex, legte sie die Handflächen aneinander und schloss die Augen, überbrachte die Gabe ihres Kummers auf die altgewohnte Weise. Was spürte sie? Sie spürte ihren eigenen Atem, eine Ruhe, die aus einem inneren Quell in ihr aufstieg. Es war keine Freude und kein Trost, kein Tadel und keine Sühne, es war etwas Feineres, schwerer Fassbares. Sie mühte sich, noch mehr Emotionen aus sich herauszupressen, in der Hoffnung, dass sie dann besser verstand, was es war, doch gerade damit brachte sie das Gefühl zum Versiegen. So etwas konnte man nicht mit dem Verstand bewältigen. Der magische Augenblick war vorüber. Doch als sie die Augen wieder aufschlug, fühlte sie sich ein klein wenig besser.

Ja, Sam, du hattest recht, als du von dem alten Rabbi sprachst. *Man muss mindestens siebenunddreißig sein, bevor man auf göttliche Hilfe hoffen kann.* Eine rasche Berechnung – irgendwo wartete schon ein Supermarkt auf genau dieses Talent – ergab, dass sie noch siebzehn Jahre im Dunkeln tappen würde.

Sie blickte sich um. Eine große Zahl von Gläubigen war hinzugekommen. Dutzende von Muslimen hatten sich auf Matten, gemustert wie die Rückseite von Spielkarten, niedergelassen und neigten sich bereits mit geschlossenen Augen zu Boden, auf und ab immer im Wechsel. Das waren echte Profis, dachte sie, als sie ihnen zusah; die konnten alle Leiden dieser Welt mit ein paar Gesängen in Luft auflösen, die Wüste des menschlichen Herzens mit lebenspendendem Wasser überfluten, alles in zwanzig Minuten Mittagspause.

Da kniete sie, die Hände aneinandergepresst wie eine Nonne, und als sie den Blick wieder hob, sah sie, dass sie die Aufmerksamkeit eines Aufsehers erregt hatte. *Salam alaikum.*

Sie sah ihn an. Der alte Geistliche in seiner Kutte, ein großer Mann mit flachem rundem Hut und einem mächtigen Bart, den Kopf gütig ein wenig schief gelegt, nickte ihr zu.

»*Alaikum al-salam*«, erinnerte sie sich.

»Sind Sie zu Besuch bei uns, Schwester?«

»Ich hoffe, das stört Sie nicht?« Tränen standen ihr noch immer auf dem Gesicht. Sie wischte die letzten fort.

»Aber nein. Nur … das hier ist die Abteilung für die Männer.«

»Die Männer? Oh – ich wusste nicht, dass es getrennt ist. Ich bin nämlich keine Muslimin.« Das hätte ihm auch die Art, wie sie die aneinandergelegten Hände senkte, verraten.

»Der Raum für die Frauen ist gleich hier drüben, hier hindurch. Jeder ist willkommen.«

Unter Mühen rappelte sie sich wieder auf. Ihre Beine waren steif geworden. »Nein, ich war sowieso fertig. Ich hoffe nur, ich habe Sie nicht gestört. Weil ich einfach so hier reingekommen bin.«

»Aber nein. Bleiben Sie noch. Kein Grund zur Eile. Bleiben Sie. Finden Sie Frieden.«

Sah man ihr so sehr an, wie schlecht es ihr ging? »Nein, es ist erst mal genug. Danke.«

Sie lächelte, dann floh sie an dem Mann vorbei ans Tageslicht.

Draußen stand sie auf den weißen Steinstufen. Der Platz war nun fast menschenleer. Und sie musste zugeben, dass sie sich ein wenig besser fühlte. Sie hätte nicht sagen können, wie, aber die Krise war überstanden. Und der Regen hatte aufgehört. Sie stand da, und ein Sonnenstrahl fand sie und beschien ihr Gesicht; sie drehte sich zu ihm hin, damit sie noch mehr von der Wärme in sich aufnehmen konnte. Jetzt sieh mich einer an, dachte sie, das ist doch verrückt. Tracy Pringle, die trauernde Witwe, steht auf der Treppe einer Moschee! *Liebe Güte, wie bin ich bloß hierhin gekommen?*

Wer hätte so was je gedacht? Sie schloss die Augen, weil das Licht sie blendete, und sah sich wieder im Supermarkt, ganz in einen Tagtraum versunken, mit sich als der letzten von drei Ehefrauen, deren Mann plötzlich gestorben war. Bei solchen Träumen hatte sie immer dafür sorgen können, dass alles glücklich ausging, und sie legte sich ihre Hirngespinste so zurecht, dass sie jedes Mal als strahlende Heldin daraus hervorging. Ordentlich, aufgeräumt, verlässlich, vollkommen – die Träume hatten ihr geholfen, den Großteil ihrer einundzwanzig Jahre zu überstehen. Aber dieser Mensch war sie nicht mehr, und die Wirklichkeit, in der sie lebte, war exotisch genug. Von jetzt an würde es keine Traumlösungen mehr geben. Was sie an Trost brauchte, musste sie von jetzt an anderswo suchen, und dafür wurde es auch höchste Zeit. Und gerade als ihr das durch den Kopf ging, fragte eine Stimme hinter ihr, ob sie Hilfe brauche.

Sie schlug die Augen auf – das Sonnenlicht war grell und blendend. »Mir geht's gut«, sagte sie. Sie drehte sich nicht um und sah nicht nach, wer gesprochen hatte, doch ein Lächeln kam auf ihre Lippen. »Mir geht's gut.«

Und als sie nun die Treppenstufen hinunterging, zu den Bäumen des Parks hin, da spürte Tracy Pringle, wie sie endlich erwachte aus dem großen Traum ihres Lebens.

Scherbenhaufen

Tracy zögerte die Eröffnungszeremonie des Zahir bis zur letzten Minute hinaus, in der Hoffnung, dass ihre Eltern doch noch kamen, aber irgendwann ging es nicht mehr.

Firouzeh und Yvette rechts und links von ihr fassten sie beide am Unterarm, und mit einer riesigen Schere zerschnitt sie das rote Band. Die beiden Enden gingen zu Boden. Applaus wurde laut. Dann führte Tracy alle in das Lokal hinein, wo die Belegschaft schon mit Champagnertabletts wartete.

Eric kam zu spät. »Unglaublich«, sagte er, als er den Blick über die nächtliche Wüstenlandschaft schweifen ließ. »Wie Disneyland.«

»Wo ist Mum? Wieso seid ihr so spät?«

»Trace, deine Mutter kommt nicht.« Sein Ton war ernst. »Deshalb bin ich auch so spät. Noch mehr schlechte Nachrichten. Scheußliche Geschichte.«

Eric ließ sich auf einen Stuhl fallen. Jetzt sah Tracy, dass er schweißüberströmt war, sein Hemd dunkel unter den Armen. Er wirkte vollkommen erschöpft. Teile des Wegs musste er gelaufen sein. Tracy legte keinen Wert auf weitere schlechte Nachrichten und hatte gelernt, sie nicht durch Nachfragen herauszufordern. »Die kambodschanischen Kinder. Hat sie dir da je von erzählt?«

Tracy nickte. Einmal war am Telefon die Rede darauf gekommen.

»Also, scheint dass die zwei Kleinen am Freitag nicht in der Spielgruppe aufgetaucht sind. Gestern hat deine Mutter rumtelefoniert und erfahren, dass der Vater kein Asyl bekommt; sie sollten alle zurückgeschickt werden. Eigentlich sollte ich dir das nicht sagen, aber gestern Abend haben sie sie gefunden.«

»Was?«

»Die ganze Familie.«

»Was?«

»Ach, das sollte ich nicht erzählen. Ehrlich nicht.«

»Jetzt sag's schon. Sonst frag ich Mum.«

Er zögerte. »Sind von 'ner Brücke gesprungen. Alle zusammen. Gestern Abend. Ganz groß in den Zeitungen.«

Tracy sagte kein Wort. Sie hielt sich die Hand vor den Mund.

»Alle vier zusammen. Mutter, Vater und die zwei Kleinen. Anscheinend haben sie sich beim Sprung an den Händen gefasst. Die A411 war für sechs Stunden gesperrt.«

Tracy sagte kein Wort.

Eric rieb sich die Stirn. »Deine Mum ist völlig fertig.«

Beide sahen vor ihrem inneren Auge das schreckliche Bild: die Brücke, die Familie, der Schwur, niemals dorthin zurückzugehen, von wo sie kamen, und keine Aussicht auf eine Zukunft; die Kinder, die auf dem Brückenkopf gehorsam die Hand ihrer Eltern nehmen, die Augen schließen, gesagt bekommen, sie sollen sich etwas wünschen – sich wünschen, dass sie, wenn sie die Augen wieder aufschlagen, in einer besseren Welt sind.

Jemand wollte Tracy ein Glas Champagner geben. Sie schickte den jungen Mann mit einer Handbewegung fort. Eric schüttelte ebenfalls den Kopf. Tracy sah ihren Vater an, die Miene schmerzverzerrt. »Was sollen wir tun, Daddy?«

Er drehte sich zu seiner Tochter hin und blickte ihr ins Gesicht: die jungen, klaren Züge, die noch immer ein wenig nach Kind dufteten und von ihm eine Antwort wollten. Schon seit Jahren hatte sie ihn nicht mehr Daddy genannt. Er war ungeheuer gerührt, dass sie immer noch zu ihm kam und um Rat fragte, nach allem, was er ihr angetan hatte.

»Das kommt schon in Ordnung, Schatz.«

»Meinst du?«, fragte sie, unschuldiger Glaube in ihrer Stimme, unschuldiges Vertrauen.

Eric überlegte. Er wusste, was er sagen wollte; er wollte seine Sicht der Welt in prägnante Worte fassen, ein Geschenk für sie, wie ein echter Vater. Aber hatte er denn eine Sicht der Welt? Er spürte, wie Verzweiflung ihn packte. So war er oft: In den entscheidenden Augenblicken des Lebens fehlten ihm die Worte, und er mühte sich nicht nur um das rechte Wort, sondern auch um das rechte *Gefühl,* und alles, was kam, waren Gesten, linkische Handbewegungen, ein vielsagendes Zwinkern, und das an einer Stelle, wo doch echte Einsicht gebraucht wurde! Alles, was ihm einfiel, war: »Wir müssen da einfach irgendwie durch.«

»Und?« Ihre Augen füllten sich mit Tränen. Sie wartete auf mehr.

»Das ist alles«, sagte er. Er zuckte mit den Schultern. »Was soll man sonst schon machen?« Er fasste nach ihrer Hand. »Wir müssen einfach … zusammenhalten«, hatte er noch anzubieten. »Wir müssen… aufeinander aufpassen… etwas in der Art. Keine große Weisheit, fürchte ich.«

»Ach, Dad.«

Ihm selbst brach ebenso das Herz. »Weißt du?«

Sie brauchte mehr. »Ich weiß, aber was soll ich *jetzt* machen?«, fragte sie. »Ich weiß einfach nicht mehr, was ich machen soll. Ich fühle mich so allein.«

Alle Schutzwälle waren eingestürzt, und Eric sah Tracy wieder, wie sie früher gewesen war, mit Pferdeschwanz und Haarband, wie sie auf ihn zugelaufen kam – Kinderlieder, Himmel und Hölle, die Art, wie sie immer einen Stock hinter sich hergeschleift hatte, die Zeit, bevor sie ihre Tür verschlossen hatte, bevor sie Geheimnisse vor ihm gehabt hatte. Am liebsten hätte er sie in die Arme genommen, sie fest an sich gedrückt, damit sie spürte, was er für sie empfand. Sie suchte Rat, etwas Dauerhaftes, aber bei ihm war nichts zu holen. Kein Wunder, dass sie sich schon vor Jahren von ihm abgewandt und am Ende einen redseligen Mann geheiratet hatte. Alles, was ihm einfiel, war: »Du bist nicht allein, Trace.«

Sie nickte und wandte den Blick ab, sah es ein, dass niemand ihr helfen konnte.

Doch Eric wollte noch mehr aus diesem Augenblick herausholen. Unbewusst trat er in Konkurrenz mit Sam. »Das sind alles keine große Weisheiten, aber… wir müssen einfach weitermachen, von Tag zu Tag.«

»Schon okay«, sagte sie. Sie lächelte ihn lieb an, wollte ihn vom Haken lassen.

Aber er war noch nicht fertig. »Hört sich blöd an, aber es ist doch wahr. Eine Tür schließt sich, und irgendwo öffnet sich dafür eine neue. Dumme Sprüche und trotzdem die Wahrheit. Rom wurde nicht an einem Tag erbaut, und das ist auch die Wahrheit.« Männer wie Eric hatten keine geistigen Vorbilder. Er schöpfte diese Goldkrümel ganz allein aus der Erde, auf der er stand, und ließ sich von niemandem dabei helfen.

»Schon okay«, antwortete sie. »Schon okay, Dad. Danke.« Was sie ihm eigentlich sagen wollte, das war, dass sie schon durchkommen würde und dass er sich keine Sorgen machen solle.

Nun drückte er ihre Hand umso fester, wollte, dass sie es noch einmal sagte, Dad, Dad, Dad, wollte das kleine Mädchen zurück. »Du kommst durch, da bin ich ganz sicher. Du hast das Zeug dazu – hier drin.« Er pochte sich auf sein eigenes Herz. »Du bist stark.«

»Trink ein Glas Champagner, Dad. Und dann rufe ich Mum an.« Sie sah sich nach dem jungen Kellner um. Jetzt war sie in Gedanken wieder bei ihrer Party.

»Trace, hör mir zu... sieh mich an.« Doch was ihr Vater noch sagen wollte, das musste er erst einmal selbst herausfinden, den Sinn seines eigenen Lebens in Worte fassen. Eine echte Weisheit, die er weitergeben konnte – so etwas musste doch jeder Vater haben, etwas, was ihr helfen konnte, sich über die Dummheit des Menschenlebens zu erheben. »Ich habe noch Hunderte von Sachen, die ich dir sagen will.«

»Schon okay, Dad. Jetzt trink erst mal was.«

»Man weiß einfach nie, was das Leben bringt, Trace. Was hinter der nächsten Ecke auf einen wartet. Das weiß keiner. Meinst du, ich weiß das? Keine Ahnung. *Keine* Ahnung.

Was du hier vor dir hast, ist ja nicht gerade einer der großen Helden dieser Welt. Frag deine Mutter.«

Tracy lächelte, aber sie konnte doch nicht verbergen, dass sie nicht mehr bei der Sache war. Sie winkte, und der Kellner am anderen Ende des Raums bemerkte sie.

»Wir sind … Wir stecken doch alle in irgendwelchen Klemmen. In faulen Kompromissen. Und wenn die Leute auch nur die Hälfte – lieber Himmel, auch nur die *Hälfte* von all dem sehen würden, was wir Tag für Tag tun müssen, damit das alles weiterläuft, dann würden sie glauben, die ganze Menschheit ist verrückt geworden. Ich hab dir ja mal gesagt, weißt du noch, als wir da diesen kleinen Ärger hatten … dass alles ein großes Puzzle ist, das wir alle gemeinsam im Dunkeln zusammensetzen. Weißt du das noch? Und zwar ein verdammt großes, eins von diesen 5000-Teile-Dingern, und dreitausend davon sind Himmel.«

Tracy sah nun wieder ihn an, und sie lächelte. Ja, sie erinnerte sich. Ein Mann wie Eric münzte nicht jeden Tag Gold. Seine besten Stücke kramte er immer wieder hervor. Sie nickte.

Dann kam der Kellner. »Danke«, sagte Tracy und nahm zwei Gläser. »Genau was wir brauchen. Also dann, Dad.« Sie drückte ihm ein Glas in die dicken Finger. »Prost. Gleich rufe ich Mum an. Wegen der Kinder.« Sie gab ihm einen Kuss auf die Wange.

Dann war sie fort.

Eric saß auf seinem Stuhl und trank den Champagner in kleinen Schlucken. Er war immer noch mit dem Gedanken beschäftigt, den er seinem Hirn entlocken wollte. Er hatte den Nagel nicht auf den Kopf getroffen. Er hatte nicht einmal von seiner Vorahnung gesprochen, dass er und Monica sich wahrscheinlich trennen würden. Es war keine Entscheidung gefallen, aber für seine Begriffe war es nur noch eine Frage von Tagen. Offenbar konnte Monica ihm den Verrat an ihrer Tochter nicht verzeihen.

Er sah sich in dem Lokal um. Die meisten Gäste lachten nun, redeten miteinander, bestaunten die Wandgemälde oder bewunderten die großartige Sternendecke. Und als er selbst zu einem der Sternbilder aufblickte, da fiel es ihm ein, viel zu spät: das, was er zu Tracy hätte sagen sollen. Es war so genau das, wonach er gesucht hatte, dass er überlegte, ob er ihr nachgehen, sie noch einmal zurückrufen sollte. Es war so einfach und doch so profund, dass es wahrhaft eines Vaters würdig war, der seine Tochter rettet; es war das Erbe, das er an sie weitergeben würde.

Erwarte nicht zu viel. Dann wirst du auch nicht enttäuscht.

Es war ein heller, sonniger Tag. Ideale Wetterbedingungen. Selbst der Wind spielte mit. Als der große Augenblick näher rückte, ließ er nach und verminderte so die Gefahr, dass eine düstere Staubwolke im Umkreis von Meilen die Vorstädte verfinstern würde.

Am Ort des Geschehens drängten sich Behördenvertreter, Reporter, ehemalige Mieter und sonstige Schaulustige. Der Reiz für das Publikum lag in der erstaunlichen Vorstellung, dass etwas derart Riesiges, ein scheinbar unverrückbarer Bestandteil der Historie, gänzlich dem Erdboden gleichgemacht werden sollte.

Das große Los, tatsächlich den Hebel an der Sprengvorrichtung betätigen zu dürfen, war an Monica Pringle gefallen, als Anerkennung für ihren unermüdlichen Einsatz, der diesen Tag überhaupt erst möglich gemacht hatte. Der eigentliche Gewinner der Lotterie hatte diese ehrenvolle Aufgabe gern an sie abgetreten. Mr Todd Alexander, nach eigener Einschätzung zu alt für solcherlei »Tamtam«, hatte beschlossen, dass es seiner angegriffenen Gesundheit sehr viel zuträglicher war, wenn er derartige Aufregungen vermied.

Also hatte Monica nun das Vergnügen, das dreiundzwanzigstöckige Hochhaus zu Fall zu bringen, und setzte sich auf der improvisierten Bühne, die man aufgebaut hatte, damit sie besser zu sehen war, den viel zu großen Schutzhelm auf den Kopf. Der Sicherheitsexperte wollte ihr das Sprengverfahren ausführlich erläutern.

»Legen Sie los«, sagte sie.

Insgeheim war sie enttäuscht über die Sprengvorrichtung. Es war einfach nur ein Drehknopf, wie an einem Garagentor. Eine kurze Drehung aus dem Handgelenk, mehr war nicht nötig, um die Sprengung auszulösen. Sie hatte auf eine Art T-förmigen Kolben gehofft, etwas, was man nur mit Kraftanstrengung hinunterdrücken konnte: In ihrer Phantasie hatte sie die Szene hundertmal durchgespielt. Nun, sie würde sich damit abfinden müssen und darauf hoffen, dass die Explosion selbst den ersehnten Gefühlssturm auslösen würde. Sie wandte sich um und suchte nach ihrer Familie. Sie standen in einiger Entfernung hinter den Polizeiabsperrungen. Der arme Eric: Gleich würden sich all seine Spachtelarbeiten, all die gangbar gemachten Türen und abgedichteten Fenster einfach in Luft auflösen.

»Mehr müssen Sie nicht tun«, erklärte ihr der Sprengmeister. »Hören Sie mir überhaupt zu?«

»Alles klar.«

»Eine kleine Drehung nach rechts – und wumm.«

Sie hatte verstanden. Sie spürte ein Flattern im Bauch und erste Anzeichen von Kopfschmerzen.

»Gleich ist es so weit«, sagte der Beamte. »Wir warten nur noch auf das Zeichen.«

Sie sah sich um, wer zur Unterstützung erschienen war. Eric und Emily winkten ihr zu. Tracy und der Rest der Familie Sahar, Frauen und Kinder, waren ebenfalls da, außerdem einige von ihren Kolleginnen aus der Vorschule. Als sie merkte, dass alle ihre Kameras auf sie richteten, stemmte sie die Hand in die Hüfte und posierte einen Augenblick lang wie ein Filmstar.

Aus dem Funkspruchgerät des Sprengmeisters knarzte das Startzeichen. Es war so weit. Er schob sie nach vorn. »Alles in Ordnung?« Sie nickte ernst. Er rückte ihr den Schutzhelm zurecht. »Können wir loslegen?« Sie nickte, schon ganz bleich vor Aufregung. »Na dann los. Ist ein Kinderspiel. Ran an die Arbeit.« Er schob einen Schlüssel in die Sprengvorrichtung, und ein Lämpchen wechselte von Rot auf Grün. »Jetzt sind Sie an der Reihe. Sobald Sie so weit sind.«

Monica sammelte sich. Sie konnte den Knopf jederzeit betätigen. Sie atmete tief ein, um sich zu entspannen, und ließ den Blick an dem Gebäude emporgleiten. Ein Vogelschwarm umkreiste das Hochaus, und sie hielt inne und fragte den Sprengmeister, ob sie noch einen Augenblick warten könne, bis sie weg waren. Der Experte seufzte, aber er war einverstanden. Die ganze Menschenmenge wartete, bis ein paar Stare ihre Kreise gezogen hatten und verschwunden waren.

Dann wurde Monica gebeten fortzufahren. Sie umklammerte das kalte Metall. »Also dann«, sagte sie.

»Weg damit.«

»Verdammt«, sagte sie.

»Jetzt.«

»In Ordnung.« Ihre rechte Hand lag auf dem Zünder für mehrere Tonnen Sprengstoff.

Der Sprengmeister verlor allmählich die Geduld. »Mrs Pringle?«

»Ich kann nicht.«

»Nun machen Sie schon!« Das ganze Viertel war abgesperrt wegen der Sprengung, und die Zeit wurde langsam knapp.

»Verflucht noch mal«, sagte Monica, und ihre Hand war wie erstarrt.

»Mein Gott, jetzt machen Sie schon endlich.«

Sie blickte auf zu dem Turm, den sie gleich eigenhändig in ein Trümmerfeld verwandeln sollte, und während ihre Hand die Drehung ausführte, stürmten innerhalb von Sekunden die Erinnerungen von Jahren auf sie ein: ihre Hochzeit, die Erziehung eines geliebten Kindes, der Gestank in der Eingangshalle, für den sich nie jemand verantwortlich fühlte, die kahlen Flure mit den nahezu identischen Wohnungstüren und -schlüsseln, die Stunden, in denen sie an fremde Türen geklopft hatte, die hundertfachen Zurückweisungen und die Unmöglichkeit, die Leute dazu zu bringen, eine einheitliche Position zu beziehen. So viele übereinandergestapelte Leben. Äußere Ordnung, inneres Chaos. Genug. Aus und vorbei. Zack. Sie drehte den Knopf. Abrakadabra.

Die Sprengladungen detonierten in dem Gebäude. Ein Haus, das sich nie hatte entscheiden können, in welche Richtung es sich neigen sollte, kam endlich zu einem Entschluss. Es war phänomenal. Der gewaltige Turm fiel senkrecht in sich zusammen.

Nach einem kurzen Knall – es klang wie das Schnalzen eines Lakens, das mit Schwung über ein Bett gebreitet wird – folgte ein anschwellendes Donnergrollen, das eher an ein Erdbeben oder eine Lawine denken ließ. Dann gab das Hochhaus in der Mitte nach und sackte nach unten; vom Boden her quollen riesige Staubwolken auf – es sah aus wie bei einem Raketenstart. Die Stockwerke falteten sich ordentlich zusammen wie eine Ziehharmonika und gaben hin und wieder den Blick in halboffene Zimmer frei, ein einstürzendes Puppenhaus, ein Querschnitt durch eine Vielzahl von Leben im freien Fall.

In dieser einen langgezogenen Sekunde warf Monica die Fäuste in die Höhe, gepackt von einer Erregung, die sie selbst erstaunte. »Ja!«, schrie sie. »Ja!« Strahlend vor Begeisterung drehte sie sich um und sah zu ihrer Familie hinüber. Das Gebäude war noch nicht ganz in der pilzförmigen Staubwolke versunken, als sie schon zu feiern begann.

Aber ihre Familie hatte keine Augen für sie. Sie standen mit offenem Mund. Monica konnte ihren Gesichtsausdruck sogar aus der Ferne erkennen. Sie starrten fassungslos auf das ehrfurchtgebietende Schauspiel, das Wunder der Zerstörung. Sie fühlten sich klein und unbedeutend, sprachlos angesichts der plötzlichen Abwesenheit von allem, was Sekunden zuvor noch da gewesen war, während Monica nur an all das denken konnte, wofür sie Platz geschaffen hatte.

Sie wandte sich wieder dem Ort der Zerstörung zu: ein Schiff, das im eigenen Hafen auf Grund gelaufen ist.

»Einfach so«, rief der Sprengmeister, den ein solcher Anblick offenbar immer wieder aufs Neue demütig werden ließ. »Einfach so.«

Witwenball

Es war spät. Sie spürten den Champagner. Emily hatte den letzten Bus verpasst. Also machte Monica einen Vorschlag. Sie würden alle drei im Ehebett schlafen. War doch nichts dabei. Aber Eric war beklommen.

Im Schlafanzug – Emily hatte einen von Monica bekommen – saßen sie nebeneinander in dem nagelneuen Himmelbett. Monica hatte es aus einem Katalog bestellt – Liebe auf den ersten Blick, sie hatte sofort angerufen, es war zerlegt in einem Karton gekommen, und Eric hatte es zusammengebaut. Er hatte Stunden gebraucht. Monica war sehr stolz darauf.

»Das ist verrückt.«

»Jetzt komm schon«, stichelte Monica. »Da hast du doch dein Leben lang von geträumt. Also, wie fühlt es sich an, jetzt, wo dein großer Traum wahr wird? Mit zwei Miezen zugleich im Bett?«

»Ich will einfach nur schlafen. Himmel noch mal, es ist drei Uhr morgens.«

»Ein alter Langweiler, findest du nicht auch, Em?«

Emily, die angespannt auf Erics anderer Seite lag, versuchte zu lächeln. »Also, ich weiß auch nicht, ob das eine so gute Idee ist.«

Monica trommelte Eric mit der Faust auf die Brust. »Siehst du, Eric? Schon verdirbst du es. Wir haben uns nämlich beide ausgemalt, nicht wahr, Em, dass du uns heute Nacht wie ein…« – sie gab Eric einen schmachtenden Kuss auf die Wange –, »wie ein mächtiger Sultan verwöhnst. Stimmt doch, Em?«

Als Emily rot wurde, vergrößerte das Erics Pein nur noch.

»Jetzt komm schon, Casanova. Nimm uns in den Arm.«

Mit einem Stoßseufzer legte Eric den einen Arm um seine Ehefrau und, nach zwei Anläufen, den anderen ängstlich um Emily und sagte: »Ihr habt da irgendwo 'ne Videokamera versteckt, oder?«

»Na also«, sagte Monica. »Hat dich doch nicht umgebracht. Nur ein bisschen Schmusen. Ist doch nichts Schlimmes dran, stimmt's, Em?«

Zum ersten Mal seit zwei Jahren legte Emily den Kopf an die Brust eines anderen Menschen, spürte darunter ein schlagendes Herz. »Ja«, seufzte Emily, »das hat mir gefehlt.«

»Hast du gehört, Eric? Die arme Em.«

Eric, nun auch noch in der Verlegenheit, dass er nicht unhöflich zu Emily sein wollte, brachte immerhin ein »Ist doch schön« hervor.

»Siehst du?«

Emily schloss die Augen. »Er ist lieb.«

»Er war süß, als er noch jünger war«, antwortete Monica und schloss nun selbst ihre Augen, gab der Müdigkeit nach. »So haben wir's alle drei schön gemütlich«, murmelte sie. »Stimmt's?«

Eine ganze Weile lang sagte niemand ein Wort. Dann fügte Eric hinzu:

»Solange keiner die Bullen holt.«

Die beiden Frauen an seiner Brust kicherten. Monica schlug ein Auge auf und zwinkerte. Emily zwinkerte zurück. Als Monica Eric einen Arm auf den Bauch legte, den dicken alten Bierbauch, machte Emily es nach. Das Leben ging weiter, und sie richteten sich ein. Alle miteinander wurden sie alt. Man verlor mit so einer Hand auf dem Bauch nicht so viel, wie man vielleicht gedacht hatte.

Vor dem Haus der Sahars hielt ein Taxi. Die Erscheinung eines Mannes in einer Militäruniform unbekannter Nationalität entstieg ihm, gab dem Fahrer ein fürstliches Trinkgeld, marschierte, Koffer in der Hand, zur Haustür und drückte die Klingel.

Tracy war zu Hause.

»Hallo?«

»Du musst Tracy sein. Hallo. Ich bin Sassan.«

Sams sagenumwobener jüngerer Bruder wurde ins Wohnzimmer geführt und wollte sich als Erstes bei allen drei Frauen entschuldigen, und nicht einmal, sondern tausendundein Mal. Sie mussten ihn davon abhalten, es im wahrsten Sinne des Wortes zu tun.

Er habe nicht sofort aufbrechen können, erklärte er. Bis die Bewilligung eingetroffen war, sei es schon zu spät gewesen, noch zu Sams Begräbnis zu kommen. Um die Stunde, zu der man ihn bestattete, habe er im Zug gesessen, allein in einem Erster-Klasse-Abteil, und als sein Bruder ins Grab gesenkt wurde, da sei er noch auf den Höhen des Zagros-Gebirges gewesen. Als sie auf einer Brücke eine Schlucht überquerten, erklärte er, da habe er sein Gewehr aus dem

Fenster geworfen, als letzten Tribut, und es sei »gefallen bis hinab an den Mittelpunkt der Erde«. Und in dem Augenblick habe er beschlossen, den Dienst zu quittieren, und habe sein Entlassungsgesuch gleich nach der Ankunft in Teheran verfasst, doch bis zum vergangenen Tag habe er gebraucht, bis alle Formalitäten erledigt waren. Und das Gefühl der Schuld darüber, dass er das Begräbnis versäumt habe, werde ihn verfolgen bis ans Ende seiner Tage; solche Schuld werde »niemals Ruhe finden – es sei denn… es sei denn… in den Fußstapfen Sams und Mohammeds vor ihm…«

Die Frauen starrten diese Erscheinung an. Er war zehn Jahre jünger als Sam, schlank und kräftig, einen guten Kopf größer, gebräunt von der Wüstensonne in elf Jahren Militärdienst – und nun saß dieser atemberaubend stattliche jüngere Bruder ihnen gegenüber in ihrem Wohnzimmer, zum Kampfe bereit, saß da in aufrechter militärischer Haltung, die Offiziersmütze im Schoß, und betrachtete die drei mit derselben Mischung aus Neugier, Bewunderung und Zurückhaltung, mit der sie ihrerseits ihn ansahen. Dann, geheimnisvoll, sprach der Soldat auf Farsi; Tracy und Yvette warteten, dass Firouzeh es ihnen übersetzte, doch, was immer der Grund sein mochte, sie tat es nicht.

Ihr Gesicht nahm einen verklärten Ausdruck an, und sie war rot geworden.

»Bitte, erkläre es«, drängte Sassan seine Schwägerin. »Du musst es ihnen erklären. Natürlich würde ich nicht erwarten, dass ich Ehemann in jedem Sinne des Wortes bin… es sei denn…«

»Gütiger ’immel«, sagte Yvette und schlug die Hand vor den Mund.

Tracy machte große Augen. »Der will uns verscheißern«, brachte sie schließlich heraus.

Nun starrten alle drei Frauen Sassan gemeinsam an, doch dessen stolze Miene war unerschütterlich, und er zuckte mit keiner Wimper unter dem dreifach forschenden Blick. Vielleicht war der Exerzierplatz eine gute Schule gewesen. Er saß ganz vorn auf der Kante seines Sessels, wie ein Mann, der für ein Foto posiert, nur dass das erlösende Klicken des Verschlusses nie kam.

»Für mich wäre es die größte Ehre«, fügte er nüchtern hinzu. »Und es ist Bruderpflicht. Aber lasst euch Zeit, ihr müsst es nicht jetzt entscheiden.«

Es folgte ein Schweigen, ein Schweigen so schwer, dass man alle Höhlen und Wüsten der Ewigkeit damit hätte füllen können, und es hielt, bis Firouzeh es brach.

»Also«, sagte sie und klatschte dabei in die Hände, ein unbewusstes Abbild von tausend Jahren englischer Hausfrauenart, »wer möchte gern eine Tasse Tee?«

Bitte beachten Sie
auch die folgenden Seiten

60 Jahre Diogenes Verlag
Die Jubiläums-Edition

Jakob Arjouni
Magic Hoffmann
Roman

Doris Dörrie
Was machen wir jetzt?
Roman

Anthony McCarten
Englischer Harem
Roman. Aus dem Englischen von Manfred Allié und Gabriele Kempf-Allié

Ian McEwan
Saturday
Roman. Aus dem Englischen von Bernhard Robben

Ingrid Noll
Ladylike
Roman

Astrid Rosenfeld
Adams Erbe
Roman

Bernhard Schlink
Liebesfluchten
Geschichten

Patrick Süskind
Die Geschichte von Herrn Sommer
Mit Bildern von Sempé

Martin Suter
Die dunkle Seite des Mondes
Roman

Martin Walker
Bruno, Chef de police
Roman. Aus dem Englischen von Michael Windgassen

Benedict Wells
Fast genial
Roman

Urs Widmer
Der Geliebte der Mutter
Roman

Anthony McCarten im Diogenes Verlag

Superhero

Roman
Aus dem Englischen von
Manfred Allié und Gabriele Kempf-Allié

Donald Delpe ist 14, voller unerfüllter Sehnsucht, Comiczeichner. Er möchte nur eines wissen: Wie geht Liebe? Doch er hat wenig Zeit – er ist schwerkrank. Was ihm bleibt, ist ein Leben im schnellen Vorlauf. Das schafft aber nur ein Superheld. Donald hat sogar einen erfunden – MiracleMan. Aber kann MiracleMan ihm helfen, oder braucht Donald ganz andere Helden?

»Anthony McCartens Roman *Superhero* ist ein radikales Buch über den Hunger nach Liebe und das Sterben im Pop-Zeitalter. *Superhero* ist ein Schicksalsdrama aus dem 21. Jahrhundert, ein brillantes Porträt unserer Zeit. Nach der Lektüre dieses Buches sieht man superheroisch dem Tod ins Auge und traut sich zu, das Leben, die Liebe neu zu definieren, wie der jugendliche Überheld es vormacht.«
Evelyn Finger / Die Zeit, Hamburg

Auch als Diogenes Hörbuch erschienen,
gelesen von Rufus Beck

Englischer Harem

Roman. Deutsch von Manfred Allié
und Gabriele Kempf-Allié

Eine junge Frau zu ihren Eltern, untere Mittelschicht im Londoner Vorort: »Ich habe eine gute und eine schlechte Nachricht. Die gute: Ich heirate, die schlechte: Er ist Perser. Und übrigens: Er hat bereits zwei Frauen.« So beginnt ein provozierender Roman über Heimat, Kochen und die Faszination des Fremden … und eine Liebesgeschichte wie keine andere – für diese Zeit.

»*Englischer Harem* heißt Anthony McCartens charmante und scharfsinnige Liebesgeschichte, mit Dialogen, geschliffen wie feines Kristall. Seine Geschichte ist vor allem ein Aufruf zur Toleranz, eine Analyse des Andersseins, die Formen des Lebens und Liebens beleuchtet, die unsere Kultur nicht kennt.«
Angela Wittmann / Brigitte, Hamburg

»Eine derart turbulente, intelligent konstruierte und flott geschriebene Romankomödie gibt's nur selten.«
Hajo Steinert / Die Welt, Berlin

Hand aufs Herz

Roman
Deutsch von Manfred Allié

Brauchen Sie ein neues Auto? Oder vielleicht gar ein neues Leben? Hier ist Ihre Chance: ein Ausdauerwettbewerb, bei dem ein glänzendes neues Auto zu gewinnen ist. Doch für zwei der vierzig Wettbewerbsteilnehmer geht es nicht ums Gewinnen, sondern ums nackte Überleben. Was anfängt wie ein Kampf jeder gegen jeden, wird zu der Geschichte eines ungewöhnlichen Miteinanders.

»Kaum einer schaut den Menschen so tief ins Herz und ist dabei so komisch wie Anthony McCarten. Sein Händchen für skurrile Situationen und originelle Charaktere beweist er mit seinem dritten Roman *Hand aufs Herz*. Ein wunderbar geschriebener Roman.«
Peter Twiehaus / ZDF, *Mainz*

»Anthony McCarten hat die unglaubliche Gabe, Geschichten so aufzuschreiben, dass es einem das Herz zerreißt, während man über seine Einfälle, Sprüche und seinen unbesiegbaren Humor lacht.«
Annemarie Stoltenberg / Hamburger Abendblatt

Auch als Diogenes Hörbuch erschienen,
gelesen von Rufus Beck

Liebe am Ende der Welt

Roman
Deutsch von Manfred Allié

Ein verschlafenes Provinznest am Ende der Welt. Kurz vor Heiligabend behauptet die 16-jährige Delia, einen Außerirdischen gesehen zu haben – und wird von allen ausgelacht. Keiner glaubt ihr. Das ändert sich, als in einem Kornkreis eine plattgewalzte Kuh entdeckt wird... und als das Mädchen merkt, dass es schwanger ist, obwohl es mit keinem der jungen Männer im Ort intimen Kontakt hatte.
Fasziniert von den unerhörten Ereignissen, versuchen drei Männer, jeder auf seine Weise, das Geheimnis zu ergründen: der Pfarrer, ein Skandaljournalist, dem nur noch ein Knüller die Karriere retten kann, und der neue Bibliothekar, ein stiller, aber zorniger Intellektueller, dessen Liebe bisher ausschließlich den Büchern galt.

»*Liebe am Ende der Welt* ist eine Geschichte über verlorene und wiedergefundene Unschuld. Von einem Autor, der gleichzeitig Jongleur, Seiltänzer und Moralist ist.« *David Finkle / The New York Times*

»Fabelhaft. Bizarr, tragikomisch und glänzend erzählt.« *Dagmar Kaindl / News, Wien*

Ganz normale Helden

Roman. Deutsch von
Manfred Allié und Gabriele Kempf-Allié

Ein Jahr lang hat Jeff Delpe, 18, versucht, seinen Eltern über den Tod seines jüngeren Bruders Donald hinwegzuhelfen. Jetzt hat er die Schnauze voll. Denn sein Vater Jim sieht die Rettung nur in einem Umzug aufs Land, und Mutter Renata chattet – mit einem Unbekannten namens Gott. Da taucht Jeff unter. Spurlos. Seine neue Adresse lautet www.lifeoflore.com, wo er

der Star eines Onlinespiels ist und damit viel Geld verdient.
Um nicht auch noch seinen zweiten Sohn zu verlieren, sucht der verzweifelte Vater ihn schließlich an dem Ort, der ihm fremder ist als jeder andere. Er schleicht sich in Jeffs neue Welt ein … und stiftet Chaos, am allermeisten in sich selbst. Denn während er sich online Level für Level in die Sphären seines Sohnes hochkämpft, fällt er offline immer tiefer, droht seinen Job und seine Frau zu verlieren.
Ist dies das Ende von Familie Delpe? Ganz im Gegenteil.

»Anthony McCarten mutet nicht nur seinen Figuren, sondern auch den Lesern die Gewissensfrage zu: Was ist man aufzugeben bereit, um wieder an etwas zu glauben? Birgt nicht erst das Ungewisse im Gegensatz zum Starren eine neue Perspektive?«
Anja Hirsch / Frankfurter Allgemeine Zeitung

Auch als Diogenes Hörbuch erschienen,
gelesen von Rufus Beck